El señor de las llanuras

JAVIER YANES

El señor de las llanuras

Círculo de Lectores

Two drifters
off to see the world
there's such a lot of world
to see…

A Ana, mi amiga Huckleberry

Primera parte

El siglo que dormimos desnudos

I

EL AVESTRUZ ERRANTE

Mi abuelo me contaba historias de África.

En una de ellas, había una granja encabalgada en la línea del ecuador. Un día su propietario, un colono inglés, decidió que sería una buena idea criar avestruces, pues en Londres hacían furor los tocados femeninos con adornos de plumas. Reunió a sus hombres, construyeron un cercado y se dispusieron a capturar su primer ejemplar. No tardaron en avistar un macho portentoso, grande como una grúa portuaria y con plumaje de canciller. Tras ceñirlo con varios lazos lo arrastraron hasta el corral, mientras el animal, histérico, pateaba violentamente en el atardecer africano. El colono pensó que conseguiría tranquilizar al ave si cubría sus ojos, como hacen los cetreros con sus halcones o los dueños de loros con sus loros. Un avestruz no deja de ser un pájaro.

Corrió a casa y rebuscó en sus cajones, hasta que cayó de la cómoda un largo calcetín deportivo de color azul, recuerdo de sus años de colegio en Eton. ¡Qué mejor capucha para tan largo cuello! Satisfecho de su ingenio, exclamó *«Floreat Etona!»*[1] recordando el lema de la escuela, agarró la prenda y salió veloz al aire ligero y templado que se estremecía con los gritos de sus hombres, afanados en dominar al furioso cautivo. El colono saltó la cerca, blandió el calcetín ante su cuadrilla con una sonrisa triunfal y con gesto imperial ordenó inmovilizar a la bestia. Mientras la cabeza del animal se inclinaba bufando a sus pies, el

1. «¡Que Eton florezca!» Lema del colegio de Eton, escuela privada muy prestigiosa ubicada en Windsor, cerca de Londres.

granjero la encapuchó de un solo intento certero. Los breves vítores dieron paso a un silencio expectante al tiempo que las miradas se hincaban en la figura encapuchada y los brazos relucientes de sudor relajaban la tensión de las cuerdas. Por un instante, sólo por un instante, pareció que el diminuto cerebro del animal se quedaba en blanco y que los ojos pestañudos se resignaban a que el mundo hubiera dejado de existir.

Pero fue sólo por un instante. Menos de un segundo después de que los lazos cayeran sobre la hierba, las felicitaciones se borraron en saltos despavoridos cuando el avestruz estalló en un relámpago de cólera, disparando sus patas en una loca rotación como aspas de un helicóptero, mientras el cuello enfundado bateaba el aire con espasmos sin control. Una uña afilada rasgó el costado de un hombre, otro recibió una patada y el granjero sintió en su cara un azote de plumas que quemó como el filo de una hoja de papel. En un sálvese quien pueda, los captores brincaron espantados por encima del cercado y sobre el caos de voces y gritos trataron de asir de nuevo las sogas. Pero ya era tarde. Entre latigazos y contoneos, las bridas habían salido despedidas zumbando como las cuerdas rotas de un violín. Liberada de ataduras, la rabiosa Gallina Ciega trastabilló encabritada hasta la cerca de postes que había sido diseñada para encerrar a un pájaro, no a un dragón. La madera se quebró con el tenue chasquido de un mondadientes y el ave se encontró con un mundo abierto, aunque detrás de su máscara azul.

Y nadie podría decir si el avestruz en realidad no era tal avestruz, sino un demonio emplumado que parecía un avestruz y andaba como un avestruz; o si el dios de los avestruces había concedido un momento de extraordinaria lucidez a aquel avestruz, aquel gran ejemplar con penacho de mariscal. Pero el caso es que esa tarde ecuatorial, aquel macho con la cabeza cubierta por un calcetín se giró con dignidad principesca hacia la cuadrilla frustrada y magullada, aseguraron que incluso insinuando una reverencia. Y luego, como si supiera perfectamente lo que hacía, comenzó a andar, primero despacio, luego al trote, hasta emprender una veloz carrera hacia el sol poniente, imprimiendo su silueta encapuchada sobre el disco anaranjado antes de desaparecer por completo.

Durante mucho tiempo después de aquello, de cuando en cuando los aldeanos de Njoro, los pastores y los guerreros masai y nandis de los poblados, incluso los cazadores ndorobos de los bosques, juraban haber visto un avestruz errante con una capucha azul. Incluso mucho tiempo después de lo que habría podido sobrevivir un avestruz sin comer. Nunca consiguieron capturarlo.

Mi abuelo me contó muchas historias sobre África aquel verano de 1978. Mi preferida ha sido siempre la del avestruz errante. Le hacía repetírmela un día y otro, y él emprendía la narración de forma pausada, con aquel acento tan peculiar que le hacía vacilar al borde de cada consonante y pronunciar cada sonido hasta el límite de la extorsión, con sus «t», sus «d» y sus «r» que eran las más «t», «d» y «r» que yo había escuchado nunca. Siempre que el avestruz escapaba de su cautiverio, yo estallaba en una traca de carcajadas y él disfrutaba detrás de las volutas de humo de su pipa. En cada nueva edición del cuento él demoraba el desenlace cada vez más, inflando la escena de la lucha hasta cotas de superproducción épica de Samuel Bronston, al tiempo que esbozaba una sonrisa pícara. Después de diez o veinte narraciones, la pelea era ya tan apocalíptica que hubieran tenido que arrasar las selvas del Congo para entablillar las fracturas.

Al terminar el cuento se hacía el silencio, pautado por el diapasón de los grillos en la noche de agosto. Entonces, con voz ya soñolienta, yo le preguntaba por todos los detalles, los mismos de siempre y otros nuevos, los triviales y los importantes, los infantiles y los que le hacían levantar la ceja por encima de sus ojos, sumidos en las profundidades de sus arrugas, al ser testigo de un sentido común poco común para un niño. ¿Dónde se escondió el avestruz? ¿Era verdad que volvieron a verlo? ¿Se curaron los heridos? ¿Tuvo que ponerse el colono un calcetín de cada color? ¿Se arruinó por no poder criar avestruces? ¿Cómo se llamaba el colono? Pero ¿ocurrió de verdad o es sólo un cuento? Él atendía a todas mis preguntas con paciencia, una por una. Aspiraba el humo de su pipa por una hendidura de su barba roja, dejaba perder su mirada profunda en la noche brillante de la sierra y respondía arrastrando sus consonantes por el hilo de su voz grave, serena y modulada. Aquel sonido me cosquilleaba en los oídos con ternura, como el runrún de un viejo motor bien temperado, como el rumor de la autopista que discurría cerca de casa, como el susurro de un mar cansado de tirar olas para luego recogerlas otra vez.

Me relajaba, me relajaba, mis ojos se arropaban detrás de los párpados, mi cuerpo se hundía en el colchón bajo el techo pintado de azul, el azul se desvanecía en jirones de neblina que se esfumaban hasta descubrir la puerta del sueño. Varias noches soñé que jugaba en un prado soleado a la orilla de un río. De repente, aparecía el avestruz del cuento con su capucha azul ajustada al cuello. Tan pronto como conseguía recuperarme del estupor, comenzaba a aproximarme con sigilo, pero pisando con firmeza para que notara mi presencia y no huyera asustado, al menos no en la dirección en la que estaba yo. Se quedaba parado sin mover un tendón de sus gruesos muslos mientras yo tendía mis manos hacia su cuello que se elevaba un metro por encima de mí. Y entonces ocurría algo inesperado, impensable: el animal inclinaba su cabeza hasta situarla a mi altura y comenzaba a empujar mis manos con su pico, como invitándome a despojarlo de su incómodo verdugo. Sin apartar la vista de su máscara, yo agarraba el calcetín con las dos manos por el borde inferior, tragaba saliva y, con movimiento temblequeante, tiraba del tejido hasta que finalmente lo liberaba de su prisión de punto azul. Después transcurrían unos segundos larguísimos cuando el avestruz abría los ojos pestañudos a la luz de mi prado soleado junto al río. Me miraba con la expresión adusta que siempre adoptan los avestruces cuando miran a una persona, y por último batía sus alas, despegaba en vertical como un Harrier y se alejaba volando. *¡Volando!* Por el amor de Dios, yo tenía sólo diez años, pero sabía perfectamente que ni los avestruces ni ninguna otra ave del grupo de las ratites pueden volar. Ni siquiera poseen la quilla donde se insertan los músculos del vuelo y, aunque la tuvieran, la única manera de levantarlos del suelo sería meterlos en la bodega de un avión. Pero qué demonios, era mi sueño, y en mi sueño el avestruz podía hacer lo que le diera la gana.

Yo no conocía a mi abuelo antes de aquel verano. Se quedó hasta el mes de agosto.

Después desapareció en Kenia.

2

LUX DOMINI

Mi primera noche en Nairobi la pasé casi en vela. Estaba demasiado nervioso tras el primer encuentro con una amante largamente deseada, a la que había rendido una obsesión insana sin haberla tocado más que en papel y tinta, en pintura y madera, escuchando su voz sugerente e imaginando su murmullo en mi oído. Aquella noche se produjo el primer encuentro, la entrega y el abandono. Mi manía compulsiva se hizo carne y supe que aquella pasión no se consumiría como las pavesas que se inflaman deprisa para volar y desaparecer en el aire, sino que mi pira se alimentaría de una reserva de combustible almacenada durante años en el pozo de mi instinto. Desde la butaca de mi habitación de hotel contemplé a mi amante, con sus joyas que titilaban al respirar, dejando entrever sus ondulaciones bajo un suave manto oscuro, rendida y dormida, conquistada y esparcida sobre el campo de batalla, y no pude evitar pronunciar su nombre en voz alta: ¡África, por fin!

Sentado en mi habitación en el Nairobi Serena había pasado horas contemplando la quietud de la noche africana, tan quieta como cualquier otra ciudad observada a cierta distancia del suelo, seductora y desconcertante como siempre que se llega de noche a un lugar desconocido. A mis pies se extendía el parque Uhuru, de una oscuridad impenetrable pero donde aún, de cuando en cuando, brillaban destellos de algún merodeador capturado por las luces de los edificios cercanos. A mi izquierda se erguían inverosímiles rascacielos que parecían clavados por error como banderillas en la espalda de un gorila, entre barrios de tejados bajos y grandes claros vacíos donde la hierba se rompía en estrechos senderos aclarados por los pies del hormiguero humano. Las calles se ocultaban embozadas entre resplandores mortecinos que sólo en algunos lugares revelaban un conglomerado urbano repartido al tuntún, migas sobre un mantel. A lo lejos, donde terminaban las luces dispersas de las fábricas y los talleres, una sima negra se abría en el suelo y continuaba hasta las primeras estrellas sobre el horizonte.

En vista de mi insomnio decidí ocuparme en ordenar mis cosas. Vomité el contenido de mi maleta sobre la cama, una vorágine de tropezones de información aún no digeridos. Entre ropa, útiles de aseo, material fotográfico, chismes surtidos y tesoros intangibles asomaron libros usados y otros aún envueltos en plástico, cuadernos a medio llenar, papeles sobados, hatillos de mapas sujetos con gomas, carpetas de recortes y sobres preñados de viejas fotos. Y entre todo ello, una joya sin valor: un collar de garras de león. Y aquel manuscrito, el timón de mi viaje, esa pila de papel que había llegado a mis manos por la fuerza del azar o por la fuerza de la necesidad. La repentina visión de aquel documento me transportó de nuevo desde el regusto de mi primera noche de amor con África hasta el lugar donde comienza mi historia. Y eso me recuerda que quizá sea mejor que empiece por ordenar mis ideas. Creo que debo regresar a la sierra.

Para quien no lo conozca, explicaré que Torrelodones es un pequeño pueblo de Madrid, situado a treinta kilómetros al noroeste de la capital. Allí el tapiz de pelotitas verdes de El Pardo se rasga en sietes y se eleva en arrugas bordadas en pedrería de granito que se encabritan en un muro entelado detrás de Hoyo de Manzanares, el umbral de la sierra de Guadarrama. Encinas, pinos, jara y tomillo custodian la pequeña colonia superviviente de almeces, o lodones, árboles que reflejan el apellido del pueblo y que rematan un nombre de pila referido a la estampa más conocida del lugar: una atalaya medieval que construyeron los árabes. Bajo este castillete con pinta de encendedor de mesa, o de castillo de Herodes en un belén, se supone que el falsario Quijote de Avellaneda tomaba como escudero a un soldado afeminado y barrigón que resultaba ser una moza preñada, cuando Sancho había dejado de ser el segundón gracioso para convertirse en magnate de los negocios. Leí que en esta fortaleza de bolsillo descansaba su real osamenta Felipe II cuando había que hacer noche de camino a El Escorial. Comparada con el monasterio, la Torre de los Lodones puede parecer una posada modesta para un monarca imperial. Pero supongo que cuando uno es rey debe pensar en la historia hasta para irse a la cama, y no es cosa de alojarse en la vivienda de cualquier mindundi, por muy opulenta que sea, sino que hay que buscar piedra teñida de sangre donde se haya pasado a alguien a cuchillo o a cimitarra. En primavera, el risco que soporta la torre se puntea de pinceladas blancas cuando florecen las jaras, y en invierno las almenas de su corona deshilachan en jirones la bruma escarchada que baja desde el monte Abantos hacia El Pardo.

Desde la arrogancia de las alturas, la torre mide sus fuerzas con una casona sentada sobre una colina alta y que dibuja un paisaje fantástico, aderezado con monstruosos canchos de granito que adoptan formas y posturas irracionales, detenidos en un mísero instante geológico, siempre a punto de desplomar sus veinte toneladas de duro planeta cerro abajo sobre nuestras cabezas. Los bloques de roca forman el pedestal de un Frankenstein modernista, el palacio del Canto del Pico, una mansión construida en la década de 1920 juntando retales de arqueología de saldos monacales. Su dueño original fue un aristócrata con un título que condena a vagar eternamente con sábana y cadenas oxidadas: el conde de las Almenas. Quizá por esta distinción horrorífica, el buen señor se hizo edificar un escenario que acogiera con dignidad su destino espectral, y la casa, conocida popularmente como Walpurgis, es una presencia ominosa que de puro aberrante resulta irresistible. La historia dice que allí murió Antonio Maura, amigo del conde, conocido de mi familia y jefe de gobierno reincidente durante aquellos años convulsos anteriores a la Guerra Civil. Si Maura sigue por allí haciendo compañía al conde quizá puedan departir con un tercer fantasma: el del general Franco. El dictador recibió el palacio como regalo del conde al terminar la guerra. Cada vez que se rumoreaba atentado, insurrección o derrocamiento, el caudillo hacía el petate y desde el palacio de El Pardo tomaba la carretera de Torrelodones atravesando su jardín privado de encinares para refugiarse en el Canto del Pico, donde cuentan que una plataforma giratoria ponía su coche en posición de salida por si aquellos conspiradores masones y comunistas de los que siempre hablaba trepaban por los riscos como ratas en la noche. El palacio tiene tanta carga histórica que, si se escribiera, el peso de la tinta rompería sus suelos, y si las paredes hablaran, habría que callarlas a bofetones para poder pegar ojo allí.

Pero sobre todo, el Canto del Pico era el perfecto icono del terror. Todo niño, al menos el niño que yo era y los que pulularon a mi alrededor, siente una morbosa atracción por aquello que le horroriza, lo que supongo algo natural porque el masoquismo también hay que educarlo. La casa era el escenario de mis pesadillas, en las que Franco era convenientemente sustituido por algún otro monstruo de fábula; el vórtice generador de cualquier acontecimiento inusual o pavoroso; el origen de todo ruido amenazador, tal vez chirridos entre los despojos arquitectónicos que no se resignaban a compartir el mismo techo; y por supuesto, el objetivo prioritario de nuestras exploraciones.

Mi casa, la casa de mi abuela, lindaba prácticamente con la finca del Canto del Pico. La nuestra era una antigua casona serrana de bloques de granito en la parte alta de Torrelodones, justo al pie de la colina presidida por la mansión fantasmagórica. Una estrecha franja de tierra y peñascos, que en la mitología de mi círculo íntimo denominábamos El Abismo, separaba nuestra cerca del vallado metálico que negaba el acceso, o eso pretendía, a nuestro particular páramo de los Baskerville, una ladera encrespada que trepaba hasta los mil metros de su cima.

Nuestra casa había pertenecido a mi familia desde mi bisabuelo, quien la compró al establecerse en el pueblo tras emprender lo que entonces era una verdadera emigración desde la capital. En aquellos días de finales del siglo XIX y comienzos del XX, Torrelodones era balneario de veraneo de la aristocracia madrileña, el mejor aire de la sierra, decían, porque el tomillo y la flor de la jara perfumaban la brisa liviana y fresca que manaba de las cumbres de la sierra de Hoyo. Dado que el agua brota de los montes, quizá no era descabellado pensar que los macizos de roca tenían también la facultad de generar el aire que respiramos, y en Torrelodones, a falta de aguas curativas, aire había para gastar.

Como decía, los prohombres y las familias adineradas de la capital reposaban en mi pueblo del ajetreo urbano y del sofocón de Madrid.

Cada verano, ya tocara monarquía o república, la vida social de la corte fluía como una procesión de hormigas encopetadas por un estrecho corredor desde El Pardo hasta El Escorial. Torrelodones se convertía entonces en el punto del mapa donde pinchar el compás para trazar una circunferencia que englobara las residencias estivales de todo el que era alguien, dentro de un radio igual al tiempo necesario para vestirse, enjoyarse y avisar al cochero, incluso cuando la invitación llegaba con una demora sospechosamente precisa. Pero a pesar de ser el epicentro del terremoto social, Torrelodones siempre ha tenido esa virtud de aportar el grado justo de discreción para poder esconderse con la absoluta garantía de ser visto por todos, para destacar sobre los demás pasando totalmente inadvertido. Incluso ahora, este rasgo de carácter se imprime con categoría de monumento municipal orgánico en el número 1 de la calle Real, una casita de piedra que hoy ha quedado sitiada por las terrazas de los bares que animan el corazón del pueblo. Frente al ir y venir de las parejas empujando los carritos de los dictadores con patucos, de los deportistas pequeñourbanitas con cables en las orejas y de las bandadas de adolescentes con la voz más alta que los pantalones, la vieja que ocupa esta vivienda se apercha en su banco de roca y hace lo que hacen, vistiendo como visten, los millones de ancianas como ella en cualquier aldea de la España más profunda. Allí ventila su faena como en un proscenio, a la vista de docenas de torresanos que abarrotan las tabernas, pero nadie se fija en ella ni ella se fija en nadie, escondida a la vista de todos como detrás de un muro de oxígeno, destacando inadvertida como una pieza única y anticuada de mobiliario urbano.

Y si las relaciones sociales fueron el mortero que cementó los adoquines de Torrelodones, en esta albañilería mi familia parece haberse manejado con cierta destreza. Cuenta nuestra leyenda doméstica que un abuelo de un tatarabuelo de un tatarabuelo de uno de mis tatarabuelos viajó como escribiente de Francisco Hernández, «protomédico e historiador de Su Majestad Don Felipe II en todas las Indias Occidentales, Islas y Tierra Firme del Mar Océano», en la expedición botánica de 1570, el primer viaje científico europeo a las Américas. Se conoce, si es que realmente se conoce, que se estableció en Santiago de Cuba y gracias a su amistad con el gobernador se hizo con una silla de palco en el comercio de ultramar. Juntó una pequeña fortuna y adquirió algunas tierras que se conservaron dentro de nuestro clan hasta el desastre del 98. La pérdida de Cuba no nos arruinó, pero redujo el patrimonio a unas pocas inversiones y bienes raíces en España. A la muerte de mi tatarabuelo, la herencia se dividió entre mi bisabuelo y sus cinco hermanos, lo que les permitió disfrutar de una cómoda holgura de bolsillos, aunque sin el oropel de otros tiempos.

Mi bisabuelo, Fernando Mencía, cultivó la tradición familiar de invertir en agenda. De pequeño compartió aulas y tirachinas con un niño llamado Miguel, hijo del que fue presidente del Gobierno Antonio Maura, a quien ya he mencionado y que falleció en las escaleras del Canto del Pico. A lo largo de los años conservaron la amistad y mi bisabuelo tuvo trato con los hermanos de Miguel, sobre todo con Gabriel, que fue eminente historiador y académico. Ambos Maura siguieron la carrera política, aunque diferenciados en su actitud hacia la monarquía de Alfonso XIII en medio de aquel fárrago político tras la caída del dictador Primo de Rivera. En cambio, mi bisabuelo no estaba interesado en más política que la de agradar a unos y a otros. A la hora de elegir carrera se decantó por la asepsia ideológica de la medicina y con su título de médico bajo el brazo visitó ocasionalmente a los Maura.

En 1911, Gabriel Maura y su esposa compraron y aglutinaron tres parcelas contiguas cerca de Torrelodones, entre la sierra de Hoyo y el monte de El Pardo. Sobre el cerro de El Pendolero, la primera isla orográfica tras el mar de encinas de El Pardo, hicieron levantar un palacete que protruye en la meseta como un faro cúbico, flanqueado por una espléndida terraza a modo de mascarón de proa encarado a la ciudad de Madrid sumergida en el bosque. La situación del hotel de El Pendolero, el primer mojón en aquella senda de la procesión cortesana, y el brillo de su propietario consiguieron congregar allí un surtido menú de títulos nobiliarios y universitarios, lo mejor de la intelectualidad capitalina.

Mi bisabuelo Fernando asistió a alguna de aquellas reuniones y quedó atrapado en el cepo de sus parajes, aunque las enormes oportunidades que le ofrecía el trajín social de la zona tampoco eran nada desdeñables. Agarró a sus dos hijas y a su esposa, Carmen de la Mota, hija de un ganadero jerezano de reses bravas, y en 1913 se trasladó a Torrelodones.

La gran idea de mi bisabuelo era fundar una pequeña clínica dedicada al tratamiento de achaques de millonarios. Debía ser un remanso exclusivo donde se ofreciera lujo, discreción, descanso e intercambio de tarjetas de visita, además de algún equipamiento terapéutico básico por si alguno de los pacientes realmente estaba enfermo. Para poner en práctica su proyecto encontró el lugar ideal: un macizo caserón de dos plantas y ático, construido con sillares de granito del Guadarrama, cubierto con tejas rojas a dos aguas y con la fachada delantera rematada en su parte superior con vigas de madera vistas sobre un enfoscado blanco. El edificio se había construido a mediados del XIX como casa de retiro espiritual, por lo que contaba con numerosas habitaciones para acomodar a los ejercitantes, amplios espacios comunes para las comidas y, algo imprescindible para el propósito de mi bisabuelo, una capilla. La entrada principal se cobijaba bajo un ancho soportal de arcos de piedra, con espacio suficiente para disponer una batería de hamacas en paralelo donde los enfermos podrían reposar al fresco protegidos del sol y de la lluvia. Incluso quedaba hueco donde situar detrás unas sillas para sus secretarios, sirvientas y enfermeras. Al otro lado de la casa, la fachada trasera, que miraba la cara suroeste del cerro del Canto del Pico aún sin Walpurgis en su cima, se abría en un gran salón con mirador acristalado, un sitio sublime para languidecer al borde de la muerte gimiendo al son del golpeteo de la lluvia sobre el vidrio.

A la finca se entraba cruzando un bosquecillo de abedules, que ocultaba el caserón de la vista de los curiosos sin recursos y era muy adecuado para pasear y tomar los aires de la sierra. Detrás de la casa había una terraza adoquinada y, más allá, un jardín con un pilón y una fuente de piedra, una mesita de forja con varias sillas oxidadas, un par de peñascos descomunales que decidieron quedarse a vivir allí cuando se cercó la propiedad, y algunos pinos y encinas más viejos que los peñascos. En conjunto, el lugar resultaba un sueño para cualquiera que haya soñado con una antigua casa de piedra en la sierra. Hasta el nombre original de la propiedad era inmejorable: Lux Domini. A mi bisabuelo le pareció muy apropiado y decidió conservarlo.

Sin embargo el plan tenía una grieta, y es que mi bisabuelo pasó por alto un detalle: él no era muy buen médico. No es que no tuviera la formación necesaria, ni que no se preocupara por sus pacientes. Pero tenía una compulsiva tendencia a emitir lo que algunos médicos llaman «diagnósticos cebra». Si relincha y tiene cuatro patas con cascos, casi con seguridad será un caballo, pero mi bisabuelo, y eso que nunca pisó África, veía cebras por todas partes. Cuando, gracias a la propaganda que le hacía Gabriel Maura, empezó a atender a domicilio a sus primeros pacientes en Torrelodones, diagnosticaba dolencias tan extrañas que sus enfermos, gente poco dispuesta a compartir males con el pueblo llano, quedaban encantados.

Hasta ahí, todos contentos. El doctor Mencía añadía una muesca a su maletín y un título a su agenda, y el paciente agregaba un asunto de conversación a sus reuniones y una dolencia elitista a su historial. El problema aparecía después, cuando la medicación no surtía efecto o incluso exacerbaba los síntomas, o cuando el enfermo se hacía reconocer por otro médico, o cuando la criada se acercaba a la farmacia y le solicitaba al boticario, qué sé yo, un preparado destinado a tratar una infección venérea típica de las selvas del Siam para su señora, la marquesa de Valdelasmanos, quien nunca había abandonado su finca de Cáceres o su residencia de verano de El Escorial salvo para tener que compartir las carreteras con tanta turba sin escudo de armas, que a ver cuándo surgía un gobierno decente que reservara cañadas especiales para los viajes de la aristocracia, o a ver si no por qué santa voluntad las ovejas podían disfrutar de este privilegio y al dueño de la lana se le negaba. En cualquier caso, como era ciertamente improbable que la señora marquesa hubiera mantenido contacto carnal con un arrocero siamés a su paso por Talavera de la Reina, el boticario llegaba a la conclusión de que posiblemente el diagnóstico había sido poco certero.

Con el pasar de los meses, casos como el de la marquesa de Valdelasmanos, o como el de la hija pequeña de los condes de Povedilla, a la que el doctor Mencía le diagnosticó un ataque de gota infantil, fueron minando la credibilidad profesional de mi bisabuelo, y el proyecto de la clínica Lux Domini recibió carpetazo antes de llegar a abrirse. Por suerte para Fernando, la naturaleza le había dotado de un talento inesperado que sólo entonces comenzó a explotar: la pintura. Desde pequeño había admirado las artes y adquirido la costumbre de manchar lienzos hasta que llegó a dominar las técnicas del pincel y el color, aunque sus obras nunca habían traspasado los círculos familiares. En aquel tiempo y lugar se hubiera considerado que un médico que pintaba no era de fiar, lo cual en este caso estaba bien traído. Un día, casi por una apuesta, Fernando se comprometió a pintarle un retrato a Gabriel Maura. Ante la sorpresa de éste, el resultado fue magnífico, tanto que el cuadro fue bendecido con un lugar de honor en el salón principal del hotel de El Pendolero. Orgulloso, Gabriel solía mostrar la obra a sus visitas, y a mi bisabuelo comenzaron a lloverle los encargos de sus antiguos pacientes, quienes se sentían entonces muy confortados al ver que finalmente todo tenía su explicación: si un médico que pintaba no podía ser persona de orden, en cambio un pintor versado en la medicina, ¡ah, eso era algo totalmente diferente!, lo suficientemente exótico y excéntrico como para que fuera imprescindible frecuentar su compañía y hacerse con un original suyo para colgar sobre el hogar de la chimenea. Así murió Fernando Mencía, el médico, y nació Fernando Mencía, el artista.

A partir de aquel episodio, mi bisabuelo comenzó a nutrir su patrimonio en lugar de ordeñarlo. El extenso ático de Lux Domini fue acondicionado como estudio y los escasos equipos clínicos que ya había adquirido fueron encerrados en vitrinas como parte de la decoración. En realidad, la mayor parte de su tiempo lo gastaba visitando a sus augustos modelos y disfrutando de su hospitalidad. Al término de una sesión de posado, no era infrecuente que su cliente le retara con un «hace días que siento una molestia en el hombro. Dígame, *doctor* Mencía, ¿qué cree usted que puede ser?», a lo que mi bisabuelo, siguiendo el juego y caricaturizando los desatinos de su anterior encarnación, replicaba con un «déjeme ver… Creo que padece usted una *Parsimonia Escapularis*», lo que disparaba una carcajada en su improvisado paciente y un «qué cosas tiene usted, hay que ver qué ingenio, y yo que había creído que era usted un médico *de verdad…*».

Durante aquellas jornadas de trabajo pictórico en cualquiera de las sedes nobiliarias del contorno, mi bisabuela Carmen entretenía el tiempo saltando entre los canchales de la sierra. Como hija de ganadero había crecido en el campo y disfrutaba saliendo a recoger flores, frutos, piedras, cualquier cosa que la naturaleza produjera, incluso egagrópilas, esas asquerosas bolas de restos de canapés variados que algunas aves rapaces expulsan como remedio a no poder echarse al gaznate una cucharada de bicarbonato. Carmen clasificaba después su cosecha con ayuda de libros científicos y la guardaba en cajas o frascos etiquetados y numerados. Casi sin pretenderlo, mi bisabuela reunió una representación tan vasta y documentada de ejemplares de la fauna y flora locales, que incluso décadas después de su fallecimiento, su colección ha sido estudiada por varios naturalistas.

Entre excursión y excursión, mi bisabuela dedicaba el resto del tiempo a cuidar de sus dos hijas. La mayor se llamaba Victoria y había nacido en 1910. Dos años menos tenía la segunda, María Eugenia, a quien todos llamaban Uke. Mi abuela.

3

EL SEÑOR DE LAS LLANURAS

Creo que los niños no suelen saber gran cosa de sus abuelos. Dentro de su mundo mágico hay demasiados personajes imaginarios como para dejar espacio a seres de carne y hueso, mucho más aburridos, que no hacen más que hablar y hablar cuando podrían ocupar el tiempo jugando, siempre dicen lo mismo y además van anodinamente limpios. Pero los abuelos son una excepción. No se rigen por los mismos criterios, si un niño fuera capaz de explicarlo así, que los padres, profesores, padrinos, tutores y otros entes que forman parte de la categoría taxonómica de los «mayores». Los abuelos habitan en otro mundo, más parecido al de los propios niños; no tienen cuidado con todo lo que tocan, pisan, huelen o comen; no se levantan temprano para salir a traer el pan a casa y regresar por la noche, presuntamente tras horas y horas de cola en la panadería; ocupan su tiempo en cosas muy importantes a las que los mayores no parecen dar importancia, tienen como misiones sagradas cuidar de los nietos y vigilar el buen desarrollo de las obras de construcción, y se vuelven invisibles cuando se sientan en un banco del parque. Por si fuera poco son expertos en magia, saben cómo sacar cualquier chuchería de la manga, y además saben hacerlo sin que los padres se percaten. En ese mundo mágico los abuelos sí tienen un lugar, y los niños los dibujan junto a Peter Pan o el oso Baloo, destilando su esencia con ese minimalismo pictórico infantil en la caricatura de una arruga sonriente, lo que de hecho sería la representación más fiel de la imagen corporativa de los abuelos del mundo.

Sólo más tarde, cuando los niños crecen y empiezan a sospechar que quien les regala globos no es de verdad el ratón Mickey, sino un sociólogo en paro con un estúpido traje de felpa, o cuando empiezan a reflexionar sobre las posibles carencias sexuales de la Sirenita, aprenden que los abuelos no siempre fueron así, que un día también fueron pequeños. Aún peor, ¡un día incluso fueron «mayores»!, y entonces intuyen que su vida, como su frente plisada, es también un bandeado de claroscuros.

Como los demás niños, yo lo ignoraba prácticamente todo de mis abuelos. De hecho, durante años ni siquiera supe de la existencia de aquel viejo de la barba roja que me contó historias de África en el verano del 78. Mis abuelos maternos vivían en Ibiza y sólo nos reuníamos en las grandes ocasiones, así que fue mi abuela Uke quien asumió en exclusiva y a jornada completa todas las atribuciones del papel de abuelo. Su casa de Torrelodones, la excelsa Lux Domini, fue el escenario de mi infancia, pero Uke era para mí como aquel caserón, como los peñascos de la sierra, no un ser humano sino un baluarte inconmovible, un tatuaje heráldico. Lo que ahora sé de ella y de su vida con mi abuelo antes de que naciera mi padre lo averigüé después, a través de mi madre, cuando tuve la edad para entenderlo y la voluntad de saberlo. Mi padre mantenía un mutismo inviolable con respecto a los asuntos familiares. Nunca me habló del viejo. Lo que supe después permaneció enterrado durante décadas como un oscuro e incómodo secreto familiar. La leyenda negra de los Mencía.

Mi madre me contó que Victoria y Uke eran dos mazos de la misma baraja. Cartas diferentes pero complementarias, inseparables. No había jugada perfecta si no jugaban las dos. Victoria era morena, seria y circunspecta, con su pelo liso recogido en un moño de acero de fundición moldeado según los cánones de la arquitectura helénica. Adoraba el arte y era plenamente consciente de su posición social y del papel que esto le otorgaba en el cosmos. Uke, en cambio, era un carretón de feria ribeteado de cascabeles y con la colada puesta a secar sobre una tonelada de quincalla, chispeante y fresca como un botijo lleno de agua de Vichy, espontánea y delicada como una chistorra en un estuche de Cartier. Disfrutaba revolviendo las colecciones de historia natural de su madre, saltaba por los montes agitando sus rizos rubios y siempre tenía costras en las rodillas, arañazos en las manos y alguna salpicadura de tinta entre las pecas de la nariz. Victoria y Uke crecieron juntas en planetas muy distantes. Nunca se comprendieron y nunca dejaron de quererse.

Victoria se casó muy joven con un empresario vasco que le sacaba veinte años y poseía una espléndida pinacoteca. A Neguri se llevó su moño arquitectónico y allí encontró todo lo que necesitaba: industria pesada para mantener su peinado, arte hasta en las toallas del bidé, una sociedad-burbuja que prácticamente le garantizaba no tener contacto con nadie cuyos apellidos terminaran en «ez», y una ausencia total y absoluta de anonimato. Mientras, Uke seguía trotando por las montañas remangándose los pantalones, prenda escandalosa, para cruzar los regatos, y soplando hacia arriba para ventearse el caracolillo rubio de los ojos, sin el menor interés por los ejemplares del género masculino, a no ser que no fueran humanos. Hasta que en 1931 apareció aquel escocés extravagante.

Fue en una subasta de arte y antigüedades en El Pendolero donde mis abuelos se conocieron. Tres años antes mi bisabuela Carmen había fallecido en un trágico accidente de montaña, al despeñarse por una garganta rocosa en La Pedriza. El suceso causó una gran conmoción en Torrelodones. A decir verdad, sólo conmocionó a los que doblaban la espalda, tenderos y gente del campo, que habían tratado a Carmen y recordaban su espontaneidad y su deje gaditano, tan exótico en una sierra castellana como un nubio del Sudán. Los demás, los de las cervicales almidonadas y el meñique erecto, los ex pacientes y entonces modelos de mi bisabuelo, siempre la siguieron considerando la hija del pastor que no sabía caminar con tacones. A la muerte de Carmen, con Victoria ya casada, Lux Domini perdió la luz y se sumió en sombras, igual que los ojos de Fernando. Un caserón demasiado grande e incómodo para sólo dos personas: un pintor viudo y su hija saltamontes que muchas noches ni siquiera regresaba a dormir porque pasaba la noche al raso, en el jardín o al abrigo de cualquier peñascal de las colinas. Así las cosas, no cabía ninguna duda sobre las intenciones de Fernando cuando trató de convencer a su hija para que lo acompañara a aquella gran reunión social en casa de los duques de Maura, donde desfilarían dedos sin anillo pertenecientes a algunos de los mejores apellidos de

Madrid. Encontrarle un marido a aquella cabra loca, casarla, casarla a toda costa, casarla bien casada y quitarle de paso aquellas manías de abrir las nueces con los dientes y utilizar la ropa interior para envolver sapos heridos, de ponerse sanguijuelas en el brazo para ver cómo se alimentaban, de cortarse el pelo para abrigar a los polluelos de gorrión en el nido; interesarla por el Art Déco y las estatuillas criselefantinas, por los encajes, los tocados, las joyas, los poemas de Rubén Darío y las arias de Puccini; en fin, por toda esa parafernalia que hace que una mujer sea una dama y no un crío salvaje y sin desbastar. ¡Casarla, por Dios! Y albergar alguna esperanza de tener nietos que devolvieran la vida a Lux Domini, siempre, claro está, que salieran a la línea materna.

Uke accedió por fin a comparecer en aquella velada con la promesa de que su padre le permitiría utilizar después la organza del vestido para fabricarse una red de pesca. Fernando habría mentido sobre la Biblia si hubiera sido necesario. Se había gastado una fortuna en aquel modelo parisino de Louise Boulanger para que su hija resplandeciera en aquella *soirée* y no estaba dispuesto a tolerar que los carísimos brocados de cristal de Albert Lesage acabaran sirviendo de moscas para las truchas. Esas pequeñas mentiras formaban parte del juego, eran la manera de expresar la complicidad entre un padre y una hija tan diferentes entre sí que no eran capaces de encontrar un lenguaje común para demostrarse su cariño con franqueza. Uke no tenía ninguna intención de hacer trizas aquel vestido tan costoso y rutilante. Simplemente le gustaba provocarlo.

Me he tomado la libertad de hacer una reconstrucción de lo ocurrido aquella noche que cambió la vida de mi abuela, porque de esto, como de todo lo demás que aconteció en aquellos años, sólo conozco lo que mi madre anotó y me contó, lo que supongo una versión distorsionada de la historia que tiempo atrás le confió la propia Uke. Imagino que la narración de mi madre trató de aligerar la carga erótica que sin duda debió de tener un amor repentino y explosivo como el de Uke por aquel escocés. Mi madre perfilaba al personaje en cuestión con la neutralidad de un teletipo de agencia, lo que le despojaba de todo el carisma que se desprendía de las palabras de mi abuela, las pocas veces que la oí hablar de él. Cuatro o cinco veces, durante mis años de niño en

Lux Domini, escuché a mi abuela hacer algún comentario sobre el escocés. En esos breves instantes, hasta que ella descubría el rictus imprecatorio de mi padre conminándola a callarse y agachar la cabeza, su mirada azul chispeaba y sus arrugas parecían desvanecerse para devolverle una piel satinada y luminosa, el mismo rostro y la misma expresión que tenía en los viejos retratos de su cómoda. Yo miraba absorto aquellas fotos en las que mi abuela se parecía a Grace Kelly, bella y joven, y puedo imaginar el efecto que causó su aparición en aquella fiesta de El Pendolero, bien peinada y perfumada, envuelta para regalo en *crêpe* de seda bordada y organza de color marfil.

Un sol fresco y recién horneado barría el cielo limpio hacia el horizonte detrás de El Escorial cuando Fernando y Uke llegaron a casa de los Maura aquella tarde de comienzos de primavera, unos días antes de la Semana Santa. Los acompañaban Victoria y su marido, Íñigo de Leaniz, que no habían querido perderse la ocasión de pujar por alguna de las obras a subasta. El camino de El Pendolero trepaba entre jaras rompiendo en salpicones blancos y encinas que despertaban del sueño invernal con los primeros brotes tiernos de un verde fosforescente. En el último tramo la carretera bordeaba el hotel por la fachada nordeste y giraba en redondo a la izquierda para enfilar la cima de la colina en dirección a Madrid. Al fondo, la ciudad descansaba sobre el lecho de encinas de El Pardo, mientras en El Pendolero el palacio se engalanaba de luz y música para recibir a sus invitados. El Hispano Suiza de Fernando se detuvo y el grupo descendió del auto admirando la escena. Íñigo de Leaniz comentó a su esposa: «Una vista incomparable, sin duda. La Villa y Corte a sus pies». Victoria rectificó: «A *nuestros* pies, querido».

El palacio no parecía tal, sino más bien un pabellón de caza, y de hecho era una de sus funciones principales, ya que con frecuencia se celebraban allí reuniones cinegéticas. Era un edificio blanco de dos plantas, con zócalo de roca y esquinazos de ladrillo, cubierto por un tejado a cuatro aguas rematado por un lucernario achatado con ojos de buey. Las habitaciones de la planta superior se comunicaban a través de una galería corrida que reposaba sobre pilares de forja blanca. A la izquierda de la fachada principal, el flanco sudeste miraba a Madrid desde la cresta del cerro, ribeteada por una balaustrada blanca.

Tras la estela del moño cromado de Victoria, Uke hizo su entrada en el hotel del brazo de su padre. Forzó su mejor sonrisa al público congregado y de inmediato se giró hacia su padre para susurrarle al oído, sin dejar de sonreír: «Ha llegado Cenicienta». A lo que Fernando respondió cínicamente: «No te preocupes. En el coche he traído diez pares de zapatos de tu armario». Como era de esperar, la entrada de Uke no pasó inadvertida. Todos los hombres de la sala se giraron hacia su figura radiante, y todas las mujeres estamparon miradas de reproche sobre el gesto idiotizado de sus acompañantes. Uke siguió a su padre para recibir la calurosa bienvenida de los duques de Maura, a quienes agradó especialmente contar con la presencia inusual de aquella hermosa jovencita. Cumplidas las formalidades, Fernando comenzó a mezclarse con los invitados, llevando a Uke de un grupo a otro agarrada del brazo como si arrastrara una vagoneta sobre raíles. Ella sonreía a oriente y poniente sin pronunciar palabra. De todos modos, no había mucha ocasión para intervenir en la conversación. Hechas las presentaciones y soportados los comentarios ridículos –«qué criatura tan deliciosa», lo que pronunciado por unos labios bañados en baba resultaba más bien nauseabundo–, la charla regresaba de inmediato a la arena efervescente de la actualidad política. Que si las dimisiones sucesivas del dictador Primo de Rivera y del general Berenguer, que si los ecos del *Delenda est Monarchia* de Ortega y Gasset, que si la expectación ante las inminentes elecciones municipales del 12 de abril, que si los disturbios en la Facultad de Medicina, que si la reciente liberación del hermano del duque, don Miguel, tras su arresto por ser miembro del Comité Republicano. Los hombres cruzaban apuestas sobre cuánto resistiría el rey Alfonso antes de emprender el camino del exilio. Algunos no ocultaban su ardiente entusiasmo por las soflamas fascistas publicadas por Ramiro Ledesma Ramos, aventajado discípulo de Ortega y Gasset, en su nueva revista *La conquista del Estado*. Quizá porque Gabriel Maura era ministro de Trabajo en aquel gobierno comatoso, los comentarios se hacían en voz baja, como temiendo faltar al respeto a un enfermo en agonía cuya muerte se presagiaba cercana: la monarquía española. En fin, en los corrillos se hablaba de todo un poco, excepto de arte, el motivo de aquella reunión. Varios ujieres paseaban repartiendo catálogos de la subasta que los invitados recogían sin prestar atención ni interrumpir sus arengas. Fernando asentía o negaba según la dirección del viento, y Uke comenzaba a sentir calambres en los músculos de la risa mientras sus pestañas se doblaban bajo el peso del aburrimiento. Fernando se escabullía rápidamente de los grupos desprovistos de jóvenes solteros y se detenía en aquellos donde predominaban los veinteañeros, a los que hacía notar las virtudes de su hija como tratando de vender un bonito ejemplar, o más bien un ejemplar de bonito en la lonja de pescado. Mientras las conversaciones se fundían en sus oídos como una masa amorfa de cortesías irrelevantes, Uke bufó sin disimulo y comenzó a pasear observando las obras expuestas y a hojear tediosamente el catálogo, buscando si ella aparecía entre los lotes a subasta: «Lote 16. Título: María Eugenia Mencía de la Mota. Muchacha soltera de dieciocho años, rubia y de familia con aspiraciones, presentada en tejidos muy caros de color marfil. Pertenece a la colección privada del autor de la obra, su padre, el otrora médico y ahora consagrado artista don Fernando Mencía Arenal. Se entrega con dote, ajuar completo y garantía de fertilidad. Precio de salida: una fortuna considerable y, a ser posible, un título nobiliario».

De repente sus pensamientos se congelaron al posar sus ojos en una espléndida pintura. Representaba a un león altivo y poderoso, erguido sobre un promontorio de roca desde donde dominaba una ancha llanura salpicada de palmeras y coronada por cumbres arropadas por un cielo tormentoso. La nota del catálogo decía: «*Lord of the Plains* (El señor de las llanuras), *circa* 1859. Óleo sobre lienzo de sir Edwin Henry Landseer (1802-1873). Pertenece a la colección privada de Mr. Hamish I. Sutherland». Uke quedó atrapada en la escena del cuadro, en la serena majestad de aquella mirada felina, en la firmeza de los tendones de sus patas, en la luz resbalando sobre su manto sedoso, en su melena mesada por el viento, en la espectacularidad de un paisaje exótico y perfecto, irreal, que se difuminaba en suaves roces de pincel bajo una masa amoratada de cúmulos grises. Observando la obra le parecía escuchar el rugido sordo del león escapando de sus fosas nasales, el silbido de la ventisca en las aristas de roca, el leve rumor de fondo de la tormenta en gestación. Se sintió capturada por los bordes del cuadro hasta casi caer por aquella ladera rocosa hacia la pradera sin horizonte, y súbitamente imaginó a su madre arañando sus manos y su rostro contra el filo de las piedras mientras trataba de asirse desesperadamente a la pared para evitar su caída por aquella garganta en La Pedriza. Le invadió una enorme tristeza mientras pensaba en su madre cayendo al vacío de la llanura, bajo el dominio de aquel león altivo que no hacía sino contemplar la caída, mientras su madre comenzaba a gritar su nombre: Uke, Uke, Uke...

–¡Uke! –Era su padre, que la llamaba desde el corrillo de turno–. Querida, ¿nos haces el honor?

Ella regresó a la realidad como si su cuerpo se estrellara contra la superficie del cuadro, recuperó la compostura, exprimió un último hálito de sus músculos faciales para apalancar de nuevo una sonrisa inocente y se acercó al grupo desde el que su padre reclamaba su presencia.

–Les presento a mi hija menor, María Eugenia. Querida, permíteme presentarte a mi amigo don José Antonio Legaz y Villegas, marqués de Navalamata, su esposa doña Isabel y su hijo Santiago –un pálido petimetre de facciones filosas y semblante más lechoso que su cuello duro, que además aparentaba menos edad que ella. Evidentemente, el blanco, y nunca mejor dicho lo de blanco, elegido por su padre en esta ocasión.

Uke apenas prestaba atención. Su mirada se había estancado en otro integrante del grupo, un curioso personaje de pelo rojo que fumaba en pipa y lucía una chaquetilla corta con dos filas de botones, falda escocesa a cuadros en tonos verde, azul, rojo y blanco, y calcetines blancos por debajo de la rodilla. Su padre prosiguió:

–El barón Delsey, un joven caballero francés afincado entre nosotros, su primo el señor Gaston Letellier y, finalmente, su huésped británico que hoy nos honra con su presencia, el señor... el señor...

–Hamish Sutherland. –El pelirrojo de la falda insinuó una reverencia y tomó la mano de Uke antes de que ella la tendiera. Ella nunca acudía a los actos sociales de su padre y no estaba acostumbrada a que le besaran la mano. El roce de aquellos labios le pareció mullido y seco, no chapaleante y pegajoso como esperaba. Fue agradable y sintió un ligero estremecimiento que le erizó el vello de la nuca. Al mismo tiempo no se le escapó que aquel joven era el propietario del cuadro del león. Terminadas las presentaciones, Fernando rompió el hielo:

–Señor Sutherland, ¿habla usted nuestro idioma?

–Sí, suertemente yo hablo un pequeño pedazo de español –hablaba despacio, con fuerte acento y arrastrando las consonantes, sobre todo las erres, como si alguien le hubiera explicado que aquello era lo correcto en castellano–. Mis padres cuidaron de enseñar a mí varios lenguajes: español, francés, italiano, germano y ruso, junto con el inglés que es mi madre lengua.

Uke no pudo reprimir una risita infantil ante aquella manera tan peculiar de expresarse. Era obvio que estaba traduciendo literalmente del inglés y que tenía más vocabulario que gramática. Su padre la fulminó con la mirada antes de continuar alimentando la conversación.

–Y dígame, ustedes los ingleses...

–¡No, por gracia de Dios! Escocés –interrumpió–. Británico sí, pero no inglés. Nosotros compartimos la misma isla y yo fui educado en Inglaterra, pero yo soy escocés.

–Entiendo, entiendo, discúlpeme. Pero dígame, ¿exactamente en qué se diferencian de los ingleses?

–Ellos llevan pantalones –dijo levantando el borde de su falda con un gesto femenino, que hizo enarcar las cejas a los marqueses–. Y además usted puede contar cuando alguien es inglés porque ellos rascan su cabeza todo el tiempo.

–¿Y qué es lo que les pica?

–¡Escocia, naturalmente!

Uke dejó escapar otra risita. Fernando no terminó de entender la broma, pero continuó:

–¿Y dice usted que habla ruso? No es muy común...

–Mi madre fue nacida en Estonia. Ella era una musi... musi... musiciana... Ella jugaba música con una orquesta en Alemania. En un *tour* en *Britain* ella conoció mi padre, casó él y quedó a vivir en Escocia. Ella enseñó a mí ruso, germano y algunas palabras en estonio, y enseñó a mí música tan bien. Yo juego el piano y el violín.

Uke soltó una carcajada. Hamish pareció divertido con la reacción, pero Fernando arrugó la frente y masculló:

–¡María Eugenia!

–Lo siento –respondió ella ruborizándose y sin poder apenas contener la risa–. Perdóneme, por favor. Es que es usted muy cómico, quiero decir, muy divertido. Le ruego me disculpe.

–Hamish es ameno en cualquier idioma, incluso en los que domina correctamente –terció Delsey. Y acercando el dorso de la mano a su boca con gesto pícaro, añadió–: Pero por favor, no le marchiten la ilusión de que habla español. Ya tendrá tiempo de darse cuenta él mismo. Tenemos previsto viajar a la Alpujarra.

Uke recompuso el ademán y con seriedad forzada iba a interesarse por aquellos planes de viaje, pero el marqués se adelantó:

–Entonces, ¿es el turismo lo que le trae por aquí?

–Sí… y no –vaciló Hamish–. Actualmente Delsey puso a mí en toque con el señor duque sobre la subasta, y yo he venido aquí hoy a vender un pintando.

–¿Un pintando? –repitió el marqués contrayendo el ceño.

–Una pintura –aclaró Uke–. *El señor de las llanuras*, de Landseer. Preciosa obra.

–¿Usted conoce el artista? –preguntó Hamish, aunque realmente parecía empezar a concernirle más la chica en sí que su opinión sobre un pintor muerto.

–No soy una experta en arte. Pero conozco más de lo que mi padre piensa, aunque siempre menos de lo que él desearía. –Miró a su padre de reojo torciendo la boca–. Conozco *El monarca de la cañada*, y creo que los leones de bronce de la estatua de Nelson, en Londres, son también obra suya. ¿Me equivoco?

–Oh, no. Usted está absolutamente perfecta.

La chica rió de nuevo ante aquella involuntaria declaración de intereses por parte de Hamish. Transcurrieron unos segundos en los que ambos sonrieron mirándose fijamente a los ojos, hasta que Fernando recogió el hilo de la conversación.

–¿Así que es usted coleccionista?

–Bien, los coleccionistas compran. Yo vendo, así yo supongo yo soy más bien un descoleccionista. –Uke explotó en otra carcajada. No solamente Hamish le estaba comenzando a atraer, sino que además le pareció sumamente divertido que a su padre también le estuviera gustando a pesar de la sorna tan incorrecta que esgrimía, sobre todo con la nueva perspectiva de que Hamish pudiera ser un coleccionista acaudalado.

–¿Y tiene usted una buena colección... aún?

–*Oh, yes*. Mi padre amó arte. Nosotros tenemos una buena parte de la colección original desde el castillo, propiedad del clan Sutherland.

–¿Así que posee usted un castillo? –Definitivamente Fernando perdió todo interés por el petimetre de los marqueses, que permanecía mudo e inane tras su máscara cerúlea, y al reclamo de la palabra «castillo» se abalanzó verbalmente sobre Hamish como una jauría de perros acosando a una sabrosa presa.

–Bien, actualmente el castillo Dunrobin no es mío, sino de la... *familia* –pronunció esta palabra con un extraño y especial énfasis, aspirando su pipa antes de terminar la frase–. Yo pertenezco a una rama menor de la familia. Una ramita. Casi un palito de los dientes. –Miraba a Uke para comprobar su reacción y ella premiaba cada ocurrencia con una nueva risotada.

En ese momento Victoria pasó como un fantasma rozando la espalda de su padre y musitó:

–Creo que la subasta va a comenzar. ¡Amartillad las billeteras!

Y como haciendo eco de sus palabras, un ujier subió al estrado y proclamó:

–Señoras y caballeros, va a dar comienzo la subasta. Por favor, sean tan amables de ocupar sus asientos.

Uke prefería la última fila y su padre la primera, así que tras un disimulado forcejeo, ambos tuvieron que conformarse con una discreta ubicación intermedia. Hamish se disculpó con una franca sonrisa y la chica le observó mientras se alejaba mezclándose entre la multitud. No era un hombre exactamente guapo. Su pelo rojo resultaba excesivamente llamativo para los cánones de la elegancia discreta, y sus facciones delgadas y angulosas, con su gran nariz recta, una ancha boca de labios finos y un mentón que parecía un mascarón de proa, le recordaban a Uke un dibujo que su padre solía hacerle cuando ella era pequeña, «un seis y un cuatro, la cara de tu retrato». Facciones, tenía las justas para ser poseedor de una cara. Pero era divertido y audaz, y cuando sonreía, las comisuras de los ojos se le arrugaban como quien estruja un bollo de pan tierno. Además parecía evidente que no se preocupaba demasiado por causar buena impresión, una novedad frente a esa legión de caballeretes encopetados que solía frecuentar su padre. Sí, aquel tipo le gustaba.

Uke trató de concentrarse en la subasta para contentar a su padre, pero a la segunda puja ya estaba bostezando. La cómoda isabelina era simpática, pero sus cajones no parecían prácticos para deslizarse montaña abajo sobre la nieve. De acuerdo, algún día tendría que madurar, pero no tenía por qué ser precisamente aquel día. Desvió sus ojos a la decoración de la sala, y después al exterior a través de las ventanas que traslucían el suave relieve ondulado de El Pardo. El sol se había ocultado y el manto de encinas comenzaba a teñirse de negro bajo un cielo que añileaba. De repente, un pájaro cruzó velozmente el espacio frente al ventanal. Uke se sobresaltó. «Una lechuza, seguro. Cerniéndose sobre un ratón.» Apretó la mano de su padre, que la miró con una muda interrogación, y se levantó de la silla con cuidado de no hacer ruido. De puntillas llegó hasta la puerta, donde un ujier la saludó inclinando la cabeza, y se zambulló en el aire fresco y ligero del atardecer. Se acercó a la balaustrada que bordeaba el repecho y se apoyó en ella con las manos, descansando el peso del cuerpo en su pierna derecha. Aunque nunca lo reconocería ante su padre, le encantaba verse tan guapa, pero los tacones altos la estaban torturando. Levantó el pie izquierdo hacia atrás y giró el tobillo en el aire, luego cambió de pierna y dejó descansar el pie derecho. La barandilla estaba fría y había dejado los guantes en el abrigo. Cruzó los brazos sobre el pecho y frotó las palmas de las manos contra sus hombros. La primavera entraba perezosa y el invierno aún se adueñaba de las noches, castigando el despertar del rocío con una severa cosecha de escarcha. Allí fuera podía coger una pulmonía y de todos modos no había rastro de la lechuza, o lo que fuera, así que era mejor regresar al calor de la sala. Paseó la mirada por última vez de lado a lado del horizonte y se giró. Un sobresalto. Aquel escocés estaba justo detrás de ella, sonriendo al fondo del valle que enmarcaban su nariz y su mentón.

–¿Me permite usted? –Con un movimiento rápido se despojó de la chaqueta y la posó sobre los hombros de la chica, antes siquiera de que ella pudiera reaccionar. Uke sonrió y levantó las cejas señalando las rodillas desnudas de Hamish con la mirada.

–¿No tiene frío?

–¿Y usted? –replicó él, repitiendo el mismo gesto hacia las piernas de la chica.

–Al menos yo llevo medias –respondió Uke, levantando el borde de su larga falda y pellizcando el fino tejido que cubría su pantorrilla.

–Oh, yo tan bien. Y las mías no son seda, pero piel de oso. La mejor cosa para frío. –Tiró del vello que cubría su rodilla mientras ella reía la broma.

–Escuche... –Uke se arrebujó en la chaqueta de Hamish–. Quería pedirle disculpas por mi comportamiento de antes. No pretendía reírme de usted. Esta reunión es tan aburrida que necesitaba divertirme un poco, y usted es un hombre muy ingenioso.

–¡Pero no! Usted no necesita a excusar. Todo lo opuesto. Yo temo yo no he sido demasiado correcto con su padre y sus amigos, pero yo gustaba oyendo usted riendo.

–No tiene de qué preocuparse. A pesar de todo yo diría que usted le ha caído simpático a mi padre.

–*Really?* Bien, si sólo por eso, él dijo a mí que él intentaba a pujar para mi... ¿pintando? ¡Pintura!

–Eso me agrada. Es un cuadro precioso, el león es imponente y el paisaje africano daría un toque exótico a la decoración de nuestro salón. Mi padre nunca me ha llevado de viaje. Ya que no puedo contemplar esos lugares por mí misma, al menos puedo traerlos a mi casa.

–Actualmente yo no pienso el artista siempre viajó a África. Ese paisaje con *palm trees*[1] es duramente típico de leones, al mínimo de los leones yo he visto.

–¡Ha estado usted en África!

–Ciertamente, aunque ello fue un viaje breve.

–Cuénteme, por favor. ¿Cómo es? –El entusiasmo de Uke era casi avasallador. A Hamish aquello le complacía.

–Bien, ello es... –desvió la mirada hacia el horizonte– el mismo que

1. Palmeras.

esto. –Paseó el dorso de su mano sobre el oscuro manto de encinas aborregadas, como tratando de acariciar las copas de los árboles en la distancia.

–¿Me toma el pelo? Quiero decir, ¿se burla de mí? –tradujo Uke.

–Oh, absolutamente no. En *Britain* nosotros no tenemos paisajes pareciendo África, eso es porque nosotros hemos hecho en África paisajes pareciendo *Britain*. Pero ustedes tienen esto, que es bastante similar a algunas partes de África, como la región del Mara. Usted sólo tendría que cambiar estos *holm oaks*[1] por *thorn trees*[2] y ahí tiene una sabana africana. Faltando leones, *of course*.

–Yo adoro este paisaje. He crecido aquí. ¿Sabe? Nuestros queridos *amigos* y convecinos, todos los que están sentados ahí dentro –señaló la casa con el pulgar contrayendo el rostro como si hubiera chupado un limón– son criaturas urbanas. Vienen a esta sierra pero traen la ciudad con ellos. Mi madre era diferente a todos. Se crió en el campo, su padre era ganadero de toros de lidia. Ella no se entendía muy bien con los amigos de mi padre, aunque nunca le importó demasiado. Pasaba las horas muertas en la montaña, disfrutando de cada piedra, de cada planta y de cada animal. Y así soy yo también. Ya ve, de tal palo, tal astilla, o tal palito. Pertenezco a la *rrrrama* –imitó el acento de Hamish al pronunciar esta palabra– salvaje de la familia. Por eso me encantaría viajar a África. ¿Piensa usted regresar allí alguna vez?

–Oh, sí, en hecho yo estoy aquí en mi camino a África. Yo he sido reclamado allí para materias... *familiares*. –De nuevo la referencia a la familia iba adornada con un evidente y distintivo Leitmotiv en forma de retintín.

–¡Lléveme con usted a África! –suplicó Uke riendo, ofreciendo sus muñecas como si llevara esposas–. Peso poco, no como demasiado, sé caminar por los montes, dormir al raso y me reiré de sus bromas siempre que lo necesite.

Hamish dejó escapar una carcajada que separó su nariz de su mentón.

1. Encinas.
2. Acacias.

–Al mínimo usted habla inglés. Eso sería útil para usted en el viaje.

–¿Yo? Se equivoca. No hablo inglés.

–*You're lying*.

–No, no miento, en serio… –Uke se percató de que había caído en la trampa y ambos rieron. Solía ocultar su cuidada educación para desmarcarse de la pedantería que gastaban los amigos de su padre–. ¿Cómo lo ha sabido?

–Usted es la primera persona en España, además Delsey, a quien yo oigo pronunciando el nombre de Landseer correctamente. Y con un buen acento.

–Tiene razón. Mi padre se ha asegurado de que reciba una educación de señorita para convertirme en una dama de la buena sociedad. *Su* sociedad. He aprendido muchas cosas que nunca me servirán para nada, como protocolo y urbanidad. Aunque espero practicar mis idiomas cuando pueda viajar. Intuyo que usted ha viajado mucho. Como mínimo, a España y a África.

–Actualmente yo he estado viajando por un largo tiempo ahora. ¿Usted siempre oyó sobre el *Grand Tour*?

–¿Si he oído hablar del *Grand Tour*? ¿Se refiere a esa gira europea que solían hacer los poetas románticos?

–Y no sólo poetas. En el último siglo todo hijo de una buena familia haría su *Grand Tour*, su largo viaje antes empezando su viaje a través la vida.

–Y gastando la fortuna de su familia lejos de casa.

–Verdad. Pero en mi caso el dinero es mío. Mis padres pasaron afuera… murieron. Yo no tengo hermanos. Eso es porque yo vendo una pintura de tiempo a tiempo a soportar los gastos de mi viaje.

–¿Y no le da pena desprenderse de esos cuadros?

–Por supuesto. Eso es porque yo intento mis amigos a comprar mis pinturas. O haciendo amigos con esos que compran ellos. Así yo puedo todavía disfrutar las pinturas.

–¿Significa eso que, si mi padre compra su cuadro, volveremos a vernos?

–Significa eso que, si él no compra este uno, yo trataré a vender otro uno a él.

Ambos se mantuvieron la mirada durante unos segundos, como si hubieran decidido insertar una pausa de respeto que rubricara su complicidad y, de algún modo, diera comienzo a una nueva fase en su incipiente relación. Después fue Uke la que rompió el silencio.

–Hábleme de su *Grand Tour*.

–Bien, ello no ha sido tan *Grand* tan yo expectaba. Yo significo yo no he viajado finalmente a esos lugares donde yo intentaba a ir. Yo entré la universidad, pero después yo decidí que eso podía esperar. Ello fue cuando mis padres murieron. Yo necesitaba a alejar de todo eso y así yo viajé a París a la casa familiar de Delsey. Él es un buen amigo desde escuela. Nosotros estudiamos juntos en Eton, su familia vive en París pero él deseó a establecer afuera desde su familia y había heredado una casa aquí en Madrid. Yo intentaba a viajar a Suiza y Italia, pero Delsey me convenció de viajando a España. Nosotros viajamos a San Sebastián, donde Delsey tiene algunos amigos. Desde allí nosotros viajamos a Pamplona a ver los *bullfights*, y viajamos toda la costa norte de España. Después Delsey invitó a mí a su casa aquí, en las montañas de Madrid, y él dijo a mí que aquí yo podría vender algunas pinturas. Y aquí yo estoy. Yo deseaba a viajar a Granada a encontrar un amigo mío, un escritor llamado Gerald Brenan, pero yo creo ahora él no está allí. Antes mi amigo contó a mí sobre la sierra de la Alpujarra, una primitiva y noble tierra, él dijo, y eso yo quería a conocer.

–¿Y dónde está ahora su amigo el escritor?

–En Italia, yo pienso. Él está allí a casar una mujer, yo he oído.

–Una romántica escapada. Y el primo de su amigo Delsey, ¿viaja también con ustedes?

–¿Gaston? Él no es primo de Delsey.

–Pero mi padre lo presentó...

–No. Ellos no tienen una relación familiar.

–¿Un amigo entonces?

–Bien, él es más que un amigo a Delsey. Ellos viven juntos y... duermen juntos.

Uke quedó desconcertada por un momento, hasta que de repente su boca se abrió en una descomunal mueca de asombro.

–¡No!

–¡Sí!

–¡No!

–*Oh, yes!* Eso es porque Delsey deseaba a abandonar su casa familiar, y aun su ciudad y su país. Su familia no aprobaba.

–¡Ja! Si mi padre se entera de esto, creo que usted dejará de caerle simpático.

–Bien, en alguna manera yo no duermo con ellos, y además yo creo ello no es... ¿infeccioso? Al mínimo yo no he sentido algún *symptom* todavía. –Se tanteó la camisa–. Y nunca teniendo mujeres tan bellas tan usted.

–No tan deprisa, Hamish. Puedo llamarle Hamish, ¿verdad?

–Tan largo tan usted llame a mí, usted puede llamar a mí la manera usted desee.

–Vaya, no pierde usted el tiempo. Pero con tanta charla se va a perder la subasta de su cuadro.

–Yo pienso ahora hay mucho más a ganar aquí fuera puertas. ¿Iremos nosotros por un paseo? –sugirió Hamish ladeando la cabeza hacia un grupo de hombres que habían salido a tomar el fresco y a fumar, y que los observaban con disimulo junto a la puerta de entrada al hotel.

Uke trastabilló de ansiedad e incertidumbre mientras bajaban la ladera al otro lado de la balaustrada. Inteligente. Irónico. Directo. Audaz. Pero respetuoso al mismo tiempo. Medía sus palabras y sabía hasta dónde podía tensar el sedal sin romperlo. Sin duda aquel tipo sabía muy bien lo que hacía, y sin duda lo sabía porque lo había hecho otras muchas veces. Ella dudaba entonces si se trataba de un aventurero apasionado o de un simple caradura. Pero era indudable que sabía cómo interesar a la gente, y Uke decidió embocar el anzuelo sin morderlo, a ver qué pasaba. Después de todo, era el primer hombre que le interesaba, y radicalmente opuesto a los lechuguinos cuelliduros de su padre. Hamish sólo aparentaba un par de años o tres más que ella, pero proyectaba una imagen nítida de madurez y experiencia de mundo. Cuando saltó la balaustrada remangando su vestido de organza y seda de la mano de aquel Señor de las Llanuras, tuvo la sensación de que la cruzaba para siempre.

Y así fue. O mejor dicho, así debió ser. Mientras el relato de Uke, siempre a través de mi madre, sobre aquel encuentro junto a la balaustrada fue bastante preciso, en cambio apenas dispongo de información sobre otros episodios posteriores de la relación de mi abuela con Hamish Sutherland. Varias de esas lagunas las he podido rellenar antes de comenzar a escribir esta narración, pero permanecen otras que no he logrado esclarecer. Mi abuela guardó para sí momentos que nunca compartió con nadie, excepto con Hamish, tal vez porque aquellos eran los momentos en que no cabía nadie más para compartir. Nunca sabré lo que ocurrió al otro lado de la balaustrada. Nuestro testigo invisible de los hechos, ese emisario imaginario que introducimos en la escena que escuchamos o leemos, esa cámara o ese cablecito de fibra óptica que deslizamos hasta el lugar donde los protagonistas ventilan sus asuntos, se quedó enredado en la barandilla de piedra mientras la chica rubia y el extranjero excéntrico descendían la colina empinada entre risas y traspiés, con la voz clara de Uke y las retorcidas frases de Hamish perdiéndose en el eco de la noche, con la falda a cuadros y el vestido color marfil yéndose a negro al fundirse en los arbustos de la jara, mientras nos quedamos allí acodados en silencio mirando cómo titilan las luces de Madrid en el horizonte, sin un diálogo que escuchar ni un desenlace que contemplar, sin una voz en off que nos cuente el final, abandonados por una trama que no nos pertenece, que no es la nuestra y donde ya lo único que hacemos es estorbar.

4

UN VIOLÍN EN LA TORMENTA

Cuando Uke y Hamish regresaron al hotel de El Pendolero después de su paseo entre las jaras, la subasta ya había concluido y la mayoría de los invitados había abandonado la finca. Victoria e Íñigo se habían marchado con unos amigos para rematar la velada con una pequeña fiesta. Fernando esperaba en la entrada con el ceño fruncido y el abrigo de Uke colgando de su brazo, sin comprender por qué tanto su hija como el escocés se habían esfumado de la reunión sin más explicaciones. Pero su frente tuvo ocasión de planchar sus arrugas de un plumazo cuando los vio surgir de las sombras del jardín. Él, en mangas de camisa y chaleco, con las canillas al aire ridículamente hirsutas y rosáceas sobre sus zapatos negros. Ella, luciendo la chaquetilla Prince Charlie de dos filas de botones con las manos perdidas en las bocamangas como un espantapájaros desarbolado, y arrebujando en su mano derecha el bajo de su larga falda para no pisarlo. Caminaba descalza y llevaba puestos los gruesos calcetines blancos de Hamish. Ante el fulminante gesto de reproche de su padre, acompañado por una nerviosa ráfaga de miradas a discreción para comprobar si había alguien observándolos, Uke encogió los hombros y presentó una disculpa desganada y lacónica: «¡Hacía frío!». Tratando de aparentar compostura, Fernando le comentó a Hamish que había adquirido su cuadro, a lo que el escocés y la chica reaccionaron intercambiando una sonrisa cómplice. Hamish agradeció la compra a Fernando con un caluroso apretón de manos y se despidió cortésmente de ambos para ir a recuperar su abrigo al interior de la casa. En cuanto se alejó, Fernando arrastró a Uke del brazo y comenzó a recitar en voz baja una indignada letanía de reproches que su hija no escuchaba, su cuello retorcido hacia la espalda como el de un pollo desnucado para contemplar cómo el escocés desaparecía bajo el dintel iluminado. Su padre sólo alteró el monótono rosario de imprecaciones para enfatizar: «¡Y descalza!». Le clavó de nuevo la mirada condenatoria y ella repitió el mismo gesto suplicatorio con idéntica desgana: «¡Con estos calcetines tan gruesos no puedo calzarme!», al tiempo que levantaba su mano izquierda, de la que pendía uno de sus zapatos. «¿Y el otro?», preguntó su padre, furioso. «No te preocupes: misión cumplida. Lo tiene el príncipe.»

El príncipe no tardó ni veinticuatro horas en regresar. A la mañana siguiente, Hamish tocaba a la puerta de Lux Domini. Había decidido llevar el cuadro personalmente y así, de paso, ayudaría a Fernando a determinar el lugar óptimo para colocarlo, aquel donde la luz natural animara sus colores sin herir el barniz ni la pintura con el impacto directo de los rayos del sol. Los tres sabían que aquello no era más que una excusa, pero estaba bien así. En cuanto Uke le vio aparecer, con su pipa y vistiendo un traje deportivo de *tweed*, le echó los brazos al cuello y le plantó un beso en la mejilla. Fernando fingió contener el asombro, aunque lo que fingía no era la contención, sino el asombro. Desde la tarde anterior había aceptado que aquel escocés tendría un papel que desempeñar en sus vidas, de una manera o de otra. En principio, la idea no le disgustaba: el tipo era excéntrico, pero insinuaba maneras y era indudablemente un caballero cultivado, precisamente lo que necesitaba Uke, y no aquellos gañanes con los que se juntaba para cazar ranas. No exhibía ningún título nobiliario, pero era de parentela aristocrática, y tanto su estampa como sus modales sugerían que poseía cierta fortuna. No era mal partido y, casualidad o no, aquella mañana su hija no se había embutido en los pantalones camperos de rafia como era su costumbre, sino en un vestido corto de flores, cintura a la cadera y falda plisada que había pasado de moda sin ver la luz del día desde que entró por primera vez en el armario. Anticuado, pero impecable. Los zapatos no conjuntaban, pensó Fernando, pero era difícil hacerse mujer de la noche a la mañana.

Mientras Fernando y Hamish discutían la idoneidad de cada pared del salón acristalado para ubicar el cuadro, la chica desapareció escaleras arriba saltando los escalones, no al estilo de las cabras como solía, sino de uno en uno como correspondía a una señorita. Un instante después regresó con la chaquetilla Prince Charlie, que paseó ante los ojos de Hamish y luego depositó en el banquito del recibidor. «Los calcetines necesitan antes un lavado», explicó. Hamish sonrió abriendo las manos, «¡pero yo olvidé traer su zapato!», a lo que Uke respondió con un guiño a su padre: «Ni falta que hace. Consérvelo para el momento adecuado».

Una vez elegido el emplazamiento más conveniente para *El señor de las llanuras*, dejaron el cuadro apoyado en el suelo contra la pared y se sentaron alrededor de la mesita de forja del jardín para tomar un aperitivo. La mañana retenía la transparencia cristalina de los amaneceres de invierno en Madrid, con ese aire fresco que parece que nunca haya sido respirado antes, pero la primavera llegaba prematura rompiendo aguas en los capullos de las camelias y el jardín olía ya a comidas a pleno sol y al perfume de sábanas limpias ondeando en la brisa. Allí charlaron bajo los jirones de los cirros hasta que Hamish anunció que su amigo Delsey se complacía en invitarlos a todos a comer en su finca, al otro lado de la colina del Canto del Pico. Fernando agradeció la hospitalidad de Delsey, pero se excusó arguyendo que Íñigo y Victoria descansarían hasta tarde después de su escapada nocturna y que él debía acompañarlos en el almuerzo. Sin embargo animó a su hija para que aceptara la invitación, y por supuesto ella lo hizo antes de que su padre terminara la frase. Hamish no necesitó más pistas para modificar el plan inicial. Despidió al chófer de Delsey con instrucciones para que regresara a recogerlos en una hora, y con el ruego de que entretanto la cocinera de su amigo les preparara un almuerzo de *picnic* para dos: un pollo asado, un *bloc de foie*, una barra de pan, una botella de sidra y unas galletas *shortbread*. En tanto que Uke se ponía ropa cómoda para el monte, Fernando mostró a Hamish los cachivaches médicos de las vitrinas y su estudio de pintura en el ático, explicándole la peculiar deriva de su carrera profesional. Por entonces estaba retocando el retrato de un niño. Se trataba del hijo de un reputado ingeniero de minas, un amigo que le había aconsejado que invirtiera una fuerte suma en una empresa holandesa que explotaba yacimientos diamantíferos en África. En esta compañía el propio ingeniero tenía una participación sustanciosa que se había incrementado considerablemente por la buena marcha del negocio. Después de la crisis del 29 la economía era un juego de azar tan peligroso como la cola de una ballena girando en una ruleta, y quien se acercaba demasiado a la mesa de juego corría el riesgo de llevarse un coletazo demoledor. Los diamantes eran un valor percibido como seguro por los inversores, al margen de la volatilidad bursátil y de los bandazos del interés monetario, y quizá por eso la venta de diamantes se mantenía a flote sobre el río revuelto. Su amigo se lo había resumido con un ejemplo muy acertado: si los demás sufren la fiebre del oro, vende picos y palas. Así que cuando todos compraban diamantes, parecía más astuto no comprar diamantes, sino venderlos. En tales tiempos de zozobra un buen asesoramiento financiero era algo de agradecer, sobre todo si era desinteresado, y Fernando pensaba premiar la amabilidad de su amigo regalándole aquel retrato de su hijo.

Cuando Uke terminó de cambiarse, se cruzó con Victoria que salía soñolienta de su habitación, en bata y sin maquillar pero con su moño recién forjado en la fragua. Al ver a su hermana una vez más en traje de montaña, Victoria bostezó y murmuró entre dientes: «Cenicienta vuelve a sus harapos». A lo que Uke movió la cabeza de lado a lado y chilló en un susurro: «¡No, Cenicienta se va a almorzar al monte con el príncipe escocés!». Seguidamente la agarró por los hombros y le espetó: «Hermanita, necesito que me peines». Victoria abrió los ojos hasta reventar las legañas y declaró con solemnidad: «María Eugenia, he soñado muchas veces que me pedías esto, pero ahora ya no sé si realmente lo has dicho o es un efecto retardado del Dry Martini». «¿Del qué? –respondió Uke, y añadió–: es igual. ¡Péiname!» Al rato Uke bajó al salón con su ropa de rafia, pero con un brillante y pétreo peinado *garçon* a lo Liza Minelli en *Cabaret*, que dejaba en la frente un caracolillo tan tieso que se hubiera podido pescar un rodaballo con él.

No tengo más información de aquella primera cita y debo resistir la tentación de conjeturar. Solamente sé que el almuerzo se prolongó a la tarde, la tarde se hizo noche y Uke regresó a casa cuando la gente corriente ya no anda por ahí fuera en el monte. Claro que ni Uke ni Hamish eran gente corriente. Así que después de todo, puede que sólo fueran al monte.

En los meses que siguieron y mientras el sol seguía escalando hacia su palco de verano, los acontecimientos parecían precipitarse cuesta abajo para Fernando, para Victoria, para Uke, para Hamish e incluso para la pequeña sociedad de la periferia madrileña. Íñigo y Victoria marcharon a Bilbao, pero estuvieron de vuelta a comienzos del verano para descansar en la sierra hasta que terminara la temporada. Traían grandes noticias: Victoria estaba embarazada. De inmediato Fernando le abrió a su primer nieto su corazón y una cuenta corriente en el banco. Uke y Hamish se hicieron inseparables, y Fernando apreció cambios favorables en el comportamiento de su hija. Cuidaba más su aspecto, se esforzaba en vestir para la ocasión, leía, asistía a conciertos y visitaba exposiciones de arte, siempre acompañada por Hamish. Ya no tenía recelo en traslucir la educación esmerada que había recibido y había abandonado los mecanismos de defensa que solía utilizar antes para excluirse del trato social, como sorber los mocos y luego pasarse la mano desde la nariz hacia la frente. Todavía salía al monte, pero ya no iba sola. Hamish era un tipo muy sociable y sabía mezclarse con la gente, incluyendo a los serranos con los que solía trotar Uke, pero ahora él actuaba de filtro para prevenir que ella se impregnara de «costumbres rudas». Incluso, y razonando que el talento artístico corría por la savia del árbol familiar de los Mencía, Uke se aventuró a probar suerte con la pintura. Para esto se encerró en el estudio con su padre durante una semana y luego ambos comenzaron a rastrear las montañas en busca de paisajes pintorescos. Eran los únicos momentos en que ella salía sin Hamish, y los que más disfrutaba Fernando, pletórico de orgullo. Uke le parecía cada vez más una versión mejorada, pulida, de la mujer que amó y perdió. Hamish trató repetidamente de apuntarse a aquellas sesiones de trabajo pictórico, pero a Uke le avergonzaba que él la viera emborronar lienzos torpemente. Quería comprobar por sí misma si tenía dotes o no antes de dedicarse a perfeccionar la técnica o abandonar aquella actividad por completo.

Durante el verano, Uke frecuentó la gran casa de Delsey, donde se hospedaba Hamish. El barón francés resultó ser un muchacho abierto y jovial, siempre de buen humor y dispuesto a escuchar; una de esas personas que aceptan con gusto el papel de confidente sin derecho a réplica. Se expresaba en perfecto castellano, pero con tanta afectación y ampulosidad para alguien tan joven que llegaba a resultar cómico, como cuando con tono grandilocuente de discurso homérico era capaz de interponer ocho o diez oraciones subordinadas encadenadas entre el sujeto y el predicado de una misma frase. Era un perfecto anfitrión y un consumado animador de continuidad, es decir, sabía siempre cómo levantar ese momento en que la fiesta decae. Algunas veces Hamish resultaba demasiado reservado, y en mitad de una conversación se quedaba callado con su mirada colgada en los ojos de Uke y una expresión grave y ausente, como si su mente estuviera en blanco o, todo lo contrario, corriera por ella un torrente de pensamientos que anulaba su percepción. En aquellos momentos Uke se sentía desconcertada y un poco intimidada, pero Delsey encontraba la manera de romper el silencio con algún chisme de sociedad, o con una de sus historias sobre Martin.

Este personaje era un mozo de cuadra que había trabajado para su familia, un coloso todo músculos y corazón que se había cargado a hombros a una yegua parturienta con una pata rota desde el bosque a los establos, para que pudiera dar a luz bajo techo y al abrigo de la paja. La yegua murió en el parto, pero los cuidados de Martin consiguieron que alumbrara con vida una hermosa potranca. Para premiar su coraje y su buen corazón, el padre de Delsey la había bautizado *Martinette* y se la había regalado al forzudo mozo, quien lloró emocionado por el detalle y a punto estuvo de ahogar con su abrazo al pobre animal, que relinchaba de asfixia, y cuanto más relinchaba, más lloraba y apretaba Martin, que pensaba que la potranca, como él, también lloraba de alegría. Con Delsey cada reunión era una fiesta, y no había ocasión lo bastante nimia para impedirle lucir sus mejores galas en todo momento. Vestía con estilo y sentía pasión por las cosas antiguas, con decenas de vitrinas atiborradas de huevos de Fabergé, cucharillas antiguas de plata y objetos de *vertu*[1]. No se perdía ni una de las subastas que se ce-

1. Objetos de arte de colección.

lebraban en Madrid, a lo que Uke y Hamish debían agradecer el haberse conocido.

En cambio, a Uke no le agradaba el «primo» Gaston. Era un tipo huraño y sigiloso, de cuencas oscuras hundidas en un rostro hierático de rasgos femeninos y enfermizos. Hamish aseguraba que Delsey y Gaston eran amantes, algo que nunca demostraban en público, pero Uke tenía el pálpito de que aquel «primo» se la comía con la mirada. Por fortuna no se vio obligada a soportar su presencia muy a menudo, pues con frecuencia Gaston estaba «fuera», sin que Delsey pareciera inclinado a explicar nada más sobre esas extrañas y reiteradas ausencias.

En cierto modo fue una lástima que la felicidad efímera de aquellos meses no hubiera encajado en circunstancias más propicias, sobre todo porque entonces, y aún mucho después, nadie supo con certeza hasta qué punto el desarrollo de los acontecimientos políticos y sociales influyó para destrozar el estado de gracia de la familia Mencía a comienzos de aquel verano del 31. Llegó la República, el rey emprendió el camino del exilio y algunas cosas empezaron a cambiar. Al principio todos confiaban en que aquel proceso sería transparente para el orden social, que la República conservadora y aburguesada que defendían los Maura mantendría a cada uno en su lugar. No fue así. Pronto comenzó la quema de conventos y el duque de Maura retiró su apoyo al gobierno. El brillo de El Pendolero se apagó y sus bosques se talaron para desbrozar tierras de cultivo. Con el arrumbamiento de los moderados en la escena política, los que más tenían que perder empezaron a ser conscientes de que podían perderlo todo.

Uno de ellos era Fernando. Ni lo perdió todo ni fue por causa de la República, pero se vio sumergido de lleno en el torbellino de cambios: en septiembre de 1931, la empresa holandesa de diamantes en la que había invertido un gran capital perdió los derechos de explotación de la mina africana. A causa, decían, de irregularidades contables en el pago del canon de extracción. Sin aquella concesión, la compañía no era más que un viejo inmueble en el centro de Amsterdam, repleto de ancianos de cuello duro. De la noche a la mañana Fernando contempló cómo sus valores se desplomaban hasta el suelo mientras todos los accionistas liquidaban su participación para salvar los muebles. Fernando trató desesperadamente de localizar a su amigo el ingeniero para que le aconsejase sobre si debía evacuar la nave o mantenerse amarrado al mástil hasta que amainara el temporal. Pero el ingeniero estaba de viaje, le informó su ama de llaves, y no regresaría hasta el final del verano.

Fernando no era un hombre de negocios. Había nacido con los bolsillos razonablemente abultados y toda su obsesión era destacarlos, exagerar el tamaño aparente de esos bultos. Lo de menos era la calidad del relleno, incluso si había que engordarlo con algo de paja. Así conseguía mantenerse aferrado al estrato de quienes, por el contrario, poseían mucho más que lo que les gustaba mostrar. Su juego era exhibir sin que parezca que se está exhibiendo, sobre todo desde que adoptó la personalidad de artista refinado y aristocrático para quien el dinero era un asunto prosaico y natural, un fluido fisiológico más, sin que hubiera ninguna necesidad de hablar de ello. Así que en aquella ocasión, con sus acciones en la mano que en ese momento valían menos que el papel en que estaban escritas, tuvo que tomar la decisión él sólo. Íñigo, su yerno, era entendido en inversiones, pero él y Victoria pasaban unos días en la ciudad con unos amigos y Fernando trató en vano de localizarlos. Su corredor de bolsa se lavó las manos; no quería asumir la responsabilidad de una recomendación tan arriesgada. Las horas pasaban y el teléfono de Fernando resonaba con afónica agonía, cada vez con peores noticias. Tenía que elegir: vender, o bien desconectar el teléfono, irse a dormir y no leer periódicos durante unos meses. Y decidió vender. Y se equivocó. Le faltó un dato crucial: la compañía defenestrada poseía la mejor escuela de tallistas del sector. Un mes más tarde, la empresa que se había quedado con la concesión compró los restos a precio de saldo, despidió al equipo directivo y reflotó el negocio, que entonces ya no solamente tenía buenos tallistas, sino también la concesión minera y además unos gestores responsables y eficientes. Su valor subió como un cohete de feria y los que habían mantenido sus posiciones, entre ellos el ingeniero que seguía de viaje, recibieron sobre sus cabezas una lluvia monetaria de chispazos dorados.

Aquello fue un revés atroz para Fernando. No era la ruina absoluta. Aún le quedaba Lux Domini y alguna propiedad heredada de su padre, además de los sustanciosos ingresos que obtenía de la pintura. Pero el pozo ahora tenía fondo, y se veía demasiado cercano. Aún peor, una parte de aquellos valores en diamantes, de los que nunca había hablado a su familia, estaban destinados a engrosar la dote de Uke cuando Hamish la pidiera en matrimonio. Sintió que le había fallado a su hija y eso le creó un sentimiento de culpa que nunca le abandonó. A partir de entonces su actitud hacia ella se volvió más comprensiva, más tolerante, menos exigente y menos manipuladora. Su salud se resintió y pasaba días enteros sin levantarse de la cama. Decía que tenía presagios de muerte, que por las noches se despertaba sintiendo que alguien entraba en su habitación respirando con resuello asmático, que cuando se incorporaba y abría las ventanas, la brisa nocturna le traía de la sierra los gritos de su esposa agonizando sobre las rocas en La Pedriza, y que los gritos hinchaban las cortinas que se cernían sobre él para enroscarse en su cuerpo y asfixiarle.

Con todo, no fue el único golpe que sufrió Fernando en aquellos meses del 31. Ni el peor. Lo otro fue mucho más funesto.

El mismo día que Fernando vagaba sin rumbo por el salón mientras su capital se esfumaba al otro lado del teléfono, Uke había salido al monte con Hamish, ajena a la crisis financiera de una remota empresa en un país lejano. Desde Lux Domini caminaron bordeando la colina del Canto del Pico en dirección al valle Peregrinos. Era un mediodía de septiembre hermoso y claro, el bochorno daba una tregua y el cielo había perdido la ictericia macilenta de agosto para vestirse con ese azul nítido que tanto se desperdicia en invierno, cuando nadie tiene tiempo ni ganas de tumbarse para mirar pasar las nubes. Llevaban sus mochilas rebosantes de manjares para un duelo gastronómico. Uke se había surtido en Lhardy y Viena Capellanes, y según creo, un amigo de Hamish le había traído de Londres una cesta de *delicatessen* de Fortnum & Mason. Hamish vestía el kilt con el tartán de los Sutherland y Uke llevaba un vestido de muselina del color de sus ojos. Era verano, eran jóvenes y eran libres.

Siguieron el arroyo Peregrinos hacia el norte y comieron sobre un mantel bajo una encina, junto a una desmadejada cabaña de pastores que conservaba parte del tejado sobre los muros de piedra. Ambos reconocieron la victoria del otro en la contienda alimenticia, rieron, bebieron una botella de vino tinto de la bodega del pueblo y jugaron a lanzar perlas de chocolate al aire para cazarlas con la boca. Hamish reservaba una sorpresa: oculto en su voluminosa mochila, había traído su violín. Mientras el sol caía más al oeste del monte Abantos, escalaron una ladera y se sentaron a contemplar el terciopelo bordado de pedrería que tapizaba la falda del valle. Sobre la capa naranja del atardecer desfilaban nubes preñadas de lluvia que comenzaban a cubrir el cielo desde la sierra. Hamish decidió que aquel crepúsculo tan bonito merecía un acompañamiento musical, y de pie sobre una roca en la cima de la colina tocó el *intermezzo* de la *Cavalleria Rusticana* de Mascagni. Uke nunca había escuchado aquella pieza tan hermosa y envolvente, y allí sentada, descalza y con las piernas cruzadas, sintió que el ligero vello de todo su cuerpo se clavaba en la muselina del vestido. Se quedó allí sentada, desarmada de palabras y gestos mientras las cuerdas vibraban de frente al atardecer y las notas se enganchaban en el erizado metálico de sus brazos para luego alejarse y rebotar en las piedras iluminadas del valle, corriendo sobre la brisa hacia el sol de cobre viejo, remontando con la melodía para volar sobre la corriente hacia el clímax, la nota más alta que se repetía cuatro veces, y luego otras cuatro más, para al fin planear suavemente hacia el horizonte y fundirse con el *crescendo* final en la estela del disco rojo que desaparecía al otro lado de la sierra.

Cuando Hamish terminó de tocar, Uke no podía moverse. Sentía la necesidad de aplaudir hasta lacerarse las manos, y pensaba que era lo correcto, pero estaba paralizada por el estupor y la emoción. Llorar hubiera sido una cursilada impropia de una chica dura de las montañas, y aplaudir le parecía una agresión física contra las últimas notas que aún colgaban en la brisa, así que decidió callar hasta que el pitido del silencio tomó la palabra, pero Hamish permanecía quieto con el violín sobre el hombro, el arco en la mano y la frente plegada en actitud expectante, así que Uke se sintió obligada a abrir la boca y sobrehilar una risilla tonta que se deshilachó en un torpe balbuceo. Por suerte, no tuvo ocasión de empeorarlo. De repente las nubes amoratadas que habían velado el cielo regurgitaron un trueno inmenso y gutural, y el rumor de la lluvia comenzó a tabletear estrechando un círculo alrededor de Uke y Hamish hasta que gotas como jarrones empezaron a estallar sobre sus cabezas. Uke chilló y se levantó de un salto, recogiendo sus zapatos y el borde de su falda, pero Hamish levantó los brazos y la cabeza roja hacia el torrente del cielo gritando: «¡No, no, ello es el verano!», y escupiendo el agua de su boca asestó un golpe a las cuerdas con el arco, como quien parte leña con un hacha, y empezó a aserrar furiosamente el *presto* del verano de Vivaldi, retorciendo el cuerpo en exageradas posturas teatrales mientras movía el arco a toda velocidad, sacudiendo el agua de su pelo rojo como un perro lanudo y siguiendo el ritmo de la música con bruscos golpes de los pies en el suelo. Uke había tirado sus zapatos y descuidado su falda, y con el vestido pegado al cuerpo giraba bebiendo la lluvia y riendo a carcajadas ante el histrionismo teatral del escocés. Sin dejar de tocar cada vez más fuerte para vencer al rumor de la lluvia y al tañido de los truenos, Hamish se hincó de rodillas agachando la cabeza, y entonces ocurrió algo insólito. Al arrodillarse Hamish y exactamente detrás de él, a unos diez metros de distancia, Uke pudo contemplar un soberbio ejemplar de ciervo macho con grandes cuernas, cabizbajo e inmóvil en la lluvia, que los miraba directamente como si se hubiera desorientado en el temporal hipnotizado por el sonido de la música. Uke se quedó clavada en el sitio y separó los labios en una bocanada de sorpresa, a lo que Hamish dejó resbalar por las cuerdas una última nota desafinada antes de detenerse y mirarla con expresión desconcertada. «¡Mira... el monarca de la Cañada!» Hamish se giró rápidamente y al ver el animal musitó: *«Oh, my God!»*. El movimiento, o tal vez el fin del recital, debió de asustar al ciervo, que berreó balanceando su pesada cabeza hacia atrás para después huir al trote colina abajo. Los dos lo miraron hasta que desapareció tras la cortina de lluvia, en dirección a la cabaña de pastores. Luego se miraron sonriendo y seguramente la tormenta propició entre ellos un extraño fenómeno eléctrico de comunicación silenciosa, porque ambos parecieron entender el propósito de todo aquello: el día de campo, la tormenta, la música, el ciervo, la necesidad de refugiarse de la lluvia, las ropas húmedas y una cabaña junto al arroyo que aún conservaba parte del tejado sobre los muros de piedra. Sin decir palabra ni recibirla, Hamish tomó de la mano a Uke, agarraron sus cosas y corrieron colina abajo hacia donde el ciervo había desaparecido tras la cortina de lluvia.

5

ELEGIMOS EL ABISMO

La historia se escribe con pequeños puntos de tinta, y las palabras no son más que la suma de todos esos puntos minúsculos. Dentro de cada letra o de cada fotografía impresa hay una trama que sólo podemos apreciar con una lupa de muchos aumentos o con un microscopio, pero para interpretar lo que ha sucedido necesitamos la perspectiva de las palabras enteras. En toda la historia escrita alguien se encargó de dejarnos la trama de tinta lo suficientemente ordenada y tupida como para que sólo percibamos las palabras, y así podemos leer y entender lo que pasó. Pero en lo que nos toca vivir, o en lo que no vivimos pero no fue lo suficientemente importante como para que otro se preocupara de dejárnoslo ordenado, sólo podemos movernos en la pequeñez de nuestra trama, y los demás puntos de tinta nos quedan muy apartados como para verlos, no digamos ya como para alejarnos y apreciarlo todo con la suficiente perspectiva.

De acuerdo, es un ejemplo bastante idiota y exageradamente complicado. Pero ayuda a comprender, al menos para mí, por qué lo más habitual es que no entendamos nada de nada de lo que pasa a nuestro alrededor. Cuando me siento perdido en la sucesión de hechos que se me escapan y sobre los que no tengo ningún control, pienso en una pulga sentada sobre la decimoséptima «a» de la frase inicial de un ejemplar cualquiera del *Quijote*, «En un lugar de La Mancha, de cuyo nombre no quiero acordarme, no ha mucho tiempo que vivía un hidalgo de los de lanza en astillero, adarga antiguA» –en esta última «a» está la pulga descansando plácidamente–, y me quedo mucho más tranquilo, porque la pulga está absorta en sus pensamientos de pulga y no tiene la posibilidad, ni mucho menos la obligación, de entender el hilo argumental del *Quijote* o el impacto de la obra en la literatura hispana.

A lo que voy con todo esto es a que, según parece, debo mi existencia a una tormenta de septiembre, apenas una mota de tinta en la trama de la historia. Por lo que sé, puedo suponer que mi padre fue concebido aquella noche junto al arroyo Peregrinos, y si no hubiera tocado borrasca esa tarde, tal vez mi alma se habría quedado en la máquina expendedora para siempre, o al correr los turnos de las almas me habría tocado el cuerpo de un niño esquimal o polinesio, en cuyo caso tampoco sería yo. No tengo la más remota idea de si la cosa funciona así. Pero como al fin y al cabo no soy más que una pulga, no estoy obligado a entenderlo, y con esta manera de explicar el mecanismo del reparto de las almas me quedo bastante tranquilo y puedo regresar sin más pudores intelectuales ni sandeces filosóficas a la comodidad de mi decimoséptima «a».

No fue mi madre quien me contó lo que sucedió en la cabaña junto al arroyo aquel atardecer de septiembre de 1931, e ignoro si Uke le habló de esto, aunque lo dudo. Tampoco importa, porque si hay dos o más historias, la verdadera debe ser siempre la más hermosa. Me gusta pensar que Uke y Hamish no intercambiaron una sola palabra más aquella noche y que sus ropas tendidas frente a la fogata compartieron la misma agua hasta bien entrada la noche, hasta que el fuego se extinguió y sus cuerpos se secaron. Uke regresó tarde a Lux Domini y encontró a su padre hundido en un sillón con las manos colgando a ambos lados, la mitad de su cara grisácea iluminada por una lamparita de mesa. No se sintió con fuerzas para ocultarle a Uke la hecatombe financiera que había padecido, pero dudo que ella le diera demasiada importancia a aquello. Salvo por el hecho de que esa tarde su padre se convirtió en un anciano sin haber cumplido los cuarenta y cinco.

Se fue septiembre y entraron los días taciturnos de octubre. Íñigo y Victoria regresaron a Bilbao y Uke se quedó sola para atender la frágil salud de su padre y sus crisis alucinatorias, cuando él creía oír los gemidos agonizantes de su esposa en el viento que batía las ventanas. Hamish pasaba con frecuencia por la casa y se quedaba largas horas allí aliviando la monotonía con los últimos chismes del pueblo y las historias que le contaba Delsey, pero los esfuerzos obtenían poca recompensa. Uke se veía desbordada por la situación y apenas abandonaba la casa, aunque había contratado a una enfermera para que permaneciera en todo momento junto a su padre. Ironías del destino, Lux Domini terminaba siendo una casa de reposo como Fernando había imaginado, pero donde él era el único paciente.

Aquella tónica se prolongó sin cambios apreciables, hasta que un día Hamish llegó con más tristes noticias. Durante tres días no había sabido nada de Delsey, hasta que la policía llamó informando de que su amigo estaba atrincherado en una habitación de una fonda de Madrid, en la plaza de Puerta Cerrada, donde se había registrado con el nombre de Edmond Dantès –Delsey era teatral hasta para esto– y donde pensaba permanecer hasta que le sobreviniese la muerte por inanición. La dueña había llamado a la policía, que consiguió identificarlo a través de un amigo en la embajada francesa que dio razón de él. Cuando Hamish llegó a la comisaría lo encontró hecho un escombro y aferrado a un papel sobado. Era un lacónico telegrama del «primo» Gaston: «No regreso a España. Por favor envía mis pertenencias al hotel Negresco, Niza. No te molestes en venir tú. Hasta siempre».

Hamish consiguió convencerlo para que regresara a su casa de Torrelodones, pero allí de nuevo expresó su intención de recluirse y de no recibir a nadie hasta que Gaston franqueara el umbral o lo sacaran a él con los pies por delante. Dos días después le comunicó a Hamish que había decidido marcharse a pasar una temporada indefinida en su finca familiar de París. Uke insistió en verlo antes de su partida, pero Hamish le aseguró que era inútil intentarlo. Él nunca permitiría que lo viera en aquel estado. A cambio le había escrito una nota de despedida, al estilo Delsey:

Mi querido ángel azul:

Atruena la soledad en la caverna vacía de mi pecho y no puedo soportar la asfixia de este Hades, este caserón amortajado en el sudario fantasmal de mis recuerdos. Hastiado de sondear sin éxito las cenagosas profundidades de mi Aqueronte particular en busca de siquiera un despojo de esperanza con que pagar óbolo a Caronte para conjurar mis demonios y así retornar a mi Paraíso tan añorado, me retiro al Purgatorio, mi hogar natal de Voisins-les-Bretonneaux, donde mis provectas tías cuidarán de mí sin importunarme con preguntas imbéciles que remuevan y enfanguen aún más la hedionda cloaca de mi desdicha. Allí, cerca de Versalles, tienes tu casa, donde espero que algún día podrás encontrar los pedazos recompuestos de mi corazón sangrante y desgajado. Mientras, cuida del bárbaro *highlander* que te ha entregado esta misiva. Nunca lo dejes escapar de tu lado, so pena de eterna condenación para ambos: créeme, lejos de ti sólo le espera el abismo. Por favor, preséntale a tu padre mis respetos y mis deseos de pronta mejoría. Ambos somos ahora hermanos en el dolor.

Adiós, mi querida niña. Si los ángeles fueran como tú tal vez yo hubiera entregado mi alma a una mujer. Pero mi exquisito sentido del gusto sólo es superado por mi inmortal compromiso con los cánones de la belleza clásica, y afortunadamente los ángeles de la representación artística que de niño aprendí a amar eran siempre masculinos.

Tuyo hasta que la fría tenaza de la muerte tenga a bien extinguir mi último hálito,

Delsey

Así era Delsey. Después de leer la carta, Uke quiso saber si Hamish la había leído. El escocés sentenció que nunca se hubiera atrevido a husmear en la correspondencia privada entre otras dos personas, aunque se tratara de su mejor amigo y de la mujer que amaba. A Uke le intrigó aquello de la eterna condenación y el abismo. Delsey podía ser el humano del siglo XX más parecido a un personaje de Esquilo, pero nunca hubiera escrito un comentario así, de sentido tan enigmático y a la vez claramente deliberado, de no haber un motivo para ello. Estaba claro que pretendía advertirla sobre algo, sin explicar el qué. Si Hamish hubiera leído la carta, quizás ella le habría preguntado a qué se refería, pero sin que él conociera el contenido del mensaje, a Uke no le pareció oportuno desvelarle una insinuación de su amigo que tal vez hubiera resultado comprometedora para él.

Delsey partió y Hamish se quedó sólo en la holgura desmesurada de la Quinta Lizarrabengoa, estrambótico nombre para una finca en la sierra madrileña, que el propio Delsey había rebautizado en honor al soldado navarro que se enamoraba y finalmente asesinaba por celos a la Carmen de Merimée. Siempre su inquebrantable sentido de la tragedia. Delsey se llevó su personal de servicio y únicamente quedó allí el guarda, que vivía en una casita cerca de la verja de acceso y que no solía acercarse a la mansión, por lo que apenas coincidía con Hamish. Uke le ofreció trasladarse a Lux Domini, pero por algún motivo Hamish rechazó la oferta. Algún motivo que sólo para él tenía pleno sentido. A Uke le entristeció la negativa de Hamish. No sólo porque aquello parecía un paso atrás en la relación, como perder un fuerte ya conquistado o que al menos se daba por conquistado, sino también porque Uke ansiaba que entrase en aquel caserón triste algo que refrescara el aire enquistado, algo que se moviera por sí mismo sin que tuviera que empujarlo ella.

Al menos, el lento transcurrir del sol tras los cuarterones de vidrio del salón acristalado, un día y otro, y otro, le dio a Uke mucho tiempo para pensar. Sobre todo para pensar en esas cosas que todos dejamos relegadas a los últimos puestos en la lista de encargos al cerebro para cuando toque recapitular. Y en esa lista de Uke, algo escalaba puestos sin que fuera posible soslayarlo por más tiempo. No había más remedio que aceptarlo: estaba embarazada. Ya había pocas dudas sobre esto, aunque en cualquier caso no podía confirmarlo con una visita al médico. El apellido de su padre y su carrera de doctor devenido artista eran demasiado conocidos en la profesión como para descartar que la noticia de su embarazo llegase por teléfono a su casa antes incluso de que ella tuviera tiempo de regresar desde la consulta. Y precisamente ése era el mayor problema: su padre. Aunque en las últimas semanas los cuidados de Uke habían conseguido desencastrarlo de la cama y colocarlo de nuevo dentro de su mandil de pintor, los ataques de ansiedad no habían remitido y aquella noticia podía ser un nuevo y peligroso aldabonazo contra el débil andamiaje de su salud. Decidió que para manejar esta situación necesitaba la ayuda urgente de su hermana Victoria. En cuanto a ella misma, aceptar el escenario de un ser creciendo en su vientre no fue, como hubiera esperado, un garrotazo de madurez contra sus huesos tiernos de adolescente. Desde luego estaba aterrada y perdida en la oscuridad de quien cree llevar algo escrito en la cara que los demás no ven, pero que quien lo lleva descubre como evidente frente al espejo. Sin embargo, por lo que sé, aquello fue para ella como cruzar una puerta, cerrarla y tragarse la llave; si las cosas hubieran sucedido de otra manera, siempre habría estado agarrotada por las dudas y por la tentación de las salidas en falso. De aquel modo, todo se convertía en un camino de sentido obligatorio y sin marcha atrás. Aquel rumbo era el que ella había elegido, y las condiciones de contorno sólo se encargaban de aplanar los baches. Hamish era su destino, así que bienvenido fuera el lote. Uke decidió que el primero en participar de la información debía ser el escocés, y después se parapetaría tras el moño de fundición de Victoria para lanzarle la bomba informativa a su padre sin herirlo y sin que la bomba viniera rebotada.

Cuando Uke telefoneó a Victoria, lloraba. Su hermana temió entonces oír que el corazón de su padre se había quebrado definitivamente, pero Uke le aclaró que se trataba de ella. No quería revelarle más datos, pero ante la insistencia de Victoria y su resistencia a desplazarse a Madrid debido a su propio estado de gestación, Uke no tuvo más remedio que comunicarle el motivo de su llamada. Victoria enmudeció. A la tarde siguiente llegaba en coche desde Bilbao. Encerraron en el estudio a su padre, que si bien aún no se había animado a asestar una sola pincelada, al menos había comenzado a mirar sus cuadros inacabados muy fijamente. Victoria sacó a Uke al jardín y ambas se sentaron en las sillas de forja junto a la mesita redonda. Uke escuchó la lógica diatriba de reproches a modo de obertura hasta que su hermana se decidió a orientar la conversación de manera más productiva. Uke sollozaba sin esfuerzo ni pasión, como si simplemente tuviera los lacrimales abiertos en canal.

–¿El padre es el escocés?

–Sí.

–¡Se casará contigo, por supuesto! ¿Lo has hablado ya con él?

–Victoria. Por favor, déjame que maneje mis asuntos a mi manera. No te he llamado para que ordenes mi vida, gracias. Sino para que me ayudes con papá. Eso es lo único que me importa en este momento. No quiero que esto le haga daño y no sé cómo hacerlo.

–Muy fácil. Podías haberlo pensado antes.

–Creí que ya habíamos superado esa etapa de la conversación.

–Nunca superaremos esa etapa de la conversación. Al menos tú nunca la superarás. Siempre tendrás algo que te lo recordará. Un niño. *Tu* hijo. Cómo has podido…

–Basta. Creo que ha sido un error llamarte. Esperaba más apoyo de tu parte.

Victoria respiró hondo.

–Bien. Hermanita, siempre hemos vivido en planetas diferentes. No comprendo cómo funciona tu vida ni comparto contigo más que padre, mamá, que en paz descanse, y apellido. Pero tú siempre serás mi niña. –Le pasó la mano por el pelo–. Tienes razón, lamentándonos no conseguiremos nada. Cuanto antes cerremos los reproches, antes comenzaremos a encauzar todo este asunto de la manera más… decente posible. Fíjate, las dos vamos a ser madres y tías de golpe. Quién lo hubiera dicho de las pequeñas Mencía…

–Victoria, tú nunca has sido pequeña. Naciste con las gafas de cerca puestas.

–Al menos así veo por dónde voy. Es evidente que no es tu caso, sobre todo en lo que se refiere a ver cuándo alguien se te acerca demasiado.

–Perdona. Ahora he sido yo la que ha hablado más de la cuenta. Dime, ¿qué podemos hacer?

–¿Cómo está papá?

–Pasa los días… suspirando, con la mirada perdida, y de noche se despierta gritando. Cuando entro en su habitación lo encuentro frente a la ventana abierta. Me asusta que cualquier día se arroje, o se caiga. Pero al menos estas últimas semanas ya habla y responde cuando se le pregunta. Está consciente para comprender la noticia, pero temo que las fuerzas le abandonen si el golpe es demasiado fuerte.

–¿No crees que sería mejor esperar un tiempo antes de comunicárselo? Al fin y al cabo, tu estado no será visible hasta dentro de unos meses. –Victoria pasó la palma de la mano por su propio vientre abombado.

–Temo que se entere por otra fuente, y ya sabes...

–Pero ¿lo sabe alguien más? –interrumpió Victoria.

–¡No, por supuesto que no! Pero ya sabes, un embarazo exige cambiar ciertas costumbres, y la gente murmura... Temo que la enfermera que cuida a papá pueda haber advertido mis episodios de malestar matutino.

–Ya. Conclusión: mejor aligerar el asunto lo antes posible. Te diré lo que haremos. Mañana tengo que regresar a Bilbao, porque al día siguiente debo asistir a un compromiso i-na-pla-za-ble. Así que le diré a la enfermera que le administre a papá un sedante suave y se lo comunicaremos esta noche antes de ir a la cama. Durante la noche permaneceremos pendientes de él y yo partiré mañana a primera hora. Si observaras que empeora, llámame y regresaré en un par de días.

–Pero hermanita, eso sería una paliza en tu estado.

–Soy de acero, aunque no en el sentido que tú crees. La familia es lo primero, y me encuentro bien. Este bebé será fuerte como su madre. Y como su abuelo. Y como su tía. Y como su primo, o prima. –Las dos intercambiaron una sonrisa. Victoria acarició la nariz de Uke con el dedo y detuvo la trayectoria de un tren de lágrimas fugitivas–. Verás cómo todo sale bien. Esta noche, déjame hablar a mí. Y entonces, con respecto a tu inminente futuro marido...

Uke se revolvió nerviosa en la silla.

–Eso vendrá después. Primero lo primero.

Así más o menos transcurrió la conversación. Esa noche procedieron según lo planeado. Después de la cena, Fernando fumaba despacio, pero sus gestos parecían haber recuperado ligereza y en su cara se abrían pliegues condenados a la sombra desde meses atrás. Alrededor de la mesa, sus dos hijas charlaban animadamente sobre lo antagónicas que eran en el colegio y sobre las tarascadas que habían formado por defenderse la una a la otra. Por fin el sedante comenzó a doblegar sus párpados y a asentar la barbilla contra su pecho. De inmediato Victoria se levantó, le quitó el cigarro de la mano y lo estampó contra el cenicero. Se sentó junto a él, dejando descansar el torso de su padre contra el suyo. Tomó la mano de su padre y la colocó plana contra su vientre, y entonces comenzó a hablar.

—¿Ves, papá? Aún recuerdas cuando éramos niñas, y míranos ahora. Así la vida sigue, y se renueva para todos. Estoy muy orgullosa de poder darte un nieto a quien transmitir todo lo que tú y mamá nos enseñasteis: el honor, la decencia, la responsabilidad, los principios inquebrantables. Nuestros nietos serán gente de bien gracias a ti, y tú los verás crecer. ¿Me oyes, papá? No siempre podemos elegir el cuándo, pero sí podemos elegir el cómo. Tanto Eugenia como yo sabemos elegir el cómo. Papá, el mío no es el único nieto que vas a tener en los próximos meses. Eugenia te va a dar otro. Hubiera debido ser más adelante, pero ya conoces a tu hija menor, siempre ha sido impulsiva e impaciente. De cualquier manera, lo hecho, hecho está, y ahora lo importante es que todo se resuelva lo antes posible. Papá, María Eugenia está también en estado. Y ahora vamos a tener que darnos un poco de prisa para organizar su boda antes de lo previsto, así que te necesitamos vigoroso y resuelto, como siempre has sido. ¿De acuerdo, papá? ¿De acuerdo?

Nadie hubiera esperado semejante reacción. Fernando no pronunció una palabra, pero con sedante y todo, de inmediato saltó de la silla como si el tapizado ardiera, y de color de fuego se encendieron sus facciones ajadas. Los ojos se le comprimieron contra las arrugas caídas de la frente y comenzó a vagar por la habitación, girando la cabeza como si una cuerda atara su mirada a los ojos de Uke, quien apenas podía reprimir las lágrimas en una sonrisa que trataba de aparentar normalidad. Antes de que ninguna de las dos mujeres pudiera impedirlo, Fernando recorrió la estancia en cuatro brincos con una agilidad asombrosamente recuperada y traspasó el umbral saliendo a la rociada noche de octubre. Un momento después oyeron el motor de su coche ponerse en marcha, pero cuando quisieron detenerlo era demasiado tarde, y el automóvil reptaba entre los abedules para franquear la verja de entrada antes de que Victoria y Uke, ambas en penosas condiciones para emprender la carrera, llegaran siquiera al peldaño de la puerta. Entre sollozos, nervios, recriminaciones y llamadas de teléfono, Fernando regresó al cabo del rato, antes de que ellas consiguieran dar con su pista. Entró con el rostro desorganizado como un retrato cubista, con la mandíbula desplomada hasta medio esternón, las aletas de la nariz bufando como chimeneas de camión y los ojos esculpidos en mármol pálido. Sólo repetía una frase:

–Pero ¿qué está pasando? Pero ¿qué está pasando? Pero ¿qué está pasando?

Victoria tendió su réplica en el breve espacio que queda entre la ternura y la cólera.

–¡Papá! ¿Se puede saber dónde has estado?

Uke no decía nada. Sólo lloraba tratando de confinar la presión de la angustia en sus pulmones. Conocía la respuesta a la pregunta de su hermana, y conocía la razón por la que su padre se encontraba tan alterado después de su misteriosa y precipitada excursión. Fernando agitó la cabeza a un lado y a otro, recorriendo las paredes con la mirada como si buscara algo, hasta que al fin su vista se clavó en el cuadro de *El señor de las llanuras*. Con paso atrancado se lanzó sobre la pintura, extendió los brazos y la arrancó violentamente del colgador que la sostenía, zarandeándola de lado a lado hasta que comenzó a estrellarla contra una esquina, una vez y otra hasta que los listones del marco saltaron en pedazos y el bastidor de la tela quedó desencuadernado. Agotado y llorando se dejó caer sentado en el suelo con el lienzo flácido en la mano mientras repetía la misma frase: «Pero ¿qué está pasando?». Uke gemía sonoramente con sus lacrimales abiertos en canal y Victoria, con los ojos como globos de chicle, asistía a la patética escena sin saber por qué frente decidirse: si consolar a Uke, detener la crisis furiosa de su padre, salvar los restos del valioso cuadro o sucumbir a su propio ataque de ansiedad y unirse al coro plañidero. Paseaba la mirada de su padre a su hermana, agarrando con dedos crispados el cabo de su collar de perlas y acariciándose nerviosa el abdomen abultado con la otra mano, como queriendo proteger a su criatura de la tensión ambiental, hasta que titubeando consiguió articular:

–Papá, ¿me puedes explicar qué es lo que sucede? –Giró la cabeza hacia Uke–. ¿Tú sabes algo de esto?

Su hermana respondió aumentando el volumen de sus sollozos y el caudal de sus lacrimales, pero no pronunció palabra. Tan sólo sostuvo la mirada de su hermana un segundo más hasta que salió corriendo escaleras arriba. Victoria la siguió con sus ojos ávidos de explicaciones hasta que oyó la voz de su padre, clara y firme como no la escuchaba desde que cayó en aquel estado sombrío, sólo rota por los goznes chirriantes de su garganta ahogada por el llanto.

–¡No está! ¡Se ha marchado! ¡El escocés se ha marchado! ¡Ha dejado embarazada a mi hija y se ha marchado! ¡Hijo de puta!

–¿Has... ido a casa del barón? ¿Y te ha explicado él adónde se ha marchado?

–¡La casa está vacía! ¡No hay nadie! Sólo el guarda. Sólo el guarda. Me dijo que el escocés partió ayer, no supo decirme adónde. El barón se marchó hace un par de semanas a París. Pero el escocés se fue sin dar explicaciones. Hijo de puta...

Victoria no era dada al lagrimeo fácil. En lugar de eso, aliviaba su presión de adrenalina con movimientos inquietos de las manos, frotándolas, jugueteando con cualquier objeto y estirándose los dedos. Se estaba arañando el dorso de la mano hasta casi hacerse sangre. Miró de nuevo hacia la escalera, como si en la estela de la huida de su hermana escaleras arriba pudiera encontrar algún indicio para comprender, alguna aclaración sobre lo ocurrido. Pero no había razones en todo aquello, sólo hechos. El escocés se había fugado con rumbo desconocido. Aquello era un mazazo brutal para Victoria y para su padre. En cambio, a Victoria le pareció obvio que Uke ya lo sabía.

Como ya he explicado, en el orden cronológico de los hechos y tras aceptar la certeza de su embarazo, Uke había decidido informar primero a Hamish antes de comunicarlo a su familia. ¿Fue realmente así? Y si lo fue, ¿qué sucedió en aquel encuentro? ¿Supo entonces ella que Hamish pensaba abandonarla? Estas preguntas se las planteé a mi madre cuando me relató la historia de mi abuela a través de sus notas, y a su vez ella las había formulado a Uke cuando compartían largas tardes de verano en el jardín de Lux Domini. Pero en aquella ocasión, según mi madre, tras hacerle esas preguntas a Uke, mi abuela simplemente giró sus ojos de mermelada, ya ribeteados de arrugas, hacia la cima del Canto del Pico, y sólo dijo:

–El abismo. Siempre elegimos el abismo.

6

ESTATUAS DE SAL

Es curioso que mi abuela asociara aquella idea del abismo con la imagen del Canto del Pico. Cuando yo era pequeño y aún no conocía la turbulenta historia de aquella adorable anciana de rizos pardos, llamábamos precisamente El Abismo a la franja de terreno que separaba el cercado trasero de Lux Domini del vallado metálico de la finca del Canto del Pico. Éramos cuatro los que así lo denominábamos: Fermín, Nacho, Rocco y… Vaya por Dios. Acabo de percatarme de que a estas alturas de la narración, con una pila de papel en el lado izquierdo del lomo que ya calzaría bien una mesa, aún no me he presentado. Me llamo Francisco José Mencía. Como mi padre nació en Austria, me bautizó en tributo personal a un emperador bigotón de los Habsburgo que se casó con Sissi, aquella precursora de Lady Di, que hacía Romy Schneider en el cine y que empapó tanto pañuelo con lágrima y moquillo de nuestras madres, que fue apuñalada en el corazón por un anarquista italiano frente a un hotel de Ginebra que aún sigue en pie, mientras su marido, el emperador bigotón, declaró la guerra a Serbia por el asesinato en Sarajevo de su sobrino, lo que guerreando y guerreando se formalizó como Primera Guerra Mundial. Con la denominación de origen que me otorgó mi padre seguramente pretendía alzarme a una posición que me destinara indefectiblemente a nobles designios, bajo los auspicios y el padrinazgo por homonimia de aquella eminencia bigotuda. Loable intento el de mi padre. Pero vano. Porque todos me llaman Curro y soy un simple periodista de tropa, víctima de pescozón del redactor jefe chusquero mientras masca su puro y vocea: ¡chavaaaal, menos literaturaaaa!

El porqué de que mi padre naciera en Austria pertenece a la historia que vengo contando, la de mi abuela Uke. En el último capítulo de aquella peripecia, ella se ve abocada a algo de lo que había oído hablar, pero que no esperaba llegar a probar en carne propia: el *Grand Tour* de los ingleses ociosos del XIX. Fue con el embarazo, en aquel desastroso octubre del 31. A partir del arranque de cólera de su padre, los papeles se intercambiaron entre los muros de Lux Domini. Uke se encerró en su habitación durante varios días, sin ganas de hablar con nadie, alimentarse o hacer ninguna otra cosa que no fuera dejar impreso el volumen de su cara en el molde de la almohada. Su padre, por el contrario, decidió capear el temporal amarrándose al gobernalle, como hacían los marinos en la tempestad cuando la arboladura del buque comenzaba a desplomarse. Sacó fuerzas de reserva de alguna parte y empuñó el timón para vadear aquella desventura sorteando los bajíos, de manera que no le arañasen el carenado de su buena imagen social. Si un embarazo a destiempo podía llegar a ser incluso tolerable si todo quedaba convenientemente atado en el altar, en cambio un embarazo huérfano era la gran hecatombe, el estigma que todos los miembros de una saga transmitirían a sus descendientes durante varias generaciones, como una marca al agua en la tarjeta de visita que dijera: el hueco en blanco en mi árbol genealógico corresponde a mi padre/tío/abuelo (tachar lo que no corresponda), que dejó preñada a mi madre/tía/abuela (tachar lo que no corresponda) y puso pies en polvorosa. Aquello había que encubrirlo a toda costa. Sólo quedaba una salida: el exilio.

Uke no se resistió demasiado. A ella le importaba un bledo, como a Clark Gable en *Lo que el viento se llevó*, desengarzarse de todo aquel rutilante encaje de orfebrería social en el que los Mencía habían puesto pica. Tampoco echaría de menos Lux Domini y el macilento aire de moridero que lo llenaba por entonces. Así que unos días después, con nocturnidad y de puntillas, Fernando y su hija abandonaron el pueblo hacia el norte más lejano, solos y en el Hispano Suiza, llevando lo que cabía en el habitáculo del coche y con rumbo desconocido, como un minúsculo circo ambulante. La casa quedó cerrada, con las ventanas opacadas como los ojos de un animal disecado. Encargaron al guarda de Delsey que pasara una vez por semana para comprobar que todo estuviera en orden y le dejaron las señas de Victoria en Bilbao por si surgía algún asunto que requiriese atención urgente. La hermana mayor de Uke prometió viajar a Lux Domini cada cierto tiempo. A la luz de los hechos que he ido recomponiendo después, lo que realmente ocurrió a partir de ese primer momento, y que Fernando y Uke ignoraban entonces, fue que Victoria liberó de sus obligaciones al guarda de Delsey y contrató el suyo propio, con instrucciones muy específicas.

La influencia de Victoria en la decisión del exilio fue probablemente mayor de lo que Uke nunca quiso reconocer ante mi madre. Según el relato de mi abuela, su hermana había coincidido en que la huida era el remedio menos tóxico para el metabolismo social de los Mencía, y se ocuparía de explicar a cualquier interesado que el artista y su hija menor se habían trasladado por razones de negocios, a raíz de una aventura financiera que había emprendido Fernando en una compañía de los Países Bajos. Lo cual, bien mirado, no era del todo falso.

Pero en su calidad de estratega de la familia, Victoria tenía además otros motivos para aconsejar el exilio. Desde la proclamación de la República los acontecimientos políticos habían tomado un cariz que amenazaba el estatus de las capas dominantes de la sociedad española. A los levantamientos regionales y a la quema de conventos se había sumado el avance de los socialistas en las elecciones de junio. Los Maura, y con ellos el republicanismo de derechas, habían retirado su confianza al nuevo sistema y corrían tiempos de incertidumbre, donde las alianzas tradicionales que antes habían sido tan ventajosas podían entonces volverse contra uno. Victoria pensaba que la amistad de Fernando con los Maura podía acarrearle problemas, por lo que el exilio era la opción defensiva más aséptica, la que mejor le permitiría a Fernando adoptar esa estrategia del refrán: nadar y guardar la ropa. Por otra parte, temiendo un expolio en nombre del Pueblo, entre las familias adineradas se había extendido la epidemia de la fuga de capitales a bancos extranjeros. Victoria nunca confesó si la familia de su marido se había unido a este éxodo financiero, aunque sobraban aclaraciones. Ella misma se ocupó de trasladar el grueso de los fondos de Fernando a un banco en Ginebra.

Tras una breve escala en Biarritz, Uke y su padre se instalaron en París, en Montmartre. Aunque lo que el viento no se llevó de la fortuna de Fernando les permitiría vivir sin ahogos durante años, él no quería consumir los rescoldos de su hacienda en un viaje sin propósito. Pretendía vivir de su trabajo, pintar y sacar sus cuadros a airearse en la place du Tertre, mezclados en el bullicioso potaje de obras a la venta. Sólo había un problema: Fernando podía ser cualquier cosa, menos bohemio. No estaba acostumbrado a comer sobras, ni a atesorar mendrugos, ni a pasar frío, ni a sufrir sabañones, ni a pintar con mitones raídos. Y su salud tampoco lo hubiera absorbido sin cobrar peaje. Nada de vivir en un glacial y húmedo sobreático de paredes descascarilladas. Alquilaron una suite en el mejor hotel del barrio y así Fernando podía repartir su tiempo entre su papel de artista menesteroso en la plaza y su identidad real como turista de lujo en su opulenta residencia, en cuyo salón había improvisado un estudio. Sorprendentemente, en lugar de aislarlo del resto, su facha valleinclanesca de duque sin ducados cayó simpática en el puchero de la plaza y lo acogieron bien. Pronto corrió el rumor de que aquel caballero no era otro que el mismísimo rey de España en el exilio, y así Fernando recibió el apodo de *Le Roi.* No llegó a forjar ninguna amistad duradera, pues en el fondo seguía siendo Fernando Mencía, de profesión alpinista social. Mientras su padre pintaba y vendía lo pintado, Uke se quedaba en la suite dedicada al cuidado de las plantas, de un gato que compartía su terraza al que siguiendo la broma del rey llamaron *Borbón*, y del bebé que compartía su cuerpo. Pronto la chica se aburrió de la inactividad y resolvió llenar su tiempo para mitigar la pena. Se apuntó a clases de cocina en una academia del barrio y salió a conocer París. No volvió a pintar por entonces. Sin el aliento de Hamish había perdido el interés.

Un día propuso a su padre hacer una excursión a Versalles. Guardaba una intención oculta. Tomaron un taxi para todo el día y una vez allí Uke convenció a Fernando de que la visita al palacio era demasiado fatigosa para él. Lo dejó sentado en un café leyendo un libro y de modo subrepticio le indicó al taxista que la llevara a Voisins-les-Bretonneaux, a la propiedad del barón Delsey.

Según parece, una vez en el pueblo, al chófer le costó encontrar la dirección. Ninguno de los lugareños parecía conocer el nombre de Delsey, ni pronunciado a la inglesa como hacía Hamish, ni según la fonéca francesa, como sugirió Uke al chófer. Ella no conocía su nombre completo, así que pidió al conductor que preguntara simplemente por la propiedad del barón. Al fin un campesino pareció entender y farfulló un par de frases mientras señalaba con los brazos. Siguiendo las explicaciones, el conductor tomó entonces la carretera que atravesaba el pueblo y luego un desvío a la izquierda que se adentraba en un bosque, corriendo paralela a un muro alto de piedra verdeado por el musgo. Un par de kilómetros más adelante el muro se interrumpía en una vía de acceso cerrada por una verja de barrotes gruesos, y allí se detuvo el chófer. Bajó del coche y gritó a través de la cancela hasta que apareció un hombre fornido con gran mostacho. Uke entendió que el bigotudo le explicaba al conductor que no era día de visita, mientras señalaba un letrero junto a la entrada que decía: «*Château et Musée d'Angélique. Ouvert au public tous les dimanches*». Por un momento dudó de si habían dado con el lugar correcto, pero entonces escuchó que el taxista le explicaba al hombre que se trataba de una *mademoiselle* española, una visita personal para el barón, y el forzudo le pidió que esperara un momento. Desapareció durante unos minutos, mientras Uke oteaba hacia el interior de la finca desde la ventanilla del coche. No se veía gran cosa. La carretera de acceso giraba a la izquierda entre los árboles y se perdía en la profundidad del bosque.

Finalmente el bigotudo regresó y abrió la cancela, señalando al chófer que debía seguir hasta el castillo y aparcar frente a la entrada principal. Uke estaba intrigada. El vehículo se internó en la espesura hasta que de pronto el bosque terminó bruscamente. Delante se abría un inmenso prado que limitaba a la izquierda con el bosque tupido y a la derecha se extendía enmoquetando una llanura salpicada por lomas achaparradas e isletas de arbustos, hasta donde la vista podía alcanzar. A la izquierda, entre la carretera y el bosque, una laguna de aguas oscuras llenaba una depresión. Y al frente, un imponente castillo de piedra gris y tejados de pizarra con tres pisos de ventanas, un ala central flanqueada por dos pabellones laterales más elevados y, en las esquinas, torreones redondos rematados por cucuruchos. El lugar era un sueño. Uke pensó entonces que, salvo que en la puerta les explicaran que se habían equivocado de dirección, ciertamente Delsey resultaba ser más modesto de lo que aparentaba su eterna teatralidad. Solía hablar de su casa, pero nunca mencionó que se trataba de *aquello*. En comparación, la Quinta Lizarrabengoa de Torrelodones parecía la garita del guarda, y Lux Domini, la caseta del chihuahua del guarda de la garita.

Uke rodaba sus ojos por el espléndido paisaje, con la nariz pegada a la ventanilla, hasta que el chófer detuvo el coche junto a la entrada. Mientras el conductor se acercaba a llamar a la puerta, a Uke le llamó la atención un detalle. La rotonda de acceso giraba alrededor de un estanque circular, en cuyo centro se elevaba una figura de piedra muy estilizada de unos dos metros y medio. Era un ángel con las alas semiabiertas y las manos replegadas sobre el pecho sosteniendo un libro abierto. Había algo grabado en sus cubiertas. Uke bajó del coche para mirarlo más de cerca. La inscripción estaba en español. Lo reconoció. Eran los últimos versos de un soneto de Quevedo:

> Su cuerpo dejará, no su cuidado.
> Serán ceniza, mas tendrá sentido.
> Polvo serán, mas polvo enamorado.

Debajo, una fecha: 1919.

Uke se estremeció. Contempló la cara del ángel. Sus rasgos eran muy dulces. Levantaba la barbilla mirando de frente hacia las plantas superiores del castillo, con una expresión de tierna serenidad. Aunque una túnica y las normas estilísticas del Art Déco le allanaban las formas, parecía una mujer. Una trenza le colgaba sobre el hombro derecho. La madre de Uke siempre se trenzaba el pelo cuando salía al monte. Al contrario que las ranas de piedra sentadas al borde del estanque, la estatua no estaba ennegrecida por la lluvia ni colonizada por el musgo. La mantenían pulcra. No formaba parte del mobiliario de serie de la finca. Aquella figura representaba algo especial para alguno de los moradores del castillo.

–*Mademoiselle!*

La voz femenina sobresaltó a la chica al sacarla de su abstracción. Una mujer muy delgada, casi tubular, le sonreía desde el umbral. Llevaba un estrecho vestido granate ceñido al cuello, anudado a una cintura elegida al azar y colgante hasta el tobillo, que le daba el aspecto de una longaniza desatada por abajo. Su cabeza se insertaba al cabo de un cuello largo y sinuoso, como la chapita de la longaniza al final del cordón. Bajo un moño gris tirante como los cables de una grúa, su nariz aguileña era la protuberancia más sobresaliente de todo su cuerpo, con la poca fortuna de elevarse justo bajo las profundas vaguadas de sus cuencas oculares, dando como resultado un marcado desnivel facial que resultaba grotesco sobre la geografía plana de su tronco y que seguramente debía impedirle la visión frontal panorámica. A pesar de todo su sonrisa era amable, si bien era difícil saber qué porcentaje de ella correspondía a la tensión provocada por el moño atirantado.

Saludó a Uke y le preguntó si hablaba francés, a lo que ella respondió que sí. La invitó a pasar y quiso saber su nombre y si venía a visitar al barón. Pero Uke ya no escuchaba. Sus ojos se habían abierto como bocas de túnel para recibir el apabullante aluvión de lo que llenaba el enorme vestíbulo del castillo: ángeles. Cientos. Grandes, pequeños, solos o en grupo, pintados en tela o papel, bordados en tapices, esculpidos en piedra, fundidos en bronce, vaciados en cristal, desnudos o tapados, flacos o rollizos, aniñados o fuertotes, tiernos o encolerizados, pueriles o reflexivos, píos o lúbricos, mofletudos o cariexangües, soplando trompetas o tarareando *a capella*, sosteniendo pancartas celestiales, lanzas, espadas, escudos, báculos, legajos, martillos, cruces, rosarios, cofres, velas, antorchas, guirnaldas de flores, bufés de fruta o corderos lechales. Ángeles, arcángeles, virtudes, principados, dominaciones, potestades, tronos, querubines y serafines. Todas las legiones celestiales estaban allí reunidas, cubriendo paredes y suelos, suspendidos de los techos, aferrados a las escaleras o descansando en vitrinas y aparadores. De no haber conocido a Delsey, o de no haber tenido la confirmación de que aquélla era en efecto su residencia, habría escapado de allí como alma que lleva el diablo, por cierto otro ángel. La estampa aberrante y abigarrada la había aturdido, pero no le rechinaba con los gustos de su amigo.

La mujer rió ante la reacción de Uke. Su cuello se plegó hacia la espalda, la nariz de rapaz hendió el aire en vertical y sus ojos se sumieron en las profundidades cavernosas bajo sus cejas mientras emitía una carcajada cotorrera. Uke rió con desidia. La mujer explicó que su museo era un lugar muy singular y que su estupefacción era perfectamente comprensible y muy habitual entre los visitantes. Cuando la chica recobró la presencia de ánimo pudo aclarar que sí, que era amiga del barón, de Madrid, y que había decidido aprovechar un viaje para hacerle una visita, que lamentaba no haber podido avisar con la debida antelación. La mujer quitó importancia a aquello y brincó entre los ángeles como un gorrión tubular, indicando que la siguiera. Subieron la escalera atravesando la vorágine de los coros angélicos, como si ascendieran al Séptimo Cielo, y la mujer la condujo por un pasillo de la primera planta hasta una puerta de doble hoja. Le pidió que aguardara un momento y entró en la habitación, donde intercambió unas breves palabras en voz baja con alguien. Uke oyó un gritito complacido y de inmediato la mujer emergió de la puerta invitándola a entrar. Allí estaba Delsey, encamado en la inmensidad de un lecho que parecía diseñado para acolchar una parcela, bajo un palio que hubiera cubierto a gusto un andén de ferrocarril, tendido bajo una kilométrica sábana satinada de color champán. Debía parecer un geypermán arropado bajo el embozo de su dueño humano. Nada más ver a Uke se incorporó con una ancha y emocionada sonrisa tendiendo las manos hacia la recién llegada. Creo poder asegurar que tengo un relato bastante fiel de cómo discurrió aquel encuentro.

—¡Mi querida niña, pero qué enorme e inesperado placer!

A Uke le relumbró el rostro y corrió hacia los brazos abiertos de Delsey. Se abrazaron estrechamente mientras reían y luego se separaron para contemplarse con las manos de uno en las del otro. Uke pensó que Delsey tenía un aspecto estupendo, no precisamente el de un moribundo por desamores. Uno no puede elegir su físico, y la fisonomía del joven barón no ambientaba con convicción la pose de poeta romántico tuberculoso que adoptaba en aquel estado de postración. Su complexión era fuerte y sus rasgos demasiado escarpados y varoniles para el papel de princesa atribulada que había elegido en la vida. Sólo revelaban su verdadero carácter sus ojos, unos ojos de verde hospital que pedían cuidado intensivo y transfusiones de cariño, unos ojos que le iban a su cara como una sortija de diamantes en el dedo de un orangután.

Uke agarró una silla y se sentó junto a la cama, mientras Delsey informaba a la mujer, que se había apostado junto a la puerta como un cirio pascual, de que su ayuda no sería necesaria. Con un rictus en el pico abandonó la estancia, pero dejó la puerta abierta.

–Pero ¡qué inmensa alegría! ¡Esperaba ser honrado algún día con tu presencia en esta casa, con la luz de tu mirada animando mis tristes rincones, pero nunca hubiera imaginado que sería tan pronto! ¿A qué debo este inestimable regalo de tu visita? ¿Vacaciones en París?

–Delsey... La verdad es que casi no sé por dónde empezar. La mía no es tan sólo una visita de cortesía. –La sonrisa le desaguó dos lágrimas que le desbordaron los ojos.

–Ooooh. Ya veo. Puedo leerlo en tu rostro. –Delsey enarcó las cejas y la miró con tierna preocupación–. El bárbaro *highlander* no ha venido contigo.

–No... Él... Yo... –Uke rompió en un llanto entrecortado–. Delsey, Hamish se marchó. Estoy embarazada.

–¡Pero mi querida niña...! ¿Y cómo...? No, no es eso lo que quiero decir. ¿Por qué se marchó? ¿Por qué le dejaste marchar? Os advertí de que nunca más debíais alejaros el uno del otro. Os conozco lo suficiente a los dos para saber que ambos teníais que romper los raíles del destino, por titánico que fuera el denuedo que ello requiriese. Tesoro, algunas decisiones en la vida no tienen vuelta atrás. Lo sabes, ¿no?

–Lo sé, Delsey. Me siento tan desconcertada y perdida... Pensaba que podría afrontarlo, pero no sé cómo. Ya no estoy segura de nada. No estoy segura de si quiero o debo escribirle o no, pero por si acaso en algún momento necesitara hacerlo... ¿Tú sabrías dónde puedo localizarle?

–Se marchó a África, supongo.

–Sí. Eso creo.

–Cariño, ninguna oda a la alegría podría eclipsar una sola palabra de mi boca que contribuyera a aliviar tu pesadumbre. Pero... no tengo su dirección allí. De hecho ni siquiera sé si... ya tiene una dirección allí. No viajé a África con él. ¡Ja, ja! ¿Podrías imaginar algo más fuera de lugar que YO en África? Sería tan oportuno como un rinoceronte en un palco de ópera. Pero espera... En su viaje anterior creo que solía hospedarse en el hotel... Norfolk, en Nairobi. Seguramente tendrá conocidos allí. Si le escribes a ese lugar quizá consigas que le hagan llegar tu correspondencia a dondequiera que esté.

–Gracias. Eres un sol. No, eres El Sol. Y yo una egoísta insensible. Te abordo en tu casa con mis problemas y ni siquiera te he preguntado cómo estás.

–Tú no serías insensible ni arrancándote el corazón de cuajo, ni mucho menos egoísta. En cambio yo soy un pésimo anfitrión. Ni siquiera te he ofrecido un humilde té con pastas, o un café, o...

–No, gracias, no. No puedo demorarme demasiado. He dejado a mi padre sentado en un café en Versalles. Él cree que estoy visitando el palacio.

–Así que viajas con tu padre. Pero ¿por qué motivo, si me permites preguntarlo?

–Como sabes, sufrió mucho cuando perdió todo aquel dinero. Con su frágil estado de salud, yo temía que la noticia de mi embarazo pudiera serle fatal. En un principio reaccionó como si hubiera perdido el juicio, pero luego supo sobreponerse. Supongo que porque yo necesitaba que lo hiciera. Siempre he querido mucho a mi padre, a pesar de nuestras diferencias. En esta etapa de nuestras vidas tenemos que apoyarnos mucho el uno al otro. Él no quería sufrir la vergüenza de ser la comidilla de la *buena* sociedad de Madrid. ¡Su hija esperando un bebé sin padre conocido! Prefirió escapar de aquello, y yo no quise contrariarle. Además pensé que un viaje juntos nos haría bien a los dos. Así que llevamos un par de meses viviendo en París.

–Pero ¿dónde os alojáis? No puedo permitir que mis amigos tengan que buscar un hogar cerca del mío. Mi casa es la vuestra. Y como ves, en este viejo caserón no andamos precisamente escasos de espacio.

–Te lo agradezco de todo corazón, pero en cualquier caso pretendo convencer a mi padre para que nos marchemos a otro lugar. Sabes que soy una chica de monte. La ciudad me ahoga, y ahora ni siquiera las bellezas de París me dicen nada. Me siento muy sola entre tanta gente. Necesito espacios abiertos. Si mi padre está de acuerdo, quizá viajemos a los Alpes. Siempre quise conocer aquellas montañas. Pero bueno, ¿qué hay de ti? Tienes un aspecto fantástico.

–Mi querida niña, ambos somos los reyes de corazones, pero de corazones rotos. Nuestra capacidad de amar supera con creces a nuestras habilidades para gobernar las riendas de nuestros sentimientos, y no hay nada más funesto que sufrir, por un exceso de generosidad, repartiendo nuestra sangre a borbotones, sin contención ni pusilanimidad ni cinismo, y sin albergar ninguna esperanza de recuperar algún día el producto de nuestro amor entregado, el hachazo de la indiferencia de quienes, ignorando la preciada posesión que manejan con sus manos encallecidas y hurañas, desprecian el más sublime regalo que la naturaleza ofrecer pueda al alma. Pero estoy mejorcito. Hoy me has encontrado en el momento de mi peor padecer, cuando quisiera hundirme en la viscosa entraña de este colchón y simplemente dejar de tener conciencia de mi propio ser. Pero ya abandono la cama con bastante frecuencia, paseo, e incluso he dejado un par de veces que el sol y el aire libre ventilen mi espíritu. Mis tías cuidan de mí con abnegada entrega y son un ejemplo de discreción, aunque no aprueben mi estilo de vida. La que has conocido es tía Geneviève. Tía Joséphine y tía Bernadette se han ausentado para visitar a una amiga, pero se podría decir que has conocido a las tres, porque son prácticamente idénticas.

–¿Trillizas?

–No, solamente reproducciones en serie de la misma madre. Mi padre tuvo más suerte. Mi abuelo enviudó y desposó a otra mujer, infinitamente más bella que su primera esposa. Gracias a este requiebro del destino mi padre, el único hijo que mi abuelo tuvo con su segunda esposa, fue un hombre singularmente apolíneo. Era un dios. Lástima que fuera el dios de la guerra. Abrazó la carrera militar de nuestra familia y sirvió en la Gran Guerra como estratega a las órdenes del mariscal Foch, comandante de los ejércitos aliados. Murió durante la toma de la Línea Hindenburg en el 18, la última gran operación del frente occidental. Una bala perdida segó su joven existencia cuando el enemigo estaba ya hincado de rodillas. Se podría decir que mi padre fue una de las últimas víctimas de aquella guerra, si no la última. Pero no fue casualidad, sino más bien fatalidad, la materialización de un destino trágico que, sin importar nuestro empeño en esquivar, siempre termina por alcanzarnos.

–¡Qué horror! Para tu madre y para ti debió de ser un golpe durísimo.

–Mamá aguantó más de lo que a ser humano alguno se le podría exigir, más allá de cualquier interpretación del sentido del coraje. Quedó destrozada. Al año siguiente me envió a Pamplona con unos parientes. Aquella estancia se prolongó más de lo que yo esperaba, algo que hería mi sensibilidad infantil pues yo estaba muy estrechamente vinculado a mamá. Ella era el gran amor de mi vida. Los parientes de Pamplona demoraron lo más posible la necesidad de explicarme el motivo de aquella tardanza en mi regreso a casa: mamá había fallecido trágicamente al caer al vacío desde una ventana.

–¡Qué espanto!

–Lo que no supe entonces, sino años más tarde, es que el lugar desde donde había caído al vacío no era una ventana, sino la cornisa del tejado. Un lugar adonde no habría subido precisamente para pasear.

–¡Dios mío! ¡Pobre Delsey!

–Nunca he conseguido reponerme de aquello, aunque no puedo reprocharle aquella determinación. Cuando la vida se acaba no somos más que muertos caminando sin rumbo por un páramo desolado, y entonces estamos obligados por higiene y decencia a suprimir la animación suspendida de nuestro cuerpo, que a la postre no es más que conceder a nuestra alma el descanso definitivo del que el automatismo inane de nuestra carne le impide disfrutar. Ella no podía seguir viviendo sin mi padre, aunque eso significara privarme a mí de su divina presencia. Mi padre se llevó a su Perséfone con él. Nada puede ni debe superar nunca al amor romántico, ni siquiera el amor a un hijo. Ella tomó la decisión más honesta. En cuanto a mí, para aplacar mi egocéntrica y eternamente insatisfecha sed de su existencia y de su dulzura, me conformé con hacerle erigir una estatua que siempre vigilará mi sueño. Ahora ella es mi ángel de la guarda.

–¡El ángel de la rotonda con los versos de Quevedo!

–«Su cuerpo dejará, no su cuidado. Serán ceniza, mas tendrá sentido. Polvo serán, mas polvo enamorado.» –Delsey recitó lentamente con la cabeza girada hacia la ventana–. Espero que sean felices allí donde estén. Creo que nunca te he explicado que mamá era española, y siempre me hablaba en su lengua. Era de Navarra, como la Carmen de Merimée, y mi padre, soldado, ya ves. A mamá le apasionaba la literatura, especialmente el lado sensible de Quevedo. Le entusiasmaba cómo un poeta que por lo demás era tenido por un vividor adicto a la jarana y a la pelea, podía haber creado aquellos sublimes sonetos tejidos con el más delicado encaje de las palabras más hermosas. Me leía aquellos poemas que yo era demasiado pequeño para entender, pero el sonido y la cadencia de su voz y de aquellos versos no me han abandonado jamás. Ella murió cuando yo tenía seis años. Durante el tiempo que viví en Pamplona, el español se convirtió en mi primera lengua, y a mi regreso a Francia casi tuve que aprender el francés como un estudiante extranjero.

–Entonces, ¿tu madre era Angélica, la que da nombre a este castillo?

–Fue a mi regreso cuando encargué la estatua, cambié el nombre del castillo por el de ella y comencé a llenarlo de ángeles. Supongo que has tenido ocasión de apreciar una pequeña muestra de mi humilde colección. Al gobierno le pareció tan inusual y valiosa que me pidieron que la abriera al público. A lo largo de estos años he acumulado piezas de todo el mundo, algunas de ellas de valor incalculable. Es curioso, no podría afirmar hasta qué punto la influencia de mi madre fue decisiva en mi extraña pasión por las legiones celestiales. Parte de ello viene de mi admiración por el arte clásico y por la representación del cuerpo masculino. Porque aunque suelen decir que los ángeles son seres asexuados, no es cierto. Siempre son hombres. Excepto ella. Es el único ángel femenino, al menos en este castillo. Mis tías… son muy caritativas, pero por desgracia físicamente son más bien gárgolas, como has podido comprobar. –La comparación provocó la carcajada de Uke.

–Espera, Delsey. ¿Dijiste que tenías seis años cuando falleció tu madre? Entonces…

–Soy un año más joven que tú, princesa. Tengo dieciocho, aunque las arrugas de mi alma cuentan ya mi edad en siglos.

–Pero creí… Hamish me dijo que habíais sido compañeros de colegio.

–Y lo fuimos, aunque no de curso. A los trece años mis tutoras, mis tías, querían enviarme a estudiar a París, a casa de unos parientes suyos.

Nunca he tenido buena relación con la familia de mi padre, a pesar de que llevo su apellido y su título. En cambio yo pretendía regresar a España, pero ellas se negaron. Los franceses, ya sabes... Como solución de compromiso acordamos que estudiaría en Eton, en Inglaterra. Es una escuela muy prestigiosa, la educación es buena, me permitiría perfeccionar mi inglés y para mí era un privilegio formarme en la tierra que vio nacer a Byron, Shelley, Keats y Coleridge. En Eton no había muchos alumnos extranjeros y yo era más bien un niño especial, tímido y retraído. El hecho de ser francés y mis... preferencias estéticas no me hicieron la vida fácil el primer año. Me encontraba muy solo y desamparado. Hamish fue un portento, un titán. Era tres años mayor que yo, pero sintió compasión por mí y me ofreció su amistad. Para ello fue capaz de superar tres barreras que en la niñez pueden considerarse infranqueables: la nacionalidad, la edad y la impopularidad. Dado que él era muy popular, un escocés valentón y gran deportista, desde que me tendió la mano los otros chicos comenzaron a invitarme a sus reuniones. Se puede decir que Hamish me salvó la vida. Por eso es mi amigo más querido. Hasta me cambió el nombre. Delsey no es mi verdadero nombre, sino un acrónimo. Princesa, te presento a Dominique-Emmanuel Le Sciellour et Yvrenogeau. Comprenderás que para los chicos ingleses mi nombre era absolutamente impronunciable, incluso para los que hablaban francés, y esto me hacía inaccesible. Hamish unió mis iniciales y me fabricó el nombre de Delsey, mucho más pegadizo y divertido. Entonces los otros chicos ya sabían cómo llamarme y se acercaban a mí con más facilidad.

—¡Por eso en el pueblo nadie te conoce como Delsey!

—No, en los círculos sociales franceses sólo me conocen por el apellido de mi padre. Pero fuera de aquí no me conocen más nombre que Delsey. Por ejemplo, en España. Comencé a viajar a Madrid, a la propiedad que heredé de los parientes de mi madre, durante mi etapa escolar en Eton. Al llegar el verano pasaba por aquí a dar un beso a mis tías y continuaba viaje a Torrelodones, que siempre he considerado mi hogar libre y salvaje, donde puedo ser simplemente Delsey y no el señor barón Le Sciellour et Yvrenogeau. Allí me encuentro muy a gusto. Ahora que he terminado mis estudios, y una vez me haya sobrepuesto a este horrible trance que aún me martiriza, quizá me instale definitivamente en Madrid, para estudiar en la universidad y pasar los fines de semana en Torrelodones. A mis tías no les agrada que viva lejos de aquí, pero no pueden oponerse. Al fin y al cabo, ellas son mis huéspedes. El castillo y el título nobiliario de mi padre son míos.

–Yo pensaba que la Revolución había abolido la nobleza en Francia.

–Y así fue, pero Napoleón restauró los títulos. Somos nobles sin nobleza, querida.

–Querido barón Le Sciellour et Yvrenogeau, vos lleváis la nobleza en cada fibra de vuestro ser.

–Y tú eres el segundo ángel femenino que pisa este castillo. Si alguna vez me fuera posible enamorarme de una mujer, sólo tú serías la destinataria de mi adoración. Aunque lo nuestro tendría que ser estrictamente platónico, por supuesto. Y espero que no seas celosa.

Uke acogió el comentario con otra carcajada. Luego se miraron sonriendo en silencio. Entonces Uke miró su reloj y se levantó de la silla.

–Delsey, ha sido un inmenso placer verte de nuevo. Pero mi padre debe de haber acabado ya con las reservas de café de todo Versalles, y no quiero que sepa que he estado aquí. No lo entendería. Anhelo el día en que nos reunamos de nuevo en nuestras montañas, cuando todo esto haya pasado. Mientras tanto, te escribiré.

–¿Y qué harás respecto a... nuestro común amigo?

–Todavía no lo sé. Como tú, aún necesito... purificación. Y sosiego. De momento no quiero mirar atrás, a riesgo de acabar como la esposa de Lot, convertida en estatua de sal.

–Bah, estúpido cuento mojigato. Princesa, no olvides con quién estás hablando. Lot prefirió ofrecer a la turba de Sodoma a sus hijas vírgenes antes que permitirles que disfrutaran de la compañía de los ángeles. ¿Te lo puedes creer? ¿Haría eso un padre? ¿Y por qué no preguntó a los ángeles qué preferían *ellos*? Como metáfora de los peligros de anclarse al pasado, me quedo con la historia de Orfeo y Eurídice. Ella murió cuando él echó la vista atrás para mirarla. Pero en lugar de resentirlo durante el resto de su vida, Orfeo decidió que en adelante sólo tomaría efebos como amantes. No me negarás que la historia es mucho más hermosa e instructiva que la de Lot.

–Eres genial, Delsey. Te voy a echar mucho de menos. Me parece mentira enterarme de todo esto sobre ti ahora, después de conocernos durante tantos años.

–El misterio siempre ha sido parte de mi encanto, reina. Pero la cercanía de la muerte es un acicate para la sinceridad. Y el exceso de trabajo no me ha dejado tiempo para legar mis memorias a las generaciones venideras.

Ella sonrió con los ojos a punto de desbordarse. Delsey prosiguió:

–Cuídate mucho, mi querida niña. Y cuida de tu padre. Y no olvides que mis legiones de ángeles viajarán contigo, dondequiera que vayas.

Uke regresó a Versalles con la impresión de que en su interior pugnaban dos sentimientos que no llegaban a mezclarse, como un cocinero removiendo manteca fundida en la sopa. Se sentía confortada por el encuentro con Delsey, pero en cierto modo aquella visita al pasado había abierto la herida. Hay que abrir la herida para curarla bien, pensó. De lo contrario, se infecta y se llena de pus.

7

LAS CUATRO PLUMAS Y UN ÁGUILA IMPERIAL

La cosa funcionaba más o menos de la siguiente manera. Esperábamos a que cayera la noche escondidos en la choza que habíamos construido pegada a la cerca de piedra que cerraba por detrás la parcela de Lux Domini. Sin que mi familia estuviera enterada, habíamos desmontado piedra a piedra la sección de muro que quedaba cubierta por nuestra choza, y habíamos tapado el hueco con ramajes, de manera que desde la choza podíamos escapar del jardín sin que mi familia lo advirtiera, mientras ellos pensaban que seguíamos jugando allí adentro. Por supuesto, la choza no se llamaba la choza, sino el Campamento Base, aunque no era más que una rudimentaria chabola construida con paneles de madera, planchas de metal ondulado, leña y ramas secas.

Había que elegir muy bien el momento, ya que la ventana temporal era muy estrecha. Debía hacerse después de ocultarse el sol, pero antes de que mi madre saliera a encender la iluminación exterior. Ése era el momento de mayor oscuridad. Una vez que los focos traseros inundaban de luz El Abismo, nuestros pequeños cuerpecillos proyectaban sobre la colina del Canto del Pico sombras del tamaño de Godzilla. Entonces ya era imposible salir sin ser vistos y había que abortar la misión, pues nosotros pensábamos que nos hubiera podido detectar el Meteosat desde la órbita terrestre y avisar a los SWAT de nuestra presencia. De hecho nosotros nos considerábamos fieles aliados de los SWAT, pero dado que nuestras misiones eran del máximo secreto, era mejor que los Hombres de Harrelson no supieran nada.

Para determinar el minuto exacto del arranque de la expedición, teníamos una posesión de valor incalculable: un viejo fotómetro que habíamos distraído del equipo fotográfico de mi padre. Lo dejábamos posado en el suelo junto al Campamento Base a través de una abertura en la pared lateral, y desde dentro lo contemplábamos esperando a que la aguja descendiera hasta un punto determinado de la escala. Entonces era el momento. Yo abría la expedición, que para eso era el Capitán. Y era el Capitán porque la choza estaba en mi casa, porque mi padre era juez, que era lo más parecido a un Capitán que teníamos en el grupo, y porque además era mi madre quien, sin saberlo, nos proporcionaba los víveres a base de bocadillos, Cola-Cao y galletas Chiquilín que nos permitían aguantar los rigores y peligros de la expedición.

Yo abandonaba el Campamento Base hacia El Abismo deslizándome como una anguila, silencioso como el rayo e invisible como el trueno, cuando no al revés. Para tal fin llevaba ropa que había hecho a mi madre teñir de oscuro con el pretexto de que la necesitaba para una obra de teatro del colegio. El uniforme se completaba con el verdugo color follaje, pieza imprescindible para el camuflaje de campo. Lo malo es que era el mes de julio, y la lana gruesa del verdugo picaba más que el champú antipiojos y provocaba gruesos goterones de sudor que te dejaban la cabeza como un pollo recién salido del huevo, pero todo fuera por el bien de la expedición. En mi mano derecha llevaba mi arma corta, un palo trabajado a la perfección por manos diestras, las mías, hasta convertirlo en una sofisticada arma defensiva de letalidad insospechada, y en mi mano izquierda, el equipo de comunicaciones, consistente en un vaso de yogur vacío con una cuerda atada a través de una perforación en la base. Al otro extremo de la cuerda, el otro vaso de yogur quedaba en poder de Nacho, el Locutor de la expedición, cargo que ahora explicaré. Colgada de mi hombro en bandolera, portando el resto del equipo propio del Capitán, la bolsa Adidas. Que, por cierto, llevaba un prominente logotipo blanco sobre fondo azul marino que hasta el Meteosat más miope hubiera detectado desde la órbita terrestre.

Atravesar El Abismo me costaba sólo unas zancadas. Ése era el tramo más peligroso, pues algunos vecinos encargados de vigilar el territorio paseaban por allí a sus jaurías de perros asesinos, entrenados para matar, capaces de despedazar a cualquier intruso con sus dientes aserrados y convertirlo en boloñesa. Especialmente temible era la Bestia de la señora Téllez, nuestra versión casera del perro de los Baskerville. Era un yorkshire terrier, y si bien su aspecto podía no ser imponente, su disfraz de mascota candorosa con lacito de seda y camiseta de ganchillo era precisamente la clave de su poder mortífero, pues una vez que hacía presa, no la soltaba ni a cambio de un paquete entero de Chiquilín.

Yo debía alcanzar el Refugio y tensar el cable de comunicaciones para poder informar a Nacho de la situación. Aquél era el momento en que éramos más vulnerables, pues la cuerda quedaba atravesando El Abismo y cualquiera de los centinelas nos hubiera descubierto con facilidad. Una vez que yo verificaba que todo estaba en orden y daba luz verde, ellos debían seguir mi camino, primero Rocco con nuestra dotación armamentística pesada de pistolas y espadas, luego Fermín con las provisiones y un equipo de primeros auxilios, y finalmente Nacho, que llevaba el receptor de comunicaciones y recogía el cable. Y así quedábamos todos reunidos en el Refugio, sanos y salvos.

Decía que Nacho ocupaba el puesto de Locutor en nuestras expediciones. Cuando formamos el equipo, yo recordé que en todas las películas de aviones y de guerra siempre había un radiotelegrafista que era quien hablaba por la radio. Nacho aceptó el cargo, pero aseguraba que su madre siempre escuchaba a Luis del Olmo, que hablaba por la radio, y que el que hablaba por la radio no era radiotelegrafista, sino locutor. Y total, no importaba mientras desempeñara bien su trabajo, así que Locutor. Luego estaba Rocco. Su padre era cazador y conocía bien las armas y su manejo, algo que era vital para nuestras incursiones. Pensábamos que le correspondía la función de Artillero o algo así, pero él decía que a veces acompañaba a su padre de caza y que éste le había nombrado Mosquetero. A los demás nos parecía ridículo, porque a ver para qué íbamos a necesitar nosotros un Mosquetero, a lo que él respondía que si su padre le había nombrado Mosquetero, eso era lo que debía ser, que a ver quién iba a saber más de armas, si nosotros o su padre. Y tenía razón.

Por último estaba Fermín. Necesitábamos a alguien que se encargara de las provisiones y de la dotación sanitaria básica, consistente en un bote de mercromina, una venda y algo que Fermín había tomado prestado del maletín de su padre y que no sabíamos para qué servía, pero que le daba a nuestro inventario un aspecto muy profesional. El padre de Fermín era médico, así que parecía adecuado asignarle a él esta responsabilidad. Él no opuso objeción alguna, pero dijo que, fuera cual fuese su misión en nuestro comando, él quería que su cargo oficial no fuera el de médico, sino el de Burócrata. El motivo era que, por obligaciones de su trabajo, su padre nunca estaba en casa, y siempre decía que además de la responsabilidad de salvar la vida de la gente, encima tenía que estar todo el día en el hospital enfrentándose con los burócratas, que no trabajaban nada y vivían muy bien, que no había nada en este mundo como ser un burócrata. Por eso Fermín tenía perfectamente claro que él quería ser Burócrata.

Y así era la estructura operativa de nuestro grupo: Capitán, Mosquetero, Locutor y Burócrata. Extraño equipo para un comando expedicionario de intervención rápida, pero funcionaba bien, y eso era lo que importaba. Por supuesto, nuestra fuerza de élite tenía su denominación en clave: Las Cuatro Plumas. Incluso lo llevábamos tatuado en el brazo con rotulador Carioca. Yo había tomado el nombre de aquella película donde un soldado es tachado de gallina por sus compañeros al renunciar a la misión que les ha sido asignada, y para redimir su culpa debe viajar al desierto africano y rescatarlos de los egipcios, devolviendo a cada uno la pluma que había recibido como emblema de cobardía. Lo juzgamos como un modelo moral muy inspirador para nuestras misiones, y así cada uno llevábamos nuestra pluma, que guardábamos por si en algún momento alguien del grupo no estaba a la altura de sus obligaciones y necesitaba recibir un correctivo simbólico que le invistiera como capitán de la sardina.

El Refugio era una pequeña cueva dentro de la finca del Canto del Pico. O al menos eso creíamos nosotros. Lo cierto es que la valla metálica que atravesábamos por una abertura disimulada tras un matorral no debía delimitar la propiedad que aún en aquel 1978 pertenecía a la familia Franco. De haber sido así, me imagino que hubiéramos dado con nuestros huesos en el cuartelillo a la primera intentona. Pero como no había más casas entre Lux Domini y el siniestro palacete de la cumbre, creíamos firmemente disponer de nuestro Refugio en el mismísimo jardín de aquel señor que había sido tan importante que, cuando se murió, el colegio nos dio vacaciones. Quizá aquel vallado que atravesábamos de forma subrepticia era la linde de otra parcela, o tal vez un perímetro exterior de seguridad. En cualquier caso, sabíamos que si nuestras expediciones trascendían, nuestros padres nos atizarían una buena azotaina por allanar la propiedad ajena; el fantasma de este castigo flotando como un destino amenazador convertía nuestras misiones en algo incomparablemente emocionante.

Al Refugio accedíamos apartando ramajes que habíamos apilado para ocultar al mundo su existencia. Detrás de la cortina de camuflaje quedaba un hueco entre dos enormes canchos, cerrado en la parte trasera, la que miraba colina abajo, por una cresta del terreno. Era el escondrijo perfecto, invisible desde El Abismo y desde Lux Domini y con butaca de palco hacia el palacio, que como ya expliqué no conocíamos por su verdadero nombre sino por el de Walpurgis, por una película de vampiros y hombres-lobo que habíamos visto colándonos en un cine de verano. En el Refugio habíamos acumulado un monumental patrimonio de tesoros: cortaúñas con sugerentes inscripciones en clave como «Recuerdo de Benidorm», imanes extraídos quirúrgicamente de aparatos eléctricos fuera de uso, soldados de plástico de los que nunca se tenían en pie por culpa de la rebaba de la base, paracaidistas descalabrados sin paracaídas, enormes piedras preciosas de un collar que se había comprado la hermana de Rocco para disfrazarse de gitana y que fue convenientemente desmontado, coches de peseta, bolones de duro, peonzas decoradas, los mejores destornilladores para jugar al clavo, una lupa que pesaba mucho y no como aquellas de plástico que venían en los estuches de lápices, tebeos de superhéroes y de Don Miki, cromos repes de varias colecciones, piezas sueltas del Magia Borrás y de los Juegos Reunidos Geyper, chuches surtidas, destacando un valioso alijo de pastillas de leche de burra y Coca-Colas de gominola, y restos de merienda por si nos atacaban y teníamos que sobrevivir allí unos años, sobre todo galletas, chocolate y quesitos que no eran de nuestro agrado, pero que iban envueltos en papel de plata y por tanto eran buenas raciones de campaña en caso de emergencia. No se nos escapaba el riesgo crítico que suponía guardar tamaño tesoro en un puesto secreto de avanzadilla situado en territorio no conquistado. Pero por el mismo motivo, resultaba la manera más segura de mantenerlo a salvo de posibles acciones de rapiña por parte de elementos hostiles.

Al Refugio no subíamos todos los días, para no despertar las sospechas de mi familia. La mayor parte de las veces nos quedábamos en el Campamento Base, con la puerta bien atrancada por dentro e instrucciones precisas de no ser molestados. Así, el día que tocaba misión, nadie hubiera podido imaginar que en realidad no estuviéramos allí dentro como era costumbre. Cada operación era planificada con precisión milimétrica y con la debida antelación. Para afianzar nuestra tapadera, dejábamos encendida la luz del Campamento Base, que Vicente, el asistente de mi abuela, nos había instalado derivando una línea desde la casa. Dentro del Campamento Base vivían nuestras mascotas, *Pipo* y *Papo*, hámsters dorados en cuya jaula dejábamos unas placas metálicas que vendían como artículo de broma y que al tirarse al suelo imitaban el estrépito de un cristal al quebrarse. Al moverlas con los pies los animalillos, hacían el ruido suficiente para que cualquier observador externo pensara que había alguien dentro del Campamento Base.

Una vez en el Refugio, dedicábamos el tiempo a jugar, a contar historias de miedo y a desarrollar las misiones propiamente dichas. Éstas podían ser de lo más variopinto, según el misterio con el cual debíamos enfrentarnos, lo que a su vez dependía de quién habitaba en cada momento histórico el palacio de Walpurgis. Si eran los extraterrestres, debíamos recoger indicios de vida inteligente, observar el cielo para apreciar cualquier movimiento de ovnis y dejar pistas en el Refugio para comprobar posibles cambios en caso de que trataran de entablar comunicación. Si eran los monstruos, nuestro deber era vigilar la casa para detectar cualquier anomalía: sonido, resplandor, presencia sobrenatural o silueta móvil, todo ello aguantando el tipo y sin sucumbir al terror, so pena de recibir una amonestación plumífera. Y siempre, siempre, estaban los animales salvajes, cientos de diabólicas criaturas feroces que abarrotaban la finca en toda época e independientemente de los moradores de la casa: lobos, serpientes venenosas, tarántulas colosales, murciélagos vampiros, codornices saltarinas picahuevos –sólo Rocco creía en su existencia, pues decía que su padre había cazado muchas– y una especie de yeti de ojos rojos al que por una anécdota familiar llamábamos Severiano, y al que habíamos puesto la cara de un monstruo que salía en una película de Christopher Lee titulada *Pánico en el Transiberiano*, que nosotros habíamos interpretado como *Pánico en el tren de Severiano*.

Las misiones duraban lo que duraba nuestro permiso para estar fuera de casa, que en verano se prolongaba hasta bien entrada la noche, pero siempre menos de lo que hubiéramos deseado. El fin de la expedición lo marcaba la voz de mi madre que llamaba desde la terraza trasera hacia el Campamento Base: «¡Niñoooos, a casaaaa!». En total no habría más de quince metros desde el Campamento Base hasta el Refugio, larga travesía para nuestras cortas piernecillas. Tras el toque de queda mi madre apagaba los focos traseros para que no nos hiciéramos los remolones, y ése era el momento para desandar nuestro camino con la misma mecánica y la misma maquiavélica precisión que a la ida, evitando a los lobos, a las serpientes, a las codornices saltarinas picahuevos y a Severiano, franqueando la valla metálica y el matorral, cruzando El Abismo con un ojo puesto en el posible ataque de la Bestia de la señora Téllez, y por fin ganando el Campamento Base sin cometer un sólo error ni delatar nuestras operaciones. Nuevo y rotundo éxito para Las Cuatro Plumas, y hasta la próxima misión. Al acercarnos a la terraza trasera de Lux Domini a través del jardín oscurecido, con sus rincones negros y acechantes emitiendo murmullos pavorosos, notábamos cómo nos iban envolviendo la luz y el ronroneo del hogar conocido y protector, las voces de mi abuela y de mi madre charlando en el sofá de la terraza trasera, el rumor familiar de la tele con alguna película o con los resúmenes de los partidos del Mundial de Argentina, el mullido resplandor de los faroles, y entonces expulsábamos el aire contenido, respirando tranquilos sin mutar el gesto tras nuestra fachada de comandos valentones, porque a pesar de exhibir con orgullo nuestro tatuaje de las fuerzas especiales, en ningún lugar del mundo se sentía uno tan fuerte ni tan especial como sentado en las rodillas de mamá.

Fermín, Nacho y Rocco daban un beso de buenas noches a mi madre y a mi abuela, le daban un restregón en la cabeza a *Cientocinco*, nuestro san bernardo, que dormitaba sobre los adoquines, y marchaban de vuelta a sus casas, no sin antes cumplir con el peaje obligatorio del vaso de leche que antes de acostarse les había dejado preparado Vicente *el Asistente*. Una vez solo y sin pizca de sueño, yo me dedicaba a revolver un poco por aquí y allá, suavemente reprendido por mi padre, que revisaba sus casos del juzgado en un rincón del salón, con las cristaleras abiertas de par en par a la noche dulce de verano. Yo entraba a distraer la concentración de mi padre y salía luego a concentrar la distracción de mi madre y de mi abuela en mis erráticas evoluciones. Luego volvía a entrar y volvía a salir, una y otra vez hasta que me acordaba de que no había dado un beso a mi hermanita Isabel, que ya dormía en nuestra habitación. Subía entonces la escalera y, de puntillas, me acercaba hasta su cuna para plantarle un beso en la mejilla sonrosada que sabía a melocotón, y de paso agarraba varios muñecos del Exín Castillos para bajar de nuevo a la terraza con tiempo suficiente para librar un torneo medieval antes de que se escuchara el petardeo del Vespino de mi hermano mayor, Carlos, que tenía salvoconducto para aparecer a la hora que le viniera en gana, siempre que fuera antes de las doce, toque de silencio en nuestros interminables veranos en Lux Domini.

Puedo asegurar que aquella casa nunca había albergado tanta vida, al menos desde la muerte de mi bisabuela Carmen. Y todo fue gracias a ella, Uke, quien consiguió llenar aquel caserón de contenido humano, quien cohesionó una familia que de otro modo se hubiera dispersado como las cuentas de un collar roto. Ella nos mantenía engarzados entre nosotros y a la tierra donde pertenecíamos. No fue tarea fácil. Le costó tres décadas reanimar aquel cascarón vacío e impregnar sus paredes de aire respirado, hablado, reído, llorado, jadeado, gemido y bostezado. Tres décadas de trabajo y empeño, de construir ilusiones por las que mereciera la pena seguir trabajando y empeñándose para tener al menos la oportunidad de partir de cero, de recuperar las cosas tal como eran antes de su exilio voluntario. Para ello antes debió culminar aquel largo viaje que comenzó en París en 1931.

Era un año nuevo y la costumbre nos empuja a formular propósitos. Uke se ahogaba entre la muchedumbre anónima de París y soñó con llenar otra vez sus pulmones con aire de montaña. Sólo tuvo que mencionarlo a su padre la noche más joven de 1932 en aquella suite de Montmartre. Antes de que le diera tiempo a terminar de explicar sus argumentos, Fernando ya estaba en pie empaquetando su estudio portátil. No hicieron falta más razones, ni reflexiones, ni discusiones. A la mañana siguiente Fernando bajó a la plaza como hacía todos los días, pero esa vez fue a despedirse de sus nuevos amigos, convencidos de que *Le Roi* había sido desenmascarado en su retiro por la prensa española y de que debía borrar las huellas tras de sí. Brindaron por su infatigable carrera hacia la ciudadanía anónima, dondequiera que huyera a buscarla. Aquel cajón de lámparas fundidas de la ciudad luz, el barrio de Montmartre, era posiblemente el único lugar de Francia donde un rey despertaba respeto y admiración, incluso aunque no lo fuera.

El mismo infatigable Hispano Suiza que les había llevado hasta París los condujo a Ginebra, donde Fernando debía resolver asuntos con su banco. Allí recibieron la respuesta al telegrama que habían enviado a Victoria informando de sus planes: la hermana de Uke había dado a luz a un hermoso bebé varón, que había nacido ya con tupé de acero de fundición, y al que habían impuesto los nombres de Íñigo y Felipe. Para endulzar el trauma de la separación en un momento tan sensible, Uke y su padre fletaron todo un cargamento de chocolates suizos con destino a Neguri, aunque una parte la comieron ellos mismos para aliviar su propia amargura.

Desde Ginebra partieron hacia las montañas, visitaron Chamonix, Zermatt, Saint-Moritz y Cortina d'Ampezzo, hasta que la turgencia del embarazo de Uke aconsejó hacer nido. Innsbruck, capital del Tirol, fue el lugar elegido. Allí alquilaron una casita en la montaña con maceteros de flores colgando de una galería de madera, y tras esos maceteros de flores, con el deshielo del final de primavera, nació Fernando Andrés. Mi padre. Fernando, el padre de mi abuela, lloró dos veces. La primera cuando supo que su nieto llevaría su nombre, y la segunda cuando vio su pelo rojo. Se ahorró la tercera porque por fortuna ignoraba que san Andrés es el santo patrón de Escocia.

En cuanto el pequeño Nando se arrancó a caminar, le abrieron la puerta al suave felpudo de las laderas alpinas. Salían los tres a saltar los riscos, Fernando cargaba con sus aparejos de pintura y Uke se colgaba del brazo la cesta de *picnic*, mientras el pequeño Nando trompicaba como un diminuto zombi con peto tirolés. Uke permanecía en casa cuidando a su hijo y tomando clases de alemán, con vistas a buscar un empleo cuando Nando pudiera quedarse durante las horas de trabajo en manos de una niñera. No quería vivir a costa de su padre. Necesitaba aportar su contribución, por pequeña que fuese, a la supervivencia de la extraña familia tirolesa que habían formado, vertical y un tanto esquelética, pero de huesos robustos.

Fernando llegó a un acuerdo ventajoso para poner a la venta sus paisajes en una galería de la Maria Theresien Strasse. Ventajoso para la galería, que se quedaba con la mayor parte de los ingresos. Pero Fernando sabía que era el momento de guardarse las ambiciones para más adelante. Había una boca más que alimentar y lo prudente era manejar con tiento los recursos, pero sobre todo invertir su esfuerzo en abrirse camino a través de la maraña social que siempre supone un país desconocido. Poco después, al comprobar que los cuadros de Fernando despertaban el interés de su clientela, el propietario de la galería le ofreció un trato más satisfactorio a cambio de la exclusividad de su obra. Con el tiempo, Fernando llegó a trabar amistad con el dueño de aquel comercio, un anciano judío de origen húngaro llamado Imre Molnár, un pequeño hombrecillo con forma de proyectil de obús. Fernando y el señor Molnár compartían el interés por la pintura y por los negocios, una escasa simpatía por el marxismo, y afortunadamente compartían además un idioma común en el que podían charlar: el francés.

Uke se mantenía en contacto con Delsey y con Victoria. El barón progresaba en su recuperación. Uke nunca llegó a saber si realmente padecía alguna enfermedad como producto del choque emocional que había sufrido o si sólo era una exagerada manifestación de su sentido del teatro. En cualquier caso, sus cartas transmitían optimismo e ilusión por instalarse de nuevo en Torrelodones, aunque hacía notar que aquello no sería lo mismo sin la presencia de sus amigos. Por entonces estaba buscando acomodo en Madrid y arreglando los detalles para ingresar en la Facultad de Filosofía y Letras de la Universidad Central. En cuanto a su hermana Victoria, la única de la familia con interés por los asuntos políticos, los mantenía informados de la actualidad española, que de acuerdo a su versión no parecía muy alentadora. Victoria contaba que el gobierno socialista disparaba ráfagas de reformas radicales e inaceptables que habían atrincherado a la élite conservadora, a la que pertenecían por tradición los Mencía. El gobierno rompía con la Iglesia católica y con los círculos del poder financiero, lo que tenía al ejército al borde de la exasperación. Uke y Fernando siempre guardaron la secreta esperanza de regresar a España, aunque nunca hablaban de ello. Cuando terminaban de leer una carta de Victoria, uno de ellos tal vez decía: «No están las cosas ahora como para pensar en la vuelta», a lo que el otro siempre asentía. Pero Uke tenía la impresión de que aquellas insinuaciones eran más bien una especie de tanteo de intenciones, antes que una aseveración. Por su desapego de las cuestiones políticas, ambos pensaban que aquel paisaje idílico de Innsbruck era el refugio más tranquilo y seguro del mundo para criar a un niño.

Fue el señor Molnár quien empezó a poner a Fernando al corriente de lo que realmente ocurría en Austria por entonces, antes de que las turbulencias políticas se hicieran evidentes en la calle. Fernando solía visitarlo en la galería, charlaban sobre las ventas y sobre las novedades expuestas, y después ambos salían a sentarse en uno de los cafés de la Maria Theresien Strasse. Fernando notaba que el señor Molnár lanzaba insinuaciones sobre la evolución política de Austria y sobre la situación de su pueblo, la comunidad judía, pero lo hacía siempre en voz baja, con cada ojo puesto a derecha e izquierda en las mesas contiguas, y siempre rozando la cuestión sin sumergirse de lleno. Sólo cuando el señor Molnár estuvo seguro de que Fernando no albergaba ninguna hostilidad hacia su raza y su religión, se decidió a confesarse más abiertamente. Fue a finales de enero de 1933. Fernando y el señor Molnár tomaban su café cuando un grupo de sujetos borrachos que llevaban brazaletes con esvásticas irrumpieron en el local y comenzaron a alborotar, derribando sillas, molestando a las mujeres y cantando a voz en grito con el brazo en alto. Los camareros trataban de contenerlos con amabilidad forzada, pero los tipos no hacían caso de sus súplicas y los amenazaban. Cuando Fernando hizo gesto de levantarse, el señor Molnár se lo impidió agarrándolo por el brazo. Una vez que los individuos obtuvieron su ronda gratis y abandonaron el local, el señor Molnár le musitó a Fernando que Adolf Hitler, el líder del Partido Nacional Socialista de los Trabajadores Alemanes, había sido nombrado canciller de Alemania, y que esto había envalentonado a sus seguidores austríacos. A Fernando todo aquello le sonaba folclórico y ajeno, pero el señor Molnár le explicó que los nazis odiaban a los judíos y a todos los extranjeros, que querían anexionar Austria a Alemania e imponer un reinado de terror. A partir de entonces, el señor Molnár siempre informaba a Fernando sobre las últimas noticias en el panorama político y, en función de la valoración que hacía de los hechos, Fernando se tranquilizaba y lo comentaba con Uke como muestra de lo acertado que había sido establecerse en Innsbruck, o de lo contrario sencillamente evitaba referirse al tema, respondiendo al interés de su hija con un fingido optimismo para de inmediato derivar la conversación hacia lo guapo y fuertote que crecía Nando.

Durante los meses siguientes, el señor Molnár parecía satisfecho con el cariz de los acontecimientos. El canciller Dollfuss había empuñado los mandos del país, lo que en el desglose significaba que había ilegalizado el partido nazi y la fuerza de defensa socialista, la *Schutzbund*, y había instaurado un sistema totalitario bajo el paraguas de su formación política, el *Vaterländische Front*. El señor Molnár le explicó a Fernando que aquello era bueno y necesario, que era la única manera de contener el avance de los nazis y de los comunistas y de preservar una Austria libre e independiente bajo la protección de Mussolini. Los de Dollfuss no simpatizaban con los judíos, pero los toleraban mientras no hicieran ostentación de su religión ni trataran de involucrarse en la acción política. Decía que para el débil gobierno de Dollfuss, el rechazo del antisemitismo era una necesidad práctica, una manera de identificar sus verdaderas lealtades y de mantener a la población alejada de la creciente oleada del nazismo, pues si ambos partidos llegaban a coincidir en sus postulados ideológicos, la demagogia nazi de la Gran Alemania seduciría fácilmente las conciencias austríacas. A Fernando comenzaba a inquietarle toda aquella agitación, pero el señor Molnár le explicó que mientras Dollfuss se mantuviera en el poder no debían temer nada, pues ellos eran católicos, pero que con los nazis nadie estaría a salvo. La gente tenía miedo, y debido a ello el señor Molnár había perdido muchos clientes fieles que ya no aparecían por su galería desde el triunfo de Hitler.

En una ocasión, en febrero de 1934, Fernando encontró al señor Molnár muy azorado. Éste le aconsejó que regresara a casa y que encerrara a su familia hasta que pudieran comprobar que todo estaba tranquilo. En Viena había estallado un violento conflicto entre la *Heimwehr*, la guardia paramilitar nacionalista integrada en el régimen del *Vaterländische Front*, y la *Schutzbund* socialista que seguía operando en la clandestinidad. Fernando trató de ocultar la noticia a su hija simulando una enfermedad que le postraría en cama por unos días. Pero tuvo que revelar la verdad cuando Uke le propuso contratar a una enfermera para que le atendiera durante el día, pues ella había decidido pedir trabajo al señor Molnár en la galería. Nando había cumplido dos años y ella había localizado una niñera de confianza; además, tenía ya un manejo suficiente del alemán para tratar con los clientes. Fernando tuvo que descubrirle el engaño de su enfermedad. Sin embargo, una vez se restauró la calma en Viena, no consiguió disuadir a Uke de su decisión de comenzar a trabajar. El señor Molnár la aceptó encantado. No podía pagar mucho, pero a Uke no le importaba tanto la cuantía del salario como la satisfacción de mantenerse activa y de colaborar al sostenimiento de su familia. Cuando Fernando no salía a la montaña a pintar, almorzaban los tres juntos, y luego Uke los dejaba charlando de sus cosas mientras ella regresaba a atender la galería.

Una mañana Uke entró en la galería y encontró al señor Molnár muy nervioso, con su pequeño cuerpo de proyectil tambaleándose por la galería como un tentetieso. Con voz vacilante le pidió a Uke que se marchara a casa, ya que ese día no iba a abrir la tienda. Cuando la chica se interesó por los motivos, el anciano le explicó que el canciller Dollfuss había sido asesinado en Viena por militantes nazis vestidos con el uniforme del ejército austríaco. El rabino Rimalt le había alertado sobre la posibilidad de que el gobierno estuviera ya en manos de los nazis, lo que sería pavoroso para la comunidad judía de Austria. Aquello no llegó a ocurrir entonces por la intervención de Mussolini como valedor. Sin embargo, en los meses que siguieron, el señor Molnár se quejaba de que el sucesor de Dollfuss, Schuschnigg, estaba cediendo a las presiones de los antisemitas y estrechando el cerco alrededor de los judíos.

Las noticias desde España no eran mucho más reconfortantes. Victoria contaba que las derechas habían retornado al poder y tratado de refrenar la deriva hacia el bolchevismo de los años anteriores, pero que lejos de sosegar los ánimos, los intentos de contención habían soliviantado a los comunistas, que ansiaban transformaciones más profundas. Varias revueltas habían sido firmemente reprimidas por el ejército. Al aumentar la temperatura de los enfrentamientos, Victoria escribió que había decidido emplazar un guarda permanente en Lux Domini para prevenir posibles saqueos si estallaban los disturbios en la zona, algo que justificó entonces, pero que realmente había hecho desde la huida de Uke y su padre. Más adelante les contó que había ganado las elecciones una coalición extremista de izquierdas llamada Frente Popular. Decía que quienes desahuciaron al rey habían desahuciado también la República que habían inventado. Ella y su familia habían decidido exiliarse en Estoril. Unos meses más tarde, Uke y Fernando recibieron una carta de Victoria con franqueo portugués. La carta comenzaba así:

> Mis queridísimos papá y hermana:
>
> Espero que el eco de los acontecimientos haya sido lo suficientemente amplio como para que estéis enterados de lo ocurrido, y evitarme así la penosa tarea de ser yo quien os haga partícipes de la dolorosa noticia.
>
> El ejército se ha levantado en armas en África y el gobierno rojo se ha negado a entregar el poder.
>
> España está en guerra.

¡Guerra! Aquella noche Uke y Fernando releyeron la carta hasta aprender las palabras de memoria, tratando de encontrar un resquicio de esperanza entre líneas, una interpretación que suavizara la extrema brutalidad de la palabra «guerra». No la encontraron. Pasados muchos años de aquello, Uke recordaba perfectamente cómo el pequeño Nando irrumpió entonces en el salón de su chalet alpino, llorando porque se le había roto el tren. Encontró a su madre y a su abuelo que también lloraban. También a ellos se les había roto el tren.

8

UNA FLOR BLANCA EN EL BARRO

Que yo haya podido saber, en aquellos años en Austria, Uke nunca escribió a Hamish. Victoria, que hasta su huida a Estoril visitaba Torrelodones con regularidad, tampoco dio noticia de ninguna carta de él. Tras el estallido de la guerra en España, Uke envió una misiva a Delsey comentando los tristes sucesos.

Una tarde de otoño de un viernes de 1936, Uke leía la respuesta de Delsey en la galería del señor Molnár. Los párrafos estaban teñidos con las lamentaciones de un coro de tragedia griega. Para Delsey, aquello representaba mucho más que un cambio de planes. En los años anteriores había ido retrasando su traslado a Madrid a la espera de un remanso de calma política, pero la guerra era la certificación de un destino fatal, la sentencia que le emparedaba entre los muros de su castillo versallesco y le aprisionaba en las garras de sus gargolescas tías. El señor Molnár interrumpió la lectura de Uke.

–Vete a casa con tu pequeño.

Aquello era finalmente la aceptación de un hecho que el propietario de la galería y su empleada se habían negado a reconocer, dedicando los días a hacer inventario, a revisar las cuentas y a recolocar los cuadros para mantenerse ocupados y evitar así toda mención y toda reflexión sobre lo que estaba ocurriendo: en las últimas dos semanas no había entrado un solo cliente en la tienda. El nombre del establecimiento, Edelweiss, no traslucía ninguna pista sobre el origen de su dueño, y la atención al público estaba a cargo de Uke, extranjera pero con un manejo correcto del alemán, y de rasgos que calcaban el ideal ario. En los meses de verano Innsbruck bullía de turistas, y muchos de ellos pululaban por la galería para comprar o simplemente curiosear. Sin embargo, al terminar la temporada, sólo quedaban allí los residentes permanentes. Y en cuestiones como aquéllas la voz se corría con rapidez. La galería Edelweiss era un comercio judío. Todo Innsbruck lo sabía.

–¿Seguro que no va a necesitarme?

–Ya has hecho suficiente. Si entra un cliente, creo que se habrá ganado un cuadro gratis.

–No se quede hasta tarde.

–No, es viernes. Esta noche empieza el *shabbos*. Debo cerrar antes de que se ponga el sol.

–Es cierto, siempre lo olvido.

Uke recogió sus cosas, abrazó al señor Molnár, le dio un beso en su calva de proyectil y se marchó. Al despuntar la mañana siguiente, el teléfono despertó a Uke y a Fernando. Al otro lado de la línea, una joven hablaba en alemán con tono muy alterado. Fernando no comprendía el idioma y le pasó el auricular a Uke. La joven le contó con frases atropelladas que el señor Molnár estaba herido, que era imperativo que le viera un médico, y que el señor Molnár le había dado ese número de teléfono, que decía era de un doctor amigo suyo. Espantado y sin comprender lo sucedido, Fernando agarró el botiquín básico que utilizaba para las curas caseras, y él y Uke salieron corriendo hacia la Maria Theresien Strasse.

La puerta de la galería estaba abierta de par en par. El horroroso espectáculo los sobrecogió. Allí se había librado una batalla vandálica. Sillas rotas, estanterías desencuadernadas, mesas volcadas, pilas de documentos esparcidas por el suelo, pedazos de madera de marcos destrozados, lienzos rajados en tiras, lajas y astillas de cristal desperdigadas por todo el local. Aún quedaban cuadros en las paredes, torcidos en mueca de tristeza y aferrados a su clavo por una esquina. Pero ni uno de ellos estaba intacto. Todos habían sido profanados con palabras de odio asestadas con brochazos de pintura negra y roja. HEIL HITLER. JÜDISCHE KUNST. SCHWEIN. EIN VOLK EIN REICH EIN FÜHRER. ANSCHLUSS[1]!!!! Uno de los cuadros llevaba la firma inequívo-

1. «Heil Hitler. Arte judío. Cerdos. Un pueblo un imperio un líder. ¡Anexión!»

ca de aquella barbarie: una esvástica sobre las letras NSDAP y VS, las iniciales del partido nazi y del *Vaterländischer Schutzbund*, el equivalente austríaco en la clandestinidad de las SA alemanas.

Uke y Fernando no pudieron evitar romper en llanto. De tres en tres subieron los escalones al piso superior, donde vivía solo el señor Molnár. Al entrar en su habitación, vieron a un hombre que permanecía de pie en el rincón, estrujando una gorra entre sus manos y conteniendo las lágrimas. Sentada en la cama había una chica de la edad de Uke, que lloraba y sostenía en su mano la del señor Molnár, embozado como un ratón enfermo que se cobijaba en la caja de cerillas de un niño. Sangraba por la sien, tenía los ojos hinchados y las mejillas reventadas. Ningún recodo de su rostro conservaba su color natural. Fernando comprendió que no era el momento de preguntar, sino de socorrer a su amigo. Sabía que en un caso como aquél la debilidad o la vacilación podían ser más perjudiciales que un material médico insuficiente, como era el suyo, y un conocimiento sanitario oxidado, como era el suyo. Con la ayuda de Uke como intérprete, pidió a la chica una palangana con agua tibia, toallas limpias, cerillas, algún recipiente metálico, agujas e hilo de coser. Fernando se entregó a la cura mientras el agua de la palangana se enrojecía con cada escurrida. El pobre señor Molnár resistía las suturas en vivo sin emitir un sonido ni pronunciar palabra. Uke pensó que seguramente aquel dolor debía resultarle purificador, después de todo el dolor envilecedor que debía de haber sufrido esa noche. Una vez recompuesto el rostro del señor Molnár, Fernando pidió a las mujeres que salieran de la habitación para examinarle el resto del cuerpo. Apartó la sábana e hizo señas al joven del rincón para que le ayudara a girarlo. Por fortuna sólo tenía heridas abiertas en las manos. El resto del cuerpo era un mapa de magulladuras violáceas y amarillentas, seguramente producidas por patadas y golpes de porra. No parecía presentar fracturas ni heridas profundas, aunque Fernando sólo podía practicar un examen superficial.

Mientras aguardaban detrás de la puerta, Uke se presentó a la otra chica, quien a su vez le aclaró que se llamaba Anna y que era la sobrina del señor Molnár. El joven de la habitación era su esposo Johann. Sorprendida, Uke le dijo que no sabían que el señor Molnár tuviera algún pariente, que le conocían desde hacía casi cuatro años y nunca les había hablado de su familia. Anna respondió que tras la muerte de su padre, hermano del señor Molnár, ella era el único pariente vivo que le quedaba a su tío. Avergonzada, bajó la vista y explicó que su marido era católico, y que la familia de él había impuesto como condiciones para permitir su matrimonio que se casaran según el rito católico y que ella abjurara de su religión y su familia. Ella se había visto obligada a aceptar, reduciendo los encuentros con su tío a unas cuantas visitas esporádicas que debían mantener en secreto. Johann era un buen hombre, decía, quería mucho a su tío y estaba escandalizado por el hostigamiento hacia los judíos. Últimamente su tío les había hablado de sus amigos españoles, y Anna le había escuchado comentar que Fernando había sido médico, pero cuando le encontraron en ese estado el señor Molnár se había negado a llamarlos para evitar comprometerlos. Casi a la fuerza, Anna había conseguido obligarle a que le facilitara el número de teléfono de Fernando. Les agradecía enormemente que hubieran acudido, decía, y se sentía abochornada por no haber prestado antes la suficiente atención a la única familia que tenía en el mundo por línea paterna. Uke le acarició la mejilla para consolarla.

Por fin Fernando abrió la puerta y las invitó a entrar. Uke hizo las presentaciones y tradujo al alemán el diagnóstico de su padre: las heridas del cuerpo no parecían de cuidado. Le había curado los cortes y aplicado linimento en las contusiones. Él podía regresar por la tarde con más medicinas para comprobar cómo seguía, pero era conveniente que acudiera a un hospital para que descartaran la posibilidad de alguna lesión interna. De inmediato irrumpió en la conversación un hilo de voz rota. El señor Molnár, que hasta entonces había permanecido silencioso y abstraído, se esforzaba por incorporarse mientras susurraba en alemán: «Hospital no, hospital no, no quieren judíos, no quieren judíos». Fernando se aprestó a tranquilizarle y con tono suave le pidió que no tratara de moverse. El señor Molnár musitó entonces en alemán: «Amigo, gracias». Fernando no necesitó traducción. Le respondió en francés que debía descansar, pero el señor Molnár había entrado en un estado de gran agitación. Sin apenas mover sus labios abotargados, mascullaba sin detenerse para respirar, intercalando algunas frases en un idioma extraño que debía de ser magiar. Decía que quería explicar lo que había ocurrido, que por si él lo olvidaba, alguien debía recordarlo. Fernando trataba de calmarlo, pero él insistía en hablar. Finalmente Uke y Anna se sentaron a ambos lados de la cabecera de la cama, con las manos del señor Molnár entre las suyas, y dejaron que el frágil rumor de su garganta dolorida describiera su terrible experiencia. Uke se encargó de traducir para su padre.

–Ayer. Ayer por la tarde. Ayer por la tarde. La galería ya no... no hay clientes. Ya no hay clientes. Pedí a Uke... que se marchara a casa. Que se marchara a casa. Pensé cerrar antes de la hora y subir... a descansar el *shabbos*. Entonces pensé... pensé... Esto debe de ser magiar, no lo entiendo. –Uke miró a Anna, quien tradujo al alemán sólo dos palabras: «se acabó». Lo repitió otra vez–. Ya no hay sitio para los judíos en Austria. Austria no quiere a sus hijos judíos. ¡MI HIJO!... –Uke pronunció estas palabras con gran sobresalto y siguió la trayectoria del dedo alzado del señor Molnár. Hasta entonces no se había fijado, pero sobre la mesilla había dos portarretratos. En uno de ellos sonreía una mujer de nariz chata, mandíbula cuadrada y rizos morenos. El otro mostraba a un joven con uniforme militar y condecoraciones en el pecho. Uke y su padre se miraron con gesto sorprendido–. Mi hijo Friedrich fue... un héroe AUSTRÍACO. Un héroe AUSTRÍACO. Él nació en Austria. Luchó por el emperador. Murió por el emperador. Pero los austríacos ya no lo quieren. Han olvidado a sus héroes. Han olvidado a mi hijo. Ellos... ellos... No comprendo –Uke miró de nuevo a Anna, pero esta vez la sobrina del señor Molnár se sonrojó y no quiso traducir–... en la memoria de mi hijo. Mi hijo era un soldado... austríaco. Un patriota... austríaco. Un héroe... austríaco. Pensé... Pensé... Éste es el fin de la galería Edelweiss. Austria no nos quiere. Hijo mío. No nos quiere. Y yo ya no quiero a Austria. Me marcho. Me marcho con la memoria de mi hijo. A donde sepan respetar a los héroes de guerra. A Suiza. A Francia. Estaba... olvidé cerrar la puerta. Estaba apenado. Triste. Estaba sentado en el almacén. Anochecía. Sonó la campanilla de la puerta. Era tarde. Olvidé cerrar. Era muy tarde y era el *shabbos*. Salí del almacén y dije... y dije... Lo siento. Señor. Está. Cerrado. Y los vi. Eran tres. Jóvenes. Tenían... parecían caballeros. Bien vestidos. Abrigos elegantes. Repetí. Lo siento. Señores. Está cerrado. No escucharon. No dijeron palabra. Entraron. Miraron los cuadros. Uno bajó las persianas. Otro descolgó un cuadro. Le pedí que no lo hiciera. Que si le interesaba. Yo lo descolgaba. Para que pudiera. Mirarlo de cerca. Entonces él dijo... él dijo... –El señor Molnár comenzó a llorar entre jadeos entrecortados, esforzándose por arrancar sonidos de su respiración para continuar el relato. Uke y Anna le apretaron las manos, como tratando de infundirle fuerzas–. Él dijo. Pero crees que me interesa el arte judío. Una mierda de cuadro pintado por un... judío de mierda. Supe por su voz que estaba borracho. Me asusté. Me asusté mucho. Sólo quería que se fueran. Que se fueran que se fueran que se fueran. Le dije... Por favor. Puede llevarse el cuadro si quiere. Puede llevárselo. No tiene que pagarlo. Lléveselo. Entonces... entonces... Él rió. Rió a carcajadas. Dijo... Pagarlo. Crees que alguien va a pagar... por los brochazos de un puto judío. Entonces tiró el cuadro contra la pared del fondo. Los otros reían. Yo le pedí. Que por favor se fueran. Que por favor se fueran. Entonces habló otro. Vamos a poner algo de arte ario... en tus putos cuadros judíos. Se quitaron los abrigos. Se dieron la vuelta... a las solapas de la chaqueta. Llevaban... los tres llevaban insignias nazis... escondidas... dentro de las solapas. Comenzaron a... descolgar cuadros y tirarlos. A tirar sillas contra los cuadros. Quise impedirlo. Me golpearon. Me golpearon. En el estómago. No podía respirar. Caí al suelo. Me patearon. Me levantó la cabeza del suelo... tirándome de la oreja. Me dijo... Tienes pintura... para que podamos enseñarte... lo que es el arte alemán. Otro salió del almacén. Con botes de pintura y brochas. Otro sacó una porra... de la chaqueta. Me golpeó. En la cabeza. En la espalda. En los brazos. En las piernas. Los otros cantaban. Cantaban y pintaban en los cuadros. Yo decía. No, por favor. No, por favor. No destrocen los cuadros. Llévenselos. Valen dinero. Llévenselos. Llévenselos. Yo no podía. No podía casi hablar. Ellos cantaban muy alto. Uno descolgó un cuadro. Lo tiró al suelo. Se... se... orinó en el cuadro. Luego... luego... se orinó sobre mí. Lo destrozaron todo. Todo. Me siguieron pegando. –Uke apenas podía seguir traduciendo entre sus propias lágrimas. Anna también lloraba. Fernando y Johann estaban paralizados por el espanto–. Ya basta por favor ya basta por favor ya basta por favor. Pero no. Me pegaban. Me pegaban. Entonces uno dijo. No es el día de descanso… para estos cerdos. Me levantaron de los brazos. Uno trajo… una escoba del almacén. Barre. Cerdo. Barre. Es tu día de fiesta. Barre. Cerdo. Barre. Me obligaron… a barrer el suelo. Escupían. Se orinaban. Tiraban pintura. Barre. Cerdo. Barre. Yo barrí. Violé el *shabbos*. Me obligaron… a violar el *shabbos*. Se reían. Barre. Cerdo. Me agarré a la escoba. Caí al suelo. El jefe dijo. Un día más, un judío menos. Sacó una pistola. Supe que iba a morir. Y entonces. Entonces. Entonces… sonó otra vez la campanilla. Miré. Había dos hombres. Llevaban brazaletes. En el abrigo. Con la bandera. Y la *Kruckenkreuz*. Vestían de calle. Llevaban. Rifles a la espalda. Uno de ellos gritó. QUÉ ESTÁ PASANDO AQUÍ. Alto. Los nazis pararon. Los otros apuntaron con los rifles. Uno de los nazis dijo. Qué pasa. Ya han venido los amiguitos. De los judíos. El gobierno. Vendido. A los judíos. Los otros apuntaban. Se acercaron. Me preguntaron. Es usted judío. Yo dije. Soy un empresario austríaco. Y un PATRIOTA. Mi hijo. Mi hijo. Luchó por Austria. En la guerra. Murió por Austria. Saqué de mi chaqueta. Siempre llevo en la chaqueta. La foto de mi hijo. Y su medalla al valor. Se lo mostré. Lo cogió. Lo miró. Me lo devolvió. Le dijo al otro. Este hombre es un patriota. Entonces gritó a los otros tres. Quedan arrestados. En nombre de la guardia cívica. Del *Vaterländische Front*. Tire la pistola. El otro guardó la pistola. Pero eran tres. Se separaron. No se atrevieron a disparar. Comenzaron a luchar. Las armas cayeron al suelo. Tiraron sillas. Rompieron cristales. Lo rompieron todo. Yo no podía moverme. Pero miraba. Miraba desde el suelo. La sangre me entró en los ojos. Mucho estrépito. Mucho ruido. Uno de los nazis dijo. Vámonos. Salieron corriendo. Antes uno dijo. Vais a salir todos como ratas. O a morir todos como ratas. Se fueron. Se fueron. Entonces. Entonces. Uno de los otros se agachó sobre mí. Entonces dijo. Dijo… –de nuevo su voz se perdió entre sollozos–. Dijo… Malditos judíos. Por qué no os marcháis ya de Austria. No nos dais más que problemas. El otro dijo. Deberíamos llevarlo. A un hospital. Es un patriota. Pero el otro no. Vámonos. Ya se ocuparán. Los suyos. Que lo lleven. Los suyos. Si nos quedamos… nos van a pedir explicaciones. Mucho papeleo. Y se fueron. Y yo me quedé allí. Me quedé solo. En el suelo. Sangraba. Tenía sed. Tenía frío. Me dolía. No me podía mover. Me quedé mucho tiempo en el suelo. Mucho tiempo. Luego me arrastré. Me arrastré. Sobre los cristales. Sobre la pintura. Sobre la orina. Sobre mi sangre. Me arrastré hasta la mesa. Llamé a Anna. Ven por favor. Ven por favor. Me han matado. Me han matado. Me han matado...

Uke le acarició su pequeña calva de proyectil olvidado en el campo de batalla de una guerra vieja y fracasada que nadie quiere recordar, o de una guerra nueva condenada al fracaso que todos olvidarán con demasiada facilidad: «Duerma ahora. Duerma tranquilo». Anna lloraba. Fernando y Johann contuvieron el aliento hasta que sus pulmones les pidieron aire. Uke y Fernando se despidieron. Regresarían por la tarde para ver cómo seguía. Salieron a la mañana cristalina de otoño, fina y nítida. Innsbruck despertaba con los taconeos ligeros sobre las aceras, con los tranvías hollando la delicada alfombra de encaje escarchado en los raíles, con los caballeros hojeando el periódico en los cafés y prendiendo pipas colmadas de tabaco esponjoso, con los aleteos de los niños que iban de la mano de sus madres camino del mercado, o de la consulta del médico, o de la estación para recibir al padre que regresaba del trabajo, o de visitar a una abuela empingorotada que les servía chocolate y bizcochos. Parecía igual que otro sábado cualquiera, pero nada era ya lo mismo. Aquella noche se rompieron muchos sueños. Uke y Fernando no intercambiaron una sola palabra en el camino de vuelta a casa. Ambos rezaban para que el señor Molnár tuviera un sueño sereno y profundo, y que en aquel sueño pudiera salir a la calle una mañana clara de un sábado de otoño, respirar el olor a nieve virgen de las montañas, comprar el periódico sembrado de tinta fresca y sentarse en la terraza de un café, a compartir un rato de charla con un joven que lucía un impecable uniforme militar decorado con medallas bruñidas reluciendo al sol.

En los días que siguieron, Uke y Fernando acudieron mañana y tarde a casa del señor Molnár. Anna y Johann habían decidido quedarse a dormir mientras durara su convalecencia. El piso bajo, la galería, no era ya más que la ruina de una vida pasada, de una ilusión abandonada. Entre las dos chicas se ocuparon de recoger los restos y de rescatar lo que aún era aprovechable, tan sólo cuatro o cinco pinturas que estaban almacenadas en la trastienda a la espera de un hueco libre en la exposición y que se habían salvado del escarnio. Nadie se detuvo allí a interesarse por lo ocurrido, ni en representación de ninguna autoridad. Ni policía, ni *Heimwehr*, ni los voluntarios de paisano. La gente deambulaba por la concurrida Maria Theresien demorando el paso, dejando vagar la mirada por los escaparates, pero cuando cruzaban por delante de la galería Edelweiss agilizaban la marcha y miraban hacia la otra acera, o a su acompañante. Uke y Anna hubieran pensado que se habían vuelto invisibles, si no fuera porque desgraciadamente se trataba de todo lo contrario. Su presencia allí las marcaba y las delataría en adelante. Aunque fueran tan sólo una húngara conversa y una española católica, para los ojos huidizos que esquivaban ese segmento de fachada, desde aquel momento ambas eran ya judías.

–No lo soporto más. Me marcho. –Recostado mientras sorbía una taza de caldo después de sus curas, el señor Molnár hablaba una tarde con Fernando. Los demás rodeaban la cama sentados, excepto Johann, que siempre permanecía detrás, de pie estrujando su gorra. La voz del señor Molnár sonaba extraordinariamente firme y resuelta, teniendo en cuenta las circunstancias–. Ya he hecho bastante por este país. Le he entregado mi vida. Y a mi hijo. Y no he recibido nada a cambio. Nada. Mi negocio se ha perdido para siempre. Y ya no tengo fuerzas para aguantar esas miradas. Esos desprecios. De ser un anciano respetable he pasado a ser un paria. Mi viejo amigo, ya no tengo edad para luchar contra esto.

–Imre, no está usted aún en condiciones de viajar. Debería esperar un tiempo hasta recuperarse por completo. Yo continuaré atendiéndole, y en un par de meses estará listo para ir caminando hasta Suiza si quiere. Esperar un par de meses no le puede hacer más daño que emprender un viaje ahora.

–El rabino Rimalt opina que la situación es acuciante. El canciller Schuschnigg está cediendo a las presiones de Hitler. Se rumorea que podrían conceder una amnistía y legalizar a los nazis. Y si eso ocurre, se acabó para todos. En un par de horas tendríamos los tanques alemanes en las calles de Innsbruck. Y ya no habría escapatoria. No se preocupe, no voy a viajar solo. Anna y Johann han decidido venir conmigo, o más bien llevar a cuestas a este pobre viejo. Ellos son jóvenes. No quieren vivir y criar una familia en estado de sitio. ¿Sabe? Cuando murió mi hijo tuve que aceptar que mi sangre se extinguiría para siempre. Ahora tengo ilusión. He recuperado a mi sobrina, la última de mi estirpe, y Johann es un buen hombre. ¡Incluso dicen que sus hijos conservarán el apellido Molnár! Ahora hay un futuro para esta familia. Pero no aquí. No aquí.

–Imre... –Fernando vaciló antes de proseguir–. En todos estos años nunca me habló de su familia. Me sorprendió enormemente saber que había tenido un hijo. Perderlo debió de causarle un dolor terrible. No podía imaginarme...

–No hay palabra que pueda describir el dolor por la pérdida de un hijo. Tal vez por eso nunca hablo de ello. Porque no hay palabras. Discúlpeme que haya evitado mencionarlo, pero no lo interprete como una descortesía. –Hizo una pausa, como si tuviera que rescatar los recuerdos del rincón más apartado de su memoria–. Mi mujer y yo nos trasladamos a Innsbruck desde Budapest después de casarnos. De eso hace ya casi cincuenta años... Sabrá usted que por entonces esto era todavía la antigua Austria-Hungría. Vinimos aquí por el clima de las montañas. Ella tenía la salud delicada. Por desgracia mi queridísima Róza murió durante el parto. –Acarició la foto de la mesilla–. No llegamos a vivir más de un año juntos. Mi hijo era entonces lo único que me quedaba en el mundo. Hasta que mi hermano Béla, el padre de Anna, vino también a Innsbruck. Él me ayudó a superar la muerte de Róza. Fue entonces cuando abrí la galería. Eran años felices. Yo estaba orgulloso de que mi hijo vistiera el uniforme, y que partiera a defender a nuestra patria cuando el resto del mundo se puso en contra nuestra. Era un soldado valeroso. Cuando murió comandaba una patrulla perteneciente a una *Streifkompanie*, una compañía de alta montaña de los *Tiroler Kaiserjäger*, los cazadores imperiales. Siempre fue un gran montañero. Fue varias veces condecorado. ¿Le he enseñado su foto? Mire, mire. –Comenzó a revolver en el cajón de la mesilla–. Éstas son medallas de plata al valor, y ésta la cruz al mérito. Esta otra se la concedieron cuando le hirieron en Pasubio, en la *Maioffensive* del 16. Y siempre llevo conmigo la medalla de oro al valor, que le concedieron después de su muerte. Murió en el Passo del Tonale, en el 18. No en una de esas colosales batallas anónimas donde caían miles, incluso cientos de miles de soldados. Fue en las montañas, y tuvo la suerte, o la habilidad, de sobrevivir a la congelación y a las avalanchas que diezmaron las tropas y mataron a muchos de sus compañeros. Él murió en el cuerpo a cuerpo con el enemigo, y no a plomo, sino a acero, como los grandes guerreros.

–¿Y pudo recuperar…?

–¿Su cuerpo? –Meditó un momento y sus ojos se encharcaron de humedad estancada–. Llorar a un hijo es una terrible tragedia. Pero no tener dónde llorarle es una terrible tragedia que se repite una y otra vez, cuando ni siquiera ese consuelo queda. Verá, le voy a explicar. Un día fui informado por el mando del ejército de que mi hijo había perdido la vida valientemente en acto de servicio, en una escaramuza con las tropas italianas en el Passo del Tonale. Fue el golpe más atroz de mi vida. Por más que lo intenté, no conseguí que me enviaran informes más concretos, ni que me detallaran qué había sido de sus restos. Terminada la guerra, un día recibí la visita de un muchacho que decía llamarse Britter. Me dijo que era el único superviviente de la patrulla que comandaba mi hijo. Tenía una historia que contarme. Según relató, tenían la misión de cubrir la retirada de las tropas hacia Val di Sole, destruyendo e inutilizando el material de guerra abandonado para que no cayera en manos de los *Alpini* italianos, cortando los cables de los funiculares y borrando todo rastro de los refugios, ya sabe. Eran a la vez basureros y tropa de asalto, decía, pues debían neutralizar cualquier amenaza derivada del avance de los *Alpini* hacia el norte. Su marcha era difícil, y su misión, de alto riesgo, abandonados a su suerte, sin ningún apoyo logístico ni más raciones que las que llevaban encima. ¡La *arrière-garde* del Imperio en retirada, voluntarios en una misión destinada al heroísmo, pero tal vez también a la muerte! Sabían que algunos no saldrían con vida de allí. Y había a quien no le importaba demasiado, pues muchos imaginaban ya su pueblo en poder de los italianos, y quizá no tendrían un hogar al que regresar. Una mañana ganaron cota para ascender hasta un refugio donde debían destruir un nido de ametralladoras. La subida fue espantosa y se retrasaron más de lo previsto.

Cuando coronaron la cresta ya era tarde para emprender el descenso, así que se dispusieron a acampar. El frío de noviembre era insoportable. No podían hacer fuego para evitar ser descubiertos por el enemigo, sólo cobijarse en el refugio y confiar en que su calor corporal los mantuviera vivos hasta la salida del sol. Comieron sus raciones de campaña y se tendieron a dormir. Los ánimos estaban muy bajos. La muerte parecía cernirse sobre ellos con las sombras de la noche. De repente, uno de ellos se puso en pie y comenzó a bailar. Todos lo miraron estupefactos y ateridos, pero entonces se levantó otro, y luego otro más... Uno de los soldados sacó una botella de Schnapps, brindaron y cantaron. Pero el frío y el hambre terminaron por vencerlos, y entonces cayeron derrotados. Por el efecto del alcohol, alguno se atrevió a confesar que estaba aterrado. Otro lamentó que, si caía en combate, su madre nunca tendría un lugar donde ir a llorarle. Eran valientes, pero en el fondo no eran más que críos lanzados a pelear por los asuntos de sus padres. Hasta que de pronto, uno de ellos se levantó. Recordaba haber leído un libro donde los mosqueteros del rey de Francia utilizaban una divisa que decía: «Uno para todos y todos para uno». Todos eran uno, dijo, y uno eran todos. Sin poder predecir qué triunfos o penalidades les reservaba aquella misión, podían comprometerse a cumplir un pacto. Si alguno de ellos moría, los demás se encargarían de llevarlo junto a sus padres. ¿Y si todos morimos?, preguntó el que se había lamentado primero. Si llega el caso, replicó el que había leído a Dumas, tendremos que hacer lo imposible para que uno de nosotros se salve para contarlo. ¿Y los cuerpos?, insistió el anterior. Uno no puede cargar con los cuerpos de los demás. El otro calló y todos agacharon la cabeza. Pero entonces, el lector de Dumas tuvo una idea genial. Había algo que sí podían hacer, dijo: ocuparse de uno, y sólo de uno. Aquel único cadáver sería el de todos los caídos. Sólo los supervivientes conocerían la verdadera identidad de aquella víctima simbólica. Y debían guardar el secreto de por vida. Los supervivientes podrían elegir dónde sepultar ese único cuerpo, y se informaría a todas las familias del acuerdo adoptado y de la ubicación de la tumba. Los demás cadáveres, si los había, yacerían bajo el suelo de la montaña sin signos visibles de su presencia. Se miraron unos a otros. Tras unos momentos de duda, todos acordaron que era una gran idea. No sólo los tranquilizaba, sino que aquello los convertiría, en cierto modo, en hermanos de sangre que compartían destino. Con este consuelo, durmieron.

»A la mañana siguiente completaron su tarea en aquel refugio y emprendieron el descenso. Su ruta bordeaba la montaña por un estrecho desfiladero, en cuya ladera sur había un inmenso nevero al abrigo del collado. De inmediato comprendieron que era un área propensa a aludes y que debían evitar cualquier estruendo. Tan absortos estaban en el riesgo de avalancha que no los vieron aparecer. Era un grupo de *Alpini* italianos, estaban emboscados y tenían aspecto famélico. Sus uniformes estaban andrajosos y se podía adivinar que no formaban una patrulla comisionada a una tarea concreta, sino que probablemente se habían perdido en la montaña y debían llevar semanas sin alimentarse decentemente, bebiendo sólo agua de nieve fundida y sufriendo diarreas por ello. No parecía haber un oficial al mando y no estaban en condiciones de presentar batalla, pero les apuntaron con sus fusiles antes de que pudieran reaccionar. Uno de ellos gritó que les entregaran los víveres. Un compañero de Britter les habló en italiano, pidiéndoles que por favor no alzaran la voz y señalando la ladera inestable. Mi hijo era el oficial al mando, así que él debía hacer frente a la situación. Britter contó que mi hijo se adelantó junto a un intérprete, dejando su arma en el suelo para parlamentar con ellos. No sé si sabrá usted que en la guerra de las montañas eran frecuentes los encuentros fortuitos entre patrullas aisladas de ambos bandos, y que a menudo los soldados enfrentados se conocían, pues antes de la guerra habitaban en valles contiguos y manejaban las dos lenguas, italiano y alemán. Por ello no era raro que aquellos encontronazos se saldaran finalmente compartiendo raciones, tabaco y charla, para después continuar camino cada grupo por su lado con un apretón de manos. Pero aquellos soldados estaban demasiado demacrados como para sostener una negociación civilizada. Mi hijo les ofreció compartir las provisiones, pero ellos lo querían todo, botas, abrigos, armas, munición, equipo, esquíes, todo. La conversación fue subiendo de tono y los italianos estaban muy nerviosos. Hasta que, en la refriega verbal, el soldado italiano agarró por la guerrera a mi hijo y comenzó a forcejear. Entonces llegó otro por detrás y le clavó la bayoneta en la espalda... Mi hijo no pudo reaccionar. Cayó con honor y heroísmo ante adversarios que le superaban en número.

»La respuesta de los hombres de mi hijo fue una carga de bayoneta. No podían disparar. Ya sabe, el riesgo de alud... Pero los italianos, presa del nerviosismo, abrieron fuego. Y ocurrió lo que tan funestamente habían previsto. La masa de nieve se derrumbó y, dijo Britter, el mundo desapareció de repente. Cuando despertó de nuevo, sólo había oscuridad y silencio. Desorientado, sacó una caja de cerillas del bolsillo de su guerrera. Encendió una y supo que estaba en una especie de cueva, o quizá bajo un saliente rocoso, entre una pared de roca y otra de nieve. Cavó durante horas hasta que pudo emerger sobre la nieve. Nada se movía alrededor. La "muerte blanca" lo había ahogado todo sin dejar rastro. Le entraron ganas de llorar, pero no iba a dejarse vencer. Además había hecho una promesa. Por muy penosa que fuera la tarea, había jurado recuperar el cuerpo de uno de sus compañeros. Le costó horas hasta que por fin el bastón de su piolet enganchó la cinta de unos binoculares. ¡Era uno de ellos! No tenía pulso. Mientras lo sacaba de la nieve, decidió que prefería no saber su identidad. Si completaba con éxito su misión, no estaba seguro de poder mantener el secreto toda su vida, de tener la fortaleza para no revelar a unos padres que en aquella tumba anónima yacía su hijo. Así que, con los ojos cerrados, le cubrió el rostro con la máscara antigás.

»Le llevó varios días, pero lo consiguió. Debía dirigirse al norte, y no se le ocurrió mejor idea que tratar de llegar hasta su pueblo. El Val di Sole descendía en la dirección correcta, de modo que, caminando sobre sus raquetas y deslizando el cuerpo sobre los esquís de su compañero, logró llegar a una granja, donde el propietario, tras escuchar su historia, se ofreció para llevarle oculto en su carro hasta Bozen. Allí se escondió en un tren que partía hacia Meran, su pueblo. Y parece una ironía después de tanta penalidad, pero casi lo más complicado, según me contó, fue lograr que un soldado austrohúngaro recibiera sepultura digna y adecuada en el nuevo Meran bajo soberanía italiana. Pero se hizo. Y allí reposa. Allí reposan todos ellos. Uno para todos y todos para uno.

»Y ésa, amigos, fue, palabra más, palabra menos, la historia que me contó el soldado Britter, del primer regimiento tirolés de cazadores imperiales. Pero no olvido un detalle final. Fue al establecer contacto con los habitantes de los valles cuando él supo que Austria-Hungría había firmado la rendición con Italia el tres de noviembre, durante aquellos días de su misión en las montañas. El armisticio había entrado en vigor al día siguiente, a las tres de la tarde. Entonces tuvo conciencia del tremendo infortunio. Su trágica refriega con los *Alpini* tuvo lugar el día 4, hacia el mediodía. Quizás un par de horas antes de la paz oficial. Él decía que se consoló pensando que aquellos italianos extraviados, asustados y escuálidos no hubieran atendido a lo que se firmaba en los despachos a muchos kilómetros de distancia. Ese día no luchaban por un ideal, ni por una bandera, ni por un rey, sino por comida. ¿Cómo era aquello que me dijo…? ¡Ah, sí! En la guerra somos ovejas que desconocen los planes del pastor sobre ellas.

El silencio duró lo que dura al terminar un concierto magistral, el tiempo justo que transcurre desde que la última nota se extingue en el aire hasta que se desborda la emoción contenida durante la escucha. Uke relajó la tensión de sus músculos y emitió un suspiro de admiración. Fernando consiguió articular palabra.

–¡Qué… qué emocionante y triste aventura! ¡Qué coraje el de aquellos soldados! Y dígame, ¿ha sabido qué fue de Britter desde entonces?

–Oh, sí, desde luego. Lo tiene justo detrás de usted. Johann no habla una sola palabra de francés, así que no puede corroborar si mi relato ha sido fiel. Pero desde entonces le he hecho repetírmelo tantas veces que no creo haber añadido ni omitido nada.

Uke y Fernando giraron la cabeza lentamente mientras sus pupilas se abrían en desmedido asombro hacia aquel personaje gris que hasta entonces había permanecido en un penumbroso segundo plano, como formando parte del mobiliario o de una clac que siempre debe rellenar el fondo del cuadro, como en uno de esos retratos de grupo de la escuela flamenca, como en *La lección de anatomía* de Rembrandt. Johann dio un paso al frente, no como un soldado, sino como un obrero que se presenta cuando vocean su nombre de la lista. Entonces dejó de estrujar su gorra, alzó la vista al frente y con gesto solemne se la calzó en la cabeza. Era un quepis militar con botones y un emblema redondo. Prendida en un lateral llevaba una insignia metálica, un cuerno de cazador rodeando la figura de un águila. El señor Molnár sonrió y continuó hablando.

–Nada ni nadie me devolverá jamás a Friedrich, pero Johann ha sido desde entonces un segundo hijo para mí. Cuando regresó a Meran después de la guerra, encontró a sus padres al borde de la indigencia. Vivían del turismo, atendiendo a la alta sociedad que acudía allí a curarse de sus dolencias, pero la guerra había terminado con todo aquello. Esto, unido a la incertidumbre del futuro bajo una bandera que no era la suya, los convenció para abandonar su hogar natal. Johann había visitado Innsbruck para presentarse en el regimiento, informar y esas cosas. Gracias a su sentido del deber y a sus informes, a mi hijo Friedrich le concedieron la medalla de oro al valor a título póstumo. A Johann le agradó esta ciudad, que aún era austríaca, así que él y su familia decidieron trasladarse aquí. Johann consiguió su licencia y su padre abrió una barbería. Una vez establecidos, se puso manos a la obra para localizar a las familias de sus antiguos compañeros, visitarlos en sus casas y contarles la historia que ustedes acaban de escuchar. Y así fue como llegó hasta mí. De inmediato simpatizamos y comenzó a frecuentar mi casa y mi galería. Mi sobrina Anna estaba a mi cargo desde que mi hermano Béla y su mujer murieron. Ella era tan sólo una chiquilla, tendría seis o siete años, mientras Johann era ya un mozuelo de unos veinte, pero desde el primer día Anna me aseguró que se casaría con Johann. Cosas de críos, pero ya ven ustedes. Durante los años siguientes Johann y yo cultivamos nuestra amistad y Anna crecía hasta convertirse en una señorita. Seguía con la misma idea fija. Le tuve que prohibir casarse hasta que cumpliera los diecinueve. Y cuando los cumplió, se casó con Johann. Si la memoria no me falla creo que fue en el 31, poco antes de que ustedes se instalaran en Innsbruck. Los padres de Johann... En fin, son buena gente, pero hoy, ya ven ustedes, nadie quiere a los judíos. Yo no puedo reprocharles lo que hicieron. Son gente humilde, trabajadora. Tenían miedo de que su parentesco con una familia judía pudiera dar al traste con la barbería, su único medio de vida. Al menos no impidieron la boda, aunque sí impusieron como condición que se celebrara por el rito católico y que Anna… bueno, que se distanciara de su familia. Desde entonces nuestros encuentros se espaciaron más. Por fortuna nuestra amistad estuvo por encima de aquello. Y hoy, ya ven ustedes, están dispuestos a dejar su patria y fugarse conmigo, a algún lugar lejano donde la gente sea más hospitalaria con nosotros. Quieren formar una familia. Todavía no han conseguido tener descendencia, pero no han perdido la esperanza. Johann ha unido su destino voluntariamente al de los judíos, y quiere unir también su sangre. Eso, hoy en día, tiene mucho mérito. Conociendo sus pasadas experiencias, ya pueden imaginar que es un hombre valeroso, aunque tímido. Y así concluye la historia, amigos míos: nos marchamos los tres. Tenemos la confianza… ¡No! La certeza, de que nos espera otra historia por delante. Una nueva historia, más luminosa y feliz. Un nuevo comienzo para ellos y un dulce retiro para mí.

–Querido amigo, sigo opinando que debería esperar unos meses –le aconsejó Fernando–. En fin, si se empeña en desobedecerme, tendremos que confiar en que su recuperación sea rápida en las semanas que le queden hasta su partida.

–¿Semanas? No, no. Si nada lo impide, partiremos mañana mismo.

–¿Mañana? Pero… ¡pero eso es muy precipitado! ¿Cómo van a resolver sus asuntos en tan poco tiempo?

–Todo lo que merecía la pena resolver ya está resuelto. La galería y esta casa ya están en manos de un agente de la propiedad, si es que el gobierno no termina confiscándolas. He reunido mi dinero y ya tenemos empaquetado lo imprescindible. Queremos viajar ligeros. Para evitar más problemas con los nazis y sus acólitos, no queremos llamar la atención. No queremos parecer una tribu de Israel en pleno éxodo, sino tan sólo una familia en viaje de placer. No se preocupen, nos irá bien. Tengo suficiente ahorrado para empezar de nuevo, y Johann y Anna tienen la energía de la juventud.

–¿Y adónde irán? –preguntó Uke.

–Hace muchos años que no he visitado la tumba de mi hijo. Quiero decir, de… En fin, ya saben. Aprovecharé la ocasión para ir a ver cómo sigue. Luego… Ya veremos. Iremos a donde nos acojan bien.

–Me apena mucho saber que perderemos su compañía. –La voz de Fernando sonó baja y sostenida, en un tono dulce y compasivo que Uke casi no le había conocido hasta entonces, y nunca antes de que comenzaran aquel largo viaje–. Pero me alegra saber que estarán mejor que aquí.

–Y a mí me preocupará saber que ustedes se quedan aquí. Como ya les dije, si Schuschnigg se arrodilla ante los nazis, no habrá un lugar seguro para dos extranjeros como ustedes. ¡No sólo en Innsbruck, sino en toda Austria! Y si Schuschnigg no entrega el país a Hitler, es probable que el propio Hitler lo tome por su cuenta. En cualquier caso, no hay salida. Amigos, deben pensarlo. Si no lo hacen por ustedes, háganlo por su pequeño. Aunque él ha nacido aquí, merece algo mejor que un país que... que devora a sus hijos.

Uke y Fernando callaron. Ninguno de los dos sabía qué responder. Hasta antes del ataque sufrido por el señor Molnár, todo el asunto de los nazis les había parecido una desagradable anécdota. Nunca habían llegado a considerar que les pudiera afectar como algo más que espectadores pasivos de un conflicto de política interna. Los dos pensaron que si Victoria estuviera allí, ella sabría qué hacer.

El señor Molnár hizo un movimiento brusco para alcanzar la mesilla. Uke y Anna se abalanzaron sobre él para sostenerlo.

–Dejadme, dejadme. Aún no han terminado conmigo. Aún puedo valerme por mí mismo. –Revolvió en el cajón y agarró una medalla de plata. Cogió también el portarretratos con la fotografía de su hijo, sacó la foto y entregó ambas cosas a Fernando. Él las tomó sin comprender.

–Pero ¿qué...?

–Quiero que lo lleven con ustedes. Son como un talismán. Los pueden salvar de un apuro si se presenta la ocasión. A mí me salvaron. De no ser por ellas, aquellos milicianos tal vez nunca me hubieran socorrido, y seguramente habría muerto.

–No, imposible, no puedo aceptarlo. No puede darme estas cosas. Son muy valiosas para usted. Son una parte muy importante de su vida. No podría...

–Yo tengo el resto de sus cosas: la medalla de oro y las demás, y la otra fotografía que llevo en la chaqueta. Escúcheme. Mi hijo no murió para destruir unos cuantos... funiculares y nidos de ametralladoras. Mi hijo murió para que pudiéramos vivir en un país mejor, más libre. Que ustedes lleven su retrato y su medalla al valor es una parte fundamental de su misión. Si en alguna ocasión estos objetos les sirven de protección, será un éxito para él.

–Comprendo. Y en ese caso es un gran honor aceptarlos. Le prometo que se los devolveré.

–No se preocupe por eso. La medalla es de plata. Si en algún momento lo necesitara, no dude en utilizarla para un soborno. Ya le digo que estaría bien empleada si con ello consiguieran conquistar su libertad en momentos de peligro. Y por lo que más quieran, márchense de Austria lo antes posible. Por favor, háganlo.

–Entonces éste será nuestro último encuentro... por el momento.

–Por el momento.

–Gracias, Imre. Ha sido un inmenso privilegio conocerle.

–No lo quiera todo para usted. No crea que es el único privilegiado.

En la despedida, los gestos aliviaron la necesidad de pronunciar ninguna palabra más. Solamente Anna, cuando Fernando la abrazó, musitó: *«Danke, Doktor»*, a lo que Fernando respondió, pensativo y con una sonrisa ceñuda hundida en lo más profundo de sus recuerdos: «Doctor... Hacía mucho tiempo que nadie me llamaba así».

9

EN HONOR AL SOLDADO DESCONOCIDO

El viento barría las pecas de la nariz de Nando mientras sus ojillos se entornaban velando el sol de verano, las pupilas abriéndose y cerrándose al desfilar de las sombras de las montañas sobre su cara. Encima de ésta, la de Uke, y ambas enmarcadas por la ventanilla abierta del Hispano Suiza, que siseaba entre las moles de roca como un mosquito sorteando manotazos de gigante. El paisaje cambiaba mudo e indolente sobre la carretera del paso del Brennero, sin otros sonidos que el áspero carraspeo del motor y el zumbido del aire en las orejas. Bajo aquel zumbido, Uke miraba las cumbres al pasar, cada una con su limpia fractura de porcelana y mármol contra un azul sin impurezas, y sentía que en cada una se quedaba enganchada una página, un personaje, un episodio de una historia que se habían empeñado en construir y que, una vez más, se interrumpía sin conclusión, a mitad de párrafo. Volviendo la cabeza hacia atrás, hacia el asfalto que salía despedido bajo las ruedas, miraba cómo sus recuerdos del Tirol volaban con el escape del coche y se perdían detrás de cada curva, y le vino a la memoria algo que había leído cuando estudiaba para perfeccionar su alemán, algo que Heine había escrito en sus *Reisebilder* cien años atrás sobre los tiroleses: «Acaso sean demasiado tontos para estar enfermos». Uke pensó entonces que nunca se es lo suficientemente tonto para no estar enfermo, y que quizá fuera el exceso de estupidez lo que a veces enferma a algunos, tiroleses o no. Recordó al pobre señor Molnár, herido por unos enfermos y abandonado por unos estúpidos. Recordó al valeroso y humilde Johann, condenado por una ciega y enferma estupidez a elegir entre dos familias. Recordó a la niñera de Nando, la fiel y entusiasta Astrid, que un día se había despedido para atender a su propia familia, porque ya no necesitaba el trabajo, y a quien Uke había visto poco después paseando por el centro de Innsbruck vestida de uniforme y llevando de la mano a dos niñitos rubios. Recordó a su padre buscando otra galería donde exponer sus pinturas, y regresando cada tarde a casa con su hatillo de cuadros y con los pies rotos, explicando que aquí le habían dicho que su estilo no se ajustaba a lo que buscaban, o que allí tenían el cupo completo, o que más allá sólo trabajaban con artistas locales, espero que usted lo comprenda, no queremos problemas. Recordó su propia peregrinación por las tiendas que ofrecían trabajo, la sonrisa de bienvenida a la posible clienta, el rictus plano a la solicitante de empleo con acento de origen desconocido, la mueca de pánico a la extranjera sospechosa tras un comentario susurrado al oído en un aparte, y finalmente las excusas: ya hemos cubierto el puesto, pensábamos en un perfil diferente al suyo, lo sentimos pero ya hemos cerrado, si vuelve usted mañana ya habremos tenido tiempo para pensar en un pretexto correcto y creíble para no contratarla. En pocos meses aquel nuevo país se les había cerrado como una ostra blindada de enfermedad y estupidez. Acaso los tiroleses no habían leído a Heine. Que también nació judío. Y cien años atrás, ya sufrió persecución y censura.

Los peores presagios del señor Molnár habían comenzado a cumplirse. En enero de 1937 el canciller austríaco concedió la amnistía a los nazis. A partir de entonces Uke y Fernando habían presenciado cómo las esvásticas y la propaganda contra judíos y extranjeros proliferaban sin pudor por las calles de Innsbruck. Rodeados por un ambiente cada día más hostil, aislados en un absurdo exilio que duraba ya más de cinco años y cuyos motivos casi habían olvidado, decidieron que el único camino era el que los llevara de vuelta a casa, y que si debían creer en el pasaje bíblico de la mujer de Lot, preferían ser estatuas de sal en el jardín de Lux Domini que extranjeros indeseables sin ánimo ni condiciones para emprender una revolución o para resistirse a ella. Sólo había un problema: España ardía en guerra, así que el regreso estaba de momento descartado. Debían abandonar Austria, pero no sabían adónde dirigirse sin que su partida significara prolongar una huida errática.

Así que decidieron que lo más sensato era dejarse aconsejar por la única persona de la familia que era capaz de explicarles lo que le estaba ocurriendo a Europa.

A vuelta de correo, la reacción de Victoria ante su determinación de abandonar Austria fue de indignado estupor. No terminaba de entender las razones del malestar de su padre y de su hermana, pues según ella Austria era uno de los países más decentes del continente, con un régimen católico gobernado con mano firme y sin concesiones a la oposición tibia ni a la confabulación comunista. Tampoco comprendía a qué tanto revuelo con Hitler, leal patrocinador de la Cruzada española al que únicamente se le podía reprochar la violación del Concordato con la Santa Sede, lo que por otra parte no tenía nada de particular, puesto que Alemania vivía en la herejía luterana que ni el propio Hitler acababa de creer. Por lo demás, incluso los obsesos de tanto sufragio y tanta democracia debían rendirse a la evidencia de que Hitler había sido elegido y era muy querido por su pueblo. Algo natural por otro lado, pues había devuelto la dignidad a un país humillado por los aliados de la Entente al término de la Gran Guerra. Decía Victoria que Uke y Fernando no podían ser conscientes de ello, pues vivían en la inopia, pero Hitler era un adalid en la lucha contra la invasión de Europa por los judíos, los comunistas y los masones. España estaba libre de una parte de ese problema porque los Reyes Católicos se habían encargado de hacer el trabajo, pero en Europa central la taimada conspiración judía amenazaba con socavar los basamentos de la civilización cristiana. Uke y Fernando nunca debían olvidar que los judíos mataron a Cristo, y bajo ningún concepto debían mezclarse ni dejarse engatusar por esa gente que se escudaba en una apariencia respetable para contaminar la moral y las costumbres cristianas. Por supuesto, como católica devota, Victoria no podía desearle daño a nadie, y ya la curia jesuítica de Roma se había pronunciado en contra del odio racial, dejando bien claro al mismo tiempo que esto no debía interpretarse como un rechazo del antisemitismo. En fin y para concluir su discurso, Victoria les enumeraba las tres únicas opciones que debían considerar para su nuevo cambio de residencia: Italia, Suiza, o bien reunirse con ella y su familia en Estoril. Si se decantaban por esta última posibilidad, ella se ofrecía a organizarles la travesía en barco desde Génova, pues el viaje por tierra a través de España quedaba excluido y era preferible evitar el paso por Francia, país que se precipitaba irrevocablemente hacia el bolchevismo. Una vez en Estoril, el pecado de Uke no supondría ningún problema, pues en los círculos sociales del exilio la presentarían como viuda. Por lo demás, allí podrían disfrutar de una vida muy similar a la que llevaban en Torrelodones, con una jugosa agenda social, gente ordenada en sus clases correspondientes y estancas y, por último aunque no menos interesante, una cohorte de caballeros solteros y solventes que se rendirían a los pies de una viudita joven, bella y educada como su hermana.

Uke y Fernando capitularon. El bienestar del niño primaba y pedía la opción más conservadora, el lugar más cercano a su verdadero hogar, un país estable y sin atisbo de conflictos graves, donde vivirían arropados por un ambiente familiar y sin la obligación de comenzar de nuevo desde las cenizas. Estoril sería su última estación antes del regreso a casa cuando en España callaran las armas, lo que según Victoria era ya inminente tras el pronunciamiento oficial del gobierno del general Franco y su reconocimiento en el extranjero. Sólo restaba apagar los rescoldos del fuego rojo, decía ella.

Con el deshielo de 1937, el Hispano Suiza tomó la carretera del sur, menos de un año antes de que las tropas de Hitler tomaran la del norte y Austria se integrara en el Tercer Reich. En la ruta del paso del Brennero, Uke estiraba la cabeza fuera de la ventanilla y sujetaba la de Nando para que sus pulmones guardaran por el mayor tiempo posible aquel aire diáfano de los Alpes, el primero que había respirado su hijo en el mundo. El aire que había colonizado las calles de Innsbruck no lo echaría de menos, irrespirable, tupido y mucoso, infectado de recelos y escrúpulos. Pero extrañaría ese otro, el mismo que se deslizaba limpio desde las cumbres espolvoreadas de nieve hasta los maceteros de flores que colgaban de su galería de madera.

Salvaron el paso de la frontera sin dificultad y enfilaron la ruta del Alto Adige hacia Bolzano. En Vipiteno una señal marcaba el desvío a Merano, que reconocieron como el Meran del antiguo Südtirol donde había nacido Johann y donde había dado sepultura al cadáver rescatado de su compañero anónimo. Uke y Fernando recordaron que el señor Molnár les había hablado de visitar la tumba antes de establecerse en su exilio definitivo, aunque ninguno de los dos podía asegurar si les confirmó que el cuerpo seguía enterrado allí. De cualquier manera no podían desperdiciar la ocasión, aunque apenas disponían del tiempo necesario para llegar al puerto de Génova a tomar el barco que les había reservado Victoria. Condujeron hasta Merano, un pueblecito acostado en un ancho valle sobre un lecho mediterráneo y afrutado, más propio de los paisajes toscanos que Uke había visto en las láminas de un libro de fotografías. El cementerio rebosaba de vida, donde los brochazos de color de las flores, los trinos de los pájaros y el verde tierno de los brotes engullían las lápidas en una avalancha de sarpullido primaveral. Pasearon entre las tumbas leyendo las inscripciones, esperando encontrar algún indicio que les revelara la ubicación de la sepultura del compañero de Johann. Y allí la encontraron. Sin ninguna duda era aquélla, la más humilde y esquinada, semioculta por un seto de madreselva, sin símbolos religiosos ni ornamentos, sólo una lápida achatada y sobria donde se leía:

EIN SOLDAT DER K.U.K. ARMEE
EINER FÜR ALLE
ALLE FÜR EINEN[1]
4.11.1918

Uke nunca había llorado ante una tumba a cuyo ocupante no había conocido, y menos aún tratándose de un cuerpo sin identificar. Aquella vez lo hizo sin saber por qué. Tal vez, explicaba ella, en aquellas lágrimas vertía la rabia contenida, la compasión, la impotencia, y el último aliento del aire austríaco que quizás había estado reservando para ese momento. Era su pequeño regalo, su modesto homenaje personal al señor Molnár y a la silla vacía frente a él en el café durante tantos años, a las familias de los demás compañeros de Johann cuyos huesos se cubrían de nieve cada invierno y se destapaban al sol cada verano, sin que

1. «Un soldado del ejército austrohúngaro. Uno para todos. Todos para uno.»

nadie supiera que reposaban allí ni acudiera jamás a rescatarlos del olvido. Un homenaje incluso a sí mismos, a su propia familia, y a todas las familias que tenían que escapar de lugares como Innsbruck porque las ovejas no conocen los planes del pastor. Fernando le pasó la mano por el hombro y ambos rezaron en silencio.

Repararon entonces en algo que les llamó la atención. Al pie de la lápida alguien había depositado una flor de camelia, una camelia roja y fresca, como recién cortada. Resultaba chocante para una tumba anónima. Además, Johann era el único oriundo de Merano en aquella patrulla y su familia ya no residía allí. Uke y Fernando intercambiaron sonrisas iluminadas de complicidad. Ambos tuvieron la misma idea sobre quién podía haber dejado allí aquella camelia. Miraron a su alrededor con ansiedad. Estaban solos en el cementerio, excepto por una anciana muy delgada que se agachaba frente a otra tumba a unos metros de distancia. Se acercaron a ella y Uke se lanzó atropelladamente a preguntarle en alemán si había visto a la persona que había dejado la flor junto a aquella lápida. La anciana contestó que sí, que por supuesto. Había sido ella. Uke y Fernando descubrieron que a sus pies había un paquete de papel de periódico que envolvía un enmarañado ramo de camelias, seguramente cortadas de un arbusto del cementerio, y que varias tumbas más tenían también su camelia fresca. Uke comprendió que se habían precipitado en sus conclusiones y con una triste sonrisa de decepción le pidió disculpas. Cuando iba a despedirse se le ocurrió preguntarle a la anciana si ella conocía al difunto que ocupaba aquella sepultura, la del soldado, y la anciana respondió que sí, que por supuesto. Uke sintió cómo la sangre le calentaba de nuevo las mejillas y estaba a punto de interrogar a la anciana sobre su parentesco cuando ésta se adelantó afirmando orgullosa que los conocía a todos y que charlaba a diario con ellos. Aquél era especialmente simpático, decía, y con un gesto pícaro le aseguró que incluso le lanzaba algunos piropos, como todo buen soldado. Uke sonrió con tierna compasión y trató por último de saber si había alguien en especial a quien hubiera visto visitar aquella tumba. La anciana contestó que mucha gente lo hacía, incluso los mismísimos káiseres Francisco José y Carlos se pasaban por allí de vez en cuando, aunque debían hacerlo disfrazados de otras personas porque a Mussolini no le gustaba que lo hicieran. Uke iba a darle las gracias de nuevo y a dejarla sumida en su extraño universo solitario, cuando se fijó en un colgante que llevaba, una estrella de David dorada. Le preguntó si era judía, a lo que la anciana respondió que sí. Le pidió entonces si le importaría hacerle un favor, rezar algo en honor de aquel soldado. Y nunca en su vida pudo olvidar el estremecimiento, la piel erizada bajo su chaqueta mientras aquella mujer vieja y demenciada pronunciaba frente a la tumba del soldado unas palabras que Uke y Fernando no entendían, pero que sonaban tan extraordinariamente hermosas que, aunque aquel cadáver no fuera el del hijo del señor Molnár, y fuera cual fuese su religión en vida, el difunto lo hubiera agradecido de haber tenido la ocasión. La dejaron allí con sus ilusiones perdidas en el mundo de los muertos, sin tener la oportunidad de llegar a saber por qué dejaba camelias en las tumbas, o si lo hacía todos los días, o si tendría a alguien en casa esperando a que regresara del cementerio con su labor cumplida. Durante los últimos años de su vida, y según me contó mi madre, Uke pensaba a veces en aquella dama de las camelias, y se arrepentía de no haber tratado de romper su burbuja de aislamiento y soledad, pues de alguna manera pensaba que, si creemos que la vida, o el destino, o Dios, nos tiende pistas ante el camino para que lleguemos a comprender de qué sirve todo esto, aquella mujer fue una pista que en su momento no supo reconocer. No tengo la menor idea de qué significa esto, pero Uke creía en ello firmemente.

Uke enfilaba el camino de salida del cementerio cuando súbitamente Fernando pareció recordar algo importante. Regresó corriendo hasta la tumba del soldado y Uke observó que sacaba algo del bolsillo, la fotografía del hijo del señor Molnár y su medalla de plata al valor. Uke contempló cómo las posaba sobre la tumba, rodilla en tierra, y las cubría después con una piedra plana. Finalmente se levantó y murmuró algo como si conversara con el difunto, antes de regresar a donde Uke le esperaba. Ella nunca quiso preguntarle sobre aquel monólogo íntimo con el soldado desconocido.

Tomaron la carretera para continuar su ruta y se detuvieron en un hotel a las afueras de Meran para tomar un refresco. El hotel se llamaba Stella Alpina, pero el letrero junto a la puerta mostraba el nombre en alemán, Edelweiss, rodeando un dibujo de esta flor. Fernando se quedó mirando aquel emblema mientras Uke le apremiaba a entrar recordándole que no les sobraba el tiempo para llegar a Génova. Fernando estaba obnubilado mirando la flor y le pidió a Uke que preguntara por el dueño del establecimiento. Deduciendo la intención de su padre, ella le respondió que era un desvarío pensar que aquel hotel tuviese alguna relación con el señor Molnár, pues el nombre de Edelweiss o su versión italiana debía de ser el más común en todos los comercios de cualquier clase desde Baviera hasta Trentino. Como Fernando insistía, a Uke no le quedó más remedio que tragarse la vergüenza y acercarse a la recepción. Le atendió una mujer con una sonrisa franca y hospitalaria.

–Dígame, ¿qué desea?

–Verá... Quisiera hablar con el propietario del hotel, si es posible.

–Sí... Sí, cómo no. Espere un momento, que ahora le aviso.

La mujer desapareció en la oficina. Uke miró a su padre, que se comía las uñas. Por fin salió de nuevo la mujer, acompañada de un hombre calvo con bigote rubio.

–Éste es el dueño, el señor Heinz, mi marido.

–Disculpe usted, me he equivocado –respondió Uke lanzando una mirada reprobatoria a su padre.

–¿Ocurre algo? ¿Puedo ayudarla? –preguntó el hombre.

–No, no se preocupe. Es sólo que mi padre pensaba que el dueño del hotel podía ser un amigo suyo, un anciano húngaro que tenía una galería de arte en Innsbruck que se llamaba igual que su hotel. Una tontería. Discúlpeme por haberlos molestado.

–No, por Dios, no se preocupe. A mandar. –El hombre desapareció de nuevo hacia la oficina. Fernando ya había tomado el camino del bar, dejando sola a Uke en aquella absurda situación. Ella se disculpaba de nuevo y seguía los pasos de su padre cuando la mujer la llamó desde el mostrador.

–¡Espere! Es curioso eso que me ha dicho. Porque hace unos meses, sí, fue antes del invierno, estuvo alojado durante unas semanas un anciano húngaro que había viajado hasta aquí con una pareja joven. Llegamos a conversar bastante durante su estancia y él me contó que había sido dueño de una galería de arte llamada Edelweiss, no recuerdo si en Viena o en Salzburgo, en cualquier caso era en Austria, eso seguro.

Uke se detuvo en seco. Tradujo a Fernando las palabras de la mujer y él la agarró llevándola hasta el mostrador, apretándole el brazo mientras le urgía para que pidiera más información.

–Y dígame, ¿sabe algo más de ellos? ¿Si se quedaron aquí en Merano, o se marcharon?

–No podría decirle. Pero recuerdo que eran judíos. Hoy en día no hay muchos lugares donde acojan a los judíos. Aquí en Merano somos muy tolerantes, y hay una comunidad judía muy grande y bien instalada. Quizá sigan por aquí. Sobre todo teniendo en cuenta el estado de ella por entonces.

–¿El estado de ella? ¿A qué se refiere?

–Estaba embarazada. Mi niño acababa de nacer y me hizo muchas preguntas. Iba a ser su primer hijo y estaba muy emocionada por ello.

Uke informó a Fernando de lo que la mujer le había dicho. Se miraron con una grandiosa sonrisa de satisfacción. Finalmente lo habían conseguido. Uke se giró de nuevo hacia la mujer y le expresó su más sincero agradecimiento. De repente se oyó un sonido ronco, la tos seca de un bebé que venía de la oficina. Fernando susurró algo al oído de Uke, y ella se lo transmitió a la mujer de la recepción.

–Mi padre quiere que le pregunte si le importaría que examinara a su bebé. Él es médico.

Cuando salieron del hotel, Uke llevaba en brazos a Nando, dormido, y se apoyó en el coche extenuada esperando a que su padre le abriera la puerta. Pero él se había alejado hasta el borde de la terraza que albergaba el aparcamiento del hotel, con una mirada ribeteada de melancolía tendida en dirección al pueblo más mediterráneo y afrutado de los Alpes. Uke se acercó hasta él y apoyó la cabeza en su hombro cerrando los ojos.

–Vámonos, papá. Ya no tenemos nada que hacer aquí.

Su llegada a Estoril fue celebrada por Victoria con una gran fiesta en su honor, a la que Fernando y Uke decidieron no asistir. Estaban exhaustos. En lugar de ello, bajaron con Nando a la playa con la excusa de salir a pasear los dos caniches de Victoria. Sentados en la arena, miraron cómo caía el sol sobre el horizonte del Atlántico. Pensaron que, minutos más, minutos menos, ese mismo sol se estaba poniendo detrás de las montañas del patio trasero de su casa en Innsbruck, y sobre el ancho valle de Merano visto desde una tumba sin nombre, y tras una bandera roja con una esvástica en la frontera austroalemana, y sobre un estrecho desfiladero alpino donde la hierba italiana, que un día fue austríaca, crecía sobre huesos sin banderas que los distinguieran, y desde Montmartre, donde alguien tal vez se preguntaría qué habría sido del rey de España en el exilio. Incluso el mismo sol se pondría más allá del monte Abantos desde Lux Domini, una calavera hueca en medio de un país hecho cementerio. Pero no hablaron de todo aquello. En lugar de eso, Fernando le fue detallando a Uke, uno a uno, todos los hermosos encuadres de aquel paisaje marítimo y bravío que se moría de ganas por plasmar sobre un lienzo. Empezaría a la mañana siguiente.

10

LUX LUCIS

El primer poema que escribí del que tengo recuerdo se lo dediqué a Vicente. Decía así:

Me llamo Vicente
y soy el Asistente.
Soy Vicente Sixto
y a Doña Eugenia asisto.

Años más tarde comprendí que aquello no era un poema, sino un rap. A este afortunado descubrimiento debo la orientación de mi carrera profesional, pues esta revelación me evitó abandonar la escritura, y solamente me disuadió de consagrar mi vida al rap.

Vicente Sixto era a Lux Domini lo que la foto de la caja a los puzles: imprescindible para comprender qué sentido y dimensiones tenía aquello y cómo debía mirarse, para situar cada pieza en su sitio y para consultarlo siempre que surgiera cualquier duda. Él gobernaba la casa, se ocupaba de hacer todo lo que hubiera que hacer y de gestionar todo lo que tuviera que hacerse y él no pudiera hacer. Llevaba las cuentas, arreglaba el jardín, reparaba cañerías, colgaba cuadros, tiraba paredes, ponía paredes, y todo ello lo hacía antes de que los demás moradores de la casa nos percatáramos de que había que arreglar el jardín, reparar una cañería, colgar un cuadro, tirar una pared o ponerla. No era un mayordomo, ni un secretario, ni un encargado de mantenimiento, ni un jardinero, aunque sus funciones comprendían parte de todo eso y más.

Mi abuela lo llamaba su asistente, que para cualquier esquema preconcebido de servidumbre dejaba perfectamente oscuro cuál era su verdadero papel, más aún cuando los visitantes comprobaban que su espacio no estaba en la cocina ni en un jergón del sótano, sino en la mesa como uno más y en el dormitorio contiguo al de mi abuela con una inquietante puerta que comunicaba ambas estancias. Cuando hablaba de ella en tercera persona o cuando había alguien delante, él la llamaba señora Eugenia, pero le oíamos dirigirse a ella como Uke cuando creían que no había nadie más escuchando.

Yo crecí con la convicción de que Vicente *el Asistente* no era un ser humano individualizado y exclusivo de nuestra casa, sino el representante que nos había sido asignado de un colectivo o figura sindicada que existía en todo hogar y en toda familia: papá, mamá, abuelita, hermanos, perro y Vicente *el Asistente*, como si fuera un sustituto ministerial del abuelo, una plaza ganada por oposición o incluso otorgada por derecho sucesorio, pues era tan de la familia como cualquiera, incluido el perro, al que yo no podía imaginar que me uniera menos parentesco de sangre que a mis padres o a Vicente *el Asistente*. Así, cuando yo hablaba a los otros niños o a las señoritas del colegio sobre Vicente *el Asistente*, daba por hecho que sabían a quién me refería, pues ellos debían de tener uno como se tienen padres, y me resultaba tan innecesario explicar de quién se trataba como si estuviera hablando de Astérix o de Mortadelo.

Años después supe que a mi padre no le agradaba la ambigua relación de mi abuela con Vicente. Pero nadie podía objetar su presencia en la casa ni arrebatarle el derecho a permanecer allí, pues él estuvo siempre, incluso desde antes que mi abuela cuando regresó a Lux Domini, y de hecho seguramente la casa habría desaparecido de no haber sido por él.

Fue después de la guerra, en el 39. Terminado el conflicto con un resultado satisfactorio para la comunidad española en el exilio de Estoril, Victoria decretó que era el momento de la repatriación. Uke y Fernando habían sufrido una angustiosa incertidumbre durante aquellos años, desde que en julio del 37 supieron que se estaba librando una batalla al oeste de Madrid y que el general del bando republicano había situado su puesto de mando en el palacio del Canto del Pico, apenas a unos cientos de metros de su propiedad. Sin nadie que les informara sobre el estado de su casa, temían encontrarla saqueada, o peor. En el verano de 1939 la portezuela del Hispano Suiza se abrió frente a la cancela de Lux Domini. El muro había perdido las viejas letras de forja que colocaron allí sus propietarios originales. Uke descendió del automóvil y saboreó el momento en que sus pies hollaban la gravilla de la cuesta después de casi ocho años de ausencia. Pasó la mano por las piedras donde el óxido de las letras aún permitía leer el nombre de la casa. Luego filtró la mirada al interior por entre los barrotes de la verja, pero el bosquecillo de abedules ocultaba la vista del caserón. Con un silencio nervioso abrió la cancela y regresó al coche, que comenzó a ascender la rampa de acceso. Apenas había avanzado unos metros cuando una figura les cortó el paso. Era un hombre enjuto y delgado, vestido con remiendos y con el rostro velado por una barba cerrada de varios días. Llevaba boina y un zurrón y una canana colgados en bandolera. Les apuntaba directamente con una escopeta de caza.

Aterrado, Fernando detuvo el coche en seco y gritó a Uke y a Nando, sentados en el banco trasero, que se agacharan. Luego se dirigió al extraño rogándole que por favor no disparara, que llevaba a una mujer y a un niño y que no querían problemas, que le darían dinero si era eso lo que quería. Tímidamente Fernando y Uke levantaron la vista por encima del salpicadero mientras ella mantenía a Nando protegido en su regazo. El extraño había bajado el cañón de la escopeta hacia el suelo y los miraba entornando los ojos bajo su única y poblada ceja. Fernando voceó que ellos vivían allí antes de la guerra, que aquélla era su casa y que sólo querían instalarse allí de nuevo. El extraño pareció dudar un momento, luego se colgó la escopeta a la espalda y caminó hasta la ventanilla del conductor, introduciendo la cabeza para inspeccionar a los ocupantes, que no se atrevían a mover un músculo. Cuando su vista se fijó en Uke, ella le pidió en un sollozo entrecortado que por favor no les hiciera daño. De repente la barba cerrada del extraño se desbrozó en una ancha franja sonriente, y quitándose la boina exclamó:

–¡Uke! ¡Ay, bendito! Pero ¿no me conoces? ¡Soy yo, Vicente!

Uke sintió entonces lo que se siente cuando se toca el fondo de una piscina y se aguanta la respiración, con la presión del agua comprimiendo los oídos y los pulmones, con la conciencia acolchada, para después subir nadando hacia la superficie y notar cómo se afloja la opresión del agua, la luz se va haciendo más intensa, llegan sonidos asordinados del exterior, y finalmente la cabeza sale fuera del agua y entra en el cuerpo un torrente de percepciones a través de la vista nublada por el agua, de los oídos abiertos al aire y del dulce oxígeno que vuelve a llenar los pulmones. ¡Vicente!

Carmen, la madre de Uke, solía prepararle a Vicente un bocadillo de jamón que él debía comer delante de ella, para que su padre no se lo confiscara en beneficio propio. Como precio por el sabroso manjar le obligaba a beberse un gran vaso de leche, que Vicente odiaba. Más tarde, cuando el niño se marchaba a la cabaña de su padre con el estómago lleno de rico jamón de Huelva, Carmen aleccionaba a Uke para que no le hablara a su papá de aquello, de las meriendas de Vicente y de sus paseos por el monte con él. Fernando y Carmen eran por entonces muy diferentes en su relación con personas de otros escalones sociales, y a él le disgustaba enormemente que su hija se mezclara con niños harapientos que no iban a la escuela. Por el contrario, Carmen era hija de ganaderos y había vivido aquello mismo en su finca jerezana, donde su simpatía por los hijos de los empleados no era bien vista por su padre, un encopetado señorito andaluz al estilo de la época. Vicente era hijo de un mozo de establos de una explotación ganadera cercana. Para Fernando, que se había granjeado la amistad del propietario de la finca, que su hija se enganchara al vagón de cola del tren social en lugar de intimar con los hijos del ganadero representaba no solamente una humillación, sino el fracaso aplastante de toda su meticulosa labor de ingeniería de relaciones.

Vicente y Uke se conocieron cuando tenían unos nueve años y ella se fugaba de casa para cazar ranas en algún arroyo. Él hacía lo mismo, así que era inevitable que terminaran encontrándose. Diferían en los métodos de estudio de las especies animales. Uke les decía «ranita bonita» y las besaba para comprobar si era cierto el cuento aquél del príncipe, mientras que Vicente era más de introducirles un tubito por el ano y soplar hasta que reventaban, o llenarles el tubo digestivo de alcohol, dejar una mecha colgando por fuera, prenderle fuego y comprobar si eran capaces de llegar al agua antes de estallar. El conflicto surgió el día en que una misma rana se convirtió en objetivo de la buscadora de príncipes y del fisiólogo radical. Superada la mutua desconfianza inicial y con el destino de la rana aún pendiente de un hilo, ella le preguntó su nombre. Vicente, respondió él, y le devolvió la pregunta. María Eugenia, dijo ella, a lo que él exclamó: «¿Mariuqué?». Como no conseguía pronunciarlo bien decidió llamarla sólo Uqué, y así fue como ella adoptó el nombre por el que todos la hemos conocido siempre. Desconozco qué fue finalmente de la rana. Lo que sí sé es que Vicente consiguió arrebatarle a Uke un beso para constatar si él se convertía en rana.

Uke y Vicente trotaron mucho juntos, pero aquello acabó cuando ella dio las primeras muestras físicas de su transformación en mujer. Una cosa eran los juegos de críos, pero de ningún modo Fernando podía tolerar que la princesa de la corte se enredara en amoríos con la rana. Uke continuó deambulando como un espíritu libre, pero en régimen de libertad vigilada, y sus encuentros con Vicente se espaciaron hasta casi suspenderse. Aunque a juzgar por los hechos, él nunca anduvo muy lejos.

Todos aquellos recuerdos se agolparon en tropel en la frente de Uke cuando reconoció al espontáneo centinela que custodiaba la entrada a Lux Domini. Era algo por completo inesperado y sorprendente, y ella quería saber qué, cómo, cuándo, por qué. Mientras los acompañaba al soportal de la casa sentado en el vehículo junto a Fernando, Vicente explicó que mantenía un ojo puesto en la propiedad desde que su padre murió y él abandonó la finca ganadera para comprar unas cuantas ovejas y comerciar con la leche, el queso y la lana. Solía guiarlas por los pastos cercanos a la casa y observó que había allí un guarda, seguramente el que contrató Victoria antes de la guerra, pero Vicente tenía la impresión de que no ejercía bien su cometido, y de que hacía la vista gorda con los saqueadores ocasionales a cambio de una parte del botín. En cuanto llegó la noticia de la rebelión militar en el 36, el guarda se esfumó. Vicente no quería luchar, a pesar de que le habían visitado algunos de sus antiguos compañeros para apremiarle a que se alistara en las milicias republicanas. Le importaba un bledo el conflicto que le era ajeno, así que formó su propia tropa y al mando de sus ovejas se acantonó en los terrenos de Lux Domini. Con piedras de la parcela amplió la caseta del guarda para acondicionar una vivienda confortable y reforzó los muros con el fin de fortificar su posición.

Cuando los militares tomaron la zona y se instalaron en el Canto del Pico, supo que con ellos llegarían los problemas. Se enclaustró en su cabaña, de donde salía sólo de noche, y sacrificaba sus ovejas para alimentarse. No tardó en sufrir las primeras intentonas de ocupación. Al principio las repelía a tiros, al grito de «¡pa'fuera o sus voy a meter un perdigonazo!», pero pronto comprendió que aquello no funcionaba; los soldados insistían y temió que consiguieran reducirlo y detenerlo. Tuvo un genial arrebato de inspiración: creó a Severiano. Pensó que los soldados temerían antes a un monstruo endiablado que defendía una casa embrujada, que a un pastor aislado con una simple escopeta de caza. Cosió unas mantas formando una túnica que se ponía sobre el cuerpo, con un relleno de paja en la parte superior para darle mayor estatura. Sobre su cabeza, dentro de la capucha, colocó un cráneo de carnero en cuyas cuencas vacías insertaba carbones encendidos que avivaba con un fuelle desde dentro de la túnica. El resultado era un gigantesco monstruo terrible y amenazador, vestido con una mortaja andrajosa, con el rostro del demonio y ojos que llevaban el infierno en la mirada. En las horas de penumbra encendía velas en la casa y lanzaba lamentos desgarrados para advertir de la presencia de ánimas en pena, y si alguien se atrevía a desafiar el poder de los espíritus saltando el muro de la propiedad, le soltaba a Severiano y el intruso huía espantado. El efecto fue tan devastador que rara vez volvió a ser molestado. De la narración de esta aventura de Vicente, mis amigos y yo sacamos la idea de que Severiano era real y que al regresar mi abuela y su padre a la casa había escapado para cobijarse en el páramo insondable de Walpurgis, donde siempre acechaba nuestras expediciones. Aunque verle, lo que se dice verle, creo recordar que nunca llegamos a tanto.

A pesar de la protección de Vicente, el panorama que encontraron Uke y Fernando al traspasar la puerta del caserón era desolador. Su hogar había sido violado, manoseado por desconocidos que habían destripado todos los rincones del edificio para pescar su trofeo, seguramente durante el tiempo que la propiedad estuvo bajo la vigilancia del guarda contratado por Victoria. En los planes de Fernando no había entrado un exilio tan prolongado, ni mucho menos había entrado una guerra en sus previsiones, y como su fuga fue precipitada no habían tomado la precaución de desnudar la casa de objetos de valor antes de abandonarla. Las vitrinas yacían desarmadas sobre el suelo, la mayor parte del antiguo instrumental médico de Fernando había desaparecido, los pocos muebles que quedaban estaban inservibles, e incluso habían perforado las paredes y los suelos para llevarse las cañerías de plomo y los cables de cobre. Al menos los cuadros resistían en su sitio, y también las colecciones de naturaleza de la esposa de Fernando, dos mercancías a las que los saqueadores no hubieran sabido cómo dar salida, a pesar de que algunas de las pinturas eran muy valiosas. Desde el momento en que entró en el salón, Uke buscó disimuladamente con la mirada el cuadro *El señor de las llanuras*, que había visto por última vez ocho años antes desencuadernado en una esquina, pero no vio rastro de él.

Vicente se ofreció entonces a encargarse de la reconstrucción a cambio de un precio inusual: la comida y la cama estaban por supuesto incluidos, pero no pedía dinero. Quería aprender a leer, a escribir y a conducir, y que Uke le enseñara cosas sobre el mundo. Así, ella se convirtió en su Pigmalión: durante las horas de la mañana le rodeaba de libros y le instruía en historia, mitología, arte, literatura, ciencias, matemáticas y geografía. A mediodía Fernando le adiestraba en la doma de los pedales del coche. Por las tardes, Vicente se calzaba botas y mono y se dedicaba con ahínco a restaurar la casa. Al mismo tiempo, Nando se divertía ayudando a Vicente como peón de albañil. En cierto modo, el niño lo había adoptado como niñera de campo. Bajo el techo de Lux Domini, Nando estaba al cuidado de su madre, pero en cuanto pisaba la hierba, Vicente asumía las funciones de jefe de cuadrilla. En aquellos meses, y pese a vivir entre escombros, encontraron la vida dulce y serena que habían rebuscado por media Europa. A menudo Uke y su padre bromeaban sobre lo mucho que habían tenido que moverse para sentarse a gusto en el sillón de casa. Esta conversación concluía con sonrisas teñidas de nostalgia y con un silencio coronado siempre por la misma moraleja: «Pero hemos viajado».

Al poco de establecerse, cuando Vicente ya había aprendido el oficio de chófer, Uke le pidió que la llevara a la Quinta Lizarrabengoa, la propiedad de Delsey. Pensaba enviar una carta a su amigo contándole las buenas noticias, el fin de la guerra que él ya conocería y su regreso con su hijito y su padre a Torrelodones. Antes de escribirle quería pasar revista a la mansión del barón, por si hubiera desperfectos de los que fuera necesario ocuparse para que su propietario pudiera disfrutar de inmediato de su deseado reencuentro con su libertad madrileña. Pero lo que encontró Uke al otro lado de la colina del Canto del Pico fue terrible. Apenas unos muros quedaban en pie, ennegrecidos y mellados como la dentadura de un cadáver. El resto, lo que el viento y la lluvia no habían barrido, era carbón yermo y consumido. Aquello le produjo a Uke una profunda amargura, y apenas pudo encontrar las palabras para contárselo a su amigo. Le llevó varios días redactar la carta. La respuesta de Delsey fue una oda trágica a la fatalidad de su propio destino. Nada sería ya lo mismo para él, y sin embargo no podía quedarse recluido en el castillo. Había pensado instalarse en París. A Uke le entristeció enormemente saber que no contaría con la cercanía de su amigo, si bien no podía imaginar a Delsey viviendo en una modesta casita de campo y sumido en la rutina de una vida hogareña y aldeana. Torrelodones tardaría un tiempo en recuperar lo que había sido antes de la guerra. Uke y su familia, al contrario que Delsey, sólo buscaban un poco de tranquilidad.

Mientras duraba la rehabilitación de Lux Domini, Fernando se encerraba en el caótico desván a pintar, y cuando el pincel le pesaba demasiado en la mano o la vista se le emborronaba con manchas de colores, salía a airearse e invitaba a Vicente a compartir una copa de coñac. Ambos congeniaron amigablemente y Vicente nunca insinuó el más mínimo rencor por los anteriores desprecios que había padecido. Sin embargo, Fernando jamás enterró el anhelo de que su hija se casara con un caballero de su posición, y por ello no dejó de advertir a Uke sobre la necesidad de separar amistad y apellidos. Cualquiera que le hubiera conocido antes de su viaje hubiera notado que Fernando se había desplazado muchos kilómetros desde sus antiguos planteamientos, pero la conciencia de clase siempre fue para él algo tan natural como la diferencia entre los sexos. Su filosofía se resumía en un viejo refrán que no cesaba de repetir a su hija: juntos, pero no revueltos. Uke nunca se casó y nunca confió a nadie la verdadera naturaleza de su relación con Vicente, si es que había algo más que confiar. Tampoco nadie le preguntó. Todos sabían que, desde después de la guerra hasta su muerte, fue aquel hombre quien más cerca estuvo de adecuarse al papel de marido, y que los huecos de su corazón donde no alcanzaba la jurisdicción sentimental del escocés quedaron con él lo suficientemente ocupados para que no cupiera nadie más allí dentro.

Una mañana, Uke le habló a Vicente de los Alpes, donde había nacido su hijo. Hojeando un libro le mostraba fotos de las montañas y de los pueblos mientras le contaba cómo vivía la gente de allí. Las cumbres del Guadarrama no llegaban más alto que la sombra de aquellas imponentes montañas, le decía, que se cernían sobre los pueblos como torres amuralladas. A la vuelta de una página encontró de pronto una lámina de un cuadro cuyo estilo reconoció de inmediato. Era de Landseer, el autor de *El señor de las llanuras*. La escena mostraba a un montañero inconsciente y semicubierto por una avalancha de nieve mientras le atendían dos grandes perros san bernardo. Uno de ellos ladraba para avisar a la partida de rescate, mientras el otro, con un barrilito atado al cuello, le lamía la mano tratando de reanimarlo. Uke le explicó a Vicente que aquellos perros eran utilizados desde antiguo para rescatar a los alpinistas en apuros, y que en el barril llevaban licor para calentar el estómago de los viajeros ateridos de frío. Seguramente fue que Uke lloró al encontrarse de improviso con aquel pintor que le removía las brasas de un fuego antiguo y dormido, y seguramente fue que Vicente entendió aquellas lágrimas como añoranza de los Alpes. El caso es que pocos días después, Vicente apareció con un regalo para su maestra: un cachorro de san bernardo con su barrilito colgando del collar. Como no sabía qué licor utilizaban los suizos, lo había llenado de brandy 103, y así Uke eligió para el perro el nombre de *Cientotrés*. Entre los dos bebieron aquel brandy para celebrar que la reconstrucción de la casa se había completado. Lux Domini nunca había lucido tan joven.

Terminado su trabajo, Uke preguntó a Vicente qué pensaba hacer. Él respondió que no sabía, que no tenía a nadie fuera de allí, y que le gustaría quedarse si podía ser de utilidad en algo. Era la respuesta que ella deseaba escuchar, así que le ofreció un nuevo trato: convertirse en su asistente, esta vez a cambio de un buen sueldo. Viviría en la casa, no en la cabaña, y se ocuparía del día a día y de todo lo que surgiera. Para Vicente aquello era mucho más de lo que hubiera podido esperar de la vida, y desde entonces su lealtad a Uke, o como cada uno quiera llamarlo, se hizo impronta imborrable. Y viceversa.

En las décadas que siguieron, el mundo cambió alrededor del microclima inmóvil de Lux Domini. Despacio, como correspondía a una España enroscada en sí misma, pero profundamente. Las miserias de la posguerra quedaron fuera de los muros de la casa, aunque el racionamiento llegó y se fue para ellos como para tantos. El pequeño Nando dejó de ser pequeño y fue sucesivamente Nando, Fernando, el señor letrado y su señoría el juez Mencía. Por el camino pasó junto a una bonita taquígrafa de los juzgados y decidió que ella debía ser mi madre y la de mis hermanos, a lo que ella accedió sin apelaciones. En Torrelodones construyeron una autopista, un casino y decenas de urbanizaciones que llevaron el cemento al monte, la clase media de la ciudad a respirar el aire más aromático de la sierra y la clase adinerada de Torrelodones a buscar otros aires menos aromáticos en Marbella o Palma de Mallorca. El Canto del Pico y El Pendolero resistieron en sus posiciones, y también la atalaya árabe con su estampa de encendedor de mesa. Lux Domini quedó rodeada de casas nuevas y el campo se marchó más lejos. Los ciervos, como el que sorprendieron Uke y Hamish aquella tarde de tormenta, se fueron a ver si encontraban dónde habían puesto el campo.

Un día de 1971, Uke subió al estudio del desván, que seguía tan caótico como en 1939. Su padre no había dado señales de vida en toda la mañana y el asado se enfriaba en los platos. Al entrar encontró a Fernando tendido en el suelo, caído junto a su banqueta, con el pincel aún en la mano mojado en óleo de color azul. En el lienzo, un último brochazo se había deslizado desde el centro hacia abajo, hasta la esquina del bastidor, donde quedó plasmada la última pincelada de un artista que fue médico, fue frívolo y maniático, honesto y bueno, de fragilidad indestructible y de una transigencia cuyos límites nunca dejaron de romperse. Guardando las lágrimas para cuando no se pudiera hacer otra cosa más que llorar, Uke ordenó a Vicente que pidiera una ambulancia y se precipitó sobre el escritorio de su padre para rescatar los documentos preparados para casos de accidente o enfermedad grave, que él guardaba en una carpeta de sobremesa de piel negra. Dentro había un sobre cerrado con una palabra escrita en el reverso: Uke. Aquella carta llegó a mis manos años después a través de mi madre. Decía lo siguiente:

Mi querida hija:

Te escribo estas líneas antes de partir, que tú leerás cuando yo me haya marchado o al menos me halle en el andén esperando mi último tren. El motivo para escribirte es pedirte un inmenso favor, que sé que no me concederías de no ser porque tampoco tendrás el desdoro de negármelo, ya que se trata de la última voluntad personal de tu padre. Si el Señor no tiene otro plan reservado para mí, quiero morir en Lux Domini. Si sufro un ataque de cualquier clase en casa, por favor, no me lleves a un hospital. Sólo si en mi pérdida de conciencia te parece que sufro demasiado o si mi agonía se prolonga más de tres días, te doy permiso para que me busques asistencia sanitaria. De lo contrario, aquí están mis recuerdos y desde aquí saldrá mi tren.

Quizá te sorprenda que te hable de la muerte con tanta franqueza y cuando aún hay vida en mi corazón. Pero ya en estos últimos años me levanto cada día con la sensación de estar cerrando, terminando cosas, porque realmente no me siento con fuerzas para comenzar nada nuevo. Incluso cuando empiezo un nuevo cuadro, siento que será el último de una serie. No puedo más que dar gracias al Cielo por todos los dones que me ha concedido. Tu madre era un ser maravilloso y especial. Éramos muy diferentes y nunca llegué a comprenderla, como quien posee un cuadro del que sabe que es una rareza extremadamente preciosa, aunque no sea capaz de entender qué representa ni de describir qué lo hace tan único y valioso. Dios me ha concedido dos períodos para poder disfrutar de su compañía. El primero fue muy breve, quizá porque los grandes manjares hay que saborearlos en pequeñas dosis. El segundo estoy a punto de comenzarlo, y durará siempre. Es la ilusión que llena ahora mis últimos días y la que deseo abrazar cuanto antes más que nada en este mundo. Ella me dejó algo más, lo mejor de sí misma en ti. Tú has sido la luz de mi vida y la principal razón de mi existencia durante todos estos años. Tu hermana, su familia, tu hijo que lleva mi nombre y mi apellido, amigos inolvidables como Imre Molnár, e incluso el bueno y fiel Vicente, han sido todos ellos regalos impagables, pero tu destino y el mío han sido uno durante la mayor parte de nuestras vidas. Nunca comprenderé por qué accediste a ligar tu camino al mío de esta manera, pero no habrá eternidad suficiente para que termine de agradecértelo. Juntos, ya lo sabes, hemos viajado.

No sé cómo continuar. Sabes que las palabras nunca han sido mi fuerte. Creo que el propósito de esta carta está conseguido. Lo demás, ya te lo iré diciendo antes de marcharme. No quiero llevarme de aquí nada más que mis recuerdos. A tu madre le van a encantar nuestras aventuras. Ya estoy deseando escuchar sus comentarios con su hermoso acento andaluz cuando se las cuente.

Con cariño infinito,
tu padre

FERNANDO MENCÍA ARENAL

11

LA NOVIA DE SANDOKÁN

Hay quien dice guardar recuerdos de cuando aún no había adquirido eso que los que tenemos uso de razón llamamos precisamente así, uso de razón, una de las muchas cualidades del ser humano que se apuntan como únicas para distinguirlo de otros animales, entre las que se han señalado también la conciencia de sí mismo, la noción de la muerte, la creencia en un ser supremo, la capacidad de sonreír y la voluntad de cometer fraude fiscal. En cuanto al uso de razón, habría que definirlo más bien como presencia de razón, que es lo único verdaderamente garantizado, pues el uso se demuestra usando y hay quienes no parecen haberse estrenado en esto. El caso es que ignoro si es científicamente posible almacenar un recuerdo intelectual, es decir, uno que no esté condicionado por la satisfacción de un instinto primario, cuando aún no se ha desarrollado ese entendimiento racional. Sin embargo hay quien afirma que recuerda hasta el aspecto del médico que atendió su alumbramiento, y quien incluso asegura haber aprovechado el viaje a lo largo del canal del parto y ese primer atisbo de luz tenue que entra por la vagina para hojear un librito de Borges que su madre se tragó varios meses antes y que andaba deseando leer a la primera oportunidad. Bien, pues yo no conservo ningún recuerdo anterior a mis tres años, edad a la que mi familia se trasladó a Lux Domini. Así que, a efectos emocionales, aquella casa fue tan útero para mí como el de mi madre. La memoria, siempre interrumpida por lagunas de silencio que seguramente corresponden a la rutina menos noticiosa, ordena personajes que llegaron y se fueron por las puertas de un escenario que fue siempre el mismo, sin apenas efectos de tramoya en los entreactos. Para comprender las motivaciones y los comportamientos de algunos de estos personajes tuve que esperar varios años y descubrir otras perspectivas de mi realidad de entonces. Mi infancia, como la de todos, supongo, es una de esas películas de guiones tan elaborados que, una hora después de terminar la sesión, durante la cena, una de aquellas piezas acaba finalmente por caer en su hueco, como en aquel videojuego de los bloques, y entonces la muralla se desvanece y alguien de repente exclama: ¡claro, ya lo entiendo!

Cuando murió mi bisabuelo Fernando vivíamos en El Escorial, donde mi padre trabajaba. Él nunca fue un sentimental, sino un amante de la razón práctica. Tras el entierro trató de convencer a Uke para que vendiera aquel cavernoso caserón y se instalara con nosotros. Fue inútil. Ella no concebía el mundo desde otro lugar, sin la protección y los recuerdos de aquellos muros a los que debía su propia identidad. Fuera de allí no sabría encontrarse, decía, y ni siquiera sabría quién era. En Lux Domini era la reina de la mansión más bonita del mundo. En cambio, en El Escorial no sería más que una emigrante sin banco del parque asignado, una de esas viejas que pasan las tardes ociosas en el Miranda delante de una taza de chocolate, desafiando a los picatostes con el adhesivo de su dentadura postiza y contando a otras viejas similares lo que eran cuando aún lo eran. Ella no iba a sufrir más exilios. Como su padre, moriría allí.

Esta decisión de mi abuela nos llevó a mi familia y a mí a convertirnos en pobladores de la casa al pie del Canto del Pico y a abarrotar todos sus rincones, pues cuando nació mi hermanita Isabel –hasta donde puedo saber, único ser humano nacido jamás en Lux Domini– hubo que transformar en dormitorio la capilla, que hasta entonces había conservado su configuración original. Nuestro traslado fue también el momento oportuno para darle a toda la casa un barniz de hogar contemporáneo. Con nosotros entró allí el siglo xx. Ahora me parece casi increíble que hasta entonces mi abuela, su padre y Vicente hubieran sobrevivido sin calefacción, sin agua caliente central, sin televisión y sin lavadora. Recuerdo aún el embobamiento de mi abuela mirando cómo la regordeta Heidi y su abuelo de pelaje algodonoso se paseaban por la pantalla de una de aquellas primeras Philips en color que llegaron a España, de las que llevaban tres pastillas transparentes de colores pegadas en la parte delantera, como gominolas que sabían a las delicias de aquellas imágenes tan naturales como si la gente de la tele viviera en el salón de casa.

Cuando aquel electrodoméstico inundó de pálido resplandor coloreado las noches de nuestro salón de cristales, yo tenía diez años. Me entusiasmaban, por este orden, los programas de *El Hombre y la Tierra* de Félix Rodríguez de la Fuente, las películas de guerra donde los alemanes hablaban entre ellos en español con acento alemán y los americanos en español sin acento, y mi vecina Mariana, la hermana mayor de mi amigo Fermín, que no salía en la tele pero se llamaba como la novia de Sandokán y tenía los ojos del color de los mares del sur. Pero también tenía dos años más que yo. Yo tenía una casete con la música de Sandokán y la escuchaba una y otra vez mientras pensaba en los ojos de Mariana. No había ojos con tanta agua excepto los de mi abuela, que se encendían de fosforescencia turquesa cuando nos contaba su largo viaje europeo y cuando abría para mí las vitrinas que guardaban las colecciones de naturaleza de su madre, una mujer antiquísima en el tiempo, coetánea de aquellas sagas bíblicas de las misas de domingo y a la que yo imaginaba vistiendo con pieles y cazando mamuts a cachiporrazos. Dado que mi hermano mayor no entendía el campo más que como un hueco vacío entre el asfalto, y mi hermanita Isabel aún no podía contemplar un bicho sin tratar de comérselo, mi abuela me adoptó como aprendiz de montañero y me enseñó todos los caminos que llevaban a lugares que nadie más del pueblo conocía. Cuando ella se calzaba las botas sobre aquellos tobillos tan delgados, que parecían calcañares de cigüeña comparados con los fustes egipcios de las abuelas de mis amigos, yo corría a colgarme del hombro mi zurrón cargado de tarros vacíos y otras cosas que tintineaban sin un propósito definido, y que normalmente no me servían para nada, pero que yo llevaba siempre encima en nuestras excursiones por la sierra de Hoyo como si fueran trofeos de veteranía. El campo y el arte fueron las dos inquietudes que ella se preocupó de transmitirnos. Yo me quedé con la primera, mi hermana con la segunda, y mi hermano con cualquiera de ellas siempre que tuviera ruedas y motor.

En ocasiones mis padres pasaban el día en la finca de algún amigo que organizaba una capea o una montería, y entonces mi abuela y Vicente quedaban a cargo de diseñarnos un programa de animación que rompía la burbuja de nuestra rutina. En invierno nos llevaban al cine o a los museos de Madrid, nos sentaban frente a *Las Meninas* y mi abuela nos contaba historias muy divertidas sobre el perro, las niñas gordas y el hippie melenudo del bigotito que asomaba al fondo, o nos explicaba quién era ese rey Alfonso XIII que había atiborrado el Museo de Ciencias Naturales de animales disecados. A Vicente le repartía siempre el papel más antipático, el de celador y conservador de cualquiera de los museos que pisáramos los niños Mencía.

En verano, aquellas excursiones siempre solían incluir el cielo sobre nuestras cabezas, algo que no suponía ninguna rareza para tres niños que vivían en el campo, pero que como novedad nos juntaba a los tres para compartir el mismo cielo. Tratando de atender a los intereses de todos, un par de veces nos llevaron a las carreras de coches en el Jarama. Vicente compartía con mi hermano la pasión por la golosina de la gasolina y ambos flotaban en éxtasis sintiendo el zumbido de los motores en las puntas de sus nervios.

La revelación más importante de mi vida tuvo lugar durante una de aquellas expediciones dominicales, en el verano de 1978, nuestro último verano en Lux Domini. Mi abuela y Vicente nos montaron en el Dodge de mi padre y en apenas unas decenas de kilómetros nos sumergieron en el corazón del África salvaje. No era verdaderamente África, sino un safari park que llevaba el nombre del mismísimo Félix Rodríguez de la Fuente. Y aquellos leones estaban vivos, no como los fardos de paja disfrazados de león que un rey había puesto en el Museo de Ciencias Naturales, y eran auténticos leones de la sabana, no como los del circo que jugaban a las cartas entre función y función como los perros del cuadro. No hacían nada, más que estar tumbados disfrutando plácidamente de su leonidad bajo una encina, ¡pero eran leones! Podían matar personas y disponían de todo el equipo necesario para ello, incluida la mala leche que debían disimular por no poder hincarle el colmillo a un Dodge. La visión de aquellos felinos de carne y hueso, sin una bola de piedra bajo la pata ni un edificio de las Cortes detrás, en un espacio donde podían hacer lo que quisieran excepto pelar los canapés humanos de su caparazón carrozado, me fascinó hasta tal punto que a partir de ese día no hice otra cosa que dibujar leones, escribir cuentos de leones y añadir un rabioso león devorahombres llamado *Facundo* a la plantilla de monstruos del páramo de Walpurgis. Después de la visita al parque comimos en un merendero, y allí comencé a asediar a mi abuela con preguntas sobre los leones y sobre África.

–Abuelita, ¿cómo han podido los hombres del parque sacar a los leones de la selva sin que se los coman?

–Pues con mucho cuidado. Y los leones no viven en la selva, sino en la sabana.

–Pero si el león es el rey de la selva.

–Pues tienes razón. Pero pasa como en España, que antes teníamos un rey que no vivía en España, sino en el extranjero. Pues el león, igual.

–Ah. ¿Y cómo es la sabana?

–Pues es... Pues es como esto. –Mi abuela paseó el dorso de la mano sobre el paisaje, como acariciando en la distancia los lomos de las encinas.

–¿De verdad? Abuelita, ¿tú has estado en África?

–No, Currito. Yo no... Pero alguien que sí estuvo me lo contó.

–¿Alguien? ¿Quién?

–Pues... tu abuelo.

–¿Mi abuelo? ¿El abuelito Lolo?

–No... Verás, es un poco complicado. Lolo es el papá de tu mamá. Tu otro abuelo, el que estuvo en África, era el papá de tu papá.

–¿Tengo otro abuelito?

–Pues... sí. ¿Tú te acuerdas de cuando yo os hablo del escocés? ¿Ese que llevaba falda de cuadros y tocaba el violín en la tormenta?

–Sí.

–Pues el escocés era tu otro abuelito. Se llamaba Hamish. –(Y si tu padre se entera de que te cuento esto, me matará.)

–¡Tengo otro abuelito! ¿Y dónde está?

–No lo sé, Currito. Se marchó a África. Tal vez haya muerto. O tal vez no.

–¡África! ¿Y cazaba leones?

–No lo sé. Pero a mí me cazó gracias a uno.

–¿Te cazó? ¿Cómo que te cazó?

–No importa, Currito. No importa.

Lo primero que hice al regresar a casa aquella tarde fue blandir mi estuche de ceras Manley y representar una escena donde un cazador con violín y falda de cuadros llevaba encadenados a un enorme león y a mi abuela hacia el Museo de Ciencias Naturales. A ella le encantó mi regalo, pero rápidamente corrió a esconderlo en un cajón de su armario, lo que me incomodó bastante, pues por lo general acostumbraba conceder a mis obras un lugar de privilegio en el espejo de su tocador. Me bastó con que me explicara que aquella pintura era la más bonita de todas y que debía guardarse con cuidado para que no se estropeara.

Desde aquel día, las misiones de Las Cuatro Plumas tuvieron un nuevo y sagrado objetivo: localizar al león *Facundo* y abatirlo para que dejara de aterrorizar al vecindario. *Severiano* era ya un monstruo de la temporada anterior, pasado de moda como una canción de otro verano. Casi podía imaginarlo, el pobre, olvidado y mustio, huérfano de niños a los que asustar, sentado sobre una piedra con la peluda cara entre las manos sin comprender por qué de un día para otro había pasado a engrosar la cola del paro de los terrores infantiles.

Mientras preparaba nuestra gran cacería traté de recolectar más información sobre las costumbres de los leones, para lo cual contaba con la referencia de aquel misterioso abuelo al que revestí de toda la mitología de los grandes cazadores blancos, construyendo un personaje en mi cabeza que pasaba por ser una mezcla entre el John Wayne de *Hatari* y el abuelo de Heidi. Como no podía contar con la colaboración de aquel explorador enigmático y esquivo, intenté que mi abuela me detallara todo lo que sabía de él y de sus aventuras con los leones. Fue inútil. Por entonces ella pasaba las tardes enteras charlando con mi madre, que garabateaba extraños signos en un cuaderno mientras mi abuela le contaba sus recuerdos de juventud. Cuando yo me interponía en la conversación con mis absurdas preguntas sobre leones, mi madre me regañaba suavemente y me pedía que no las molestara. Decía que mi abuela le ayudaba a reconstruir la historia de nuestra familia, y que algún día yo apreciaría aquel empeño. Tenía razón. Gracias a las notas taquigráficas de mi madre y a sus explicaciones, pude rescatar la memoria de aquellos hechos de mi relato que ocurrieron en la década de los treinta.

La noche de la cacería quedó fijada para finales de junio. Mi enciclopedia de fauna ya advertía del peligro de rastrear leones en la oscuridad de la noche, un medio que dominan con más pericia que los humanos y un momento que aprovechan para sacar a paseo la trituradora de carne. Pero al vernos abocados a la clandestinidad no teníamos más opción que asumir el riesgo de la nocturnidad y empuñar nuestras plumas del valor sin titubeos, lo que hubiéramos hecho de no ser por un acontecimiento fortuito y casi trivial que obligó a abortar la expedición y desmanteló para siempre nuestra unidad de comandos.

El día anterior al elegido, mi madre me mandó al pueblo a comprar pan. Era Vicente quien solía encargarse, pero aquella mañana había tenido que bajar a Madrid a resolver ciertas diligencias y no regresaría hasta la tarde, así que la tediosa tarea recayó en el primer suplente disponible, o sea, yo. Con la bolsa de tela a rayas pendiendo del manillar de mi bici, pedaleé hasta la panadería y pedí la vez a una señora vestida de luto que llevaba un perro con manchas de medio luto. Esperaba así, volteando torpemente el saquito en mi muñeca, cuando desde detrás me sorprendió un dulce «hola». Me giré y un *tsunami* de cristal azulado se vertió sobre mí desde los ojos de Mariana, al tiempo que su melena negra se mecía con el susurro y la cadencia de un palmeral acariciando la playa de un atolón coralino en la brisa purpúrea del atardecer. Las piernas me flojearon, sentí una violenta náusea desde la boca del estómago y un reflujo de pulpa de galletas Chiquilín y Cola-Cao fermentado me llenó la cavidad bucal, haciéndome sentir tremendamente miserable y hediondo. Tuve que tragarme la ácida excreción para no vomitarla encima del vestido, lo que seguramente no hubiera sido apreciado por ella como lo que realmente era: una manifestación de amor infinito. Con la regurgitación escapándome por los lagrimales farfullé un saludo que ella ni debió de oír, pues en ese preciso instante la panadera terció: «¿Qué quieres, niño?». Yo había olvidado qué quería, salvo casarme con Mariana, pero dudaba que la panadera fuera un ministro autorizado para celebrar matrimonios. Como suele ocurrir con las mujeres, Mariana tenía muy claro lo que quería. Dos pistolas y una bolsa de magdalenas. Pedí lo mismo.

Cuando salimos de la panadería yo tenía la lengua fusionada al paladar. Apenas conseguí preguntarle si volvía a casa. Contestó que sí. Caminamos calle arriba, ella abrazando su bolsa del pan, yo tratando de arreglármelas para sujetar la mía mientras dirigía el manillar de mi bici. Se ofreció a llevar mi bolsa y la apretó contra su pecho, y pensé entonces que aquel pedazo de tela a rayas ya no debería ser tocado en adelante por mano humana alguna, y que las dos barras y la bolsa de magdalenas que contenía tendrían que conservarse en las vitrinas de mi abuela. No recuerdo de qué hablamos, pero sí que utilicé un dedo chupado para borrarle un rayajo de boli azul de la nariz, y que ella no opuso resistencia, y que aquélla fue la experiencia amorosa más erótica que tuve hasta bien entrada mi adolescencia, e incluso he llegado a pensar que fue el tenue pero inequívoco sabor de aquella tinta una de las razones para dedicarme al periodismo, y que tal vez por eso el olor de la prensa recién salida de máquinas tiene para mí un nosequé, algo que soy incapaz de formular pero que me produce uno de esos extraños placeres paulovianos, esos que parecen truncados porque suena la campanilla sin que al perro que segrega salivazos le lleguen a servir su ración de solomillo. Mi solomillo nunca llegó. Aquel día fue el que más cerca estuve de Mariana. Nuestro idilio iba a terminar de manera tan rápida e inesperada como había comenzado.

Mi error fue tratar de impresionarla rompiendo un secreto pactado entre camaradas. Le hablé de nuestro Campamento Base, de El Abismo, del Refugio, de nuestras expediciones a Walpurgis y del león *Facundo*. Le hablé de la gran cacería que teníamos programada para el día siguiente. Se lo conté absolutamente todo. Canté como un pajarillo canoro ante aquellos ojos que hubieran hecho confesar al carnicero de Milwaukee sus propios crímenes y atribuirse además los del carnicero de Rostov. En un ataque de verborrea sin control, como si me hubieran ahogado en un barril de suero de la verdad, me atreví a invitarla a celebrar una expedición privada, *tête à tête*, solos ella y yo, la noche anterior a la cacería.

Y así lo hicimos. A punto estuvo la misión de frustrarse por pena de reclusión cuando mi madre abrió la bolsa del pan y comprobó su contenido. Yo no podía explicar por qué había traído sólo dos barras en lugar de las cuatro que me había encargado, ni a santo de qué había comprado una bolsa de magdalenas. Rezongando ante mi ataque de *shopping* creativo que nos dejaba sin pan para la cena, mi madre me ofreció dos opciones: castigado en mi cuarto o regresar a la panadería a corregir mi error. Elegí lo segundo. No me importaba; yo flotaba con alitas en los pies como ese griego que nos explicaba mi abuela, uno que los demás griegos decían que era un dios, aunque realmente no lo era, pero lo creían porque no habían leído la Biblia y andaban muy perdidos en eso de la identificación de dioses. Las mismas alitas impulsaron mi bici de nuevo hasta la panadería, donde resolví el encargo, esta vez sin apariciones marianas.

La que para mí sí era una diosa se presentó esa noche en mi casa, según lo acordado. Después de la merienda la conduje hasta el Campamento Base y allí le revelé todos los misterios de nuestras misiones, incluida la tapadera sonora astutamente orquestada con la ayuda de nuestras mascotas, *Pipo* y *Papo*. Para hacerle comprender a Mariana la vital importancia de aquellas operaciones interpreté todo el ritual a la perfección y lo revestí de la teatralidad oportuna. Llevaba mi uniforme oscuro, mi verdugo y mis armas de Capitán. Reuní el material necesario en mi bolsa Adidas, incluido aquel aparato que llamábamos el Curatronic y que Fermín, el hermano de Mariana, había sustraído del maletín de médico de su padre y cuyo funcionamiento no conocíamos, pero al que atribuíamos la mágica propiedad de curar cualquier herida incluso sin enchufar a ningún sitio el cable que llevaba. Se lo mostré a Mariana presumiendo de nuestro equipo, que no tenía nada que envidiar al de 007. Saqué el fotómetro para calcular el momento exacto de la hora cero, y cuando la aguja bajó hasta el nivel acostumbrado, allá que me fui corriendo hacia El Abismo, con la bella Mariana de la mano y sintiéndome inmenso. Unos pasos más y estábamos sanos y salvos en la seguridad del Refugio.

Aquella guarida abigarrada provocó en Mariana el efecto que yo esperaba y que me hizo hinchar el pecho bajo mi improvisada camisa de campaña. Le entusiasmó cómo en un entorno hostil habíamos creado una madriguera mullida y acogedora donde imperaba la ley de los niños: libertad, caos y al diablo con la higiene. Por supuesto, ella no lo formuló en estos términos, pero era lo que quería expresar cuando gritó: «¡Cómo mola!». Yo me apresuré a taparle la boca con la mano. Una voz más alta que otra y seríamos localizados por alguno de los infinitos enemigos que nos acechaban. Ella tiró de mi brazo y me preguntó si quería besarla. Sí, sí. Yo quería, quería, ¡QUERÍA! Posé mis labios sobre los suyos y sentí como si los hundiera en una capa de Nocilla de tres centímetros de espesor extendida sobre un bollo de pan tierno al tiempo que un coro de voces blancas cantaba un Aleluya exultante al ritmo de la batería de Ringo Starr y el Atleti goleaba al Madrid en campo contrario. El corazón se me salió de la escala de Richter y temí que volviera botando a casa colina abajo. Entonces ella abrió aquellos labios que ya eran míos y anunció: «Quiero que me beses con lengua».

¿Con lengua?

Yo conocía los besos en los labios de las películas, los besos de nariz tipo esquimal y los besos de mariposa que me daba mi madre con las pestañas, pero hasta entonces nunca hubiera imaginado que se pudiera besar con la lengua, un órgano que nos puso Dios para lamer polos, y desde luego no tenía la más remota idea sobre la técnica a emplear. Chupar la lengua de otra persona, además de asqueroso, me parecía una redundancia inútil, como pegar un puñetazo a alguien en el puño o jugar al tenis tratando de golpear la pelota con otra pelota. Sin embargo no podía decepcionarla, así que me limité a abrir la boca e imitar lo que ella hacía. De inmediato mi ángel celestial se transformó en una pegajosa y babosa vaca Holstein pegando lametones a diestro y siniestro. Sentí como si alguien me agitara un filete crudo dentro de la boca mientras Fernando Esteso cantaba «La Ramona es pechugona» y el Atleti bajaba a Segunda.

Después de aquello he besado a otras mujeres con resultados mucho más satisfactorios para ambas partes, creo. Pero con una palmaria diferencia que era casi un salto evolutivo entre el saber amatorio de Mariana y el mío, aquello me pareció lo más repugnante desde que Rocco escupió sobre una valla metálica y dejó colgando de sus alambres un gapo verdoso con forma de maza de gimnasta que tardó veinte minutos en escurrirse hasta el suelo. Escapé corriendo del Refugio a llenarme los pulmones de ese aire tan aromático de Torrelodones y esa vez creo que sí, vomité, no de nervios ni de placer, sino de asco. No hubo más, aunque sospecho que de haber regresado al Refugio donde esperaba Mariana, la cosa no hubiera acabado en un beso. Nunca volví a escuchar la cinta con la música de Sandokán, porque cuando pensaba en los ojos de Mariana, de inmediato imaginaba una lengua húmeda y larga como una moqueta de escalera tendida sobre el mostrador de la charcutería.

A la tarde siguiente, Capitán, Mosquetero, Locutor y Burócrata nos congregamos en el Campamento Base después de la merienda para ultimar los preparativos de la cacería. Yo había llevado mi enciclopedia de fauna para estudiar los detalles del comportamiento de los leones y conocer más a fondo al enemigo con el que debíamos enfrentarnos. Nos habíamos repasado el emblema del brazo con rotulador Carioca por si alguno caía en combate y era necesaria una identificación. Nacho inspeccionaba los nuevos equipos de comunicaciones que habíamos construido para aquella ocasión, incorporando las últimas tecnologías y con el máximo nivel de calidad: vasos de yogur Danone, nada de marcas piratas, e hilo de nailon que, además de proporcionar mayor nitidez a las transmisiones, era casi invisible. Mientras Rocco ponía a punto el armamento, Fermín comprobaba las provisiones y la dotación sanitaria, cuando de repente emitió un gruñido y comenzó a rebuscar nerviosamente en la mochila. Parecía muy alterado y Nacho le preguntó qué le tenía tan agitado.

–¡El Curatronic! ¡No está!

–¿Cómo que no está? ¡Busca bien, tiene que estar! –respondió Nacho.

–Pues no está, macho. Alguien lo ha cogido porque el otro día estaba aquí.

–¿Quién lo va a coger? ¡Tú eres el que se ocupa de que esté siempre listo para cuando hace falta! –dijo Rocco.

–Pues por eso mismo yo no he sido, así que tiene que haber sido alguno de vosotros.

Yo permanecía con la nariz hundida en la enciclopedia, como en el colegio cuando el profesor seleccionaba su víctima para salir a la pizarra, y sentía el mismo escalofrío que me electrizaba el cuero cabelludo cada vez que el nombre elegido era el mío. Repasaba mentalmente los hechos del día anterior. Cogí el Curatronic junto con las demás cosas. Lo guardé en mi bolsa... subí al Refugio con Mariana... cómo mola... aquel beso de Nocilla, tan dulce... ella me hizo una limpieza de boca con la lengua... salí... vomité... entré, la cogí de la mano y salimos escopetados de vuelta al Campamento Base... ¿Y la bolsa? ¡Maldita sea, me había dejado la bolsa en el Refugio!

Posiblemente mis amigos detectaron algo sospechoso en mi actitud, porque tras un corto rifirrafe con intercambio de acusaciones y defensas, los seis ojos se giraron hacia mi muda presencia. Saqué la nariz de las fotos de los leones y no pude mentir. Nunca he podido.

–Pues... Es que lo cogí yo ayer.

–¿Lo cogiste? ¿Para qué? –preguntó Fermín.

–Es que... Lo necesitaba para subir al Refugio.

–¿Quéee? ¿Subiste al Refugio sin decirnos nada a nosotros? ¿Tú solo?

–Solo, solo... no. Subí con Mariana.

Enmudecieron por un instante. Comprobé cómo la cara de Fermín se iba hinchando y enrojeciendo como una caldera a presión y temí que sus orejas comenzaran a chorrear vapor. Entonces estalló.

–¿MARIANA? ¿MI HERMANA MARIANA?

–Sí.

–¿LLEVASTE A MI HERMANA AL REFUGIO? PERO ¿TÚ ERES IMBÉCIL, CHAVAL? ¿NO SABES QUE MI HERMANA ES UNA MEMBRILLA? ¡SE LO CHIVARÁ TODO A MIS PADRES! ¡EL CAMPAMENTO, EL REFUGIO, EL CURATRONIC, LAS MISIONES, TODO! ¡A LA MIERDA LAS CUATRO PLUMAS!

Yo no tenía argumentos que oponer a la justa indignación de Fermín. Había traicionado la confianza de mis amigos por un impulso romántico que ni siquiera había merecido la pena. Yo, el Capitán, me había vendido al enemigo por un beso que permanecería en el mismo cajón de mi memoria que un gargajo colgando de una valla metálica. Me sentía un Judas despreciable y al mismo tiempo mediocre, ni siquiera un gran Judas. Fermín se puso en pie y abandonó el Campamento Base bramando improperios. Rocco barruntaba en italiano, lo que solía hacer cuando estaba fuera de sí. Se levantó y siguió el mismo camino que Fermín. Nacho era el más flemático. Con admirable parsimonia se incorporó, sacudió el polvo de sus pantalones, me miró con media mueca a lo Bogart y sentenció: «Tío, la has cagado». Luego se marchó arrastrando los pies, con las manos metidas en los bolsillos. Me quedé allí unos minutos, masticando la pastosa hiel de mi remordimiento, previendo la fatal consecuencia de mi deleznable crimen, hasta que con la cabeza gacha y los ojos supurando culpa me dirigí a la casa, dando un rodeo por el jardín para no tener que presentarme ante mi madre, mi abuela y su perro con el alma revestida del mono naranja de los condenados a muerte. En mi cuarto dormía mi hermanita Isabel bajo sus mofletes de melocotón, sin saber que se acababa de librar uno de los grandes juicios de la historia. Y allí estaba el veredicto, palpable e inapelable sobre la colcha de mi cama: tres plumas. Me hinqué de rodillas y estrujé las sábanas con los puños mientras me sumía en la sima de la agonía y el dolor.

Cuando inventé todo aquello de Las Cuatro Plumas debí haber previsto que podía suceder, pero lo cierto es que nunca se me ocurrió pensar que llegaría el día en que tendría que enfrentarme en solitario a todos los peligros imaginables para devolverles las plumas a mis camaradas y restaurar el brillo de mi hoja de servicios. La filtración de Mariana era ya irreparable, así que sólo me quedaba una opción: recuperar el Curatronic. Sin pensarlo dos veces junté el equipo necesario, regresé al Campamento Base camuflándome en las sombras del jardín y me lancé hacia El Abismo. La hora era inadecuada; mi estado de ánimo, catastrófico, y lo más probable es que terminara despedazado por la *Bestia* de la señora Téllez, devorado por el león *Facundo* o incluso por *Severiano*, sediento de venganza por nuestro ninguneo. Y lo peor y más humillante: si Rocco tenía razón y existían las codornices saltarinas picahuevos, a la mañana siguiente encontrarían mi cadáver con los testículos desfigurados a picotazos.

Aquélla fue la misión más larga de la historia de Las Cuatro Plumas, y la más estéril. Como pensaba, mi bolsa había quedado olvidada en el Refugio, pero el Curatronic se había esfumado, seguramente a través de un descosido que descubrí en el fondo. Rastreé el páramo y la colina hasta que me perdí. Vagué durante horas hasta que ya no me quedaba más miedo en el cuerpo, y cuando me interceptó la pareja de la Guardia Civil para escoltarme de vuelta a casa no podía ni sospechar la polvareda que se había levantado en Lux Domini durante mi ausencia. En efecto, a Mariana le había faltado tiempo para revelárselo todo a sus padres, incluido lo del Curatronic, que resultó ser un accesorio de una enorme y carísima computadora que parecía un armario y que el padre de Rocco había instalado en el hospital donde trabajaba el padre de Fermín. Concretamente era un «dispositivo de control de coordenadas de cursor para computadoras con interfaz gráfica». O sea, un ratón. Aquellos Xerox fueron los primeros ordenadores que lo llevaban. Nadie podía entonces adivinar que un par de años después los primeros Apple dejarían aquel armario de Xerox para labores poco más útiles que guardar calcetines. Pero en 1978 nunca habíamos visto un ratón de ordenador, tan similar a esos cacharros que usaban en series como *Espacio 1999* y que reparaban cualquier descalabro en el acto. Supongo que en algún momento posterior decidieron eliminar esta prestación secundaria de los ratones. Porque desde luego, el nuestro funcionaba. El caso es que, cuando Fermín sustrajo aquel artefacto del maletín de su padre, hubo que pedir otro a Estados Unidos, y la computadora estuvo muerta de risa en el hospital durante meses, demorando la informatización del sistema sanitario nacional mientras nosotros jugábamos con nuestro flamante Curatronic.

Aquél fue uno de los agravantes que justificaron la enorme magnitud del castigo. El otro fue el simple hecho de que estuviéramos abandonando la casa familiar sin permiso y allanando la propiedad ajena. Cuando los teléfonos de Lux Domini y de las casas de mis amigos se enzarzaron en una *party line* poco festiva, comenzaron a llover bofetones y castigos sobre nuestras tiernas personas físicas y jurídicas. Mi padre irrumpió en el Campamento Base reclamando mi cabeza para sorprender a *Pipo* y *Papo* salturreando alegremente sobre unas chapas metálicas. Al descubrir el túnel trasero y darme por desaparecido, la siguiente llamada fue a la Guardia Civil. Mi sentencia: reclusión en mi cuarto hasta nuevo aviso o hasta conmutación de pena, excepto para comer y usar el baño. Nada de televisión, nada de jardín y nada de amigos. Dediqué los días a dibujar escenas en las que dábamos caza al león *Facundo*, pero en lugar de liquidarlo y hacer una alfombra con su piel lo llevábamos a casa, le comprábamos un pasaje de avión y volábamos a África, donde mi abuelo desconocido nos esperaba para devolverlo a su trono de la selva, aunque estuviera en la sabana.

Probablemente fue el trastorno que me produjo todo el episodio el que me impidió percatarme de lo que estaba ocurriendo en mi casa. Estaba tan enfrascado en la autocompasión que apenas supe darme cuenta aquella vez que mi abuela me mandó llamar a su habitación con el azul de sus ojos derramándose sobre la almohada.

12

CABALLERAS Y LEONAS

Al cabo de media hora de revolver papeles estaba exhausto, y el único espacio de la habitación habilitado para aliviar mi fatiga estaba copado de esquina a esquina por los papeles que había manoseado hasta agotarme. Para liberar superficie útil de cama se me ocurrió amontonar los papeles por asuntos, pero era como si tratara de encajar un puzle a martillazos. Aquello no ajustaba. Era inútil imponer un orden coherente en aquella maraña. Me pregunté qué demonios hacía yo atorándome en una pila de folios, recortes y fotos, cuando la acción estaba fuera. En la ciudad de Nairobi.

Vicente, refranero viviente, solía decir eso de «para hacer una tortilla hay que romper los huevos». En aquella época yo era un niño, y los niños no suelen comprender el significado metafórico de las frases que lo tienen. Vicente era una de esas personas con el don del lenguaje de los niños, capaces de crearte un fondo de armario de ideas sencillas que nunca imaginas que un día te vayan a servir de algo, pero que de repente llega un momento en que te vienen al pelo de la situación. Aquello de las tortillas se aplica a las primeras impresiones. No hay una segunda oportunidad para formarse una primera impresión, como no se pueden restituir los huevos a su estado original para recomponer la tortilla si el primer intento ha sido desastroso. No hay vuelta atrás. Y si la tortilla sale mal, no es culpa del huevo; el contenido del huevo es siempre el mismo, lo veamos o no, lo rompamos o no. El viaje desde el aeropuerto al hotel sólo me había servido para horadar la cáscara del huevo. Y un huevo roto no se puede guardar, porque se pudre. Hay que hacer la tortilla. Así que agarré mi bolsa de viaje, tomé el ascensor y me dispuse a preparar la tortilla de mi primera impresión de Nairobi.

Al cruzar el vestíbulo del hotel, el recepcionista me cazó al vuelo.

–*Excuse me, sir, can I help you?*

–No lo sé –respondí en inglés–. Pensaba salir a dar una vuelta.

–Señor, Nairobi es una ciudad muy peligrosa para andar de noche. Si quiere salir a esta hora, tiene que ser en coche. Si me da el nombre de su guía, puedo llamarle y él le llevará. Además, él conoce los sitios interesantes para salir de noche. Él elegirá lo mejor para usted.

–¿Guía? No, yo no he venido a hacer turismo. –Agradecía el consejo relativo a la inseguridad de Nairobi, lo que por otra parte ya conocía de mis lecturas. En cambio, la sugerencia de que alguien debía dirigir mis pasos para juntarme con los demás turistas en alguna discoteca preparada para este fin me resultaba estomagante–. Y no quiero ir a ninguna parte, sólo dar una vuelta.

–Entonces debe coger un taxi. Le llevará a donde desee y después le traerá de vuelta. Yo me encargo de pedírselo.

–Bueno, gracias.

Cinco minutos después me acomodaba en el asiento trasero de un ajado taxi londinense. Pensé en cómo aquel coche debía de haber estado acariciando el sueño de su jubilación en un apacible desguace de la campiña británica hasta que se vio forzado a servir una penosa vejez trotando por las ulceradas calles de Nairobi. Yo no tenía ganas de charlar. El conductor, inteligente él, pareció entender que en la conversación no le iba la propina. Me preguntó adónde. Le respondí que por ahí. Arrancó y el paquebote rodante me sumergió en el cencio tiznado de la noche. Mientras los faros mortecinos del coche arrancaban chispazos de azabache de las figuras humanas, dispersas como un belén a medio hacer, recordé algo que había leído acerca de la ciudad:

> Sobre el cielo de Nairobi siempre zascandilea un pelotón de nubes panzudas, de las que los pintores venecianos del siglo XVII llamaban *heroicas*. Pero cuando no te deslumbra el resplandor de la «ciudad bajo el sol», las som-

bras de las nubes revelan los detalles sórdidos de *Nairobbery*[1], un pobre heraldo de las maravillas de Kenia, una olla a presión cuya válvula deseas encontrar en cuanto te sientes arrojado dentro de ella...

Como poniendo el corolario a mi distracción, el taxista habló en un inglés con muy pocas vocales. Al oído le cuesta acostumbrarse al acento de allí.

–No es bueno que un *mzungu*[2] camine solo por la noche en Nairobi. Los que caminan solos por la noche en Nairobi siempre van buscando algo. Y ese algo que buscan, seguro que usted lo tiene.

Me pareció una perífrasis fantástica para describir un asalto. Todavía estaba muy lejos de comprender la filosofía africana, que siempre viene enmascarada por aforismos aparentemente simples. Pero así comencé a entrar en lo que un cursi llamaría «la dinámica del pensamiento africano».

El coche trompicaba sobre un tejido urbano peludo, hirsuto de hierba color marengo en los pliegues y en las juntas, como si las calles descuidadas criaran vello. Junto a la Uhuru Highway, el parque era una sima amenazadora. Alguien decía que se distingue el nivel de desarrollo de un país por la iluminación de las ciudades. Nairobi era tan negra de noche que incluso los bantúes más oscuros de piel destacaban sobre las sombras de los portales, bajo las lámparas tenues de sus escleróticas amarillentas. Algunos vestían de uniforme y custodiaban tiendas o almacenes parapetados tras gruesas cancelas. Eran los *askaris*, como llaman allí a los guardas. Otras figuras se arremolinaban alrededor de pequeñas fogatas de carbón que ardían en una especie de lata metálica colgante, un *jiko*, donde cocinaban, calentaban té o café y templaban las palmas de las manos. Por la acera abierta desfilaban aislados unos pocos hombres solos, algunos con apariencia de buscar, y otros sencillamente paseando con la tranquilidad de no tener aquello que buscan quienes buscan.

1. Literalmente «Nai-robo», nombre popular de la capital de Kenia entre los anglosajones, por sus altos índices de criminalidad.
2. Extranjero blanco.

Los carteles publicitarios abrían ventanas de papel al África que uno espera encontrar allí y que no cabe en Nairobi: rostros de exótica belleza y retazos de sabana pintada de atardecer tras siluetas recortadas de elefantes. La fraseología turística al uso dibuja a Nairobi como una de las urbes más modernas y cosmopolitas de África, pero opiniones menos aplaudidas sugieren que es una de las capitales más sórdidas de África. En todo aglomerado urbano hay al menos un núcleo desde donde se bombea la sangre que corre por sus venas, donde se diría que reside su alma. No encontré ese lugar en Nairobi. Si tiene alma, debe vivir en otra parte, como el león, que es rey de la selva pero vive en la sabana.

Mi paseo por Nairobi fue como quien se sienta a ver una película y empiezan los títulos de crédito, y uno espera a que arranque la historia en sí, pero los títulos de crédito se prolongan, y se prolongan, y la acción nunca comienza, y uno llega entonces a la conclusión de que aquello no son los títulos de crédito, sino la propia película, y que no hay nada más que ver allí, así que uno se levanta de su butaca y se marcha. Cansado de títulos de crédito, le pedí al taxista que me llevara a algún lugar donde pudiera tomar una copa antes de regresar al hotel. Con la intención de inaugurar la misión que me había llevado hasta allí, le especifiqué que buscaba algún sitio frecuentado por europeos expatriados.

En pocos minutos me aparcó frente a una de aquellas puertas parapetadas tras una gruesa cancela custodiada por un *askari* con ese aspecto de haber aprendido a convivir con la monotonía y el aburrimiento de una noche más. Me vio descender del coche y abrió la cancela. El taxista dijo que me esperaría en la puerta. Pasé junto al *askari* e intercambiamos un cansino *jambo*. Me abrió la puerta parapetada detrás de la cancela y el macizo telón parapetado detrás de la puerta. Era un local siniestro, con lámparas agónicas y herrumbrosas que teñían de luz cerúlea la escasa atmósfera respirable, y donde claramente tampoco residía el alma de Nairobi. Si acaso, el cuerpo: de frente a mí, al fondo del antro, la pared oscura de terciopelo coagulado se revolvía en volúmenes femeninos, pero era difícil contar a cuántas mujeres pertenecían sin que las mismas interpretaran algún interés por mi parte. Desvié la vista a la derecha, donde yacía una barra de madera de féretro, detrás un camarero espectral disfrazado de barman del Far West, detrás varios pisos de botellas con más polvo que licor, y detrás una pared de espejos con menos azogue que cristal. A la izquierda se alineaban varias mesitas bajas con sofás semicirculares. El mobiliario del garito era probablemente lo más antiguo de Nairobi que había visto aquella noche, aunque no lo más viejo. La decoración, pretendidamente británica sobre paneles de madera mohosa, se componía de fotos enmarcadas de atracciones turísticas de Londres, lo suficientemente contemporáneas para escapar por minutos a la denominación de *vintage*, pero lo suficientemente raídas para asegurar que ninguno de los personajes retratados vivía ya.

La clientela era exigua. Junto a una de las mesitas reía ruidosamente un grupo de hombres vestidos de traje dispuestos en formación de sándwich alrededor de un relleno de negras carnes magras. Uno de los hombres era negro y se le adivinaba una mueca sardónica de anfitrión incómodo. Los demás eran blancos y voceaban en algo que sonaba a holandés o afrikaans. Uno de ellos parecía manco, pero extrañamente la manga de su chaqueta clara terminaba justo entre los muslos de la chica que se sentaba a su lado. En el extremo más alejado de la barra, dos tipos blancos rijosos con facha de granjeros se trabajaban a otras dos mujeres. Más allá, un solitario muñeco agraz y consumido con sombrero de cuero, guardapolvos de cuero, botas de cuero y cara de cuero, momificado en su taburete con el torso en ángulo de cuarenta y cinco grados sobre la barra, colgado de ésta por una mano pegada a un vaso que contenía un licor transparente. Naturalmente, el dinámico emprendedor responsable de todo aquello. La sesión de espiritismo se ambientaba con los acordes de Richard Clayderman, y por puro reflejo escudriñé la esquina del piano por ver si era el propio Richard quien interpretaba. Pero no, era sólo su traje blanco, que se movía sobre el fondo umbrío sin más rastro de persona en su interior, excepto cuando se abría, a una cuarta por encima de las solapas, una ancha sonrisa en paso de cebra. Gran gusto el del taxista, pensé. Para qué andarse con sutilezas. Cuando alguien le pide un lugar donde tomar una copa, lo último que él podría imaginar es que realmente quiera tomar una copa.

Me senté en la barra persistiendo en mi propósito de beber algo. El barman resucitó de entre los muertos y le pedí un whisky con soda. Entre el ruido de fondo de la psicofonía, distinguí con claridad una voz escalofriante que gimió: «¿Nacional o importado?». «Nacional», invoqué. Moviendo apenas un par de músculos me sirvió una botella de algo llamado Hunter's Choice. No tardó medio minuto en brotar de la pared de terciopelo coagulado una de las animadoras socioculturales del local. La mujer era preciosa, un ángel caído en aquel infierno, pero era obvio que la había maquillado un tanatopractor. Llevaba el pelo trenzado en ramilletes rematados por cuentas de cristal tallado. Calzaba unas sandalias negras de tacón de aguja y calzaba también un vestido elástico de metal plateado que le corría pegado a las curvas como el agua a las piedras de una torrentera. Se sentó en el taburete junto al mío y cruzó las piernas, algo que hubiera debido hacer con más frecuencia, pues al hacerlo removía todo el aire viciado del bar como un ventilador de techo. De inmediato su estilo de aproximación denotó el gusto por el clasicismo sin fantasías:

–¿Me invitas a una copa, guapo?

Me agité inquieto sobre mi banqueta. Siempre me han intimidado las mujeres sexualmente agresivas. Tal vez por aquello de Mariana.

–Claro, pide lo que quieras.

Como no podía ser de otra manera, pidió champán francés.

–No te había visto antes por aquí –siguió ateniéndose al guión. Decidí detener aquel rompehielos que me llevaba hacia donde no quería ir. Tal vez cambiando el rumbo de la conversación. Se me ocurrió entonces que por preguntarle no iba a perder nada.

–No, a mí no. He llegado esta noche a Nairobi. No podía dormir. Aún no conozco a nadie. Pero he oído que aquí vienen muchos europeos. Quizá me puedas ayudar a buscar a uno, un escocés anciano y pelirrojo.

–Si buscas cosas raras, pregúntale a Abraham. –Sacudió la cabeza hacia atrás–. Él te conseguirá lo que quieras.

Miré al espécimen del guardapolvos. Yo no tenía ninguna gana de preguntarle a Abraham, pero me divirtió lo extravagante del nombre para un proxeneta. Le daba una graciosa vuelta de tuerca a aquello de los pitufos.

–No, no me entiendes. Quisiera saber si ha venido por aquí alguien con esa descripción. Alto, nariz grande, labios finos...

–¿Eres un poli? No lo pareces. Lo siento, pero yo no quiero líos. –Hizo amago de levantarse.

–No, no, no. Es igual, no te vayas. Comencemos otra vez. ¿Cómo te llamas?

–Audrey.

–Bien, Audrey. Mira. Yo no busco sexo. –Torció el gesto. Me había saltado las formalidades protocolarias–. Estoy buscando a una persona y me han dicho que los europeos suelen venir aquí. No soy policía. No soy peligroso. Soy curioso, nada más. Te pagaré si me ayudas. Sólo por eso. –Le enseñé dos billetes de mil *shillings* y dejó fluir de nuevo sus olas de plata sobre el asiento. Volvió a cruzar las piernas y el aire fue entonces mucho más respirable.

–Nairobi es grande. Hay muchos europeos y van a muchos sitios. Los africanos también, y los asiáticos. Yo no puedo recordarlos a todos.

–¿Llevas mucho tiempo trabajando aquí?

–Sí, como... seis o siete años.

–¿Y antes de eso?

–¿Por qué quieres saberlo? ¿Eres de una agencia?

–¿Agencia? ¿Qué agencia? ¿Te refieres a si soy de una ONG?

–¡Ja, ja, no! –rió ante mi respuesta–. No, no es nada, olvídalo. Pues antes de eso, estaba en mi casa.

–¿Y de dónde eres?

–Pero ¿no querías buscar a alguien? Entonces, ¿por qué me haces tantas preguntas sobre mí?

–Audrey, quizá puedas tener alguna información que, sin tú saberlo, pueda servirme.

–Soy de un pueblecito cerca de Nyeri.

–¿Nyeri? ¡No me digas! ¿Eres kikuyu?

–Pues claro. Todos allí lo son.

–¿Y conoces a mucha gente allí?

–Conocía. Pero muchos ya no están. Sólo mi madre.

–Ah. ¿Y qué hace tu madre allí?

–Trabajaba recogiendo café. Pero ya no puede. Se rompió la espalda.

Ahora yo trabajo por ella. Tiene una pequeña *shamba*[1], pero no le da suficiente para comer. Por lo de la espalda.

–¿Te dedicas a esto para ayudar a tu madre?

–Bueno, sí y no. No es un mal trabajo. Me gusta dormir con los hombres que me gustan, y puedo elegir. –Utilizó ese eufemismo tan británico, *sleep*–. Y además gano dinero, voy a los clubes y a los restaurantes, al gimnasio, me compro cosas, me compro ropa, tengo un coche. No tendría nada de eso si trabajara recolectando café como mi madre. En la plantación ella tenía que doblar la espalda durante semanas para reunir ese dinero. –Señaló mis billetes con la vista–. Pero nunca llegaba a juntar tanto, porque se gastaba según lo ganaba. Y tú, ¿en qué trabajas?

–Soy periodista. O lo era, al menos. He dejado mi trabajo para venir aquí.

–¿Aquí, al Victoria Station?

–¡Ja, ja! No, aquí, a Kenia.

–Así que no has venido de vacaciones, ni por negocios.

–No. Como te he dicho, he venido a buscar a alguien.

–¿Y quién es el que buscas?

–Mi abuelo.

–¿Tu abuelo? Mis abuelos murieron cuando yo era muy pequeña. La gente del campo no vive mucho. Por eso cuido a mi madre, para que no tenga que trabajar y viva muchos años.

–Así tu madre verá crecer a sus nietos, algún día.

–No, yo no tendré hijos –afirmó tajante.

–Oh. Ya veo. ¿Y qué hay de tu padre?

–No está –aún más tajante.

–Entiendo. –Tuve la sensación de estar agotando el repertorio de las preguntas inoportunas. Cambié de tema–. Y dime, ¿te gusta Nairobi?

–No sé. No conozco otra ciudad. Mi abuela estuvo una vez en Nairobi cuando yo era pequeña. Era la primera persona de mi familia que venía aquí. Cuando volvió a casa y le preguntamos cómo era Nairobi,

1. Granja.

respondió que no lo sabía. No había podido verlo porque habían construido demasiadas casas encima y estaban demasiado juntas. Para mi pueblo tiene valor la tierra, no lo que construyen encima.

–Para mi pueblo la tierra sólo tiene valor cuando le ponen algo encima, preferiblemente con armarios empotrados y plaza de garaje.

–¿De dónde eres?

–De España.

–¡Aaaah, España! *Molto piacere di fare la sua conoscenza, ragazzo.*

–No, eso es italiano. Pero es igual, con frecuencia nos confunden. ¿Hablas italiano?

–En este trabajo se aprenden idiomas. Cuando hay un congreso importante en uno de los hoteles del centro, el Victoria Station parece la ONU. Tendrías que ver cómo se pone esto. Y tendrías que ver a Thomas sirviendo copas entonces; parece una metralleta.

–Sí, debe de ser digno de verse.

–Pero sólo aprendo frases que sirven para ligar. ¡No me servirían para entablar conversación en el tren si mi compañero de asiento es un cura italiano! –Rió con picardía. Al sonreír, su dulzura vencía a la tanatopraxis por goleada. Ahora íbamos por buen camino.

–¿Viajas mucho?

–De Nairobi a Nyeri, y de Nyeri a Nairobi. No he tenido tiempo de viajar a otros lugares. Algún día lo haré, cuando deje este trabajo. Pero aunque no lo creas, soy una chica muy tímida cuando no estoy trabajando. Me siento muy perdida cuando estoy sola entre gente extraña en un lugar desconocido. Algún día. Tal vez a España. ¿Es bonito tu país?

–Mucho. Seguro que has visto Barcelona por la tele. Los Juegos Olímpicos. Hay muchos atletas kenianos allí ahora.

–¡Claro, Barcelona es España!

–Ejem, bueno... Según para quién. Ése es un asunto complicado para explicarlo, y más en inglés. Ya ves, al final mi inglés, como tu italiano, sólo da también para frases que sirven para ligar.

Ella rió sin teatro, con un risoteo limpio de niña traviesa. Habíamos conseguido que el rompehielos evitara las aguas sórdidas. De repente el traje animado que tocaba el piano se arrancó con *Moonriver*, la de *Desayuno con diamantes*. Audrey se levantó de un respingo.

–¡Oh, me encanta! ¡Ven! –Me agarró de la mano y me arrastró hacia la esquina del piano.

Al acercarme al traje que tocaba el piano pude constatar que había un ser humano dentro. Al mirar a Audrey abrió los labios y mostró su sonrisa de paso de cebra. Era un hombre grueso con facciones globosas de manzana encerada, como esas enormes caras de payaso por donde entra un trenecito en las ferias. Para el Sam de *Casablanca* le faltaban una tintorería y un protésico dental. Parecía agradable, casi paternal. Audrey se acodó en el piano frente a él y comenzó a cantar. Lo hacía bien. Le daba un aire de *blues* a la canción que resumía toda la tristeza de una chica sentada en el marco de una ventana, o apoyada en el piano de un garito, sin más amigos que los que vienen moviendo los bigotes a por su plato de carne, y sin más futuro por delante que pasado por detrás. Mientras el último verso arañaba su garganta, me rodeó la cintura con el brazo animándome a bailar, pero me acobardé. Hubiera resultado como incrustar a un pregonero en un coro de voces blancas. Para eludir la obligación de hacer el ridículo preferí seguir hablando.

–¿Te llamas Audrey por ella?

–No ha habido otra como ella. He visto esa película cientos de veces. ¡Ah, por cierto –se giró hacia el pianista–, Abraham, te presento a...! ¡Pero si aún no me has dicho cómo te llamas!

–Curro. Me llamo Curro.

–¿Curro? Abraham, éste es Curro. Curro, éste es Abraham, el dueño de todo esto y mi ángel blanco de la guarda.

Nos estrechamos la mano. Así que Abraham era el jovial pianista, no el mequetrefe repujado del extremo de la barra. Me preguntaba quién sería aquel personaje, cuando lo vi pasar junto a nosotros colgado de dos chicas que casi lo llevaban en volandas. Como señal de despedida movió la comisura del labio en dirección a Abraham y Audrey, y se encaminó hacia la salida. Audrey le saludó con la mano.

–¡Adiós, CJ! Es CJ –me susurró con gran entusiasmo y orgullo, como quien presume de coche nuevo.

–¿CJ? ¿Y quién es CJ?

–¡Pues CJ! ¡Quién va a ser! ¡CJ! ¡CJ Blaster! ¿No? ¡No puedo creerme que no le conozcas! ¡Pero si es una estrella! –Su estupefacción casi superaba a la mía.

–No he tenido el gusto, pero como sabes acabo de llegar a Kenia.

–¿No le conocéis en España?

–Me temo que no tenemos ese privilegio. Al menos yo. ¿Qué hace?

–¡Canta! ¡Está en el top de las listas de ventas! ¿De verdad no lo has oído? –Comenzó a canturrear un rap bastante lascivo–. *Rip off your dress, oil up your breast, sit on my face, spread out your grace… I'm going downtown, to your body*[1]… ¿Nada?

–Pues no, pero en adelante estaré más atento. Está claro que el chico tiene talento.

–Viene mucho por aquí. Es budista, ¿sabes? Habla muy poco, y casi siempre en *sheng*, un dialecto de la gente joven de aquí. Se sienta en la barra sin hablar con nadie durante horas, bebiendo sólo agua. Dice que para meditar. Luego elige a algunas chicas, se las lleva a su mansión de las afueras y no las deja salir en varios días. Pero paga como por un mes de trabajo. Es muy espléndido.

–¡Qué monstruo! ¿Y alguna vez te ha elegido a ti?

–No preguntes… ¡Eres muy indiscreto! –Sonrió con diablura. Tenía razón. Me di cuenta de que, una vez habíamos conseguido liberarnos del estricto protocolo comercial, yo charlaba con ella como uno lo haría en cualquier bar con cualquier chica. Pero un tonteo con una prostituta era un sinsentido.

Fue entonces cuando comprendí algo en lo que no había reparado antes. Se hacía evidente que Audrey no era una fulana callejera presurosa por aplacar un calentón y pasar la cuenta. Tenía modales, podía elegir a sus clientes, su chulo era menos chulo que yo. Era una prostituta de lujo, y en aquel local cetrino no se amorcillaban camioneros macerados en alcohol, sino ídolos del rock, ejecutivos libidinosos y congresistas extranjeros. A pesar del sedimento de mugre y del ambiente cadavérico, el Victoria Station era un local de alto standing. El taxista me había elegido un club muy exclusivo, donde probablemente una

1. «Rásgate el vestido, lubrícate el pecho, siéntate en mi cara, abre tu gracia… Voy a bajar al centro de tu cuerpo.»

piel clara bastaba como carnet de socio. Comencé a entender que ser blanco en Kenia permite franquear muchas puertas sin siquiera percatarse de que existen.

De pronto Audrey me sacó de mi ensimismamiento.

–¿Te quedarás mucho tiempo en Kenia?

–Depende de lo que tarde en encontrar a mi abuelo. Vivo o muerto.

–¿Y por qué le buscas? ¿Te debe dinero?

–No, en realidad le busco para… encontrarle. No estoy seguro, por eso quiero encontrarle, si es que sigue vivo. No le he visto desde hace catorce años. Lo único que sé de él es que probablemente tenía una granja cerca de tu ciudad, Nyeri, y que hace muchos años se alojaba en el hotel Norfolk.

–Yo no puedo ayudarte. Pero si iba al Norfolk, seguro que Ian le conoce.

–¿Ian?

–Un viejo muy simpático. Es pintor. Vende cuadros en el Norfolk. Es australiano, o algo así. Lleva muchos años yendo por allí. Conoce a todo el mundo. Viene por aquí alguna vez. Toca el ukelele y es muy divertido.

–¡Ian! ¡Gracias, Audrey! Eres un encanto. Me has sido de gran ayuda. –Deposité en su mano los billetes.

–Si quieres, te puedo acompañar a tu hotel. No te cobraré más.

Un amigo que tuve decía que nada le sube tanto la autoestima a un hombre como que una prostituta quiera acostarse gratis con él. Mirando a Audrey, sus grandes ojos negros apuñalados por un maquillador psicópata, pensé que para una mujer como ella el simple hecho de encontrar a un hombre que no la tratara como a un urinario público podía ser motivo suficiente para acostarse con él. Tal vez debí haber aceptado su oferta, pero la rechacé. Se me hubiera cortado la digestión de la tortilla. Saqué otro billete de mil y lo puse en su mano.

–Éste es para tu madre. Adiós, Audrey.

Ignoraba si realmente tenía una madre inválida en Nyeri. Con que pudiera ir otro día más a los clubes y comprarse algo de ropa me di por satisfecho. Me puse en pie, pagué las copas y me dirigí hacia la puerta. Antes de salir sentí el impulso de girarme para saber si me miraba o si se aprestaba al acecho de una nueva presa. Me miraba. Se levantó y se acercó a mí mientras yo agarraba el telón de la puerta.

–Makena.

–¿Cómo?

–Makena. Mi verdadero nombre es Makena. Sólo soy Audrey para los que me pagan por dormir conmigo.

Mi amigo podía opinar lo que quisiera. Creo que el verdadero halago es que una mujer tan hermosa y que firma sus citas con seudónimo te invite a llamarla por su verdadero nombre. Hasta el roce social menos ceremonioso tiene sus normas de cortesía, su código de honor.

Códigos populares de honor. Con esta expresión mi abuela me explicaba qué significaba aquello de la *Cavalleria Rusticana*, que a mí me sonaba al Séptimo de Caballería. Fue el día que Vicente irrumpió en mi cuarto pidiéndome que fuera a ver a mi abuela a su habitación. Yo aún cumplía castigo por aquello de Mariana y el Curatronic. Llevaba varios días sin poder salir al jardín, y un niño de campo enclaustrado entre cuatro paredes con el verano dorando los montes, las bicicletas engrasadas y las piscinas cloradas, es como un pez martillo en el lavaplatos. Mi espacio vital reflejaba los coletazos del condenado, juguetes reventados en cada porción de suelo y ropa centrifugada por todos los rincones. Mi madre me había advertido que no saldría mientras no recogiera todo aquello, y yo mantenía que no recogería todo aquello mientras no me dejaran salir. Creía firmemente en mi inocencia, y confiaba en que, si no me liberaban antes, la previsible entrada en vigor de la nueva Constitución unos meses más tarde ampararía mis derechos frente a la arbitrariedad de la dictadura paterna. Cuando aquella mañana Vicente me anunció el vis a vis con mi abuela, interpreté aquella novedad en mi rutina carcelaria como la señal de una inminente amnistía.

Me produjo una incierta sorpresa encontrar a mi abuela metida en cama. Ella nunca había estado enferma. Caminé desconcertado hasta su cabecera mientras me resignaba a descartar que aquella reunión tuviera relación con mi cautiverio. Estaba muy desmejorada y no sonreía, algo que le hacía parecer otra persona. Su rostro tenía un sombreado purpúreo que velaba la luz de sus ojos y le confería una expresión de dureza glacial. Sólo años más tarde, recordando aquella imagen grabada en mi memoria, fui capaz de asociar aquel gesto con el dolor. Un vago temor me extrajo de mi autocompasión, pero en lugar de interesarme por su estado, temiendo que fuera el disgusto lo que mantenía a mi abuela en aquel estado, solamente acerté a preguntar:

–Abuelita, ¿estás enfadada conmigo?

De inmediato una sonrisa templó su semblante y rasgó la sombra púrpura, pero sólo hasta la nariz. Sus ojos no sonreían.

–No, Currito, tesoro. ¿Cómo voy a estar enfadada contigo? Ven aquí y dame un beso.

Me lo dio ella, y no uno, sino una ráfaga completa. Cuando separé mi cara de la suya tenía la mejilla húmeda. De lágrimas. Sus lágrimas.

–¿Por qué lloras, abuelita?

–Mira, Currito. Te había comprado esto para tu cumpleaños. Prefiero dártelo ahora, porque tal vez para tu cumpleaños yo esté fuera, de viaje.

–¿Y adónde te vas?

–Bueno, aún no sé si me iré, ni cuándo. Ni adónde. Pero por si acaso.

Me entregó un paquete rectangular que tenía sobre la mesilla. El envoltorio llevaba dibujos de gatos que jugaban con ovillos de lana. Por un momento no supe qué hacer. La miré a los ojos como esperando el siguiente movimiento.

–¡Vamos, ábrelo! Es tu regalo.

Desgarré el papel y descubrí el contenido. Era un libro. *Born free*, de Joy Adamson. Un león ilustraba la portada. Comprendí que era la historia en la que se inspiró la serie *Nacida libre*, que por entonces o poco antes habían emitido por televisión. Me encantaba aquel telefilm melifluo sobre una pareja que criaba a una leoncita huérfana llamada *Elsa* en las ásperas sabanas de Kenia. Aquel libro era uno de los mejores regalos que me habían hecho nunca.

–¡Toma! ¡Gracias, abuelita! Pero... está en inglés.

–Sí, no pude encontrar una edición en castellano. Pero mira, lleva fotos de leones, que sé que te gustan mucho. Y como estás aprendiendo inglés en el cole, poco a poco lo podrás ir leyendo y entendiendo, hasta que un día lo puedas comprender entero. Quiero que conserves este libro siempre para ti, que le pongas tu nombre y no lo pierdas nunca, y que te acuerdes de mí siempre que lo leas. Debes guardarlo para ti, porque este libro no deben leerlo quienes no entiendan de leones. Sólo los que sepan de leones pueden leerlo. ¿Entiendes?

–¿Y mi abuelito?

–Exactamente. Tu abuelito también. Si algún día le ves, quiero que se lo dejes para que él también pueda leerlo. ¿Me prometes que lo recordarás?

–¿Alguna vez veré a mi abuelito?

–No lo sé, Currito. Pero algo me dice que así será, algún día. ¿Me prometes que entonces le dejarás tu libro para que lo lea?

–Te lo prometo. Pero ¿por qué el abuelito no está contigo?

–Pues... es un poco complicado. Pero a veces la vida no nos lleva por donde queremos. ¿Te acuerdas de aquel día en La Pedriza, que queríamos subir a una roca muy alta, pero no pudimos subir porque no encontramos por dónde?

–Sí.

–Pues la vida tiene esas cosas. A veces sabemos adónde nos gustaría llegar, pero no hay camino para llegar hasta allí. Tenemos que conformarnos con quedarnos donde estamos, y mirar la roca desde lejos. Hace muchos años, cuando tú no habías nacido, tuve un amigo que decía que todos somos ovejas, y que es el pastor quien decide adónde vamos, aunque creamos ser nosotros los que decidimos. Pero tampoco importa demasiado, porque lo que de verdad a mí me hacía sentirme feliz aquel día es que tú venías conmigo. Cuando una llega a mi edad, lo más importante es descubrir que dejas personas detrás de las que puedes sentirte orgullosa. ¿Lo entiendes?

–Pues... no sé. Creo que sí. Yo también estaba feliz de ir contigo, abuelita. Pero volveremos a salir al campo cuando te pongas buena, ¿no?

–Dondequiera que vayas, Currito, yo iré siempre contigo. Y cuidaré de ti.

Me acarició la cabeza. Yo no entendía nada de todo aquello, pero no quería decepcionarla porque intuía que estaba hablando de cosas importantes. Solamente alcanzaba a comprender que, si mi abuela estaba triste, algo verdaderamente horrible debía de estar en ciernes, y yo no estaba capacitado para asumir nada verdaderamente horrible. De pronto algo sucedió que consiguió subirle la sonrisa hasta la barrera de los ojos.

–¡Oooh, qué preciosidad! ¿Podrías por favor subir el volumen?

Yo ni siquiera había reparado en la tenue música que brotaba de un aparato de radio que mi abuela tenía sobre la cómoda. Hice lo que me pedía y un mullido oleaje de violines inundó la habitación con un flujo y un reflujo de notas que caían como el vaivén de una pluma. Aquello escapaba a mis cortos conocimientos musicales que apenas se remontaban a los primeros Beatles, pero me pareció una composición muy dulce, casi demasiado para entrar en el ámbito de intereses de un masculino capitán de comandos. Me quedé mudo, deslizándome por la sedosa topografía sonora del *intermezzo* de Mascagni que invadía la amplia estancia con su cadencia satinada, tratando de domar el encrespamiento del vello de mis brazos sin que mi sensibilidad quedara en evidencia ante mí mismo. Miré a mi abuela. Sonreía con la mirada perdida en otra década. Entonces cerró los ojos, seguramente para impedir que la luz de 1978 se filtrara en el desván de sus recuerdos. Al cerrar los párpados, una lágrima se le desbordó por la comisura.

–¡La *Cavalleria Rusticana*! ¿Sabes de qué habla? No tiene nada que ver con caballos rústicos, no creas. Habla de... de honestidad, ¡de nobleza! De códigos populares de honor. De cómo las personas, todas las personas, ricas o pobres, cultas o analfabetas, nos vemos abocadas a cumplir con unos principios que son más importantes que nosotros mismos, aunque no entendamos por qué. Será por lo de las ovejas y el pastor. ¿Sabes? Ésta es la música que tocaba tu abuelo, con su violín, su frente al viento del atardecer y su falda dando bandazos a un lado y al otro como una campana en día de fiesta. Nadie toca esta música como la tocaba él. Nadie, nadie...

Supe entonces que mi abuela no hablaba ya conmigo, sino con alguien que habitaba en un lugar en el que ella se había perdido, tal vez aquel pastor al que se refería y al que yo no sabía ponerle cara. Lentamente se durmió y los nudos de su rostro contraído se aflojaron. De repente fue de nuevo Grace Kelly, como en las fotos de su cómoda. Me sentí derretir por dentro con aquel libro de leones entre las manos. Cuando salí de la habitación de mi abuela tuve que sorberme los mocos, y al entrar en mi cuarto cerré de un portazo y corrí a sofocar el irrefrenable goteo de mis ojos hundiendo la nariz en la almohada.

13

MARIPOSAS DE PIEDRA

Sólo unos pocos días después, mi castigo se dio por concluido. Durante mi reclusión me había figurado aquel momento como la fiesta más voceada en la historia de Lux Domini desde el nacimiento de mi hermana. Me revolcaría por el suelo para llevarme toda la cubierta vegetal del jardín prendida en el pelo, pedalearía como las aspas de un helicóptero hasta hacer sangre a las ruedas de mi bici, me bebería la piscina del colegio con cloro y avispas y sospechosas corrientes calentitas y todo, y hasta con gusto correría al pueblo a comprar el pan, incluso sorteando metros y metros de lengua de Mariana tapizando las calles y chorreando baba viscosa como aquella maleza de *La guerra de los mundos*. Invitaríamos a todo el barrio. Instalaríamos una piscina de gominolas en el patio. Encenderíamos una hoguera del tamaño de la cruz del Valle de los Caídos, asaríamos leones enteros y los presentaríamos trinchados con remos, sobre tablas de surf y con un cordero a la brasa entre las fauces. Diez lacayos con librea portarían sendas mangueras de Coca-Cola que llovería sobre los invitados durante todo el festejo. Serviríamos los manjares en mesas de chocolate, y después de comernos los manjares, nos comeríamos las mesas. Colocaríamos una enorme cama elástica en el jardín para que los invitados pudieran llegar hasta sus casas de un simple salto.

Pero no fue así. Cuando mi madre proclamó el edicto de mi liberación, no hubo abrazos emocionados ni jolgorio de reencuentro, sino sólo el anuncio de que ella, mi padre y mi abuela tenían que marcharse por unos días, y Vicente se quedaba al cuidado de la casa y de sus habitantes, humanos y canino. Nunca antes se habían ausentado los tres al mismo tiempo. Además del hecho de que mi indulto obedecía solamente a un vacío de poder, y no al reconocimiento de mi inocencia o al menos de la expiación de mi culpa, era incuestionable que algo extraordinariamente grave estaba ocurriendo.

Unos días después, desembarcó en Lux Domini Victoria, la hermana de mi abuela, una señora estirada en hilo de acero rematada por un moño tallado en sílex. Se acomodó en la casa junto con dos asistentas que viajaban con ella y que asumieron las tareas domésticas cuando Vicente también se ausentó. Durante los días siguientes, un clima plomizo se apoderó de nuestro hogar. Victoria y mi madre, que regresaba esporádicamente, se turnaban para tomar los mandos y mantener la autoridad en régimen de servicios mínimos, pero los cambios de guardia se sucedían sin que nos diéramos cuenta y todo se hacía en silencio y con extrema lentitud, fotograma a fotograma. Se presagiaba un final, un desenlace que a mi entender dejaría las cosas tal como solían ser antes de todo aquello, porque cuando preguntaba a mi madre por la causa de tanta anomalía, ella se limitaba a susurrar: «Nada, son cosas de familia, no te preocupes».

Y el desenlace llegó. Mi padre, mi madre y Vicente regresaron para quedarse. Mi abuela jamás volvió a casa. Ella se llevó las sonrisas, la tez rosada de mi madre, el ímpetu de mi padre y algún muelle que antes debía de sostener la cabeza de Vicente en alto sobre sus hombros. Se llevó las carreras alocadas de *Cientocinco* patinando sobre los adoquines del patio. Se llevó el ruido, la música y los paseos por el monte, y el murmullo reconfortante de la televisión sobre el rumor de los grillos. Se llevó el verano. Guardo un recuerdo más vívido de cómo esa abrupta transformación se afincó tan rápidamente en nuestras vidas que de cómo se produjeron los cambios. ¿Qué palabras utilizó mi madre para explicármelo? ¿Cómo llegamos a enterarnos de los detalles? ¿En qué momento se decidió que se habían acabado las luchas con globos de agua, las reuniones de domingo con sangría y limonada, los aperitivos del sábado en La Posada, los trasnoches de charla y aventura cuando la tele ya sólo daba nieve, las partidas de cartas con señas ilegales, las manifestaciones pro construcción de una piscina y los manguerazos de Vicente contra los manifestantes, los juegos de pelota sin nombre ni reglas definidas, la inspiración cubista de mi hermanita con mis piezas de Lego, los paseos de paquete en el ciclomotor de mi hermano? ¿Cómo fue? Llantos, condolencias, familia que vino, funerales, entierro, familia que se fue. Victoria se llevó a sus asistentas y Vicente tuvo que recuperar sus tareas, aunque le resultaba difícil ocuparse de todo cuando necesitaba siempre una mano libre para secarse las lágrimas. En mi memoria todo aquello no es más que una gran caja negra y amorfa, sin contornos ni cronologías, como un trozo de película velada que se interpone en el transcurso de la proyección, un fundido a negro sobre un incómodo encuadre vacío, mudo e inmóvil.

Hasta que, un día, apareció él.

Llegó precedido por el timbre de la puerta, un breve intercambio de voces lejanas con Vicente y dos juegos de pasos sobre la tarima del salón. Bajo dos sombrillas en el patio empedrado, mi madre me ayudaba con los deberes escolares de verano, mientras mi hermana Isabel trataba de perforar un túnel a través de la red de su parque.

–Señora Clara, viene a presentarle sus respetos el señor… el señor…

–Hamish. Hamish Sutherland. Ello es un placer a conocer usted. –Se adelantó y besó la mano de mi madre. En cuanto escuché aquel nombre, el bolígrafo se me escapó de la mano y mi cuello giró automáticamente hasta exprimirme las cervicales–. Yo era un amigo de su madre, doña María Eugenia.

Mi madre tardó en reaccionar. Abrió la boca alrededor de alguna palabra hueca que se negaba a salir. Entonces no comprendí por qué no explotaba en una efusiva bienvenida a aquel dios mitológico que nos honraba con su presencia. Ahora no comprendo cómo consiguió siquiera hilar una frase congruente.

–No, ella no era mi madre, sino mi suegra, señor Sutherland.

–Hamish, por favor, Hamish. Yo deseo a expresar mi más profunda pena por el deceso de su suegra. –Exhibió un enorme ramo de flores.

–Muchas gracias… Hamish. Es un ramo muy bonito. No tenía que molestarse. Pero siéntese, por favor. ¿Quiere usted tomar algo? ¿Un café, un refresco…?

–No, muchas gracias, ello es muy amable de usted. Yo no quiero a disturbar.

–Vicente, por favor, ¿podrías...? –Vicente recogió las flores y se alejó hacia la cocina.

Ambos quedaron sumidos en un violento silencio. Yo no sabía si podía o dejaba de poder, si debía o dejaba de deber, pronunciar palabra, pero en cualquier caso la emoción me había atrancado una monstruosa flema en la garganta. Incluso teniendo en cuenta que aquel hombre se había equivocado por completo en su aspecto, que no concordaba lo más mínimo con su fiel retrato en mis dibujos, su presencia allí, en mi casa, era más improbable que la del propio Félix Rodríguez de la Fuente, que al fin y al cabo era de Burgos. El pelo y la barba rojos sí respetaban los estándares del geypermán aventurero, pero la vestimenta era ridícula. Llevaba un traje de chaqueta oscuro como el que se calzaba mi padre cada mañana para ir al juzgado, y una corbata de ejecutivo de Galerías Preciados. No había atuendo más absurdo para un cazador de leones. ¿Dónde estaban las cartucheras, el chaleco de mil bolsillos, el sombrero de fieltro con banda de leopardo, el rifle?

De pronto sus ojos se clavaron en mí, y sonrió sin labios hasta casi tocarse la nariz con el mentón.

–¿Ellos son sus niños? ¡Ellos son adorables!

Decidí pasar de largo el hecho de que un héroe superviviente de la selva utilizara la palabra «adorables». De todos modos era escocés y parecía tener dificultades con el español, lo que se notaba sobre todo en el empeño que mostraba en enfatizar las «t», las «d» y las «r». Entonces hablé.

–Hola, yo soy Curro.

–¡Curro! ¡Qué un bonito nombre, tan español!

–Sí, soy español, je, je –reí con tontuna y de inmediato reconocí haberme precipitado hacia la estupidez más apabullante. Él tuvo la gentileza de reflotar mi patosa introducción.

–Y yo soy escocés, pero yo no he estado a Escocia por muchos, muchos años. Yo vivo en África.

–Sí, lo sé, mi abuela me habló mucho de ti.

–Oh, ¿realmente? ¿Ella habló a ti de mí? ¿Y qué dijo ella?

–Que tocabas el violín en la tormenta, eso de la caballería... Que lo tocabas muy bien. Y que llevabas falda, y que cazabas leones, y que...

–Curro, vas a agotar a este señor, que ha hecho un viaje muy largo. –Mi madre no lograba disimular su incomodidad–. Anda, sube a tu habitación un rato, que tenemos que hablar de cosas de mayores. Dígame, ¿se quedará mucho por aquí?

–No, absolutamente no, yo no quiero a disturbar. Yo sólo quiero a presentar mis respetos. La hermana de su suegra, doña Victoria, escribió a mí con las noticias del deceso de doña María Eugenia. Yo habría gustado de estar aquí por el enterramiento, pero donde yo vivo yo tengo que viajar una gran distancia para coger mi correo.

–Sí, Victoria me dijo que le había escrito, pero nunca pensé... Curro, ¿harías el favor de subir a tu habitación?

–No preocupe, yo comprendo, yo comprendo. Yo sólo deseo a visitar su tumba y entonces yo marcharé.

–Y dígame, ¿tiene dónde alojarse? En esta casa tenemos habitaciones de sobra. ¡Curro, te he dicho que subas y no te lo voy a repetir otra vez!

–No preocupe, yo estoy en un hotel cerca. –Me miró de nuevo para socorrer a mi madre en su intento de desalojarme–. Adiós, Curro. Nosotros veremos más tarde.

–Sí, adiós.

Con inmenso pesar y los brazos colgando, me levanté y arrastré los pies hacia la casa. Me parecía inmensamente injusto que a mi hermana se le permitiera asistir a aquella escena sólo por el hecho de que no fuera capaz de comprender una sola palabra en una conversación entre humanos adultos. Sin embargo, nada podía arrebatarme la emoción. ¡Mi abuelo estaba en casa! Corrí a mi cuarto a reunir todos mis dibujos de leones para enseñárselos. Desconozco de qué hablaron él y mi madre cuando se quedaron a solas. No pude inmiscuirme de nuevo hasta que mi padre regresó del trabajo, pero entonces fue el tono grueso de voz el que atrajo mi curiosidad. Como sabía que si hacía acto de presencia en el patio sería despedido por segunda vez, me quedé sentado en la escalera aguzando el oído para tratar de seguir el hilo del diálogo. Mi padre exclamaba con rudeza, pero cómo se ha atrevido, después de tantos años, es que no tiene vergüenza... Bajo esa rotunda melodía sonaba la débil tonadilla de mi madre: Fernando por favor, Fernando por favor. A Hamish no le oía en absoluto. La escena concluyó con los pasos de mi padre y sus imprecaciones aumentando de volumen hacia donde yo me encontraba, momento que aproveché para hacer mutis por el foro y huir escaleras arriba a refugiarme en mi cuarto. Cuando nos llamaron a cenar, Hamish había desaparecido. Después del postre no se encendió la televisión. Esa noche mis padres se quedaron discutiendo en el salón hasta muy tarde, y sus voces asordinadas por varias capas de ladrillo y piedra acompañaron mis inquietos cambios de postura en la cama hasta que el agotamiento venció a la bulla.

Supongo que el pacto que nació de aquella rigurosa disputa fue uno de tolerancia gélida sin concesiones a la cordialidad, aunque sin agresiones verbales. Durante el tiempo que Hamish se quedó con nosotros, ésa fue la actitud de mi padre hacia él, una hostilidad que yo creía entender si el motivo para ello era que Hamish no había permanecido a su lado cuando él era pequeño. Imaginaba yo su infancia maltrecha de viñetas vacías donde siempre faltaba el personaje del padre, una sola mano para auparle sobre los charcos, nadie para abrirle los botes de mermelada demasiado apretados y siempre tener que hacer pis en el lavabo de señoras. No sería consuelo para todo eso fantasear con un lejano padre explorador cazando leones en África, sobre todo por no poder estar presente allí con él haciendo de Mosquetero, ayudándole a rastrear o llevando la munición, como hacía Rocco con su padre cuando marchaban de cacería.

A la tarde siguiente era sábado y mi padre no trabajaba. Mi hermano había salido a jugar su partido de fútbol semanal y mi madre entró en mi cuarto después de la siesta para decirme que mi hermana y yo nos quedábamos al cuidado de Vicente, pues ellos debían acompañar al señor extranjero a hacer unas cosas. Pregunté cuáles eran esas cosas y mi madre me explicó que iban al cementerio a visitar la tumba de mi abuela. Pedí que me llevaran con ellos, pero se negó. Ante su negativa insistí sin éxito, hasta que mi padre apareció en el quicio de la puerta anudándose la corbata y dijo: «Clara, déjale que venga si quiere. Ya es mayor. Pero arréglate, ¿de acuerdo, Curro?». Exultante, troté hasta la ducha, me lavé, peiné y vestí. Cuando bajé al salón, Hamish había llegado con el mismo traje del día anterior y otro ramo de flores. Los tres me esperaban en el umbral. Sólo uno de ellos sonrió a mi encuentro. Mientras mi padre nos conducía al cementerio, decidí refrenar mi impulso de achicharrarle a preguntas sobre África y los leones. No quería incomodar a mis padres y, dado el propósito de aquella visita, temí que fuera inoportuno hablar de asuntos frívolos como aquéllos.

El cementerio, aún soleado a aquella hora de la tarde, se apelmazaba en su quietud acompasada al canto de las chicharras. Al acercarnos a la sepultura de mi abuela, mi madre nos retuvo por los brazos a mi padre y a mí. Con un ligero movimiento de cabeza nos indicó que dejáramos a Hamish solo ante la lápida. Él se adelantó con andar trémulo, estrujando las flores que despedían pétalos bajo sus pasos. Se quedó parado frente al mojón de piedra. Sus hombros se agitaban arriba y abajo. Miré a mis padres. Ella contenía un ademán compasivo en su forzada impasibilidad, mientras con mezcla de condescendencia y desprecio, mi padre entreabría una mitad de la boca, por la que murmuró «puro teatro» cuando Hamish se postró de rodillas ante la tumba con la cabeza desmoronada sobre su pecho. Quitó un hatillo de flores ya marchitas del recipiente que las contenía y en su lugar puso las que había traído. De pronto se echó mano al bolsillo interior de la chaqueta y sacó algo. Era un sobre blanco y pequeño. Lo sostuvo unos instantes mientras susurraba algo mirando la losa de granito. Luego introdujo el sobre en el agua del jarrón donde había puesto las flores. Al observar tan extrañas manipulaciones, mi padre quiso aproximarse a él, pero mi madre le detuvo. No le di ocasión de hacer lo mismo conmigo; cuando Hamish se incorporó y quedó absorto en su reflexión, o en su oración, o en su simple desconsuelo, corrí a su lado y le agarré de la mano. No sé qué fue lo que me movió a hacerlo, si es que el enternecimiento que me produjo aquella escena, que mi padre creía puro teatro, no era suficiente razón. En todo caso él me lo agradeció con una sonrisa, y entonces me dijo:

–Nosotros vamos ahora. Ya todo está bien.

De regreso a casa no hubo más palabras que las de mi padre, áridas y afiladas, cuando preguntó:

–Ahora que ya ha visitado la tumba de mi madre, ¿tiene algo más que hacer por aquí, señor Sutherland?

–No, no, nada más. Yo ya marcharé mañana.

Me pareció escuchar un liviano suspiro, aunque tal vez fuera un ruido del motor del coche.

Al ascender la rampa de Lux Domini, mi madre se volvió hacia mí y me dijo:

–Curro, tú quédate en casa, que nosotros vamos a acompañar al señor Sutherland hasta su hotel.

De repente me horrorizó la perspectiva de perder la que se perfilaba como única oportunidad de compartir con aquel aventurero mis dibujos y sus historias. Perdí al instante el miedo a resultar incorrecto y comencé a gimotear como un gato enrollado en un eje sin engrasar.

–¡No, porfa, mamá! ¡Tengo que enseñarle mis dibujos de leones a Hamish! ¡Por favor, por favor, por favor, por favor!

Resoplando, mi padre se dio por vencido.

–Venga, déjale. Luego le acerco yo.

Atardecía cuando arrastré a Hamish escaleras arriba hacia mi cuarto. Él se dejó llevar por mi espontaneidad, aliviado de la tirantez a la que le había sometido el trato con mis padres. Entramos en mi habitación y cerré la puerta. De un salto reboté sobre la cama y me lancé hacia el cajón de mi mesa, donde guardaba mis dibujos, y después brinqué de vuelta al borde de la cama. Él tomó la silla de mi escritorio, se sentó con un graznido de cansancio y encendió una pipa.

–Mira, éstos son mis dibujos de leones. ¿Te gustan?

–¡Pero claro, tus dibujos son muy bonitos! Pero y este hombre, ¿ello soy yo?

–Sí, eres tú, pero creo que te he dibujado mal, porque no vas vestido así. –Arrugué el morro en actitud compungida.

–¡No, no, no! ¡Ello está perfecto! Tú has dibujado mi barba muy bien, yo tengo una barba. Y el traje está perfecto. Yo no voy vistiendo como él aquí, pero yo sí hago cuando yo estoy en mi casa, en África. –Planchó el gesto con formalidad ceremoniosa–. Un buen *rover* debe saber siempre cómo a vestir para cada ocasión.

–¿Un qué?

–Un *rover*... Un... explorador.

–Aaah. Pero creo que he dibujado mal el paisaje, porque mi abuelita me dijo que el león es el rey de la selva pero vive en la sabana. Y aquí he dibujado una selva con muchos árboles, pero en la sabana no hay tantos.

–Tu abuelita estaba muy correcta. Pero algunos leones también viven en la selva. Aunque tú dibujas a mí con un rifle, yo no soy un cazador. Pero una vez sí yo maté un león. Justo una vez. Y ello fue en la selva.

–¿Así que de verdad cazaste un león? ¡Cuéntamelo, por favor, cuéntamelo!

–Mmmm... Yo tengo a pensar y esa historia yo cuento a ti otro día. Pero en cambio yo cuento otra historia de África.

–¡Sí, cuéntame!

–Una vez sobre un tiempo había un colono...

–¿Qué es un colono?

–Hummm... *Settler*... Un hombre que pone su casa en un territorio salvaje y desconocido, donde todavía hay ningún tren, ni correo, ni una ciudad.

–¿Y qué hace el colono allí? ¿Caza?

–Sí, también. Pero él, pues él cultiva la tierra, o él tiene vacas.

–Aaah. Sigue.

–Bien, entonces él era un colono quien tenía una granja en el ecuador.

–Pero ¿no era en África? El Ecuador está en América.

Y así, aquella primera narración de la historia del avestruz errante se prolongó a trompicones durante tiempo interminable, sembrando con mis interrupciones un rosario de notas a pie de página que apenas dejaban algo de espacio para el texto del propio relato, como en una traducción de Dante. Él aguantó mi interrogatorio y aclaró todas mis consultas con tierna paciencia. Cuando terminó el cuento, yo pensé que era la mejor historia que había oído nunca. Imaginaba el cercado convertido en mondadientes, un tropel de jornaleros sujetándose unos a otros con las cabezas vendadas y profusión de chichones y muletas, el avestruz vagando sempiterno con su calcetín azul en la cabeza y el colono cojeando tras él día y noche con un pie desnudo y bramando improperios, y todo aquello me hacía morirme de risa. Durante años desconfié de la veracidad de aquellas anécdotas, hasta que pude encontrar algunas de ellas referidas en el libro *Happy Valley* de Nicholas Best. Lo que sí fabricaba mi abuelo eran los detalles, que aliñaban la crónica y que él desmenuzaba en el turno de preguntas que seguía a cada narración, cuando yo lo asediaba con mi curiosidad incisiva para poner a prueba la verosimilitud del relato.

–¿Tú tienes más preguntas? –quiso saber tras agotar mi repertorio de dudas.

–Sí, una más. ¿Qué era ese sobre que has puesto con las flores en la tumba de mi abuela?

–¡Ha, ha! Tú eres un buen observador.

–Sí. ¿Qué era?

–Bien, ello era un poema. Un poema yo escribí para tu abuela cuando... cuando yo supe las noticias.

–¡Un poema! ¿Y qué decía?

–Ello decía... Yo tengo a pensar y escribir una vez más. Yo escribo ello para ti. Pero ello es en inglés. ¿Tú entiendes inglés?

–Estoy aprendiendo en el colegio, pero todavía no entiendo mucho. Mira, mi abuela me regaló este libro. –Le mostré el ejemplar de *Born free*–. Es de leones, pero está en inglés y todavía no lo entiendo. Lo entenderé dentro de unos años. Ahora sólo puedo mirar las fotos. Pero tú sí puedes leerlo.

–Oh, *Born free* –dijo mientras hojeaba el libro–. Sí, ello es una historia muy hermosa, sobre una pareja quien cría a mano una leona orfanada. Yo conozco.

–Cuando mi abuela me lo regaló, me dijo que sólo podíamos leerlo los que sabemos de leones: tú y yo. Me hizo prometer que te lo dejaría leer.

–¿Yo? ¿Realmente? ¿Tu abuela dijo que yo leo ello? Pero yo conozco la historia.

–¡Pero es una promesa! Me dijo: prométeme que se lo darás a tu abuelito para que lo lea.

–¿Abuelito? Curro, yo siento, pero yo no soy tu abuelito. Yo era justo un amigo de tu abuela.

–¡Pues claro que sí! ¡Tú eres mi abuelo! ¡Hamish, el del violín! ¡Mi abuelita me lo decía siempre!

De pronto Hamish parecía brutalmente desconcertado. En ese instante descubrió algo en el libro, porque se detuvo en una página y se quedó contemplándola muy fijamente. Comenzó a pasar páginas adelante y atrás con gran agitación. Se levantó de la silla y se irguió delante de la ventana con el libro girado hacia la mortecina luz de la tarde. Pulsé el interruptor de la luz. Él se desplomó sentado en el borde de la cama y durante unos minutos pasó páginas, hasta que por fin alzó la frente y perdió la mirada, inmerso en sus reflexiones. El libro cayó al suelo. Entonces hundió la cara en las manos y un sollozo quebrado se le filtró entre los dedos. Yo no entendía su repentina desolación. Me acerqué a su lado y posé mi mano en su hombro.

–Abuelito, ¿estás bien?

Desenterró la cara de las manos y me mostró sus pupilas, súbitamente entrecerradas y cenagosas como si hubieran recibido de golpe el agua y la luz que les habían faltado durante décadas. Las lágrimas se abrían en brazos que buscaban el camino a través de sus arrugas para al fin drenarse en la foresta de su barba. Abrió los brazos y me rodeó con ellos mientras murmuraba algo en inglés que yo no entendía. Luego comenzó a entrecortar frases en español.

–Yo… siento… Yo siento mucho… Perdona a mí… Por favor…

Se incorporó tratando de recuperar la compostura, se encajó el traje y salió de mi habitación. Yo le seguí pataleando con mis pies descalzos escaleras abajo, hasta que me detuve cuando le vi dirigirse a mis padres que descansaban en el salón. Mi hermano mayor había regresado de su partido de fútbol y estaba con ellos. Desde mi tronera entre los barrotes de la escalera contemplé cómo mi madre le presentaba a Hamish a mi hermano, éste se levantaba y le estrechaba la mano. Pero entonces Hamish comenzó a gesticular explicando algo que yo no podía escuchar. Mis padres prestaron atención a su monólogo hasta que éste concluyó. Luego siguió una discusión azorada en la que el tono hosco de mi padre ahogaba las demás voces. Gritaba que no se creía nada, que si pretendía burlarse de ellos ya lo había conseguido sin necesidad de más gaitas, y que si pretendía enrolarse en una familia, bien podía buscar en las Páginas Amarillas, porque allí no la iba a encontrar. Aquel enfrentamiento me ofendía y me avergonzaba, y no quise presenciar más. Ignoro cómo terminó el altercado y si mi padre acercó a Hamish hasta su hotel o si le pusieron de patitas en el felpudo como a un gatito huérfano. Pero aquella noche una nueva disputa entre mi padre y mi madre quebrantó la rutina del silencio cuando las luces de Lux Domini se apagaron. Para apartar mi pensamiento del ruido de sables antes de que el sueño me derribara, me conforté recordando la historia del avestruz errante y evocando los detalles que más me divertían. Sin embargo, tenía conciencia de un gran vacío en el estómago, que achaqué a lo frugal que había sido ese primer bocado de mi flamante abuelo y a que quizás había sido también el último. De repente me di cuenta de algo más. No habíamos cenado.

Tan intenso fue el esfuerzo que hicieron mis padres por ocultarme nuestra pequeña «anomalía familiar» que durante aquellos días todo se revistió de una forzada normalidad, rayando en el falso histrionismo guiñolero. Mi hermano Carlos tenía edad para sentarse con los mayores y mi hermanita Isabel aún no tenía edad ni para sentarse en una silla, de lo que se deducía que el único público objetivo de aquella comedia de cine mudo era yo.

Como por ensalmo, retornó todo lo que solíamos hacer cuando vivía mi abuela: comidas al fresco, juegos, sangrías y limonadas, siguiendo al pie de la letra un estricto guión teatral. Como a la mayoría de los niños, a mí me irritaba que me tomaran por tonto, así que entre las sonrisas fingidas de mi madre y las ironías en clave de mi padre, me preocupé de dejar sentado que estaba al tanto de lo que ocurría: Hamish era mi abuelo y ellos no le querían porque se había marchado de casa dejando sola a mi abuela. Mi padre me preguntó si me lo había dicho él, a lo que contesté que ya lo sabía antes de su visita, que era mi abuela quien me lo había contado. Pero a pesar de mi autosuficiencia, muchos aspectos de la compleja maraña argumental se me escapaban, y en el fondo no entendía a qué tanta hostilidad, por qué Hamish no podía quedarse a vivir con nosotros. Mi madre me explicó que mi padre no se fiaba de él, porque Hamish decía que hasta entonces había vivido ignorando que tenía una familia en España, pero mi padre no le creía; afirmaba que aquello era imposible. Le pregunté a mi madre si ella le creía. Me respondió que no sabía qué pensar, que estaba hecha un lío. Y en su lío estaba embrollado yo también.

En ese lío no me encajaba que Hamish siguiera frecuentando nuestra casa durante las semanas posteriores, que participara en aquel montaje escénico donde cada uno parecía ocupar su marca en el suelo y no se regalaba una cortesía que no estuviera previamente especificada en el libreto. Urbanidad, toda. Etiqueta, siempre. Diplomacia, indiscutible. Corrección, máxima. Familiaridades, las justas. Supongo que era por eso que Hamish buscaba mi compañía, pues yo era el único en aquella casa que osaba despojarle del tratamiento de usted. A cambio de mi confianza, él se aventuraba a romper conmigo el laconismo huraño y adornado de vaguedades que solía mantener ante mis padres cuando le hacían preguntas sobre su ocupación o su hogar en Kenia.

Le pedí otra historia, una vez que el avestruz errante hubo acabado ya por tumbar a toda la población africana en su cuadrilátero de estacas. Me contó entonces la de la Expedición Globográfica Americana. Un millonario yanqui organizaba una misión científica para filmar las sabanas africanas a vista de pájaro, para lo cual fletaba un tren que conduciría a su equipo desde Nairobi hasta el lecho del valle del Rift. Para celebrar la partida con la pompa que la ocasión requería, engalanaba el convoy con toneladas de guirnaldas que habían sobrado de un acontecimiento anterior. El tren partía a los sones de una banda musical y sembraba sus vistosos colores a lo largo de las Tierras Altas de Kenia, pero entonces algo fallaba. Caldera de carbón y guirnaldas de papel eran incompatibles, y con las chispas desprendidas de la chimenea, el tren hacía un descenso triunfal al valle convertido en una inmensa tea. Solventado el incidente, el magnate y sus colaboradores descargaban el material y disponían el ingenioso sistema que habían diseñado, que se componía de: globo aerostático no tripulado con cámara automática, cuerda para dirigir el globo desde tierra y burro como lastre para mantener la cuerda sujeta a tierra firme. Pero en esta ocasión era el cálculo de masas lo que fallaba, y cuando el globo se elevaba, allá que se iba también el burro por los aires, rebuznando alocadamente y pateando en el vacío mientras se perdía en el espacio sideral. Al contrario que al avestruz, al burro nadie volvió a verlo jamás, por lo que era de suponer que algún día unos extraterrestres verían aterrizar en su planeta la primera misión espacial lanzada desde la tierra, con cuyo piloto tendrían serias dificultades para comunicarse, y en cuyo equipo de filmación tal vez encontrarían una toma aérea en la que se podría ver un avestruz vagando por la sabana con un calcetín azul en la cabeza, con lo que aquellos extraterrestres se iban a formar una idea muy rara de cómo era la vida en la Tierra. Yo me tronchaba con todo aquello, y mi abuelo se complacía sacando volutas de humo de su pipa por la hendidura de su barba.

Se hizo costumbre que mi abuelo se quedara a despedirme el día y a servirme el sueño sobre su voz ronroneante, cuando mi hermana ya dormía respirando plácida entre sus mofletes de melocotón. Una noche de agosto, embozado yo en las sábanas hasta la nariz y acunado por el concierto de cuerda de los grillos, quise saber, y me atreví a preguntar.

–Abuelo, ¿tú no sabías que eras mi abuelito?

–No, yo no sabía, Curro.

–Pues no lo entiendo.

–Esto… tú mejor pregunta tu madre. Yo no puedo explicar bien.

–¿Y por qué lo has sabido ahora?

–Gracias a tu abuela.

–¿Mi abuela?

–Sí. Tu abuela era muy lista, muy lista. Ella dejó un mensaje para mí, en tu libro.

–¿El de los leones?

–Sí, el de los leones.

–¿Y cómo te dejó el mensaje?

–Tú ves, esto pasó hace un largo tiempo. Tu abuela y yo éramos invitados a una gran fiesta en esa casa arriba la colina, la una que está detrás tu casa. El padre de tu abuela estaba enfermo y ella casi nunca dejaba su hogar a tomar cuidado de él, pero ella estaba muy cansada y aquella noche ella quería a descansar. Ella dejó su padre con la enfermera y fue conmigo a la fiesta. Ello era entonces una ocasión muy especial, y yo quería a dar un regalo a tu abuela. Yo hablé a ella sobre África, y ella preguntaba a mí, ella quería a saber cosas sobre África. Yo pensaba que ella y yo marcharíamos a África juntos, tan yo compré para ella un libro sobre África. El libro es llamado *Through Masai Land*, a través tierra masai, y ello fue escrito por un explorador quien era escocés, como yo. Él era llamado Joseph Thomson. Así yo compré el libro, y en la fiesta, cuando nosotros fuimos fuera al jardín, yo di el libro a ella. Ella rió mucho porque ella gustó el regalo. Cuando ella abrió el libro, ella encontró ninguna dedicación.

–¿Queeé?

–Dedicación... Cuando tú das un libro a alguien, tú escribes algunas palabras en la primera página para esa persona, te quiero, gracias, blablablá, tan ese libro es un regalo personal.

–¡Ah, sí!

–Bien, entonces ella encontró ninguna dedicación y preguntó por qué yo no había escrito. Yo dije yo usaba a escribir ninguna dedicación en la primera página, porque eso todo uno podía leer, y una dedicación era alguna cosa personal sólo a ser leído por ese alguno uno especial. Tan yo usaba a esconder la dedicación dentro el libro. Ella buscó y buscó y ella encontró nada, pero yo sabía ella encontraría, porque ella era muy lista. Entonces su cara encendió arriba y ella entendió. Yo había escrito pequeñas líneas bajo algunas letras, que ella tenía a buscar y poner juntas a leer el mensaje. Ella sólo tenía que encontrar en qué página el mensaje comenzaba, y ella encontró. Ello era en página 31, porque el año era 1931. Tan ella sólo tenía que juntar las letras con línea abajo empezando en página 31, y entonces ella podía leer mi dedicación.

–¿Y qué decía el mensaje?

–Bien, ello decía yo amaba a ella, y yo pedía a ella a venir conmigo a África.

–¿Y qué te contestó?

–La verdad es... ella nunca contestó. Pero yo sabía la respuesta era no.

–¿Y por qué?

–Eso, Curro, yo nunca supe. Pero en ese momento ella... su cara fue triste, ella puso de pie y fue afuera desde mí mirando en los valles y en el cielo de noche. La verdad es que yo había ya comprado pasajes para ambos de nosotros para algunos días más tarde. Yo estaba cierto ella diría sí. Pero yo tuve a marchar a África solo.

–¿Y por qué no te quedaste aquí con ella?

–Ello era muy complicado. Yo tenía a marchar a África en algún caso.

–¿Y entonces ella te dejó un mensaje en mi libro?

–Exactamente. Cuando tú dijiste ella dijo a ti que yo tenía a leer tu libro, de repente yo entendí. Ella había dejado un mensaje para mí en tu libro. El mensaje empieza en página 78, porque ella ha dejado ello en 1978.

–¿Y qué dice el mensaje?

–Ello dice que el propietario de ese libro es mi nieto, que yo perdono a ella, que ella amó a mí y nunca olvidó a mí.

–¡Jo, qué chulo! Mi abuela era muy lista.

–Sí, ella era. Ella escribió un mensaje a viajar más allá tiempo. Y el mensaje llegó a mí. Ella pensó algún día tú verías a mí, y que tú mostrarías a mí tu libro de leones.

–¡Sí, porque sabía que tú y yo somos los únicos que entendemos de leones! Ella fue quien me los enseñó. Me llevó a verlos al zoo, y al safari park. Desde entonces a mí me encantan los leones, porque tenemos uno aquí que nos da mucho miedo y no hemos conseguido cazarlo.

–¿Aquí? ¿Dónde?

–En Walpurgis. Ahí arriba.

–Oh, eso es muy peligroso. Los leones no deberían estar donde gente viven. Ellos podrían atacar algún uno.

–Claro, por eso queríamos cazarlo, mis amigos y yo. Pero no pudimos, porque... porque... porque... bueno, porque nos descubrieron mis padres, y ya no podemos subir a Walpurgis. *Facundo*, *Facundo* es el león, ¿sabes?, *Facundo* sigue suelto y ya no podremos cazarlo. Y lo peor de todo es que yo enseñé nuestro escondite a Mariana, mi novia, bueno, no es mi novia, era mi novia, bueno, no, yo quería que fuera mi novia, pero ya no quiero. Yo le enseñé nuestro escondite y ella se lo contó a sus padres, y por eso ya no podemos subir. Y como yo la cagué, mis amigos me han dado sus plumas y ahora piensan que soy un cobarde.

–¿Plumas?

–Sí, como en aquella peli, cada uno teníamos una pluma, y si otro te da la suya significa que piensa que eres un cobarde y que le has traicionado. Ahora yo tengo las plumas de los tres.

–Yo comprendo. Humm… ¿Y tú podrías dar sus plumas atrás a ellos si tú pruebas tú has cazado *Facundo*?

–Sí, claro, pero ya es imposible, porque ya no puedo subir. Me castigaron en mi cuarto y nos han desmontado nuestro Campamento Base.

–No. Ello no es imposible. Tú contarás tus amigos que tú has cazado *Facundo*. Y tú probarás ello.

–¿Y cómo?

Mordió la boquilla de su pipa, se desanudó la corbata y se desabrochó los dos botones superiores de la camisa. Debajo llevaba un collar muy vistoso, un hilo fino de cuero que llevaba ensartadas varias piezas grandes y blancas. Contuve la respiración hasta saber si aquello era lo que yo pensaba que era. Mientras se quitaba el collar, mascculló detrás de su pipa:

–¿Tú recuerdas yo conté a ti yo había cazado un león? Bien, éstas son las garras de ese león. –Sacó la pipa de su boca y me ofreció el collar.

–¿Para mí? ¿Me lo regalas?

–Ello es tuyo.

–¡Genial! ¡Jo, qué chulo! Pero tú te vas a quedar sin él, y era tu león.

–Oh, yo ya soy un hombre viejo, y yo seré feliz sabiendo que el collar queda tan una joya de familia, y más feliz sabiendo que ello sirve a ti a tener tu honor atrás. Toma ello.

Recibí el collar con mis dos manos haciendo vasija, como quien acepta una ofrenda de un embajador alienígena. ¿Cuántos niños de diez años poseen un collar de auténticas garras de león? ¿De un león cazado por el mismísimo abuelo de uno? No podía existir mayor púrpura celestial ni estado de más alta gracia. De inmediato me impuse aquella preciosa condecoración sobre mi pijama de ositos.

–Yo no sé si tus papás gustarán esto. Puede ser tú deberías esconder ello.

–¡Vale! ¡Mañana mismo voy a ver a Fermín, a Rocco y a Nacho para devolverles las plumas! Pero… ¿no está mal que los engañe? No he cazado a *Facundo*.

–Bien... Tan largo tan tú tienes este collar, yo prometo *Facundo* nunca disturbará a ti, tu familia y tus amigos, porque él sabrá tú eres un cazador de leones. Ahora tú proteges ellos todos. Tú mereces respeto y tú has probado tu coraje. Ellos son incorrectos pensando tú eres un cobarde. Esto es sólo una mentira blanca así que justicia puede ser hecha.

–¡Sí, tienes razón! ¡Gracias, abuelito! ¿Y ahora me vas a contar cómo cazaste el león?

–Eso, otro día. Ahora tú duermes.

–Vale. Pero antes, ¿me cuentas otra vez lo del avestruz?

En el fragor de aquella contienda familiar que detonó la visita de mi abuelo, aún me cuesta entender que mis padres le permitieran acercarse a mí con tanta familiaridad. Supongo que no se atrevieron a arrogarse el derecho de negarme aquella figura que algún tortuoso camino había traído a nuestras vidas para tomar posesión de su silla vacante. O tal vez aprovechaban la utilidad de mi función como lubricante familiar. O pretendían que la franqueza que mostraba conmigo le condujera a una trampa que les permitiera desenmascararlo, si es que realmente era un farsante. O un poco de todo. El caso es que, durante aquellas semanas, pienso que Hamish logró ganarse la confianza de mi madre, que terminó por creer su versión de la historia y por tomarle cierto cariño. Mi padre, mientras, seguía enrocado en su urbanidad gélida sin dejar ningún resquicio por el que Hamish pudiera tender algún lazo de afecto. Por las noches proseguían las discusiones a voz en grito, una vez que Hamish regresaba a su hotel y mi padre se despojaba de su máscara hierática.

La misma noche en que me regaló el collar, la temperatura del debate subió más de lo acostumbrado. Los muros de la casa retumbaron cuando mi padre hizo su proclama final: se acabó, decía, no lo voy a aguantar más, mañana mismo le pongo de patitas en el aeropuerto, o me pongo yo. Supe que hablaba en serio. El código de la ley en casa de un juez no tiene por qué ser muy prolijo, pero está inscripto, arcaísmo deliberado, en tablas de titanio. Si mi padre decía «se acabó», se acababa. Temí no ver nunca más a Hamish y me dormí muy apesadumbrado, mientras, cobijado bajo las sábanas, examinaba mi tesoro con una linternita.

Al día siguiente, mi padre no tuvo necesidad de demoler su fachada de magra cortesía para expulsar a mi abuelo de nuestras vidas. El propio Hamish llegó a casa muy azorado, diciendo que había ocurrido algo en Kenia y tenía que estar allí de vuelta lo antes posible. El presidente del Gobierno había muerto y aquello amenazaba la estabilidad del país. Él temía que se desataran los disturbios raciales y debía regresar de inmediato para proteger su propiedad. Había hecho su equipaje esa misma mañana y tenía un taxi esperando en la puerta. Venía a despedirse. Marcharía al aeropuerto y esperaría allí hasta conseguir una plaza en la primera combinación de vuelos que le llevara hasta Nairobi.

Tal vez para celebrar que el azar le obsequiaba con una solución ideal y aséptica a su problema, mi padre se ofreció a acompañarlo al aeropuerto. Hamish trató de disuadirlo, pero mi padre pagó al taxista y le ordenó descargar las maletas. Para mi padre, aquel último gesto le granjeaba una doble victoria: alcanzar su meta sin perder las formas y, además, inclinando la balanza de favores en su provecho. Yo presencié todo aquello desde mi atalaya de la escalera, sumido en un angustioso abatimiento. De pronto vislumbré que no había tiempo que perder. Corrí a mi habitación a ducharme y a vestirme. Unos diez minutos después simplemente me presenté en el vestíbulo, donde mi padre y mi abuelo esperaban a mi madre, y con dignidad flemática declaré: «Yo voy con vosotros». Mi hermano Carlos estaba ausente, como casi siempre, y Vicente se quedó en casa cuidando a mi hermanita. La despedida de Vicente a Hamish fue gélida, como aquellos apretones de manos entre el ministro americano y el ruso. De hecho, fue entonces cuando caí en algo que se me había escapado hasta ese momento: durante la estancia de Hamish con nosotros, Vicente había llegado casi a desvanecerse del decorado público de Lux Domini, lo que sugería algo más que su amargura por el fallecimiento de mi abuela. Quizás él sabía, aunque por entonces yo no entendía de esas cosas, que él y Hamish no cabían en el mismo capítulo de la biografía de mi abuela.

El señor Kenyatta, primer presidente de Kenia tras la independencia, nunca hubiera podido imaginar que su repentina muerte serviría para un propósito a tan larga distancia de su país: engrasar la que fue la única conversación fluida entre mis padres y mi abuelo. En el trayecto hasta el aeropuerto, mi madre se lamentaba por aquel verano fatídico, la tragedia en el camping de Los Alfaques, el fallecimiento del Papa y ahora el de aquel presidente, mientras mi padre se interesaba por la situación política en Kenia y Hamish desmenuzaba toda clase de detalles sobre las tribus, la economía, la historia y la religión. Durante una época él había ejercido como periodista, decía, y había llegado a conocer muy bien las claves de todo lo que sucedía en el país. Aquella fue la primera y última ocasión en que Hamish desveló algún pormenor de su vida en África, sin abordar nunca el terreno personal. Pero supimos que había trabajado para un periódico británico durante la revuelta que condujo a la independencia y que había llegado a padecer de cerca los horrores de la guerra.

Para mi desgracia, todo aquello no hizo sino exacerbar la picazón de mi curiosidad, y dejarme con hambre de saber más cosas sobre aquel personaje que se me escapaba de entre las manos hasta más ver, si es que había más ver. Yo aún confiaba en que no hubiera vuelos libres ese día, o ese mes, o ese año, y que tuviéramos que retornar los cuatro a Lux Domini. La suerte no estuvo de mi lado. Cuando mi abuelo acudió a apuntarse a la lista de espera, una cancelación de última hora le abrió un hueco en un avión que salía pocas horas después, y ni siquiera esas horas pude disfrutar de su compañía. Él se encaminó presuroso hacia la zona de embarque porque necesitaba hacer algunas llamadas antes de partir. Tardé muchos años en comprender cuál era la causa que estaba detrás de tanta premura y ansiedad. En aquel momento no pude más que colgarme de su cuello con mucha fuerza, como si fuera a conseguir que mis brazos se quedaran adheridos a su nuca y así tuviera que llevarme con él a Kenia. Pero terminado el abrazo, mis manos resbalaron de su cogote y me quedé allí, de pie frente a aquellos paneles que anunciaban destinos lejanos de nombres rimbombantes, entre los que ni siquiera aparecía el único lugar por el que hubiera abandonado el calor de la mano de mi madre: Nairobi.

No pude ni arrancarme de las entrañas una palabra de despedida. Antes de dejarnos, cuando ya se alejaba, Hamish pareció recordar algo. Regresó y sacó del bolsillo un sobre blanco como el que había depositado en el jarrón con las flores sobre la tumba de mi abuela. Me lo entregó, sonrió, posó su gran mano sobre mi cabeza, y en unos segundos había desaparecido entre la colmena de gente.

En mi casa, de nuevo vacía de abuelos y colmada de monotonías abrumadoras, rasgué el sobre. Contenía una hoja con membrete de hotel que llevaba escrito un poema en inglés, que años más tarde pude traducir:

Se alza la brisa, alivia el sol.
La calidez de los rayos prende la vida en la sabana,
las orillas de las charcas bullen en el tira y afloja,
los terneros dan a la mañana su trote recién aprendido.

Remolonean los leopardos, retozan sus cachorros;
reptan los cocodrilos a los charcos de barro;
festejan los leones sus últimos sorbos de sangre;
en las pozas ribereñas se retuercen los elefantes.

Pero qué es ese rumor que se extiende alrededor.
Las águilas chillan gritos desesperados.
Sus párpados se han cerrado, yace fría como la piedra.
La princesa fue hallada sin vida esta mañana.

Ningún otro día podría ser tan amargo.
¿Oíste la mala noticia? ¿Puedes creerlo?
¿Estamos solos en nuestra tristeza y dolor?
¿Brotarán las flores después de las lluvias?
Pasada la tormenta los búfalos inclinan sus hocicos,
rezumando de sus belfos lágrimas del cielo.
No arméis algarabía en la noche de julio,
que el tiempo ha llegado para el luto del atardecer.

Rendid vuestro homenaje, bestias de la naturaleza;
contemplad un ángel, amó y fue amada.
Abajo junto al río construiremos una balsa
y la remaremos suavemente hasta el cielo.

Contened vuestra cháchara, no habléis en voz alta;
la princesa duerme corriente abajo.
Que los aleteos de los pájaros arrullen su sueño lejano,
que los tejedores le tejan un sudario de rocío.

Criaturas y alimañas, no brindéis suspiros.
Ningún cementerio recluirá su alma;
ninguna alambrada encerrará su vida como ave de granja.
Vuela, pequeña niña, sobre mariposas de piedra.

14

UN MONO Y UNA MAGDALENA

Odioso, el teléfono. Tengo aprendido por experiencia que no hay buena noticia que le llegue a uno por teléfono, y menos cuando su grosero y mezquino timbrazo se interpone entre los cabos de dos ideas que están a punto de enlazarse para conjurar esa frase, conclusión, reflexión o hipótesis que distingue a un relámpago de inspiración de un vulgar producto del trabajo. Elige para sonar el peor momento, y cada vez que repica su machacona campanilla histérica es como un zafio patán codeando en el metro, reclamando un protagonismo que nos obliga a desatender las cosas que tenemos alrededor. Rara vez esas cosas llegan a ser tan repulsivas como para que el teléfono nos ofrezca algo mejor. El mundo se divide en dos clases de personas: los que llaman y los que son llamados. Los que somos llamados nunca somos los elegidos, salvo para que quien llama nos haga partícipes de sus desgracias o conscientes de las nuestras propias. A pesar de todo, no podemos vivir sin un teléfono, como no podemos dejar de comprar lotería de Navidad, y de esos mecanismos similares viven los organismos de loterías y las compañías telefónicas: esperamos que algún día nuestro número nos traiga algo bueno. Pero muy rara vez ocurre, y si lo hace, rara vez amortiza la inversión de varios años recibiendo frustraciones y vapuleos. El día que alguien invente un teléfono inteligente, que en lugar del número o el nombre del llamante nos explique en la pantallita con qué intenciones llama y si tiene pleitos con nosotros, ese repugnante aparato y yo empezaremos a entendernos.

Aquella mañana en la redacción había comenzado con una llamada de teléfono de las que retumban en el cerebro aún reblandecido por el sueño, violándole a uno los párpados y desflorándole el himen de legañas. En tales circunstancias de infinito incordio, el incordiante no podía ser otro que Celestino Posada.

Celestino Posada era el autoproclamado portavoz de los comerciantes de una pequeña plaza del centro de Madrid donde el Ayuntamiento estaba construyendo una fuente. Unos meses atrás, las excavaciones del pavimento habían desenterrado unos minúsculos pedazos de vasija, y una orden municipal había paralizado las obras hasta determinar si aquel lugar podía ser un yacimiento arqueológico de interés y darle así el tratamiento oportuno. Como medida cautelar, el pequeño cercado de la obra se extendió a toda la plaza, dejando un paso libre de apenas un metro de ancho a la orilla de los portales y de los comercios, que habían quedado emparedados tras los biombos de la constructora. En el camino de un despacho municipal a otro, el caso parecía haberse traspapelado, y la decisión se había demorado durante meses mientras los comerciantes veían esfumarse una clientela que evitaba el paso por la plaza, convertida en una pequeña Cisjordania. Con la llegada de la Navidad, los tenderos temían perder la temporada más activa del año, y habían comenzado a movilizarse. Celestino Posada, un vehemente sujeto de mediana edad con barriga en cascada, mostacho escobero y patillas lanudas, era el dueño de una librería afectada por las obras, y había asumido la voz cantante en las protestas vecinales.

Un par de semanas antes, yo había recibido una llamada suya relatándome el caso. Según sus palabras, todos los negocios de la plaza estaban a un paso de echar el cierre porque diez mil años atrás un troglodita se había dejado olvidado el Duralex. Me pareció digno de atención, y Guan, mi redactor jefe, me compró la historia. Así que allá que me fui con un fotógrafo para entrevistar a Celestino Posada.

Aquella entrevista fue una pesadilla. El tal Posada resultó ser un espécimen histriónico y embrutecido, a pesar de la notable cultura que demostraba como corresponde a un buen librero. No respondió a ninguna de mis preguntas. En lugar de eso, se limitó a eructar exabruptos contra todos los responsables municipales en ejercicio y, con efecto retroactivo, contra todos los que habían ejercido cargos desde que terminó la dictadura, no la de Franco, sino la de Primo de Rivera, único período histórico del siglo xx en el que para su gusto había reinado el orden en las calles. Blandió un erudito repertorio de insultos contra todo lo que se moviera, incluyendo la prensa, que en ese momento estaba condensada por entero, desde Gutenberg a Pedrojota, en mi frágil persona. Una vez me hubo atizado verbalmente todo lo que mi pared abdominal pudo soportar, me retiré a lamerme las heridas a la redacción, donde traté de escribir un reportaje que favoreciera las demandas de los vecinos.

Como no podía ser de otra manera, Celestino Posada no quedó satisfecho con el resultado. El día que se publicó el artículo recibí un telefonazo suyo, lo que en su caso no era una metáfora, protestando porque, según él, había tergiversado sus declaraciones. En concreto estaba enfurecido porque yo había omitido el cariñoso tratamiento de respeto que él le había dedicado a la madre del concejal. Yo había escrito «pregúntele usted al concejal si le parecería correcto excavar en el jardín de su señora madre», mientras que sus palabras exactas habían sido «dígale usted al concejal que se vaya a excavar al jardín de su puta madre». El calificativo en cuestión me había parecido excesivo y de escasa rentabilidad para los intereses de los vecinos, pero Posada insistía en la publicación de una fe de erratas, al estilo de «donde el señor Posada se refería a la señora madre del concejal, en realidad quería referirse a su puta madre». No cabe duda de que tal rectificación hubiera hecho historia en los anales de la prensa, y mi corta carrera también.

Mi negativa a rectificar el artículo no desalentó a Posada. Más bien al contrario, desde entonces me llamaba, día sí, día no, quejándose de mi trabajo y profiriendo toda clase de desagradables improperios. Aquella mañana su voz bociosa repitió el estribillo habitual:

–¡Mencía! ¿Qué hay de su rectificación?

–Lo siento, don Celestino, pero ya le he dicho unas cuantas veces que no la hay, ni la habrá.

–¿Y para eso le encargué a usted el artículo? ¡Lo hice porque su periódico me parece el único con un mínimo de decencia, pero de haberlo sabido habría llamado a cualquier otro, hasta a esos rojos de *El País*!

–Oiga, ¿se ha creído que esto es el Telepizza? ¿Que usted llama y...?

–¿Y usted se llama periodista? ¡Usted no es un periodista! ¡Usted es un... sobalápices, un prepucio mediático! ¿Periodista? ¿Independiente? ¡Ja! ¡Lo que es usted es un palafrenero cuelgacalzones, un... un... un... rebañacondones de la molicie cabileña, eso es lo que es usted! ¡Mencía, le exijo esa rectificación de inmediato!

–¡No le escucho bien, don Celestino! Creo que hay interferencias... sí... er... bue... adiós adiós... –Estampé el auricular contra la base.

Recogí el desplome de mi cara en mis manos y entre los dedos contemplé cómo la redacción iba subiendo de vueltas mientras calentaba motores. Cuando funcionaba a pleno rendimiento daba gusto verla, como poleas engrasadas girando en la misma correa, pero antes de eso, a primera hora, daba la sensación de calarse varias veces hasta que cada uno encontraba su misión en la vida, que en un diario dura lo que dura la jornada laboral.

–¿Otra vez tu amigo el librero psicópata?

Quien hablaba era Mónica, mi compañera y amiga de la facultad. Trabajábamos juntos desde nuestras prácticas en el periódico y, si no completábamos nuestra vida en común uniendo nuestros zapatos a los pies de la cama era, otros motivos aparte, porque entre las muchas posesiones de ella se contaba un novio, un individuo peinado como el gorro de Daniel Boone que había elegido la carrera de artista maldito en la que tal vez algún día lograría graduarse para dejar de ser lo que era por entonces: sólo maldito. Como yo, el sujeto se llamaba Francisco, y sin embargo él se hacía llamar Fran, porque si lo de Curro es aceptable para ejecutar la suerte de banderillas o manchar las páginas de un periódico, no lo es para embadurnar de brea una cabra muerta y crucificarla sobre un aspa de neón rosa. En cierta manera Mónica se había proclamado mecenas de aquel carnicero alternativo, y si además del derecho a dejar sus botas de patear cabezas junto a los zapatitos de ella, el presunto artista pintaba poco en su vida salvo para engrosar la lista de perrillos abandonados a su cargo, en todo caso era algo que yo no podía censurarle: yo también formaba parte de esa nómina.

Mónica y yo nos conocimos en el bar de la facultad, donde ella solía sentarse rodeada por un cuadro de palmeros que se dejaban las manos en carne viva aplaudiendo todas sus ocurrencias. Supe por un amigo que los ratoncillos sumisos no sólo se prendían a los anzuelos de su metálica melena negra, sino que era además otro metal el que los mantenía pegados a ella como imanes a la puerta del frigorífico. Mónica era la única hija y heredera del editor de uno de los principales diarios nacionales. Había premio de futuro resuelto y brillante para quien se llevara la gata al agua, y así Mónica pasaba los días caminando los pasillos de la facultad como Marilyn cuando bajaba la escalera entre aquella clac de fulanos en esmoquin jaleándole el paso. En un principio la juzgué una manipuladora petulante y preferí adoptar la posición del cometa, alejado en órbita excéntrica para regresar de no se sabe dónde, cada no se sabe cuánto, para no se sabe qué, pero sin poder escapar de su gravitación, tan poderosa hasta sobre un ingrávido insociable como yo.

Al correr de los cursos, ella perdió puntos en sus índices de audiencia cuando trascendió que se había prometido a uno de los delfines del acuario de su padre, un tío de peluche, suave y sin huesos como el burrito de Juan Ramón, que le sacaba diez años y seguramente le sacaba poco más. Fue entonces cuando su trato se hizo más estrecho con aquellos de nosotros que permanecimos indiferentes a su retirada del mercado. Estaba acostumbrada a elegir siempre ella, y lo hacía con tanta naturalidad como quien llena el carrito del supermercado.

No sé si como rebelión contra su manipuladora petulancia, un día le propuse hacerla protagonista de un reportaje de prácticas donde pretendía analizar los mecanismos del mercado laboral comparando la proyección profesional de dos estudiantes de periodismo: uno que había tenido rotativa propia como accesorio de cuna y otro sin contactos ni antecedentes familiares en la prensa. El primero era ella, y el segundo era yo. La idea le pareció divertida, y Mónica sólo gastaba su tiempo y su dinero en cosas divertidas, a pesar de que la previne sobre la posibilidad de que no le agradase el producto final de la investigación. Armado con libreta, grabadora y cámara, me colgué de sus rizos y durante una semana seguí sus pasos allá donde iba, crucé el torno conventual de los altos despachos y me colé hasta el sacrosanto reclinatorio de su padre el sumo sacerdote, descendí al tártaro de la redacción donde ella florecía entre mariposas y se dejaba libar a placer, ocupé asiento junto a ella en una cena-homenaje con algunos de los dibujantes más famosos del país, y revoloteé, whisky con soda en mano, en una fiesta en su casa a la que asistieron ministros del Gobierno y las formas mortales de célebres columnistas, además de algunos profesores de la facultad que a final de curso debían calificarnos a Mónica y a mí. La semana siguiente, de vuelta a mi propio mundo, traté de concertar entrevistas como estudiante de periodismo bajo nombre supuesto con varias de las eminencias a las que había conocido los días anteriores. Sonoro fracaso: ni uno solo de ellos accedió a recibirme.

Por supuesto que mi reportaje no descubría nada novedoso que no venga sucediendo de la misma manera desde que existen nobles y plebeyos, señores y lacayos, proxenetas y prostitutas, enjabonados y enjabonadores, o como decía Clint Eastwood en aquella de *El bueno, el feo y el malo*, los que tienen el revólver cargado y los que cavan. Pero quizá nadie antes se había decidido a documentarlo en un humilde reportaje de investigación que, para más afrenta, quebrantaba el tabú periodístico de la primera persona.

Quedé satisfecho con el resultado. Antes de entregarlo le hice una copia a Mónica. Al contrario de lo que ella interpretó, yo no buscaba su aprobación, ni mucho menos su consentimiento. En el trabajo había omitido nombres reales y cambiado cargos, no por camuflar la identidad de la protagonista, lo que hubiera sido un intento estéril, sino para centrar el interés en la historia y no en el morbo de los personajes. Además, me producía mucho pudor que alguien pudiera acusarme de intenciones ofensivas. El ataque deliberado me parecía de mal gusto; más aún, me parecía pretencioso en algo que simplemente era un ejercicio escolar. Con todo, ella se irritó al leerlo, y montó en cólera al saber que yo mantenía el propósito de entregarlo sin tener en cuenta su prohibición expresa. Me insinuó que corría el riesgo de suspender aquella asignatura y otras más, a lo que con cinismo lúdico le respondí que quizá debía incluir eso en el reportaje. Me hizo notar su especial disgusto por los párrafos que describían a los documentalistas del periódico haciéndole las prácticas a la hija del jefe, a los catedráticos picoteando de su mano en la fiesta –el tonteo era pieza esencial de su artillería, motivo por el cual decidí no cambiar el sexo de la protagonista– y la semblanza que hacía de su personaje como una *flapper*[1] atolondrada que vivía en un cuento de Scott Fitzgerald y concebía el periodismo como su tablero de juegos, una ejecutiva adolescente y «cortacintas», dícese de alguien que con pompa y circunstancia da a conocer como suyo algo en cuyo desarrollo nunca estuvo implicado. Me preguntó si realmente era eso lo que pensaba de ella. Respondí que había logrado mucho más de lo que esperaba con aquel reportaje si de repente comenzaba a interesarle el criterio de los demás. Me retiró el saludo y el favor.

El reportaje me valió un sobresaliente y fue más comentado de lo que yo hubiera deseado. Incluso me propusieron publicarlo en el periódico de la facultad, a lo que me negué para no escarbar en las heridas. Mónica evitó dirigirme la palabra durante un mes, pero algo me hacía intuir que se daría por vencida tarde o temprano. El periodismo no es el mejor de los mundos posibles, ni tampoco uno de los peores; es simplemente uno de tantos, aunque quizá sí tiene alguna que otra peculiaridad. Por encima de cuentas de resultados y consejos de administración, el padre de Mónica era un periodista de pura raza, y alguien criado a tales pechos no puede resistir la tentación de acabar rindiéndose a la libre expresión y aplaudiendo el valor de un reportaje bien hecho, aun tragándose rencillas y enemistades. Mónica era un pajarillo banal, pero era más periodista que todos nuestros demás compañeros de curso juntos. Tras la reconciliación nuestra amistad se fortaleció, y pienso que habríamos terminado juntos cuando ella rompió con Platero de no haber sido porque entonces ella buscaba algo exótico, y nada podía haber más exótico para ella que Fran Dekay.

Francisco Rebollar llenaba los domingos de finales de los ochenta enquistado en el puesto del Drácula en el Rastro madrileño, aserrándose los tímpanos con las ráfagas de vatios rotos de Exploited, Dead Kennedys, Discharge y Killing Joke. De lunes a sábado rebajaba su

1. Nombre con el que se conoció a una generación de mujeres jóvenes de la cultura del jazz, en los años veinte. Rompieron los moldes de la moral tradicional con un estilo de vida liberado y frívolo. Es un estereotipo dominante en las novelas de Francis Scott Fitzgerald.

identidad y la erección de su cresta bajo disfraz de aprendiz de carnicero en el puesto que atendía su padre en el mercado. Así pasaba la semana como una ola contenida que se iba hinchando al acercarse a la costa del sábado noche, cuando rompía en una explosión incontrolada de espumas efervescentes. Se sentía una lasca descartada de la escultura social hasta que un día, durante uno de aquellos motines callejeros orquestados por la muleta del Cojo Manteca, un cubo de basura ardiendo le reveló la Verdad: no era un ciudadano cero marginado sin causa ni futuro, sino un artista antisistema que, como todos los artistas antisistema, tenía la misión de preconizar la destrucción del Estado en beneficio propio. Dejó a su padre compuesto y sin meritorio, se unió a una de las primeras comunidades okupas y cambió su nombre tomando el de uno de sus grupos musicales preferidos. En la komuna Fran Dekay lanzó un programa de experimentación sobre las cualidades plásticas de la carne, o mejor dicho la karne, su elemento. Gracias a un colega que a la sazón lucía uniforme de vigilante en Mercamadrid –tentación eludida de escribir que trabajaba como tal–, afanaba piernas de cordero para someterlas a su genio creador, y una vez alabadas las virtudes artísticas de la obra, él y sus camaradas la braseaban a la hoguera de neumático en la azotea del edificio y se la zampaban como fórmula de establecer comunión con el arte de vanguardia.

Un día asomó por la komuna una niña pija, presentándose como estudiante de periodismo interesada en hacer un reportaje sobre el modo de vida tan fascinante de aquella jovial familia. Fran pensó que la niña era un despreciable parásito social, pero que tenía la karne muy bien puesta y proporcionada, y dado que él entendía de eso, decidió darse el homenaje de proporcionársela. Por su parte la niña pija pensó que todo aquello era fascinante, fascinante, fascinante, y que aquel artista tan, tan fascinante tenía más huesos y glóbulos que su exangüe Platero. Mónica redactó un reportaje excelente sobre el movimiento okupa, y poco después Fran Dekay recibía de su nueva novia transferencias de fondos como contribución a la causa en una cuenta corriente a su nombre en un banco capitalista, el cual le emitió una tarjeta oro para ayudarle en su lucha contra las multinacionales, los bancos, las petroleras, la tala de bosques, la energía nuclear, la experimentación con animales, la especulación inmobiliaria, los campos de golf, los medios de comunicación vendidos al poder, las corridas de toros, la caza, las armas, los yanquis, la monarquía, el neoliberalismo, el Fondo Monetario Internacional, el Banco Mundial, la industria tóxica y el comercio de pieles, e incluso para ayudarle en su lucha contra el propio banco, contra el parasitismo social representado por su novia pija y contra sí mismo como víctima de todo aquel engaño burgués y fascista.

Por esas cosas que pasan, los osobucos crucificados de Fran Dekay suscitaron el interés de varios profetas posmodernos, y al poco tiempo su cuenta oro reventaba por las costuras de sucio dinero que procuraba gastar a espuertas para no convertirse en un títere del consumismo teledirigido por El Corte Inglés. Se despreciaba a sí mismo profundamente, pero cuando le sacudía la conciencia se metía lo que encontraba más a mano, se atizaba una botella de Chivas, se sentaba al volante de su GTI dieciséis válvulas, enfilaba la autopista más próxima y pisaba el acelerador hasta dejar atrás su remordimiento. Fue por entonces cuando abandonó la deriva desbocada del anarquismo sin objetivos y se convirtió al comunismo, marco incomparable que le permitía aspirar a controlar el máximo volumen de riqueza y evitar así que cayera en manos de la escoria capitalista sin entrañas y de la infame clase media arribista e insolidaria. Cambió chupa de cuero por pelliza situacionista de Vivienne Westwood, Sid Vicious por Silvio, Malcolm McLaren por Fidel, el Cojo Manteca por el Che y la komuna libertaria por un átiko ke te kagas.

Yo asistí a aquella transformación desde butaca de palco en el teatro de los dorados avatares de Mónica. El último año de carrera su padre le puso silla en redacción, y ella pidió que pusieran dos. De la facultad íbamos juntos al periódico, adonde Fran la telefoneaba machaconamente sin dejar que el aparato se enfriara. El pobre estaba más enganchado a ella que una yunta de bueyes, mientras que Mónica había perdido el furor hormonal por su nenuco guerrillero devenido sin su permiso en progre convencional consumidor de champú anticaspa, ya no tan fascinante como en los viejos días. De mi rechazo inicial a aquel personaje pasé a la tierna compasión que me inspiraban todos los juguetes rotos almacenados en el cajón que Mónica cerraba con una patadita de su lindo pie.

En realidad siempre he adorado a la titiritera neuronal a la que debo mi primer empleo y mucho más, pero superado el embobamiento inicial nunca había pretendido seriamente, hasta entonces, inscribirme en su lista de damnificados, como nunca he pretendido besar una sierra circular en funcionamiento o saltar de un quinto piso por saber qué se siente al espachurrarse uno contra el suelo. A pesar de todo, caí, tiempo después de licenciarnos, precisamente el día que recibí aquella nueva llamada de Celestino Posada. Cosas del consuelo mutuo que suceden cuando dos humanos tienen la piel recién exfoliada y excesivamente sensible al tacto de otra piel cálida.

–¿Otra vez tu amigo el librero psicópata?

–Ya no sé qué hacer con él. Es una pesadilla.

–Aprovéchalo. Es tu monstruo. Lúcelo. Dale cuerda. Ya sabes que hoy eso vende mucho.

–¿Y pasar a la historia del periodismo como el biógrafo de Celestino Posada? No, gracias.

–Pero ¿todavía piensas que hay maneras más dignas de pasar a la historia del periodismo?

–Bueno... Por las mañanas, cuando me levanto, subo la persiana y hace un día limpio y fresco, a veces llego a creerlo.

–Oh, sí, yo también. Pero sólo me pasa si eso coincide con Navidad, Año Nuevo o Sábado Santo. Los demás días hay prensa.

–Eres demasiado cínica para ser tan joven.

–Y tú aún demasiado joven para ser cínico. No olvides que tengo veintitrés años de experiencia en esto.

–¿Tú crees que Guan me dejaría hacerle un perfil al librero?

–Todo es probar. Ahí lo tienes.

Nuestro redactor jefe bamboleaba su cuerpo amazacotado por el pasillo de la redacción, mordiendo su puro y arropado por una estola de humo. Salté a su encuentro.

–Guan, Celestino Posada ha vuelto a llamarme.

–¿Y qué, chaval?

–Había pensado que el personaje puede dar de sí, a poco que le demos algo de cancha. Puedo ir a hacerle una entrevista más amplia y escribir un perfil, si tú me dejas.

–¿Dejar? Yo no dejo, chaval. Yo ordeno y mando. Toma. –Me entregó una nota de prensa–. Tienes que ir a cubrir la inauguración del mercadillo de Navidad. Si te sobra tiempo, allá tú.

–Pero ¿me lo publicarás?

–Mira, te voy a contar algo. Cuando yo daba clases en la facultad… sí, yo di clases en la facultad, no me pongas esa cara, coño. Pues un día al entrar en clase todos los estudiantes empezaron a preguntarme: Guan, ¿qué hay de las notas?, Guan, ¿y las notas? ¿Las notas, las notas? Yo no sabía qué carajo me estaban preguntando porque no habíamos hecho ningún examen, pero ellos seguían con la misma cantinela de las notas, hasta que ya no pude soportar la murga y exploté: Pero ¿qué notas? ¿QUÉ NOTAS? Y entonces, todos de pie, gritaron al unísono: ¡UN PICORCILLO EN LAS PELOTAS!

Extasiado ante la belleza de la historia, no acertaba sin embargo a colegir cómo se aplicaba a mi situación. Entonces Guan prosiguió:

–¿No entiendes? Moraleja: el que pone el culo no se queja. Piqué por ingenuo y por preguntar. Si quieres entrevistar a ese metrallero, apechuga con las consecuencias, chaval. Hale, a trabajar.

–Vale. Gracias, Guan.

–No me des las gracias, chaval. A un jefe no se le dan las gracias. No estoy aquí para hacerte favores. –Su voz se perdió tras la puerta de su despacho.

Cuando regresé a mi mesa, Mónica había desaparecido. Apenas había rozado el asiento de mi silla, el campanazo del teléfono vandalizó de nuevo mis oídos.

–¿Diga?

–¿No está la Moni? –era la voz descascarillada y átona del insigne Fran Dekay.

–Hola, Fran; soy Curro.

–Hola, Currito, chavalote, qué pasa, tío.

–Por aquí andamos, currando un poco. ¿Tú qué tal?

–Pues no estoy en mi mejor momento, colega. Tengo un trancazo de cojones que se me ha agarrado al vientre y estoy que me voy por las patas. Oye, qué te iba a decir, ¿no está la Moni por ahí?

–Pues estaba hace un momento, pero ahora no la veo. Si hubiera salido a currar me habría dejado una nota, así que estará en el baño, o en el despacho de su padre, o habrá bajado a desayunar. ¿Quieres que le diga algo?

–Tío, Currito, estoy hecho mierda. No sé qué rollo chungo tiene conmigo pero no me contesta a las llamadas. Hace semanas que no la veo. ¿Tú sabes algo?

–No, pero no creo que sea nada –mentí–. Tenemos mucho trabajo ahora y apenas nos queda tiempo para nada más. Yo no me preocuparía, seguro que es sólo eso.

–Yo estoy muy pillao, Currito, tío, muy pillao, ¿sabes? Necesito verla. No tengo ganas ni de papear, ni de sobar, ni de nada de nada. A ver si tú puedes hacer algo, tío. A ver si te enteras de la movida. Y dile que me dé un toque, ¿vale?

–No te preocupes, luego hablo con ella. Pero no puedo prometerte nada. Depende de ella.

–Gracias, Currito, eres un colega. Venga, tío, cuídate.

–Cuídate tú también. Creo que lo necesitas más. Hasta luego, Fran.

Lo que me faltaba. Hacer de coche escoba de los escombros cardíacos que iba sembrando a su paso la reina de los mares mediáticos. Resuelto a exigirle una eutanasia sentimental para aquel doliente torturado, agarré uno de esos papelitos amarillos con pegue y le escribí una nota a Mónica:

> Voy a la plaza Mayor a cubrir la inauguración del mercadillo. Te ha llamado por N-sima vez tu propio monstruo, el Fran-kenstein que creaste. Está en un sinvivir. Luego hablamos. Un beso, C.

Al terminar el acto de inauguración era casi la hora de comer. Me despedí del fotógrafo con una excusa y entre los avíos navideños que adornaban las calles recalé en un bar de la plaza de Santa Cruz para comer unas tapas. Desde allí telefoneé a la librería de Celestino Posada. Al oír mi voz me amagó su serenata de la rectificación, pero enmudeció cuando le pedí cita para entrevistarle después de comer. Con la suficiencia del vencedor me regaló una amabilidad desacostumbrada. Colgué el auricular y bebí un sorbo de cerveza mientras el camarero me animaba la vista con una ración de patatas bravas. Escancié otra moneda en la ranura del teléfono y marqué el número de Mónica en el periódico.

–¿Sí, dígame?

–Buenas, soy yo. No sabía si me estarías esperando para comer. Me quedo aquí en el centro. He quedado con Posada para después.

–Ah, pero ¿te lo has tomado en serio?

–Todo lo serio que puede ser el surrealismo. Pero sí. Das mejores consejos cuando eres cínica que cuando tratas de ser amable. Por cierto, ¿leíste mi nota?

–Sí, sí, la he visto. Supongo que es el preludio al sermón, ¿no?

–Me ha dado mucha pena el chaval, y ya debe de estar mal Fran Dekay para darme pena. Su voz sonaba como el cartón de una ouija. Haz lo que quieras, pero que no sea porque nadie te avisó de que puede volver a caer en el hoyo, o incluso algo peor.

–Lo tendré en cuenta. Que te vaya bien con el «piscópata».

–Gracias. Luego te...

–¡Ah, espera! Te llamó tu padre. Dice que es importante, que le llames al despacho.

–Ah. Bien, gracias. Luego te veo. Un beso.

–Dos.

Colgué, descolgué y ensarté en un palillo dos patatas bañadas en la salsa roja. La más próxima a mi dedo se partió y el trozo más pequeño quedó colgando del palillo por un hilo de la capa superficial, balanceándose y goteando su sangre de tomate sobre mis vaqueros mientras sorbía mi caña y trataba de apresar el auricular del teléfono entre la oreja y el hombro. Detesto que las patatas se rompan al pincharlas. El camarero me sirvió un plato de croquetas de cocido. Marqué el número de mi padre. Cuando esperaba el tono, un parroquiano que leía el *Marca* en la barra saltó repentinamente de su taburete y se arrancó a dar voces, mirando al exterior a través de la luna de cristal que lucía las siluetas del portal de Belén pintadas con un sucedáneo de nieve.

–¡Pero si no he bebido anís y ya veo hasta el mono de la etiqueta!

Afuera, en la plaza, una pareja de la Policía Municipal forcejeaba violentamente con un animal. En un parpadeo colgué el teléfono, agarré mis bártulos y grité al camarero: «¡Ahora vuelvo!». Corrí hacia la escena donde comenzaban a arremolinarse los curiosos, que uno de los policías trataba de mantener alejados mientras el otro intentaba reducir al animal contra el suelo sujetándolo por el cuello. Saqué de la mochila mi carnet de prensa y la cámara de bolsillo que siempre llevo para estos casos y nunca antes había tenido ocasión de utilizar, y comencé a disparar al tiempo que gritaba «¡Soy periodista, soy periodista!» al policía que marcaba la distancia de seguridad con sus manos extendidas. Me aferró por el brazo para bloquearme el paso mientras preguntaba a su compañero si necesitaba ayuda. El otro estaba postrado en el suelo, encarado con el hocico feroz del animal, ciñéndole la cintura con las rodillas, una de sus manos pisándole el cuello y la otra pugnando por inmovilizar sus brazos. Me pareció que le faltaban manos y mañas para dominar a su presa, y grité:

–¡Dele la vuelta! ¡El pecho contra el suelo! ¡El de él, no el suyo! ¡Cuidado con los dientes! ¡Y no le mire a los ojos!

El que me agarraba me miró y preguntó:

–¿Usted sabe qué bicho es ése?

–Un babuino, papión anubis. Muy peligroso. Suerte que no es muy grande. Un macho adulto podría arrancarle el brazo de un mordisco.

–¿Has oído, Beltrán? ¡Ten mucho cuidado! –Se giró de nuevo hacia mí–. ¿Usted sabe manejarlo? ¿Es veterinario o algo?

–No, soy periodista, ya se lo he dicho. Pero veo mucha tele. –Sonreí antes de darme cuenta de que quizá no se tomara con gracia la sorna del comentario. Se me pegaban las maneras de Mónica–. ¿Saben de dónde ha salido?

–Creemos que se le ha escapado a un grupo de extranjeros en la plaza Mayor, pero no sabemos si lo llevaban sólo como mascota de circo o lo usaban para otras cosas. En cualquier caso, este animal es ilegal.

–¿Para otras cosas? ¿Cree que lo utilizaban para robar o para algún otro fin delictivo? –La imaginación se me desbordó escaleras abajo por los vericuetos de la calle Morgue de Poe y su temible orangután asesino.

–No lo sabemos. Esto habrá que determinarlo una vez que identifiquemos a los propietarios del animal.

–¿Le importa que haga unas fotos?

–No, claro, haga su trabajo. Pero no se acerque demasiado.

El otro había conseguido por fin reducir al babuino. Tomé fotos desde varios ángulos hasta que un coche de la policía trajo refuerzos. Entre el barullo observé a la gente y me pareció que nadie más había fotografiado el incidente. Tenía una exclusiva. Hice algunas preguntas más y contemplé la escena hasta que se disolvió el alboroto. Anoté el nombre de los agentes, les entregué mi tarjeta y quedé en llamar más tarde para solicitar detalles. Por último, recogí un par de testimonios de los viandantes que habían presenciado todo el espectáculo. Orgulloso de mi blanco móvil y guardando la cámara que contenía el valioso documento, entré de nuevo en el bar y me acomodé frente a mis croquetas, mis patatas frías y mi cerveza caliente. El camarero me miró interesado.

–Pero ¿de dónde ha salido ese mono?

–Dicen que aún no están seguros. Posiblemente lo llevaban unos extranjeros para sacarse unas perras, pero quizá lo tenían amaestrado para robar.

–¡Hay que joderse! ¡Si ya lo digo yo, Madrid es una selva! ¿Otra caña?

–Sí, por favor. Y caliénteme un poco esto.

De vuelta al teléfono, marqué el número del despacho de mi padre mientras, como el pescador que saca a flote una red de arrastre para comprobar su contenido, trataba de despiezar la extraña sensación que me producía el haber reconocido de inmediato la especie de aquel mono. Hacía tantos años de aquello... En otro tiempo yo había sido un apasionado de la fauna africana. Aquello fue cuando...

–¿Dígame?

–Teresa, soy Curro, el hijo de Fernando. ¿Está mi padre en el despacho?

–Buenas tardes, Curro. Sí está. Espera un momento, que te paso.

–Gracias. –Escuché el tono hasta que se interrumpió con un chasquido. La voz de mi padre sonó al otro lado de la línea.

–¿Curro?

–Hola, papá. ¿Cómo estás?

–Bien, bien, hijo. ¿Y tú? ¿Qué tal en el periódico?

–Muy bien. Mucho trabajo. Estoy aquí, en el centro, y acabo de conseguir una exclusiva. La policía ha capturado un mono, un babuino suelto en plena plaza de Santa Cruz. ¿Te puedes creer? Y yo soy el único periodista que lo ha recogido en directo. Espero que me lo publiquen.

–Vaya, no me digas. Qué cosas pasan en Madrid. Pues muchas felicidades. Estaré atento a la edición de mañana.

–Me han dicho que me has llamado.

–Sí, sí. Verás, tengo que darte una noticia. He llegado a un acuerdo con un comprador para vender Lux Domini.

Lux Domini.

¡Lux Domini!

De repente fue como si alguien hubiera pulsado el botón de la pausa en el vídeo de mi vida para después rebobinar la cinta a toda velocidad, pasando hacia atrás a Mónica y su novio estrafalario, el periódico, la facultad, los últimos años de colegio y mi primera adolescencia que iba frenando el torrente de imágenes mientras toda mi familia regresaba a Torrelodones, mi padre desde Madrid, mi madre y mi hermana desde El Escorial y mi hermano mayor desde Estados Unidos, nos reuníamos todos juntos de nuevo en aquel caserón al pie del Canto del Pico donde las paredes se teñían de cal nueva, las hojas caídas remontaban el vuelo y se insertaban ordenadamente reverdeciendo en las ramas de los árboles, y los rosales estallaban en coronas de fuegos artificiales, Vicente deshacía el camino desde el pueblo de su familia y por fin allí estaba yo, encuadrado en primer plano con un violento *zoom* de la cámara, de pie en el aeropuerto, con una lágrima pintando una estela salada en mi mejilla mientras apretaba la mano de mi madre y mi abuelo el escocés se desleía entre una marabunta de viajeros cargando maletas. Tantos años encadenado al frenesí de los árboles que pasan por delante de la ventanilla sin que tengamos tiempo para mirarlos, tantos vaivenes en la pequeña hagiografía de mi familia, habían llegado a sepultar bajo tomos de tierra el fondo de mis recuerdos. Todo regresó de repente: mi abuela Uke, Las Cuatro Plumas, mis amigos, la primera chica a la que besé… ¡Mariana!, las largas tardes de verano, nuestras excursiones explorando aquellos parajes atiborrados de monstruos de ficción y leyendas inventadas que cobraban cuerpo y movimiento cuando la noche se adueñaba de la tapicería perlada de los montes de Torrelodones. Todo regresó en un instante, capilarizando las conexiones de mi cerebro como el té de Proust trepando desde la taza por las esponjosas fibras de la magdalena.

¡Lux Domini!

15

PREGONEROS

Me imponía el ambiente tribunalicio del despacho de mi padre, tanta solemnidad, tanto tonelaje de jurisprudencia sostenido sobre los finos tornillos de las baldas, tantas glorias y miserias humanas aprisionadas en la tinta del papel comprimido, durmiendo un sueño congelado que esperaba el momento en que alguien dejara fluir el aire y la luz sobre aquellas páginas para animar de nuevo los personajes de sus casos. Miraba aquellas centurias de lomos repujados dispuestos en perfecta formación como quien contempla el sólido muro de la ley, protector e infranqueable. Esperaba allí a mi padre, que había tenido que ausentarse unos minutos. La gravedad de la noticia que acababa de transmitirme por teléfono, subastar la historia de su familia, me había lanzado desde mi plato de croquetas hasta la profundidad cavernosa de aquella oficina.

De repente la puerta se abrió y mi padre apareció en el umbral vestido con la toga que flameaba a su paso.

–Hola, hijo. Discúlpame el retraso. Pero siéntate, siéntate. –Me acomodé sobre uno de esos butacones de cuero con chinchetas y él ocupó su sillón detrás del escritorio. Encendió un cigarrillo y me ofreció otro–. Pues tú dirás.

–No me contaste que la habías puesto a la venta. –Preferí abrir la conversación conteniendo la borrasca que se estaba cocinando dentro de mí.

–Bueno, la verdad es que todo ha sido muy rápido. Apenas tomamos la decisión y nos pusimos en contacto con una agencia inmobiliaria, el agente nos dijo que precisamente una clienta le había preguntado si tenía conocimiento de que aquella casa estuviera en venta. Es una mujer del pueblo que quiere poner un restaurante y estaba buscando una casa adecuada. Conocía Lux Domini y le parecía el emplazamiento ideal, pero no sabía a quién pertenecía.

–Hablas en plural. ¿Mamá está de acuerdo con esto?

–¡Pues claro! No lo podría hacer sin ella. Legalmente todavía estamos casados.

–Pero papá, ¿de verdad me estás hablando de vender la casa que compró tu abuelo, donde se crió tu madre, te criaste tú, me crié yo, donde nació tu hija pequeña? –Apreté los brazos del butacón. Sentía que el chaparrón se estaba desatando.

–No hinches la vena sentimental, Curro. No es más que un viejo caserón desvencijado. ¿Te has pasado por allí últimamente? Hasta algunos vándalos han pintarrajeado toda la fachada. Acondicionarlo para hacerlo habitable costaría muchos, muchos millones. ¿Y quién lo iba a habitar? ¿Tú? ¿Estás dispuesto también a costear la reforma? La oferta que he recibido es muy buena.

–No puedo creer que mi madre esté de acuerdo.

–Tu madre, como tu padre, piensa que ya está bien de tener inmovilizado un capital que podemos aprovechar. Tu madre, como tu padre, necesita dinero para vivir y pagar sus facturas. Tu madre, como tu padre, es funcionaria pública, y por si no lo sabes te informo de que la administración no se distingue por pagar enormes salarios. ¿Acaso piensas que tu educación y la de tus hermanos han sido gratuitas?

–Vamos, papá, ¿ahora me vas a decir que mi madre y tú estáis sin un chavo?

–Independientemente del estado de nuestras respectivas cuentas, asunto en el que no me creo obligado a entrar en detalles, me parece que olvidas quiénes son los herederos de esa presunta fortuna familiar que sólo existe en tu imaginación. Tú me dirás qué prefieres heredar algún día: un capital que asegure tu vejez y el futuro de tus hijos, o un viejo montón de escombros que de aquí a unos años sólo servirá para la piqueta.

–¿Si elijo la segunda opción servirá de algo?

–Dado que eres el único que opina así, no.

–¿Qué hay de mis hermanos?

–Tu hermana Isabel era demasiado pequeña para que ese caserón haya calado en sus recuerdos. Ella es y ha sido siempre escurialense. En cuanto a Carlos, no le tiene ningún apego a esa casa. Sabes que él es animal urbano. Y de todos modos, viviendo en Nueva York con una chica americana con la que probablemente se casará en breve, es difícil imaginar qué carambola del destino le podría llevar a mudarse a Torrelodones. Ambos están de acuerdo en rentabilizar este patrimonio familiar de la mejor manera posible. Piénsalo fríamente, Curro. Aquí el único que tiene la vista nublada eres tú. Por supuesto que preferiría contar con tu anuencia, pero con ella o sin ella, la casa se vende.

–No tengo más remedio que darte mi consentimiento, si es eso lo que esperas. Pero a la fuerza. –Me recosté en el respaldo sabiendo que mi batalla estaba perdida.

–Sufrirás menos si miras el lado positivo. Contrariamente a lo que piensas, no soy insensible. Por supuesto que Lux Domini atesora infinidad de recuerdos muy queridos para mí. Quizás olvidas que yo reconstruí aquella casa con mis propias manos después de la guerra. Pero te recomiendo que te des una vuelta por allí y compruebes en qué se ha convertido. Aquello ya no es Lux Domini. Lux Domini desapareció hace muchos años. Aquello ya no es más que un esqueleto vacío.

Reflexioné un momento y mi sangre se templó. Después de todo, tal vez la venta era la opción más sensata.

–Lo siento, papá. Siento haberte juzgado tan a la ligera. Perdóname. Creo que me he precipitado en mi reacción y he sido injusto contigo. Me parte el alma que se venda Lux Domini, pero entiendo que es lo mejor para todos.

–Y además la única manera de lograr que la casa sobreviva y recobre el brillo que tiene en nuestro recuerdo. La compradora me ha asegurado que mantendrá la estructura original. Utilizará la planta superior como vivienda y la inferior como restaurante. Incluso dice que conservará el nombre, que le gusta mucho. Cuando se abra al público podremos ir a cenar allí, al restaurante Lux Domini, y recordar aquellos años en una casa viva y restaurada, no en una ruina maltratada por el vandalismo, el abandono y la intemperie. Vamos, ven aquí y dame un abrazo.

Tomé el metro de regreso al periódico con la mirada vuelta hacia la pugna de sentimientos que se libraba en mi cabeza. Cada vez que me convencía a mí mismo de que la venta de la casa era una decisión acertada, me venía algún retazo de la infancia y ese niño que yo había sido se me rebelaba, y plantado ante mí desafiante, en jarras como Peter Pan, me espetaba con indignación: «¿Es que quieres deshacerte de mí, de todo esto?».

Mónica trabajaba frente a su pantalla cuando llegué a la redacción. Intercambiamos un mugido como saludo. Ella no parecía tener ganas de conversación, y yo tampoco. Recordé de pronto mi cita con Celestino Posada. Aunque mi estado de ánimo no era el más adecuado para lidiar aquel morlaco, en cualquier caso él tenía que comprender que un periódico es la dictadura de la actualidad, y mi imprevista exclusiva del mono tenía prioridad sobre la vida y obra de un dinosaurio malhumorado y gesticulante. Conseguí la aprobación de Guan para abrirle un hueco al tema, entregué mis fotos a revelar y me dispuse a trabajar. Marqué el número de Celestino Posada. Al responder me tendió la alfombra roja, pero cuando le comuniqué el motivo de mi llamada me la sustituyó por una cama de brasas ardientes que yo debía cruzar con los pies descalzos y cargando a cuestas con aquel viejo cascarrabias, como en las fiestas de aquel pueblo. No me permitió hilar una explicación coherente. En cuanto comprendió que la entrevista se aplazaba, cargó su mortero de insultos ilustrados y comenzó a bombardearme con la estrategia de no hacer prisioneros. Como siempre, tuve que colgarle el teléfono.

Mónica y yo llevábamos un rato en recogimiento, sumergidos en el claqueteo del teclado, cuando me pareció que ambos estábamos disimuladamente pendientes del otro, espiando mutuamente nuestros movimientos por el rabillo del ojo. Yo necesitaba hablar del encuentro con mi padre, y me decidí a interrumpir el silencio sin apartar la vista de mi pantalla.

–¿Tienes algo que hacer esta noche?

–Iba a preguntarte lo mismo. Mi asistenta está enferma y tengo pendiente ordenar mi colección de pelusas, pero creo que lo dejaré para otra ocasión. ¿Cenamos?

–¿A las once en Bai? Yo invito, así que no te pienso llevar a Horcher.

–Vale. Me apetece pizza. ¿Cómo te fue el día?

–La inauguración, bien. Al salir de allí cacé una exclusiva por pura casualidad. La policía capturó un mono salvaje que se paseaba por la calle en pleno centro.

–Vaya. Creo que Guan tiene el formulario para el Pulitzer.

–No te cachondees. Sé que no es la exclusiva de los GAL, pero oye, por algo se empieza. Es mi noticia. Nadie más lo recogió en directo. Lo de Celestino Posada tuve que cancelarlo. Y estuve en el despacho de mi padre. Luego te cuento. ¿Y tú? ¿Hablaste con Fran?

–Sí. Luego te cuento. Por culpa de eso no he podido hacer nada en todo el día.

–No hay como ser la hija del jefe.

–A cambio de mis privilegios nobiliarios, si quieres te ayudo con uno de tus temas. Supongo que la inauguración será lo mismo de todos los años, aunque haya nuevo alcalde. Pásame la información y cuéntamelo. Te lo escribo y tú me lo editas después.

Apuré la hora del cierre retocando el artículo del mono, aplicando algún sabio consejo de Guan –¡chavaaal, menos literaturaaaa!– y recopilando los últimos datos de la Policía Municipal. Mi identificación de la especie había sido correcta, y así lo habían hecho constar en el informe. Al parecer el babuino pertenecía a una familia de gitanos rumanos, que afirmaban haberlo comprado legalmente en Italia a un africano cuando era un bebé mono. Según ellos sólo lo utilizaban como atracción de feria para arrancar una sonrisa a los niños, pero el registro sugirió que arrancaban algo más: aparecieron varios bolsos y carteras de propiedad ajena y había sospechas de que el primate fuera un consumado tironero. Así pues, el asunto tenía mayor calado que el de una anecdótica escena de Tarzán en el Madrid de los Austrias. Satisfecho de mi primer logro como auténtico reportero de calle, entregué el artículo y partí hacia mi cita con Mónica.

Antes de las once tuve el tiempo justo de rozar mi domicilio fiscal, ducharme, ponerme algo decente y limpio, y bajar caminando hasta nuestro restaurante italiano favorito, en la calle Félix Boix, donde habíamos fijado nuestra sesión de terapia extralaboral. Bebí una cerveza esperando a Mónica. Ella había salido del periódico antes que yo, vivía más cerca del restaurante, y aún así llegó media hora tarde. Sin embargo el retraso era de los que se firman de antemano sólo por la oportunidad de comprobar el resultado. Asomó por la puerta del local sin el disfraz de ejecutiva de la comunicación disfrazada a su vez de redactora de a pie. Se quitó el abrigo como quien descorre la cortinilla para descubrir una placa conmemorativa. Era tan sólo una hermosa mujer, fresca y sonrosada como si acabara de dormir doce horas, los anzuelos de cristal negro de su melena arracimados en una coleta baja, con un vestido chalequero de *tweed* en color marfil sobre una blusa negra. Se daba la extraña circunstancia de que aquella preciosidad llevaba puesto el cerebro de mi mejor amigo, y aquello me sumía a veces en un desdoblamiento de personalidad en mi actitud hacia ella que, y eso era lo peor, sospechaba que era recíproco. Al aproximarse a mí, desfilando sobre sus altos tacones, sonrió sin ese residuo de torcida ironía que solía mancharle la cara en el periódico. Fue una sonrisa transparente y vulnerable, como la de una enamorada. Me levanté y tomé su mano para besarla en la mejilla. Se sentó frente a mí y una guedeja ondulada se le enganchó en las pestañas.

–Estás preciosa.

–Tú también estás precioso. ¿Eso es del libro de estilo? ¿Qué es esto, una cita?

–En efecto, creo que habíamos quedado, ¿no? Pero tampoco es nuestra primera cita, si no recuerdo mal. Ya me has llegado tarde otras veces antes.

–¿Llevas mucho esperando?

–Bueno, como habíamos quedado a las once, he llegado a las once. Soy así de clásico.

–Perdooona. Te compensaré con un nuevo capítulo de la biografía de Mónica Borgia, la envenenadora de amantes.

–¿Fran?

–Te hice caso y le llamé. Tenías razón. Hablaba como una ballena varada jadeando en la playa. Pobrecito, qué mala soy. Supe que no era el momento ni el modo adecuado, pero me sacudió una descarga de conciencia y no podía seguir prolongando esta situación por más tiempo. Le dije que habíamos terminado. Traté de decirlo de la manera más suave posible, pero se puso muy nervioso. Amenazó con tomarse un bote de pastillas. Le creí capaz, y me consta que en casa de Fran hay más sustancias tóxicas que en Bhopal, así que me asusté. Llamé a su amigo El Hostias, que vive cerca de él, y le pedí que fuera a verle para impedirle que cometiera una locura. Me fui corriendo a su casa. Cuando llegué estaba postrado en la cama. El Hostias le había machacado un somnífero en la Coca-Cola y se lo había dado a beber. Estaba semiconsciente y muy relajado. No paraba de repetir que su colega le había echado algo en la bebida y que estaba muy cansado. Por fin se durmió. Su amigo se quedará con él toda la noche. Mañana iré a ver cómo está.

El camarero acudió a tomarnos la orden. Pedimos unos entrantes, dos pizzas *calzone* y una botella de Chianti.

–Pobre Fran. Una víctima más de la revolución. ¿O es de la evolución?

–No me juzgues con dureza. Estas cosas pasan. Se rompen parejas todos los días y no hay por qué culpar a nadie. Si ha habido evolución, ha sido suya, no mía. Él ya no es el mismo que cuando nos conocimos.

–Y tú no has tenido nada que ver con ese cambio, claro.

–¿Cómo iba yo a imaginar que a un tipo que se dedica a vomitar diatribas contra los bancos, y no sólo en sentido figurado, y a sellar cajeros con silicona, cuando le plantas una tarjeta oro en la mano se le ponen los ojos en blanco? Yo sólo quería ayudarle, facilitarle que se dedicara al arte en lugar de perder el tiempo con un oficio que detestaba. ¿Es que hacían mal los Médicis? Puede que Fran no sea Miguel Ángel, pero lo creas o no, tiene talento. Su problema ha sido equivocarse de camino. Al principio nuestra relación era como él entonces: espontáneo, salvaje, tórrido. Antes era un espíritu libre e indomable, y ahora es un conejillo dócil. Vota a Felipe, lee *El País*, declara a Hacienda y lleva chaquetas de pana. Ha adoptado un papel de cultureta intelectual que no le va nada. ¡Pero si no hizo el bachillerato! Lo último fue que había aceptado una oferta para hacer una sección como crítico en una revista de arte. Ya ves, me enrollo con un artista rebelde y de la noche a la mañana resulta que estoy saliendo con un periodista. Y si algo sobra en mi vida son periodistas. ¡Ja! Experto en arte, y hace tres meses no sabía quién era Damien Hirst. Se ha vuelto un presuntuoso que reniega de sus orígenes, y ha intentado convertirse en el novio que mi padre desearía para mí. Yo siempre he huido de eso. Si no he cortado antes con él ha sido precisamente porque tenía miedo de hacerle daño. Temía que ocurriera lo que ha ocurrido hoy.

–¿Y ahora qué? ¿Irás de nuevo a la komuna a ver qué género nuevo han traído?

–No necesito a nadie. Y basta de criticar mi vida sentimental, que la tuya tampoco es para bailar rumbas. Que yo sepa no has salido con nadie desde aquella… la vikinga, esa rubia de la facultad.

–Se llamaba Silvia, y fue ella quien me dejó a mí.

–Claro, si al final hasta le gustaba yo más que tú. Le importaba menos el sexo de su pareja que su dinero. Menuda zorra ambiciosa.

–Eres muy injusta con ella. Y lamento comunicarte que en el juego de dibujar flechas, para mucha gente no era precisamente la vikinga la que rimaba con «zorra ambiciosa».

–Si el objeto de tu insinuación soy yo, te agradezco el cumplido, pero la ambición es el privilegio de los que no tienen. Yo no necesito ambición porque lo tengo todo. Y en cuanto a lo de zorra, en el diccionario popular significa «mujer triunfadora que gana más dinero que uno». Estoy acostumbrada.

Llegaron los entrantes y el vino, y seguidamente las pizzas. Recordamos los días de la facultad e imaginamos cuál habría sido el destino de todos los amigos con los que habíamos perdido el contacto. Nos sorprendimos al saber por el otro que fulano estaba poniendo su voz en cuñas radiofónicas, o que mengana trabajaba en el departamento de comunicación de tal partido político. Hasta el postre, Mónica no se atrevió a preguntarme.

–Bueno, ¿es que no me vas a contar eso de tu padre? ¿Ya no quieres hablar de ello?

–Sí, pero es que todavía estoy un poco confuso. Aún tengo que ordenar mis ideas. Se trata de la casa de Torrelodones donde me crié. Mi padre ha llegado a un acuerdo para venderla, y yo ni siquiera sabía que la habían puesto en venta.

–Supongo que detrás de eso hay más que la venta de una casa.

–Pues sí, mucho más. La casa es… es lo único que queda del tiempo en que mi familia estaba unida. Sin darme cuenta había enterrado todos aquellos recuerdos, pero estaban latentes, como si esperasen un futuro mejor, pero no quisieran atormentarme con el recuerdo de un pasado mejor. Al remover esos recuerdos, todo ha regresado de repente. Aquella casa era mi abuela, y viceversa. Cuando ella murió, abandonamos la casa y mi familia empezó a fragmentarse, pero la casa aún sigue allí como único testigo de todo aquello y como única esperanza de todo lo que podría ser. Venderla es dar carpetazo a una parte muy importante de mi pasado y, en cierto modo, certificar la ruptura de mis padres.

–¿La venta es por motivos económicos?

–Mi padre insinúa algo parecido, pero me consta que no es así. No somos los Médicis, pero tampoco nos arrastramos en la miseria. Quedan los cuadros de mi bisabuelo y otras cosas. Lo que pasa es que mi padre me lo ha argumentado bien y casi ha llegado a convencerme de que la venta es la mejor opción. Al principio he sacado las uñas, pero me ha explicado que rehabilitarán la casa para montar un restaurante, y que de no ser así habría que derribarla, que está en un estado ruinoso. Así que ya no sé qué pensar.

–¿Quieres saber mi opinión?

–No, te lo estoy contando para que me lo traduzcas al búlgaro.

–Pues sólo hay dos motivos para vender: negocio extremo o ruina extrema. Dado que ninguno de los dos casos parece aplicarse, la venta es un grave error. Verás, entre las propiedades de mi familia se contaba un pedazo de tierra improductiva cerca de la costa de Málaga, donde no había más que terrones, ni siquiera basura para las cabras. Mi abuelo recibió varias ofertas para comprársela por cuatro perras, pero nunca vendió. Con el boom turístico, muerto ya mi abuelo, ocurrió que una gran cadena hotelera compró la finca colindante para construir un hotel de lujo y un campo de golf. Cuando el experto de turno diseñó el campo, resultó que sólo había espacio para diecisiete hoyos. Le dieron mil vueltas al proyecto, pero no había manera de encajar el hoyo dieciocho. Así que la empresa le ofreció a mi padre una cantidad ridícula para comprar el trozo de parcela que necesitaban y conseguir después la recalificación. Mi padre respondió que jamás vendería aquella finca, y que mucho menos la fragmentaría. Los inversores se pusieron muy nerviosos y finalmente decidieron tomar cartas en el asunto. Prácticamente le pusieron encima de la mesa a mi padre un cheque en blanco por la finca entera. Mi padre aceptó, pero con la condición de que una parte del precio se destinara a construir viviendas en el terreno sobrante y se le canjeara por acciones de la empresa a valor nominal, lo que además de una enorme plusvalía le daba una sustanciosa participación en los beneficios. Te aseguro que fue el negocio del siglo.

–No estoy seguro de haber entendido la maniobra, y seguramente por eso mi familia es incapaz de hacer un buen negocio con esta casa.

–Es igual. A lo que voy es a que, o consigues venderlo por mucho más de lo que vale, o no hay venta. Salvo, claro, que lo necesites para comer y tengas que aceptar cualquier limosna. Dicho esto, y aparte de todo lo demás, yo nunca vendería la casa donde me crié. Me parece hasta inmoral. Para estas cosas soy muy mía. Escarlata O'Hara, a mi lado, una despegada sin raíces. Esas propiedades tienen que pasar de padres a hijos, a nietos y a bisnietos. Tal y como está el mundo, es de las únicas cosas que todavía nos pueden distinguir de la tribu del gotelé.

–¿La tribu del gotelé?

–La gran masa gris de la clase media, esa piscina de lodo donde pelean los que caen desde arriba con los que suben desde abajo, como en los chistes de Quino.

–Eso, ante todo, viva la gente.

–Oye, tú ya me conoces. Nunca he pretendido abogar por la lucha de clases. Si acaso, por la ducha de clases. Al menos conseguí que Fran se acostumbrara a lavarse todos los días. En fin, a lo que iba. Que no puedo creer que tu familia en bloque esté de acuerdo con la decisión de desprenderse de la casa.

–Mi padre afirma que es así. Aún no he hablado con ninguno de ellos. Antes quisiera pasarme a comprobar el estado de la casa, por si eso pudiera ayudarme a formarme un juicio. Pensaba ir el fin de semana. ¿Me acompañas?

–¿A la sierra? Claro. Llevaré pollo frío y cerveza caliente. Pero seguiré pensando que cometéis un error.

–Es posible, pero es que no se trata solamente de la venta de la casa. Esto me ha hecho empezar a darle vueltas a cabos sueltos de mi vida que tienen que ver con ello. Te sorprenderá saber que ha sido por el mono.

–El mono, claro. Ya me parecía que tenía que haber un cerebro gris detrás de toda esta trama.

–No, verás. Creo que nunca te he hablado de mi abuelo.

–¿Tu abuelo? ¿El que vive en Ibiza?

–No, mi otro abuelo. El padre de mi padre.

–No recuerdo.

–Pues te sorprenderá saber que mi abuelo fue un escocés errante que pasó por Torrelodones en los años treinta, dejó embarazada a mi abuela Uke y se marchó a Kenia, donde desapareció sin dejar rastro.

–¡Qué modernos! ¿Y tú me llamabas a mí *flapper* atolondrada?

–Para evitar la vergüenza social por el embarazo, mi abuela y su padre emigraron a Austria, donde nació mi padre. Huyeron de allí poco antes de que los nazis tomaran el poder.

–¡Joooder! Por cierto, te llamaron Spielberg y Ana Obregón, que quieren producir tu próxima película.

–Te agradecería que sólo me interrumpieras si tienes algo sensato que aportar. No hay nadie aquí ahora para reír tus gracias, excepto yo, y como ves, no me estoy riendo.

–Perdooona. Trataré de ser sensata, pero entonces no tendrás mi punto de vista, sino el de otra. Yo no soy ésa.

–Prosigo. Cuando yo tenía diez años, mi abuela murió de un cáncer de páncreas fulminante. Ocultó los síntomas a la familia, disfrazándolos de gripe o cansancio, y no se hizo examinar por ningún médico. Cuando se hizo evidente para mis padres que era algo más serio, la enfermedad estaba ya muy avanzada. Entonces la ingresaron, pero para cuando pudieron diagnosticarla, ella ya no estaba en condiciones de enterarse. Murió sin siquiera saber qué enfermedad la estaba llevando a la tumba.

–¡Pobrecita!

–¿Qué podría llevar a alguien a dejarse morir de esa manera?

–No sé, puede que no tuviera alicientes para seguir viviendo…

–¿Y por qué? Su vida estaba… Quiero decir, todos pensábamos que su vida estaba completa. Tenía su casa, su familia, Vicente…

–¿Vicente?

–«Vicente *el Asistente*.» Era una especie de joya todoterreno. Secretario personal, jardinero, albañil, fontanero, carpintero, niñera, limpiador… Se ocupaba de todo. Trabajó para mi abuela desde que terminó la guerra, cuando regresaron a Torrelodones. La leyenda de mi familia cuenta que había algo más entre ellos, aunque nunca tuvimos la certeza. Si lo hubo, fue una relación secreta, o al menos discreta. Vicente se marchó al poco de morir mi abuela.

–¿Murió también?

–No, regresó a su pueblo, La Acebeda. Allí tenía una casita que había pertenecido a su padre, donde vivían hasta que emigraron a Torre buscando trabajo. No sé si vive todavía. No he vuelto a saber de él.

–¡Vaya historia! Si ese romance existía, parece que tu abuela aún tenía un motivo para vivir. El hecho de que él se marchara al morir ella hace pensar que no estaba con vosotros por el trabajo. ¿Y adónde nos lleva todo esto?

–Verás, resulta que poco después de morir mi abuela, un día sonó el timbre de la puerta. Adivina quién era. Hamish, mi abuelo escocés, venía a presentar sus condolencias.

–¡No me digas! ¿Cómo se enteró? ¿Quién se lo dijo?

–Según parece fue la hermana de mi abuela, Victoria, quien le escribió comunicándole la noticia.

–¿Y cómo sabía dónde localizarlo? ¿No estaba desaparecido?

–Veo que me sigues. Es evidente que Victoria conocía su dirección en Kenia. Lo que implica que mi abuela también conocía su paradero. Y si esto es así y ella nunca se comunicó con él, cualquiera pensaría que no le tenía demasiado aprecio.

–Hombre, después de la faena torera que le hizo, no es de extrañar. Estocada y espantada…

–Vale. Entonces, ¿por qué tengo el recuerdo de los momentos más felices de mi abuela cuando hablaba del escocés? ¿Por qué se quedaba abstraída cuando pensaba en él? ¿Por qué, incluso, me dejó un mensaje para él que yo debía transmitirle después de su muerte?

–¿Mensaje? ¿Qué mensaje?

–Que yo era su nieto, que la perdonara, que ella le amaba. Que nunca le olvidó.

–Vaya. Eso no tiene mucha lógica.

–Exacto. Si ella le amaba, ¿por qué se separaron? Supongamos por un momento que él no la quería. Pero si ella conocía su paradero, ¿por qué nunca se puso en contacto con él?

–Tal vez lo hizo y tú no lo sabes.

–Pudiera ser. Pero no lo creo.

–¿Por qué?

–Cuando ella hablaba de él siempre se refería a aquel pasado remoto, nunca a ningún contacto reciente. De hecho, una vez llegó a decirme que no sabía si estaba vivo o muerto.

–Puede que ella le escribiera pero que él simplemente pasara de ella, sobre todo si no quería hacerse cargo del niño.

–Pero tampoco me cuadra.

–¿Por qué?

–Porque el propio Hamish me contó que le había pedido a mi abuela que se marchara con él a África, y que fue ella quien rechazó su proposición. Es más, y aquí viene lo mejor: él afirmaba desconocer que ella estaba embarazada cuando él partió a África. Según decía, se enteró a través del mensaje que me dejó mi abuela para él, y enterarse después de tantos años de que tenía un hijo y tres nietos le emocionó muchísimo. Cuando visitó la tumba de mi abuela le dejó un poema que había escrito para ella como último adiós. Era un poema de amor. Todo esto indica que él también la amaba.

–¿Y si os mintió? ¿Y si era todo una farsa?

–Desde luego, no puedo descartarlo. Mi padre siempre ha estado convencido de que así era. Pero en ese caso sería, además de un cabrón consumado, un actor excelente. El Hamish que yo conocí no era ningún monstruo. Todo lo contrario. Me pareció una bellísima persona. Durante las semanas que estuvo con nosotros me influyó poderosamente y siempre le he recordado con mucho cariño. Por aquella época yo estaba fascinado por los leones. Salía con mis amigos a explorar una finca que quedaba justo detrás de nuestra casa, y nos imaginábamos que allí vivía un temible león al que teníamos que cazar. Me formé una imagen de Hamish como un Quatermain de *Las minas del rey Salomón*, un cazador aventurero e intrépido. Me contaba historias de África, y decía que había matado un león. Todo esto despertó en mí una pasión por aquel continente oscuro y por sus animales. Cuando finalmente se marchó, me prometí que algún día viajaría a África, comencé a interesarme por todo lo africano, a comprar libros y a estudiar a los animales y sus costumbres. Y de ahí volvemos a lo del mono. Esta mañana me he sorprendido a mí mismo al reconocer de inmediato la especie del babuino, a pesar de que hace muchos años de todo aquello. Y esto me ha hecho recordarlo.

–No conocía esa pasión tuya por los bichos, aunque ahora entiendo mejor por qué me tratas.

–Yo debí haber sido veterinario o zoólogo. Pero realmente mi abuelo fue también en parte responsable de que yo eligiera esta profesión nuestra.

–¿Y eso?

–Durante el tiempo que estuvo con nosotros mantuvo un mutismo absoluto con respecto a su vida privada. Como te decía, mi padre no simpatizaba con él, por lo que él hablaba sobre todo conmigo. Conectamos muy bien. Pero nunca me habló de sus cosas personales, de si tenía una familia o de qué era lo que hacía en Kenia. De repente un día apareció muy nervioso, diciendo que tenía que marcharse porque había muerto el presidente del Gobierno keniano y temía que pudiera haber revueltas allí. No supimos cuáles eran los asuntos que le reclamaban, pero de camino al aeropuerto nos contó lo único que pudimos saber sobre su vida en Kenia: era periodista, o al menos había trabajado como corresponsal para un periódico británico durante la guerra de la independencia. Me debí de quedar con esa copla y empecé entonces a interesarme por lo que hacen los periodistas. Y aquí estoy.

–Vaya. Es una historia increíble. Me sorprende que desde que nos conocemos nunca me hayas hablado de ello.

–Todo esto ha estado dormido en mis recuerdos durante años. En mi familia nunca se habla de ello. Es tema tabú. Mi padre nunca quiso saber nada más de Hamish.

–¿Y tu madre?

–Mi madre no estaba segura de a qué carta quedarse, si creer su versión o no. Pero me consta que quería creerle. Él le causó buena impresión. De hecho intentó ponerse en contacto con él varias veces después de su partida, en la dirección que él nos dejó, para interesarse por sus asuntos. Cuando iba a escribirle me lo decía, y yo hacía un dibujo de leones para que mi madre lo enviara con su carta. Pero nunca tuvimos respuesta.

–¡Qué pena! ¿Y no has sabido de él desde entonces?

–Absolutamente nada. Se esfumó. Pero pienso que su presencia siempre ha estado sobrevolando en los asuntos de mi familia. Las primeras discusiones de mis padres estuvieron motivadas por sus diferencias con respecto a Hamish. Después de su marcha siguieron discutiendo. Mi madre le insistía para que recapacitara y le escribiera, pero él se ponía furibundo con este tema. Tampoco soportaba que mi madre le escribiera. La relación entre ellos se fue deteriorando hasta que finalmente llegó la separación. Pienso que si no hubiera sido por él mis padres no se habrían separado, así que mi recuerdo de Hamish es agridulce.

–¿Y quién se quedó con la casa tras la separación?

–Nadie. Cuando se separaron ya no vivíamos allí. Después de aquel verano regresamos a El Escorial, y la casa de Torre quedó simplemente abandonada, olvidada. Mi padre pidió el traslado a Madrid. Mi madre y nosotros nos quedamos en El Escorial, pero con la familia dividida ya nada fue lo mismo. Siempre he pensado que mi hermano se marchó a Nueva York agobiado por la ruptura familiar. Él siempre le tuvo más apego a mi padre. Ahora está establecido allí y seguramente se casará, comerá pavo en la cena de Acción de Gracias y será feliz con su familia americana, pero quién sabe, quizá seguiría aquí si mis padres no se hubieran separado. Parece que sin pretenderlo, Hamish sembró una semilla que ha marcado el destino de mi familia. Y él ni siquiera lo sabe.

–¿Y no pudo ser que Hamish os escribiera a Torre cuando ya no vivíais allí?

–Podría ser, pero en sus cartas mi madre le dio nuestra nueva dirección.

–Tal vez él no recibió vuestras cartas. Problemas con el correo, o tal vez cambió de domicilio.

–Tal vez, tal vez, tal vez. Hay muchos tal vez, pero ninguna respuesta.

–Entiendo que aquella casa signifique tanto para ti. ¿Y si la compras tú?

–¡Ja, ja! ¡Claro, no hay problema! Mañana mismo me paso por el despacho de tu padre a pedirle que me quintuplique el sueldo.

–Entonces no te olvides de hablarle bien de mí, a ver si también me aplica la subida. Esa chica morena, su hija, ¿se acuerda? Pues nada, tío, que si no hay solución, lo mejor es que no le des más vueltas.

–No se las daba, pero lo de hoy ha sido para mí como la magdalena de Proust. ¿Te das cuenta? Tantos años sin pensar en todo aquello y de repente, un buen día, en espacio de apenas media hora, dos hechos completamente inconexos me traen de nuevo a la memoria todo aquello. ¿No te parece demasiada coincidencia?

–¿Hombrecitos verdes? ¿Señal divina?

–Vamos a ver, ¿cuántos monos has visto sueltos por las calles de Madrid?

–Uy, ¿sueltos por las calles? Y en los despachos, los periódicos, los ministerios…

–Y para uno que aparece, ¿por qué iba a ser justamente donde yo estoy? ¿Inmediatamente antes de que mi padre me cuente que venden la casa de mi infancia?

–Creo que aquí estamos llegando a la reducción al absurdo, pero que muy absurdo. No te calientes la cabeza. –Me cogió la mano y entonces, sin pactos previos, ironías o agresiones calculadas, entrelazamos los dedos. Tenía la mano impecable como la de un maniquí, rosácea como si la hubieran pintado al espray delineando las cutículas de las uñas brillantes de color azafrán–. Hala, vámonos. Creo que esta gente quiere cerrar.

Salimos a la noche estrellada de diciembre. Por algún impulso indescifrable nos agarramos de la mano y caminamos en silencio. Ella vivía en un edificio orientado a la Castellana por la fachada lateral, encima de lo que entonces era la heladería Oliveri. Se accedía al portal por un callejón cerrado al tráfico con una cadena. La acompañé hasta allí. Ella revolvió en su bolso, rescató las llaves y me sonrió detrás de un chorro de vaho.

–Si quieres sube un rato y te enseño mi colección de pelusas.

–Pero no pienso ordenártelas.

–No nos molestarán. Las tengo muy bien amaestradas.

Entramos en su apartamento y prendió las luces. Era una planta cuadrada partida en dos piezas simétricas por un panel de madera, con una pequeña cocina abierta al salón por un mostrador. Las dos habitaciones daban a la fachada por grandes cristaleras que tenían salida a un largo balcón corrido. Ella fue a dejar el bolso y el abrigo sobre la cama mientras yo miraba un cuadro nuevo que colgaba de la pared del salón. Era un dibujo de Mingote dedicado a ella por su cumpleaños. Iba a preguntarle por aquel valioso regalo cuando me sobresalté al sentir sus brazos rodeando mi cintura desde detrás. Me giré y encontré sus ojos encendidos reflejando mi incrédula expresión, la piel de su rostro allanando el límite de la burbuja espacial que marcaba el perímetro respetuoso para compartir trabajo y penas, sus labios de azafrán a una distancia que invitaba a suprimirla.

–¿Quieres tomar algo? Por ejemplo, ¿a mí?

–No me gustan las mujeres sexualmente agresivas.

–Pues entonces no pienses que soy una mujer. Creo que hoy los dos necesitamos una ración de cariño. De colega a colega. –Rozó mi boca con la cresta de su labio superior.

–Nunca haría esto con otros colegas, por ejemplo, con tu padre.

–Cállate de una vez.

Un momento después apenas podía creer estar devorando a mi mejor amiga. Nos besamos por inmersión, hasta casi anudarnos la campanilla con la lengua. Mientras deslizaba mi mano bajo el carbón cromado de su pelo, sobre el vello acalorado de la nuca, tragué su saliva y tendí el hilillo que unía nuestros labios hasta el filo de su oreja, sorbiendo la piel que tapizaba la sombra de su mandíbula. Mónica sabía a pétalos estrujados, a cuero, a regaliz, a mostaza, a leche caliente, a hielo picado, a vino de moras, a espuma de limón, a pólvora, a aceite de almendras, a crema de cacao, a seda perfumada, a encaje llevado y desvestido, a lycra húmeda, a pliegues inundados por transpiración, a aliento respirado varias veces y a carne hinchada rozando algodón. Y ese regusto a tinta que seguramente yo ponía de mi parte, pero que parecía tatuar su piel como si llevara impreso un camino para recorrer con la lengua, desde el metal ácido que colgaba de su lóbulo, pendiente abajo por una cresta de su cuello hacia la clavícula atravesada por una vía de raso que bajaba hasta la carne mullida, vestida de flores transparentes en una fina red de hilo blanco que se encrespaba dura y firme en la cumbre congestionada bajo el tejido, empujando para abrirse camino a través de las flores. Mientras desabotonaba su vestido y su blusa, su cuerpo despedía el olor de un juguete recién desembalado, y las flores de su ropa interior se abrían como esas volutas de corcho blanco del embalaje que se pegan eléctricamente a los dedos. Nos dejamos caer sobre la cama, sobre su abrigo y sobre su bolso, que se espachurró vomitando un torrente de maquillajes, pintalabios, *kleenex*, tabaco, monedas, bolígrafos, pulseras, medias y salvaslips, y entre aquel top manta de almoneda de objetos tintineantes y ropas arrancadas, aprisionados en la maraña sudorosa de nuestros propios cuerpos, hicimos el amor.

Horas después desperté. Mónica dormía a mi lado con la espalda desnuda hasta los hoyuelos lumbares. Su cabellera reposaba sinuosa sobre la curva de su hombro, abriéndose en una chispa refulgente donde su pendiente de diamante relucía como una piedra de lava en la falda nocturna de un volcán. Acaricié su pelo revuelto y emitió un gemido soñoliento. Me levanté y rebusqué en su armario hasta encontrar una manta. Me envolví en ella y salí al balcón. Me senté contemplando las luces titilantes de la Castellana y el prisma luminoso de la torre Picasso, y me fumé el aire helado mientras me sentía borracho de euforia y desorientación. Estuve un rato sumido en mis pensamientos, hasta que la puerta de cristal chirrió en sus goznes. Mónica apareció, también envuelta en una manta. Se sentó a mi lado y apoyó la cabeza en mi hombro. Su mano rebuscó la abertura de mi manta.

—¿Sabes? —le dije—. He estado pensando. Recordaba algo que mi madre me contó una vez sobre mi abuela.

–¿Más enigmas sin resolver?

–No, una historia aparentemente trivial. Cuando abandonaban Austria pararon en un cementerio donde estaba enterrado el hijo de un amigo que habían conocido allí. Mientras buscaban la tumba vieron a una anciana que dejaba camelias sobre las lápidas. Le preguntaron por la tumba que buscaban, pero resultó que la señora estaba demente. Hablaba con los muertos.

–Tienen mejor conversación que muchos vivos.

–Mucho tiempo después, mi abuela recordaba a aquella señora. Por algún extraño motivo, ella pensaba que era una oportunidad que había dejado escapar.

–¿Oportunidad? ¿De qué?

–No sé… Sólo ella lo entendía. Mi abuela era una persona muy religiosa, y mi madre decía que ella pensaba que en algún momento de nuestra vida nos cruzamos con nuestro ángel de la guarda. Tal vez pensaba que aquella dama de las camelias era su ángel de la guarda, y que si hubiera tratado de seguirla se le habría abierto un mundo nuevo, inesperado, y todo habría sido diferente. Quizá le hubiera llevado a reencontrarse con aquellos amigos, quizás habría decidido quedarse a vivir allí con ellos y su vida hubiera sido más plena, no lo sé. Es posible que mi abuela lamentara no haber hecho nada por lo que mereciera la pena vivir desde que regresaron a Torrelodones, y desde que su hijo fue capaz de valerse por sí mismo y su padre murió, no hubo nada que le exigiera seguir luchando. Tal vez por eso se dejó morir.

–¿Y cuál es la conclusión?

–Tengo que encontrar a mi abuelo. Tengo que viajar a Kenia.

–¿Qué sentido tiene eso ya?

–Si mi abuela tenía razón, creo que él es mi oportunidad. Y quién sabe, quizá también la de mis padres. La de mi familia.

–No me dirás que piensas que tu abuelo es tu ángel de la guarda.

–Durante mucho tiempo pensé que ambos lo eran, Uke y Hamish. Cuando uno aún cree en esas cosas. La última vez que vi a mi abuela con vida, ella me dijo algo. Me dijo: «Dondequiera que vayas, yo iré siempre contigo, y cuidaré de ti». Quizá te suene cursi o pueril, a frase de *La casa de la pradera*. Pero aquello no lo dijo por decir. Yo creo que cuando alguien sabe que le quedan pocos días de vida, seguramente tiene cuidado de medir muy bien sus palabras. Me lo dijo con firmeza, con tono de promesa. Con el esfuerzo de quien quiere hacerse creer. Durante muchos años yo he pensado que ella estaba siempre ahí, ante, bajo, so, sobre, tras de mí, cuidándome. Pero al mismo tiempo siento que yo no he cumplido con ella. Ella me hizo depositario de un mensaje para Hamish. Entonces era un niño y no lo comprendí. Después, como te dije, todos hemos olvidado aquello durante años. Pero ahora lo veo claro. Con aquel mensaje, mi abuela quería dejar un legado. Quería traer de nuevo a Hamish a nosotros. Reunir a la familia. Ése era su legado. Y míranos ahora. Estamos todos disgregados, y en parte a causa precisamente de que todo salió al revés. Y además, ¿por qué no puedo volver a creer en mis ángeles de la guarda? Si tengo mi propio belcebú personal, léase Celestino Posada, ¿por qué no? Hoy la gente sigue creyendo en ellos, pero los llaman gurú, ídolo, consultor, asesor financiero, consejero matrimonial, agente de la condicional o... profesor de yoga. Por si te parecen pocos motivos, además puede ser una buena historia, y un periodista no debe dejar escapar una buena historia, sobre todo cuando es la suya propia. Necesito respuestas. Tengo que ir a Kenia.

–No te obsesiones. No le des tanta importancia a lo que hacemos. Creo que estás disfrazando de profesionalidad lo que no es más que una búsqueda personal. Lo cual, ahora que lo pienso, es de las pocas cosas nobles que se pueden hacer con el periodismo. Hazlo.

–¿Vendrías conmigo?

–¿Tú y yo en África? ¿Alejados de la civilización, de la amplia oferta de la sociedad de consumo, perdiendo la perspectiva de la realidad, juntos en una cabaña solitaria, el atardecer en la sabana, dos vasos de whisky y la chimenea crepitando, el jacuzzi humeando en el baño, recostados sobre una alfombra de piel de cebra sin más obstáculo entre nuestros cuerpos que dos camisas de lino? Mmm... Digamos que no. Demasiado peligroso, cariño.

–¿Cariño? No, si al final será inevitable que acabemos juntos.

–Eso es precisamente lo que quiero evitar. Tú siempre has sido mi cariño, y siempre lo serás. Precisamente te llamo así porque sé que puedo hacerlo sin que inmediatamente me ciñas la yunta al cuello. No quiero cometer más errores por una temporada. Eres demasiado para mí. Demasiado algunas cosas, y demasiado poco otras.

–Vaya, no olvides hacerme una lista a dos columnas. Pero si ya pasamos más tiempo juntos que muchas parejas. Habría poca diferencia con lo que tenemos ahora. Ya ni siquiera el sexo.

Se levantó de la silla.

–Nada de eso, muñeco. Lo de hoy ha sido un fenómeno aislado. Fenómeno, pero aislado. Como el indigente hambriento que se pega una comilona. Mañana será otro día. Pero esta noche... sigue siendo esta noche.

Abrió su manta. Me incorporé frente a ella y la envolvió alrededor de mí, pegando su cuerpo miembro por miembro contra el mío. Luego prosiguió.

–Vamos dentro. Hace un frío que pela y la habitación se estará enfriando. Hay que calentarla un poco.

Desperté a mediodía y Mónica no estaba. Maldije todos los tópicos de las relaciones esporádicas. De haber sido sábado, habríamos desayunado juntos en su terraza soleada. Entré en el baño y me miré en el espejo. Mónica había dejado una nota escrita con lápiz de labios en mi torso, de modo que se pudiera leer en el reflejo. Siempre he tenido el sueño pesado.

DESAYUN
AEDE[1] CON MI PADRE
TBO LUEGO
M´NICA

Y un beso de carmín impreso ligeramente por encima de la frontera de mi pubis. La O de «desayuno» era mi pezón derecho, y la O de «Mónica» era mi ombligo. Qué lista era. Me duché sin enjabonarme el torso.

Cuando llego tarde a trabajar prefiero no encubrirlo. Pasé por mi mesa y encendí mi ordenador. Un papelito pegado a la pantalla decía:

1. Asociación de Editores de Diarios Españoles.

Y debajo, cuatro palitos cruzados por otro más, como los años de una condena.

Entré directamente al despacho de Guan. Estaba enfrascado en un artículo de la competencia, soplando humo de su puro por una comisura mientras por la otra murmuraba: «Qué cabrones, qué cabrones».

–Guan, ¿puedo pasar?

–Sí, pasa, pasa, chaval. –No desvió la vista del periódico–. Estos cabrones nos han levantado la fuente. Nadie más podía saber lo de los pagos irregulares con las basuras de... ¡Bueh! –Tiró el periódico a un lado y me miró–. Bien tu artículo del mono, chaval, bien.

Un elogio en Guan era algo infrecuente.

–Gracias. Aún ni lo he visto en papel. He venido directamente a decirte que acabo de llegar. Tarde. Y no tengo excusa, al menos una que pueda contarte.

–Güevos tienes, chaval. Que no se repita –me amonestó con el dedo.

–Oye, Guan... ¿Por qué te llamamos Guan si te llamas Onésimo? –Claramente estaba haciendo tiempo para no entrar al trapo.

–Mi padre me puso Onésimo por Onésimo Redondo. El jodío, que en paz descanse, era más facha que el aguilucho de la bandera. En mi familia, todos, nacionalsindicalistas. Y a mucha honra, ¿eh? Mi segundo nombre es Ramiro, por Ramiro Ledesma. Para abreviar me llamaban One, y en la facultad me lo cambiaron a Guan porque yo era el número uno del curso. El námber guan. Guan, chu, zri, ¿entiendes? Sí, chaval, no me pongas esa cara, fui número uno de mi promoción. Premio de licenciatura. Aquí está. –Pegó un golpe con el dorso de la mano sobre un diploma colgado de la pared. El marco reaccionó desplomándose desde su alcayata.

–Oye, Guan. –Decidí lanzarme a la piscina en caliente, antes de tener tiempo para arrepentirme de lo que iba a hacer–. Llevo aquí ya más de un año, seis meses desde que terminé la carrera. Quiero saber si legalmente puedo tomarme unas vacaciones largas sin sueldo. Una excedencia, o algo así.

–¿Y yo qué coños sé? Pregunta a los de personal. ¿Es que me quieres dejar la redacción empantanada?

–Es un asunto familiar grave. No sería inmediato, sino tal vez antes del verano. Necesito unos meses para resolver ciertos temas, pero por nada del mundo quiero perder este trabajo. Además, hay una historia de por medio. Es una historia de mi familia, pero es una buena historia. Si todo sale bien podría dar para un buen reportaje de domingo. Es muy importante para mí, y podría serlo también para mi carrera.

–Yo estoy contento contigo, chaval. Encajas bien. Pero yo aquí soy el penúltimo... ¿cómo lo llamabas...? –Rebuscó en nuestra edición de aquel día–... Babuino. El penúltimo babuino. Y el último eres tú. Habla con el dire. Si traes una buena historia yo me comprometo a apoyarla, pero es todo lo que puedo hacer.

–Gracias, Guan.

De debajo de su mesa sacó una barra de pan y una bolsa de plástico que contenía un paquete envuelto en papel de diario.

–No te obsesiones, chaval. No le des tanta importancia a lo que hacemos. –Era exactamente lo mismo que me había dicho Mónica la noche anterior–. Mira, ésta es la edición de ayer. ¿Ves para lo único que sirve ya? –dijo mientras desenvolvía el paquete de papel de periódico. Dentro había jamón cortado, un buen jamón ibérico que brillaba de sudor, de los que tienen aspecto de fundirse al calor del paladar–. Somos pregoneros, chaval. Nada más. Sólo pregoneros.

16

UN DÍA, UN ADIÓS

Era más miedo que vergüenza, o al revés. Era una combinación de ambos que me hacía sentirme tan avergonzado delante de ella como temeroso en su ausencia. Era miedo de no poder volver a mirarla de la misma manera que antes, o vergüenza. Era vergüenza de que ella notara un cambio en mi conducta, o miedo. Desde que el cuerpo de Mónica había dejado de ser el mecanismo que trasladaba de un lado a otro el cerebro de mi mejor amigo, yo había dejado de ser el Clint Eastwood impertérrito que mordía el puro bostezando ante sus encantos organolépticos. Ella me quería porque yo había demostrado ser odiosamente nihilista ante sus apellidos y ante la presentación corporal de los mismos, y todo aquello estaba zozobrando como el barco del capitán Acab embestido por los coletazos de sus piernas blancas. Ya conocía sus lunares, sus pliegues, sus hoyuelos, sus huecos y contrahuecos, el dorso de sus orejas y los dedos de sus pies, a qué sabía todo aquello y cómo esos registros de su voz que no se utilizan en la redacción respondían a la exploración de todo aquello. Era una catástrofe. No sabía qué me producía más perplejidad, si mi reprimido deseo de postrarme a sus pies y ponerme a balar como un corderillo pascual, o la facilidad que ella demostraba para dibujar una línea sin borrón entre nuestra complicidad amistosa y lo que ella había llamado una noche loca de comilona pantagruélica, argumento tramposo, pues no habíamos comido juntos, sino el uno al otro, en una relación que había tenido más de antropofagia que de comensalismo. Nunca antes había reparado tan seriamente en cómo se le ceñían los vaqueros al sentarse, ni en cuántos centímetros cuadrados de piel del vientre le quedaban expuestos al aire durante cuántos segundos mientras subía los brazos para quitarse el jersey. Era catastrófico. Comencé entonces a comprender a aquel actor de cine porno que se emocionaba como un crío porque la moza a la que llevaba seis horas montando ante las cámaras le había aceptado una cita para una cena romántica a la luz de las velas. Y comencé entonces a pensar que el largo viaje que tenía planeado me sentaría bien para desintoxicarme de los licores de su cuerpo.

Recuerdo aquel día, poco antes de Nochevieja, en que Celestino Posada no me telefoneó. Soy incapaz de recordar si era el Día de los Inocentes. El grosero timbrazo del teléfono me vapuleó cuando estaba a punto de cuadrar las matrices para un titular. Descolgué temiendo abrir las esclusas del caudal imprecatorio de Posada.

–¿Dígame?

–Buenos días. Llamaba por lo del sorteo.

–¿Cómo dice?

–Sí, lo del sorteo. Llamaba para apuntarme.

–Lo siento, me temo que se ha equivocado.

–Ah, discúlpeme.

–Nada, nada, no se preocupe. Feliz Navidad.

–Feliz Navidad.

Colgué sin dar importancia a la llamada. Miré la silla vacía junto a mí. Mónica andaba aquellos días organizando la fiesta de fin de año que celebraba su padre y el posterior viaje a Gstaad con los más allegados; esta afortunada circunstancia la mantenía alejada del trabajo de redacción y de mi incómoda tensión hacia ella. Yo había inventado una excusa para aplazar la visita a Lux Domini, y bajo aquel pretexto yacía soterrado el pánico a quedarme a solas con Mónica en una, otra, situación de vulnerabilidad emocional, sabiendo que si ella no volvía a ofrecerme tomar algo, por ejemplo a ella, yo corría el riesgo de adueñarme del papel de macho alfa que no me iba en absoluto y que me hubiera hecho caer en el más memorable e iconoclasta de los ridículos. Mi padre me había contado que el contrato de arras con la compradora de nuestra casa no se firmaba hasta después de las fiestas, y que la compraventa no se haría efectiva hasta algunos meses más tarde. Así pues, había tiempo para preparar mi visita a la casa un día en el que Mónica tuviera un compromiso inexcusable. Pero, y a pesar de mis esfuerzos por mantener distancias antes innecesarias, durante aquella semana de Navidad en que apenas pasó por la redacción no dejaba de llamarme todos los días, oficialmente para interesarse por el trabajo, extraoficialmente para acallar la culpabilidad que sentía por ausentarse, y extraoficiosamente para oír mi voz, creo, y aquella ambigüedad me tiraba de todas las sisas como la camisa de un jorobado.

En Navidad, Guan estaba de un humor excelente. Tenía una caterva de hijos que en las vacaciones escolares pululaban por la redacción, y que a mí me parecían iguales que su padre, versiones decrecientes e iterativas del bebé avejentado de Roger Rabbit, como un set de muñecas rusas basadas en la efigie de Kruschev. En lugar de incomodarle, aquello le enternecía, y se paseaba por la redacción repartiendo sonrisas y puros a mansalva mientras los guanitos saltaban a sus pies como un circo de pulgas amaestradas. Terminaba yo de plegarle a uno de los pequeños un barquito de papel que más bien parecía una patera, cuando de nuevo el teléfono me puncionó los tímpanos.

–¿Dígame?

–Hola, cariño. –El uso de este término debería limitarse por ley a los casos en que llevara obligatoriamente asociadas las pertinentes contraprestaciones sentimentales. Deberían escribirlo así en el diccionario, con recuadro negro como en las cajetillas de tabaco.

–Hola, cariño –envidé–. ¿Cómo va la preparación de la orgía romana?

–Un desastre. Mi padre tiene la graciosa manía de no conservar la lista de invitados de una vez a otra. A estas alturas casi podría recitar dormida la lista básica, pero hay determinados tipos horribles que siempre se me olvidan. Estoy harta de hacer de su secretaria, sobre todo porque a ella le paga mucho más que a mí. Por no hablar del catering, la música, etcétera etcétera. En estas fechas es cuando más trabajo tienen, pero curiosamente cuando menos trabajan. A este paso, al final tendremos que dar cucuruchos de palomitas y Fanta. En fin. ¿Cómo va todo por ahí?

–Sin novedad en el frente, ya sabes, resaca y modorra, lo propio de la

Navidad. Estoy aquí sitiado por un batallón de guanitos armados hasta los dientes.

–Qué padrazo estás hecho. ¿Necesitas ayuda? No con los niños, quiero decir. Puedo escribirte algo desde casa.

–Tranquila, tú a lo tuyo. Dicen que las uñas están más frágiles con estos fríos, y por nada del mundo me perdonaría que te rompieras una.

–Ja, ja. Burdo comentario machista e inoportuno para no reconocer el agujero que mi ausencia deja en la redacción.

–Y en mi corazón. Pero ambos hemos aprendido a vivir agujereados.

–Vale. Hala, a trabajar, que tienes que ganarme mi sueldo.

–Un beso.

–Dos.

El auricular no se encontraba cómodo en su cuna de plástico, porque apenas había colgado, se revolvió y me sacudió un timbrazo insolente en la misma boca del estómago. Descolgué.

–¿Dígame?

–Hola, muy buenas. Quería apuntarme al sorteo.

–¿Otra vez? Oiga, ya le dije antes que aquí no se sortea nada.

–Pero si yo no he llamado antes. ¿No es ahí lo del sorteo?

–Pero ¿qué sorteo?

–Pues el de la enciclopedia.

–Mire, no, no es aquí. –Pensé que quizá se trataba de alguna promoción navideña del periódico–. Le voy a dar el número de centralita y ya pregunta usted ahí, ¿de acuerdo?

–Ah, bien, gracias.

Le dicté el número y me despedí.

Entre la indolencia de aquellos días adornados de espumillón y bombillas, sequía informativa, sillas vacías, estómagos llenos, copas de Navidad, la redacción convertida en un Fort Apache sitiado por la tribu de los guanitos, tuve tiempo para pensar y planear los siguientes pasos que debía afrontar para enfilar la misión que me había asignado como propósito de Año Nuevo. El primero de todos era hablar con mi madre. Mi abuela Uke había mantenido una relación muy estrecha con ella, más aún que con su propio hijo, y seguramente podría aportarme algún dato que me facilitara la búsqueda. De hecho, yo recordaba que mi madre había tomado notas recogiendo las historias y anécdotas de mi abuela durante su juventud, incluyendo el breve idilio con Hamish. La Nochevieja congregaría a toda mi familia en casa de mi madre en El Escorial, ocasión idónea para exhumar aquellos recuerdos y apuntes.

Hasta la víspera de Nochevieja, Mónica insistió para que me sumara al elenco estelar de su fiesta después de recibir el año nuevo con mi familia, a lo que alegué pereza para recorrer la gran distancia entre El Escorial y La Moraleja en una noche de tráfico tan intenso y etílico. Creo que el pretexto más o menos encajó, pensé al colgarle el teléfono cuando apagaba mi ordenador y agarraba la mochila. Al levantarme de la silla, el teléfono puntualizó que no me iba a liberar tan fácilmente de su estrepitosa tiranía, y si lo cogí fue porque pensé que era Mónica otra vez. En su lugar me respondió una voz masculina.

–Hola, ¿con quién hablo?

–Pues... Eso debería preguntarlo yo. Tú has llamado.

–Soy Nicolás Gallo, de aquí del periódico, de Deportes.

–Ah. Hola. Yo soy Curro Mencía, de Local.

–¿Qué tal, Curro? Supongo que tú no sortearás una enciclopedia, ¿no?

–¿Cómo? ¿Otra vez la enciclopedia? Pero ¿qué coño es eso de la enciclopedia?

–Lo imaginaba. Si tienes un momento, será mejor que te pases por aquí. Tengo que enseñarte algo.

Intrigado, me dirigí a la redacción de Deportes. Apenas quedaban los últimos resistentes de la espantada navideña. En cuanto aparecí por allí, un bigardo rubio y montañoso como una melé de rugby me sonrió y se levantó de la silla.

–¿Eres Curro?

–Sí, ¿Nicolás?

–Llámame Nic. –Nos estrechamos la mano–. Ayer recibí esto por correo en mi casa. –Me tendió una tarjeta de felicitación navideña que llevaba impresa en la portada *La adoración de los pastores*, de Murillo–. Ábrelo.

Abrí la postal. Dentro llevaba escrito en letras de imprenta:

LA LIBRERÍA POSADA LES DESEA
FELIZ NAVIDAD Y UN PRÓSPERO AÑO NUEVO
¡ESTAS FIESTAS, REGALE LIBROS!
Háganos su pedido hasta el 5 de enero de 1992 y participará en
el sorteo de diez colecciones completas de la *Enciclopedia Espasa*.
Llámenos a los teléfonos:

Y debajo, dos números de teléfono. El primero de ellos era el mío en el periódico.

–Esta librería me queda cerca de casa. Hace unos meses les encargué un libro inglés sobre fútbol y dejé mis datos –prosiguió Nicolás–. Al recibir el *christmas* me ha llamado la atención que uno de los teléfonos era claramente del periódico, y he pensado: o es una promo nuestra, o es un error que a alguien no le va a gustar nada. Así que llamé al teléfono, y respondiste tú. Por tu reacción ya veo que se trata de un lamentable error.

–O de una tercera posibilidad que no podrías ni imaginarte. ¡Este tipo me ha declarado la guerra!

–¿Y eso?

–No quise publicar sus insultos a la madre de un concejal, y ahora se ha convertido en mi pesadilla de cabecera.

–¿Insultos? ¿Por qué? No lo entiendo.

–Déjalo, Nic, no te preocupes. Te aseguro que es una historia sin el mínimo interés. Gracias por el aviso.

–Tendrás que hacer algo, llamarle, o te van a freír a peticiones de enciclopedias.

–Lo haré, pero sé que no servirá de nada. El mal ya está hecho. No me quedará más remedio que aguantar un aluvión de llamadas absurdas. Me consuela que al menos la promoción termina el día 5.

–Llévate la tarjeta si quieres. Yo no la necesito.

A la mañana siguiente llamé a la Librería Posada. Su dueño utilizó un falsete burlón para lamentar el terrible error, que atribuía a una secretaria nueva que aún no se había aprendido los números de teléfono de la tienda, y claro, mi número estaba apuntado por todas partes y la pobre lo había confundido. Por supuesto, le dije que no le creía una palabra, lo cual le sirvió de estímulo para interpretar una vez más su machacón estribillo salpicado de juramentos, para exigirme la entrevista que teníamos pendiente y para rematar la faena invitándome a participar en el sorteo de la enciclopedia.

Al caer el último sol del año conduje hasta El Escorial, a la casita de mi madre prendida en la falda del monte Abantos. Allí asistí al simulacro anual de reunificación familiar inspirado en el forzado ambiente festivo y vocinglero de una noche irreflexiva a la que se pretende llegar reflexionado, con balance anual en un bolsillo y lista de buenos propósitos en el otro. Yo no llevaba ni siquiera una botella de vino para aportar a la fiesta, pero sí un propósito. Al apagarse el eco de las campanadas abrimos las persianas de madera astillada de la terraza superior y, con una mano sujetando una copa de cava y la otra tendida al aire en contrapeso, aventuramos las puntas de los pies sobre las losas bailonas del piso desmigado. Durante cinco minutos parecíamos otra familia más de las que arrastraban la mirada tras la estela de los cohetes que los niños del pueblo lanzaban al firmamento recién estrenado de 1992. Cuando todos se rindieron al embate gélido de la noche y se refugiaron en el salón, retuve a mi madre por un brazo para que se retrasara un momento conmigo, y entonces disparé la pregunta con la mayor suavidad de que fui capaz.

–Mamá, ¿por qué vendéis Lux Domini?

Mi madre desvió la mirada hacia el baile de luciérnagas pirotécnicas ardiendo contra el manto negro de la sierra. Su boca se torció en un gesto de cansada ternura.

–Papá me contó tu visita. Debí traer preparada una respuesta convincente, pero... Curro, por favor, compréndelo. Esta casa es lo único que tengo, y como ves, se cae a pedazos, necesita una buena reforma, y tu hermana quiere marcharse a Londres a estudiar diseño de joyas, y mi sueldo no da más de sí. Lux Domini fue maravilloso, tesoro, pero ésta es mi casa. A veces hay que cortar un brazo para salvar la vida. La verdad es que nunca pensé que te afectaría de esa manera. ¡Si eras sólo un niño!

–Fue toda mi infancia. No recuerdo otra. Era mi familia, la abuela Uke, Vicente, mis amigos, el perro... Hamish...

–¡Hamish! ¡Aún le recuerdas!

–¿Cómo olvidarlo? Nos adoptamos el uno al otro desde el primer momento. Siempre ha sido mi abuelo. Dime... ¿Alguna vez piensas en él?

–Cada vez que trato de pensar qué fue lo que hicimos mal. Pero trato de que no sea muy a menudo.

–Mamá, he aquí mi propósito de Año Nuevo. Voy a buscar a Hamish. Si está vivo, le encontraré. Y si no, encontraré su tumba.

Me miró incrédula, sonrió y se limitó a abrazarme. Esperé unos minutos antes de interpretar su reacción, hasta que se atrevió a preguntar por qué.

–No estoy seguro –respondí–. No sé si lo hago por ella, por la abuela, o por vosotros, o por mí. Pero creo que hay una cuenta pendiente en nuestra familia, y preguntas a las que me gustaría dar respuesta. ¿Tú crees que él realmente quiso a la abuela?

–Yo estoy segura de que así era, aunque todo se empeñara en demostrarme lo contrario. Tu padre obedecía a la razón, y yo solamente a mi corazón. Pero ¿recuerdas que nunca contestó a nuestras cartas?

–Sí, lo sé. ¿Conservas la dirección a donde le escribías?

–Pues fue la que él nos dejó, pero no, ya no la conservo. Era algo como... Vaya, lo siento, hijo, no puedo recordarlo. Era un nombre corto, africano. No puedo acordarme. Lo tenía que copiar cada vez que le escribíamos.

–Siempre me he preguntado por qué la abuela nunca le escribió.

–No hubiera podido. No conocía su dirección.

–Pero ¿cómo? Si yo no recuerdo mal, él apareció en Lux Domini porque la tía Victoria le había escrito.

–Y así fue. Tu abuela siempre sospechó que su hermana le bloqueó correspondencia de Hamish por mediación de un guarda que Victoria colocó en Lux Domini cuando ellos se marcharon de España. Pero nunca tuvimos la certeza hasta que Victoria me dijo que había escrito a Hamish comunicándole el fallecimiento de su hermana. Ella era la única que sabía dónde localizarlo. Sentí mucha pena y mucha rabia al enterarme de esto, pero muerta ya tu abuela, no tenía sentido meter el dedo en esa herida. Nunca me he encontrado a gusto con esa señora tan estirada. Las dos eran tan diferentes...

–Y dime, ¿tú crees que él la abandonó o que fue ella quien rompió con él? Recuerdo que Hamish me contó que le había pedido a Uke que se marchara con él a África, y que ella se había negado sin siquiera contarle que estaba embarazada. ¿Tú crees que decía la verdad?

–¡Pues ya sabes más que yo! Nosotros sólo supimos que Hamish se presentó de repente en el salón, y dijo que acababa de enterarse de que éramos su propia familia. Yo le había preguntado sobre todo eso a tu abuela, pero no parecía tener mucho interés en remover esa parte de su pasado. Se limitó a decirme... ¿cómo era? «Elegimos el abismo.» Se refería a algo que un buen amigo de ella y de Hamish le había escrito. Delsey se llamaba, si no recuerdo mal.

–¿Delsey?

–Un barón medio francés, medio español y un poquito... ya sabes, sarasa. Un hombre muy divertido y muy... ampuloso, según decía ella.

–Delsey... ¿Sabes si vive?

–No tengo ni idea. Pero si quieres buscarlo, tenía un castillo en Francia. No recuerdo el lugar, pero está todo en mis notas.

–¡Ah, sí! Tus notas. ¿Todavía las conservas?

–¡Sí, claro! Están a buen recaudo. Siempre pensé que algún día alguien rescataría esas notas y haría algo con ellas. Pero te advierto que están en taquigrafía.

–Entonces tendrás que ayudarme, y así de paso me cuentas lo que recuerdas. Creo que entonces debo hablar con Victoria y con Delsey, si es que aún vive. Serían los dos únicos supervivientes de entonces. ¿Y Vicente?

–El bueno de Vicente. Me escribe de vez en cuando.

–¿De verdad? No lo sabía. ¿Qué fue de él?

–Allá sigue, en su pueblo, ya viejecito el hombre. Descansando y mirando pasar las estaciones sin preocuparse de qué hay que hacer en cada una, como dice él.

–¿Y el perro de la abuela, *Cientocinco*? ¿Sigue con él?

–El pobre murió. Pero le sustituyó *Cientoséis*.

–¡No me digas! Así que se mantiene la tradición... Tal vez debería hablar también con Vicente.

–No creo que él pueda ayudarte. Era un capítulo separado de la historia de Uke. Incompatible con Hamish.

–¿Crees que Vicente estaba enamorado de la abuela?

–¿Si lo creo? ¡Hasta las trancas! Y ella también le quería, pero creo que nunca perdió la esperanza de reunirse con Hamish. Ya ves, antes la gente era así, fiel hasta la muerte.

–Pobrecilla.

–Sí, pobrecilla. Uke no fue siempre la persona que conocimos. Desde que se separó de Hamish, fuera quien fuese el causante de la separación, ella vivió el resto de su vida bajo el signo de aquella oportunidad perdida. Creo que lamentaba que las cosas no hubieran sido de otra manera. Pero lo hecho, hecho está. No sé si a estas alturas es conveniente deshacer ese nudo, ni si mejoraría en algo el futuro descubrir nuestras equivocaciones. Ya no podemos cambiar el pasado.

–¿Te refieres a papá y a ti?

–Quizá. Lo de quedarnos un paso atrás de la decisión debe ser defecto de familia.

–Gracias, mamá. –Le di un beso en la mejilla–. Tengo que irme. Otro día me pasaré a mirar contigo esas notas y a que me expliques más cosas de la abuela.

–¿Adónde vas?

–Tengo una fiesta. No pensaba ir. Pero creo que es una oportunidad que no debo perder.

Conduje hasta La Moraleja con un segundo propósito de Año Nuevo, y con éste llevaba ya dos más que en años anteriores. Estaba decidido a ponerle nombre a mi relación con Mónica, fuera cual fuese ese nombre, y a establecer unos límites o la ausencia de ellos. Me sentía indefenso y empobrecido ante aquella necesidad sobrevenida de crear archivos y pegarles etiquetas, algo a lo que debía haber renunciado como parte de mi educación sentimental milenarista y posmoderna. A la mierda la posmodernidad.

El ambiente de una gran fiesta se desbordaba por la calle donde vivían los padres de Mónica. Trajín de aparcacoches que iban y venían soplando nubecillas de vaho, vehículos de lujo ensartados al montón en una hilera sin fin bajo la atenta vigilancia de dos guardas abrigados hasta la nariz, guirnaldas de luces señalando el perímetro como si fueran a aterrizar aviones, y un fino eco acolchado de *ragtime* suspendido en la escarcha del aire. Dos corpulentos porteros en traje y corbata custodiaban la cancela que parecía soldada al muro por ambos lados. Uno de los porteros hablaba con alguien a través de un ventanuco abierto en la empalizada metálica. El otro me pidió que le mostrara la invitación.

–No la llevo. Soy amigo de la familia.

–Lo siento, señor, pero sin invitación no se puede pasar.

–Oiga, ¿podría…? –Distinguí entonces el rostro detrás del hueco abierto en la verja. Era Mateo, el mayordomo–. ¡Mateo! ¡Soy Curro, el amigo de Mónica! ¿Podría por favor avisarle de que estoy en la puerta? No llevo invitación y no me dejan pasar.

–Sí, aguarde un momento, señor.

Un par de minutos después se abrió la puerta peatonal de la cancela. De la oscuridad emergió una figura arropada por un chaquetón de piel con capucha. Sus finas piernas se alzaban sobre sandalias blancas de tacón alto que arrancaban chispazos diamantinos al resplandor difuminado de los farolillos. Con la sombra embozándole los ojos me sonrió, y luego se giró hacia los porteros con gesto admonitorio.

–Chicos, ya os dije que vendría mi novio sin invitación. –*¿Novio?*–. Debisteis avisarme.

–Lo siento, señorita, pero varios han intentado colarse sin invitación. Y algunos eran paparazis. Hacemos nuestro trabajo.

Mónica me tomó de la mano. La seguí al interior saltando el escalón metálico de la cancela.

–No te preocupes por ellos, comen de mi mano.

–Tu problema es que no tienes suficientes manos.

Cerró la cancela tras de mí, resbaló el pelaje sedoso de sus mangas alrededor de mi cuello y me selló la boca con la cera caliente de sus labios. Con los míos friéndose en aceite de cereza pregunté:

–¿Algún cambio en nuestro estado civil del que debiera estar enterado?

Ella se limitó a tirar de mi mano y a eludir la respuesta.

–Me alegro de que hayas venido. Qué fiesta más aburrida. Ven.

Dos filas de bolsas de papel con velas clavadas en arena marcaban el camino hasta la casa, que relumbraba con todas sus ventanas encendidas. Me llevó atravesando el jardín y rodeando la fachada principal hasta una puerta lateral que daba acceso a la cocina. Dentro se agitaba un inquieto pulular de camareros enfrascados en el tráfico de bandejas. Mónica interceptó a uno de ellos que llevaba un cubo champanero con una botella recién abierta.

–¡Perdone, éste me lo quedo yo!

Le arrebató el cubo, agarró dos copas y pasó delante de mí para dirigirse de vuelta al jardín.

–Vamos.

La seguí por el sendero que bajaba al extremo más deprimido de la parcela, donde una bóveda de vidrios armados sobre un esqueleto de metal cubría la piscina climatizada. Con el codo deslizó la puerta corredera del pabellón acristalado y entró. En la penumbra velada y bochornosa del interior, la superficie pulida del agua se fundía en jirones de calima. Mónica dejó el cubo y las copas en el bordillo de la piscina y saltó de puntillas para cerrar la puerta detrás de mí. Corrió el pestillo y me miró con sonrisa malévola.

–Caíste en mis garras. –Hizo gesto de clavarme las uñas–. Aquí no nos molestarán.

Se despojó del chaquetón de piel y lo extendió sobre una tumbona.

–Quítate el abrigo y ponte cómodo. Aquí estamos a más de treinta grados. –Se giró hacia mí y, abriendo los brazos, dio una vuelta completa sobre la punta de la suela–. ¿Te gusta?

Vestía una delicada membrana de lamé blanco, evasé a la rodilla y abierta por la espalda hasta el punto kilométrico donde la curva cambia de sentido y hace perderlo. Un largo collar de perlas le seguía las ondas brillantes del tejido hasta la mitad del muslo. Se había alisado el pelo y lo llevaba planchado a la frente en un caracolillo, recogido bajo un casquete de pedrería ribeteado con flecos que tintineaban al moverse. Ante aquella visión mastiqué el vapor tratando de articular mi embobamiento.

–La verdad es que no tengo palabras. O sí, pero se me han ahogado en la boca. Debe de ser esta humedad.

–Hoy me he vestido de *flapper* atolondrada para que haga juego con mi manera de ser.

Se sentó en el borde de la piscina sobre las piernas cruzadas y palmeó el suelo junto a ella. Yo no estaba seguro de comprender lo que estaba ocurriendo, pero me dispuse a resignarme contra mi propia voluntad. Me quité el abrigo y la chaqueta, me aflojé el nudo de la corbata y me senté a su lado con los pies recogidos sobre el bordillo de piedra. Ella sirvió champán y brindamos por el año nuevo. Estiró las piernas más allá del borde de su falda y pude distinguir el filo de encaje blanco que remataba el enrejado de sus medias. Sin quitarse las sandalias hundió los pies en el agua de la piscina.

–¡Aaaah, qué gusto! Llevo de pie desde las seis de la tarde. –Se inclinó hacia delante y se acarició los empeines con las puntas de los dedos. La piel de su espalda dibujó una cresta suavemente ondulada que se fugaba bajo la tela del vestido.

En contraste con la ambientación tórrida del decorado, Mónica planteó un diálogo de ascensor, lo que hacía intuir una clara intención en todo aquello, fuera la que fuese. Supuse entonces que la temperatura debía subir hasta los cuarenta grados para abordar lo que me había llevado hasta allí.

–¿Qué tal la cena? ¿Y tu familia?

–Bien todo, gracias. ¿Y tú?

–Aburridísima. La media de edad de la fiesta es de cincuenta años. He tenido que quitarme los moscones a paletadas. Esta mañana fui a ver a Fran, ¿te lo dije?

–No. –Me puse en guardia. Hablar de un antiguo novio no era, desde luego, la manera más ortodoxa de introducir una conversación íntima–. ¿Algo nuevo?

–Sí, está mucho más tranquilo. Se ha dado cuenta de que su nuevo estatus de artista famoso le atrae un montón de churris, y se siente el rey del mambo.

–Pues un problema menos.

–¿Y qué tal por las mazmorras de la prensa?

Gelidez absurda cuando uno chorrea sudor. Me pareció que Mónica estaba nerviosa. Aquello la hacía vulnerable. No sabía adónde nos llevaba todo aquello, pero seguí el juego.

–Como siempre, ya lo sabes. Celestino Posada me hizo una de las suyas. Ahora recibo llamadas de gente que quiere apuntarse al sorteo de una enciclopedia.

–¡No me digas! ¿Cómo ha sido?

–Puso mi teléfono en los *christmas* que ha enviado a sus clientes.

–¡Ja! ¿Y cómo lo supiste?

–Casualmente hay un redactor de Deportes que es cliente de la librería, un tal Nicolás Gallo. Recibió el *christmas*.

–¡Ah, Nic!

–¿Le conoces?

–¡Claro, es el sex-symbol del periódico! Todas las niñas, becarias y no tan becarias, están loquitas por él. Ha conseguido duplicar la matriculación femenina en el gimnasio donde va. Hasta sé de una que lleva en la bolsa de gimnasia un bote de aceite corporal, por si en algún momento le surge la ocasión. El baño de las niñas es una fuente inagotable de titulares. Lástima que no se puedan publicar. Al menos en nuestro periódico.

–¿Y tú?

–¿Yo, qué?

–¿También te gusta?

–He dicho niñas. Yo soy mi padre, en un envase más mono. Ya sabes que actualmente eres casi el único ser humano que me interesa. Casualmente eres un hombre.

–De eso precisamente quería hablarte.

–Tú dirás.

–Mónica, ¿qué hago yo aquí?

–Tú sabrás. Nadie te ha obligado a venir.

–Quiero decir aquí, solos tú, yo y la viuda Clicquot, en tu piscina, a treinta grados, con el pestillo cerrado, las luces apagadas, los cristales empañados y tus muslos escapándose de la falda, en el único lugar de la maldita meseta castellana con humedad suficiente para que ese retalito de tela te envase el cuerpo al vacío. Creo que no nos vendría mal un poco de… terminología.

–¿Un poco de qué?

–Quisiera saber exactamente qué papel tengo asignado en tu función.

–¿Sabes? En una cosa tienes toda la razón –dijo mientras reparaba en cómo el lamé se le había adherido al pecho–. Hace demasiado calor para seguir vestidos. Sobre todo teniendo una hermosa piscina delante.

Sacó los pies del agua y se irguió sobre las piernas, tersas en su jaula de hilo blanco bajo la carpa de lamé mojado que se hinchaba al viento de su silueta. Con los pulgares liberó los tirantes de los hombros y el vestido aflojó la tensión del pecho, pero en lugar de desplomarse como una vela arriada se fue drapeando en un manto de olas diagonales que modelaban la arquitectura porcelánica de su cuerpo antes de abandonarla, hasta caer en una mondadura de tejido brillante rodeando sus tobillos y besando los dedos de sus pies. Por encima de las medias sólo le interrumpía la desnudez una fina onda de muselina blanca que le nacía en un parche húmedo y transparente bajo el ombligo, subiendo al puerto entre la cintura y las caderas para después hundirse entre las nalgas glaseadas de sudor en un triángulo adornado por una perla oval. Se acuclilló apoyándose en las manos, con la espina dorsal ensartándole el corazón de las caderas orladas de muselina, y saltó a la piscina rompiendo la lámina de agua con los tacones. Emergió con el pelo negro derramándose bajo el casquete de pedrería sobre sus hombros y sus pechos.

–No debe de ser muy cómodo caminar bajo el agua con esos tacones –no se me ocurrió decir nada más estúpido ni más verídico. Había perdido la capacidad de razonar. Me veía precipitándome vertiginosamente a inyectarme en sangre una nueva dosis del cuerpo de Mónica, droga que debía abandonar por el bien de mi salud mental.

–Pero es más sexy. Ven al agua.

–Antes quisiera regresar a mi último tema de conversación.

–Eso, luego. –Se aproximó a mí y me tiró de los pies antes de que pudiera reaccionar. Caí al agua completamente vestido.

Antes de salir a respirar ya había fundido mi boca en el agua caliente que llenaba la suya, bebiéndome la piscina desde las fuentes de su cuerpo donde el líquido brotaba dulce y viscoso, fluyendo mi sangre bombeada en tropel hacia la urgente succión de sus labios, y al contacto de sus manos mi ropa nadó a flote entre el esmalte azafrán de sus dedos. Ceñido por la prisión estrecha y pujante de sus piernas, con el filo de sus tacones arañándome tiernamente, bajo el vapor que emanaba de nuestra combustión nos mecimos al ritmo del oleaje cálido que rompía contra el borde, y en la marea de caramelo que engrasaba nuestra fricción nos dejamos ir, ella suspendida de las uñas clavadas en mi espalda, sentada rodeando mis caderas sobre una de mis manos mientras la otra se enlazaba con la suya alrededor del encaje íntimo buscando la carne viva entre sus muslos, hasta que me mordió el tendón del hombro y su atadura fibrosa se retorció antes de derretirse sobre mí en una avalancha cálida de pulpa y jugos cocidos al fuego lento del sistema calefactor.

Todavía nos abrazábamos en el agua cuando quise solventar la duda que contaminaba mi confianza: si aquello respondía a alguna intención oculta. Tanteé el terreno con una salva al aire.

–¿Ya no es un fenómeno aislado?

Mónica, todavía jadeante y con la cabeza rendida sobre mi hombro, titubeó unos segundos antes de responder.

–Hoy es distinto. Quería fabricarme un recuerdo. *Este* recuerdo.

–¿Recuerdo?

–Para llevármelo cuando nos separemos.

–Si te refieres a mi viaje a Kenia, aún queda tiempo para eso.

Levantó la cabeza de mi hombro y me miró directamente a los ojos.

–No eres tú el que se va. Soy yo.

–¿Cómo?

De nuevo recostó su cabeza en mi hombro, pero esta vez con la cara vuelta hacia el lado contrario para no mirarme, o para que yo no la viera.

–Cuando regrese de Gstaad no volveré al periódico. Me marcho a Nueva York a hacer un posgrado. Estudiaré en Columbia y al mismo tiempo trabajaré en el *New York Times*. Tienen un programa que se llama algo así como «Máster para Jóvenes Herederas de Imperios Mediáticos a Cuyos Padres les Sacaremos una Pasta Gansa».

Su voz sonaba cansada, y la mía apenas sonó.

–¿Cuánto tiempo?

–Depende de la compatibilidad de los estudios con el trabajo en el periódico. Un año… dos.

Me sentí repentinamente congelado como si hubieran abierto el grifo del nitrógeno líquido. En la garganta se me atrancó un nudo como si me hubiera tragado una gran manzana con isla de Manhattan incluida. Escapé de entre sus brazos y recogí mis prendas que flotaban alrededor. Me impulsé para trepar al borde de la piscina y me senté abrazando mis piernas, con la cabeza entre las rodillas. Mónica se acercó hasta mí, sumergió un brazo y luego otro para descalzarse, se quitó las joyas, la ropa interior y lo arrojó todo fuera del agua. Luego se sentó desnuda junto a mí y me abrazó.

–Quería que tú tampoco olvidaras esto. Este hoy, este aquí. Tú y yo.

–¿Y qué somos tú y yo?

–Sabes que nunca te he mentido, ni te he hecho promesas huecas.

–¿Y qué pasará cuando vuelvas?

–Que seré tu jefa.

–Me importa un carajo. No me refiero a eso.

–¿Qué es lo que quieres? ¿Invitarme al cine? ¿Recogerme en casa y devolverme a las diez? ¿Elegirme las amigas? ¿Comprarme falditas recatadas y ropa interior sexy? ¿Cenar el asado de mi madre en Nochebuena? Todo eso ya lo hicieron otros tipos de cuyos nombres ni siquiera puedo acordarme. Aunque no lo creas, has tenido mucho más de mí que todos ellos.

–Me has dado lo que ellos no te aceptaban.

–Y por eso no siguen conmigo. Lo que tenemos tú y yo es indestructible, mientras no pretendas ponerme un collar y una correa. Y menos a través de un océano.

–No soy como tú, Mónica. Eres demasiado complicada para mí.

Me liberé de su abrazo, me levanté y comencé a vestirme. Ella me miraba como quien contempla un devenir fatal e inevitable, una catástrofe determinada por una ley física inamovible.

–No te pongas esa ropa mojada. Vas a coger una pulmonía. Tenemos un interfono aquí. Llamaré al servicio para que te traigan un traje de mi padre.

–No quiero cenar el asado de tu madre en Nochebuena, ni ponerme un traje de tu padre en Nochevieja.

Pensé que estaba a punto de tallar un hito en nuestra pequeña historia personal, uno sin retorno, inapelable. Por esa ley física Mónica y yo nos atraíamos como cargas opuestas, pero el tópico suele olvidar que las cargas opuestas nunca llegan a unirse, sino que permanecen eternamente girando la una alrededor de la otra, y yo me había cansado de circular en esa órbita equidistante y estéril. Sin decir una palabra más, abrí la puerta corredera y salí del pabellón. Mientras subía hacia la cancela del jardín, me giré para tratar de vislumbrar algo entre las sombras veladas por el vaho agarrado a los cristales de la bóveda. Creí distinguir tan sólo un ribete de tenue resplandor que dibujaba el contorno de su figura hermosa, inmóvil sobre la piscina y cada vez más lejano.

Caminé calle abajo para purgar mi tristeza en el frío de la noche. Una vez tuve un amigo que decía que nada le hace a un hombre sentirse más miserable que andar por la calle una madrugada de invierno con los calzoncillos mojados. Casi lamenté no haber aceptado la ropa seca que me había ofrecido Mónica. Pero mi amigo seguramente no podía imaginar, por lo absurdo del planteamiento, lo miserable que resultaría andar por la calle una madrugada de invierno con los calzoncillos secos de quien engendró a la mujer con la que acabas de disfrutar de la experiencia más erótica de tu vida y a la que quizá no vuelvas a ver, con el dudoso morbo añadido de que el titular de esos calzoncillos fuera, además, tu jefe y el editor de uno de los principales periódicos del país. A pesar del gripazo que me esperaba agazapado en mis calzoncillos mojados, aquel pensamiento casi me hizo sonreír, y la sola posibilidad de hacerlo me rubricó la sonrisa. Pese a la amargura aún fui capaz. Era un año nuevo.

17

SERES DEL AYER

En largas tardes de invierno al pie del Abantos mi madre me contó aquellas otras tardes, las que oreaba a la corriente mellada del Canto del Pico mientras mi abuela Uke vareaba el árbol de su memoria. Mis conocimientos de taquigrafía eran rudimentarios y mi madre me ayudó con la transcripción, aderezando la narración con los detalles que no estaban anotados y que ella rescataba de su memoria, incluyendo el contexto de sus conversaciones con Uke, si aquel día estaba exultante, melancólica o no tenía ganas de hablar. Poco a poco aquellas notas taquigráficas destilaron un puñado de folios donde la joven Uke que nunca conocí volvía a la vida. Supe de su padre, su frustrada carrera médica, su pintura y sus negocios ruinosos, de su férrica hermana Victoria, de su brillante amigo Delsey y el amante huraño por el que estuvo al borde de cometer suicidio, de la huida a Francia y a Austria y de su amistad con la familia Molnár. Y de Hamish.

No era demasiado lo que Uke había desvelado del escocés ni de su relación con él, y no respondía a ninguno de mis interrogantes, ni facilitaba suficientes pistas sobre su vida antes y después de aquel verano del 31 que pasaron juntos. Sólo pude deshilar un par de cabos de los que tirar, dos nombres geográficos: Dunrobin, hogar de la familia Sutherland, y Voisins-les-Bretonneaux, sede nobiliaria de Delsey. Por lo demás, pensé que para acercarme al Hamish de 1931 debía desprenderme del abuelo que yo conocí, y por los hechos de entonces sólo cabía una conclusión: él tenía planes muy concretos sobre su futuro cuando su amistad con Delsey y la venta de unos cuadros le llevaron a recalar temporalmente en Torrelodones, y dejando aparte el hecho del embarazo que quizás ignoraba, era evidente que su romance con Uke no alteró aquellos planes. De todo ello aún era aventurado descartar que, como siempre creyó mi padre, el escocés no fuera otra cosa por entonces que un simple vividor que sabía llevarse a la cama a las jovencitas pueblerinas y enamoradizas que le salían al paso en su ruta hacia África.

Ante mi decepción por la escasez de nuevas pistas, mi madre me sugirió que me pasara por Lux Domini antes de que se formalizara la venta. Exceptuando la breve visita de mi padre para entregar las llaves al chico de la agencia, nadie de la familia había traspasado aquellos muros desde que abandonamos la casa tras la muerte de mi abuela. A pesar del estado de ruina y de las posibles incursiones vandálicas, las puertas y ventanas habían permanecido selladas por planchas de hierro, y quizás en los rincones aún yaciera algún recuerdo olvidado que pudiera ayudarme en mi búsqueda. Sin embargo no me apresuré para acercarme a la casa. Dado que no podía hacer nada para evitar la venta, temía que la visita me removiera cosas que era mejor dejar estar.

No tuve noticias de Mónica a su regreso de Gstaad y antes de su viaje a Nueva York. Tampoco yo intenté comunicarme con ella. Había quedado tácitamente claro que mi postura había madurado en oferta con etiqueta de liquidación por ultimátum, y que cualquier nuevo movimiento debía venir de su lado del tablero. Ya sabía dónde encontrarme. Y lo hizo. Una mañana, pocas semanas después, encontré sobre mi mesa del periódico un folio en blanco. Al girarlo descubrí que era un extraño fax anónimo a mi atención. Llevaba escrito a mano un número de teléfono o fax con prefijo de Estados Unidos, rodeado por un círculo encima de la palabra PRIVADO. Debajo el remitente pretendidamente misterioso había fotocopiado la portada de un libro, *Flappers and Philosophers* de Francis Scott Fitzgerald, y al pie de la página algo más, parte de un objeto que yo conocía bien: tres franjas convergentes que se unían en un triángulo adornado con una perla oval. Sobre el vértice del triángulo que llevaba adosada la perla habían dibujado unas líneas que radiaban como rayos, y alrededor del triángulo habían escrito a mano dos inscripciones en círculo:

ANNUIT COEPTIS
NOVUS ORDO SECLORUM

Utilizar como firma la parte trasera de la ropa interior que llevaba aquella noche voluptuosa de fin de año, y hacerlo parodiando la pirámide de los *Illuminati* del Gran Sello de Estados Unidos que aparece en el reverso de los billetes de un dólar… era casi una obra de arte que revelaba la brillantez provocadora de Mónica, un genio disfrazado de niña consentida. Por otro lado el jeroglífico me sembraba una duda. La inscripción se traducía como «(Dios es) Favorable a nuestros empeños. Nuevo orden de los tiempos». Si aquellas frases insinuaban o no una referencia directa a nuestra relación, sólo ella lo sabía, pero no me cabía ninguna duda de que a ella no se le podía haber escapado el significado de aquellas palabras. Dejarme con la intriga era parte de su juego. Su fax estuvo pinchado en la pared junto al ordenador de mi apartamento durante varios días, hasta que al final me decidí a responder al número que figuraba en la página. Hice un collage con la foto de una piscina, un traje y un termómetro clínico señalando la marca de los 39 grados. Debajo amplié un fragmento de la cita manuscrita del rey que aparecía en los billetes de cinco mil pesetas, subrayando las palabras que me interesaba destacar:

«Para la Corona y para los demás órganos del Estado
todas las aspiraciones son legítimas.»

Como era más lista que yo y además debía de ser uno de los pocos seres humanos que se habían tomado la molestia de leer lo que decían los billetes de cinco mil pesetas, me replicó con una página en la que había escrito, en mayúsculas y cubriendo toda la hoja sobre un beso estampado con carmín, el resto de la cita entre signos de interrogación:

¿Y TODAS DEBEN
EN BENEFICIO DE LA COMUNIDAD
LIMITARSE RECÍPROCAMENTE?

En el lugar de Mónica sentaron a mi lado a un becario de último curso, un tipo que era más bien un teletipo, uno de esos rarísimos ejemplares de la facultad con aspecto de saber quién era Kapuscinski, e incluso de haberlo leído. No congeniamos, seguramente en parte debido a mi exigua disposición a congeniar. En su lugar llegué a trabar cierta amistad con Nicolás Gallo, el redactor de Deportes que me había chivado la artera maniobra de Celestino Posada destinada a inundar mi línea de llamadas absurdas. En cuanto a la maldita promoción de la enciclopedia, oficialmente había concluido, pero el *christmas* de la Librería Posada debió de reciclarse para mi desgracia en tarjeta que la gente guardaba para conservar los datos de contacto, y de repente mi teléfono en el periódico se convirtió en el número equivocado de la carnicería Sanzot de los cómics de Tintín.

Por medio de mi madre me llegaron noticias sobre el delicado estado de salud de mi tía abuela Victoria, que ya pasaba de los ochenta años. Temiendo que pronto no estuviera en condiciones de mantener una entrevista conmigo, decidí apresurarme para visitarla en su casa de Getxo. Apenas teníamos relación con la rama bilbaína de mi familia, y nuestros encuentros se habían reducido a tres o cuatro ocasiones en las que me había intimidado su rigurosa figura negra, acicular y entablillada, que recordaba apuntalada por un bastón y coronada por una perpetua expresión de desaprobación bajo las alturas de su moño labrado en plata. La telefoneé un día de marzo, explicando que me proponía visitarla para recabar información sobre los años de su juventud en Torrelodones. Preferí evitar los detalles por temor a una reacción adversa si le mencionaba el nombre de Hamish. Su respuesta fue más cálida y entusiasta de lo que esperaba. Me invitó a quedarme unos días en su casa, lo que rechacé con el pretexto de mi trabajo en el periódico. Opté por tomar un vuelo de mañana y regresar la misma tarde.

Había oído rumores sobre la opulencia de mis parientes de Bilbao, algo que siempre creí una leyenda inventada por los Mencía madrileños venidos a menos. Victoria me avisó de que un coche me recogería en el aeropuerto. Yo esperaba un taxi, pero en su lugar me aguardaba un chófer con librea que me montó a la grupa de un Mercedes con más chapa que el puente colgante de la ría. El viaje terminó en una de las mejores mansiones de Neguri, un macizo caserón de tres plantas y ático que yacía oprimido bajo la emulsión plomiza de un tardío cielo invernal. En la puerta esperaba una mujer uniformada con cofia y delantal con volante de puntilla. Me reconoció de inmediato, de aquellos días que precedieron a la muerte de mi abuela, cuando Victoria desembarcó en Lux Domini con su séquito. Poco a poco la tuneladora de mi memoria se abrió paso hasta un estrato donde yacía aquel recuerdo fosilizado: Mariluz, muchacha asturiana que preparaba unas fabes riquísimas y a la que habíamos llegado a agotar a fuerza de correr por los pasillos a un ritmo que sólo el infatigable Vicente era capaz de mantener. La muchacha que yo conocí era ya una señora, y el rapacín que conoció ella era ya un hombretón. Se interesó por mi familia, se mostró sorprendida de lo mucho que había crecido y me condujo a través de un vestíbulo sombrío hasta un portón que daba acceso a la biblioteca, donde mi tía abuela recibía.

Entré en la estancia con una cierta congoja por encararme ante un personaje que presumía áspero, y con un escalofrío que no era sólo metafórico. La biblioteca estaba al menos a cinco grados de temperatura por debajo del vestíbulo, y ni el alegre vals *El murciélago* de Strauss que sonaba de fondo lograba atemperar la atmósfera glacial. Pensé que quizá mi tía abuela se preservaba en aquel microclima gélido como el personaje del cuento de Lovecraft, y la asociación de ideas me trajo a la memoria la historia de las ratas en las paredes al observar el artesonado del techo que crujía con siseos dispersos y huidizos. Centraba la perspectiva de la sala una sólida mesa de lectura en caoba, sosteniendo una escultura en bronce que me pareció de Chillida. Las paredes estaban alicatadas con lomos de cuero que trepaban hasta el techo, interrumpidos por algunos parches tapizados con cuadros, la mayoría de escuelas clásicas. Uno de ellos me llamó la atención. Reconocí el estilo.

–Modigliani –la voz surgió de la pared que se abría a la claridad del exterior en un alto ventanal. Tras un escritorio se recortaba la figura de mi tía sobre el contraluz–. Es casi lo más moderno que encontrarás en esta casa, junto con ese bronce de Eduardo, un material muy raro en su producción, por cierto. Mis nietos me insisten para que compre una computadora, pero me niego a tener en mi casa una máquina que sea más inteligente que yo. Si Dios hubiera querido algo así, no nos habría fabricado a las mujeres de una costilla de Adán, sino de un cable de uno de esos artefactos, ¿no crees? Pero pasa, sobrino querido, pasa y siéntate. Déjame verte, ¡si estás hecho todo un mocetón! ¿Cuántos años tienes? –Sentada detrás del escritorio me tendió su mano.

–Veinticuatro, tía. Ha pasado mucho tiempo. –Rodeé el escritorio para besar su mano. Bajo su moño de marfil armado que añileaba en el contraluz como el élitro de un escarabajo, sus facciones avejentadas no habían perdido la firmeza pétrea e inquisitiva que incomodaba al mirarla a los ojos pequeños y escrutadores. Si, como sugería el recibimiento cordial, los años habían endulzado el carácter de Victoria, resultaba difícil apreciarlo bajo aquella incapacidad para relajar el gesto y mostrar al menos un indicio de sonrisa. Llevaba guantes de seda negra y se abrigaba el cuello con una toquilla negra prendida con un broche muy voluminoso. Sobre la mesa tenía varios periódicos abiertos, un libro de sor Juana Inés de la Cruz y una pila de correspondencia. Advertí que estaba sentada en una silla de ruedas. Ella notó mi sorpresa.

–¡Oh, no, todavía no soy una inválida! Cuando salgo, cada vez menos, eso es cierto, aún puedo erguirme sobre mi bastón. Pero esta casa se ha hecho ya demasiado grande para mis débiles piernas, y dado que paso la mayor parte de mi tiempo sentada, es más práctico llevar la silla puesta. Mariluz y Elpidia se ocupan de llevarme a donde necesito. Mis hijos quieren que me mude a una casa más pequeña, una de esas casitas minúsculas que habitan ahora los jóvenes de Neguri. Claro que así lo tendría todo más a mano, pero tampoco podría utilizar la silla sin trompicarme constantemente contra las esquinas y los muebles. Ya no se hacen casas como ésta, no. Ya ves, hoy las casas se hacen como las prendas de vestir. Antes eran holgadas y una no llegaba nunca a llenarlas del todo, mientras que ahora todo se hace cada vez más ajustado al cuerpo, y a los jóvenes de hoy les sobra tan poco espacio entre la pared y la ropa como entre la ropa y la piel. Dime, ¿aún residís en Lux Domini? –Con un gesto me ofreció asiento al otro lado del escritorio.

Comprendí entonces que mi tía debía de andar escasa de ocasiones para conversar, y que había alcanzado la edad y posición en las que escucharse a uno mismo delante de un público complaciente es uno de los pocos placeres que el cuerpo aún tolera y que pasan el fino tamiz de la prescripción médica. Decidí que dejarla hablar podía ser la manera más cómoda y menos conflictiva de obtener la información que buscaba.

–No, dejamos la casa poco después de morir mi abuela. Ahora mis padres quieren venderla.

–¿Venderla? Oh, no, ya veo que fue un error renunciar a mi parte de la propiedad. Casas como ésa ya no se hacen, no señor. Dónde iremos a parar… Ya nada es lo que era. Mira estas calles, esta gente. No, ya nada es lo que era. Antes ser vasco era garantía de casta, de nobleza, de señorío. Tendrías que haber conocido a tu tío. Era todo un señor de los que ya no quedan. No, no. Ahora la calle está llena de esos… desharrapados que se creen con derecho a decirnos lo que tenemos que hacer. ¿Habrase visto? Ellos han podido ir a la escuela gracias a que yo les di trabajo a sus abuelos, a sus padres. ¿Y ahora? Ahora son todos unos gamberros, unos vándalos, y quieren quitárnoslo todo. ¡Pues están listos! –Agitó en el aire el bastón, que remataba un mango de plata con forma de cabeza de pato–. Antes me tragaré la empuñadura de mi bastón que dar un solo duro a esos matones de tres al cuarto. Incluso se han permitido amenazarme… mira. –Abrió la carpeta del escritorio y extrajo una carta que me entregó. Con enorme perplejidad pude comprobar que era una misiva con el sello de ETA. Le reclamaba a mi tía el pago de una fuerte suma bajo amenaza de daños a su propiedad o a su persona.

–Tía, pero esto es muy grave. ¿Has hablado con la policía?

–¿Policía? ¿Qué policía? También están en el ajo. No, no, nunca he necesitado a nadie para que me proteja. Mientras quede en esta casa alguien con la casta de los Leaniz y el coraje de los Mencía, sólo me la quitarán si me sacan con los pies por delante. Sé defenderme sola. ¿Tú sabes lo que yo he tenido que luchar para sacar a mi familia adelante? Mi padre y mi hermana, que en paz descansen, eran unos benditos, pero unos tarambanas. Suerte que yo me ocupaba de ellos, de lo contrario no sé dónde habrían acabado. Mi padre arruinado, y mi hermana descastada, cargando con su pecado y con el hijo de un desconocido que la abandonó. Una desgracia para la familia.

Me pareció muy oportuno que mencionara aquello, así que traté de encarrilar la conversación por esa vía.

–Conozco la historia, pero... ¿no crees que mi abuela y el escocés se querían?

–¿Quererse? Oh, sí, mi hermana estaba loquita por aquel embaucador, la pobre. Tu abuela era el ser más bello que Dios ha puesto sobre la faz de la Tierra, un pajarillo cándido esperando a que alguien le echara el lazo. Me pasé nuestra juventud protegiéndola de un montón de patosos que no le convenían, y afortunadamente ella nunca mostró demasiado interés por los hombres. Yo quería elegirle un buen marido, pero cuando me casé perdí el control sobre ella, y entonces apareció aquel escocés y ella se derritió como un azucarillo en el café. Un aventurero arrogante, un bandido y un mujeriego, eso es lo que era. Tenía muchos trapos sucios que ocultar, y entre esos trapos sucios había otra mujer.

–¿Cómo? ¿Otra mujer?

–Sí, sí, otra mujer. Yo me enteré casi por casualidad. Fue en el descanso de un concierto donde coincidimos. Tu abuela debía de estar en ese momento en el aseo de señoras. Vi al escocés charlando con su amigo, aquel barón francés de la acera de enfrente, y me acerqué a saludarlos por pura cortesía, él nunca me gustó. Al acercarme y antes de que me vieran, pude escuchar cómo el francés le preguntaba: «¿No ves que Uke está enamorada de ti? Cuando llegue el momento, ¿a cuál de las dos escogerás?». Entonces advirtieron mi presencia y callaron. Nunca se lo conté a mi hermana, pero hice mis propias averiguaciones. Como mi marido tenía inversiones en Inglaterra, informamos a nuestra compañía de seguros en Londres de que pretendíamos hacer negocios con aquel hombre, y ellos se encargaron de indagar sobre él. El resultado fue el que yo esperaba. No figuraban a su nombre bienes raíces ni posesiones de ninguna clase, salvo un viejo caserón en ruinas situado en una finca improductiva al norte de Escocia. Aquello no valía nada. Estaba, pues, en bancarrota. Había ido liquidando la pequeña colección de arte de sus padres para costearse una vida ociosa, pero apenas le quedaba ya por vender ni un sello de correos. Y aún falta lo mejor de todo. Aquella finca de la que era titular había sido el hogar de su familia. Fue destruido por el fuego cuando él era joven. Por entonces terminaba el colegio y regresaba a casa de sus padres para comenzar sus estudios universitarios. Pero cuando llegó a su pueblo, se encontró con la terrible noticia de que sus padres habían muerto en un pavoroso incendio que había destruido la mansión. La policía concluyó que el fuego había sido fortuito, pero entonces un posadero del pueblo informó a la policía de que aquel joven había estado hospedado en su casa la noche del incendio. Es decir, él estaba allí cuando ocurrió el desastre, pero no residía en casa de sus padres, en cuyo caso habría muerto con ellos, sino en un hotel del pueblo. Muy sospechoso, ¿no? A la policía también se lo pareció. Le investigaron, pero nunca pudieron sacar a la luz ninguna prueba concluyente que le implicara en el incendio. A pesar de eso, los habitantes de aquellos contornos siempre han dado por hecho que él provocó el incendio que mató a sus padres.

–¿Y qué motivos podía tener para hacer algo así?

–Graves desavenencias familiares. Su padre procedía de una familia con tradición nobiliaria, pero no tenía títulos ni apenas fortuna, salvo la colección de arte que le había correspondido por herencia. Quería que su hijo se labrara un futuro en la universidad, pero el jovencito mentecato parecía tener otros planes. Ver mundo, decía. A la muerte de sus padres heredó lo que no se había quemado de la colección de arte, ingresó en la universidad, dejó pasar unos meses hasta que los rumores se apaciguaron y acto seguido abandonó los estudios. ¿Y qué hizo entonces? Pues eso, dedicarse a ver mundo. ¿Te cabe alguna duda?

Me sentí desconcertado y por un momento no supe cómo reaccionar. Mi tía abuela podía ser una persona de severidad e intolerancia legendarias, pero nunca se había distinguido por una fértil imaginación, así que no debía descartar que hubiera algo de cierto en aquella historia.

–Qué horror. Casi no puedo creerlo. ¿Y a pesar de todo esperabas que Uke se casara con él?

–¡Pues por supuesto que sí! Podía ser un hombre horrible, pero era el padre de su hijo. Cada cual tiene que expiar sus pecados cargando con su penitencia. Además, no hubiera sido tan terrible. El matrimonio, en el fondo, no es más que un contrato social celebrado ante Dios. Los mandamientos de Nuestro Señor hablan de decencia, de fidelidad y de responsabilidad, no de amoríos románticos ni de tentaciones lascivas. Quien quiera buscar eso, que se atenga a las consecuencias. Yo tuve la suerte de encontrar un marido excepcional, pero incluso así nunca dejé que sus pasiones carnales lesionaran el respeto que me debía como esposa. Me duele decir esto de mi difunta hermana, pero en su relación con aquel hombre Uke no estuvo a la altura de su educación ni de su posición. Se comportó como una vulgar mujerzuela, perdona que sea tan franca. Sí, luego entró en razón, cuando el escocés la abandonó. Asumió su obligación de cuidar de nuestro padre, que tenía la salud muy delicada, y ambos se marcharon de España para evitar el escarnio.

–¿Y era necesario que se marcharan?

–Oh, sí, desde luego que lo era. Los jóvenes de hoy pensáis que todo es lícito, pero no puedes imaginar lo que por entonces representaba un embarazo como el de mi hermana. El ostracismo social, el señalamiento público, nuestros asuntos privados aireados a los cuatro vientos... En fin, la hecatombe. No había otra salida sino el exilio.

–Tía, cuando mi abuela murió, tú escribiste al escocés.

–Naturalmente. Ya que no aceptó su responsabilidad en vida de mi hermana, el último gesto que le quedaba era presentar sus respetos una vez fallecida. Era su deber, y afortunadamente lo cumplió. Se ve que los años le hicieron reflexionar.

–Sí, pero... ¿cómo sabías dónde escribirle?

–No tengo ningún reparo en admitirlo, puesto que nunca lo he ocultado. Cuando mi hermana y mi padre residían fuera de España, a Lux Domini llegaron algunas cartas del escocés. Yo las guardé.

–¿Y no crees que debiste informar a tu hermana?

–¿Que si debí...? ¡Sobrino, no te atrevas a juzgar lo que yo debí o no debí hacer! Aquel bandido ya había dejado clara cuál era su postura. Mi hermana estaba superando su bache, y aquellas cartas le hubieran hecho mucho daño, nos hubieran hecho mucho daño a todos. Nuestra familia dispersa por el mundo, mi padre con su salud minada, mi hermana con un hijo sin padre y nuestro país con una guerra en ciernes. Resulta muy fácil ahora opinar desde tu cómoda posición, con unos criterios que puedes sostener gracias a que los de mi generación luchamos para que pudieras sostenerlos. No te atrevas a juzgarme.

–Discúlpame, tía, si te he ofendido. No era mi intención. ¿Qué decían aquellas cartas?

–Lo ignoro. No leo la correspondencia ajena. Únicamente me limité a interceptarlas para que no llegaran a manos de mi hermana. La dirección del remitente la copié de uno de los sobres cuando tu abuela falleció.

–¿Las conservas todavía?

–No, las tiré. Una vez fallecida mi hermana, ¿para qué?

–¿Y recuerdas aquella dirección?

–Oh, no puedo recordarla, hace muchos años de aquello. No, no lo sé.

–Tía, ¿tienes idea de qué fue del escocés?

–Ni la más mínima. Si vive aún, no me interesa saberlo. Y si falleció, que Dios le perdone. Pero basta ya de hablar de él. Tú querías preguntarme sobre los años de juventud que pasé con mi hermana en Torrelodones. ¿Quieres un café, un té? Le diré a Mariluz que te prepare algo.

–No, muchas gracias, tía. Mi vuelo sale dentro de dos horas, no encontré billetes para más tarde. Creo que debo marcharme. Pero ya me has dado la información que necesitaba.

–Oh, vaya, qué visita más breve. Espero que en otra ocasión vuelvas a ver a tu vieja tía con más tranquilidad. Cada vez recibo menos visitas. A la gente como yo, desfasada y con ideas anticuadas, ya casi nadie nos quiere. Los que nos odiaban, nos siguen odiando. Y los que nos querían, ahora vuelven la cabeza para no saludarnos.

Cuando me levantaba me fijé en un retrato sobre su mesa. Era una fotografía muy antigua. Un hombre y una mujer descansaban sentados en un banquito de hierro bajo el sol drástico de una mañana de final de primavera. La mujer era muy guapa, morena, de ojos ligeramente rasgados, pómulos redondos y boca ancha, y sonreía dulcemente a la cámara con sus labios rollizos y oscuros. El hombre, circunspecto, con la cabeza descubierta y peinado hacia atrás, inclinaba la frente hacia dos niñas de entre tres y cinco años que posaban de pie delante de la pareja, vestidas de domingo. La mayor, con un flequillo negro alborotado sobre las cejas, reía con la cara girada de frente a la cámara mientras estrechaba entre sus brazos a la más pequeña, una criaturilla rubia con el pelo corto recogido en un quiquiriquí y la mirada perdida más allá del encuadre. La imagen tenía ese equilibrio asimétrico y estudiado de las composiciones fotográficas de antes, cuando hacerse un retrato era una ocasión que se anotaba en el dietario para rechazar otros compromisos incompatibles con una larga sesión de posado que transcurría entre calambres de inmovilidad forzosa e impecable para los adultos y la batahola inquieta de los pequeños, preservada en un instante fugaz de contornos difuminados por el movimiento. Al descubrirme observando la foto, Victoria la tomó entre sus manos y la miró con detenimiento.

–Lo has reconocido. Es el jardín de Lux Domini. En otro tiempo yo habría luchado para que esa casa no se vendiera, pero ya poco importa. –Con el dedo pulgar acarició el cristal del portarretratos–. Aunque yo llegué primero a este mundo, siempre supe que era para esperarla a ella. Todos los reyes adelantan un heraldo para que les prepare el camino, pero yo hace tiempo que llegué al final de ese camino, y cuando me doy la vuelta, es cuando recuerdo que ya no tengo detrás a quién esperar. Ya pocas cosas importan. Somos seres del ayer.

Besó la foto y, de no ser porque los rayos de luz habrían tenido que doblarse rodeando su espalda para proyectarse sobre su cara sumida en sombras, hubiera jurado que una gotita líquida relumbró en la esquina de su ojo. Pero era imposible, porque todo el mundo sabía que la pétrea Victoria de moño metálico jamás lloraba.

Las terribles revelaciones de mi tía sobre Hamish me sumieron en un estado de inquietud e incertidumbre. Al regresar aquella noche a mi apartamento de Madrid permanecí durante horas tendido en la cama, observando la joya que había recibido de mi abuelo, el collar de garras de león, deslizándolo entre mis dedos mientras las duras palabras de Victoria se superponían a la imagen del agradable anciano contándome cómo el avestruz conquistaba su libertad haciendo añicos el cercado del colono. Entre ambas versiones en disputa del mismo personaje sólo había una voz que pudiera decantar la contienda, y debía localizarla en algún lugar indeterminado del territorio francés.

Comencé entonces a comprar todos los libros que encontraba sobre Kenia y a engullir toda la información que me cabía entre las orejas.

Me absorbí en mi búsqueda y empecé a desatender mi trabajo en el periódico, hasta que decidí que debía solicitar la excedencia, o lo que fuera, y dedicarme a mi misión sobreviviendo con los ahorros que mis padres habían apartado para cada hijo en unas cuentas bancarias a las que llamábamos los Fondos de Cohesión. Me despedí de Guan, que se quedó frunciendo el ceño hasta casi mascar su puro con él, y con la ayuda del padre de Mónica obtuve un incierto compromiso de readmisión una vez que mis investigaciones hubieran concluido. Antes de abandonar mi trabajo le envié un fax a Mónica en el que pegué la cabecera de nuestro diario y una foto de la redacción de Local con mi silla vacía. La misma tarde recibí una respuesta críptica, una hoja en blanco con tres grandes puntos negros, que interpreté como suspensivos y que me sugerían que debía mantenerme a la espera de nuevos acontecimientos. Unos días después recibí en mi casa la visita de un técnico que venía a instalarme una máquina de fax por orden de Mónica, y al poco tiempo el aparato despertó escupiendo un folio que llevaba dibujado un gran signo de interrogación, al que respondí, en la misma hoja, con un gran signo de exclamación.

Me sentí aliviado al liberarme de las llamadas dirigidas a la Librería Posada. Hasta que un día recibí una de ellas en mi propia casa. No fue Celestino quien en este caso refinó su acoso, sino un cúmulo de circunstancias con el torpe protagonismo del nuevo becario que me habían endosado por compañero tras la marcha de Mónica. Según parece alguien llamó preguntando por la librería y el chaval respondió que se habían equivocado de número. Sin embargo, al repetirse las llamadas preguntando por la misma librería, el astuto becario sospechó que podía tratarse de una fuente mía que utilizaba una clave para comunicarse y le reveló mi número personal, con tan mala fortuna que el comunicante era el editor del boletín literario de un centro de ancianos abonado a la librería y así, antes de deshacerse el equívoco, mi número privado fue publicado en el panfleto en cuestión, que los ancianos distribuían a sus amigos, familiares e incluso a ciertos organismos oficiales; pronto temí que en cualquier momento recibiría llamadas de Costa de Marfil preguntando por la Librería Posada. Ignoro si Celestino estaba al tanto de esto, pero hubiera disfrutado con esta rocambolesca y carambolesca recreación del infierno dantesco. Como este individuo estaba destinado a hacer de mi vida un pedregal, un día me llamó Nic para contarme que Celestino Posada había aparecido en un programa de televisión donde los ciudadanos exponían sus quejas vecinales, y había arremetido contra nuestro periódico mencionando mi nombre y exhibiendo una pancarta en la que se leía: HE DICHO PUTA.

Con todo, otros asuntos más preocupantes reclamaban mi atención. La venta de Lux Domini se firmó antes de lo previsto. Lo supe por mi madre, que me telefoneó una noche para explicarme que mi padre la había citado en la notaría a la mañana siguiente. Al parecer la compradora había solicitado un adelanto de fechas para comenzar las obras de reforma lo antes posible con vistas a la puesta en marcha del restaurante, y mi padre no había objetado su petición. Durante meses me había preguntado cómo me sentiría ese día en que el patio de juegos de mi infancia pasara a manos de una desconocida. Tal vez por la fuerza de la anticipación me acostumbré a la idea y reaccioné con calma resignada. No me ha afectado tanto como pensaba, me repetí a mí mismo durante toda una noche de insomnio. En el desierto de mi vigilia, con el collar de garras de león enrollado entre los dedos, una vieja obra descatalogada abandonó su nicho de la librería de mi salón-dormitorio como por arte de brujería, se desempolvó a sí misma y los personajes de una de sus escenas se despegaron de las páginas y volvieron a la vida, proyectándose en un haz de luz como fantasmas sobre el polvo sacudido del propio volumen.

En aquella escena, Fermín, Rocco y Nacho seguían las pistas que yo les había dispuesto hasta las ruinas que quedaban en pie de nuestro Campamento Base, donde yo había organizado una ceremonia secreta para iniciados. Allí, a la luz de una antorcha que había tomado prestada del cobertizo de Vicente, encontraron a Curro sentado en la posición del loto, con la cabeza agachada sobre el pecho, desnudo de cintura para arriba, con el torso y la cara decorados con líneas y figuras pintadas con un corcho quemado, y luciendo alrededor del cuello un llamativo collar de grandes tabas marfileñas. Los tres se sentaron y entonces, con la solemnidad que la ocasión requería, encendí una linterna que me iluminaba desde abajo mi estudiada expresión totémica, los miré a los ojos desde la profundidad cavernosa y adusta de mis cuencas y les informé de que el león *Facundo* había sido abatido por un servidor. Para probarlo allí estaba aquella prenda, el collar, que me quité con ademán majestuoso y les presenté como una delicada reliquia sostenida por un dedo de cada mano. Como era de esperar ellos se quedaron patidifusos, pues al fin y al cabo mi anuncio pasaba por alto un detalle marginal que sólo Nacho, tras unos momentos y con voz neutra de teleoperador, se atrevió a plantear:

–Pero tío, ¿de qué vas? Si todos sabemos que lo del león es mentira. No hay ningún león ahí arriba. Es sólo un juego.

–Mentira, ¿no? ¿Y esto qué es? –De repente noté que había perdido la gravedad del gesto, y rápidamente recuperé la compostura.

Dejé caer el collar sobre sus seis incrédulas manos santotomasianas. Las tres cabezas se juntaron en torno a la alhaja y un coro de murmullos y manoseos empezó a animarse. «Tío, pues parece de verdad», «sí, son garras de león», «son iguales que las del museo...». Finalmente los tres alzaron los ojos y me miraron. Fue Fermín quien habló.

–Tío, no sé cómo lo has hecho ni de dónde has sacado esto, pero tenemos que reconocer que nos pasamos contigo. Sobre todo yo. Perdona. –Me devolvió el collar.

Sin mediar palabra, blandí las tres plumas y con la dignidad de un emperador las devolví a sus propietarios legítimos. Luego concluí declamando con efectismo dramático el *grand finale* que mi abuelo Hamish me había escrito para la ocasión y que yo había aprendido de memoria:

–Yo perdono vosotros. Por medios de esta ceremonia yo produzco prueba de mi coraje y de mi siempre durante lealtad a los nobles empujes de Las Cuatro Plumas.

Bien, sonaba raro. Pero funcionó.

La vida, que nos arrastra del cuello por la vereda que ella misma elige sin dejarnos siquiera volver la vista atrás, me hizo perder el contacto con mis amigos de la infancia. Tal vez no sea del todo deseable compartir el mundo de los adultos, sus hipotecas, contratos precarios y planes de pensiones, con aquellos con quienes explorabas de noche un páramo prohibido para cazar leones y monstruos peludos de ojos encendidos. Para mí, Fermín, Nacho y Rocco siempre serán aquellos niños de diez años. Temo que, si un día me encontrara con alguno de ellos convertido en algo parecido a mí, un ganso hirsuto con su nuez de Adán y su voz desplomada al fondo de la escala de octavas, aquellos personajes se empolvarían de nuevo y el libreto de sus escenas se cerraría, para siempre descansar en la librería de mi salón-dormitorio y no volver a abrirse jamás.

Tras la noche de insomnio, logré por fin que el amanecer me alcanzara. Despierto, pero con la mente en blanco, sin ocuparse en repasar una más de mis antiguas aventuras sobre nuestra hierba doméstica y aromática de mi añorada Lux Domini.

18

POR EL CAMINO DE DELSEY

Le expliqué a la chica de la oficina consular francesa cuál era el propósito de mi visita. Estaba buscando a alguien, un anciano aristócrata que tendría unos ochenta años, si aún vivía, y que respondía al estrambótico nombre de Dominique-Emmanuel Le Sciellour et Yvrenogeau. Sabía de él que era, o había sido, propietario de un castillo llamado Château d'Angélique en Voisins-les-Bretonneaux, cerca de París, que el castillo era un museo dedicado a representaciones artísticas de figuras de ángeles, y que probablemente el barón residía en París, si aún vivía. Había tratado de rastrear información sobre el museo en las guías turísticas, pero ninguna de las que había podido consultar recogía el lugar. En la oficina de turismo francesa me habían confirmado la existencia del museo y su teléfono, pero mi llamada no había tenido éxito. El encargado del museo comprendía mi interés en localizar al propietario, pero no estaba autorizado a revelarme su dirección, y lo único que podía hacer por mí era tomar nota de mi mensaje y entregárselo al dueño cuando visitara el castillo, lo que no hacía muy a menudo. Estaba, pues, en un callejón sin salida, y el consulado parecía ser mi último cartucho antes de desplazarme a París desarmado de pistas para embarcarme en la búsqueda de la aguja en el pajar.

–Pero usted está pidiendo información privada de un ciudadano particular. Yo no puedo darle esta información. ¿Esa persona es familiar de usted?

–Bueno, no exactamente. En realidad este señor era amigo íntimo de mis abuelos. Mi abuelo se marchó a África antes de la Guerra Civil y desapareció. Creo que podría estar vivo, y este hombre es la única persona que podría tener datos que me ayudaran a localizarlo. Mire, soy periodista y estoy investigando este asunto de mi familia como parte de un reportaje. –Le mostré mi carnet de prensa y el del periódico–. Es muy importante para mí, por favor, compréndalo.

La joven funcionaria jugueteó con mis carnets antes de devolvérmelos. Torció la boca en un gesto de duda.

–De verdad me gustaría ayudarle, pero yo no tengo competencia sobre lo que me pide. Todo lo que puedo hacer es pasarle nota al cónsul y concertarle una cita, y puede que él tenga la autoridad necesaria para conseguirle esos datos. –Se recostó en la silla y cruzó los brazos.

–Se lo agradecería mucho. Le aseguro que es mi última esperanza.

Nos miramos durante un momento. Yo me resistía a darme por vencido, pero no se me ocurría otro argumento para vencer la barrera burocrática que una mirada suplicante. Ella liberó una sonrisa y apartó los ojos de mí.

–Vaya –suspiró–. Espere un momento, se me ocurre algo más. No puedo revelarle datos confidenciales, pero sí datos públicos. Si esa persona tiene teléfono, a lo mejor lo encontramos en la guía telefónica.

Se puso en pie y se dirigió a la mesa de una compañera, a la que preguntó si tenía una guía telefónica de París. Ella le señaló otra de las mesas, ocupada por una señora de mayor edad. La vi acercarse a ella y conversar brevemente. La señora rebuscó en los cajones de su mesa hasta encontrar un tomo que entregó a la chica. Ella regresó con una sonrisa y el volumen bajo el brazo.

–Ha habido suerte. Vamos a ver… ¿Cómo dijo que se llamaba?

–Le apuntaré el nombre. –Tomé papel y lápiz de su mesa y se lo anoté.

–Bueno, el apellido es complicado. No estoy segura de en qué letra debería figurar… Habrá que comprobar todas las opciones.

Durante unos minutos pasó las páginas hacia delante y hacia atrás, deslizando el dedo sobre las hojas y murmurando retahílas de apellidos. El nombre no aparecía. Exploradas todas las posibilidades, arqueó las cejas y me miró con los labios apretados, moviendo la cabeza de lado a lado.

–Me temo que no. Lo siento.

–Es igual, le estoy muy agradecido por su interés. Por favor, no olvide entregarle mi nota al cónsul.

–Descuide, yo misma me ocuparé. Por favor, rellene este formulario con sus datos y le llamaré lo antes posible.

Escribí mis datos en el impreso. Desalentado, ya me disponía a abandonar la oficina, cuando se me ocurrió lanzar un último anzuelo.

–Escuche, no creo que sirva de mucho, pero esta persona utilizaba otro nombre. Sus allegados solían llamarle Delsey. Claro que no creo que en la guía de teléfonos figure por ese nombre, pero si hace el favor de apuntarlo en su nota para el cónsul, es un dato más que podría ayudar.

Ella pareció súbitamente sorprendida.

–¿Cómo ha dicho que es el nombre?

–Delsey. D-E-L-S-E-Y.

–¡No! ¡No puedo creerlo!

–¿Cómo dice?

–Creo que ya he encontrado a su amigo.

Abrió un cajón de su mesa y de él sacó una revista. Era una publicación francesa impresa en papel satinado, con el típico estilo de la prensa rosa. Mientras se reía incrédula, la chica hojeó las páginas hasta que encontró lo que buscaba. Con una ancha sonrisa de satisfacción, dobló la revista por el lomo y la posó sobre la mesa frente a mí, tamborileando con el dedo sobre la columna de un colaborador.

–Aquí lo tiene. Delsey.

La sección se titulaba *Du côté de chez Delsey*, que parafraseaba el título del primer volumen de *En busca del tiempo perdido*. En la esquina superior izquierda se veía una pequeña foto en blanco y negro que mostraba a un anciano de aspecto distinguido, su cabeza ladeada apoyada sobre la palma de la mano y el codo descansando sobre el marco inferior de la imagen, mirando hacia abajo como si contemplara sus propias palabras con actitud de benevolencia permisiva. Yo no podía dar crédito a lo que estaba viendo. Sujeté la revista entre mis manos con los ojos clavados en la página.

–Ya ve, su amigo es colega suyo. ¿Es él?

–Pues... Sí, podría ser él. Desde luego, el nombre y la edad coinciden, y era una persona de vida social intensa.

–Es un personaje bastante popular en Francia. Además de escribir aquí, participa en programas de la tele. Dicen que es gay, aunque él nunca habla de eso.

–¡Seguro que es él! ¡No me lo puedo creer! ¿Me permite quedármela?

–¡Sí, claro, llévesela! Ya la he leído.

–Muchísimas gracias... –Miré el letrero que tenía sobre su mesa–, Céline. Es usted un encanto.

–¡Oh, gracias! Ha sido un placer ayudarle. Espero que le sirva para encontrar a su abuelo. Y suerte con Delsey. Es un poco especial. Le encanta discutir y es muy... en fin, es un provocador y tiene malas pulgas.

Salí del consulado con la sensación de haber avanzado un paso de gigante en mis averiguaciones. Allí, en la mancheta de la revista, se detallaba la ubicación de la redacción, boulevard des Capucines, en pleno centro de París. Así pues, a París.

Antes de emprender viaje envié un fax a Mónica, un collage con la torre Eiffel, un calendario donde había marcado la semana que en principio pensaba quedarme en París y un dibujo de Sherlock Holmes examinando con su lupa al abuelo de Heidi. Sí, aquello estaba derivando hacia el absurdo, pero ella empezó el juego, y fuera por su enorme inteligencia o por nuestra conexión químico-telepática, estaba seguro de que entendería el significado del mensaje. Así fue. Me devolvió la misma hoja donde había rodeado la torre Eiffel con un círculo y, sobre ella, había pegado la foto de una máquina de fax con un signo de interrogación. Le di la vuelta a la hoja y en la cara limpia dibujé tres grandes puntos negros, como antes había hecho ella, y después lo pasé a través del aparato.

A comienzos de mayo la lluvia parisina era un continuo mallazo de agujas entre el cielo y el suelo, imposible de sortear ni de repeler por mucho plástico que uno llevara puesto. Después de merodear toda la tarde alrededor del boulevard des Capucines bajo ese chaparrón esférico que parecía provenir de todas partes, decidí que lo único que uno podía ponerse encima para protegerse de aquel océano pulverizado era una capa de ladrillo, o mejor varias, y navegando sobre mis botas con mi maleta de trole como timón descubrí un hotelito en la calle Caumartin, lo más confortable que debía permitirme en ese barrio tan caro, un alojamiento modesto pero a sólo unos minutos a pie de mi objetivo. Tras coger habitación y escurrir todas mis extremidades, le envié a Mónica un fax vacío con el membrete del hotel. A la mañana siguiente el recepcionista me entregó un fax que había llegado a mi nombre: una fotocopia de la portada de *París era una fiesta*, el libro en el que Hemingway recordaba el París lúdico de la Generación Perdida, una imagen de Bogart y Bergman en la última escena de *Casablanca*, un cartel del tío Sam señalándome con el dedo extendido sobre el lema *I want you* y, al pie de la página, los ya famosos tres puntos suspensivos. De forma tácita habíamos adoptado aquel símbolo como la manera de decirle al otro que esperara acontecimientos, pero en aquel caso no terminaba de comprender a qué se refería Mónica. Fui bastante estúpido, porque era evidente.

Aquella mañana telefoneé desde el hotel al número que figuraba en la revista y pregunté por monsieur Delsey, identificándome como un periodista español que deseaba entrevistarlo. Como esperaba, la voz al otro lado de la línea me respondió que Delsey era un colaborador externo y que por tanto no se le podía localizar en la redacción, pero que solía pasar por allí una vez a la semana para charlar con su amigo el editor, aunque no siempre el mismo día ni a la misma hora. Pregunté si tenía un agente o un representante, o si disponían de un número de teléfono donde pudiera comunicarme con él, pero no tuve éxito. Opté por no dejarle un mensaje, pues al igual que con Victoria, no estaba seguro de cuál sería su actitud ante alguien empeñado en escarbar en el pasado, y en caso de reacción desfavorable podía espantarlo fuera de mi alcance. Al fin y al cabo Delsey había mantenido una estrecha amistad con Hamish y, si había algo de cierto en el siniestro relato de mi tía Victoria, no era probable que el barón estuviera dispuesto a desenterrar aquellas miserias.

Recordé entonces que la chica del consulado francés había dicho que Delsey participaba en programas de televisión. Enseñé la página de la columna al recepcionista del hotel y le pregunté si conocía a aquel personaje.

–Sí, sale en la tele, en programas sobre famosos y esas cosas.

–¿Y recuerda en qué programa, en qué canal?

–Pues... No lo sé, yo no veo esos programas. Pero seguro que mi mujer tiene que saberlo, ella no se pierde uno. Ahora no puedo hablar con ella, trabaja conduciendo un autobús, pero le preguntaré cuando la vea esta noche. Mientras, es posible que alguna de las chicas de limpieza se acuerde. Les preguntaré luego, cuando acaben el turno.

–Se lo agradezco. Se llama Delsey, es un anciano de modales refinados y, según me han dicho, le gusta discutir muy acaloradamente.

–Sí, lo sé. No se preocupe, que yo le pregunto a mi mujer.

Ante la falta de pistas frescas, compré unos pequeños binoculares en una tiendecita próxima a la Ópera y me acerqué al boulevard des Capucines bajo el mismo diluvio atroz de la tarde anterior. En ese libro cuya portada Mónica me había fotocopiado y que yo había leído, Hemingway hablaba de la lluvia triste que mataba la primavera de París, cuando parecía que la luz nunca iba a superar la resaca de un invierno que se resistía a rendir plaza. Pensé que no era cierto que fuera menos primavera la que jadea con el agua al cuello, la furiosa y voluble, la que le aporta el toque de mestizaje exótico que tienen las estaciones impuras, que entretienen más, aunque en aquellos momentos hubiera cambiado toda la antología poética del sarpullido primaveral por unos calzoncillos secos. Recordé que llevaba los mismos que la noche de fin de año en casa de Mónica. Sin duda era un tejido muy hidrófilo, y tal vez por culpa de mis calzoncillos llovía en París.

El portal donde se ubicaba la redacción de la revista era un alto pasadizo de carruajes que hacía chaflán en el tramo del bulevar más próximo a la iglesia de la Madeleine. Por fortuna, en la esquina contraria había uno de esos cafés con miradores acristalados que me ofrecía un perfecto puesto de observación en caso de que tuviera que montar vigilancia. Me cobijé en el portal y busqué la placa de la editorial, abordé el ascensor y subí al tercer piso. Al oprimir el timbre me recibió una señora fungiforme y semoviente con dos diminutas extremidades que asomaban bajo el sombrerillo de su larga falda abombada y sobre las que parecía rodar como un ratón mecánico. Una cadenilla anclaba a su cuello unas gafas triangulares más aparatosas que los pilotos traseros de un Cadillac de los cincuenta, que le entorpecían el paso en los quicios de las puertas. Le expliqué el motivo de mi visita y me reconoció como el mismo que había llamado antes, pero más mojado. Yo sentía ser tan insistente, le dije, pero era fundamental que localizara a Delsey lo antes posible. De la verdad a medias pasé a la mentira flagrante: no podía prolongar mi estancia en París y mi periódico me exigía que consiguiera esa entrevista, o de lo contrario podía perder mi empleo. A pesar de mis súplicas, no quiso o no pudo ayudarme. Pedí hablar con el editor, pero estaba ausente por unos días. Así pues, no me quedaba otra opción que la vigilancia.

Antes de apostarme en mi atalaya localicé un quiosco de prensa, donde compré todos los diarios y la primera lectura ligera en inglés que me cayó al alcance de la mano. Entré en el café, elegí la mesa mejor situada para observar el portal, pedí una cerveza, desplegué mis periódicos y mi libro, y me dispuse a echar la mañana escrutando con los binoculares a todo mamífero de edad avanzada que franqueara ese portal. Al cabo de un cuarto de hora y otro *demi* de cerveza comencé a aburrirme. Mi vista se distrajo en la portada del libro que había elegido al azar.

Era una edición barata con cubierta de papel, ilustrada por un dibujo donde las tintas parecían haber caído entre los contornos de las figuras como si lo hubieran coloreado desde otra habitación. Un vaquero con la mandíbula cuadrada y pesada como la oruga de un tanque disparaba a toda una cohorte de indios a caballo mientras con el otro brazo sujetaba en volandas a una chica desvanecida con unos pechos que hubieran rasgado el casco del *Titanic*. Me llamó la atención que los indios, de aspecto cadavérico que rayaba en la putrefacción, aparentaban atacar bajo el mando de una especie de engendro horripilante que montaba un caballo estándar con la mayor naturalidad. Se titulaba *Ambush of the Apache Zombies*[1]*!*, así, con exclamación, llevaba el subtítulo *A brand new adventure of Sangre de Cristo*[2], y lo firmaba un tal Quincey Underwood. Lo abrí y comencé a hojearlo.

1. «¡La emboscada de los zombis apache!»
2. «Una nueva aventura de Sangre de Cristo.»

Diez minutos después estaba enganchado a la historia, que resultó ser un capítulo de una serie de volúmenes protagonizados por un héroe, un *cowboy* solitario cuyo nombre nadie conocía y a quien llamaban Sangre de Cristo, porque decían que se había criado en las montañas del mismo nombre, en Nuevo México. Contaba la leyenda que, cuando crío, la caravana en que viajaba hacia California con sus padres y hermanos había sido atacada una noche de plenilunio por la banda de un forajido llamado Stroma. Todos habían muerto excepto el niño, quien espantado pudo contemplar cómo el villano sufría una metamorfosis y se transformaba en una horrible bestia que le succionaba la sangre a sus familiares hasta dejarlos como sobres de salmón ahumado. El niño fue recogido, cubierto sólo por unos ponchos, y adoptado por una familia de coyotes hasta que supo valerse por sí mismo. Ya adulto, fundió la única posesión de sus padres que había conservado además de los ponchos, una cruz de plata, en seis relucientes balas que llenaron el tambor de uno de sus dos revólveres. A continuación visitó al sacerdote de una misión cercana y se hizo bendecir su propia sangre, lo que además de protegerle de las mordeduras, hacía juego con su nombre. Desde entonces, con plomo a un lado del cinto y plata al otro bajo su poncho, se dedicaba a recorrer el salvaje oeste a lomos de su yegua *Sand Witch*, que literalmente significa «Bruja de la Arena» y más popularmente «Bocadillo», con el objetivo de encontrar al vampiro licántropo y alicatarle el cuerpo con metal hasta que se pareciera al hombre de hojalata del *Mago de Oz*. Viajaba solo, pero tenía unos grandes aliados; si en alguna ocasión le acorralaban, aullaba y de inmediato acudían al rescate los coyotes de las montañas, que como es sabido sienten un particular disgusto hacia los hombres-lobo vampiros.

En el relato, Sangre de Cristo transportaba una valija de oro por encargo de un banquero, ignorando que éste se había aliado con el villano Stroma para asaltar al héroe, darle matarile y apropiarse del dorado cargamento. Pero el corrupto magnate no contaba con que su hija, la de los icebergs pectorales, caía rendidamente enamorada del vaquero impasible y le soplaba los planes de emboscada. Así, Sangre de Cristo se dirigía a las montañas, confiando en la baza de conocer la conspiración urdida contra él, pero sin saber que el banquero había tomado sus precauciones, ordenando a sus esbirros que trocaran la munición del *cowboy* por inofensivos supositorios.

Tardé tres horas en darme cuenta de que no estaba prestando atención al tráfico del portal y de que aquella vigilancia era una manifiesta pérdida de tiempo. Dejé a Sangre de Cristo cabalgando hacia una muerte segura, comí algo ligero y regresé al hotel para ponerme ropa seca y entregarme a una siesta reparadora, con la esperanza de que un arrebato de iluminación me inspirara una idea más fecunda para localizar a Delsey.

De camino al hotel recogí toda la lluvia que pude en el tejido de mi ropa, con especial atención a mis calzoncillos absorbentes. Entré chapoteando en el vestíbulo y bajo la cortina de agua que chorreaba de mi pelo balbuceé mi número de habitación al recepcionista. Había cambiado el turno y en ese momento no me sentía con ánimo de jugar a detectives, así que omití cualquier pregunta sobre programas y canales de televisión. Agarré mi llave y me dirigí al ascensor cuando me sobresaltó una voz femenina a mi espalda.

–*Bonjour chéri, vous êtes seul?*

Me giré con intención de explicarle que no estaba solo, sino acompañado por un hectómetro cúbico de agua en mis bolsillos, que ignoraba que el Caumartin fuera de esa clase de hoteles y que no buscaba más compañía que la de un anciano de unos ochenta años que hasta ese momento había logrado darme esquinazo. Pero no dije nada de eso. Allí estaba. La siempre hermosa e impecable, fresca y maquillada, con el pelo recogido en alto como una emperatriz romana, las serpientes de cristal negro de su melena trenzándose alrededor de sus pendientes y mordiendo el fruto de sus lóbulos, arropada por un jersey negro de cuello vuelto diseñado por ingeniería ergonómica, abrazada por unos vaqueros azules que parecían desgastados de pura afición a su cuerpo y encumbrada sobre unos botines negros de tacón alto. Mi perplejidad fue tan descomunal que por un momento no supe qué hacer. ¿Preguntas? ¿Reproches? ¿Discursos? Claro, la abracé. Como si quisiera trasplantarme todos sus órganos, comenzando por la lengua.

–¡Si estás hecho una sopa, cariño! ¿Ni para un paraguas tienes ya?

–Pero ¿cómo es que has venido?

–Pues en avión, tonto. ¿Es que no recibiste mi fax? Era evidente. –Cierto, lo era–. Anda, vámonos de aquí. He reservado la suite de Hemingway en el Ritz. –Se encaminó hacia la recepción. La intercepté agarrándola del brazo.

–No. Nos quedamos aquí. Y pago yo. En París eres mi invitada.

Perdimos el equilibrio al cerrar la puerta de la habitación con el peso de nuestros cuerpos, y antes de formular ninguna pregunta o comentar aquellos meses de separación, nuestras manos se apresuraron a alimentar el recuerdo de nuestra última noche. Sin mencionarlo descubrimos que necesitábamos ante todo tocarnos, y yo contemplaba cómo su jersey y sus vaqueros se abultaban en los lugares donde deslizaba mis brazos como si le corrieran serpientes bajo la ropa que la hacían cerrar los ojos y lamerse los labios reteniendo un gemido ahogado en la humedad de su lengua, mientras mis dedos enviaban a mi cabeza una atropellada ráfaga de notas de tacto, el juego de texturas de su ropa interior, de la delicada aspereza del encaje a la pátina cibelina del satén, y esa cualidad de su piel que la hacía tan placentera de acariciar, tapizada en ciertas regiones por un ligerísimo vello minúsculo y transparente que la apartaba del frío desamparo del mármol y la acercaba a la morbidez de una fruta aterciopelada, firme y candente entre los dedos, como dispuesta a estallar a la menor presión en una rompiente espumosa de jugos. Su piel y la mía se descubrían y se encontraban desde el vientre hacia arriba y hacia abajo mientras apartábamos la ropa, estrechando el espacio entre los dos como una cremallera que nos imbricaba el uno en el otro, sus manos estrujando mi torso bajo mi camisa empapada que chorreaba entre mis piernas mientras sus dedos deshacían los cierres de mi cinturón y de mis pantalones. Descendió aplicando su boca por las hendiduras que dibujaban la forma de mi abdomen desde las caderas hasta la cintura de mis calzoncillos, y al verlos, exhaló una carcajada y levantó la vista.

–Pero ¿todavía no se han secado desde la última vez?

Nuestra habitación del hotel, en el último piso, estaba ocupada casi en toda su extensión por la gran cama, que había que vadear para acceder al baño o a un pequeño balcón que se alzaba sobre los tejados circundantes. Durante aquella tarde y la mañana siguiente la cama deshecha se convirtió en nuestra única geografía, que modelábamos poniendo o quitando nuestra propia orografía cambiante, valles, montañas, lagos, bosques, oasis y desiertos, y durante casi veinticuatro horas no existió mundo más allá del acantilado acolchado donde terminaba nuestro edredón, sin prisas por culminar el viaje o llegar a ninguna parte, sólo disfrutando de la exploración de aquel continente tendido sobre un mullido colchón tectónico.

A mediodía encargamos al servicio de habitaciones *croques monsieur*, cervezas, pasteles y fruta, y mientras esperábamos, salimos al balcón a fumar y a respirar el primer sol desde mi llegada a París. Nos envolvimos en una manta y colocamos otras sobre la barandilla del balcón para no ser vistos, y sentados en el estrecho enlosado, yo con la espalda apoyada en el muro de la fachada, Mónica recostada entre mis piernas con la cabeza descansando en mi pecho, contemplamos el cielo pálido de timidez primaveral y la geometría confusa de los tejados que se filtraba por las rendijas entre las mantas, un paisaje amontonado y enmohecido de rincones jamás limpiados, maltratados por la intemperie, cornisas, antenas, agujas, ventanas de sobreático, palomares y guaridas de gato. En el edificio de enfrente, un piso más abajo, una oficina mostraba el trajín cotidiano que desde nuestro remoto planeta, juntos en un lugar ajeno, desnudos en un balcón y aún recelosos de hablar de lo nuestro, resultaba casi excepcional. Comenzamos a bromear sobre los personajes que habitaban la oficina, en especial sobre dos de ellos, a los que Mónica bautizó como Octave y Denise. Octave, delgado y moreno, con la corbata aflojada sobre una camisa de rayas, parecía el jefe y ocupaba un despacho tras una ventana. Más a la izquierda, detrás de otra ventana que se abría a una sala más grande, se sentaban dos hombres jóvenes y una chica rubia de pelo corto con blusa y pantalón negros, Denise. Al cabo de un rato los dos hombres jóvenes se marcharon, quedando solos el jefe y la mujer.

–Está claro, ¿no lo ves? –comentaba Mónica–. Octave está enamorado de Denise y ella siente lo mismo, pero ambos lo ocultan. Él para evitar que ella lo denuncie por acoso, y ella por temor a que sus compañeros la tachen de «trepa» sin escrúpulos, dispuesta a tirarse a su jefe por un ascenso. Mira, mira. ¿Has visto cómo él se inclina sobre ella para mirarle el escote? Y ella lo sabe, pero no se lo impide. Están jugando a seducirse sin que parezca que lo hacen.

–Espera. Tengo algo que te va a encantar.

Entré en la habitación y regresé con los binoculares de ópera que había comprado para vigilar el portal de la revista.

–¡Qué bárbaro, estás en todo! ¿No tendrás también uno de esos micrófonos parabólicos que salen en las películas? –Me besó y se aprestó a escudriñar la oficina con los binoculares. De repente, en su limpia desnudez coronada por aquel semblante de niña traviesa encuadrado en una melena revuelta, no había *New York Times*, ni másteres, ni complejas redes de periodismo internacional, ni responsabilidades sucesorias, ni turbulencias sentimentales, ni distancias ni dudas, sólo una hermosa chiquilla emocionada espiando una historia trivial entre dos extraños–. ¿Ves? Octave está en el despacho sin hacer nada. Está haciendo tiempo porque no quiere marcharse, pero tampoco se atreve a sincerarse. ¿Y ella? Lo mismo. ¡Espera! Él la llama. Ella... sí, Denise está sirviendo dos tazas de café. Ahora entra en el despacho y se sienta frente a él. Deja las dos tazas en la mesa. Él se levanta y rodea la mesa, mira los papeles que ella tiene sobre el regazo, pero en realidad le está mirando el escote... ¡Ja! Ella ha levantado la vista y él se ha erguido como una flecha. Está avergonzado porque piensa que ella se ha dado cuenta. Ahora ella le entrega los papeles. Sus manos se rozan y los dos se apartan como si les diera calambre. ¡Saltan chispas! Denise se levanta. Están frente a frente. Oh, ella ha salido del despacho. Está nerviosa. Se ha dejado el café. Octave se ha dado cuenta. Coge la taza y se la lleva. La deja sobre la mesa de ella. Los dos sonríen. Ella está enredándose el pelo en los dedos, y él no sabe qué hacer con las manos. Están deseando tocarse, pero no lo hacen. Ahora Octave regresa al despacho. Pasea como un oso enjaulado y aprieta los puños. Denise mira por la ventana. ¡Cuidado, que nos ve! Ahora se levanta, coge su abrigo y entra en el despacho a despedirse. Vaya. Otro día más sin atreverse a confesarle sus sentimientos. Denise se marcha, se acabó. Adiós, amor secreto. Octave se recuesta en la silla, pensativo. Ahora coge su abrigo y sale del despacho. Abre la puerta de la calle. Se queda un momento mirando la mesa vacía de ella. Apaga las luces... Ya está. Fin de la función.

–¿Y qué crees que pensarían si nos vieran a nosotros? Quizá también haya alguien espiándonos.

En ese momento llamaron a la puerta de la habitación. Era nuestro pedido.

–Pues pensarían que no se puede estar tanto tiempo sin alimento, y menos con semejante desgaste físico. Vamos a comer.

Decidimos llenar la bañera de agua caliente con sales y espuma, y comer allí. Lo hicimos porque era ilógico. Nadie come un sándwich de jamón y queso con cobertura de bechamel y champiñón dentro de la bañera. No era exactamente higiénico, con la cobertura del *croque* derramándose sobre nuestros cuerpos y en el agua. Mónica jugueteaba con el pie a acariciarme el pecho y atraparme el lóbulo de la oreja, y yo le untaba bechamel sobre las uñas que aún llevaba de color azafrán, le colocaba laminillas de champiñón entre los dedos y luego lo sorbía todo mientras ella se retorcía estimulada en risotadas enardecidas.

Terminado el almuerzo, en nuestra plácida laguna donde nadaban los champiñones, me hizo el relato de sus meses en Nueva York. Vivía en la 44 Oeste, en un luminoso apartamento de techos altos a cinco minutos a pie del *New York Times*. Hubiera preferido un piso cerca de la universidad, pero era la gente del periódico quien se había encargado de buscarle alojamiento, y de todos modos era más práctico tener la cama cerca del lugar donde todos los días el reloj le daba una vuelta completa. Mucho trabajo, se lamentaba, tanto que no me hubiera sorprendido verla cargada de cadenas como un galeote más, picando el teclado bajo el chasquido de los látigos, y poca vida social exceptuando la obligada agenda protocolaria. En una fiesta le habían presentado a Tom Wolfe. Ella vestía de blanco, su color favorito, y la coincidencia con el sempiterno atuendo del ídolo le había servido de tema de conversación y de excusa para fotografiarse cobijada por el abrazo complaciente del divino gurú. Por lo demás, aún no había hecho grandes amistades, excepto con una imponente chica rusa que vivía con ella y seguía el mismo programa, lo que les había granjeado a las dos el mote de las *euro-pin-ups*, además de un reportero veterano que les hacía de cicerón, y un redactor de tecnología y pirata informático a tiempo parcial, bastante marginal y cuya descripción me recordaba sospechosamente al infame

Fran Dekay. Cuando no tocaba engullir un trozo de pizza frente a la pantalla, solían frecuentar un pequeño restaurante griego que quedaba cerca del periódico, donde tocaba el piano y al parecer, lo que podía, un clon de Robert Redford en versión mediterránea llamado Dimitri. Mi conclusión silenciosa de sus palabras fue que por el momento nada nos alejaba, si bien nada nos acercaba salvo su impulso improvisado de pedir unas vacaciones con el falso pretexto de un problema familiar, tomar el primer avión a París y compartir sus atracciones corporales con su amante de cabecera, o sea, yo.

Una vez hubo acabado la crónica de su emigración, llegó mi turno. No tenía mucho que contar, si acaso mi enfrascamiento progresivo y obsesivo en mi investigación. Le hablé de las notas de mi madre y de las escasas nuevas pistas, de la incertidumbre que me habían infundido las acusaciones de Victoria y de mi búsqueda infructuosa de Delsey.

–Entonces, ¿todavía no has conseguido nada?

–Nada. No creo que la táctica de esperarle a la puerta de la revista sea muy fructífera.

–Pues claro que no. Tranquilo. Esto te lo soluciono yo en cuatro llamadas.

Se levantó de la bañera. Las gotas le dibujaban nervios vivos que se curvaban resbalándole sobre la carne sinuosa. Desplegó una toalla como si fuera la capa de un mago y se envolvió en ella, mientras yo la observaba complacido y expectante. La toalla le colgaba hasta el agua de la bañera y el borde flotó sobre la espuma.

–¿Lo ves? –dije–. La categoría de un hotel se mide por el tamaño de las toallas, y aquí son muy grandes. ¿Qué más queremos? No necesitamos el Ritz.

–Pues sí que son grandes. Más que el baño. No sé dónde las habrán doblado, pero desde luego, aquí dentro no.

Saltó sobre el borde de la bañera y se dirigió al dormitorio. Yo tomé otra toalla y la seguí. Se desplomó boca arriba en la cama, cogió el teléfono, lo colocó sobre su estómago y descolgó.

–Necesito que me apuntes el nombre completo de Delsey y el número de teléfono del castillo. Ah, y el de la revista. ¿Esto tiene línea? Sí…

Intrigado por lo que habría pergeñado en apenas unos instantes, busqué los datos que me había pedido y los anoté en una libreta que había junto al teléfono. Ella miró mis notas, marcó y esperó unos segundos. Luego comenzó a hablar. El francés de Mónica era muy superior al mío y me costaba seguir su conversación.

–¿Sí? Hola, buenas tardes. ¿Es el Château d'Angélique?… Por favor, ¿podría pasarme con la persona que se encarga de las donaciones de piezas al museo?… Sí, espero, gracias… Buenas tardes. ¿Con quién hablo?… Hélène Ginestet. Encantada, Hélène. Mire, soy… Monique Caumartin, la secretaria personal de la condesa de… –tiró del periódico que tenía en la mesilla, y con él cayó sobre la cama el libro de Underwood. El diario era *Le Monde*. Lo agarró con la mano y lo sostuvo al revés frente a sus ojos–… de la condesa de Ednom. Llamaba porque la señora condesa estuvo hace unas semanas visitando su colección, y quedó muy gratamente impresionada. –Cogió el libro y se fijó en la portada. Frunció el ceño con gesto reprobatorio–. Tanto que desearía hacer una donación. Es un boceto de un ángel, dibujado por otro ángel, Michelangelo Buonarroti, en uno de sus estudios para la Capilla Sixtina… Sí, desde luego, es una maravilla… Quisiera que me informara sobre qué debo hacer para gestionar la donación… Ahá… Ahá… Ahá… Bien. Y dígame, es que es la primera gestión de este tipo que voy a hacer y no tengo ni idea. A la señora condesa le preocupa mucho el transporte de la pieza, al ser una obra de valor incalculable. ¿Se encargarían ustedes de ello?… Bien. ¿Y utilizan alguna compañía de transportes especializada en esta clase de trabajos?… Transportes Duchamp. De acuerdo, pues muchas gracias, Hélène… ¿Sí, dígame?… Sí, es la condesa de Ednom… E-D-N-O-M. Como el periódico *Le Monde*, pero al revés… No, es una persona muy discreta, no le gusta salir en la prensa… Sí, muchas gracias, adiós.

Colgó el teléfono y descolgó de nuevo. Marcó y esperó el tono enrollando el cable entre sus dedos mientras, con las piernas dobladas y cruzadas sobre la cama, hacía girar el pie en círculos. Yo la contemplaba entretenido, preguntándome cómo terminaría todo aquello.

–¿Sí? Hola, buenas tardes. Quisiera hablar con el señor Dominique-Emmanuel Le Sciellour et Yvrenogeau, por favor… ¿No está? Y dígame, ¿a qué hora podría localizarle en casa?... ¿Cómo, no es ése su domicilio?... ¿Una revista? ¿Con quién hablo, por favor?... Paulette Boisier. Mire, soy Monique Caumartin, de Transportes Duchamp. Llamo porque tenemos que entregar un cargamento al señor Le Sciellour en esa dirección, y quería saber a qué hora puedo ordenar la entrega... Sí, es una estatua de dos metros con un embalaje voluminoso... Sí, sí... Oiga, yo la entiendo perfectamente, pero entiéndame usted a mí. El señor Le Sciellour ha encargado el envío a esa dirección... Mire, yo sólo tengo este número de teléfono, que él nos ha facilitado en la dirección de entrega, en el boulevard des Capucines, ¿es ahí?... Sí, puedo llamar a la dirección de recogida, pero ellos no pueden ordenarme la entrega en otra dirección. Cualquier cambio tiene que realizarlo el ordenante del envío... Sí, entiendo, no se preocupe, voy a llamar a la dirección de recogida a ver si me pueden dar una solución. Gracias, adiós.

Colgó el teléfono, se incorporó de un salto, botó sobre la cama y se dirigió al baño.

–Aprovecho la pausa mientras Monique Caumartin, de Transportes Duchamp, llama al castillo.

Al regresar se tumbó de nuevo sobre la cama y marcó el número de la revista. Simuló una voz grave y comenzó a hablar.

–Buenas tardes. Soy Hélène Ginestet, del departamento de donaciones del Château d'Angélique, el museo del señor Delsey. ¿Podría por favor hablar con Paulette Boisier?... Ah, es usted, encantada, Paulette. Mire, le llamo para ver si me puede ayudar a solventar un terrible error. Como ya sabrá, me han llamado de una empresa de transportes a la que el señor Delsey encargó la recogida de una escultura del castillo para entregar en su casa. Pero en lugar de dar los datos de su domicilio, dio los de ustedes... Sí, este hombre es un desastre. El caso es que no consigo localizar al señor Delsey, y en Duchamp están nerviosos porque tienen que hacer la entrega... No, a mí no me aceptan un cambio de dirección porque nosotros sólo figuramos como dirección de recogida, el envío lo ordenó el señor Delsey personalmente. Pero he conseguido convencer a la empleada de la empresa de transportes para que ustedes, que figuran como dirección de entrega, puedan solicitar el cambio de dirección. Es una pieza muy valiosa, imagínese si surge cualquier problema... Así que necesito pedirle que por favor ordene usted la entrega en el domicilio del señor Delsey. ¿Le parece que lo hagamos así?... Perfecto, se lo agradezco muchísimo, Paulette. Mire, ya he dado instrucciones a la persona de Duchamp para que la llame a usted para ordenar el cambio de dirección... Siento el tremendo lío, es usted muy amable. Gracias, buenas tardes.

Colgó, esperó un par de minutos y marcó otra vez el número de la revista.

–¿Oiga? Monique Caumartin, de Transportes Duchamp. ¿Paulette Boisier?... Sí, mire, he hablado... Ah, bien. Mire, yo no estoy segura de si debo... Sí, la entiendo, pero yo tengo una responsabilidad... Sí, sí, entiendo... Sí, está bien, me ha convencido. Dígame entonces la nueva dirección de entrega. –Con una ancha sonrisa, Mónica agarró la libreta y el lápiz, con gesto triunfal pasó la punta de grafito por su lengua y comenzó a escribir–. Rue Royale, número ocho. ¿Me confirma usted que éste es el domicilio particular del señor Le Sciellour?... Bien, ¿y su teléfono?... Muy bien... Sí, ya lo tengo. Está bien, entonces entregaremos en esta otra dirección... De nada, no hay de qué... Adiós, buenas tardes.

Colgó el teléfono de un golpe rotundo y me miró sonriente. Los ojos le chispeaban como si tuviera los párpados de yesca y pedernal, y por un momento temí que le quemaran las pestañas. Estiró el brazo presentándome la libreta con la dirección y el teléfono de Delsey. Tal como había dicho, cuatro llamadas. No sólo había conseguido todos los datos de Delsey de la persona que a mí me los había negado; había conseguido que le suplicaran que aceptara esos datos. No tuve más remedio que aplaudir.

–Eres un crack. Te necesito para encontrar a mi abuelo en Kenia.

–No creas que esto te va a salir gratis. Mis servicios son muy caros, y ahora me los voy a cobrar.

–Soy tu esclavo sumiso.

–Pues prepárate a servirme de vajilla para el postre. Había pasteles y fruta, ¿no?

19

HÉROES DE FICCIÓN

Mónica se sumió aquella noche en un profundo sueño de casi doce horas. Seguramente estaba acostumbrada a que su vida fuera una caja de bengalas que se quemaban una a una cada jornada, y la acumulación masiva de lo extraordinario era para ella lo ordinario, nada que le pudiera alterar el sueño. Para mí había sido demasiado, mi viaje a París, su repentina aparición, nuestro maratoniano estajanovismo sexual, su brillante resolución de mi búsqueda de Delsey, y todo aquello me mantenía en un limbo suspendido del hilo frágil e imprevisible de su capricho, porque aún no habíamos pronunciado una sola palabra referente a lo que ocurriría después de la próxima despedida, y yo temía hacerlo por miedo a que ella se revolviera contra mis ansias de ensillar nuestra relación y, como el avestruz del cuento, rompiera el cercado para huir galopando hacia el horizonte.

Desperté de mi duermevela después del amanecer. Mónica yacía tendida boca arriba, con una mano por encima de la cabeza perdiéndose en una jungla de cabello negro que se vertía en lianas colgantes sobre su axila nívea, los pechos asomados en voladizo a sus costados, la otra mano descansando sobre su vientre, con el ombligo flanqueado por cinco flechas de azafrán que señalaban hacia un pubis de albúmina y yogur enterrado en la prisión estrecha de sus piernas, una ligeramente montada sobre la otra. La tapé con el edredón, me envolví en la manta y salí al balcón llevando una mandarina que había sobrado del festín, un paquete de cigarrillos y el libro de Underwood. La mañana sabía dulce, planchada en vapor y almidón, dorada, transparente y pasada a cámara lenta como si la ciudad estuviera sumergida en un mar de aceite. Me senté en el suelo tras las mantas de la barandilla y, mientras pelaba la mandarina, me enfrasqué en las peripecias de Sangre de Cristo.

De camino a las montañas, cuando el héroe esperaba el asalto de unos cuatro sicarios harapientos y devorados por el sarro, le caía encima todo un ejército de apaches zombis, convenientemente reclutado por Stroma. Pero gracias a su experiencia anterior en trances similares, Sangre de Cristo se las apañaba para refugiarse en una mina abandonada, donde hacía dos descubrimientos. Uno, su rifle disparaba supositorios. Dos, los que abandonaron la mina habían olvidado allí setecientas toneladas de dinamita, que el vaquero aprovechaba para cambiar la cordillera de lugar y así sepultar a los zombis, mientras Stroma huía literalmente con el rabo entre las piernas. Cuando se las prometía felices, hacían su aparición los cuatro sicarios con sarro, que a la sazón habían secuestrado a la hija del banquero para fines no especificados, pero que evidentemente habían descartado devolver el oro a su ilegítimo propietario. Mientras los esbirros, babeando sobre sus caries, encañonaban a Sangre de Cristo, éste observaba que los bandidos se habían rearmado con las cartucheras que él había tirado en la mina. Así que, con flemática parsimonia, encendía un puro, cubría a la mujer con dos ponchos, la cargaba en sus brazos, recuperaba a su yegua con un silbido y partía al trote valle abajo, mientras los facinerosos se hartaban de disparar glicerina en papel de plata.

La cara soñolienta de Mónica asomó tras la hoja de cristal del balcón.

–Buenos días, cariño. Creo que he dormido diez horas seguidas.

–Doce.

–¿Qué es eso que lees?

–Esto, amiga mía, es lo mejor que se ha escrito en mala literatura desde Jack London. Es mi nuevo autor de culto sobrevalorado. Más entretenido que Baroja, más depurado que Verne y, desde luego, más imaginativo que Capote.

–¿De qué trata?

–Es un *western* gótico de terror cómico, con pinceladas eróticas y cierto toque surrealista.

–Ah. Una pena que sea un género tan trillado.

–No puedo explicártelo. Es mejor que lo leas.

–Vale. Tenemos trabajo hoy, ¿no?

–Sí. En la rue Royale, ocho.

–Entonces no podemos entretenernos. Voy a ducharme.

El hecho de que ella se marchara a la ducha, sola, sin invitarme a compartir el chorro en calidad de patito de goma, fue el primer acto rutinario de pareja de nuestro encuentro en París y uno de los primeros en la trayectoria de nuestra turbulenta aventura. Aquello simulaba el tipo de cosas normales que hacen los enamorados normales, todo lo que ella me había enumerado como liturgia amorosa proscrita durante nuestra discusión de fin de año, y mientras leía escuchando el repicar entrecortado de las gotas sobre la loza, me sentí invadido por una hermosa sensación de estabilidad. Confiaba incluso en que disfrutáramos juntos de un tranquilo y abundante desayuno mientras comentábamos la prensa del día, situación nimia y cotidiana que en nuestros encuentros anteriores se me había negado y que yo había tomado ya como una cuestión de conquista personal.

Todo en aquella mañana parisina habría sido perfecto, de no ser porque en su camino de regreso hacia el pueblo, un último acto de tragedia se cernía sobre el destino, marcado por la fatalidad, de Sangre de Cristo. Al caer la noche, el vaquero y la chica acampaban junto a un arroyo y no tardaban en solazarse sobre unos ponchos, cuando en pleno frenesí amatorio al héroe le asaltaba la extraña sensación de que no yacía con la mujer, sino con su padre, y es que sus bellos pechos se habían cubierto de un vasto y basto vello zaíno. Al parecer, Stroma la había mordido. Horrorizado, a Sangre de Cristo no le quedaba otro remedio que desenfundar su revólver izquierdo e hincar una bala de plata en el cuerpo de la chica, con la desgracia añadida de que debía recuperarla para fundirla de nuevo. Una vez que la muerte había deshecho la metamorfosis, se veía obligado a extirpar el proyectil, no de velludas ubres de loba, sino de los firmes icebergs pectorales donde antes brotaban leche y miel, al fin helados como témpanos. Fin.

Justo cuando dejaba a Sangre de Cristo rumiando su clímax de dolor, apareció la cabeza mojada de Mónica tras la batiente del balcón.

–Te toca. Deja ya esa joya literaria y ve a ducharte.

–Vale. Mientras me ducho podías encargar el desayuno.

–¿Desayuno? De eso nada. ¿Y si se nos escapa Delsey? Ya comeremos algo por el camino.

Resignado, tomé el camino del baño. Ella estaba en lo cierto. Teníamos una dirección y un teléfono, pero nuestra búsqueda aún no había concluido. Cuando salí de la ducha la encontré totalmente vestida de blanco incólume, con jersey de cuello vuelto sin mangas, pantalón y botas altas de tacón, sentada en el balcón sobre la manta y fisgoneando con los binoculares a través de la rendija de la barandilla.

–¡Hoy la cosa está que arde! Denise se ha puesto su conjunto más sexy. Nada de pantalones. Lleva una minifalda de vértigo y una blusa blanca escotada muy vaporosa. Hasta desde aquí se le transparenta el sujetador... Ah, creo que es de Lejaby, tengo uno igual. Viene con un tanguita muy mono a juego. Seguro que también se lo ha puesto. Octave está como un flan. No puede apartar los ojos de ella. Creo que hoy asistiremos al alumbramiento de un *amour fou*.

–Siento interrumpir tu misión de inteligencia, pero ¿no decías que teníamos trabajo?

–Sí, claro. Vámonos. No olvides la revista para poder reconocerle.

Por el camino le expliqué a Mónica mi temor a que Delsey se mostrara reacio a cooperar por los asuntos espinosos que podían salir a la luz. Era un blanco que debíamos manipular con cautela. La rue Royale quedaba a pocas manzanas de nuestro hotel, remontando el boulevard des Capucines, el de la Madeleine y cruzando la plaza rectangular de la iglesia neoclásica en dirección a la place de la Concorde. La calle lucía, y relucía su muestrario de comercios de lujo redundando en los reflejos de las lunas, casi en las propias aceras, que parecían abrillantadas con gamuza y limpiaplatas. Nos apostamos ante el eminente portal rematado en arco y curioseé en los apellidos escritos junto al telefonillo mientras Mónica estudiaba la pequeña fotografía de la revista. Varios de los letreros estaban vacíos, pero uno decía, escuetamente, «Sciellour».

–Bien –concluí–. Ahora queda decidir si nos lanzamos al abordaje pulsando ese botón, o si tratamos de ser más sutiles y buscamos una cabina para llamar.

–Creo que no es necesario. Él ha decidido por nosotros.

–¿Quién?

Mónica señaló el retrato de la revista mientras miraba por encima de mi hombro.

–Él.

Giré la cabeza hacia el fondo de la calle, tableado por la perspectiva canónica de la Madeleine. Un hombre mayor, alto y lanceolado, se acercaba con paso corto y quedo, llevando un periódico bajo el brazo. La hechura de su vestimenta resultaba juvenil para su edad: una chaqueta *blazer* de color vino, entallada y abrochada sobre una camisa suelta de seda blanca que rebosaba en las mangas y bajo el faldón, y unos pantalones claros con dobladillos que bailaban como aros hawaianos alrededor de sus tobillos delgados y desnudos. Pude estudiar su rostro cuando se detuvo frente al portal, a unos cuatro metros de nosotros. Conservaba una poblada mata de pelo gris que llevaba peinada hacia atrás, y su rostro macizo de aristas marcadas acusaba más la edad en el relieve topográfico que en la calidad de la piel. Mi vista rebotó de la fotografía de la revista a su rostro, y de vuelta a la página. No cabía duda. Era Delsey.

Aturdido, apremiado por la urgencia de actuar, actuar deprisa pero actuar sin precipitación, actuar con tiento pero actuar con persuasión, deprisa y sin precipitación y con tiento y con persuasión, y en la estrecha ventana temporal desde que su mano esgrimiera la llave hasta que el portal se cerrara ante nosotros, perdí de pronto el fuelle y me quedé hincado de pie sobre la acera. Mónica reaccionó al verme paralizado y lo abordó dirigiéndose a él en francés mientras él sujetaba la cancela del portal.

–¡Barón Delsey, barón Delsey! Disculpe, ¿nos permitiría hablar con usted unos minutos?

–Lo siento, pero no concedo entrevistas en la calle. –Sin soltar la puerta, con medio cuerpo dentro del vestíbulo, hurgó en el interior de su blazer y sacó un par de tarjetas de visita. Las miró y entregó una de ellas a Mónica, guardando la otra en el bolsillo del pantalón–. Hablen con mi secretario, y si se acreditan debidamente, con mucho gusto él les concertará una cita.

Logré vencer mi inmovilidad y me uní a Mónica.

–Señor barón, no somos periodistas –aclaré en español–. Quiero decir, en realidad sí lo somos, pero no estamos aquí como periodistas. Se trata de un asunto personal. Me llamo Curro Mencía. Soy nieto de María Eugenia Mencía, Uke, y de Hamish Sutherland. Ambos fueron amigos de usted en su juventud.

Al contrario de lo que yo pretendía, la mención de aquellos nombres no provocó ninguna emoción visible en su rostro, que aparentaba el mismo cansancio que su foto en la revista. Por unos instantes sospeché que quizás había olvidado el idioma, pero entonces me respondió en un perfecto castellano neutro, desprovisto de todo acento.

–Uke... y Hamish... Vaya. Pues no se parece usted en nada a ninguno de los dos –replicó en actitud defensiva.

–Bueno, es que yo he salido a la familia de mi madre. Mi padre se parece algo a Hamish. Y mi hermana pequeña tiene rasgos de Uke.

–Ya, ya. Pero ¿qué quieren de mí?

–Si es tan amable de dedicarnos unos minutos, quisiera hacerle algunas preguntas sobre ellos y sobre aquellos años. Estoy tratando de localizar a Hamish.

–¿A Hamish? Era mayor que yo. ¿Aún vive?

–Bueno, no lo sé. Es una de las preguntas a las que me gustaría dar respuesta.

Por un momento pareció vacilar, pero no relajó la austeridad del gesto. Recuperó la tarjeta que había guardado en el pantalón y la comprobó antes de entregármela. En ésta figuraban su barroco nombre completo, un teléfono y aquella dirección de la rue Royale, datos que ya teníamos.

–Mire, lo siento, pero ahora estoy muy ocupado. Tengo una visita y varios compromisos programados para hoy. Llámeme y con gran placer buscaré un hueco en mi agenda para atenderle.

Tomé la tarjeta con una aplastante sensación de impotencia, pues sin añadir palabra desapareció dentro del portal y la maciza cancela se cerró ante nuestras narices. Sólo acerté a exclamar «¡Por favor, señor...!», pero el estrépito del pesado portón ahogó mi ruego. Temí entonces que mi viaje hubiera sido inútil. Era obvio que Delsey no ardía en deseos de compartir sus recuerdos conmigo. Descorazonado, paseé por la acera bruñida mirando las puntas de mis zapatos durante unos minutos, sin saber cuál debía ser el siguiente paso, pues no esperaba que mi ruta tuviera un final tan brusco. Mónica, en cambio, no se amilanó. La vi mirando hacia los pisos superiores del edificio.

–No desesperes. Siéntate en el borde de la acera.

–¿Qué dices? ¿Para qué? Pasa mucho tráfico por aquí.

–Hazme caso. Siéntate.

Obedecí. Ella se sentó a mi lado, con los pies sobre la calzada.

–Ahora apoya tu cabeza en mi hombro.

No puse en duda sus órdenes. Había demostrado sobradamente que era la reina de las artimañas, aunque aún no imaginé qué estaba tramando. Reposé mi cabeza como decía. Ella me abrazó por detrás del cuello, frotándome el hombro con la mano y apretándome el cuerpo a intervalos como si sufriera espasmos.

–Bien, ahora, a esperar. Confía en mí.

–Estás loca. Vamos a morir atropellados.

Permanecimos así, esperando durante unos diez minutos, con los autobuses lamiendo nuestros zapatos y haciendo resonar el claxon al pasar, hasta que por fin una voz habló a nuestras espaldas, en español pero con fuerte acento francés.

–Disculpen.

Temí que fuera un policía urbano que pretendía despejar la calle. En lugar de eso, allí se había plantado un hombre joven y guapo con porte de modelo languideciente, andrógino y aniñado, impecablemente vestido con traje oscuro, camisa de color pistacho y corbata de lunares.

–El barón Delsey los invita a subir a su casa.

Nos levantamos: yo, perplejo; Mónica, sonriente. Caminamos detrás del figurín hacia el portal. Interrogué a Mónica con un gesto silencioso, y ella señaló con la mirada a lo alto del edificio. Alcé la vista. Allí, en una ventana del ático, se distinguía una figura asomada.

Subimos al último piso y el propio Delsey nos abrió la puerta. Un pasillo abovedado, ancho como una avenida, se prolongaba detrás de él con ocho o nueve puertas a cada lado, hasta un lejano fondo de saco decorado con un monumental espejo acorralado en un marco indescriptible, una especie de Armagedón angélico librándose sobre campos de oro, plata, espigas, flores secas y telas retorcidas en formas torturadas, la clase de espejo donde uno podría ver reflejada su propia muerte. Las paredes del pasillo estaban literalmente abarrotadas con cuadros, tapices y apliques, y entre las puertas se alineaban consolas y vitrinas atestadas de pequeños objetos.

–Pasen, pasen. Por favor, la primera puerta a la derecha. ¿Quieren tomar algo? Thierry…

–No, muchas gracias, barón Delsey –respondí.

–Yo tomaré lo mismo que vaya a tomar usted –terció Mónica.

–Está bien, pues que sean tres –rectifiqué.

–Thierry, sírvenos una botella de Sancerre y un plato de Chabichou, por favor.

Entramos en la habitación que se abría a la derecha. Era una enorme estancia diáfana adonde daban todas las puertas de ese lado del pasillo. La parte más cercana a la entrada parecía un taller colapsado de objetos, un amasijo de esculturas a medio escapar de la madre, otras piezas viejas en observación clínica, muebles en distintos estados de ruina o resurrección, hojas de periódico extendidas, botes de pintura, aceites y disolventes, libros apilados en espirales irregulares, herramientas de cantería y de alfarería, traperío, palanganería y cacharrerías varias. En afilado contraste, la zona más alejada, separada del batiburrillo por un telón de terciopelo rojo, estaba acondicionada como salón de baile que parecía al mismo tiempo ejercer como coliseo de estar, y que a la derecha se abría en varias ventanas. Recordé el comentario de mi tía abuela Victoria sobre las viviendas de antes y las de ahora. Como aristócrata criado en un castillo, Delsey no parecía arrastrar el clásico pavor pudoroso, o pudor pavoroso, por el disfrute íntimo de los espacios grandes, que los ajenos a esa élite hemos heredado y que incluso en estancias amplias nos supedita a reducir nuestro espacio a lo que abarcan los límites de lo acogedor, entendiendo una sala de estar como una prolongación del pijama. El salón de Delsey desafiaba las magnitudes en las que cualquiera se encontraría a gusto. Por las notas de mi madre ya conocía su amor por lo grandioso y lo excesivo.

–Les ruego perdonen este desorden. Este pequeño rincón personal es el guante de mi alma vuelto del revés, manifestación materializada de mis inquietudes, de mis tormentos y de mis gozos. Lo utilizo como estudio y lo suelo cerrar cuando tengo invitados, pero no los esperaba. Aquí doy rienda suelta a mi vis artística. Siento pasión por la escultura y además restauro antigüedades, este último un pasatiempo muy apropiado para un anciano detallista y maniático. Pasen al fondo, por favor. Allí estaremos más cómodos.

La zona dedicada a festejos respetaba un espacio libre reservado para bailes y deambuleos, rodeado por un apilamiento de mobiliario y ornatos, al estilo Delsey, que trepaba en escalones por los espejos, molduras y hornacinas de las paredes como si uno se encontrara dentro de una tarta de bodas. Todo parecía recién pintado en colores pastel y dorados, al contrario que el otro sector de la sala, donde los objetos y las paredes se mostraban recubiertos de una pátina de cobre viejo. De algún equipo de música oculto sonaba la armonía metálica y matemática del *Concierto italiano* de Bach, imponiendo un cierto equilibrio al exceso palaciego del salón. Delsey nos ofreció asiento en un sofá de época anterior al perfeccionamiento de la tecnología del cortapuros, quizá Luis XV o XVI, frente a una mesita baja que también había sobrevivido a la Revolución.

–Por favor, tomen asiento, señor Mencía, y esta bellísima señorita es…

–Soy Mónica, su novia.

–Es un placer. –Se inclinó y besó la mano de Mónica antes de sentarse en una silla a juego con el sofá. Cruzó las piernas y el dobladillo del pantalón comenzó a bailarle el hula-hop alrededor de su tobillo desnudo–. Como ya parecen conocerme, no creo necesario presentarme, aunque… –señaló con los ojos la revista que Mónica aún llevaba en la mano– no se formen opinión de mí por esas frívolas columnas. El divismo es el recurso al pataleo de quien ya no logra llamar la atención por otros argumentos más visibles. –Me di cuenta de que ni siquiera habíamos llegado a leer la columna–. Ante todo, les suplico que acepten mis más hondas disculpas por mi grosera conducta de antes. No tolero el acoso de los periodistas en la calle, esa violenta invasión de la intimidad de uno con la única y execrable finalidad de exponer sus carnes abiertas en el mercado. El asedio constante, y supongo que también el transcurrir de los años, han hecho de mí una criatura desconfiada y recelosa, algo que nunca fui, y han sacado afuera el animal huraño que repta entre las fibras de mi ser. A veces tengo arrebatos de intemperancia, de los que me arrepiento enseguida. Pensé que eran ustedes paparazis, y luego, al hablarme de Uke y de Hamish... Bien, no esperaba escuchar esos nombres hoy. De hecho, no creí que fuera a escucharlos nunca más. Ha pasado tanto tiempo... Reconozco que me he sentido desarmado, y cuando noto mis defensas expuestas al albur de las flechas aceradas, mi espíritu se blinda de acero e impavidez. Pero al contemplarlos ahí abajo sentados en la acera, despreciando los peligros del tráfico alocado y llorando, ¡llorando!, he comprendido entonces que había cometido una rigurosa injusticia. –Lancé una fugaz mirada de complicidad a Mónica. Ella contenía una sonrisa sin apartar la vista de Delsey–. Ustedes han hecho un largo viaje para conversar conmigo, y si solamente han contado con esa revista como único dato para localizarme, supongo que habrán seguido un complicado juego de pistas. Pero ardo en deseos de oír noticias de Uke. Dígame, por favor. ¿Qué ha sido de ella en todos estos años? Espero que se encuentre bien.

–Pues... Me temo que no. Ella falleció. Hace ya catorce años. Se la llevó una penosa enfermedad.

–Oooh, por Cristo bendito. Qué inmenso dolor me produce escuchar eso. Era tan hermosa... Era el ser más hermoso que he conocido jamás. Qué ciega fatalidad, qué infausto destino. Aún era joven entonces.

–Sesenta y seis. Físicamente estaba pletórica. Se consumió en unas pocas semanas.

–Infortunada criatura. Y yo con setenta y..., aquí, cargando de un lado para otro con esta carcomida momia que no parece mía, sino de otro. La vida es una cruel ruleta. ¿Y decía usted que trata de localizar a Hamish? He notado antes que me ha hablado del parecido de su padre con él. ¿Tiene alguna fotografía de aquella época? ¿O es que acaso llegó a conocerlo?

–Así es, le conocí. Él apareció en nuestra casa de Torrelodones cuando murió mi abuela. Su hermana Victoria le puso al tanto de la noticia.

–Ah, sí, Victoria. La recuerdo, la recuerdo. Ya fallecida también, claro.

–Pues no. Victoria vive aún.

–Ah. Bien, bien, me alegro.

–No se preocupe. Victoria tampoco me ha sido nunca simpática, aunque los años la han ablandado bastante.

–Oh, bueno, no es que fuera una ruin persona. A mí no me tenía en gran estima, desde luego –rió–. Ni a Hamish. Pero adoraba a su hermana, eso era indudable. Me contaba entonces que Hamish los visitó...

–Sí. Se quedó unas semanas con nosotros, y entre él y yo surgió un verdadero lazo familiar. Le tomé afecto. Después de aquella visita no supimos nada más de él, pero de alguna manera dejó huella en mi familia. Mis padres se separaron, y en eso tuvieron mucho que ver las discusiones relacionadas con él. No tuvo una buena acogida por parte de mi padre. Siempre le ha creído un vividor que abandonó a mi abuela embarazada. Hamish me confesó que nunca supo de aquel embarazo, y mi madre quería creerle. De su relación con mi abuela quedaron muchas incógnitas pendientes. Incógnitas que me gustaría desvelar.

–¿Piensa usted que eso podría reunir de nuevo a sus padres?

–No lo sé. Pero tengo un abuelo al que casi no he llegado a conocer. Es la historia de mi familia. Soy curioso. Soy periodista.

–¿Y dice que no supieron más de él? ¿Cómo le consiguió localizar Victoria en aquella ocasión?

–Ella interceptó algunas cartas que Hamish dirigió a mi abuela después de marcharse a Kenia. Utilizó la dirección del remitente de aquellas cartas y le salió bien.

–¿Y trataron de escribirle después a ese mismo domicilio?

–Lo hicimos a la dirección postal que él mismo nos dejó. Fue meses después de que él regresara a Kenia precipitadamente. El presidente había muerto y él temía por la estabilidad de sus cosas allí. Pero nunca nos dijo qué le inquietaba tanto. Y nunca respondió a aquellas cartas.

–Comprendo. ¿Y cuál era esa dirección?

–No lo sé. Al no recibir respuesta, y vistos los problemas que eso creó en nuestra familia, mi madre dejó de escribirle. No conserva la dirección, y Victoria se deshizo de las cartas cuando Uke murió.

–Ya, ya. Me colmaría de júbilo poder ayudarle, pero me temo que no he mantenido contacto con Hamish desde aquellos años, y carezco de la más remota idea de su paradero. Ni siquiera tengo constancia de que todavía viva. Él era mayor que yo. Fíjese, tendría ahora ochenta y dos, y no era amante de las costumbres saludables. La verdad es que ninguno lo éramos por entonces.

–No estaba seguro de si usted podría facilitarme una dirección. Pero sí pensé que podría responder algunas preguntas que quizá me ayuden en mi búsqueda, aunque sólo sea para rastrear su historia personal.

–¿Qué clase de preguntas?

–Pues ante todo, ¿sabe por qué se separaron él y mi abuela?

–Mmmm... No, cuando ocurrió aquel desventurado episodio yo ya no residía en Torrelodones. Me había trasladado a Francia, dejando allí a mi querido amigo Hamish disfrutando de la hospitalidad de mi chalet serrano. Recuerdo que unos meses después recibí la visita inesperada de Uke, que me llenó de gozo pues yo atravesaba un proceloso océano de tempestades. Ella y su padre habían abandonado España y se habían establecido también aquí, en París. Me anunció que estaba encinta, y que Hamish se había marchado a África. Como es lógico, no le pedí detalles respecto a su relación ni a su ruptura, hubiera sido una grosería. Pero ella consideraba la posibilidad de escribirle. Yo le di referencia de un hotel donde Hamish se había alojado en un viaje anterior a África. Era el Sussex. Suffolk. No, Norfolk, eso es. Norfolk.

–¿Y sabe si llegó a intentar escribirle allí?

–No, aunque sospecho que no lo hizo. Pienso que me hubiera hecho partícipe de ello. Mantuvimos correspondencia por algún tiempo, hasta que la vida separó nuestros caminos.

–Entonces, ¿usted tampoco escribió a Hamish? ¿Nunca?

–Pues... no, la verdad es que no. Sé que puede juzgarlo chocante dada la calurosa amistad que nos unía. Pero ¿cómo hubiera podido? A excepción de aquella vaguísima referencia del hotel Norfolk, no hubiera sabido dónde dirigirle una misiva.

–¿Y él tampoco le escribió a usted?

–Pues... Hace ya sesenta años de aquello y es difícil rescatar tan añejas memorias. Pero claro que no. No, definitivamente no. Estoy convencido. En caso contrario yo le habría respondido, y lo recordaría, y hubiera dispuesto de sus señas.

–Ya. Mire, barón...

–Oh, puede apearme el tratamiento si lo desea. Esto es una república.

–Bien, señor Delsey. Antes de venir a verle estuve hablando con mi tía abuela Victoria. Además de usted, es la única fuente que puede hablar de aquellos días en primera persona. Ella me contó algunas cosas bastante inquietantes sobre Hamish.

–Ah, ¿sí? No me diga.

–Me contó que, cuando Hamish y mi abuela... Bueno, que había otra mujer en la vida de Hamish.

–¿Otra mujer? Bien, desde luego Hamish nunca se sintió tentado por las dudosas mieles del celibato. Era apuesto, encantador, seductor. Tuvo trato con otras damas antes de Uke.

–Pero ella aseguraba que hubo otra mujer *durante* lo de Uke. Y por la información que me dio al respecto, si esto es cierto, también lo es que usted lo sabía.

Oportunamente, un golpeteo resonó en la madera de una de las puertas y el secretario andrógino irrumpió en la estancia portando una bandeja con una botella de vino blanco en frío, tres copas y un plato rebosante de apetitosas lonchas de queso. Suspendimos la conversación mientras posaba la bandeja sobre la mesilla y descorchaba la botella. Invadido por un repentino nerviosismo, Delsey le despidió con un gesto y sirvió el vino. Parecía dudar si urdir una mentira creíble o responder con sinceridad.

–Prueben el Chabichou. Es un queso de cabra que resulta excelente como aperitivo y que marida espléndidamente con el Sancerre. Estos deliciosos manjares poseen la virtud de avivar mi seso y despertar mi dormida alma francesa. –Y, al hilo, comenzó a recitar con afectación un fragmento de las coplas de Jorge Manrique:

Recuerde el alma dormida,
avive el seso y despierte
contemplando

cómo se pasa la vida,
cómo se viene la muerte
tan callando;
cuán presto se va el placer,
cómo, después de acordado,
da dolor;
cómo, a nuestro parecer,
cualquiera tiempo pasado
fue mejor.

Colgó los últimos versos en el silbido del silencio, como si quisiera titular su discurso con ellos. Mientras Mónica y yo atacábamos el queso y el vino sin contemplaciones, tomó su copa y bebió un sorbo antes de proseguir.

–Hamish era el más grande de los hombres que he conocido, Apolo egresado del país de los hiperbóreos, Galahad de resplandeciente armadura. Pureza y coraje. Él era todo aquello que yo hubiera deseado ser, pero que la naturaleza nos otorga o nos deniega. Valeroso, intrépido, heroico, arrebatador. Conquistaba con una mirada, y no sólo a las mujeres, sino a toda criatura. Vivía con la intensidad de quien se sabe portador de la llama en un mundo de tinieblas, y en esa epopeya no tenían cabida las tutelares y estólidas cadenas de una rutina secular y prosaica. Cuando sus padres fallecieron recibió una magra herencia, apenas unos cuantos cuadros, valiosos, pero insuficientes para sostener la travesía épica que el destino le había asignado en su viaje por la vida. En aquella época de Torrelodones su fortuna había menguado hasta prácticamente consumirse. Unos años antes había viajado a África con su padre, quien tenía allí un amigo viudo y acaudalado que se había concedido el capricho de desprenderse de sus asuntos en Inglaterra para establecer una granja en aquellas lejanas e indómitas tierras. La prosperidad del negocio inclinó al padre de Hamish a asociarse con su amigo, pero entonces éste descubrió que su pretendido socio no disponía de capital suficiente para cubrir su inversión. El amigo se sintió engañado y se enfureció, propalando por toda la colonia que el padre de Hamish era un farsante y arrastrando su nombre por el fango de la maledicencia. Al parecer no pretendía estafarle, sino pedir un préstamo a su familia, la rama poderosa de los Sutherland con la que no mantenía una relación óptima, pero que se había mostrado abierta a emprender negocios que rentabilizaran y expandieran el patrimonio familiar. Sea como fuere, aquello transformó la amistad entre los dos hombres en una hosca animadversión. Pero hubo algo con lo que el granjero y el padre de Hamish no contaban: una vez más, la semilla del amor había germinado entre los Montesco y los Capuleto. Hamish y la única hija del granjero se enamoraron, sólo dos núbiles adolescentes despertando al enardecido e irrefrenable rebato de los sentidos. –De nuevo se arrancó a recitar con dramatismo–: «Con ligeras alas de amor franqueé estos muros, pues no hay cerca de piedra capaz de atajar el amor; y lo que el amor puede hacer, aquello el amor se atreve a intentar». Cuando Hamish y su padre regresaron a Escocia, los dos enamorados prendieron con el pábilo de su amor las almenaras de una intensa relación epistolar. Hasta que un día, por un querer del destino, el granjero encontró la muerte en la enhiesta cornamenta de un colosal búfalo. Cordelia, que así se llamaba la hija, era la única heredera de la fortuna de su padre y del negocio de la granja. Mas ella no había sido educada sino como delicada flor de internado, y decidió entonces requerir la ayuda de Hamish. Se prometieron en matrimonio. Vivirían en África y gestionarían la granja entre los dos. Sin embargo, el padre de Hamish iba a oponerse firmemente a aquel enlace en venganza por la afrenta sufrida. Hasta que otro día, también por un aciago sino, el caserón de los Sutherland fue devorado por un violento incendio que segó trágicamente las vidas de ambos progenitores. Hamish salvó la suya por la fortuna de no encontrarse entonces residiendo allí. Después de llorar a sus padres se prometió a Cordelia, hilvanó los planes de la boda, aportó su último y exiguo capital a la granja y partió para establecerse en África. Pero antes de echar raíces en aquel mundo nuevo y salvaje quiso grabarse en la memoria los caminos y prodigios de la vieja Europa, y me honró con su compañía. Estuvimos recorriendo distintos lugares hasta que por fin recalamos en mi finca de Torrelodones. Y entonces, quién sabe por qué extravagante soplo del céfiro, apareció Uke. Ella, la más hermosa, la más celestial de las creaciones materiales. Hamish empezó galanteando, pero al poco se enamoró perdidamente de ella y su voluntad se quebró como un cable de cristal. Cierto que en un principio vaciló, pero en las semanas previas a mi partida les puedo asegurar que Hamish no albergaba otra intención sino unirse a Uke para el resto de su existencia. No obstante, él era, ante todo, un hombre de honor. Había contraído un compromiso formal y debía responder ante su prometida. Sucediera lo que sucediese, debía viajar a África y resolver sus asuntos pendientes. En resumen, ¿hubo otra mujer? Sí, la hubo, pero Hamish eligió a Uke. Por qué aquella unión no llegó a consumarse ante el altar, como ya he dicho, lo ignoro. Por entonces yo atravesaba una gravísima crisis personal y no estuve al tanto del desenlace de la historia.

Delsey dio por concluida su alocución y paseó su mirada desde Mónica hasta mí antes de desviarla hacia la ventana en actitud reflexiva. Temí derivar la conversación hacia un terreno cenagoso, pero repasando los datos que ya conocía a la luz de aquellas revelaciones, no me quedaba otra alternativa.

–Comprendo. Es una bonita historia, y aparentemente satisfactoria. Pero hay un detalle que me inquieta. Cuando Hamish se enamoró de Uke, la familia de ella disfrutaba de una buena posición económica. –Distraídamente, Mónica dejó caer su mano sobre mi brazo. Sin duda sabía lo que yo iba a argumentar–. Sin embargo, Hamish se marchó a África, supongo que para reunirse con Cordelia, justo cuando el padre de Uke había perdido gran parte de su fortuna en una operación ruinosa.

–¡Joven, ni se le ocurra insinuar tal cosa! ¡Hamish no era un cazador de dotes! ¿Se ha creído acaso que puede venir a mi casa y mancillar la memoria de mis amigos? ¿De su propio abuelo?

–Lo siento mucho, barón, créame, no es ésa mi intención, pero es inevitable reparar en esta… desafortunada… coincidencia. –La mano de Mónica me oprimía el antebrazo.

–¡Coincidencia, usted lo ha dicho! ¡Mera coincidencia! ¿Quién cree que era su abuelo, un corsario del romance? ¿O acaso es a mí a quien está acusando de falsario?

–Ni una cosa ni otra, barón. Siento mucho haberle molestado. –Decidí entonces arrojarme a la piscina, a pesar de que Mónica me estaba cortando la circulación del brazo con el apretón de su mano–. Pero... ¿qué me dice del incendio de la mansión Sutherland? Tengo entendido que la gente del lugar sospecha que no fue un accidente. Y si el padre de Hamish no aprobaba su matrimonio con Cordelia, tal vez era una buena razón para...

–¡Chismes! ¡Habladurías de viejas! ¡Murmuraciones de campesinos ignorantes y envidiosos! ¿Acaso desconoce usted que la familia Sutherland fue objeto de insidias y abominaciones en Golspie, sólo porque un antepasado suyo ejerció el poder de forma tiránica? ¿Debe Hamish heredar esa culpa? ¿Esa suspicacia? ¿Debe luchar por un buen nombre que nunca puso en entredicho? Señor Mencía, señorita, es una lástima que hayan venido de tan lejos para dar pábulo a semejantes calumnias e injurias. Creo que nuestra conversación ha llegado a su fin. Si me disculpan, tengo asuntos que me reclaman.

Se levantó de la silla con un ágil respingo sobrado de dignidad. Antes de despedirnos le dejé una tarjeta con mis datos de contacto en Madrid, en la que escribí el nombre de nuestro hotel en París. Aunque confiaba en mantener otro encuentro posterior con Delsey una vez que sus ánimos se hubieran serenado, no pude evitar sentirme defraudado por la carencia de pistas y por el hecho de que, dejando aparte la defensa entusiasta que Delsey hacía de mi abuelo, que sonaba tan creíble como las hazañas de Sangre de Cristo, los nuevos indicios no hablaban en favor del personaje que yo había llegado a apreciar, sino del que mi padre denostaba. Mientras nos dirigíamos a la puerta, Thierry se acercó a Delsey y le susurró al oído.

–Ha llamado Paulette Boisier, de la revista. Quiere saber si recibió la estatua.

–¿Estatua? ¿Qué estatua?

20

EL SIGLO QUE DORMIMOS DESNUDOS

Mónica apenas pudo esperar a pisar las losas del portal para lanzarse sobre mi retaguardia desprevenida.

–Pero ¿por qué has hecho eso? Le has ofendido, le has asustado y se ha cerrado en banda. ¿En la facultad no te enseñaron a conducir una entrevista sin agredir al entrevistado?

–Tranquila. Tú me diste la idea. Con tibieza cerebral no hubiéramos conseguido nada. Es una persona emocional y se arrepiente rápidamente de sus impulsos hostiles. Él mismo lo dijo. Te apuesto lo que quieras a que nos llama invitándonos a venir otra vez. Pero para que se abra a nosotros, había que llevarle al límite, provocar su indefensión.

–De poco te servirá que se abra si no tiene nada más que contar. Su historia es coherente.

–Demasiado, incluso. ¿No te fijaste? Cuando le pregunté si Hamish le había escrito alguna vez, primero dudó, y luego dijo con mucha seguridad que no. Dijo que en caso contrario él le habría respondido, y que por tanto habría conocido su dirección. Tuvo que pensarlo para responder eso, porque no nos estaba contando lo que realmente ocurrió, sino lo que tenía que responder, lo que era coherente con su historia. Hamish le escribió, estoy seguro.

–¿Y por qué no iba a querer reconocerlo?

–No tengo ni idea. Pero seguro que eso nos revelaría la parte más sabrosa.

Aprovechamos la dudosa tregua de un cielo renuente de tormenta para regresar al hotel por el camino largo, describiendo un círculo por la margen opuesta del Sena para rodear el Campo de Marte, atravesar la explanada de los Inválidos y bajar por Saint-Germain y detenernos a comer alguna cosa en el Barrio Latino. Allí el cielo de la primavera embrionaria explotó en llanto rabioso como un bebé reclamando su biberón y, cobijados en un soportal, tuvimos que parar un taxi para completar el resto del recorrido. Al entrar en el hotel yo confiaba en que nos estuviera aguardando un mensaje de Delsey, y así lo esperaba cuando el recepcionista hizo un gesto llamando mi atención cuando me entregaba la llave. Pero era por otro motivo.

–Ya tengo la información que me pidió, sobre aquel hombre de la tele. Sale en…

–Es igual, no se preocupe, ya no me hace falta. Le agradezco mucho las molestias.

Se encogió de hombros mientras tomábamos el camino del ascensor.

Un rato después, envuelta en esa manta que ya conformaba el fondo de armario de nuestro vestuario parisino, Mónica salió al balcón con los binoculares a espiar a sus cobayas de observación. De repente me llamó nerviosa, con uno de esos gritos susurrados que en realidad hacen el mismo ruido que un tono de conversación normal. Como el día anterior, me deslicé dentro de la manta sentado detrás de ella, recibiendo su espalda en mi torso, y la abracé recogiendo en mis manos sus pechos calientes que pulsaban en el frescor de la tarde recién regada.

–¡Mira, mira! Están juntos en el despacho, uno a cada lado de la mesa, los dos inclinados hacia delante. Denise pasea nerviosa su mano por el muslo, y Octave está adelantando los pies por debajo de la mesa hasta casi rozar los de ella. ¡Demonios, con la electricidad que hay en esa habitación se podría alumbrar un pueblo! Son todo sonrisitas y coqueteos. Denise está muy guapa. Él no podrá resistirse. ¡Espera! ¡Se levantan y Octave le coge la mano! Es uno de esos apretones que tratan de disfrazar una caricia con un gesto de camaradería. Él toma su abrigo y su maletín, y salen del despacho. Le pone la mano en la espalda a Denise para cederle el paso, pero lo hace justo sobre la franja del sujetador. –Rió con picardía–. Lo conozco, me lo han hecho muchas veces.

Para los hombres es la manifestación de un deseo, como una forma indirecta de tocar lo que tú estás tocando ahora. –Aflojé mi abrazo y giré mi cabeza hacia la suya frunciendo el ceño–. Octave coge el abrigo de ella y le ayuda a ponérselo. ¡Hoy se marchan juntos! Y seguro que no cada uno a su casa. Él se pone su abrigo y apaga las luces. Ya está. Han dejado la oficina. Ahora hay que esperar a que aparezcan en el portal. –Se inclinó hacia delante y abrió la rendija entre las mantas colgadas de la barandilla. Un par de minutos después se abrió la puerta de la calle y salieron, primero ella, luego él. Caminaron acera abajo hacia el boulevard Haussmann, sin rozarse pero sin apartar los ojos el uno del otro, charlando y risoteando, él columpiando su maletín y ella balanceando sus caderas. Mónica los contempló retorciendo el cuerpo para conservar el ángulo de visión entre las mantas hasta que no fue posible seguir haciéndolo sin exponerse a las miradas de todo el vecindario.

–Adiós, parejita. Suerte en vuestro Paraíso de las Damas. –Sólo entonces comprendí que Mónica había escogido los nombres de Octave y Denise del libro de Zola. Se recostó y volvió la cabeza hacia mí con expresión pícara–. ¿Tú crees que Delsey y su secretario...?

–Estás enferma. ¿Es que no puedes pensar en otra cosa?

–¿Y tú? –preguntó con sorna, bajando la vista hacia el lugar donde la manta latía mientras sus pechos fraguaban al jugueteo de mis pulgares.

–Bueno, desde luego a él parece que lo hayan seleccionado por un casting, más que por una entrevista de trabajo.

–A Delsey le apasionan los ángeles, ¿no? Thierry es tan ambiguo, tan ninfeo... Un intento desesperado de retener la juventud.

–Pobre Delsey. Para un esteta debe de ser amargo envejecer. ¿Piensas que a sus años aún...?

–¡Por supuesto! ¿Crees que a los ochenta te trasplantan el cerebro de un viejo? A esas edades no creo que una pueda plantearse un largo idilio, pero para uno rapidito siempre quedará tiempo. –Rió con diablura.

–Eres una ninfa traviesa.

–*Je t'aime, moi non plus!* –gritó en tono cantarín, y se levantó arrastrándome hacia el interior de la habitación, ambos enrollados en la manta brincando a saltitos como en una carrera de sacos, ella tarareando entre risas la canción de Gainsbourg y Birkin con su aliño de gemidos, hasta que topamos con el borde de la cama y caímos sobre el colchón entremezclados como una empanadilla de carne, envueltos en nuestra oblea de lana.

No comprendí que la última frase de Mónica dirigida a la pareja de la oficina era una despedida, hasta que desperté por la mañana con la sensación de encontrarme solo. Fue uno de esos relámpagos de lucidez, como cuando uno se siente observado, o de alguna manera sabe que está haciendo el ridículo sin entender por qué, una cremallera bajada o los calzoncillos por encima de la camisa asomando por detrás del pantalón, lo que más le hace a un líder perder el respeto de sus liderados, según un amigo que tuve una vez. Habitualmente mi sueño es tan pesado que recorrer el viaje hasta el mundo de los vivos me cuesta tanto como si tuviera que arrastrar de vuelta la barca de Caronte cargada de turistas japoneses muertos a través de una jungla montaña arriba. Y, sin embargo, aquella mañana abrí los ojos como focos de guardacostas prestos a sorprender una maniobra clandestina, pero con la certeza de haber llegado tarde a la operación, y de no encontrar ya más que un mar en reposo. Y así era.

La persiana caía a media altura del balcón, velando la estancia en un filtro de penumbra donde el polvo y el vapor, llevando suspendidas las sobras de nuestra respiración agitada, dibujaban haces oblicuos de fulgor. La subí de un golpe seco y contemplé el paisaje de la habitación. Revuelto, como antes, pero sin rastro de la ropa, los zapatos o la maleta de Mónica. Me precipité hacia el baño, vacío también, con infinitas órbitas de mis insulsas pertenencias girando alrededor del hueco que habían dejado sus pinturas en la repisa. Comencé a jadear como un pez fuera del agua sin saber qué hacer, agarré la manta para abrigarme y salir al balcón con la esperanza de divisar su figura en fuga calle arriba, pero al extenderla vi las letras, pintadas con lápiz de labios sobre aquella frazada que se había convertido ya en un fetiche, como los omnipresentes ponchos de Sangre de Cristo.

SÓLO ME DIERON TRES DÍAS DE VACACIONES
PREFERÍ QUE NO LO SUPIERAS
SUERTE, AMOR
P.D.- ME LLEVO TU LIBRO PARA EL VIAJE

Creo que a esto lo llaman una despedida a la francesa. Me pregunté si el paso de «cariño» a «amor» suponía un ascenso. Abrazado a la manta caí sobre la cama y añadí, a las esencias de nuestros cuerpos que ya había impregnado, la de las glándulas de mis ojos. Un rato después, empleando lo que ya eran simplemente instalaciones anodinas de un lugar extraño, me afeité, me aseé, me vestí y traté de seguir el programa que había preparado para aquel día cuando preparar un programa tenía algún sentido. Quería subir a Montmartre y pisar los lugares donde Uke y su padre se habían exiliado de los voraces mentideros de Madrid. Al salir del hotel pregunté al recepcionista, quien me comunicó que la señorita había pedido un taxi al aeropuerto sobre las cuatro de la madrugada.

En la indecisión estacional del voluble cielo parisino, aquella mañana tocaba primavera, y el sol había hecho brotar multitudes estrenando tejidos y colores de temporada. La escalinata del Sacré-Coeur arrojaba su oleaje de humanidad contra la balaustrada de piedra, donde rompía en rugidos de admiración hacia el horizonte quebrado de cemento y antenas.

De repente, en aquella marea humana, todas las mujeres me parecían Mónica, Mónica del brazo de un alemán con camiseta de fútbol, Mónica descansando sobre las rodillas de un muchacho negro, Mónica sentada en un escalón bosquejando un boceto de la iglesia, Mónica patrullando con uniforme de policía, Mónica corriendo en chándal con auriculares en los oídos, dos Mónicas apoyadas en un muro consultando una guía de viajes, tres Mónicas tumbadas en el césped comiendo bocadillos y escuchando en un casete *Je t'aime, moi non plus*, y hasta un grupo de Mónicas de ojos rasgados retratándose frente al panorama parisino, porque todas tenían algo de ella: los reflejos metálicos del pelo, la transparencia de los ojos, el firme juego apenas vibrante de prominencias, concavidades y convexidades en el pecho, un gesto al apartarse el flequillo, una corchea en la risa, los hoyuelos al final de la espalda, la blancura de sus empeines festoneada de esmalte azafrán, la manera de estirar las piernas o de cruzarlas. Y, también de repente, la ilusión se deshacía como un globo que estalla tras un vuelo impecable, porque ninguna de ellas era ella, y entonces no veía más que a una alemana regordeta y con trenzas del brazo de un alemán con camiseta de fútbol, una muchacha negra descansando sobre las rodillas de un muchacho negro, una chica delgaducha y con nariz psitácida sentada en un escalón bosquejando un boceto de la iglesia, una recia pelirroja patrullando con uniforme de policía, una rubia frugal y escurrida corriendo en chándal con auriculares en los oídos, dos turistas españolas con pendientes de perlitas apoyadas en un muro consultando una guía de viajes, tres adolescentes estadounidenses en su *gap year* tumbadas en el césped, comiendo bocadillos y escuchando en un casete *Come as you are* de Nirvana, y un grupo retratándose frente al panorama parisino, integrado por japonesas de ojos rasgados que no eran más que eso, japonesas.

Como si llevara las suelas plomadas arrastré los pies hasta la place du Tertre, revoloteé entre los pintores y callejeé por los pasadizos aledaños, me detuve ante un escaparate que mostraba fotos de *la Butte* antes de transformarse en cementerio de todas las vanguardias, tal como la vieron y la vivieron mi abuela y su padre, e incluso entré en una tienda de delicatessen y al poco me vi salir de ella preguntándome por qué demonios colgaba de mi mano izquierda una bolsa de plástico que contenía una botella de Sancerre y un queso Chabichou. Todo aquel lugar en su conjunto no me estimulaba más descripción que la de un páramo de adoquines contrapeados al acecho de los tobillos incautos, culebreando entre fachadas cuidadosamente maquilladas de pulcra herrumbre en conserva, aderezado con unas cuantas terrazas de comida rápida y cara, unos cuantos paisanos disfrazados de pintores entregados a la producción en serie de pintura rápida y cara, y unos cuantos comercios pretenciosamente almibarados y atendidos por dependientas rápidas con cara de pocos amigos.

El metro cargó con mi abulia de vuelta al hotel. Antes de recluirme en mi celda para tratar de recobrar el interés por la misión que me ocupaba, mis pasos me llevaron hasta el quiosco del boulevard des Capucines, donde pregunté algo a lo que no presté atención, a lo que el quiosquero reaccionó revolviendo sus pilas de material atrasado hasta dar con un libro, el único volumen de Quincey Underwood que le quedaba en stock. Se titulaba *Abducted*[1]*!*, así, con exclamación, y la portada mostraba a Sangre de Cristo montando a su yegua *Sand Witch*, encabritada en una atalaya mientras sobre el llano del desierto reposaba un ovni rodeado por una troupe de humanoides cabezones que acarreaban a hombros hacia la nave a la inevitable y proverbial moza, cuyos volúmenes frontales claramente dejarían sin plaza en el platillo a diez o quince humanoides. Prometía.

Con el libro bajo el brazo y la bolsa de plástico en la otra mano entré en el hotel, y al remolcar mi organismo frente al mostrador recibí del recepcionista una noticia que en presencia de Mónica hubiera celebrado con un brinco chasqueando los talones uno contra otro, pero que en su ausencia apenas logró arrancarme la mueca agria de quien masca cuajos de leche. Había un mensaje de Delsey: nos esperaba a cenar aquella noche a las nueve.

En el intervalo ocioso y apático de la tarde, tumbado sobre nuestra manta decorada de puño, letra y carmín por la diosa escurridiza, leí la columna de Delsey en la revista que había conseguido conducirnos hasta él. Logró arrancarme alguna sonrisa. Era una gran *boutade*, una reflexión satírica sobre las costumbres de los Grimaldi, la familia real de Mónaco. Según Delsey no había motivo para prolongar la supervivencia de una monarquía que no sabía escandalizar con estilo. El glamour oscuro y perverso de ángel caído que había cultivado Grace Kelly había dado paso en sus descendientes, decía Delsey, a un remedo de mimetismo populachero, y si una monarquía seria y discreta era algo mortalmente aburrido que el pueblo no tenía por qué seguir sosteniendo, peor aún era escandalizar no por exceso, como corresponde a la realeza, sino por defecto, por los mismos defectos comunes del pueblo llano: salir a la calle mal vestidos, de cualquier manera, con ropa barata o con esa ropa que las marcas caras fabrican emulando prendas de

1. «¡Abducidos!»

mercadillo, armar escándalos en el supermercado o acostarse con bufones no para elevarlos al tálamo real, sino para rebajarse con ellos al escalón del juglar que lame los pies del amo. Delsey, que se confesaba antes monegasco que francés porque, afirmaba, elegiría siempre morir como súbdito de un rey, aunque fuera un rey piojoso, que vivir como ciudadano camarada de un presidente republicano con siete carreras universitarias, estaba considerando seriamente la opción de solicitar la nacionalidad de Swazilandia, porque allí al menos quedaba un rey que era capaz de escandalizar al mundo como es debido: derrochando inmensas fortunas en construir palacios, prohibiendo a las adolescentes mantener relaciones sexuales, o eligiendo nueva esposa de entre veinte mil vírgenes danzando desnudas. Yo ignoraba hasta qué punto las opiniones de Delsey eran fieles a su verdadero criterio o simples provocaciones destinadas al escándalo, pero a aquello debía referirse la funcionaria del consulado francés. No me cabía ninguna duda de que artículos como aquel debían haberle convertido en un personaje tan notorio como aborrecido, tratándose de un país genéticamente republicano como Francia.

Al atardecer, antes de tomar de nuevo el camino de Delsey, no pude evitarlo, y sobre la manta me senté en el balcón pertrechado con los binoculares para asistir al que seguramente sería mi último capítulo de *El Paraíso de las Damas*[1]. Mónica hubiera disfrutado. Los dos hombres jóvenes que compartían la sala grande con Denise ya se habían marchado, y ella y Octave, de pie y apoyados contra la puerta del despacho, se engullían a besos. Tuve el impulso de apartar la vista de la escena cuando la cara de él desaparecía dentro de la blusa de ella y el dobladillo de la falda le descubría el vértice de las bragas, pero justo antes del punto sin retorno, Denise apartó los brazos de él, se recompuso la blusa, abrochó los botones que no habían saltado, y entre devaneos y toqueteos se persiguieron hasta abandonar la oficina, olvidando abrigos y maletines, y dejando las luces encendidas. Ante el escenario vacío bajé los binoculares y me pregunté qué diablos estaba haciendo. Sin Mónica aquello no

1. Novela de Émile Zola que narra la aventura amorosa entre Denise, empleada de unos grandes almacenes, y Octave, el dueño del establecimiento.

tenía el menor interés. Al fin y al cabo, probablemente Denise no era más que una buscona tomando el tren expreso del escalafón laboral, y Octave tendría mujer e hijos viendo la televisión en casa mientras aguardaban el regreso de papá, que llegaba tarde porque trabajaba demasiado.

Media hora después el inexpresivo Thierry me abría la puerta del último piso en el número ocho de la rue Royale. Tras su lánguido contoneo de pasarela anduve el pasillo hasta una de las puertas del lado izquierdo, la cual comunicaba con una amplia escalera particular que descendía en círculo a las plantas inferiores. Comprendí entonces que, a excepción de unas oficinas en el primero, el edificio entero debía de ser propiedad de Delsey, y eso aclaraba la abundancia de letreros en blanco en el panel del telefonillo. Una planta más abajo Thierry me condujo hasta un suntuoso comedor que debía de quedar debajo del salón de baile. Del otro lado del pasillo llegaba el rumor de una cocina, tintineo de platos, crepitar de frituras, batir de huevos, una voz masculina parloteando y el leve sonido de una radio emitiendo *Voyage, voyage*, un viejo éxito de los ochenta al que ponía sonora réplica una rotunda voz femenina que ahogaba la sedosa entonación de la cantante. En el comedor, recorrido por una mesa de proporciones medievales y presidido por dos espectaculares cariátides flanqueando el hogar de una chimenea donde se hubiera podido quemar el aeropuerto de Helsinki, Delsey charlaba con una doncella uniformada. Al verme aparecer en la sala interrumpió su conversación y se lanzó efusivamente hacia mí, tomando mis manos entre las suyas.

–¡Señor Mencía, cuán inmenso placer me produce que hayan aceptado mi invitación! –Miró detrás de mí–. ¿Y la bellísima señorita?

–Ella... ha tenido que marcharse de vuelta a Nueva York, donde vive ahora, por motivos de trabajo.

–¡Oh, cuánto lo siento! Sobre todo por usted, que debe de sufrir la ausencia de tan preciosa criatura.

–Barón, si yo le contara...

–Oh, luego tendremos tiempo para eso, no le quepa duda. Pero antes, disfrutemos de la cena. No le importará que Thierry nos acompañe. Es nuestra costumbre.

–No, no, ni muchísimo menos.

Por fortuna no me invitó a ocupar el extremo de la mesa opuesto al suyo, lo que me hubiera condenado a una soledad inhóspita, sino un lugar en el lateral próximo a él. Thierry se sentó frente a mí y permaneció mudo durante toda la velada, llegando apenas a forzar un par de sonrisas cuando el hilo de la conversación pedía carcajadas. Delsey se mostró eufórico y locuaz, como describía Uke en sus años jóvenes. Me explicó cómo le complacía practicar la desmesura en aquellos artículos, provocando uno de los únicos pudores aún extendidos en la tolerante sociedad francesa: el tabú de la aristocracia, los derechos sucesorios. Para escándalo de sus lectores, reivindicaba la restauración monárquica en términos exagerados con los que se permitía hacer caricatura de sí mismo y de sus ambientes de crianza, y aquello le había hecho cruzar la frontera del cronista de sociedad para convertirse en personaje objeto de las crónicas de otros, y a ser blanco de los feroces ataques de la intelectualidad dominante, lo que le divertía sobremanera. Me comentó que poseía una casita en Montecarlo donde solía pasar largas temporadas en verano, y que a pesar de todo mantenía una buena relación con los Grimaldi, a quienes les había planteado en persona las mismas críticas que sazonaban sus columnas. Aseguraba que valía más lo que callaba que lo que contaba, pero era evidente que aquello no era para él más que un pasatiempo, y por ello sus amigos sabían que podían encontrar en él un confidente incorruptible que nunca divulgaría un secreto, ni siquiera en interés del propio afectado.

Durante la cena no mencionamos una sola palabra del asunto que me había llevado hasta allí. Él había tomado la iniciativa de entrevistarnos por segunda vez, así que era indudable que reventaba de ganas por sincerarse. Al contrario que el día anterior, debía dejar que él eligiera el momento y el modo. No fue hasta después del postre. Me invitó a subir a su estudio, encendió una araña de cristal que colgaba amenazadora sobre el popurrí de cachivaches, descartes de museo y artefactos, y en aquel escenario anaranjado de óxido y barniz se acomodó en un sillón delante de un escritorio asfixiado, ofreciéndome asiento en un butacón al otro lado de los rascacielos de libros, que apartó a la esquina de la mesa para desahogar la vista. Thierry asomó la cabeza tras la puerta preguntando si podía servir de ayuda.

–¿Quieres tomar algo? –Delsey comenzó a tutearme. Pensé que aquello engrasaría la conversación, aunque no me atreví a imitarle.

–Oh, lo mismo que vaya a tomar usted. –Aprendía de mi maestra.

–Thierry, absenta, por favor.

Delsey debió de percibir un viso de incredulidad en algún gesto mío, porque se apresuró a explicar:

–No, no te azores, no perderás la razón, ni sufrirás alucinaciones, ni escribirás como Rimbaud, salvo que ya lo hicieras antes, claro, o salvo que la mezcles con opio. Pero el opio se me ha terminado esta tarde –bromeó tanteándose los bolsillos–. ¿Nunca has probado la absenta?

–No. De hecho no sabía que hoy se mantuviera ese hábito.

–Y no se mantiene. En esta fortaleza irredenta que es mi pequeño *atelier*, no se le ha dado la bienvenida al nuevo siglo XXI que ha nacido sietemesino. Entre estas paredes aún vivimos en mi dorado y adorado siglo XX, que afuera de mi estudio sufrió una despiadada ejecución prematura a los bornes de la silla eléctrica. Hoy la absenta es legal, la subversión es legal, la promiscuidad es legal, la homosexualidad es legal, incluso la prostitución es legal a todos los efectos.

–Vaya, pues me sorprende que ponga alguna objeción a todo eso.

–¿Objeción? ¡No es una objeción, sino un repudio absoluto! En estos tiempos es cada vez tarea más ardua y laboriosa tratar de mantenerse al margen de la ley y de las buenas costumbres sin convertirse en un genuino delincuente; claro está que yo nunca sentí vocación de atracar bancos o robar ganado. Las leyes han transformado el amor y la pasión, incluso la impudicia clandestina que alimentaba el roce de los cuerpos en los callejones oscuros, en simples objetos burocráticos, en algo tan llanamente insípido que le hace perder totalmente el interés. ¡Han convertido las obsesiones tenebrosas y orgiásticas de nuestros poetas románticos en materia de texto escolar! Antes era mucho más divertido, cuando todo estaba prohibido, como en aquel cuento de Maupassant, donde los próceres del pueblo exigían a las autoridades que impidieran el cierre de una casa de mala nota por tratarse de un lugar de tan probada utilidad pública. Hoy, en cambio, los próceres exigen a las autoridades que las cierren, pero éstas no lo hacen porque la ley es tolerante. Pocos pueden hoy apreciar la fina ironía de Maupassant. Cuando pienses en el fenecido siglo xx que apenas llegaste a conocer, mi querido amigo, debes hacerlo con los juicios de entonces, no con los de ahora. Hoy cualquier niño de doce años posee más conocimiento de las artes amatorias que el mismísimo Ovidio en su época. Antaño era todo más pueril y sencillo, más inmediato suscitar nuestras más arrebatadas emociones, reíamos, llorábamos, nos asustábamos, nos sorprendíamos y nos excitábamos casi por cualquier motivo que hoy parecería nimio e insustancial. Ayer dormíamos desnudos a la intemperie. Éramos como aquellos amantes candorosos de *El sueño de una noche de verano*, durmiendo ingenuos en aquel bosque ateniense mientras un duende travieso nos vertía pócimas de amor en los ojos. –Hizo una pausa. Intuí que aquel estrafalario monólogo nos llevaba finalmente a la cuestión–. Cuando ayer se desprendían de tus comentarios terribles acusaciones contra Hamish, me enfurecí. Interpretabas maldad donde sólo existió nuestra inocencia despreocupada y nuestra pasión por la vida tal como era entonces: imprevisible, atrevida. Hamish quiso a tu abuela, la amó con el atronador entusiasmo de un niño que aporrea un tambor ignorando que el ruido molesta a sus vecinos. Era un hombre íntegro, leal y bueno. Era mi amigo.

Thierry entró sin hacerse notar. En el hueco libre del escritorio entre Delsey y yo descargó de la bandeja una botella de licor verde, dos copas de cristal muy elaboradas, una garrafa de agua fría y un platito de metal que contenía una pirámide de terrones de azúcar y dos cucharitas de plata con el extremo labrado imitando la forma de una hoja.

–Gracias, Thierry. –El secretario inclinó la cabeza con precisión automática y abandonó la sala–. Oh, necesitamos un poco de música del siglo xx para prender el espíritu. –Se frotó las manos, se agachó para encender un añoso tocadiscos que yacía a sus pies y una melodía francesa de los sesenta surgió gutural y almohadillada, como desde el fondo de un pozo–. Bien, ahora, si quieres iniciarte en la verde oscuridad de los malditos, haz como yo. De lo contrario, concibo la posibilidad de que en algún lugar de esta casa se encuentre agazapada una Coca-Cola.

Sonreí y reuní mis trastos dispuesto a imitar sus movimientos. Una generosa dosis de absenta en la copa, la cucharilla apoyada en el borde, un terrón encima de la hoja perforada y un chorro de agua vertido sobre el azúcar. El líquido de la copa se enturbió.

–Yo creía que se quemaba el terrón antes de añadir el agua.

–¡No, por Cristo bendito! Eso no es más que una necia manipulación, fruto de los calenturientos guionistas de Hollywood. Ningún buen francés haría tal cosa. Y yo, que no lo soy, tampoco –puntualizó–. Bien, ahora prueba.

Probé. Si, como decía Delsey, la música ayudaba a prender el espíritu, lo que sentí era una repentina querencia de irme hacia la pirólisis. Tal vez la absenta era la causa que estaba detrás de esos fenómenos paranormales de combustión espontánea, en los que un tipo aparecía súbitamente carbonizado en su sillón de orejas.

–Bueno. Fuerte –grazné.

–Mordiente, posesivo, penetrante. –Alzó su copa y contempló la bebida al trasluz–. Puro. Como el fuego. Quedan pocas sensaciones comparables. –Saboreó un trago lentamente–. Y hablando de fuego... Me disponía a revelarte lo que realmente ocurrió la noche del incendio de la mansión Sutherland. Se trata de un secreto que ha dormido el sueño de los tiempos en las profundidades de una cripta sellada como los labios de quienes lo hemos custodiado durante décadas. Sin embargo, después de tu visita de ayer he reflexionado, y creo que hoy, desaparecidos los constructores de aquella tumba ignota, perdidos sus motivos a lo largo de años y años de olvido, no hay razones ya para no derribar aquellos muros, y dejar que el sol y el soplo del aire fresco bañen sus sillares enmohecidos. Debes saber que fue Hamish quien prendió la chispa que entregó su hogar al voraz albedrío de las llamas.

–¿Cómo...?

–Pero debes saber también que aquel incendio no causó la muerte de sus padres.

Presentí que los detalles de la historia llegaban a continuación, así que me abstuve de interrumpir. Delsey prosiguió:

–El padre de Hamish era un hombre autoritario, inclemente. Su carácter estuvo marcado por el resentimiento hacia el grueso tronco de su árbol familiar, el poderoso clan de los Sutherland de Dunrobin, del cual él no era más que un apéndice menor sin privilegios, notoriedad ni considerable fortuna, a excepción de su mansión en Golspie y de una colección de arte que no estaba capacitado para apreciar en toda su grandeza, y que en el correr de los años fue liquidando para procurarse un nivel de vida que no tuviera nada que envidiar al de sus parientes más bendecidos en la lotería de la sucesión dinástica. Hizo un matrimonio inesperado con una mujer mucho mayor que él, una violinista judía, oriunda del este de Europa, que tocaba en una orquesta alemana en tournée por las islas Británicas. Una mujer de notable hermosura y pulidos modales, pero de personalidad un tanto esquiva, soñadora, obsesiva, quebradiza. Dicha unión no alcanzó la armonía deseada y, como resultado, la aspereza del padre de Hamish no se refinó, sino que más bien al contrario, se exacerbó, lo que le llevó a ejercer un despótico y enfermizo dominio sobre su esposa y a condenarla así a la tenebrosa mazmorra de una esclavitud infame. Hamish se crió en un ambiente familiar irrespirable, minado por la tensión y la inquina, y fue para él un remanso de dulzor y esperanza descubrir la alegre camaradería del internado donde nos conocimos, en acerado contraste con el aire infecto y nauseabundo que hallaba en aquel nido de serpientes cuando las vacaciones le exigían regresar al hogar. Aquel verano, el verano de la tragedia, nos despedimos, como siempre al concluir el curso. Yo regresé a mi castillo en Voisins-les-Bretonneaux y él se aprestó, con su ánimo siempre optimista aunque sujeto por frágiles hilos, a enfrentarse una vez más al ambiente de podredumbre que reinaba en su seno familiar. Hasta tiempo después no supe lo que ocurrió entonces. Hamish viajó a Golspie y arribó a la mansión paterna de madrugada, cuando la servidumbre ya estaba acostada. Con sigilo, en la silenciosa oscuridad, se dirigió a su habitación con la pretensión de descansar hasta el alba y presentarse ante todos a la mañana siguiente, cuando de pronto, al extremo del pasillo, distinguió en la penumbra una silueta erguida frente a la puerta del dormitorio de sus padres, vestida con una prenda que sugería una túnica o un camisón. «Mamá, ¿eres tú?», preguntó en un susurro, a lo que su madre respondió desde el fondo, en el tono espontáneo y vivaracho de quien despierta de una noche de sueño reparador: «¡Hola, hijo, qué alegría que ya estés en casa!». «Mamá, ¿qué haces levantada a estas horas?», preguntó Hamish. «No conseguía dormir –replicó la madre–, pero ya voy a acostarme.» Hamish observó cómo la umbrosa silueta abría la puerta que estaba frente a ella, y ya el propio Hamish se disponía a entrar en su cuarto, cuando oyó una última frase que pronunciaba su madre antes de cerrar la puerta tras ella. Dijo: «Pero antes, me han pedido que corte más muñequitos de los que chillan; voy a ver si encuentro alguno más aquí». Sobrecogido por este enigmático pronunciamiento, Hamish voló recorriendo el pasillo, y al plantarse ante la puerta cerrada de sus padres, escuchó un sonido aterrador que procedía del interior. Él me lo describió como un lamento ronco, en ocasiones histérico, un rumor medio humano, medio animal, que le erizaba la piel y le helaba la sangre en las venas. Con la congoja estrujándole el corazón llamó a la puerta, pero nadie respondía. Con el alma empapada por el terror se obligó a entrar, y la escena que allí encontró fue un infierno de pesadilla que no dejó de perturbarle el sueño hasta el día en que nos separamos, y que a menudo le hacía despertar en plena noche profiriendo espantosos alaridos. Su padre y una mujer desconocida yacían en la cama, ambos desnudos y bañados en la sangre que había brotado de sus gargantas brutalmente segadas, y en un rincón, sentada en el suelo, descalza, con los ojos en blanco y con la cabellera revuelta en una informe maraña, estaba su madre, ¡su madre!, cortando sus propias mejillas con un inmenso cuchillo mientras la sangre que manaba de su rostro chorreaba por su blanco camisón, al tiempo que prorrumpía en bestiales gruñidos que mezclaban el llanto con accesos de una risa espasmódica y demoníaca, y con sonidos apenas articulados en una lengua indescifrable, como si invocara deidades profanas en un maligno ritual druídico. Tan sólo en ciertos instantes sus ojos parecían recobrar la lucidez, y entonces murmuraba algo que repetía sin cesar y que Hamish no lograba entender. Se acercó a aquel ser que había sido su madre, se agachó delante de ella, aproximó el oído a su boca, y sólo entonces pudo comprender la frase que repetía: «Están detrás de ti». Horrorizado, Hamish se giró de un salto, pero allí no había nada, al menos nada que *él* pudiera ver. Hundido en semejante averno de muerte y locura, Hamish a punto estuvo de resbalar por el mismo túnel de la demencia por donde su madre parecía haberse arrojado, pero como ya te expliqué él era un hombre de mítica entereza y robustez, y al punto ideó la solución más aparatosa para la más aparatosa de las tragedias. Tomó en brazos a su desquiciada madre, cuyos ojos giraban en círculos como si siguieran el movimiento de un invisible carrusel de espectros de ultratumba, la limpió, la vistió, le curó las heridas del rostro y la trasladó a caballo hasta una posada del pueblo, donde logró introducirla sin que el posadero advirtiera su presencia. Acto seguido regresó al caserón y con trabajoso afán pudo rescatar algunos de los cuadros más valiosos, que cargó en un carromato y ocultó en un cobertizo sito a cierta distancia de la casa. Subió entonces al escenario de la carnicería, esparció alcohol de quemar y prendió la chispa que había de purificar tanta maldad desbocada. Tuvo el aplomo de esperar hasta que las llamas se adueñaron de la planta superior, lo que eliminaba cualquier posibilidad de domeñar el fuego. Por último se llegó a los ventanucos que daban acceso a los cuartos de los sirvientes, que dormían en el sotanillo, y con gran barahúnda destrozó los cristales para despertarlos de su sueño, antes de abandonar la finca a galope tendido. La casa ardió durante dos días, y una vez satisfecha el ansia devoradora de las llamas, la policía rescató dos cadáveres del dormitorio principal, calcinados más allá de toda oportunidad de reconocimiento. El servicio pudo ponerse a salvo y nadie más resultó dañado. Por supuesto, la policía asumió que aquellos dos cuerpos pertenecían a los padres de Hamish, y nadie puso en duda aquella versión, ni siquiera la servidumbre, que si bien perdía su sostén económico, quizás agradeció escapar para siempre de aquel infausto orco de tinieblas, dando por bueno su apocalíptico final sin detenerse a hurgar en los detalles. En cuanto a la misteriosa mujer que compartió el terrible destino del señor Sutherland, su identidad quedó sepultada entre los restos carbonizados por siempre jamás. Nadie reclamó su cuerpo, ni denunció desaparición alguna. Si alguien del servicio sabía de las aventuras extramaritales del señor Sutherland, nunca habló de ello a la policía.

Durante la pausa dramática en la que Delsey sorbió su copa, Françoise Hardy comenzó a ronronear *Comment te dire adieu* en el claustro de los altavoces. Por algún absurdo motivo me pregunté cómo una aguja arañando un pedazo de plástico podía sonar tan sensual. Entonces reparé en mi boca, abierta en gesto ovejuno. La cerré con un claqueteo de dientes y tragué saliva, las únicas maniobras que mi cuerpo obedeció a ejecutar en un primer intento. El estilo de Delsey resultaba tan grandilocuente que era difícil valorar si aquella narración era verídica, dejando aparte la escatología ornamental propia del narrador, o sólo una patraña tramada por su sentido de la tragedia para ocultar otra historia, quizá menos truculenta y más vergonzante. Decidí ceñirme al relato.

–¿Y... después?

–El posadero declaró a la policía que Hamish se alojaba en su establecimiento la noche del desastre, y aquello motivó una investigación sin conclusiones inculpatorias. Para entonces Hamish había ingresado a su desgraciada madre, con nombre supuesto, en una institución de Londres y había recuperado los cuadros. Según el plan que había concebido para sí, ingresó en la universidad, pero se enfrentó con el deber de encargarse de la manutención de su madre, a quien además debía ocultar para protegerla de toda sospecha. A todos los efectos, ella había muerto devorada por el fuego. Debes comprender, amigo mío, que al provocar aquel incendio Hamish ejecutó un acto de suprema valentía y generosidad encaminado a salvar a su madre, sin detenerse siquiera a meditar si aquel ser era o no merecedor de salvación al precio de sacrificar lo que casi constituía el único patrimonio que Hamish había de heredar. Incapaz de encargarse él solo del cuidado de su madre, y renuente a internarla de por vida en un lugar siniestro, Hamish decidió entonces enviarla de vuelta con sus hermanas en Estonia, lo que además le ofrecía la solución perfecta para retirarla del mundo. Les escribió y ellas se mostraron encantadas de recibirla allí y ocuparse de su delicada salud mental, aunque no disponían de grandes recursos, y Hamish tampoco. Por esto, y sólo por esto, decidió aceptar la propuesta de matrimonio de Cordelia, la hija del granjero, pese a que por entonces se había aplacado en él la fiebre ardorosa de aquella pasión juvenil. Era la única manera de procurarse el capital necesario para enviar a las hermanas de su madre. En resumen, ésta es la historia. Cuando Hamish conoció a tu abuela, estuvo convencido de renunciar a aquel matrimonio de conveniencia para casarse con Uke y buscarse otro medio de vida, un trabajo con que mantener a su madre. Por qué no lo hizo, lo ignoro.

–Barón, si todo esto que me cuenta es cierto...

–¡Pues por supuesto que lo es! ¿Qué necesidad tendría yo de invitarte a cenar para convencerte de una fábula? ¿Es que mis explicaciones de ayer no habían sido ya lo suficientemente convincentes?

Tuve que aceptar que tenía razón. La historia era tan aberrante que, sin duda, debía de ser cierta. Delsey bebió de su copa y continuó hablando.

–Pero no me interrumpas ahora, por favor. Hay algo más que debo confesarte antes de que la cautela venza al arrepentimiento. Se trata de un suceso que me implica personalmente, y sobre el cual te debo una explicación, que no una satisfacción de algo ya irreparable. –Recordé entonces mi sospecha de que Delsey ocultaba algo respecto a su correspondencia con Hamish–. Tiempo después, no recuerdo cuánto, de recibir la visita de tu abuela en Voisins-les-Brettoneaux, el correo me trajo una carta de Hamish.

–¿Y qué decía?

–Lo desconozco. Nunca la abrí. Por supuesto, mi primer impulso fue leer aquella carta, pero cuando ya me disponía a desgarrar el sobre, fui de pronto consciente de las consecuencias que desencadenaría aquel sencillo gesto. Posé la carta en mi escritorio, la contemplé durante un par de minutos, avisé a un pariente que por entonces compartía mi casa, le pedí que escribiera en el sobre «destinatario ausente», y la entregué al correo para devolver al remitente.

–¿Y por qué? ¿A qué consecuencias se refiere?

–Imagínalo. De haber leído aquella carta, hubiera sido partícipe del paradero y de las peripecias de Hamish en África, lo que posiblemente me habría confirmado su matrimonio con Cordelia. La carta no llevaba remite de un hotel o de un club, sino de un apartado de correos en un lugar llamado, si no recuerdo mal, Nyeri –¡Nyeri! ¡Un nombre corto y africano!–, que supuse debía de ser la ubicación de la granja. Por entonces yo aún mantenía correspondencia con tu abuela. ¿Cómo iba a negarle el conocimiento de aquello, que su gran amor había desposado a otra mujer? Si el propio Hamish prefirió no confesarlo, ¿cómo iba a hacerlo yo? Y de haberlo hecho, ¿qué consecuencias hubiera tenido aquella noticia sobre el frágil espíritu de ella? ¿Se hubiera sumido en la desesperanza y el desconsuelo? Y de no revelárselo, ¿cómo hubiera podido yo prolongar una amistad manteniendo un secreto semejante? Por otro lado, yo sabía que Uke gestaba un retoño de Hamish, pero ignoraba si él estaba al tanto de tan extraordinario acontecimiento. Si yo leía aquella carta y de sus palabras se desprendía su ignorancia de este hecho, ¿cómo podía yo asumir la responsabilidad de responder a su carta informándole de que se había casado con la mujer equivocada, que mientras él se ocupaba de una remota granja africana, en Europa nacía una criatura que era carne de su carne? ¿Y cómo atreverme a descubrirle una confidencia que la propia madre gestante le había negado? Y al mismo tiempo, ¿cómo podía escribirle ocultando a su conocimiento un suceso tan inmensamente trascendental? Y por último, ¿cómo podía evitar la obligación de escribirle, cuando probablemente a aquella carta seguirían otras? Sólo había una manera: hacerle creer que yo me había ausentado, y que nadie había recibido aquella carta. Eliminando la causa, eliminé el problema. Después de aquello tu abuela continuó escribiéndome, pero me sentía tan atribulado por la situación que, con el transcurrir de los años, dejé de responder a sus epístolas. De cualquier manera, mi planeado regreso a Torrelodones se frustró con la guerra; mi quinta allí quedó destruida, y el panorama de posguerra que Uke me describía era desolador. Aquella España de luto y penuria, de mantilla, palio y cementerio, ya no era mi España. Resolví entonces adquirir esta casa y establecerme en París. Sí, ya lo ves. Al contrario que Hamish, nunca he sido un hombre resolutivo, osado o audaz. La Moira me había asignado una encrucijada que no supe resolver; tan sólo supe evadirme de ella. En aquel entonces mi decisión me pareció la más acertada y con ello creí burlar los designios del destino, pero el fátum es inflexible, y con mi resolución, de un modo u otro, también provoqué lo que trataba de evitar: en mis manos estuvo determinar el sino de Uke y de Hamish. Mi móvil fue, lo reconozco, la cobardía. Traicioné a mis amigos. Y he pasado décadas arrepintiéndome de ello.

Delsey calló, clavando en mí una mirada triste de color absenta. Me revolví en la silla y crucé las manos sobre el escritorio.

–Delsey, yo no soy quién para juzgarle. Ni para ofrecerle un perdón que no me corresponde. Sólo puedo decir que le agradezco que haya sido tan sincero conmigo. ¿Dijo que el lugar se llamaba Nyeri? –Asintió con la cabeza–. Bien, pues con esto creo que he reunido toda la información disponible en este continente. Por lo que sé, Hamish no tuvo hermanos, ¿no es así? ¿Tal vez algún otro amigo cercano?

–Fue hijo único. Siempre tuvo infinidad de amigos. Si queda alguno de ellos que haya vivido más de cerca que yo otras etapas posteriores de su vida, es algo que ignoro.

–Pues supongo entonces que mi próxima estación es Kenia.

–Imaginaba que planeabas viajar allí, y sobre eso querría abundar. –Vio que nuestras copas estaban vacías. Preparó otro par de dosis de absenta mientras hablaba–. Verás. Tu visita ha revuelto el mar de mi tranquilidad, y la afanosa draga de mi memoria, a veces más diligente de lo que mi sosiego desearía, ha sacado a flote todos aquellos restos de un pasado interrumpido que mi pusilanimidad condujo a una vía muerta. Nunca podré recuperar a la divina Uke, pero he presentido que tu insospechada aparición es mi última y definitiva oportunidad para recuperar a Hamish, con la esperanza de que su abrazo complaciente y bondadoso me reconcilie con mis errores. En resumen, y sin ulteriores prolegómenos: deseo viajar contigo a África.

Me quedé patidifuso. Nunca hubiera esperado una proposición semejante, y menos de alguien como Delsey, para quien seguramente el colmo de la inmundicia eran los baños públicos del Elíseo, para quien seguramente la *terra incognita* era la tierra de las macetas del balcón, para quien seguramente una amenaza de animales salvajes era un mosquito en el techo, para quien seguramente una experiencia culinaria arriesgada era comer marisco sin disponer de cuencos con agua y limón, para quien seguramente un atuendo de campo era ponerse un clavel en el ojal, para quien seguramente un viaje incómodo era llevar sucias las alfombrillas del coche... No, no. Definitivamente, no. Era la idea más disparatada que había oído nunca, sin siquiera considerar el hecho de que estábamos hablando de un anciano de setenta y nueve años, que suponía yo con sus manías, sus achaques, su medicación intensiva de soporte vital. De ninguna manera.

–Pues por supuesto que sí, barón. Será un placer y un honor. –¿Qué otra cosa podía decir? No me atreví a negarle una satisfacción que era casi una última voluntad.

–¡Oh…! ¡Albricias, qué alegría! –Los fuelles de sus arrugas comprimieron sus ojillos verdes emitiendo una risa musical–. Debo admitir que me sorprende tu inmediata receptividad. No calculé que estuvieras tan resueltamente presto a cargar con un viejo decrépito como yo. A mi edad uno tiene sus excentricidades y sus dolencias, que le obligan a uno a desplazarse transportando casi una oficina de farmacia portátil. Además, hace ya décadas perdí la familiaridad con el *milieu* rupestre, salvo a través de las obras de Corot y otros paisajistas, claro está, pero desde Voisins-les-Brettoneaux y Torrelodones siempre me complació mirar los árboles en el marco de mi ventana. De cualquier manera, mi buen conocimiento del carácter de Hamish puede resultar provechoso en la búsqueda. Éste era el argumento que tenía planeado esgrimir para rendir tus defensas, pero no ha sido necesario desenfundar esa espada. Perfecto, perfecto… Y dime, ¿cuándo tenías pensado partir hacia el África misteriosa? ¡Qué emocionante! *«I speak of Africa and golden joys*[1]*!»* –declamó con un aspaviento, tendiendo el brazo hacia el horizonte más allá de la ventana.

–Pues en un par de meses, más o menos, una vez haya resuelto todos los preparativos. Hacia el verano. Bueno, pues lo dicho. –Apenas podía creer haberme embarcado en semejante compromiso–. Yo me encargaré de gestionar los billetes de avión para los dos. ¿O viajará su secretario con usted?

–¿Thierry? Pienso que no. Siempre me ha acompañado en todos mis desplazamientos, pero en esta ocasión creo que podré prescindir de sus servicios. Se trata de un asunto estrictamente personal. Iremos más ligeros de equipaje sin él. ¿Y qué hay de tu encantadora novia?

–Oh, no, ella… –Como prestando un Leitmotiv a mi recuerdo de Mónica, Francis Cabrel lloraba *Je l'aime à mourir* dentro de los cajones de madera del tocadiscos. Me detuve un instante a escuchar y hacer mía aquella balada apologética, herida por la lejanía y por la carcoma de los altavoces, antes de proseguir–. Ella no puede venir. Tiene trabajo en Nueva York.

1. «¡Hablo de África y de gozos dorados!» Extraído de *Enrique IV,* de Shakespeare.

–Vaya, cuánto lo lamento. Es una lástima que se trate tan sólo de un impedimento laboral. –Sabía graduar el tono indagador con sutileza para quedarse justo una marca por debajo del chismorreo insolente, pero mientras tanto me hincaba las tachuelas verdes de su mirada. Una herramienta de trabajo del buen cronista de sociedad, supuse.

Me sentía cansado. La absenta me había tumbado. No quise embestir aquel capote que me tendía.

–Muy bien. Pues dos billetes entonces. Me encargaré de gestionarle el suyo desde París.

–No, no. Si no tienes impedimento, prefiero que viajemos juntos desde Madrid. Así aprovecharé la visita para tocar los viejos muros de Lux Domini y rememorar aquellos alborozados días de amistad, inocencia y desenfado.

–Eeeh... Me temo que no va a ser posible. Mis padres han vendido la casa.

–¿La han vendido? ¿Lux Domini, vendida? ¿A un extraño?

–Me temo que sí.

–¡Pero esto es trágico, calamitoso, nefando! ¡Oh, Dios mío, qué holocausto! ¡El pensil de los rozagantes juegos de amor de Uke y Hamish! ¡El ateneo de nuestro tránsito a la madurez! ¡Tanto de nosotros quedó en aquella casa! ¡Qué desdicha!

–Sí, todos me dicen lo mismo, si acaso con otras palabras. Pero yo no pude hacer nada para evitarlo.

–Si el motivo era el fruto dinerario, yo la hubiera adquirido con mucho gusto.

–Ya es demasiado tarde. Y ahora tengo que marcharme, o empezaré a escribir como Rimbaud. –Solté una risita tonta.

–Será un gran placer para mí acogerte en esta casa, si deseas permanecer unos días más en París.

–Muchas gracias por su oferta, pero creo que ya no tengo nada más que hacer aquí. Vuelvo a casa.

Me levanté trastabillando. De repente se liberó en mi cabeza un muelle comprimido, un resorte que se había tensado desde un momento anterior de nuestra conversación, esperando su turno para saltar.

–Por cierto, barón. ¿Está usted seguro de que la madre de Hamish regresó a Estonia? ¿No hubiera sido posible que se estableciera en otro lugar? Ella trabajaba en Alemania antes de casarse, ¿no?

–Pues… No lo creo posible. ¿Y por qué iba a hacer tal cosa? Que yo sepa, ella no tenía familia en Alemania. La contrató una orquesta alemana durante una audición en Tallín, según tengo entendido.

–No, nada, no es nada. Sólo elucubraba.

Era una remota posibilidad entre varios millones de ancianas judías, demenciadas y germanoparlantes que podían habitar en Europa a comienzos de los años treinta. Aunque me ilusiona pensar que Uke encontró en aquella dama de las camelias, sin saberlo, a la torturada madre de Hamish, que hablaba con los muertos.

Al regresar al hotel con los vapores de la absenta ablandándome el cerebro, descubrí que no me apetecía dormir solo en aquella habitación ajena y vacía. Reuní mis pertenencias, doblé cuidadosamente nuestra manta, la introduje en mi bolsa de mano y bajé a recepción, dispuesto a acodarme en el mostrador del aeropuerto hasta conseguir el primer asiento libre en un vuelo a Madrid. El recepcionista se mostró sorprendido.

–Aunque no se quede esta noche, se la tengo que cobrar.

–Sí, sí, hágalo. No hay problema.

Manipuló unos cuantos botones y me entregó la cuenta. Sólo figuraba una noche de alojamiento.

–Creo que aquí faltan noches por sumar.

–No, el resto lo pagó la señorita ayer, cuando se marchó de madrugada.

Debí haberlo imaginado.

–Cóbreme también esta manta, por favor. –Le mostré la esquina que asomaba de la cremallera de mi bolsa de mano.

–¿Cómo dice?

–La manta del armario. Me la llevo. Haga el favor de añadirla a mi cuenta.

–Pero… no puede hacer eso. Las mantas no están a la venta. No puede llevarse la manta, o si se la lleva, hágalo como todos los demás, sin decir nada, de tapadillo.

–Pero es que yo no soy como todos los demás. Yo quiero llevarme la manta, pero pagando.

—¡Pues yo no le puedo cobrar la manta!

Aquello empezaba a exasperarme. Saqué de la cartera el dinero necesario para abonar el alojamiento y cien francos más por la manta, que el recepcionista no quiso aceptar. Forcejeamos hasta que me cansé de aquella estupidez. Indignado, me dirigí hacia la salida con paso firme, y en la arena que rellenaba un cenicero de pie que había junto a la puerta, clavé el billete de cien francos.

—¡Compre otra jodida manta, por Dios!

Caminé calle arriba hasta el bulevar mirando cómo cambiaba la sombra que proyectaban las farolas de mi figura en movimiento, con la bolsa al hombro y tirando del asa de mi maleta. Al doblar la esquina un embate de viento frío me atizó en la mejilla y me cambió de lado la raya del pelo. Los charcos devolvían al cielo una versión turbia y enfangada de la ciudad luz. Tras la furtiva carrera de los faros amarillos, algunos coches dispersos arrancaban siseos fugaces del asfalto mojado. No se veía ningún taxi, así que anduve acera abajo hacia la Madeleine, confiando en que habría taxis en la puerta del Crillon, en la Concordia. Me detuve ante el escaparate de una agencia de viajes que mostraba un cartel con la foto de unos guerreros masai saltando y un mapa antiguo de Kenia. Nyeri, allí estaba. Paseando la mirada por las costuras de aquel país me pregunté en qué poro de la cartulina estaría Hamish en ese momento, vivo o muerto.

Comenzó a llover. Apreté la marcha y agaché la cabeza para desviar los ojos de la trama de gotas aceradas que se deslizaba oblicua sobre la ola de viento. A mi derecha desfilaban los escaparates, brillantes y dormidos, y en el reflejo móvil de la calle sobre las lunas los maniquíes parecían moverse a mi paso, y yo les asignaba nombres de personajes de mi historia e imaginaba que cada uno de aquellos minúsculos escenarios representaba un acto de la comedia y la tragedia de Uke, Hamish y Delsey, un juego de galanteos sobre el bosque empedrado de El Pardo, la merienda en el monte tocando el violín bajo la tormenta, una velada de compadreo y charla banal entre las vitrinas abarrotadas de la quinta de Delsey, amores que llegaron y se fueron, ángeles y nazis, sufrimiento y grandeza, nada de importancia para nadie más que para mí, nada de interés general. Pero en todos los escaparates, en todos, siempre se colaba un personaje de más. Una diosa morena de rizos indomables. Demonios, maldita melodía. No podía evitarlo. El compás de mi respiración alterada y de mis chapoteos sobre las losas encharcadas lo marcaba aquella canción que no había conseguido purgarme de la cabeza después de abandonar la casa de Delsey. Y aquellas malditas palabras.

Elle a bâti des ponts
Entre nous et le ciel
Et nous les traversons
À chaque fois qu'elle
Ne veut pas dormir
Ne veut pas dormir
Je l'aime à mourir[1].

1. «Ella ha tendido puentes / Entre nosotros y el cielo / Y los cruzamos / Cada vez que ella / No quiere dormir / No quiere dormir… / La quiero a morir.»

Intermezzo (Allegro)

–Buenas tardes, soy Curro Mencía.

–Hola, buenas tardes, pasa.

–Gracias. Si no le importa, antes me gustaría dar un paseo por el jardín.

–Ah, bueno, como quieras. Yo te espero. De todas formas tengo que estar aquí.

Dejó la puerta abierta. Miré a mi derecha, a la terraza porticada donde nos rezagábamos en las mañanas de invierno y que ahora abrigaba su soledad con un manto de indigencia y abandono, tejido con hojas muertas, hollín y restos de leña quemada, papeles embarrancados por el viento del sur que rompía entre los arcos, cascos de botellas y desperdicios abandonados por algún intruso. Ensuciando la pared de lado a lado, una de esas feas pintadas urbanas de quienes imponen a todos la obligación de ser testigos de sus coloreadas defecaciones. Me sentí empapado de adrenalina y rabia, maldije la decisión de mis padres, maldije el paso del tiempo, maldije nuestra negligencia y maldije mi propia cobardía al no haber acudido antes allí, cuando la casa aún era nuestra y hubiera tenido algún sentido recoger la basura del soportal, aunque sólo fuera para enterrar un cadáver con un aspecto digno de sus merecimientos.

El jardín había encogido desde los días de Las Cuatro Plumas, no sólo por haberse colmatado de capas de maleza enmarañada, sino por restringirse al sentido de las proporciones de un adulto, perdidos el sentido del infinito y el heraclitismo que los niños aplican a su entorno.

Todo era más pequeño: en la terraza adoquinada de la fachada trasera no había espacio para que aterrizara un helicóptero, los canchos emergidos entre la hierba no eran los más altos de la sierra, el pilón no era una piscina, sino un pilón, y el horizonte del cercado trasero estaba mucho más cerca que el horizonte. Lamenté haberme aproximado a los restos mortales de Lux Domini aquella tarde de final de primavera. El efecto era el mismo que si me hubiera topado con alguno de mis compañeros de correrías montaraces convertido en un contribuyente, en un votante, en un abonado, en un inversor, en un afiliado a la Seguridad Social, en alguien como yo.

Me apoyé sobre la malla metálica que había sustituido al antiguo murete del límite trasero y elevé la vista hacia el palacio del Canto del Pico, que llamábamos Walpurgis. Su angulosa silueta, grabada sobre el cielo con trazos de gótico novelesco, ya no resultaba perturbadora, sino apaciblemente anecdótica, insípidamente mansa, y su estampa lejana sugería un estado de abandono mejor llevado que el de mi casa. Busqué con la vista el peñasco aplanado que hacía el techo de nuestro Refugio, y me sorprendió lo cercano que se veía. En aquel páramo no había más que prados irregulares rindiendo su erupción primaveral a las hordas del anticiclón de las Azores, y guijarros tostados al sol. Ni monstruos, ni bestias, ni leones. Apoyando la cabeza en mis brazos sobre la valla, miré a mi izquierda. Tendidos sobre la vegetación melenuda, algún alambre herrumbroso, un par de afilados recortes de chapa ondulada y una estaca podrida eran las únicas ruinas de lo que había sido nuestro Campamento Base. Me acerqué hasta allí y rebusqué apartando el follaje. No sé qué esperaba encontrar, quizás un objeto que pudiera reconocer, algo de entonces, algo mío en aquel jardín desaliñado que pertenecía a una desconocida, pero lo único familiar que conseguí recuperar fue la tierra entre las uñas.

Con una molesta presión en los ojos caminé de regreso hacia la casa entre el acompasado chirriar de las chicharras, mirando el muro resquebrajado y pintarrajeado, las tejas desprendidas, las ventanas amordazadas con planchas de hierro, la cristalera del salón gritando un silencio histérico de sus muchas bocas desdentadas, y tuve que sentarme sobre el adoquinado, con la espalda sintiendo la piel muerta de mi casa, para relajar el ritmo de mi respiración mientras recordaba lo que decía Delsey sobre dormir desnudos a la intemperie, y pensaba que a lo que se refería con aquello no era a una época concreta de un siglo concreto, sino a nuestro patrimonio sentimental del pasado, la patria de la niñez que dejamos atrás cuando emigramos a la edad adulta. Por fin me levanté, rodeé la fachada lateral y regresé a la puerta principal donde me esperaba la propietaria de aquel álbum desahuciado de mis recuerdos. Entré en el vestíbulo y la llamé con voz quebrada. Ella estaba en la cocina, sentada en una silla plegable frente a una mesa de camping llena de papeles.

–Pasa, pasa. No puedo ofrecerte otra silla.

Recorrí con la vista los cercos de los muebles en el suelo y en la pared, cicatrices de una autopsia brutal y descuidada delimitando rincones que siempre habían permanecido ocultos, y que nunca deberían revelarse a la vista de los familiares, como las vísceras de un difunto.

–¿Me dijo que ya no piensa poner el restaurante?

–No, las cuentas no salían. No ha podido ser.

–¿Y qué piensa hacer con la casa?

–La voy a vender. Por eso te cité hoy cuando me llamaste, porque aprovecho que esta tarde vienen el agente y un perito de la empresa que va a comprarla.

–¿Empresa? ¿Qué empresa?

–Es una promotora inmobiliaria, creo.

–¿Una...?

–Sí, vienen esta tarde a ver la casa. Bueno, en realidad vienen a ver el terreno, porque dicen que la casa no les interesa.

–¿Que... no les interesa? –Sentí de repente un latigazo eléctrico que me recorría el espinazo y me hacía la ola en el vello de la espalda–. ¿Eso quiere decir que la van a... demoler?

–Eso pienso. Supongo que irán a construir chalets adosados, que es lo que se lleva ahora. Es una buena parcela. En fin, a lo nuestro. Mira, esto es lo que te decía que iba a darte, aprovechando que querías venir a ver la casa. –Me mostró un envoltorio de plástico, pero yo apenas prestaba atención–. La caja del buzón se debió desprender hace tiempo, pero el cartero ha seguido echando el correo por la ranura, y las cartas se caían al suelo. Suerte que queda justo encima el tejadillo de la caseta de la entrada, así no le caía la lluvia, pero con el agua del suelo casi todo lo que había era papel mojado que no servía para nada, y lo tiré. Pero mira. Cuando lo recogí encontré esto, que como va envuelto en plástico, parece que ha resistido bastante bien. Está casi borrado, pero me parece que el nombre que aparece ahí es el tuyo, Curro Mencía. No se distingue nada más, pero ya que has venido, pues yo te lo doy. Si no me llegas a llamar lo habría tirado también.

Me entregó un sobre grande de plástico arrugado, con los colores blanqueados por el sol y la tinta corrida por el agua. Parecía contener un abultado fajo de papeles. Lo estrujé entre las manos sintiendo el crujido del plástico mientras mi pensamiento vagaba en otro lugar, tanteando soluciones desesperadas para rescatar a Lux Domini del corredor de la muerte, rebotando de una opción a otra como una bola de la máquina del millón, y en cada uno de esos topetazos sumaba puntos para una condena irremisible, hasta que por fin la bolita tomaba el camino de Delsey, la única posibilidad viable para conmutar la pena de mi casa.

–Dígame, ¿por cuánto la vende?

–Pues depende de la negociación con el comprador, claro.

–Y si yo le ofreciera un millón más, sea cual sea el precio que le dé la inmobiliaria, ¿me la vendería a mí?

–A mí me da igual, esto se vende al mejor postor. Pero anda que no harías un negocio ruinoso, comprando otra vez la misma casa que me vendieron tus padres, pero más cara.

–¿Le importa que eche un vistazo? Hay muchos recuerdos aquí.

–Sí, claro, anda donde quieras. Si no te importa, yo me quedo aquí.

Tiré el sobre encima de la mesa y pasé al salón. Entre sus paredes descarnadas no quedaba ningún residuo de otros tiempos, como si hubieran rebañado con una espátula todo rastro de nuestro paso por allí. Pisé la escalera donde solía sentarme a ver pasar el trajín de mi familia las ajetreadas mañanas de los sábados, y desde donde espiaba las conversaciones de los mayores. Entonces la moqueta mullía mi descanso en aquellos escalones, y sentir ahora el sordo taconeo en la madera tenía algo de palpar un cadáver endurecido por el rígor mortis.

Recorriendo el pasillo de la planta superior me pregunté qué trataba de encontrar. No había nada entre los huesos planos y encalados de las paredes, no quedaba nada, apenas ni una brizna de luz que iluminara los rincones como entonces, sólo planos que se cortaban en tonos de gris, sin contrastes, sin matices, sin sombra de rubor en las habitaciones donde la luz entraba fría y loncheada entre las planchas de hierro, como el rayo de un escáner cerebral. Había olvidado llevar una linterna y las placas estaban cerradas con cadenas, así que opté por subir al ático, tentando los escalones en la oscuridad antes de pisar.

Al abrir la trampilla me cegó el brillo del sol. Allí no habían colocado planchas, y el resplandor que se desbordaba por los tragaluces del tejado enfocaba las nubes de polvo que se agitaron con el estampido de la trampilla contra el suelo, asustando a algún pájaro escondido entre las grietas del techo que delató su presencia con un revoloteo asustado. Agité la mano para distinguir entre el polvo las formas del espacio abuhardillado, y al instante fue como si encontrara una barra a la que agarrarme. Sonreí con un suspiro sonoro. El ático estaba abarrotado de cosas, cosas inservibles y desechadas, pero eran nuestras cosas inservibles y desechadas, las mismas que habían yacido allí durante más de catorce años, todo aquello que nadie consideró que valía la pena rescatar y que se agregó solidariamente a la condena que pesaba sobre la casa, objetos abandonados que no habían sido capaces de demostrar méritos para hacerse un hueco en los botes salvavidas, desvalidos y abandonados al naufragio, compartiendo un mismo destino con su navío de ojos cegados que se hundía en un océano de polvo hacia el fondo de los mares del olvido.

Allí estaban el maniquí donde mi abuela y mi madre ajustaban las prendas que copiaban de las revistas de moda, y unos muñequitos de madera, casi todos con algún miembro amputado, que mi bisabuelo utilizaba para perfeccionar las posturas en sus cuadros, y algún caballete desencuadernado con sus travesaños colgando como los brazos de un mimo, y rollos de papel de pared, y torres de periódicos viejos, y maravillosos despojos sobrantes de materiales variados que se quedaron a un paso de cumplir una función importante y que se cansaron de esperar un debut que nunca llegó: azulejos de baño sufriendo el peor castigo para un azulejo, la soledad, ladrillos con el mismo trauma, adoquines con otro tanto, bolsas de temple a medio usar, sentenciadas a perpetuidad a mentir en el peso que anunciaban, botes de pintura llorando rebabas de colores, listones de madera curvados en sonrisas tristes, perfiles de aluminio manteniendo su firmeza en estado de revista por si algún día regresaba alguien a emplearlos, rollos de cable sin voltios que transportar, sacos de yeso y cemento fraguados por la humedad con la ilusión de haber alcanzado su misión.

Me di cuenta entonces de que no podía haber encontrado mejores recuerdos, porque todas aquellas sobras sin el brillo estelar de un souvenir estaban ligadas a algún momento concreto que entrelazaba la vida de la casa con la nuestra propia. Me senté en el suelo con las piernas cruzadas, como un ingrediente más de aquella ensalada de cosas inútiles, paseando los dedos por sus semblantes ajados, y me sentí acogido en aquel orfanato de artículos frustrados que me contaban cuándo estuvieron a punto de vivir su bautismo de obra y su momento de gloria: cuando Vicente reformó el baño de los niños después de que una tubería estallara tras el alicatado, cuando Vicente fabricó un armario para el cuarto de mi hermano Carlos, cuando Vicente cerró los huecos de la escalera al gateo investigador de mi hermanita Isabel, cuando Vicente llevó la luz del progreso hasta nuestro Campamento Base, cuando Vicente pintó, barnizó, reparó, instaló, construyó. Siempre Vicente, dueño y señor del ático, cerebro y motor de Lux Domini. Me levanté y paseé por los senderos abiertos entre el revoltillo de objetos, arando surcos con mis dedos en los barbechos de polvo.

Súbitamente, mi pie se enganchó en un tablón que reposaba apoyado en la pared y que se desplomó con estrépito, talando en su caída un bosque tupido de listones, pedazos de viga, rieles de cortina y barras metálicas. Al escuchar el estruendo, mi anfitriona gritó desde la cocina:

—¿Pasa algo?

—¡No, no es nada, una tabla que se ha caído!

Rezongando, agarré el tablón y lo arrimé a la pared para que no obstruyera el paso, e hice lo mismo con las vigas, listones y barrotes. Cogí entonces un rollo que había caído con lo demás y que parecía papel de pared, pero al tocarlo noté que tenía una textura rugosa, como de tela empastada. Era un lienzo de pintor. Pensé que sería uno de los cuadros de mi bisabuelo, que había quedado oculto entre escombros y se había descuidado en la mudanza. Lo desenrollé y pasé la mano para barrer la capa de polvo que lo cubría; bajo el sedimento surgió el fragmento de un paisaje: un valle abierto salpicado de palmeras, abrazado por una cordillera tendida bajo un cielo borrascoso. De pronto, a un lado del paisaje observé parte de la figura de un animal. Entonces el corazón me dio un vuelco, al tiempo que en un gesto involuntario aspiraba media tonelada de polvo del ambiente. Porque aquello era, sin duda, la pata de un león.

Limpié el resto de la superficie, ¡y allí estaba! Arrogante y nervudo, la melena combada por el viento, el semblante sereno y firme de un rey, *¡El señor de las llanuras!*, el cuadro de Landseer que el padre de Uke había comprado a Hamish, que quedó olvidado en un rincón con el bastidor destrozado cuando mi bisabuelo supo del embarazo de su hija, y que después se había dado por perdido sin que nadie hubiera podido seguir su rastro. Allí había permanecido todos aquellos años, a la vista de todos pero camuflado entre rollos y tablones, almacenado por alguien, seguramente por el guarda que custodió la casa durante el exilio de Uke y su padre, y olvidado durante décadas. ¡No podía creerlo! ¡Dios, aquella pintura debía de ser inmensamente valiosa! ¡Y eso significaba que Lux Domini volvería a mis brazos!

De repente pensé en las implicaciones de aquel afortunado hallazgo. Yo, como el Nick Carraway de *El gran Gatsby*, siempre me he tenido por la persona más honesta que conozco, y no podía dejar de lado los dilemas éticos del descubrimiento. La casa pertenecía, suponía yo que con todo su contenido, a la señora que esperaba en la cocina. No tenía la más mínima idea sobre la situación legal de aquel lienzo, cuyo precio en el mercado seguramente igualaría o superaría el de la casa. Pero aquella pintura era propiedad de mi familia. Aunque no hubiera ningún documento mercantil que pudiera demostrarlo, todos podrían atestiguar que mi bisabuelo lo había adquirido, y por tanto el cuadro era moralmente nuestro. Maldita sea. Me pregunté qué hubiera hecho Sangre de Cristo en un caso como aquél. Pero él vivía en un mundo sin incoherencias morales, donde los buenos eran muy buenos y los malos eran muy malos, y cada uno tenía definido y aceptado su papel, a cuyo disfrute se entregaba con apasionamiento y sin cortapisas intelectualoides de ninguna clase. Con las manos templequeándome como si estuviera asaltando el tren correo de Glasgow, enrollé de nuevo el lienzo, prensé suavemente el rollo y lo escondí bajo mi camisa, metiendo el extremo por dentro del pantalón. Noté que la parte superior me hacía quilla en el pecho y que la inferior daba una impresión equivocada, y tuve que buscar una bobina de cinta americana para adherírmelo al muslo y al torso, a sabiendas de que desprendérmelo después supondría una depilación traumática y dolorosa. Abroché la camisa hasta arriba y me miré en la lámina fracturada de un vetusto espejo, de frente y de perfil. Perfecto. No se apreciaba nada extraño.

Bajé la escalera con todos mis miembros agarrotados por el terror a ser descubierto, a lo que se añadían ciertos efluvios de vergüenza y culpabilidad que temí fueran olisqueados por la propietaria. Aun así, bajaba henchido por un inmenso sentimiento de satisfacción, con cuidado de no hinchar el pecho. Bendije mi decisión de visitar la casa, bendije haber elegido para ese día una camisa amplia y oscura y unos pantalones holgados, y bendije a mi pie por haber tropezado con aquel tablón. Me encaré con la propietaria desde la puerta de la cocina, apoyando el brazo en el quicio para que la camisa colgara amplia, y con actitud enérgica declaré:

–Lo he decidido. Le compro la casa. No puedo desprenderme de ella. Sea cual sea la oferta de la inmobiliaria, yo le mejoro el precio. Y estoy dispuesto a firmar un contrato privado ahora mismo, si hace falta.

Porque el cuadro valdría más que la casa, ¿no? En cualquier caso, ya nada podía detenerme. De ser necesario, pediría ayuda a Delsey, o buscaría otro empleo, o todos los empleos que hicieran falta para costearlo.

–Vaya, cuánta prisa. No te preocupes, que yo no he llegado a ningún compromiso con nadie. De todos modos, estos señores van a venir, pero si tú me confirmas esto, yo te llamo cuando tenga la oferta de ellos y hablamos del precio.

–Mire, le voy a dejar mi teléfono y el de mi madre, por si acaso. –Me acerqué a la mesa rígido y ligeramente encorvado, como si tuviera una pata de palo y mi camisa fuera un codo de plomo, tomé un papel de la mesa y un bolígrafo, y escribí sin agacharme, apoyando el papel en la palma de mi mano–. Llámeme cuanto antes, por favor. Yo también la llamaré para que me mantenga al tanto. ¿De acuerdo?

–Ah, bueno. Pues nada, si la cosa va en serio, yo te llamo.

–Va muy en serio, créame. Le doy mi palabra. Ésta ha sido la casa de mi familia durante varias generaciones. La idea de convertirla en un restaurante me parecía aceptable, pero bajo ningún concepto puedo permitir que la derriben.

–Oye, ¿te pasa algo? Estás como rígido.

–Oh, nnn... no, no, no es nada, no, es el lumbago, estoy acostumbrado. De vez en cuando me suelta un hachazo y es que no puedo ni moverme. ¡Buf! Ha sido al subir al ático, y ya ve...

–Ya. Pues cuídate eso, que luego da muchos problemas.

–Sí, gracias. –Chorreando sudor y con la mano en la zona lumbar caminé hacia la puerta de la cocina. La salida a la calle se presentaba frente a mí abierta de par en par, tentadora y concupiscente, como el vano de la cancela para un Barrabás elegido por el capricho de la chusma. Pero en el instante en que aceleraba el paso hacia el rectángulo enmarcado donde brillaba el sol y trinaban los pájaros, escuché de nuevo la voz imperiosa de la señora.

–¡Me parece que te llevas de esta casa mucho más de lo que esperabas! –Oí cómo se levantaba de la silla y se dirigía hacia mí–. Pero te olvidas de algo.

Sufrí una taquicardia y me quedé solidificado, con las sístoles y las diástoles haciéndome olas en el pecho, mis ojos colgando de sus órbitas como esas gafas de broma que llevan muelles, y vomitando sudor a mansalva por todos mis poros.

–¿Có... có... cómo dice?

–Sí. Venías para despedirte de la casa y te vas casi con la escritura de propiedad en el bolsillo. La verdad es que te comprendo muy bien. A mí tampoco me gustaría que derribaran la casa donde creció mi familia. No te preocupes. Te llamaré. Si mantienes tu palabra, yo te doy la mía: la casa es tuya. Puedes estar tranquilo. Toma, olvidabas el sobre. –Me lo entregó. Apenas atiné a mantener el pulso necesario para recogerlo.

Franqueé la frontera de la libertad y corrí, salté, mordiéndome la lengua para refrenar el impulso incontenible de gritar hasta desgañitarme. Con extremo cuidado para no dañar el lienzo, me senté en el coche con la pierna estirada y conduje vereda abajo hasta la calle, calle abajo hasta la vía de servicio de la autopista, y allí tuve que parar en un recodo para serenarme y recomponer mis articulaciones dislocadas. Miré el asiento junto a mí, donde había arrojado el sobre. El sobre. Lo había olvidado por completo. En el envoltorio de plástico aún se distinguía mi nombre, pero en la casilla reservada a la dirección del remitente sólo quedaba una mancha difusa de tinta negra. El franqueo y el matasellos eran también ilegibles. Sin duda aquella carta había sido entregada tiempo atrás, aunque era imposible precisar cuándo. Aguijoneado por la curiosidad, rasgué el plástico de la solapa. Dentro había una pila de folios. La humedad había conseguido filtrarse por algún resquicio y las esquinas estaban rizadas. Algunas de las páginas se habían desmenuzado y se quebraban al tacto, y en otras la tinta había dibujado cercos violáceos. Eran textos escritos a máquina, con correcciones a mano. En inglés. Leí el comienzo de la primera hoja. Decía así:

One shall always find a lingering platoon of pot-bellied clouds, like the ones the venetian painters of the 17th century used to call «heroic», above the skies of[1]...

¡NAIROBI!

Leer el nombre de aquella ciudad me devolvió al pico de excitación que acababa de abandonar. ¡Dios, aquello sólo podía provenir de Hamish! Hojeé todo el montón. No parecía un texto coherente, sino una compilación de artículos, ensayos y reflexiones. En ningún lugar podía encontrar una firma, o una referencia personal a mí. Pero no cabía duda de que el autor de aquel manuscrito era él. ¿Quién si no? Página tras página, los textos hablaban de Kenia: la guerra del Mau Mau, la visita de la princesa Isabel, los masai, el estilo de vida de los colonos, los leones, ¡los leones! Apreté el documento contra el lienzo enrollado que

1. «Siempre zascandilea un pelotón de nubes panzudas, de las que los pintores venecianos del siglo XVII llamaban heroicas bajo el cielo de...»

aún llevaba adosado al pecho y al muslo. Entonces salí del coche. Atardecía. Elevé la vista hacia Lux Domini, que se erguía orgullosa bajo el cerro del Canto del Pico, hice bocina con las manos delante de la boca, y ahora sí, grité lo más fuerte que los pulmones me dieron de sí, rugí hasta romperme por dentro, como un auténtico señor de las llanuras.

Segunda parte

El león en el páramo

21

LA CIUDAD LEJOS DEL SOL

Entré en el comedor de los desayunos con mis órganos digestivos manteándome el diafragma en demanda de alimento, agravado por haberlos mantenido durante gran parte de la noche en una vigilia que los hacía conscientes de sus privaciones. Tenía esa molesta sensación de cuando no se ha dormido ni comido y que hace moverse la cabeza al caminar, arriba y abajo como un ñu, adelante y atrás como una paloma, lo que uno trata sin éxito de anular compensándolo con el movimiento contrapesado de los hombros, como esa *steadycam* del cine. Delsey ya estaba en el comedor, sentado en un rincón junto a los ventanales, ocupando él solo una mesa circular preparada para siete comensales y pasando por alto, sin siquiera ser consciente de ello, las miradas reprobatorias de otros grupos de huéspedes que se veían obligados a achucharse en mesas más pequeñas. Parecía enfrascado en una revista que hojeaba con grima, como si las páginas estuvieran sucias de tinta en lugar de impresas. Al verme sonrió abiertamente y me invitó a sentarme junto a él.

–¡Curro, buenos días! ¡Una soberbia mañana africana!

–Sí, excepto porque está totalmente nublado. Buenos días, Delsey. ¿Ha dormido bien?

–¡Oh, espléndidamente! ¡El sueño de cuarenta brazas que aclara el alma y el ojo y el corazón, y te lleva al desayuno con ansia de devorar, como decía el viejo Kipling, ja, ja! Aún no he ordenado el desayuno, te estaba esperando.

Miré alrededor. Todos los huéspedes se servían del bufet.

–Barón, me temo que no hay servicio en las mesas. Cada uno tiene que servirse lo suyo.

–Oh.

–No se preocupe, yo se lo traigo. ¿Qué le apetece?

–Eres muy amable. Pues habitualmente gusto de desayunarme con un menú bastante ecléctico y sabroso, si bien al mismo tiempo ligero y equilibrado, ésa es la verdad. Un cruasán, una endivia con queso *bleu* Bénédictin, un escalope de foie gras fresco de oca cortado con lira y ligeramente pasado por la plancha sobre una rebanada de *pain aux raisins* levemente tostada, y para beber, una taza de té Ahmad of London Earl Grey sin leche y un vaso de zumo de tomate y apio a partes iguales con cardamomo y fenogreco. Cuando voy de viaje puedo prescindir del fenogreco, que lamentablemente aún falta en algunos hoteles.

–Bien. –*¿Fenogreco?*–. Veré lo que puedo hacer.

Tuve suerte de conseguir el cruasán. Se lo serví en compañía de un trozo de paté misterioso con pan tostado, una loncha de queso fresco con pimienta sobre una rodaja de tomate y un vaso de zumo de naranja. Pedí al camarero té para él y un café con leche para mí. Comió el cruasán con el té y dejó todo lo demás sin hacer ningún comentario al respecto. Mientras yo devoraba mi ración de huevos revueltos con queso, decidí entrar en materia.

–He estado recapitulando las pistas que tenemos hasta el momento y las conclusiones que podemos sacar de ellas. No es mucho, pero por algo hay que empezar. Por un lado tenemos el nombre de una ciudad, Nyeri. Hamish tuvo un domicilio allí. Podemos suponer que tal vez terminó casándose con Cordelia, ya que después de romperse la relación entre Uke y él, ya no había motivo para no hacerlo. Por tanto la hipótesis de trabajo es que ambos se casaron y vivieron en la granja de Cordelia en Nyeri. Bien. Cordelia… ¿Sabemos cuál era su apellido de soltera?

–Lo recordaría de haberlo conocido en algún momento, pero temo que no fue así. Hamish nunca me lo dijo.

–En cualquier caso, de ser cierta esta hipótesis, y si Hamish y Cordelia hubieran tenido hijos, aún podría existir en Nyeri una granja propiedad de una familia Sutherland. Ignoramos, sin embargo, si Hamish podría haber abandonado aquel lugar a finales de los años setenta, después de su viaje a Torrelodones, ya que no respondió a nuestras cartas enviadas a aquella dirección. El hecho de que regresara precipitadamente aquí tras la muerte del presidente en el año 78 para velar por la seguridad de sus cosas sugiere que, efectivamente, tenía alguna posesión. Una posesión que hubiera corrido algún riesgo en caso de inestabilidad política. Lo que apoya la suposición de que era propietario de una granja y de que, quizá, tuvo que abandonarla por problemas relacionados con la crisis presidencial. Bien. Por otro lado, sabemos que mantuvo una corresponsalía para un periódico británico al menos durante la década de los cincuenta, pero no sabemos de qué periódico se trataba.

–¿Piensas que eso nos ayudaría?

–Tal vez en los archivos del periódico aún pudiera constar alguna información sobre cuáles eran sus datos de contacto por entonces.

–Comprendo. Y no es descabellado pensar que Hamish utilizara las instalaciones de algún periódico local para entregar sus crónicas. Yo debo enviar mi columna a la revista por telefax y lo puedo hacer desde este mismo hotel, pero quizá por entonces no disponían de tales facilidades, salvo que se encontrara en una ubicación remota y no pudiera sino dictar los artículos por teléfono.

–Buena observación. De ser necesario, podríamos preguntar en los periódicos locales que ya existieran en los años cincuenta, buscar en sus archivos o interrogar a algún periodista veterano.

–Si me permites la conjetura, creo que podríamos descartar esta ciudad como hogar de Hamish, al menos del Hamish que yo conocí. No era amante de las aglomeraciones multitudinarias propias de las grandes urbes.

–Sí, en sus notas hacía un comentario sobre Nairobi, no demasiado elogioso. Parecía que no le agradaba esta ciudad, lo que no sería de extrañar si, como dice usted, pocas le agradaban. Hasta donde he podido leer, el manuscrito de Hamish no da más pistas sobre su paradero. Así que, por último, tenemos la vaga referencia del hotel Norfolk.

–Una muy vaga referencia. Quizá nunca regresó a alojarse allí tras aquel primer viaje, cuando era un imberbe adolescente.

–O tal vez sí. Hay una posibilidad, que puede ser un buen punto de partida. Anoche no conseguía dormir, estaba demasiado nervioso. Estuve revolviendo mis papeles, toda la documentación que he reunido durante estos meses, pero me aburría y decidí salir a dar una vuelta por la ciudad. El taxi me llevó a un bar, y allí conocí a una chica.

–¿Una chica?

–Ella me contó que por el hotel Norfolk suele merodear un tal Ian, un pintor australiano que lleva muchos años vendiendo cuadros allí y que domina toda la vida social del Norfolk. Según tengo entendido, el Norfolk es más que un hotel, ha sido toda una institución y un lugar de encuentro para la comunidad europea desde los primeros tiempos de la colonia. Así que es posible que Ian haya llegado a conocer a Hamish en algún momento, o al menos que haya tenido relación con alguien que le haya hablado de él. Creo que es una buena pista para comenzar.

–¿Y... esa chica? –A Delsey le rezumaba el chismorreo a la menor oportunidad.

–Sí, es exactamente lo que está usted pensando. Era una prostituta, pero al mismo tiempo, toda una dama. Y solamente hablé con ella. Aunque tal vez no hubiera debido quedar sólo en eso.

–¿Tan mal anda el affaire con la bella Mónica?

–No sé si ha llegado a andar alguna vez. Verá, cuando ella se marchó a Nueva York, adoptamos la costumbre de comunicarnos por fax, casi siempre a través de jeroglíficos. Era divertido. A las pocas semanas de nuestro viaje a París, recibí un fax suyo en el que me enviaba fotos de su estancia allí. En varias de ellas aparecía en actitudes bastante acarameladas con un tipo. Por lo que me contó deduje que es el pianista de un restaurante griego donde suelen ir a cenar, pero el griego en cuestión aparece hasta en la sopa: comiendo perritos calientes, patinando en Central Park, visitando el Guggenheim, subiendo a la Estatua de la Libertad... Y siempre llenándola de manos por todas partes. O tiene ocho, o las mueve muy deprisa en lo que dura el disparo de la cámara, claro que un pianista debe estar entrenado para eso, imagino. Mónica y yo nunca hemos tenido una relación al uso. Éramos amigos, convertidos en amantes por esas cosas que pasan. Ella insiste en presentarme como su novio ante todo el mundo, pero al mismo tiempo insiste en que lo nuestro es algo sin lazos ni ataduras. En cierto modo me usa como repelente antimoscones. Nunca llegué a creer seriamente que eso implicara meter a otras personas en nuestra cama, pero ahora sé que fui demasiado ingenuo.

–¿Tienes alguna confirmación de que no se trata sólo de un malentendido?

–Cuando respondí a su fax haciendo notar mi enfado, ella quiso zanjarlo diciendo que no era nada serio. ¡Nada serio! Si no hubiera nada, habría dicho que no había nada. Pero si dijo que no es nada serio, significa que hay algo, aunque no serio. Una palabra de más cambia totalmente el significado. Además, en una de aquellas fotos el pianista la estaba besando, y era un beso en los labios. Con la calidad que da un fax no es fácil distinguir un simple contacto de una prospección en toda regla, pero me pareció que la lengua de él se le marcaba a Mónica en la nuca. No le he preguntado directamente si se ha acostado con él, pero opino que en cualquier caso las formas y los gestos son importantes, sobre todo cuando se trata de mantener una relación a miles de kilómetros de distancia. Creo que llega un momento en que hay que definirse, decantarse de una manera o de otra. Toda relación tiene sus normas de cortesía. Y esto lo aprendí de mi abuela Uke.

–Comprendo. Y ahora te consumen las ansias de venganza.

–Creo que no lo suficiente. De ser así, habría aceptado la oferta de la chica de anoche. Pero estoy llegando al límite de mi aguante.

–¿Y no es raro que te enviara aquellas fotos sin reparar en esos detalles?

–¿Sin reparar? No, Mónica repara en todo. Es la persona más inteligente que he conocido. Nunca deja nada al azar, y siempre hay una intención en lo que hace. Es evidente que me lo envió con un propósito muy concreto, aunque no estoy seguro de cuál era. Hacerme constar los límites en los que tanto me insiste, no lo sé. Vivir junto a ella es como vivir en el País de las Maravillas, muy entretenido, pero un continuo enigma. Y me estoy cansando de hacer de conejito blanco, siempre en un sinvivir.

De repente una risa gallinácea nos alertó. Ante Delsey se había plantado una esfera humana de mediana edad, vestida de doctor Livingstone, supongo, con piernas toneleras como las columnas de la sala hipóstila de Karnak. Cloqueaba en francés, extasiada por la presencia de un famoso en el mismo hotel que ella. Le pidió un autógrafo. Delsey trató de sonreír sin éxito y, sacando una pluma del bolsillo con infinita paciencia, firmó en la portada de la revista que había estado hojeando, que era un ejemplar del semanario donde él publicaba sus columnas. Yo asistí a la escena, divertido, cuando las amigas de la señora, que cubrían todo el espectro de la morfología aviar, se unían a ella en un coro volátil de gorjeos y cloqueos, mientras Delsey firmaba folletos de safari, tíquets de entrada a parques nacionales, pañuelos de papel, y poco le faltó para firmar hasta el mantel de la mesa o una compresa extrafina. Cuando por fin nos quedamos solos, le miré sin contener la risa. Él arqueaba las cejas y suspiraba profundamente.

–Olvidaba que estoy viajando con una celebridad –bromeé.

–Es en momentos como el que acabas de presenciar cuando me encuentro en el filo de la daga sin poder vaticinar hacia qué lado de la hoja me abatiré, si hacia la exquisita educación que me procuró mi crianza, o hacia el natural instinto de morder con saña. En esta ocasión ha triunfado Eton.

–Y se ha quedado sin su revista.

–Oh, no es una gran pérdida. Lo cierto es que cada vez me resulta más laborioso encontrar asuntos dignos de comentario en esas páginas. El mundo del papel *couché* está inmerso en un albañal de inane mediocridad.

–Bien. ¿Dispuesto a lanzarse a la exploración de la jungla africana, aunque de momento sea sólo la de asfalto?

–«¡Venceremos gloriosamente, oh César, porque hoy, vivo o muerto, me has de dar elogios!» –declamó.

–Pues vamos allá. Al Norfolk.

Tomamos un taxi que se despendoló por la avenida Kenyatta para después girar por Uhuru Highway, el escaparate de Nairobi abierto al tráfico con las bocas de sus rotondas congestionadas, chorreando un goteo incansable de artefactos móviles que repasaban toda la historia de la tecnología, desde carretas de propulsión animal hasta zumbantes todoterrenos de cristales oscuros que cruzaban veloces como fantasmales carros blindados. Entre los vehículos revoloteaba un enjambre de vendedores que ofrecían desde el periódico de la mañana hasta piezas de grifería, y niños mendigando unos *shillings* a su propia imagen dibujada en las lunas oscurecidas, que unas veces abrían una ranura para escupir unas monedas, y otras no. Por las márgenes del bulevar corría una cinta continua de caminantes con más aspecto de peregrinos que de peatones, labrando su camino entre la hierba rebelde con el gesto trabajoso y concentrado de quien amaneció a las cinco de la mañana para perder la carrera contra el fragor del tráfico que bulle recién desperezado. Más allá de las aceras, las fachadas de la Uhuru y de las avenidas adyacentes alternaban lo vano con lo desabrido, como si los edificios pasaran directamente del fin de la construcción al principio de la ruina. Tuve que coincidir con Hamish. No leí un solo texto turístico sobre Nairobi que no insistiera en la modernidad como una supuesta cualidad de esa capital. Cuando uno recorre sus grandes avenidas desangeladas que sufren de desamparo y abandono, donde es difícil avistar algún ladrillo colocado hace más de cincuenta años, pero que no parezca colocado hace más de cien, Nairobi recuerda a esas personas a quienes el último modelo de lo que sea les dura lo que tarda en lanzarse otro más nuevo, y que guardan un fondo de trastero donde envejecen ajados lo penúltimo y lo antepenúltimo. Con sus fachadas de cristal que semejan ampollas brotando tersas y brillantes sobre una piel ulcerada, Nairobi destaca por lo peor que puede destacar una ciudad, por parecer fracasadamente pretenciosa como una apolillada flor de plástico sin raíces, sin alma ni pasado, una ciudad triste que se borra cada noche y se prefabrica cada mañana, donde lo único que queda de ayer es otra capa más de polvo y lo único que se planea para mañana es otro nuevo rascacielos, un proyecto más de ruina prematura para no perder puestos en el ranking de la vibrante modernidad. Recordé el Victoria Station, el bar que había conocido la noche anterior. Todo Nairobi era como aquel local, ceñido al último grito de los modelos caducos importados, viejo sin ser antiguo, pavoneando sus ínfulas de estatus con la rabia ambivalente del Calibán de Wilde enfrentado a un lejano espejo europeo.

Delsey no perdía detalle de la colmena afanosa que desfilaba por la ventanilla, como un niño examinando un juguete enrevesado sin manual de instrucciones. Le había tomado cariño durante los meses anteriores de preparativos y durante los días que pasó en Madrid antes de nuestro viaje. Sus extravagancias a veces lograban desquiciarme; su inmenso volumen de equipaje, que debía ir enteramente precintado en plástico y sellado hasta el último resquicio con cinta de embalaje, pero con un tubito abierto al exterior para que respirara el cuero de carpincho; sus constantes llamadas a la azafata del avión para pedir desde una botella de vino cerrada con un corcho, no con un tapón de rosca, hasta una almohada que no hubiera sido estrenada; su insistencia en disponer en el hotel de un *butler* personal que le ayudara con el equipaje, algo que no estaba contemplado dentro de los servicios ofrecidos, ni siquiera en la suite que él ocupaba. Él había insistido en correr con todos los gastos del viaje, a lo que yo me había negado. Finalmente habíamos llegado al acuerdo de cubrir cada uno lo suyo excepto si las circunstancias imponían algún desembolso fuera de lo común, como un jet privado, una flota de camiones de apoyo o una orquesta sinfónica junto a la cabecera de la cama. Por ese acuerdo él ocupaba una suite y yo una simple habitación de tropa, aunque en uno de los mejores hoteles de Nairobi.

El Norfolk era uno de esos ejemplos de trasplante británico a lo que un día fue la campiña africana, hoy encorsetada bajo una armadura de asfalto. Para los africanistas más recalcitrantes esos parches de piel injertada aún pican sin alivio, pero muchos kenianos sencillamente los enseñan con mezcla de orgullo y vergüenza, como el tatuaje que delata a un antiguo legionario detrás de una fachada de sofisticada burguesía. Delsey, educado en Inglaterra, se sorprendió al descubrir un bucólico *cottage* de estilo Tudor en pleno centro de Nairobi. Le conté que cualquier edificio histórico en Kenia debe ser europeizante, ya que no existe algo que se pueda considerar arquitectura tradicional keniana salvo en los dominios swahilis de la costa. El Norfolk tenía una rara virtud en los grandes hoteles: agradar sin epatar, presentarse con una pulcra humildad calculada, adelantado a la revolución de los hoteles mastodónticos y a la contrarrevolución del rusticismo pintoresco. Con sus tejas de barro africano y su estampa de casita de cerámica de Staffordshire, crecía discreto a lo ancho y no a lo alto, contemplando cómo la sabana circundante se alejaba de su verja y cómo se cegaban los pantanos vecinos para levantar anodinos mecanos de hormigón.

Irrumpimos en el vestíbulo como un comando de intervención rápida, mirando a derecha e izquierda en busca de cualquier rastro que revelara el paso de nuestra presa por allí. Me acerqué a recepción con el propósito de lanzar una flecha al aire.

–Buenos días. Por favor, ¿podría ponerme una llamada a la habitación del señor Sutherland, Hamish Sutherland?

El recepcionista tecleó bajo el mostrador y, pasados unos segundos, negó con la cabeza.

–Lo siento, señor, pero no figura ningún huésped con ese nombre. No está alojado aquí.

–Vaya, qué contrariedad –simulé sorpresa–. ¿Puede decirme si ha estado alojado aquí recientemente?

–Me temo que no puedo darle esa información. Lo lamento, señor.

–Mire, es muy importante. ¿Con quién podría hablar para que me autorice a consultar esa información?

–Si lo desea, puede hablar con el gerente.

–Bien, gracias. –Opté por guardar aquella posibilidad en la recámara para otro momento. Eché de menos a Mónica. Ella hubiera extraído de la chistera algún truco para sonsacar al recepcionista–. También quisiera hablar con Ian, el pintor.

–No está por aquí hoy, señor. Lleva unos días ausente.

–¡Oh, no! –Esta sorpresa no era simulada. Era lo último que esperaba oír–. ¿Y sabe cuándo regresará?

–No, lo siento. De vez en cuando desaparece durante días. Suele viajar bastante, a veces a su país.

–¿Y sabe si podría localizarle en alguna parte? ¿En Australia?

–No, él no es australiano, sino neozelandés. Pero lo lamento, no tengo su dirección en Nueva Zelanda.

–Vaya por Dios. Y dígame, ¿él lleva muchos años aquí, en el Norfolk?

–¿Muchos años? –El recepcionista me mostró una límpida sonrisa blanca–. Él ya estaba sentado aquí cuando construyeron el hotel en 1904. Le tuvieron que pedir que moviera la silla para depositar las losas del suelo. No, estoy bromeando. –Venteó la mano en el aire–. Pero sí, él ha estado mucho tiempo aquí, por lo menos veinte años, o quizá más.

–He oído que conoce a mucha gente por aquí, sobre todo de la comunidad europea de Kenia.

–Sí, conoce a todo el mundo, no sólo a los europeos. Es muy popular. Vienen de todas partes a comprar sus cuadros. Si quiere comprar alguna obra suya, aquí podemos atenderle. Él se sienta ahí enfrente, y allí puede ver algunos de sus cuadros.

Me giré hacia donde me señalaba el recepcionista. En un rincón oscuro, un escritorio vacío dormitaba delante de una pared que lucía un mosaico de cuadros.

–Espere, le encenderé las luces.

–Gracias.

El rincón se iluminó y Delsey se reunió conmigo ante los cuadros. Ian pintaba figuras estilizadas y ondulantes como si las combara el viento de la sabana, definidas por unas cuantas masas de colores puros extendidas en trazos alargados sobre fondos cálidos en ocre y amarillo. Guerreros y pastores masai, mujeres llevando cántaros sobre la cabeza, jirafas y cebras, elefantes bebiendo en el río, un león erguido vigilando la caza. Era una pintura desnuda, esquemática y sugestiva.

–Bueno. Tenemos los cuadros del pintor, pero no tenemos al pintor –suspiré con desánimo.

–Su arte es muy apreciable. No lo comprendo, pero es muy apreciable –apostilló Delsey.

–Sugiero que aprovechemos este primer fracaso prematuro para sentarnos en el bar a llorar un rato –concluí.

Salimos a la terraza del bar Lord Delamere, abierta como un cajón íntimo del Norfolk frente al tráfico disperso que haraganeaba por la calle Harry Thuku bajo un cielo opresivo. En esa hora perdida entre el desayuno y el aperitivo apenas había un par de mesas ocupadas. Nos sentamos en una esquina. Yo pedí una cerveza Tusker y Delsey una copa de Pimm's. Esperamos en silencio, rumiando nuestra decepción, mirando los taxis y los minivans que descargaban grupos de turistas extasiados, hasta que el camarero nos sirvió las bebidas. Acaricié la espuma de mi cerveza con el dedo.

–Delsey, ¿qué estamos haciendo?

–¿Qué quieres decir?

–Yo he dejado un trabajo prometedor en un periódico nacional para emprender este viaje. Deseaba conocer África desde que mi abuelo me contaba aquellas historias, y aquí estoy, bebiendo una cerveza keniana en el bar Delamere del hotel Norfolk. Por fin estoy en África. Por supuesto que este viaje tiene un propósito, están mis asuntos personales que ya conoce. Pero siento que me he embarcado en esta búsqueda confiando en encontrar una gran historia, esperando descubrir, a lo largo de varios meses rastreando indicios, ese gran drama épico y humano que se ganará un hueco de honor en el periódico del domingo, o en el suplemento dominical. Pero estamos en 1992.

–Eso me temo.

–Hoy la gente no se desvanece en el aire, ni pincha mensajes en las espinas de una acacia con la esperanza de encontrarse algún día. Hay registros civiles, bases de datos, ordenadores. Pienso que quizá, persiguiendo esa gran historia, he enfocado esta búsqueda de manera demasiado novelesca. Cuando trataba de localizarle a usted, la funcionaria del consulado francés buscó su nombre en la guía telefónica.

–Donde no aparezco.

–Efectivamente, y la verdad es que la manera de localizarlo tuvo su gracia, porque encontramos su revista gracias a que esa funcionaria leía sus columnas y tenía un ejemplar. Le identificó de inmediato en cuanto pronuncié el nombre de Delsey. Pero hoy en día a la gente se la busca desde un sillón, no echándose una mochila al hombro y lanzándose a la aventura. En París tardamos apenas veinticuatro horas en localizarle a usted. Además, ¿quién nos asegura que Hamish sigue en este país, vivo o muerto? Por lo que conozco de él, le gustaba viajar. Quizá muriera hace diez años en Macao, las Hébridas o... Vanuatu, vaya usted a saber. O incluso tal vez decidiera regresar a casa a pasar sus últimos años.

–¿Qué casa? Hasta donde sabemos, África ha sido su hogar durante la mayor parte de su vida. Y su antigua y única morada en Escocia quedó convertida en un desolado cementerio de despojos.

–Y aunque esté en Kenia, estamos emprendiendo su búsqueda como si él tratara de esconderse. Si está aquí, si aún vive, lo más probable es que esté pasando sus últimos años en un lugar doméstico y hogareño, a la vista de todos, relacionándose con cientos de amigos y vecinos, y que no respondiera a nuestras cartas simplemente por pereza, por desidia, o porque mis padres no le eran simpáticos. Creo que localizarle debería ser una tarea mucho más sencilla de lo que me había planteado.

–Oiga, joven, disculpe –de improviso, Delsey se dirigió en inglés a un individuo blanco de unos cuarenta años que pasaba junto a nuestra mesa.

–¿Sí, señor? –respondió el hombre.

–¿Le importaría decirme cuál es su nacionalidad?

–Soy keniano. Nací aquí.

–Ah, perfecto. ¿Vive usted en Nairobi, si me permite preguntarlo?

–No, estoy en la ciudad por trabajo. Pero ¿qué...?

–Perdone mi indiscreción, pero mi joven amigo y yo hemos venido a África buscando a una persona. Se llama Hamish Sutherland. ¿Lo conoce?

–Hamish... Sutherland... Pues... No, me temo que no. Lo siento.

–Gracias. –Delsey se giró de nuevo hacia mí–. ¿Lo ves? No es tan sencillo.

Sin decir palabra, me levanté y me dirigí a la recepción. Le pedí al empleado una guía telefónica y me reuní de nuevo con Delsey en la terraza del bar. Rastreé las páginas hasta llegar a la que me interesaba.

–Sutar... Sutaria... Sutcliffe... Suter... Suthar... ¡Sutherland! ¡Hay un H. Sutherland! ¡Quizá sea él!

Me lancé hacia el teléfono y marqué el número frenéticamente. Después de un par de tonos, alguien descolgó.

–¿Dígame?

–Por favor, ¿Hamish Sutherland?

–No, Howard Sutherland. ¿Qué desea? –era la voz de un hombre joven.

–Oh. Mire, mi nombre es Mencía, soy español y le llamo desde el hotel Norfolk. Estoy buscando a alguien en Kenia llamado Hamish Sutherland y encontré su número en la guía telefónica. La persona a la que busco es un anciano. Es mi abuelo. ¿Por casualidad podría ser un pariente suyo?

–No, me temo que se ha equivocado. Yo no tengo ningún pariente llamado Hamish. Lo siento.

–¿No tiene usted familia escocesa?

–Bueno, quizás algún pariente lejano. Mi apellido es escocés. Pero mi familia es de Bismarck, Dakota del Norte.

–Vaya. –Tuve que admitir que era una pista falsa–. Perdone la molestia. Le agradezco su amabilidad.

–De nada. Buena suerte.

Colgué el teléfono y me reuní de nuevo con Delsey para seguir acariciando la espuma de mi cerveza. Añoraba más que nunca la astucia de Mónica. La primera bala de nuestro cargador había resultado ser un cartucho de fogueo. Ella hubiera sacado recursos para reconducir nuestras pesquisas de una manera más productiva. Hubiera encontrado cabos de los que tirar, detalles que a mí se me escapaban. Para prestar el fondo musical adecuado a nuestro ánimo ensombrecido, el cielo opaco comenzó a verter un chaparrón atronador sobre el asfalto cuarteado de Nairobi.

–La ciudad bajo el sol –musité, parafraseando la propaganda turística. Delsey no parecía escuchar, pero me observaba fijamente con una sonrisa compasiva.

–Hay algo en lo que te equivocas –afirmó–. Pero no en lo que tú piensas.

–¿En qué?

–Nunca fue doméstico ni hogareño. Hamish sí era un personaje novelesco.

22

LA SABANA INVISIBLE

Tal vez Delsey tenía razón, y Hamish había nacido para sortear los muros y trotar campo a través sin tener en cuenta los caminos señalizados, aunque eso le obligara a recorrer la distancia más larga entre dos puntos. Delsey le había conocido bien, pero tuve la intuición de que hubiera afirmado de él lo mismo que del arte de Ian: muy apreciable, pero incomprensible. Ambos amigos eran tan diferentes que parecía improbable imaginar a Delsey aprendiendo a pensar como Hamish, metiéndose dentro de su piel, adivinando sus movimientos, algo que nos hubiera facilitado la tarea. Con el pintor del Norfolk temporalmente fuera de nuestro alcance, el único sendero que habíamos podido detectar entre la hierba se nos había cerrado al paso, y todas las demás líneas de investigación pasaban por emprender un penoso e incierto vía crucis burocrático por los organismos oficiales, lo que no dejaba de ser, además de aburrido y poco novelesco, una estrategia muy torpe; o bien por desplazarnos a Nyeri y plantarnos en la plaza del pueblo a vocear si alguien sabía de una granja perteneciente a un tal Sutherland.

El desaliento me hacía dudar hasta de los fundamentos más básicos que habían motivado aquel viaje. Y es que, salvando el hecho cierto de que Hamish se había presentado en Lux Domini poco tiempo después de que mi tía abuela Victoria le enviara una carta a una dirección de Kenia, no contábamos con ningún vestigio palpable que demostrase que alguna vez hubiera existido alguien llamado Hamish Sutherland en aquel país. ¿Y si había mentido en todo? ¿Y si era un tremendo impostor? ¿Y si nunca emigró a África? ¿Y si acudió a Lux Domini tras leer la esquela de Uke en el *ABC*? ¿Y si las cartas que recibieron Victoria y Delsey llevaban un remite falso? ¿Y si el billete que compró cuando le acompañamos al aeropuerto era para otro destino que por alguna razón no quiso revelarnos? ¿Y si aquel documento que había llegado a mis manos no lo había escrito él? ¿Y si me estaba volviendo paranoico? A pesar de todo, decidimos conceder una oportunidad a Nairobi y mudarnos al Norfolk para encadenarnos al rincón del pintor a la espera de su regreso.

A la mañana siguiente nos trasladamos, quiero decir, nuestra caravana de cuero de carpincho ejecutó el operativo de mudanza desde el Serena hasta el Norfolk. Una vez instalados, Delsey me confesó que acusaba el agotamiento del viaje, sin precisar si se refería al vuelo desde Madrid o a la aparatosa expedición urbana, y se disculpó para descansar el resto del día en su suite y dedicarse a gestionar sus asuntos en París. Mientras, yo opté por mantenerme ocupado y tratar de reiniciar mis circuitos cerebrales, con la esperanza de que un lavado mental me ayudara después a manejar la cuestión con una nueva perspectiva. En primer lugar, y contra la voluntad democrática de la mayoría de mis células, envié un fax en blanco a Mónica con el membrete del hotel. Me eché luego a la calle bajo el mismo palio borrascoso del día anterior y caminé hasta la librería Stanley, a la vuelta del hotel del mismo nombre, en Kimathi esquina con la avenida Kenyatta. Hojeé varios libros, compré algunos de ellos y me hice con una buena colección de mapas de los parques nacionales, por si en otro momento surgía la ocasión de conocer el país como un turista más.

No resistí la tentación de tomar una cerveza en la terraza del afamado Thorn Tree Cafe, el local del Stanley donde los antiguos viajeros y cazadores, incluyendo al ubicuo Hemingway, ensartaban mensajes en las espinas de una acacia que sombreaba la galería. Quise abrazar aquel espacio mítico con la ilusión de saborear un tentempié histórico que me transportara a la ambientación del África Oriental de la baronesa Blixen y sus kikuyus, pero por querer abrazar, mis brazos se cerraron en torno a mis propios hombros como en ese número de mimo del beso, porque aquello no resultó ser lo que debía. De la atmósfera romántica que las crónicas de época atribuían al más clásico de los hoteles de lujo de Nairobi, inaugurado en 1902, no quedaba en apariencia absolutamente nada que lograra distinguírmelo de un hotel Marycielo en Gandía, por un poner. Incluso la terraza, frustración con ciertos tintes de tocomocho, evocaba con más inmediatez un chiringuito playero que una cosmopolita meca del viajero universal. Al parecer la acacia original había pasado a mejor vida, que fuera de allí cualquiera lo era, y había sido reemplazada por un pimpollo raquítico. Para conservar la tradición, el alfeñique estaba rodeado, y casi oculto, por cuatro paneles del tipo tablón de anuncios parroquial, donde los viajeros empeñados en encontrarle romanticismo a aquel patético remedo podían seguir depositando sus notas, que serían convenientemente retiradas por el personal del hotel cada varios días para dejar espacio libre a nuevos mensajes y eternizar así aquella absurda pantomima.

Redondeando la faena, quien pretendiera sentarse allí con ojos curiosos a ver fluir el pulso de Nairobi encontraba que el pulso quedaba fuera del campo de visión, convenientemente bloqueado por una vidriera coloreada estilo Art Déco, único «Art» del local y colocado precisamente en el lugar menos oportuno, como un molesto torniquete entre la galería y la calle. Ese día mi estado de ánimo no estaba en situación de encajar más decepciones, y para disminuir el ratio de coste por minuto de la cerveza, decidí sumergirme un rato en un flamante volumen de Sangre de Cristo, mi lectura de cabecera.

El segundo ejemplar que había comprado en París me había durado lo que la espera en el aeropuerto y el vuelo a Madrid. En aquel episodio, el cabalgar errante de Sangre de Cristo le llevaba hasta un apartado rancho cuyo propietario lloraba desconsolado, pues unos bandidos habían secuestrado a su hija, luz de sus ojos y, a juzgar por el retrato, con potentes faros. Rastreando los andurriales, el héroe interrogaba a un viejo loco llamado Ben que vivía como un ermitaño y al que todos conocían como El Viejo Loco Ben. Éste le explicaba al vaquero, tras tomar asiento sobre unos ponchos, que cincuenta años antes había sido forzado al interior de una gran escupidera volante por una cohorte de enanos verdes y cabezones a las órdenes de un bandido llamado Stroma, que mantenía cautiva a la hija del ranchero. El malhechor se había hecho con el mando de aquella tropa alienígena para deslizarse a través del tiempo, almanaque arriba, almanaque abajo, y así dedicarse a la especulación inmobiliaria y al soborno de concejales sin que nadie pudiese seguirle el rastro a través del túnel temporal. Gracias a un libro que El Viejo Loco Ben había logrado comprar en una de aquellas visitas al futuro y que se titulaba *Abducted!*, sabía que la escupidera se estrellaría precisamente en aquel lugar al que se había retirado y en el que había esperado durante medio siglo. Apenas había terminado la frase cuando el platillo se desplomaba junto a ellos, arrasando la cabaña de El Viejo Loco Ben. Seguía una pelea a bordo de la nave a través del tiempo, intercalada con tórridos revolcones de Sangre de Cristo con la chica sobre unos ponchos. Por fin, fuera de control, la nave caía de nuevo sobre la cabaña de El Viejo Loco Ben, extrañamente intacta, y es que aquel segundo accidente se producía décadas antes del anterior. Así, cuando Sangre de Cristo llevaba a la chica con su padre, éste respondía, pero qué hija, y quién es usted. Inevitablemente, el vaquero, el ranchero, la mujer y El Viejo Loco Ben se sumían en una discusión sobre las paradojas temporales y los agujeros de gusano, mientras con la agilidad de una lombriz, Stroma escapaba ileso por el tobogán del tiempo hacia un destino ignoto.

Aquel segundo volumen me había enganchado por completo a las hazañas del personaje. Tras mi excursión a París rastreé las librerías madrileñas en busca de más episodios de la serie, pero ni siquiera en las tiendas de textos en inglés habían oído hablar de Quincey Underwood ni de Sangre de Cristo. En una de ellas incluso me aconsejaron que buscara en una librería religiosa. Decidí enviar un fax a la editorial, llamada Sentenza Press, con sede en Inglaterra, pidiendo una lista de sus distribuidores en Madrid. Unos días después recibí la respuesta: sólo dos minoristas madrileños encargaban sus ediciones, y por un capricho de esos dioses del destino de los que solía hablar Delsey y que se entretenían moviéndome los tabiques del laberinto para que nunca llegara a atrapar mi queso, uno de ellos era la Librería Posada. Como es obvio, me dirigí a la otra, y como es obvio, había cerrado por jubilación. Lamenté tener que olvidarme de leer más andanzas de Sangre de Cristo, porque bajo ningún concepto iba a visitar a mi belcebú personal para, además, hacerle gasto en la tienda.

Esta determinación me duró exactamente veinticuatro horas. A la tarde siguiente mi mano empujaba la puerta de madera de la Librería Posada, que se abrió y se cerró con ese clinclín que parece decir: el ruido te ha delatado, intruso, y ya veremos si te ganas el respeto que merece un cliente. Entre mesas de libros apilados, ante el mural de lomos del fondo y detrás del mostrador se recortaba la figura de una chica muy guapa. Un pececillo dorado en aquella caverna abisal habitada por un mutante. Siempre pensé que Celestino Posada era un viejo lúbrico y lo podía imaginar en una de esas películas italianas de los setenta, persiguiendo a la maciza en la trastienda, haciéndola trepar por la escalera para bajar siempre los volúmenes del último estante mientras sus ojos giraban con las pupilas en espiral haciendo un violento *zoom* al muslamen de la chica. No había nadie más a la vista en el local, pero podía distinguir unos afinados carraspeos y gargajeos que emanaban de la trastienda y que llevaban, sin duda, el sello melódico del dueño. Hablé a la chica en voz baja, simulando una dolencia de garganta, para que Celestino no me oyera. Pregunté por los libros de Quincey Underwood, de Sentenza Press. Ella sonrió como un ángel beatífico y de repente ululó como un diablo de Tasmania:

–¡PAPÁAA!

¿Su hija? Mi imaginación había descarrilado, lo mismo que las leyes de la herencia genética en aquella familia. Por la portezuela abierta entre los libros apareció Celestino con su pilosidad facial que tan de moda estuvo hace cien años pero que ya nadie llevaba, ese arreglo capilar de túnel de lavado, con los rodillos a los lados y el cepillo central. Sostenía ante la boca un pañuelo barrigón, sin duda preñado de contenido laríngeo-esofágico, que anudó como el hatillo de un vagabundo y dejó sobre el mostrador, tambaleándose como un tentetieso sobre un círculo húmedo. Al verme abrió los ojos hasta arrugarse el cogote. No esperaba mi visita. No la esperaba ni yo.

–¡Mencía! ¡Pero qué…! ¡Cómo…! ¿Ha venido a entrevistarme por fin? ¿O a mofarse de mí?

–No, don Celestino, ni una cosa ni otra. Ya no trabajo en el periódico.

–¿Cómo…?

–He venido a comprar libros –interrumpí–. Por lo que sé, su librería es la única de Madrid que distribuye unos libros que estoy buscando.

–¿De qué volúmenes se trata?

–Son libros en inglés de un autor llamado Quincey Underwood. Underwood, como las máquinas de escribir. Los libros tratan de…

–¡Pero no me diga que es usted seguidor de Sangre de Cristo! –interrumpió él.

Vaya por Dios. Ahora iba a resultar que Celestino Posada y yo compartíamos aficiones literarias.

–Pues… Bueno, me cayeron un par de ejemplares en las manos y la verdad es que me… gustaron.

–¡Canastos, qué extraordinaria coincidencia! ¡Ya me parecía a mí que bajo esa máscara de sicario de la propaganda liberal debía usted ser hombre de bien! ¡Quincey Underwood, sí señor! ¡Ya no se escriben muchos libros como ésos, no! ¡Perlita, hija, ve…! ¡Mencía! –Siempre pronunciaba mi nombre como si fuera a añadir la interjección militar, ¡ar!, lo que casi me inducía a cuadrarme–. ¿Conoce usted a mi hija Perlita?

–Ahora sí. Encantado. –Nos dimos dos besos.

–¡Deben de tener ustedes la misma edad! ¡Perlita es un prodigio de criatura, licenciada en Historia, lista y guapa, y hacendosa y limpia, como su madre! –Mientras Celestino me exponía las prestaciones de su hija, la pobre Perlita miraba para otro lado mordiéndose el labio–. ¡Perlita, hija, ve a mi despacho y trae la caja que está detrás de mi silla! –La chica obedeció–. ¡Quincey Underwood, sí señor! ¡He leído toda la colección! ¡Sangre de Cristo, un héroe y un caballero! –Irguió el dedo índice–. ¡Qué intensidad narrativa! ¡Qué derroche de imaginación! ¡Quéee…! –movió las manos delante de su pecho como haciendo copa, pero una copa de talla 120, y me dio un codazo mientras con el rabillo del ojo vigilaba el regreso de su hija– ¡…volúmenes, ja, ja, ja!

Perlita apareció cargando con una caja demasiado pesada para ella. Me adelanté para ayudarla, pero Posada me retuvo agarrándome del brazo.

–¡Déjela, déjela, es fuerte!

Perlita posó trabajosamente la caja sobre el mostrador. Celestino comenzó a sacar los volúmenes, flamantes y con olor a nuevo, con esas portadas de estilo *pulp*, defectuosamente impresas en papel barato y con colores demasiado chillones. Había al menos veinte episodios diferentes. Mientras los desplegaba sobre la mesa, parecía entrar en éxtasis. Y por desgracia, yo también.

–¡Llévese éste, y éste también! ¡Oh, éste es de los mejores, sin duda! ¿Cuántos quiere? ¿Los quiere todos? ¡Mire, éste es el último hasta ahora, publicado este mismo año! ¡Soberbio, una obra maestra!

–Pues… no sé. Me llevaré tres o cuatro, mejor de los antiguos.

–¡Tome, llévese estos cuatro, y el nuevo se lo regalo yo!

–No, por Dios, don Celestino, no quisiera…

–¡Mencía! ¡No ose llevarme la contraria! ¡Creo que a partir de ahora vamos a compartir muchas cosas! ¿No es verdad, Perlita, hija?

–Sí, papá. –Perlita sostenía una sonrisa de pago, como las azafatas de televisión.

–¡Está usted invitado a nuestras veladas literarias de los martes en el Café de la Ópera! ¡Gente de bien, de la vieja guardia, de los que ya no abundan!

–Gracias, don Celestino, es usted muy amable, ya me pasaré, si eso…

El recuerdo de aquella grotesca escena concluyó con el último sorbo de mi cerveza en la terraza del Thorn Tree Cafe. Recogí mis cosas dispersas sobre la mesa y me zambullí de nuevo en la corriente de la avenida Kenyatta. Cuando se aplica esta clásica metáfora del río a las calles de una ciudad como Nairobi, hay que matizar que no es el caudal fluido y cristalino de una capital europea, donde en hora punta a uno casi le arrastra la fuerza del torrente. Allí el agua sólo corre ligera en el centro del cauce, por donde circulan los coches, taponados de cuando en cuando detrás de algún autobús remolón y en las represas de las rotondas. Pero las aguas poco profundas de las riberas son un enmarañado pantanal de algas retenidas por las rocas, masas orgánicas ajándose al sol huidizo. Los llaman *idlers*, los que no hacen nada, hombres adultos y niños de ambos sexos, y pueblan las calles merodeando sin rumbo fijo, sentados en las aceras y en los soportales, atraídos por el imán del extranjero lavado y planchado. Muchos no tienen otra intención que lustrar las suelas de sus sandalias de neumático sin más daño que provecho, pero algunos dedican su talento ocioso a cultivar y refinar el repertorio de la delincuencia callejera, y es por esto por lo que las terrazas de los cafés deben separarse de la calle. Los *idlers* duermen en los poblados o *slums* de la periferia y viven su indolencia en el hormiguero del centro. Son la muestra más palpable de ese pulso de Nairobi, un pulso coagulado por el desgobierno, la corrupción y la negligencia que reinan en los despachos elevados sobre las cabezas de los *idlers*.

Entré en un supermercado de la avenida. El único blanco del local se ganó sin pretenderlo la inmediata atención de varios jóvenes vestidos con bata azul dispuestos a empujarme el carrito, a reunirme los productos de mi lista, a llenarme las bolsas. Compré tabaco, unas chucherías para picar entre horas y una botella de ese whisky que me habían servido en el Victoria Station, Hunter's Choice, para beber entre horas. Me hice con un par de periódicos, *Daily Nation* y *The Standard*, para tratar de entender por qué el paraíso de los safaris no se ve desde Nairobi, como si terminara a las puertas de la ciudad con aquella inscripción del infierno de Dante: «¡Oh, vosotros los que entráis, abandonad toda esperanza!».

Paseé por las avenidas de una ciudad bajo un velo de luz plana y mortecina, donde todas las sombras se fundían en la misma descomunal sombra del grueso tomo de nubes suspendido arriba, tan sólido que no parecía cielo, sino la tierra sobre nuestro abismo. Los niños corrían detrás de mí sin combustible para la sonrisa, y unos cuantos *shillings* no alcanzaban ni para alimentar el esfuerzo de la carrera. De repente la corteza de la tormenta se rompió en añicos líquidos, y los *idlers* rodaron sobre sus suelas de neumático para trasladar su falta de quehacer al cobijo de los soportales. «Por mí se va a la ciudad del llanto», decía Dante. No encontré allí ningún motivo para la esperanza. Todavía no habían florecido las jacarandas.

23

AFRODITAS EN PUGNA

A través de los empleados del Norfolk y de la documentación que me facilitaron, supe que *Daily Nation* y *The Standard* eran los dos diarios más influyentes de Kenia. El primero, de mayor tirada, llevaba en la calle poco más de treinta años, pero el *Standard* era más veterano que la propia nación. Fundado en Mombasa en 1902 para conmemorar la finalización de las obras del ferrocarril que unió esta ciudad portuaria con el lago Victoria, originalmente era un semanario titulado *The African Standard*, creado por un magnate nacido en Karachi llamado Alibhai Mulla Jeevanjee, un filántropo emprendedor que también financió la construcción de gran parte del primer Nairobi. Poco después la publicación cambió de manos, y en 1910, con los nuevos propietarios británicos, pasó a llamarse *The East African Standard*, se convirtió en diario y se trasladó a Nairobi. En los días previos a la independencia, en 1963, fue adquirido por el grupo hotelero Lonrho, y en 1977 la cabecera se quedó en *The Standard*. Así pues, este periódico existía en la época en que Hamish ejerció su corresponsalía, y por tanto era factible que hubiera mantenido algún tipo de colaboración con este medio.

Hojeé el ejemplar de *The Standard* que había comprado, buscando el nombre de un redactor con el que establecer contacto, una firma en un reportaje de interés social, lo que no dejaba de ser una elección a ciegas. De repente mis ojos cayeron sobre una noticia curiosa. En un collado de los Alpes italianos habían encontrado los cadáveres congelados de tres soldados austrohúngaros de la Primera Guerra Mundial. Recordé la historia del señor Molnár y me pregunté si alguno de ellos sería su hijo.

El hombre que había rescatado los restos del hielo, proseguía la información, era un guía de montaña cuyo abuelo había servido en la misma zona con los *Alpini* italianos. La noticia procedía de agencias, pero también aparecía como firmante un tal Kennedy Kamaru. Yo no concibo más señales que las de tráfico y las del mus, y reconocí que era una absurda sinrazón escoger a Kennedy Kamaru interpretando una señal en aquello. Aun así, llamé al periódico y pregunté por él. Me respondió una voz joven y afable, que aguantó estoicamente la explicación de mis motivos. Se comprometió a echar una ojeada en los archivos y a consultar sus fuentes cuando tuviera un momento, y a llamarme después al hotel con el resultado. Por su tono presentí que no era una evasiva.

Delsey tenía, de acuerdo a las memorias de mi abuela, la misma facilidad para la euforia que para la depresión. Yo sospechaba que nuestra sequía de pistas era la causa de su manifiesta falta de entusiasmo. Durante un par de días yo me había fajado con varias oficinas administrativas, la embajada británica, la policía, la compañía de Correos y el Registro Civil, con nulo éxito. Donde estaban dispuestos a ayudarme me exigían alguna prueba de parentesco, que yo no poseía, o bien me decían que no figuraba ningún dato. Mientras, Delsey había esgrimido diferentes excusas para quedarse recluido en su habitación, como una indisposición, una llamada que estaba esperando o la necesidad de dedicar la tarde a escribir su columna para la revista. No habíamos desarrollado la confianza suficiente como para tomarme la libertad de recomendarle que regresara a París, y tal vez él no lo hacía para no dejarme solo, aunque en aquellos momentos pensé que hubiera sido lo mejor para ambos. Dado que él era un animal social, si hubiera tenido cuarenta años menos le habría sacado a un night club para animarle, pero con su edad no me pareció lo más adecuado, y el Victoria Station no semejaba la clase de ambientes que él solía frecuentar.

Para tratar de involucrarlo en la marcha de los acontecimientos, le informé de mis escasos progresos. Entonces se me ocurrió plantearle una hipótesis disparatada, sólo con la intención de captar su interés y hacerle practicar un poco de gimnasia mental. Él comía su cruasán del desayuno y sorbía su té. Había rebajado su nivel de exigencia y se había atrevido a mordisquear el paté y el queso del bufet, sin estertores aparentes.

–Delsey… ¿Sabe usted si Hamish pintaba?

–¿Si pintaba? No creo que haya actividad humana que él no hubiera tanteado en alguna ocasión, y desde luego era un rendido admirador del arte pictórico, si bien no tengo constancia de que en ocasión alguna hubiera blandido el pincel como algo más, si acaso, que un mero entretenimiento pasajero.

–¿Se le ha ocurrido la posibilidad de que Ian pudiera ser Hamish?

–¿Cómo…?

–Un anciano de vida bohemia que viaja bastante. ¿No se aplicaría esta descripción a Hamish? Ian dice ser de Nueva Zelanda, que muchos definen como una Escocia trasplantada. De hecho, Ian también es un nombre escocés. Además aquella chica me contó que Ian toca el ukelele, y sabemos que Hamish tenía habilidades musicales.

–No cabe duda de que hay portentosas semejanzas. ¿Realmente lo crees posible?

–Quién sabe. ¿Nunca se ha puesto a buscar por todas partes algo que había perdido, y que estaba justo delante de sus narices?

–Sí, la imagen que me devolvía el espejo cuando era más joven. Pero nunca he conseguido recuperarla. ¿Y por qué Hamish iba a querer ocultarse bajo un nombre fingido?

–Bueno, no lo sé. Pero si por algún motivo no quisiera ser encontrado, es evidente que la primera medida sería cambiar de nombre. En cualquier caso, sólo hay que esperar y saldremos de dudas. Seguro que tiene que estar a punto de aparecer. En recepción dicen que ya lleva una semana fuera, y que por lo general no suele ausentarse más de diez días seguidos.

Esa misma mañana me entregaron en recepción un fax que llegó a mi nombre. No quería reconocer, ni siquiera ante mi propia vocecita interior que acostumbraba ser bastante benevolente conmigo, que me iba inquietando la falta de noticias de Mónica. Podía imaginar a aquel maldito griego haciendo una pelota con mi fax y lanzándolo a la papelera con un paso de sirtaki mientras Mónica se reía en la cama, desnuda y abrazada por una manta decorada con dibujos de Afrodita con Hefesto, Afrodita con Ares, Afrodita con Poseidón, Afrodita con Dioniso, Afrodita con Hermes, Afrodita con Adonis, e incluso Afrodita con Dimitri.

La mano me tembló al recoger el sobre. Trompiqué hasta la galería del bar y pedí una cerveza. Esperé a tomar el primer trago, de cuarto de litro, antes de rasgar la solapa, creyendo que dentro iba a leer un mensaje del tipo *«and the winner is... »*, como en los Oscar, con un veredicto de si el gato se lo llevaba el agua de El Pireo o la del Manzanares. Pero no hubo tal veredicto. Fue como esas tarjetas de rasca y gana que siempre le ordenan a uno que siga jugando, sin ofrecerle un verdadero motivo racional para justificar ese estúpido mandato. En el fax sólo había uno de aquellos odiosos jeroglíficos, una lupa y un signo de interrogación. Nada más. Quise ser flemático, aunque me sentía tentado de escupir flemas sobre el papel. Le di la vuelta a la hoja, pedí un bolígrafo al camarero y dediqué un rato a escribir, a pormenorizar los detalles de nuestra búsqueda y los resultados obtenidos. Con griego o sin griego, no me podía permitir el lujo de prescindir del talento de Mónica. Cuando terminaba de escribir aquella larga carta sin un solo dibujito idiota, un *bellboy* irrumpió en el bar agitando una campanilla. Llevaba una pizarra con mi nombre escrito. Le hice una seña y se acercó hasta mí para indicarme que tenía una llamada telefónica en recepción. Aquello sólo podían ser noticias, buenas o malas, pero con la simple insinuación de una novedad, mis piernas se tensaron como cuerdas de piano y de un salto me planté en el teléfono.

–¿Señor Mencía? –Reconocí la voz de inmediato. No era difícil. El repertorio de voces que podían llamarme al Norfolk era más bien limitado. Era Kennedy Kamaru, del *Standard*.

–Sí, soy yo. ¿Señor Kamaru?

–Mire, he estado trabajando en lo suyo. No quiero darle falsas esperanzas. El resumen es que no creo haber encontrado nada concluyente, pero si quiere, de todos modos podemos vernos para comentarlo. Hoy estoy muy ocupado, pero mañana tengo que cubrir un acto en la zona de Karen. ¿Conoce el barrio?

–No, pero no hay problema. Dígame dónde nos vemos y tomaré un taxi.

–Hay cerca de la carretera un restaurante llamado The Horseman. Es muy conocido y no tiene pérdida, está junto al desvío de la rotonda. Yo podría estar allí a la una y media.

–Perfecto, señor Kamaru. Se lo agradezco muchísimo.

Aquello no presentaba el aspecto de ser más que otro «siga jugando», pero habida cuenta de mi incapacidad para obtener algún dato, ya no sólido, sino líquido o gaseoso, incluso un «siga jugando» podía llegar a emocionarme. Al menos ya tenía un contacto y una cita. Entregué en recepción el fax destinado a Mónica y regresé al bar para picar algo, antes de encerrarme en mi habitación a celebrar mi primera gestión medio atinada con una siesta de las que tumban hasta el encefalograma.

No supe más de Delsey en todo el día. Si almorzó y cenó, lo hizo en su suite. No quise entrometerme en su intimidad ni siquiera por teléfono, al menos mientras siguiera acudiendo todos los días a desayunar, aunque la situación se estaba tornando francamente incómoda. Incluso sin la confianza necesaria, tomé la determinación de esperar un par de días más antes de certificar que aquello, lo nuestro si se podía llamar así, no funcionaba, y que quizás era preferible que él volara de vuelta a París y yo continuara la investigación en solitario. Pero aquella tarde, en lugar de Delsey, tuve otra compañía inesperada.

Había decidido pasar las últimas horas de luz junto a la piscina y leer algunas páginas del documento de Hamish. El relente de la tarde y las nubes lastradas de plomo no invitaban al baño, así que me tendí en una tumbona y llené mi campo de visión con el folio amarilleado y las calles rectas de sus palabras, en las que se interponía de cuando en cuando alguna letra rebelde que rompía la fila. Fue al descorrer el telón de papel para cambiar de hoja cuando noté que un nuevo personaje había entrado en escena, al otro lado de la piscina. Era una chica negra, como decir que un vino es rojo. Su piel tenía regiones de tabaco tostado, de hojas caídas en otoño, de oro viejo y de barrica de roble, y donde la humedad encontraba curvaturas la luz del atardecer devolvía reflejos morados de uva. Extendía la toalla sobre una hamaca, dándome la espalda. Llevaba una melena larga y lisa, recién peinada, y al agacharse aquella cascada de cabello flotaba como si fuera humo, cayendo pelo a pelo por riguroso turno, cada pelo disparando al caer un chispazo azul como los cables eléctricos al hacer contacto, y cuando se inclinaba parecía que el cuerpo se le partía en dos mitades independientes, dos peonzas girando punta con punta, de transparente que se le hacía la cintura en su parte más estrecha. Vestía un filantrópico biquini amarillo, que guardaba muy poco para sí, y que parecían haber pegado a su cuerpo escurriendo después las burbujas, como en los forros de los libros del cole. Apenas pude creerlo cuando descendió de los cielos de sus tacones y se giró para tumbarse. Era una mujer para sentar colonia en otro planeta, y tenía que ser precisamente la única mujer que yo conocía en aquella ciudad. Audrey. Makena.

–¿Makena? –balbucí.

Ella volteó la cabellera como quien saca a pasear una manada de corceles negros. Me miró, por un momento desconcertada antes de reconocerme. Me levanté y rodeé la piscina para ir a su encuentro.

–¡Vaya, Curro, mi amigo español! Pero, ¡shhhh! –Puso el dedo índice sobre los labios–. Aquí soy Audrey.

Sonreía, siempre sonreía. Lo hacía con la frente ligeramente reclinada, elevando la mirada desde abajo, lo que imprimía en su gesto un sello de travesura, que ella conjugaba a la perfección con un tímido recato deliberado, lo que resultaba en una combinación explosivamente insinuante.

–¿Estás de... servicio?

–¡Vaya una manera de llamarlo! No, ya sabes que yo trabajo de noche. Pero en el hotel me conocen, y tengo una imagen que mantener.

–¿Tienes... clientes aquí? –Sentía un cierto pudor al elegir las palabras. Nunca antes había charlado con una prostituta.

–Sí, quizás alguno esté por aquí. –Miró alrededor–. Pero no temas. Ya sabes que elijo a mis clientes. Casi todos son fijos, y no tratan estos asuntos en público. Saben cómo localizarme, en mi contestador telefónico o en el Victoria. Vengo de vez en cuando al salón de belleza de Tariku a hacerme las manos, los pies y el peinado, y luego me relajo un rato en la piscina. Como puedes ver, me he quitado las trencitas. ¿Te gusta? –De nuevo sacó a pasear la manada de corceles negros.

–Estás guapísima. Te queda mejor. Para mi gusto.

–No sabía que estuvieras alojado aquí.

–Y no lo estaba. Pero nos mudamos aquí para seguir la pista de Ian, el pintor del que me hablaste.

–¿«Nos»?

–Sí. Como te conté, estoy buscando a mi abuelo, y viajo con un amigo suyo de la juventud que me ayuda a buscarlo. Pero Ian no está.

–No, no está. Debe de estar de viaje en Australia.

–Nueva Zelanda, me dijeron aquí.

–Eso. Pero no te preocupes, nunca está fuera mucho tiempo. Volverá. Y mientras tanto, ¿en qué ocupas tu tiempo?

–En nada interesante. Buscando datos de mi abuelo he recorrido embajadas, oficinas, edificios del gobierno, pero hasta el momento no he encontrado nada.

–Oh. Lo siento. Seguro que Ian te podrá ayudar. ¿Y qué te parece Nairobi?

–Pues… No he podido ver mucho.

–Pero lo que has visto no te ha gustado.

–Bueno… No mucho, la verdad. Tanto rascacielos para ofrecer una buena imagen, y a pie de calle tanto desencanto, tanta pobreza, tanta gente sin nada que hacer… Por lo que he visto y por lo que he leído tengo la sensación de que hay, como el sueño americano, un sueño africano, que inventaron los colonos y luego los africanos reclamaron para sí, y que los políticos le han contado a la gente que ese sueño está al alcance de todos, y todos lo buscan desesperadamente, por las buenas o por las malas. Pero creo que muy pocos lo han conseguido realizar. Sobre todo por las buenas.

–Sí. Quizá tienes razón. Pero es mi mundo, qué le vamos a hacer. Para mí es *el* mundo. Yo podría llevarte a algunos sitios para que mejores tu impresión.

–Sería un placer. ¿Qué propones?

–¿Cenamos mañana?

–¿No trabajas?

–No, mañana me tomo la noche libre.

–Pues entonces, encantado. ¿Dónde vas a llevarme?

–¿Aún no conoces el Carnivore?

–Me suena haber leído algo sobre él. ¿Qué es?

–Es un restaurante muy original. Sirven carne de animales salvajes. Es demasiado turístico, pero merece la pena conocerlo. ¿Quedamos allí a las ocho?

–Genial.

–Y mientras tanto... –inclinó aún más la frente y acentuó la sonrisa. Probablemente ella sabía que aquella expresión era irresistible– podría enseñarte otras atracciones de Nairobi. –Cruzó las piernas como lo hacía en el bar, y con un movimiento dosificado en pequeñas entregas calculadas, elevó los brazos por encima de la cabeza y se retiró el pelo de los hombros. Al hacerlo, sus pechos describían un movimiento para verlo repetido en moviola, adelante y atrás.

No estaba seguro de si me estaba proponiendo lo que yo creía que me estaba proponiendo, y quería evitar la ridícula actitud del ligón piscinero. A riesgo de parecer idiota, preferí aclarar los términos de su propuesta.

–¿A qué te refieres... exactamente?

–¿Te lo explico en tu habitación?

Aclarado. Analicé la situación en un pispás. Por un lado, a cincuenta centímetros de mí, una mujer espectacular que me encontraba sexualmente apetecible. Por otro, a cincuenta metros, mi habitación privada con una cama para tirar córners. Y por último, en el tercer lado, a once mil ochocientos kilómetros, la coleccionista de títeres que exploraba los flejes y palancas de su nuevo polichinela griego. La cuestión parecía ofrecer pocas dudas. Y sin embargo.

–Makena... Lo siento. Creo que tengo una novia. O algo parecido. O al menos la tenía.

–Oh. Qué pena. Eso te honra. Y también te hace más interesante. Como te dije, me gusta elegir. –Me acarició el mentón entre el índice y el pulgar.

Vaya por Dios. Lo único que había conseguido con mi decisión era ponerme las cosas más difíciles a mí mismo.

Acabé el día cenando un triste sándwich y una cerveza frente al televisor de mi habitación, casi abjurando de haber elegido voluntariamente el camino de la autoflagelación nostálgica y solitaria, pero al mismo tiempo satisfecho por el súbito enriquecimiento de mi vida social en Nairobi. Tenía dos citas para el día siguiente. Lo celebré con un trago de Hunter's Choice.

24

CUANDO UNA PUERTA SE CIERRA, OTRA TAMBIÉN

The Horseman era una casita rural inglesa a la que se llegaba abandonando la ciudad hacia el oeste en dirección a las llamadas colinas de Ngong, lo que en Kenia significa una cadena montañosa en toda regla. La carretera se rizaba entre praderas y retazos de foresta antes de abrirse en un ancho paseo a un pequeño nudo urbano de sabor mucho más palatable, digamos ecuatoafricano, que el centro. Apacibles oficinas de extrarradio a la sombra de jacarandas, flamboyanes e higueras salvajes, colegios, colonias de apartamentos modestos y mercadillos al aire libre de cerámica y muebles se ordenaban, sin los empellones del *downtown*, a la orilla de la caravana incesante de coches, autobuses y camionetas. Sobre la tierra roja de las aceras en carne viva pululaban tropeles de niños uniformados que iban o venían de la escuela. También en esto África era diferente. De donde yo venía, los escolares solían integrar la única casta de *idlers* que podía encontrarse en las calles de cualquier barrio. Pero allí no interrumpían la marcha, con sus carteras en la mano o a la espalda, sólo rompiendo su desfile disciplinado para saltar a un lado y luego al otro, y luego al uno, y luego al otro, de una vena de agua que discurría por un badén. Seguramente tenían tanto quehacer en casa como en el colegio, y seguramente el recorrido les ocupaba una buena parte del día. Uno aprende rápidamente que en Kenia se camina mucho.

El restaurante se situaba en un pequeño centro comercial, haciendo esquina en la rotonda con la carretera que bajaba hacia el distrito de Karen. Este barrio residencial ocupa las antiguas plantaciones de café de la baronesa Blixen, la autora de *Memorias de África*. Hamish le había dedicado un párrafo en el documento que recuperé en Lux Domini:

> En 1913, una mujer danesa se estableció en las Tierras Altas y compró una granja al pie de las colinas de Ngong. Se llamaba Karen Christence Dinesen, baronesa consorte Blixen-Finecke (1885-1962), y bajo el seudónimo de Isak Dinesen publicó uno de los libros más bellos que jamás se hayan escrito sobre África. Sublime escritora y pésima granjera, vivió libre y fue más desgraciada que feliz, fracasó en los negocios, en la salud y en el amor, sufrió la ocupación nazi de Dinamarca y murió lejos de las tierras africanas que amaba. Su vida simbolizó a la perfección el hechizo, el drama y la esperanza de África. Karen demostró una armonía más cercana a los sentimientos y deseos de los africanos que casi nadie en sus días, y su contribución a que el mundo volviera su mirada hacia este rincón sería impagable en términos de publicidad. Era una *mzungu* profundamente keniana, más profundamente de lo que se hundían las raíces de sus arbustos de café en el suelo africano, y para la eternidad será la mejor embajadora de Kenia en el hemisferio norte. Lamento no haber tenido el privilegio de conocerla.

El sueño de Karen Blixen naufragó, pero sus tierras fértiles parieron otros muchos. La granja fue segregada en un holgado mosaico de parcelas donde una discreta y selecta multitud de privilegiados, expatriados con distintos rangos de antigüedad y la nueva élite local surgida tras la independencia, han recreado mil formas del sueño africano en ladrillo, piedra y madera, entre jardines exóticos acunados por la eterna primavera de las Tierras Altas. Karen es un secreto guardado en cajitas de alambrada eléctrica, envuelto en empalizadas de seto y adornado con buganvillas esmaltadas en rebosantes perifollos, lo más cerca que el visitante ocasional llegará a estar de esa discreta y selecta multitud.

El salón del restaurante se abría por uno de sus lados a un pequeño jardín tropical que servía de entrada. Varias de las mesas estaban ocupadas por familias y grupos en almuerzo de negocios. En una de ellas, junto a la barandilla de madera que separaba el jardín de la sala, se sentaba un joven negro con la mandíbula ancha, el cabello muy corto y gafas de pasta. Vestía un impecable traje gris y una corbata en tonos tierra con dibujos de animales, y llevaba puestos unos auriculares de *walkman*. A pesar de no conocernos, ambos nos identificamos de inmediato. El olfato periodístico comienza por el reconocimiento de especie. Sobre todo cuando era la única mesa con un solo ocupante. Me acerqué a él y se incorporó con un respingo, exhibiendo una amplia sonrisa. Al levantarse, el cable le tiró de los auriculares.

–¿Kennedy? –Interpuso la palma de su mano en alto mientras se quitaba los auriculares. Luego recuperó la sonrisa.

–Llámame Ken. –Me tendió la mano–. No quiero que la gente sepa que sobreviví a aquel atentado en Dallas. Por eso me hice la cirugía estética.

–Yo soy Curro, y no revelaré tu secreto. –Parecía un tipo inquieto y desenfadado. Respondí al apretón y me ofreció asiento–. Ken, muchas gracias por el tiempo que me has dedicado.

–No, en realidad tu llamada ha sido muy oportuna. –De pronto su expresión se amohinó y su voz sonaba lastimera–. Llevaba ya varios días sin comer, y gracias a tu invitación, hoy puedo almorzar caliente.

Me quedé petrificado. Entonces él estalló en una carcajada.

–¡Es broma, tío! No hay nada que agradecer. Ayudar a un colega es ley. Además, otro contacto más en los medios europeos siempre es útil. Ah, y esto –tamborileó con el dedo sobre el mantel– lo paga el *Standard*.

–No, yo invito. En mi caso sí es cierto que llevo varios días sin hacer una comida decente.

–¿Tan malo es tu hotel?

–Es el Norfolk.

–Oh, ya lo entiendo, un tugurio de mochileros… Pero ¿qué dices? ¡Si es de los mejores! Y tiene una cocina espléndida.

–Ya puede serlo, pero yo sólo puedo pagar el desayuno y las cervezas. –Abrí el menú–. ¿Qué me recomiendas?

–Que comas, hombre, que comas.

Elegimos como entrante unas samosas para compartir. Yo me moría por una pizza y él pidió un plato de carne, que decidimos acompañar con vino sudafricano. El camarero se detuvo un momento a charlar con Ken.

–Ya hacía tiempo que no venías por aquí.

–Sí, mi querido Moses. –Ken volvió a adoptar el mismo gesto de antes–. Ha sido gracias a la oportuna llamada de este buen amigo. Llevaba ya varios días sin comer, y gracias a su invitación, hoy puedo almorzar caliente.

–¿Caliente? ¿Crees que me voy a molestar en recalentarte las sobras? –Era evidente que Moses le conocía bien. Ambos se rieron y el camarero se alejó hacia la cocina con nuestro pedido.

–¿Escuchas las noticias? –Señalé con la cabeza el *walkman*.

–¿Las noticias? ¡Ah, no, es la voz del jefe! Es que no puedo pasar mucho tiempo sin escucharla.

–¿De tu jefe?

–Sí, mío y de todos. ¡Bruce Springsteen, el Jefe, tío! Es una grabación pirata de un concierto, que me ha pasado un amigo. Bien, vamos al grano, Curro. –Dirigió su incesante movimiento nervioso a una carpeta, de donde sacó un fajo de papeles–. Así que buscas a tu abuelo, un escocés llamado Hamish Sutherland, nacido en 1910, que presuntamente vino de colono a principios de la década de los treinta, presuntamente se casó con una granjera de Nyeri, *la señorita Cordelia* –lo pronunció parodiando la rigidez británica–, de cuyo nombre puedo hacer burla porque deduzco que no es tu abuela, y presuntamente cubrió la guerra de los *Freedom Fighters*[1] para un periódico británico.

–*¿Freedom Fighters?*

–El Mau Mau, dicho más bonito.

–Ah. Pues sí, ése es el resumen. No tengo más datos concretos.

–Bien, tenemos dos franjas históricas en las que es relativamente fácil –movió los dedos de ambas manos como si entrecomillara la palabra «fácil»– husmear datos de cualquier fulano. Una es la época más reciente, o sea, hoy. Tenemos censos, registros civiles, oficinas de pasaportes, expedientes académicos, datos bancarios, fichas policiales, historiales clínicos, etcétera, etcétera. Datos que no suelen ser públicos, pero a los que uno puede acceder si cuenta con los... contactos ade-

1. Literalmente «luchadores por la libertad». Nombre que reciben en Kenia los combatientes del Mau Mau, la guerrilla que luchó por la independencia.

cuados –remarcó las últimas palabras palmeando sobre el bolsillo de su chaqueta.

–Lo intenté por esa vía. Sin los… contactos adecuados, claro. No encontré nada.

–En segundo lugar, tenemos los primeros tiempos del *bwana kaburu*, digamos desde comienzos de siglo hasta los años treinta. En aquellos días la comunidad de europeos aún era pequeña, y podemos contar con un volumen manejable de información, por otra parte bastante completa y fiable. He rastreado esta segunda vía.

–¿Y?

–Lamento mucho comunicarte que tu abuelo no existe. En ninguna de las fuentes que he podido consultar figura ningún Hamish Sutherland. Ya te avisé por teléfono de que no quería darte falsas esperanzas.

–Pero entonces… ¿no hay nada?

–Nada de nada. Sólo he conseguido rescatar dos referencias con el apellido Sutherland en aquella época. Uno de ellos no sirve. Fue sir George Sutherland Mackenzie, primer administrador de la Imperial British East Africa Company en Mombasa, de 1889 a 1890. Para que te hagas una idea, este cargo era el máximo mandamás de los intereses británicos en África Oriental. Un pez muy gordo. Obviamente éste no es, aunque no te hubiera venido mal.

–No.

–El segundo era un tal capitán James Sutherland.

–¡Un momento! ¿«Hamish» no podría ser el gaélico de «James»?

–¡Premio para el caballero! Efectivamente, «Hamish» es, digamos, una versión adaptada al inglés del gaélico «James», originalmente algo así como «Seamas». Y tanto tu abuelo como el bueno del capitán eran del país del whisky. Pero ahí acaban las coincidencias. James se estableció en África Oriental en 1903 y tu abuelo nació en 1910. Según parece, James fue durante varios años ayudante en Longonot Estates, cerca de Naivasha, y después se convirtió en gran cazador blanco. Hay constancia de que en 1913 estuvo al servicio del gobernador, sir Henry Conway Belfield. Por entonces tu abuelo tenía tres años. Los ingleses siempre han sido un poco raritos, pero nombrar un capitán de tres años no lo hizo ni Calígula. Aunque, espera, ¿cuál sería la edad del caballo cuando lo nombró senador?

–Pero en 1913 ese capitán sí podía tener un hijo de tres años.

–¿Crees que este James podría haber sido el padre de tu abuelo?

–Era sólo una elucubración. No, no. Creo que esas fechas no cuadran. Mi abuelo estuvo en África con su padre, pero según tengo entendido, aquello ocurrió cuando él era ya un adolescente, así que sería en la década de los veinte. Me temo que va a ser otra pista falsa. De todos modos te agradecería que me dejaras esos datos.

–Sí, aquí está todo. Esta carpeta es tuya, y la factura que va dentro es mía. ¡Nooo, es broma! Pero espera, hay algo más.

–Tú dirás.

–Verás, el *Standard* ha cambiado mucho en sus noventa años de historia. Originalmente era la gaceta del colono, «¡qué bien nos lo pasamos leyendo lo cojonudos que somos!». Hasta mucho tiempo después, con cambios de propiedad y avatares diversos, no se convirtió de verdad en un medio de comunicación serio, o todo lo serio que puede ser un medio que contrata a un tipo como yo. Por todos estos cambios, no es fácil rescatar datos ni nombres de tanto tiempo atrás. Pero te he conseguido el nombre de un reportero inglés que cubrió algunos episodios de la guerra para el *Standard*. Tu hombre se llama Winslow Macomber. Tiene nombre de marca de salchichas, ¿verdad? ¡Salchichas Winslow Macomber! Bueno, pues el viejo Winslow regresó a Gran Bretaña tras la independencia, pero he podido desenterrar la que dejó como su dirección de contacto por entonces, aunque de eso hace treinta años. Te la he apuntado aquí. –Era un domicilio de Surrey–. No figura un número de teléfono, pero podrías enviarle una carta o un telegrama. Pudo conocer a tu abuelo si ambos seguían a las tropas. Dos periodistas en la guerra no pueden evitar beber juntos y darse el coñazo el uno al otro.

–¡Genial, Ken, muchas gracias! ¿Hay algo de Cordelia?

–*¡La señorita Cordelia!* –repitió la parodia–. Negativo. Datos insuficientes. Necesitaría su apellido de soltera, que sería el de su padre, el propietario original de la granja. De lo contrario no puedo hacer más. Por supuesto, sobra decir que no ha existido ninguna Cordelia Sutherland. Lo comprobé.

–Vaya. Nada parece encajar. ¿Y el dato de una posible granja en Nyeri, te resulta coherente?

–Absolutamente, sí. Convirtieron la mayor parte del país kikuyu en tierra de colonos. El País del Hombre Blanco, quisieron llamarlo. Pasaron por alto una minucia, y es que el país ya tenía sus hombrecitos negros. Tal vez no se dieron cuenta porque llegaron de noche y no brillamos en la oscuridad, bueno, sólo si sonreímos, pero aquello no nos hacía demasiada gracia.

–¿Tú eres kikuyu?

–Soy ciudadano keniano nacido en Nairobi. Pero sí, mis padres son kikuyus, y mi sangre es kikuyu.

–¿Tu familia es de por allí, de Nyeri?

–No, mi familia procede de Kiambu, al norte de Nairobi, pero hace casi un siglo que tuvieron que dejar aquello por obra y gracia de la bienamada administración colonial. Los convirtieron en extraños en su propio país y los tuvieron dando tumbos de un lado para otro durante décadas. Cuando llegaron los primeros colonos a Kiambu, hacia 1902, mi pueblo los acogió como nuevos vecinos, incluso los ayudaron a construir sus casas. Hasta que un día, aquellos nuevos vecinos tan simpáticos los echaron a patadas de sus tierras ancestrales y los confinaron en una reserva. No sé si sabes lo que esto significaba para mi pueblo. Los masai son pastores nómadas y se llevan sus cabras de un lado a otro. Pero para un kikuyu su tesoro es la tierra, y si nos la quitan, no tenemos nada. Lo creas o no, no resulta nada fácil amaestrar a un rebaño de calabazas para que marchen por el arcén de la carretera en fila de a uno. Mis abuelos estuvieron dando tumbos hasta que no les quedó otro remedio que establecerse en Nairobi, que para ellos era algo tan extraño como emigrar a Marte. Y para colmo, sin más pertenencias que lo que cabe en este mantel. Pero ahí no acabó la cosa. Cuando se declaró la Emergencia del Mau Mau, nuestra guerra de independencia, los echaron otra vez de su casa y los recluyeron en una especie de campo de concentración al que pusieron el melifluo nombre de «aldea de emergencia». Aún no me explico cómo, a pesar de todo, consiguieron salir adelante, gracias a Dios y con muchísimo sacrificio.

–Vaya. Entiendo perfectamente tu resentimiento.

–No, no te equivoques conmigo, tío. No soy un resentido. El revanchismo histórico no soluciona nada. Es como perder un partido de fútbol, y regresar al campo al día siguiente para hincharte a marcar goles en la portería vacía. Puede ser un desahogo, pero no va a cambiar el resultado del partido. Comprenderás que no rinda un emocionado homenaje a los hijoputas que desahuciaron a mi familia y los trataron como animales, pero sería absurdo e injusto transferir su culpa y mi antipatía a sus hijos, o a sus nietos. Nuestro primer presidente, *mzee* Jomo Kenyatta, no era un pistolero ni un fanático, sino un tipo de gran cultura y formación, un estadista pragmático. Él vio muy claro que expulsar a los ingleses era retroceder de nuevo al siglo XIX. Los kenianos sabíamos cultivar esta tierra, sabíamos cuáles eran las mejores praderas para dar pasto al ganado, sabíamos rastrear la caza mejor que ningún europeo, pero en cambio no sabíamos gestionar inmensas explotaciones agrícolas, ni proyectar puentes, ni pilotar aviones, ni operar un corazón enfermo. Los ingleses sí sabían hacer todo esto, y podían enseñarnos. Y además, si ellos seguían aquí, su dinero también lo haría. Así que los invitó a quedarse. Gracias a eso Kenia no es hoy Angola, el Congo o Somalia.

–Pero no todo debe de haber sido tan maravilloso como lo pintas. Dice tu periódico que las próximas elecciones serán las primeras realmente democráticas en Kenia desde la independencia, y que además esto dispara los odios tribales; lo que no acabo de entender que ocurra justo cuando hay oportunidad de cambiar las cosas sin violencia, desde las urnas.

–Mmmm... Te veo muy enterado, tío. Verás, Kenyatta era un gran hombre, y como muchos grandes hombres que acumulan demasiado poder, se encerró en su torre de marfil y se emborrachó de éxito. La oposición política fue reprimida y acosada. Cuando murió, la cosa cambió, pero a peor. El actual presidente, Moi, impuso el monopartidismo e intensificó los encarcelamientos políticos y las torturas, e incluso hubo un golpe de Estado que se frustró. Pero el bloqueo de la ayuda internacional ha obligado a Moi a ceder y abrir la mano a la oposición.

–Pues deberían arrasar en unas elecciones limpias, ¿no?

–Pues aunque te parezca extraño, quizá no, tío. Para la visión europea, la política keniana es bastante peculiar. En Europa los partidos son de izquierdas o de derechas. Aquí es diferente. Los partidos no están definidos tanto por ideologías, sino por filiación étnica, y es muy frecuente que los políticos cambien de bando. Temiendo el voto de castigo al gobierno del KANU[1], muchos ya se han pasado al FORD[2], la oposición. En este batiburrillo ya hay tensiones internas, y se rumorea que en el próximo congreso habrá una ruptura. Si la oposición se fragmenta, muchos desertores regresarán al KANU, y puede que los votantes prefieran subirse al caballo ganador.

–Sí que es complicado. ¿Y lo de las luchas étnicas? He leído que han sido muy intensas en los últimos meses.

–No te voy a negar que hay cuentas pendientes entre algunas tribus. Pero que estallen justo antes de las elecciones no es más que una maniobra dirigida desde el poder, una artimaña de Moi para crear confusión y conseguir que la gente vote a lo malo conocido.

–Bonito panorama. ¿Y todo eso lo podéis publicar?

–Bueeh... Eventualmente. Desde la apertura al multipartidismo nos permitimos el lujo de criticar a Moi, algo que hasta hace sólo un año era impensable. El KANU tiene su propio panfleto, el *Kenya Times*, pero no te ocultaré que en mi periódico y en el *Nation* también hay periodistas a sueldo del gobierno. Y éstos ejercen de soplones, así que hay que andarse con ojo. Varios de mis colegas ya han tenido la suerte de disfrutar de la maravillosa hospitalidad de las celdas inundadas de Nyayo House, donde encierran y torturan a los opositores. Y allí, no todo el que entra, sale. Pero bueno, mientras yo siga escribiendo historias de tanto calado político como las que suelo hacer, creo que no tengo nada que temer. –Alzó las manos hacia el frente como si pusiera titulares en el aire–: ¡Hiena se come señales de tráfico! ¡Conductor de *matatu*[3] construye torre Eiffel con huesos de ratón! ¡Fiambres de la guerra mundial encontrados en los Alpes!

1. Unión Nacional Africana de Kenia.
2. Foro para la Restauración de la Democracia.
3. Furgoneta de transporte público.

–Sólo debes temer que algún pesado te moleste con encargos inoportunos. Te llamé precisamente a causa de ese artículo de los fiambres en los Alpes.

–¿De verdad, tío? ¿Tanto te impresionó? Es que mi talento trasluce hasta escribiendo la lista de la compra.

–Eso será.

–¡Pero bueno, tío! ¿Qué pasa con nuestra comida? ¡Moses, niño, ven aquí! –El camarero se acercó con una sonrisa paciente–. Yo creía que aquí teníais servicio de restaurante, tío. Si tenemos que cocinar nosotros mismos, dímelo cuanto antes. He quedado dentro de media hora con esta preciosidad. –Sacó de la cartera una foto de Naomi Campbell, que le enseñó a Moses–. Siempre la hago esperar a la pobre chica.

–Ah, Naomi. Sí, ya me dijo que había quedado hoy con un pesado. –Le devolvió la foto–. Andamos escasos de cocineros, Ken. Wamboi se marchó y aún no hemos cubierto el puesto. ¿Conoces a alguien que cocine bien?

–Sí, mi madre. Pero no pienso compartirla.

Un tipo agradable, Ken, aunque con un sistema nervioso que saldría movido en un escáner. Con su constante menearse, cruzando y descruzando las piernas, recostándose y enderezándose, pasando la mano por su cráneo casi rapado, subiéndose las gafas, enrollando y desenrollando el cable del *walkman*, tocando la batería con los cubiertos, taconeando y luego levantando la puntera de los zapatos, haciendo oscilar las rodillas adentro y afuera, despacio, y luego arriba y abajo muy deprisa, debía de tener que encolar las sillas de su casa por lo menos un par de veces al año. La comida por fin llegó y la disfrutamos con el sol abriendo brecha en la cola de la borrasca y sacando de las grandes hojas del jardín una fosforescencia verde que me pintó Nairobi de un color nuevo. Conocí al dueño del restaurante, un alemán llamado Rolf Schmid con aspecto de fajador minero de los pesos pesados y que es toda una personalidad en Kenia. Cuando nos despedimos, Ken se comprometió a mantener un ojo y un oído puestos en mi caso. Yo quedé en llamarle si lograba algún avance por mi parte.

Le resumía a Makena mi encuentro con Ken cuando un cocinero inmenso y troncocónico con gorro blanco, como un volcán nevado, plantó sobre nuestra mesa una tizona que llevaba espetado lo que parecía una manada de antílopes comprimida con una prensa.

—¿Eland, señor?

Ése era el régimen del Carnivore, una orgía de churruscadas y chorreantes carnes empaladas que desfilaban de mesa en mesa insinuando sus vetas húmedas y ofreciendo sus bestiales favores y sabores, hasta que uno claudicaba arriando la banderita blanca dispuesta al efecto sobre la mesa, que yo me preguntaba que por qué no al revés siguiendo el ritual clásico de la rendición. Allí el taxista me había depositado atravesando una tenebrosa sabana suburbial, donde troncos de acacias desmochadas competían en tristeza con postes de teléfonos despeluchados en mechones de cables colgando. Había un pequeño aeropuerto en la zona y unos cuantos tejados de lata que dormían en penumbra sobre somieres de vigas, o sobre naves industriales de bocas siniestras dentadas con alambre de espino.

El Carnivore surgía en aquella estepa postindustrial como un rutilante parque de diversiones, el templo pagano de las dos acepciones de la carne: restaurante a un lado y night club al otro. El local, sumido en una ruidosa y humeante oscuridad carnavalera, bullía en el ajetreo de sus mesas atestadas y de los camareros y cocineros que pululaban esgrimiendo tronchos de carne asada. Pedí nuestra mesa y allí esperé a Makena, que poco después emergió bajo el dintel como la prima donna de aquel cuadro coral, soberbia en un ceñido corpiño de encaje negro con forro turquesa muy corto al muslo, caminando casi sobre las uñas de sus pies que relucían en un rojo muy oscuro y arrastrando miradas que se untaban en la corteza de pan moreno de su tenso arco dorsal y se quedaban enganchadas a sus piernas de siete leguas como las algas al nadar. Me sentí de repente el centro de atención de una de esas escenas en las que todos, hombres y mujeres, contemplan primero a la chica imponente y la siguen con la mirada para localizar a su acompañante, del que piensan, ellas, «qué tendrá», y ellos, «qué cabrón». La cortesía me obligaba a ponerme en pie para recibirla, venciendo mi timidez que se resistía a la osadía de mostrarme ante todos declarando: «El cabrón soy yo». Fui a saludarla con dos besos, pero ella saltó la línea continua y acostó sus labios en los míos, cubriéndome la boca abierta con un edredón de plumas que sabía a jazmín.

Entre lonchas de cebra, cordero, cocodrilo, eland, avestruz, ñu, impala y kongoni, terminé de contarle a Makena mi almuerzo con Ken. Ella sonreía como lo hacía siempre.

–Si yo pudiera ayudarte de alguna manera...

–Bueno, has salido a cenar conmigo. Es la mejor ayuda que he recibido teniendo en cuenta lo aburrida que ha sido hasta ahora mi vida en Nairobi. ¡Oh, el eland está delicioso!

–Prueba la cebra. ¿Y ese señor que decías que te acompaña?

–La verdad es que aún no he conseguido saber qué clase de persona es. Pasamos unos días juntos en España antes de viajar aquí, y allí me pareció un tipo cercano, excéntrico y maniático, pero sociable y divertido. En cambio estos días es una sombra. Sólo nos vemos para desayunar, y apenas pronuncia palabra. Luego se recluye en su suite y pasa el día ocupado en sabe Dios qué cosas. No está siendo de mucha ayuda, y lo peor es que me culpo por no ser capaz de suscitar su interés o de lograr que disfrute de su estancia aquí. Pero no hay tiempo para hacer turismo, al menos mientras no vea alguna luz al final del túnel. Creo que no fue una buena idea viajar juntos. Mmm, la cebra también está rica.

–¿Y qué vas a hacer?

–Aún no lo sé. La verdad es que mis planes son a muy corto plazo. Hoy, comer con Ken y cenar contigo. Mañana, ya lo veré mañana.

–Si necesitas algo en lo que yo pueda ser útil, cuenta conmigo.

–Qué ironía. Posiblemente mi abuelo y tú habéis sido casi vecinos durante años, y no se me ocurre cómo podrías ayudarme. Supongo que no habrás oído hablar de una propietaria de una granja en Nyeri llamada Cordelia.

–Las grandes granjas son casi todas del gobierno, o de empresas. No sé los nombres de los dueños. Antes era distinto, cuando mi madre era joven. Pero no me suena nadie con ese nombre. De todas maneras, hace años que no vivo allí. No conozco mucha gente desde que me fui. No tengo... buena relación con alguna gente de allí.

–¿Por eso te marchaste?

–Me marché porque no podía soportar aquello. –Makena forzó la sonrisa, por primera vez desde que la conocí. No consiguió mantenerla, como si se dejara vencer por el peso de sus grandes ojos cargados de imágenes de algún pasado infeliz.

–¿Soportarlo? ¿El qué?

–Las habladurías. Las miradas. La gente habla. Y mira.

–Makena… ¿Te pasó algo malo allí?

Ella perdió la mirada hacia la terraza bulliciosa. De repente sacó energía de reserva para recargar las pilas de la sonrisa y me miró de frente.

–¡Eres indiscreto! No hagas de periodista buscando una historia terrible. No hay historia terrible. Yo no soy una marginada, no tengo sida, no me drogo, no estoy en la calle ni soy esclava de nadie. Soy feliz. Me gusta mi trabajo y vivo bien. Trabajo cuando quiero, elijo a mis clientes, y ellos me tratan como a una princesa. Y si alguno no lo hace, no vuelvo a verlo más. Tengo buenas amigas en el Victoria. Y Abraham es muy bueno con nosotras, no es uno de esos chulos de las películas americanas. Es un hombre decente. Es como un padre, nos mima mucho. No nos hace dormir con él ni nos obliga a hacer cosas que no queremos. Nos paga el setenta por ciento de lo que cobramos a los clientes, y tenemos libertad para entrar, salir y hacer lo que queramos.

–¿Nunca has pensado en dejarlo?

–Me han hecho una oferta para cambiar de trabajo. Es una agencia internacional de *escorts*, muy importante y muy exclusiva. Tienen negocios en muchos países, y sólo trabajan con chicas guapísimas. Ganaría mucho más dinero, pero no podría elegir a mis clientes y sólo podría trabajar para ellos. Tendría que dejar el Victoria. Y podrían enviarme a otro país. Todavía no sé si aceptar. Me lo estoy pensando.

–Pero yo me refería a dejar ese trabajo, trabajar en otra cosa y, no sé, tal vez formar una familia.

–¿En qué iba a trabajar? No sé hacer nada más. Y yo no puedo formar una familia. –De nuevo su sonrisa se apagó.

–¿Por qué?

–No puedo tener hijos.

No me atreví a escarbar en ese terreno movedizo. Preferí dispensar un respetuoso silencio y dejar que ella decidiera si quería descubrirme esa gruta en los cimientos de su vida esplendorosa. Reclinó la frente como solía hacerlo, pero en esta ocasión no me observaba. Sólo me mostraba la muralla de sus párpados. Al cabo de unos segundos prosiguió.

–Estuve... enferma. Estuve enferma mucho tiempo. Me operaron. Y me dijeron que no podría tener hijos.

–¿Qué te pasó?

–Mi padre... me hizo daño. –Elevó la vista hacia el techo–. Hubo más veces, pero aquella vez fue espantoso. Había bebido mucho. Me hizo mucho daño.

–¿Quieres decir que te... violaba?

–Sangraba mucho, y me dolía. Mi madre me llevó al hospital de la misión Consolata de Mathari. Las monjas me trataron muy bien. Sobre todo una de ellas, la hermana Annie. Le gustaba mucho el cine. Ella decía que yo me parecía a Audrey Hepburn, la actriz. Que parecía una figurita de Audrey Hepburn esculpida en ébano, me decía. –Sonrió, desviando el curso de una lágrima–. Me regaló una foto de Audrey. Aún la conservo. Llevaba un vestido negro y guantes negros hasta el codo, y un impresionante collar de diamantes, y fumaba en una de esas... boquillas muy largas. Era la mujer más bella que yo había visto nunca. Yo quería ser como ella, y llevar ese vestido, y esos guantes, y ese collar, y fumar en una boquilla muy larga. Y lo he conseguido, así que ahora soy feliz.

–¿Y tu padre? ¿Lo denunciasteis a la policía?

–Mi madre no confiaba en la policía. Era mejor resolverlo allí, en la aldea. Para mi pueblo lo que me hizo mi padre es un crimen horrible, así que le condenaron al destierro, el peor castigo para un kikuyu. Nunca he vuelto a verlo.

–¿Y tu madre?

–Ella me cuidó. Y al menos con aquello consiguió salvarme de la circuncisión.

–Pero ¿todavía se practica eso?

–Sí, bastante. En algunas familias. Mi madre no quería hacérmelo. Es una buena cristiana, y además ella lo había sufrido cuando era niña. Pero algunos de los hombres de la aldea insistían. Le decían que nunca me casaría. Eran... los que odiaban a los *wazungu*[1]. Los que estuvieron en el Mau Mau, sus hijos... Ahora los llaman *mungiki*. Pero entonces no los llamaban así. Las monjas le dijeron a mi madre que no me podían hacer aquello, que me moriría, que mi cuerpo no lo aguantaría después de lo que me hizo mi padre y de la operación. Mi madre no dejó que me lo hicieran. Por entonces yo no estaba muy segura. Otras niñas decían que eso te limpiaba y te hacía mujer, y yo quería saber cómo era aquello de sentirse limpia y mujer. Pero después me alegré de que no me lo hubieran hecho. Luego supe que a los hombres de fuera no les gusta eso. Y tal vez no hubiera podido encontrar este trabajo.

–¿Y entonces viniste a Nairobi?

–Cuando salí del hospital regresé a la aldea. Casi todos me trataban bien, pero había algunas mujeres que me miraban mal, y murmuraban. Decían que mi padre era un buen hombre, y que todo había sido culpa mía. Y algunos de los hombres empezaron a acosarme. Una vez uno de ellos me agarró y me llevó detrás de las *shambas*, al bosque, y comenzó a tocarme, tuve que ponerme a chillar como un *ndete*, que es un pájaro de allí que chilla mucho. Llegaron otros dos hombres y me salvaron, pero el hombre que me había tocado decía que yo le había provocado, y los otros, bueno, no sé si llegaron a creerle. No me sentía bien, no quería salir de casa. Entonces mi madre me mandó a Nairobi con una amiga suya que conocía de cuando recogía café. Me dolió mucho separarme de mamá, pero ahora estoy orgullosa de poder ayudarla. –Hizo una pausa y suspiró profundamente, como si quisiera cambiar todo el aire de sus pulmones y relajar el ritmo de la respiración–. Ya ves, al final resulta que sí había una historia terrible. Pero aquello pasó. Ya puedo hablar de ello sin llorar. Casi. –Rió mientras detenía una lágrima con el dorso de su mano–. No creas que se lo voy contando a cualquiera. –De repente elevó el tono y me miró de frente, desafiante y juguetona–. Hace mucho tiempo que no hablo de esto con nadie. Las chicas... Bueno, cada una tiene sus preocupaciones. Y mis clientes no quieren escuchar historias tristes, dicen que eso los enfría. Incluso los enfría simplemente que mencione que tengo otros clientes. Cada uno

1. Plural de *mzungu*, extranjero blanco.

quiere que yo le pertenezca sólo a él. Tal vez por eso te lo cuento a ti. Contigo no tengo que fingir. Tú no quieres… poseerme.

Agarré su mano, la besé y la mantuve junto a mi cara. Recorrí con la vista la línea brillante que el reflejo de la tenue luz de la sala dibujaba a lo largo de su brazo, uniendo mi mejilla con sus labios oscuros de pluma y jazmín, que de nuevo sonreían.

–Makena… Eres un regalo inestimable. No hay fortuna que pueda pagar lo que me has ofrecido gratis.

Después de la cena ella se empeñó en bailar en el Simba Saloon, la discoteca del Carnivore. No soy animal de pista, y apenas hice otra cosa que bambolearme sobre la tarima dirigiendo una ficticia orquesta con una batuta de whisky con soda, mientras a los sones de aquel tal CJ Blaster, Makena flexionaba sus huesos en ángulos que sumaban más de trescientos sesenta grados, con movimientos que hubieran hecho hervir las fibras de cualquier criatura con un porcentaje de agua en su cuerpo. Las miradas confluían en ella como si los llevara a todos atados con correas, y empezó a divertirme representar ante la concurrencia el papel del elegido que le quitaría el vestido de encaje aquella noche, pero sin la preocupación de marcar territorio para defender la posesión de la hembra favorita ante otro macho dominante más guapo y musculoso. Nuestra conversación había terminado de convencer a la cúpula directiva de mi organismo de que no quería, o no debía, o no podía, acostarme con ella, aunque a los sufridos órganos del departamento operativo les costara acatar tal decisión. Regresamos a Nairobi en el mismo taxi, y la acompañé hasta el portal de su apartamento. No me preguntó si quería subir a tomar la última. Ya conocía la respuesta. Simplemente me estrechó con sus brazos por detrás de mi espalda, bajó las manos hasta mis nalgas y frotó sus caderas contra las mías. Entonces soltó una risita aguda y murmuró junto a mi oído «sólo quería saber». Me ruboricé, al menos por dentro. Antes de franquear el portal me regaló un beso lento y profundo. Pensé entonces que lo de las plumas y el jazmín era una cursilada descafeinada. Aquello fue como nadar a pelo en una fosa marina a diez mil metros de profundidad. Denso, aplastante, anulaba los sentidos y costaba respirar. Cuando su puerta se cerró, me sentía como un boxeador sonado.

25

Y CUANDO UNA PUERTA SE ABRE, OTRA TAMBIÉN

A la mañana siguiente, un sol a borbotones me capturó en su foco antes de salir de la cama, y a la luz que disipaba la neblina de mi sopor me sorprendió un cúmulo de sensaciones haciendo cola para retratarse en el fotomatón de mi estado de ánimo. El día anterior había disfrutado de vacaciones en Nairobi sin diseccionar la rentabilidad de cada paso que daba. Sencillamente, lo había pasado muy bien. Ken y Makena habían resultado dos éxitos, dos hallazgos que merecían ser descubiertos y a los que esperaba tener tiempo y ocasiones para seguir explorando. Me sentía relajado y confortado. Sin embargo, apenas había avanzado, por utilizar la versión más optimista, en las casillas de mi tablero. Se me agotaban los recursos intelectuales, y no digamos los económicos, con el exiguo caudal de mi cuenta bancaria drenándose día a día en las profundas pozas del Norfolk. Sentía el vértigo de quien se ha cargado a la espalda una misión y se levanta una mañana sin una pista que indique hacia dónde transportar esa carga. Llené mis manos vacías con unas páginas del documento de Hamish, con la intención de revisarlas tranquilamente en el bar después del desayuno. Al enfilar el camino del comedor sentí un *déjà vu* de rutina avasalladora. Deseaba ver a Delsey para comprobar que seguía vivo y en buen estado, y al mismo tiempo me provocaba una abrumadora pereza enfrentarme al incómodo encuentro de todas las mañanas.

Tras la rejilla de las pestañas de mis ojos soñolientos, el vestíbulo del hotel había despertado revolviéndose en una actividad frenética. Al parecer, estaban rodando una película, explicaba un cartel en recepción que pedía disculpas por las molestias ocasionadas. El bar Delamere estaba cerrado al público y en los pasillos se amontonaban focos, placas reflectantes, marañas de cable y trípodes. Una multitud se afanaba colocando y descolocando trastos, subiendo pasillos y bajando pasillos agarrados a carpetas de pinza y discutiendo acaloradamente mientras sus brazos señalaban el set preparado en la terraza del bar. Entre percheros de ropa y maletones metálicos me deslicé hasta el comedor, donde busqué a Delsey con la mirada. Aún no había bajado a desayunar. Me senté en una discreta mesa para dos y, mientras esperaba, comencé a releer un artículo, fechado en Nyeri en 1954, que rescaté de la pila de papeles de Hamish.

THE KENYAN TREE LODGE WHERE PRINCESS ELIZABETH BECAME QUEEN HAS BEEN REDUCED TO ASHES. NO ONE WAS HARMED.

HISTORIC TREETOPS DESTROYED BY RAGING BLAZE[1]

NYERI (KENIA), 27 de mayo de 1954. Un voraz incendio, presumiblemente provocado por activistas del Mau Mau, ha puesto fin al histórico Treetops Lodge, un hotel-árbol situado en el bosque keniano de Aberdares, que saltó a la fama por encontrarse alojados allí la princesa Isabel y el duque de Edimburgo el 5 de febrero de 1952, la noche en que el rey Jorge VI falleció mientras dormía.

Ayer domingo, a última hora de la tarde, el hotel Outspan de Nyeri, que sirve de base para las expediciones al Treetops, recibió una llamada telefónica de la policía de Mweiga, localidad cercana al *lodge*. Los oficiales de policía informaron de una columna de humo que surgía de un lugar del bosque que sospechaban podía corresponder a la ubicación del Treetops. Alrededor de las 19.30 horas algunos granjeros de la zona telefonearon a la

1. «El hotel-árbol keniano donde la princesa Isabel se convirtió en reina ha quedado reducido a cenizas. Nadie resultó herido.»
«El histórico Treetops, destruido por un voraz incendio.»

oficina forestal de Muringato para notificar el mismo suceso. El guarda forestal T. M. Kimathi ha declarado que, de acuerdo a los testimonios de los granjeros, a esa hora el fuego se había extendido ya al bosque que rodeaba el hotel.

Al recibir la noticia, un vehículo transportó a los guardabosques desde Muringato al Treetops, donde se personaron alrededor de las 21 horas. Los trabajos de extinción con la ayuda del ejército han durado toda la noche del domingo y la mañana del lunes. En la tarde del lunes el fuego ha podido ser controlado, tras haber devorado una amplia superficie de masa arbolada en torno al hotel.

Según declaraciones de la guardia forestal, el incendio ha sido probablemente provocado. Entre los restos calcinados se ha encontrado una lata de gasolina vacía, lo que sugiere que el fuego pudo ser alimentado utilizando líquido inflamable. Las sospechas apuntan a un ataque de los rebeldes del Mau Mau. La posibilidad de un accidente está prácticamente descartada, ya que el Treetops y toda el área circundante permanecían cerrados al público a causa de la Emergencia desde julio del pasado año, cuando la escalada de violentos incidentes protagonizados por el Mau Mau obligó al gobierno a tomar la decisión de clausurar la zona. Gracias a esta medida, el suceso se ha saldado sin daños personales.

El único objeto que se ha podido salvar de los restos ha sido la placa conmemorativa de la visita real, que el mayor Eric Sherbrooke Walker, propietario del Treetops, ha rescatado para llevar de vuelta al hotel Outspan.

El Treetops fue construido en 1932 por Sherbrooke Walker y su mujer, lady Bettie. Fue concebido como una cabaña construida en la copa de una gran higuera salvaje o *mugumo*, a treinta pies de altura sobre el suelo, lo que permitía, en las noches de luna llena, observar la fauna del bosque que se acercaba a beber a la charca anexa sin revelar la presencia humana. Originalmente alojaba a dos huéspedes y por entonces fue considerado el hotel más caro del mundo. Con motivo de la visita real, fue redecorado y ampliado para acoger a ocho huéspedes, con una cabina adicional para un cocinero y un camarero. Como consta en el libro de visitas, la princesa Isabel y el duque de Edimburgo estuvieron acompañados aquella noche, que hacía la número 794 de las visitas al Treetops, por Sherbrooke Walker, su esposa y su hija Honor, lady Pamela Mountbatten, el comandante Michael

Parker y el famoso cazador Jim Corbett, célebre por sus peripecias con los tigres devoradores de hombres en la India.

La visita real y la coincidencia de la misma con el fallecimiento del monarca dispararon la fama del Treetops. Debido a ello el *lodge* hubo de ser nuevamente ampliado al año siguiente para responder a la creciente demanda de los turistas atraídos por la que, y de ello puede dar fe este corresponsal, era hasta ayer la experiencia más emocionante de la naturaleza africana.

«De ello puede dar fe este corresponsal»... Mi revisión anterior de la pila de folios de Hamish había sido un rastreo en diagonal en busca de datos concretos sobre fechas y lugares, pero sin tiempo ni oportunidad de detenerme a leer los textos para advertir y relacionar pequeños detalles como éste. Así que Hamish visitó el Treetops antes de 1954. Bien, eso facilitaba enormemente las cosas. Sólo debía revisar cientos, quizá miles de páginas de libros de visitas, si es que los conservaban todos, hasta dar con su firma y comprobar si había anotado algún domicilio, y en caso contrario, copiar los nombres del resto de los huéspedes de aquella noche por si entre ellos había alguno al que pudiera localizar fácilmente, que le hubiera conocido o al menos hubiera conversado con él, y que me proporcionara alguna pista. Pan comido.

Pese a la vaguedad del dato, era un dato, las gotas de combustible que necesitaba para arrancar la máquina aquella mañana. Además, me pareció recordar entonces que en otro pasaje del manuscrito Hamish narraba una visita a un escondite en la selva para observar animales. Quizá se trataba de aquella noche en el Treetops, y quizás una lectura cuidadosa deshilachara algún cabo para guiarme a través del laberinto.

Cansado de esperar a Delsey, y con el instinto depredador agitando sus cadenas dentro de mí, me abalanzaba a cobrar mi desayuno cuando reparé en algo en lo que no había pensado hasta entonces: si por un funesto azar Delsey moría durante el sueño como aquel rey inglés, sólo había dos candidatos a encontrar su cadáver, la muchacha de la limpieza y yo, y me creía en la obligación de ahorrarle el macabro trance a la pobre mujer. Resolví que debía pasarme a tocar en su puerta todas las mañanas antes de bajar a desayunar, y que debía hacerlo en aquel mismo instante. Dejé el plato que reposaba en mi mano y, sin molestarme en recuperar las cosas que había dejado sobre la mesa, abandoné el comedor. Por el pasillo caminaba el *bellboy*, que entre aquel maremágnum cinematográfico pasaba por un personaje de la película. Sólo por la curiosidad de fijarme en su atuendo, que no dejaba de ser el *atrezzo* de una ambientación fabricada, descubrí que el nombre escrito en la pizarra era el mío. Al identificarme me informó de que tenía un fax en recepción. ¡Mónica! Brincando entre cables y cajones gané el mostrador, donde me entregaron el sobre que abrí sin demorarme un segundo. No confiaba en recibir una muestra palpable que decantara nuestra relación o despejara mis dudas sobre Adonis, pero sí alguna sugerencia astuta que me ayudara en la búsqueda. No me decepcionó. En el encabezado, Mónica había escrito en letras grandes:

DICHO CON TODO EL CARIÑO...
¿Y VOSOTROS DOS OS LLAMÁIS PERIODISTAS?
¿HABÉIS OLVIDADO EL CUARTO PODER?
2 BESOS

Debajo había fotocopiado una página de un periódico de época, que reproducía uno de esos carteles con el titular «WANTED», la foto de un tipejo malencarado y una descripción de méritos, para terminar ofreciendo una recompensa por su captura. ¡Deberíamos poner un anuncio en la prensa, claro! Pero ¿cómo no se me había ocurrido? ¡Hamish debía de leer los periódicos, y si no era así, seguro que alguien de su entorno sí lo hacía! Me golpeé la frente con el talón de la mano y besé el fax, que no sabía a Mónica, sino sólo a papel.

Entre huéspedes de *check in*, otros de *check out* y la gente del cine, el vestíbulo estaba atestado y los recepcionistas se atrincheraban detrás del mostrador como Butch Cassidy y The Sundance Kid ante el ejército boliviano, así que decidí que no era momento para elaborar una respuesta sembrada de reproches y preguntas. Simplemente volteé la hoja, escribí un «¡GRACIAS!» seguido de nuestros puntos suspensivos, y lo entregué para enviar. Pregunté al recepcionista si podía poner un telegrama desde allí, y me ofreció una hoja para rellenar. Me había echado al bolsillo el papelito con la dirección de Winslow Macomber, el antiguo reportero del *Standard* con nombre de marca de salchichas. Escribí mis datos, los suyos y el siguiente mensaje:

ESTIMADO SR. WINSLOW MACOMBER. ESTOY EN KENIA BUSCANDO A UN TAL SR. HAMISH SUTHERLAND. ERA MI ABUELO Y REPORTERO EN LA GUERRA DEL MAU MAU. SÉ QUE UD. CUBRIÓ LA GUERRA PARA EL EA STANDARD Y QUIZÁ LE CONOCIÓ. PODRÍA POR FAVOR AYUDARME. CUALQUIER INFO MUY APRECIADA. SI ES POSIBLE RESPONDA POR FAX AL SR. CURRO MENCÍA. HOTEL NORFOLK. NAIROBI. NÚMERO DE FAX (...). SALUDOS.

Entregada la hoja, escapé de entre las hordas del vestíbulo casi por extrusión, como el dentífrico saliendo del tubo, y me dirigí a la suite de Delsey. El silencio monacal del corredor aliviaba del ajetreo de abajo, y en la calma mis pasos rebotaban amortiguados. No había nadie a la vista: ni huéspedes, ni personal de limpieza. Toqué suavemente en la puerta con los nudillos y aguardé unos segundos. No hubo respuesta. Llamé de nuevo, esta vez con más contundencia, y repetí un par de veces más. Nada. Adosé la oreja a la puerta y contuve la respiración mientras trataba de percibir algún rumor, un siseo, un crujido, un chirrido, un zumbido, un chasquido, un silbido, un chapoteo, un gorgoteo, un carraspeo, algo. Pero el único sonido era el pitido del silencio, un silencio de ¡muerte! Me invadió el pánico y con el puño golpeé la puerta enérgicamente mientras con la otra mano batía el pomo, adelante y atrás, gritando «¡DELSEY! ¡DELSEY!». De una habitación cercana emergió un rostro con actitud reprobatoria y volvió a ocultarse. Desesperado, giré la cabeza a un lado y al otro buscando un empleado que pudiera disponer de una llave maestra, y con la angustia bloqueándome la respiración corrí pasillo abajo, presa del frenesí, dispuesto a ordenar en recepción que echaran la puerta abajo si era necesario. Atenazado por el pavor, imaginando el cadáver de Delsey enfriándose en su cama y el inmenso embrollo posterior, en el que incluso me veía en prisión cautelar a la espera del esclarecimiento de las causas de la muerte, nadando en una de aquellas celdas inundadas de Nyayo House de las que me había hablado Ken, pasé por el comedor para recoger mis cosas antes de dar cuenta del aciago suceso en recepción, tambaleándome entre las mesas como si el espacio se quedara estrecho para mi inmanejable tembladera histérica.

Y entonces lo vi. Allí estaba, sentado apaciblemente en el comedor, no en la mesa que yo había elegido, por supuesto, sino en otra preparada para seis comensales, hojeando un periódico y sofocando un desganado bostezo con la palma de la mano. Desinflado de pronto como si me hubieran desenroscado el tapón, me dejé caer sobre una silla, hasta que advertí los cuatro ceños fruncidos, dirigidos hacia mí, de las dos parejas que ocupaban la mesa donde me había sentado. Me levanté, recogí mis cosas de la otra mesa y me reuní con Delsey. Preferí no mencionar la hipótesis de su muerte y encarar el día con la esperanza de hallarle más animado.

–¡Buenos días, barón!

–Curro, buenos días. ¿Qué es toda esa tremolina?

–Están rodando una película. ¿Cómo ha dormido hoy?

–Aceptablemente bien. Me voy encontrando mejorcito, lo que a mi edad es un acontecimiento digno de destacar, pues no es sino lo opuesto a lo habitual. Colijo que mi organismo se va aclimatando al África salvaje.

¡El África salvaje! Desde nuestra llegada a Nairobi, Delsey apenas se había alejado cincuenta metros de su suite en un hotel de cinco estrellas.

–¿Cruasán, queso y paté, como siempre?

–Por favor.

La gente del cine había copado el bufet, al que apenas podía alargar un brazo entre la prieta muralla humana. Recolecté el desayuno de Delsey, luego el mío y me senté a la mesa para seis entre las miradas punzantes de grupos de clientes que escudriñaban el comedor a la caza de un hueco donde apoyar sus platos rebosantes de comida.

–Tengo novedades que contarle. No es gran cosa, pero son pequeños pasos en la buena dirección.

–¿Tus citas de ayer fueron productivas?

–Ken, el periodista, me dijo que no ha podido localizar ningún registro de nadie llamado Hamish Sutherland. Por cierto, ¿sabe cuál era el nombre del padre de Hamish?

–Sí, era Robert.

–Ya. En la lista de los pioneros aparecía un capitán James Sutherland que hubiera tenido edad para ser el padre de Hamish, pero de todos modos ya imaginaba que no debía de ser él. Las fechas no cuadraban. Este capitán se instaló en África en 1903.

–Imposible. No es él. Nunca se alistó en el ejército. Y la primera vez que Hamish y su padre visitaron este continente debió de ser en torno al año 25.

–Sí, lo suponía. –Me pareció ridículo siquiera habérselo planteado como una posibilidad, pero pensé que era preferible hacerle notar que la investigación seguía viva, aunque faltaran los progresos–. Pero hay más. Ken consiguió desenterrar el nombre de un reportero inglés que cubrió la guerra del Mau Mau para su periódico. Regresó a Inglaterra después de la independencia y por entonces dejó una dirección de contacto. Quién sabe, es posible que conociera a Hamish. Los reporteros de guerra tienden a formar piña. Le he puesto un telegrama esta mañana.

–Bueno, algo es algo.

–Y aún falta lo mejor. Mónica me ha enviado un fax en el que me sugiere una nueva estrategia. Es algo tan obvio y sencillo que me parece mentira que no se nos haya ocurrido antes. ¡Pondremos un anuncio en la prensa!

–Es una magnífica idea. –Por primera vez desvió la vista de su plato y me observó con atención. Me pareció interpretar un viso de verdadero interés en sus ojos entrecerrados–. ¡Sí, lo cierto es que es una magnífica idea! ¡Hamish era un asiduo bebedor de las fuentes de la actualidad! ¡El omnímodo poder de la prensa a nuestro servicio! ¡Estableceremos un invisible hilo de comunicación con nuestro amigo extraviado! ¡Curro, tu amiga es una jovencita brillante!

–Pero eso sí, Delsey. No será barato.

–¡Oh, eso no es problema! Yo cubriré ese gasto con sumo placer. Si fuera una simple cuestión de dinero, Hamish estaría desayunando con nosotros en este momento.

–¡Qué bien! Pues entonces…

–Discúlpenme, amigos. –Alguien se había plantado ante nosotros. Temí una reprimenda por los asientos vacíos en nuestra mesa cuando el comedor reventaba de concurrencia–. Me han dicho los chicos de recepción que me andan buscando ustedes. Me llamo Dorian MacAllister. –Delsey y yo le miramos a él, luego el uno al otro, y de nuevo a él, encogiéndonos de hombros. Entonces prosiguió–: Pero desde que tuve uso de razón y decidí prescindir de ella, todos me llaman Ian.

Al oír aquel nombre, me levanté de un salto y le estreché la mano efusivamente.

–¡Ian, es usted, qué alegría! ¡Sí, llevábamos varios días esperándole para hablar con usted! Mire, éste es el barón Dominique-Emmanuel Le Sciellour et Yvrenogeau, pero le llaman Delsey. Y yo soy Francisco José Mencía, pero me llaman Curro. Así que ya ve, estamos empatados.

–Sí, nuestros padres nos ponen nombres y nosotros los cambiamos por… onomatopeyas. ¿Les importa que me siente a desayunar con ustedes? Tengo un vacío en el estómago que me está aspirando el cerebro por el esófago.

–Por supuesto, siéntese con nosotros –asentí.

–Gracias, camaradas.

Le contemplé mientras se alejaba hacia el bufet. Aparentaba unos años menos que Delsey. Era un individuo tan flaco que su camisa de flores y su pantalón de lino parecían colgados de una percha como si tremolaran al viento cuando caminaba. Quizá para añadir volumen a su presencia, llevaba largos el pelo y la barba, ambos de un blanco lanoso, como si a Papá Noel le hubieran loncheado en rebanadas verticales y él fuera la rodaja central, la que se había quedado con la cabeza. Dedujimos que su extrema delgadez no era por carencias alimenticias cuando se sentó a nuestra mesa con un plato que sostenía una montaña de huevos revueltos coronada por un cerdo entero repartido en salchichas y beicon.

–¿Qué tal fue su viaje? –Inicié la conversación con las cortesías habituales.

–Bien, si no fuera por esa maldita carretera infernal.

–¿Carretera? ¿No estuvo en Nueva Zelanda?

–No, estuve en Malindi, en la costa, visitando a unos amigos. Por aquí dejo dicho lo de Nueva Zelanda para que nadie me moleste cuando estoy fuera. Dígame. –Arrojó a su boca una paletada de huevos y cerdo. Pude observar que sus antebrazos estaban tatuados con dibujos tribales maoríes–. ¿Qué quieren de mí?

–Estamos buscando a una persona en Kenia. Es mi abuelo, y amigo de Delsey desde el colegio. Se estableció aquí en...

–Ruidoso –dijo en un mal español, interrumpiéndome.

–¿Cómo dice?

–Ruidoso, Nuevo México. Usted es español, ¿no?

–Pues sí.

–¿Significa algo «Ruidoso»?

–Sí, significa *«noisy»*.

–*¿Noisy?* –Levantó la cabeza del plato con evidente disgusto–. Maldita sea. Es el lugar donde quiero establecerme cuando me retire. Ruidoso, Nuevo México. He oído maravillas de allí. Los caballos. Buenos ejemplares. Quiero ir allí y pintar caballos hasta que la espiche, pero no sé si me apetece que me entierren en un lugar «ruidoso».

–Bueno, en cualquier caso, si hay algún lugar silencioso en Ruidoso, será el cementerio.

De nuevo levantó la cabeza del plato.

–Pues sí, no le falta razón, amigo. «Bienvenido al cementerio silencioso de Ruidoso.» ¡Ja, ja!

Delsey nos miraba a ambos sin comprender el sentido de aquel desvarío. Intuí que se disponía a intervenir, y le agarré del brazo para que no lo hiciera. Makena me había descrito a Ian como un tipo divertido y sociable, pero parecía esgrimir esa suspicacia que algunos expatriados veteranos muestran hacia los turistas, y preferí evitar que la impaciencia de Delsey nos espantara la presa con alguna frase inoportuna.

–Debe de ser un lugar bonito. –Opté por largar cuerda al tema hasta que a él se le acabase la madeja–. ¿Está cerca de las montañas de Sangre de Cristo?

–No, eso está más al norte. ¿Conoce el lugar?

–Pues... la verdad es que no. Pero he leído sobre aquello en una colección de libros del oeste que...

–¿Conoce usted a Sangre de Cristo? ¿Ha leído a Quincey Underwood? –Soltó los cubiertos y acercó su cara a la mía.

–¡Vaya, pues sí, me encanta!

–¡Por la bolsa de Judas! ¿Tiene libros? ¿Ha traído algún libro? –De repente su semblante lanudo se abría en dos enormes ojos suplicantes.

–Sí, tengo varios en la habitación.

–¿Podría dejarme alguno, por favor? ¡Se lo suplico! ¡Aquí no los encuentro, y es usted la primera persona que he conocido en toda Kenia que los ha leído!

–Sí, claro, será un placer. Luego paso por la habitación y le dejo alguno. Tengo el último, publicado este mismo año. Se titula *Curse of the Damned!*[1]

–¡El último! ¡Cojonudo! ¡Gracias, gracias, amigo! –Me estrujó la mano entre las suyas, y a partir de ese momento Delsey y yo pasamos a ser para él algo más que dos piezas del menaje–. Adoraba a ese cabrón, un solitario impasible, un perdedor que hace su propia ley. –Me sorprendió que dos sujetos tan dispares como Ian y Celestino Posada pudieran coincidir en gustos, con tan diferentes apreciaciones del personaje. Y conmigo éramos tres–. Dígame, ¿qué puedo hacer yo por ustedes, amigos? Me decían que buscan a alguien. ¿Su nombre?

–Hamish Sutherland –terció Delsey–. Un escocés pelirrojo con aspecto de bárbaro *highlander*, más o menos de mi misma edad.

–Bueno, un escocés pelirrojo es como otro escocés pelirrojo, y he conocido tantos… Déjenme que piense… Hamish… Conozco a Hamish Grant… No, maldita sea, no me suena ningún Hamish Sutherland. ¿Un visitante ocasional, tal vez? Por aquí pasan miles de fulanos cada año.

–No, no es un visitante ocasional –aclaré–. Según nuestra información, llevaría viviendo en Kenia sesenta años.

–Diablos. En ese caso podría conocerlo. Tengo buena memoria para la gente. Pero no recuerdo haber oído nunca ese nombre.

–Creemos que se casó con una granjera llamada Cordelia.

1. «¡La maldición de los malditos!»

–Cordelia... Cordelia... Joder, ese nombre sí me suena, pero dónde...

De improviso, como si recordara algo, estiró el cuello girando la cabeza a un lado y al otro. Sin decir palabra se levantó y abordó a un hombre que se servía comida del bufet. Delsey y yo nos miramos, expectantes. Charlaron unos segundos y el hombre asintió a las palabras de Ian, que le señalaba nuestra mesa. Ambos miraron en nuestra dirección y se acercaron.

–Muchachos, he encontrado a su Cordelia. Les presento a Trevor Flammée, su yerno. Éstos son los señores Delsey y Curro.

Hechas las debidas presentaciones, el hombre se sentó junto a nosotros con su plato de desayuno. Tenía unos cincuenta y cinco años y un aspecto juvenil y atlético, con sus canas peinadas en una pulcra raya al lado.

–Mi suegra se llamaba Cordelia Blackbourne-Hall. Murió hace cinco años. ¿Por qué les interesa saber de ella?

–Verá, señor Flammée –expliqué–. Mi amigo el barón Delsey y yo hemos venido a Kenia en busca de mi abuelo, un escocés llamado Hamish Sutherland que emigró a este país en 1931. Cuando se instaló aquí estaba prometido en matrimonio con una señorita llamada Cordelia, cuyo apellido ignoro. Ella era propietaria de una granja que heredó de su padre, quien había muerto corneado por un búfalo.

–Sí, parte de la historia coincide. El padre de mi suegra murió, en efecto, por el ataque de un búfalo, y ella era la única hija y heredera de la granja. Pero mi suegro, a quien yo no llegué a conocer, no era quien usted menciona. Se llamaba Anton Hall, y era inglés. Claro que...

–¡Quizá después de todo no se casó con ella! –Mi entusiasmo crecía a medida que veía abrirse la primera rendija de luz en el muro. Por fin parecía que nuestros pasos nos llevaban a alguna parte.

–¿Recuerda usted si su suegra estuvo prometida a otro hombre antes de casarse? –preguntó Delsey.

–Vaya, si en algo no debería dudar, es en historia –titubeó Trevor.

–Trevor es historiador de África Oriental –medió Ian–. Precisamente le hemos pillado aquí por una endemoniada casualidad. Está colaborando con los chicos del cine. Habrán notado este follón de mil demonios. Una productora canadiense está filmando una película basada en la vida de un aventurero del Canadá que pasó parte de su juventud aquí, y Trevor los asesora en materia de historia.

–Sí, y a veces conozco menos la historia de mi familia que la de sujetos que murieron hace cincuenta años y a los que nunca traté. Pero sí, creo recordar algo como lo que usted cuenta, una de esas leyendas de familia, algo sobre un prometido que tuvo mi suegra, que la abandonó, no sé si por otra mujer, cuando el matrimonio ya estaba en ciernes. Había algo de un regalo que ella le hizo… Pero no puedo recordarlo. ¿Cree usted que podría tratarse de su abuelo?

–¡Estoy seguro! Señor Flammée, ¿cómo podríamos conocer más detalles de esa historia? Es muy importante para nosotros. –Miré a Delsey. Por primera vez desde hacía varios días sus facciones estaban tensas de emoción–. Eso nos ayudaría a saber qué fue de él. Es usted la primera pista clara que hemos encontrado desde que llegamos aquí.

–Creo que deben hablar con mi mujer. Y quizás el resto de la familia también pueda aportar algo más. Vengan a pasar un par de días a nuestra granja y allí podremos charlar de todo ello.

–Es usted muy amable, señor Flammée, pero no quisiéramos causarle molestias…

–No hay molestias, muchacho –apostilló Ian–. No rechace usted esa invitación. Es muy común en Kenia. Aquí es normal invitarse los unos a los otros. Es la hospitalidad local.

–Claro que sí, estaremos encantados de recibirlos –prosiguió Trevor–. Miren, mañana debo seguir aquí con el equipo de rodaje, pero pasado mañana vuelvo a la granja. Vengan conmigo y, de paso, disfrutarán de unos días de descanso allí. Es un lugar maravilloso, ya lo verán.

Mi viejo amigo el *bellboy* apareció entre el gentío del comedor, sin molestarse ya en mostrar la pizarra. Acudió derecho a mí y me susurró que tenía una llamada de teléfono. Me disculpé ante mis acompañantes y, sorteando el caos de los pasillos, me presenté en recepción. Me alegró escuchar la voz de Ken al otro lado de la línea.

–¿Curro?

–¡Ken, hombre, qué tal estás!

–De cine, tío. Aquí, manejando los hilos de la opinión pública, como siempre. Y precisamente manejando mis hilos he conseguido algo que te va a flipar. ¿Qué me das por información fresquita sobre tu *señorita Cordelia*? –De nuevo pronunció el nombre engolando la voz.

–¿Te refieres a *la señora Cordelia Blackbourne-Hall*? –Imité su tono.

–Ésa misma. Ya veo que te me has adelantado.

–Estoy desayunando con su yerno. Al parecer mi abuelo no se casó con Cordelia, así que todavía no hemos sacado nada en claro. Pero aun así es un enorme avance, porque él tiene una vaga idea sobre alguien que estuvo comprometido con ella y no llegó a casarse. ¡Eso significa que ha oído hablar de mi abuelo! ¡Es la primera vez desde que llegué a Kenia que empiezo a creer que Hamish Sutherland no es un producto de mi imaginación! Lo mejor es que nos ha invitado a su granja para hablar con su familia, por si alguno de ellos puede recordar más detalles. Nos vamos pasado mañana. Te llamaré cuando vuelva de Nyeri y ya te contaré.

–Pues ahí te has pasado de listo, tío, porque la granja no está en Nyeri, sino entre Naivasha y Gilgil, en el Rift.

–¿Cómo? ¡Pero claro, es verdad! ¡Habíamos supuesto que la granja estaba en Nyeri solamente porque mi abuelo escribía cartas con remite de esa ciudad! Y dime, ¿eso está lejos de Nyeri?

–Pues en línea recta, no realmente. Nyeri y Gilgil están separados por las montañas de Aberdares, o Nyandarua, como las llamamos nosotros. Pero la carretera rodea las montañas, y es todo un viaje.

–Muchas gracias, Ken, eres un amigo, además de un buen colega. Por cierto, hay otra cosa que quería consultarte. Hemos pensado insertar un anuncio en la prensa informando de la búsqueda de mi abuelo. Tal vez él lea el periódico y lo descubra, o alguien cercano a él.

–Vale, tío, pero eso cuesta una pasta.

–Lo sé, pero no hay problema. Delsey, un amigo de mi abuelo que viaja conmigo, se ha ofrecido a pagarlo. Él no tiene problemas de liquidez.

–Vale, pero no sé, tío, podría intentar colártelo de otra manera, como noticia, si me das una noticia. Eso te saldría gratis. No sé, cómete una señal de tráfico, como aquella hiena, y así podría escribir que un tal Curro se ha comido una señal de tráfico como protesta por no poder encontrar a su abuelo Hamish Sutherland, y tal, y tal.

–Buena idea, sí señor. Si me entra hambre te lo diré. Pero de momento creo que no nos quedará más remedio que pagar la inserción. ¿Tú me lo podrías gestionar?

–Claro, tío, escríbeme el texto y yo te lo muevo. Te hacemos una maqueta sencilla y lo metemos. ¿Media página te parece bien?

–Perfecto, gracias otra vez. Ah, y por último. Parece que mañana no tendremos mucho que hacer, y el hotel sufre el asedio de un equipo de rodaje que lo ha puesto todo patas arriba. ¿Qué me recomiendas para pasar el rato?

–Pues precisamente mañana libro, así que te recomiendo que te encargues de poner la pasta y el papeo, y yo me encargo de poner el coche, el guía y mi abultada sapiencia. ¿Te hace ver animales? Estás en Kenia, tío.

–¡Genial! Me hace. Nos vemos mañana.

Regresé al comedor, donde me informaron de que todo estaba arreglado para nuestro viaje a la granja de Trevor. Partiríamos con él llevando el equipaje necesario para dos o tres días y guardaríamos el resto en el hotel hasta nuestro regreso. Al terminar nuestra estancia en la granja, él nos traería de vuelta a Nairobi aprovechando que también debía volver a la ciudad. Cuando nos despedimos de Ian y Trevor, que dejaron el comedor para mezclarse en la vorágine del rodaje, le conté a Delsey que había arreglado una cita con Ken para el día siguiente. Confiaba en su reacción positiva, y no me equivoqué. Le apetecía poner sobre su cabeza algo de cielo que no fuera el de los jardines del Norfolk, me dijo. Aquella mañana plena de sol, en su rostro labrado de piel tersa se delineaba una sonrisa que había permanecido esquiva durante los días en que las nubes escurrían su lastre sobre la ciudad. Delsey caminaba contento por el saturado vestíbulo del hotel, y sólo pudo alterar su gesto un empujón que recibió de una chica que corría portando un micrófono en un soporte de jirafa.

–¡Pero qué barahúnda más molesta! –gruñó Delsey–. Oiga, por favor. –Tocó en el hombro a un individuo corpulento vestido de época que nos daba la espalda, mirando hacia el decorado que habían preparado en el bar–. ¿Sería tan amable de decirme hasta cuándo va a durar...?

El interpelado se giró. Era Ernest Hemingway. Es decir, era un actor perfectamente caracterizado como Ernest Hemingway, con un parecido asombroso. Delsey se quedó clavado, tan atónito como yo.

–¡Pero si eres...! –exclamó Delsey.

–¡Hem...! –empecé a decir.

–¡Tony Kerak! –me interrumpió Delsey.

–¡Delsey! –exclamó Ernest Hemingway.

Ante mi perplejidad, ambos hombres se fundieron en un abrazo caluroso mientras reían jovialmente y se palmeaban las espaldas. Comenzaron entonces a conversar en francés.

–Pero ¿qué coño se te ha perdido a ti en este continente? –vociferó Hemingway. Alguien chistó desde el decorado.

–¿Y qué haces tú por aquí? ¡No me digas que trabajas en esta película! –replicó Delsey.

–¡Pues claro que sí! Es un papel pequeño, pero importante, ya lo ves. «¡Un hombre puede ser destruido, pero no derrotado!» –declamó mordiendo su pipa, pero Delsey le contemplaba sin comprender la imitación–. ¿Es que no me reconoces? ¡Joder, si yo pensaba que las chicas de maquillaje habían hecho un trabajo cojonudo! ¡Hemingway! ¡Ernest Hemingway!

–Discúlpame, amigo, no he leído a ese autor. Ya sabes que la nueva literatura nunca ha sido ámbito de mi devoción, al menos mientras los clásicos y los románticos sigan escribiendo. Pero estoy convencido de que la caracterización es espléndida.

–Lo es, yo sí puedo asegurarlo –intervine. Hemingway me miró, y Delsey se aprestó a hacer las presentaciones.

–Oh, disculpadme. Curro, éste es Tony Kerak, viejo actor y viejo amigo. Tony, éste es Curro, un nuevo amigo y... compañero de viaje.

–¡Ah, ya entiendo, viejo bribón! ¡No has cambiado! –Hemingway le propinó un codazo a Delsey, guiñándole un ojo.

–No, oiga, que yo no... –Traté de deshacer el equívoco, pero ninguno de los dos me escuchaba. Estaban recordando sus últimos encuentros.

–¿Fue en Cortina, en el sesenta y cinco, en la presentación de Renata, con aquellos… caballos de hielo de colores? –aventuró Hemingway.

–No, lo de Provenza fue después de aquello, en casa de Olivier, ¿recuerdas? –corrigió Delsey–. ¿Es que has podido olvidar aquel baile de disfraces, el de la vendimia, con las uvas y los zarcillos, cuando Stefan descolgó las cortinas para vestirnos?

–¡Ja, ja, ja! –rió sonoramente Hemingway–. ¡Cómo iba a olvidarlo! Ya no tenemos cuerpo para aquello, ¿verdad?

–Diría que tú tienes cuerpo de sobra, viejo amigo –opinó Delsey, palmoteando la barriga de su amigo. Hemingway coreó la observación con una risotada–. Lo que ya no tenemos es edad, ni tiempo suficiente para olvidar, así que ahora sólo dedico mis días a cosas que merezca la pena recordar.

Hemingway moderó la sonrisa. En ese momento alguien reclamó su presencia y tuvieron que despedirse.

–¿Vas a estar por aquí unos días? –preguntó Hemingway mientras se alejaba.

–Seguro que sí. Nos veremos.

Continuamos camino a través del vestíbulo. Yo miraba de reojo a Delsey, que lucía una expresión de inmensa placidez. Pasamos por delante de la entrada principal del hotel y él se acercó a la puerta, asomándose al exterior. Le seguí. Contemplaba sin pestañear algo de la calle, pero no fui capaz de determinar qué era.

–¿Ocurre algo, Delsey?

–¿No lo ves? –respondió–. Es una soberbia mañana africana.

26

LA DESTRUCCIÓN Y LA DERROTA

La tropa del cine había desplazado su fanfarria al jardín, el vestíbulo había recuperado su donosura, Ian había recuperado su rincón y nosotros habíamos recuperado el bar. Allí disfrutábamos del resol en la terraza esperando a Ken, no sin antes haber entregado a Ian el último episodio de Sangre de Cristo, que recibió como Moisés las Tablas de la Ley, casi hincado de hinojos e incapaz de verbalizar el catastático significado de tan inconmensurable don en el curso de su existencia. El clímax llegó cuando le dije que podía quedárselo, que yo compraría otro ejemplar a mi regreso a España, y fue entonces, quizá, cuando los vetustos alambres de sus extremidades se retorcieron en lo más próximo al orgasmo que su viejo corazón podía tolerar.

Ken se retrasaba, y aproveché la espera para poner una conferencia a mi madre desde recepción. No había hablado con ella desde mi partida a Kenia. De hecho, no me había comunicado con nadie de mi mundo, exceptuando el extravagante y errático intercambio de faxes con Mónica. Aquella mañana me aguardaba un nuevo fax, pero en esta ocasión era la respuesta al telegrama que yo había enviado a Winslow Macomber, el antiguo reportero del *Standard.* El mensaje estaba escrito a mano. Decía:

Estimado señor Mencía:

Desgraciadamente mi padre, Winslow Macomber, falleció hace algunos años. Me temo que no dispongo de la información que usted precisa, pero casualmente tengo una fotografía de mi padre junto a algunos de sus colegas durante la guerra del Mau Mau. No tengo ni idea de quiénes son los otros, así que su abuelo podría ser uno de ellos. Desafortunadamente la calidad de la imagen es muy mala para enviarla por fax. He encargado una copia y se la enviaré a su debido tiempo al hotel Norfolk. Espero que le sirva de ayuda.

Saludos,

DANA MACOMBER

No hacía camino, pero era un adoquín más. Incluso si Hamish figuraba en aquella foto, era dudoso que un retrato de varios individuos sin identificar pudiera servirme de ayuda. No obstante, la sola posibilidad de tener una prueba fotográfica de la estancia de Hamish en Kenia, y algo que mostrar a quienes preguntáramos por él, me ilusionaba.

Marqué el número del trabajo de mi madre, y al poco respondió su voz.

–¿Mamá?

–¡Cariño, qué alegría! ¡Ya era hora de que te decidieras a dar noticias! ¿Dónde estás? ¿Y cómo estáis los dos?

–Estamos en Nairobi, mamá. En el hotel Norfolk. Y estamos bien los dos.

–¿Habéis encontrado a tu abuelo?

–No, mamá. No resulta fácil, pero estamos en el buen camino. ¿Cómo estáis todos por ahí?

–Bien, como siempre, ya sabes. Dime, ¿es bonita Kenia?

–No lo sé, mamá. Aún no la he visto. Debe de estar en algún sitio, pero creo que fuera de esta ciudad.

–¿Y sobre el tema del cuadro y Lux Domini? ¿Tienes noticias?

–Nada nuevo. Ya sabes que firmé el contrato de arras con la dueña, y tengo seis meses para formalizar la compra. El cuadro está en poder de un restaurador que conoce Delsey, y la venta la ha puesto en manos de su marchante, que es de total confianza y un verdadero experto. Supongo que se subastará en una galería, pero me han asegurado que puedo estar tranquilo. Es un pintor muy cotizado en Inglaterra y ésta es una obra rara, descatalogada, al haber estado desaparecida durante tantos años. Así que me han garantizado un precio muy bueno. Por lo que me han dicho, más que suficiente para comprar la casa y devolverla a lo que fue originalmente. Ya lo verás, mamá, será increíble, será como volver a aquellos años. Estoy seguro de que la abuela Uke lo hubiera querido así. ¿Y qué hay de papá, ha entrado en razón?

–Curro, él no se ha opuesto a que hagas con ese dinero lo que quieras. El cuadro lo encontraste tú y es tuyo. De no haber sido por ti, se lo habría quedado esa señora, o habría quedado sepultado entre los escombros. Nosotros ya conseguimos lo que pretendíamos con la venta de la casa, y esta decisión es sólo tuya. Pero ya sabes que tu padre es un hombre práctico, y él preferiría que hubieras utilizado ese dinero para otro fin, labrarte un porvenir, estudiar un máster, quizá montar tu propia empresa, ya sabes.

–¿Mi propia empresa? ¿Un periódico?

–Una de esas... agencias de comunicación, o una pequeña productora de televisión, qué sé yo.

–Mamá, soy animal de redacción de prensa. Sin grilletes en los tobillos cada noche y sin la tinta manchándome los dedos cada mañana, me falta el aire.

–¿Y no te faltará todo eso cuando vuelvas?

–No lo sé. Tal vez.

Cualquier jurado imparcial hubiera acordado por unanimidad que abandonar un empleo próspero y con proyección de futuro por una búsqueda quimérica e incierta merecía un veredicto de culpabilidad. Como tal, aceptaría el castigo pertinente si regresaba a casa con las manos vacías, sin una estampa de Hamish que llevarme a los ojos, o con una estampa de la versión oscura del Hamish frívolo, vividor y desapegado que se negara a reconocerme y esquivara mi abrazo. Ése era el trato. Ése era el riesgo de mi apuesta.

Recogí los almuerzos de *picnic* que habíamos encargado y regresé a reunirme con Delsey en la terraza del Delamere. El barón estaba de un humor espléndido aquella mañana. Se había levantado tarareando pasajes de *L'Africaine* de Meyerbeer y había desayunado con apetito, sin esa boca entornada de días anteriores que parecía pedir el carnet de pedigrí a cada bocado que admitía en sus aristocráticas fauces. Cuando llegué a la galería, la tribu del cine hacía un descanso en el rodaje, y alrededor de Delsey se había congregado un grupo variopinto dispuesto a liberar al almacén del bar de su peligrosa provisión de ginebra inflamable. Estaban Trevor, Ian, dos hombres y dos mujeres a los que no conocía y que me presentaron como director, actores y directora de fotografía, y cómo no, el pintoresco Hemingway-Kerak, que ya parecía traer hechos los deberes etílicos.

Trevor contaba anécdotas del Norfolk, cuando frente al hotel no había más que un solitario pantanal donde deambulaban los hipopótamos y los leones, a los que los huéspedes disparaban desde el bar sin soltar su gin-tonic, o cuando un antiguo soldado y contrabandista de marfil llamado Jack Riddell solía entrar a caballo en el comedor para saltar directamente de la silla de montar a la silla de comer sin pisar el suelo, o cómo los tiros al techo solían formar parte de la animación en las veladas sociales. Lord Delamere, el colono en cuyo nombre se bautizó el bar y a quien yo ya conocía como el protagonista del cuento del avestruz errante, era aficionado a disparar a las botellas del mostrador para después salir a la calle y practicar su puntería contra las farolas recién instaladas. En una ocasión en que el director del hotel se atrevió a negarle la bebida por ser la hora del cierre, Delamere le arrastró de la solapa y le encerró en la cámara de la carne. Recordaba Trevor cómo la escritora Elspeth Huxley advertía de los riesgos de alojarse en el Norfolk durante una semana de carreras en el hipódromo, por la posibilidad de que en mitad de la noche le cayera a uno encima un barón italiano o un conde austríaco que había sido arrojado a través de la ventana.

Las sonrisas de la concurrencia se congelaron cuando Trevor relató la masacre perpetrada por la policía, con la colaboración espontánea de algunos pistoleros acodados en el bar del Norfolk, contra una multitud enfurecida de kikuyus que se había concentrado allí exigiendo la liberación de Harry Thuku, un joven líder político que había sido arrestado por reaccionar contra los abusos del gobierno colonial. El giro dramático se acentuó cuando Trevor, con el apoyo de Ian que lo había vivido en primera persona, se remontó a la fatídica tarde de fin de año de 1980. Aquel día el hotel, por entonces propiedad de la familia judío-keniana Block, fue devastado por una bomba que causó quince muertos y casi cien heridos. La atrocidad fue atribuida al Frente Popular para la Liberación de Palestina, y se interpretó como una venganza por la ayuda que Kenia había prestado cuatro años antes al famoso rescate de los rehenes judíos secuestrados en el aeropuerto de Entebbe por el terrorista Carlos *el Chacal*, operación que fue neutralizada por un comando israelí.

Al finalizar el relato, algunos de los presentes mostraron preocupación por la posible repetición de tales hechos. La directora de fotografía interrogaba a Ian sobre los angustiosos momentos vividos aquel día, y Trevor explicaba a los dos actores y al director los detalles que se conocían sobre la autoría del atentado. El único que no se mostraba impresionado por la narración era Hemingway-Kerak, quien con la mirada perdida fuera de la terraza y los pies sobre una silla, sorbía su gin-tonic sin inmutarse. Aclarándose la garganta, pronunció entonces una frase en francés que Delsey y yo comprendimos, aunque quizá los demás no.

–Cada bala disparada que pierde su blanco rueda que te rueda alrededor de la absurda ruleta del mundo, y si algún día te cruzas en su camino, la jodiste, amigo.

La sentencia me pareció siniestramente divertida. Parecía hablar francés con un exótico acento criollo, y sentí curiosidad.

–Tony, ¿de dónde es usted?

–¿De dónde soy? Delsey, ¿de dónde soy?

–Eso debes saberlo tú. Creo que nunca me lo dijiste –replicó Delsey.

–¿Cómo, nunca te lo dije? –Bajó violentamente los pies de la silla–. ¿Y en quién puedo confiar para que conserve mi memoria histórica? ¿Quién va a escribir mi biografía? Yo no recuerdo de dónde soy. ¿De dónde era Hemingway?

–De Oak Park, Illinois –informó Trevor.

–Entonces ahora soy de Oak Park, Illinois.

–¿Cuál es su lengua materna? –quise saber–. Tiene un deje criollo en el francés.

–Mi lengua materna... –Reflexionó–. Hablo inglés, francés, alemán, italiano, español, portugués, holandés... sueco... polaco... turco... checo... armenio... árabe... y dos o tres más a partir de la quinta copa. Pero la verdad, no recuerdo a ninguna madre cantándome en ninguno de éstos. En cambio, tengo un vago recuerdo de un padre pegándome en serbocroata.

Todos rieron la gracia, excepto él.

–Me contó nuestro productor que Tony posee el pasaporte más raro que jamás ha visto –comentó el director de la película, un americano barbudo–. Él cree que está escrito en el mismo idioma que ese manuscrito medieval de Yale que nadie sabe qué coño significa.

–Por lo que sé de Tony, creo que cuando era un bebé alguien lo dejó abandonado en la puerta falsa de un decorado en desuso –apostilló Delsey–. Por eso nadie llegó jamás a encontrarlo. Hasta que, aprovechando que estaba allí, le contrataron para una película.

–Brindo por eso –respondió el aludido–. Por los apátridas, los desnaturalizados y los alienígenas. –Bebió un sorbo–. Y por los actores, sobre todo los de veinte años con pectorales de chapa como los petos romanos. –Bebió el resto de la copa–. Este rodaje está lleno de viejos, joder. Aunque, ¡mmmm!, por allí asoma un magnífico ejemplar.

El «magnífico ejemplar» no era otro que Ken, que hacía su entrada en el hotel. Al acercarse contempló la escena y abrió los brazos.

–¡No tengo sitio para tanta gente!

–Tranquilo, Ken –aclaré–. Sólo vamos nosotros dos. Esta gente tiene que trabajar.

–Señoras y caballeros, prosigan con sus afanes, y tal vez logren que algún día los que aún no hemos asistido al cinematógrafo, lo probemos –bromeó, supuse, Delsey.

Hice las presentaciones y nos encaminamos a la salida. Fuera Ken había aparcado un pequeño y coqueto todoterreno de dos puertas. Metimos la comida en el maletero y nos abrió la puerta del acompañante. Trepé al asiento trasero. Ken se quedó mirando la indumentaria de Delsey, que vestía un inmaculado traje blanco con corbata de franjas y zapatos de charol beis.

–Oiga, señor Delsey… barón, discúlpeme. No es que vayamos a buscar las minas del rey Salomón, pero creo que habría sido más apropiado otro tipo de atuendo, no sé, más… barato.

–Quedas disculpado, siempre que no oses transmitirme tus preferencias estilísticas. –Miró de arriba abajo la vestimenta de Ken: una camiseta con la efigie de Springsteen, vaqueros rotos y unas zapatillas deportivas. Ken se encogió de hombros, aguardó a que Delsey se acomodara en el asiento y cerró la puerta tras él. Luego se sentó al volante y arrancó el motor.

–¡Vámonos de safari, amigos!

–¿Vamos al parque nacional? –pregunté.

–Pues claro, ¿dónde si no?

Ken pisó el acelerador y las ruedas chillaron su salida del Norfolk mientras desde los altavoces el Boss gritaba que él, como Ken, había nacido para correr. El sol bañaba las fachadas como si hubieran aplicado una capa de pintura a la ciudad entera durante la noche, y las buganvillas parecían desteñir su malva rabioso en el torrente de luz para azulear las paredes grises. Tuve que aceptar que empezaba a cogerle gusto a Nairobi. Bebiendo la brisa que entraba por la ventanilla abierta, recordé algo que Karen Blixen había escrito sobre aquel aire ligero de las Tierras Altas, que infunde vigor y se respira a gusto, y me sentí bien. Mientras, Ken ponía el coche sobre dos ruedas al tomar los giros, al tiempo que con inaudita parsimonia se disculpaba por el retraso, que achacó a un atasco de tráfico en la Uhuru.

–¿Es tu coche? No está mal –comenté.

–No, tío, el sueldo de periodista aquí no da para tanto. Me lo ha prestado mi cuñado, que trabaja en una agencia de safaris.

–¿Tu cuñado? ¿Estás casado?

–Qué va, tío, es el marido de mi hermana Lucille. Yo soy fiel a Naomi, je, je.

–¿Naomi? –curioseó Delsey.

–Es Naomi Campbell, una modelo –expliqué.

–¿Tu novia es modelo? –preguntó de nuevo Delsey.

–Sí, es modelo, pero todavía no sabe que es mi novia –puntualizó Ken–. Y usted, señor… barón, ¿está casado?

–Sí, soy muy alegre. –Delsey hizo un hábil juego de palabras con el inglés *married*, casado, y *merry*, alegre, que suenan parecido. Ignoraba si Ken había captado la derivada segunda de la broma, porque otra manera de decir «alegre» en inglés es *gay*.

Un rato después nuestro pequeño bólido todoterreno enfilaba la entrada al parque nacional de Nairobi, adonde llegamos, me pareció, por la misma carretera del restaurante donde había cenado con Makena. De día, sin embargo, la impresión era más digestible, y donde creí haber entrevisto descampados escurridos había praderas nativas izando arbolillos nuevos. Al parque se accedía desde una agradable plaza ajardinada, decorada con un rinoceronte de metal blandiendo su acerado cuerno hacia los visitantes y rematada al fondo por un pabellón de corte británico que hacía las veces de puerta, admitiendo el paso de vehículos bajo su cubierta de teja roja. Tal como habíamos convenido, yo me encargué de pagar las entradas. Al franquear la cancela nuestro conductor pareció sufrir una metamorfosis. Apagó la radio y encauzó el vehículo mansamente por una pista de tierra que se internaba en un bosque espeso. Las ruedas chiscaban sobre los charcos dispersos en la senda que se doblaba entre los arbustos, y yo contenía la respiración ante aquel repentino atropello de abundancia vegetal a apenas unos metros de los suburbios de Nairobi. Era como haber aterrizado en la hondura de una selva congoleña, y uno no llegaba a decidir cuánto había allí de santuario salvaje y cuánto de escenografía turística. Resultaba de una pureza tan contundente que no parecía real. Delsey permanecía mudo y sonriente, con los ojos pegados a la selva como si no hubiera sospechado de la existencia de un lugar así. De pronto comenzó a recitar a Virgilio, algo muy natural para él en una situación semejante, o mejor dicho, en cualquier clase de situación.

–*«¡Talem inter siluas, inter deserta ferarum reginam Allecto stimulis agit undique Bacchi*[1]*!»*

–¿Có... cómo dice? –titubeó Ken.

–¿Cuándo llegamos a donde están las fieras? –prosiguió Delsey–. Esos... leones de melena feraz erguidos sobre la prominencia, esas panteras de satinada musculatura azabache, esos tigres de hirsuta barba con sus ojos centelleando en la umbría. ¡Allí, allí me ha parecido divisar uno!

–Los animales están donde quieren estar, no donde los queremos

1. «Así, en las selvas y en los desiertos de las fieras, Alecto aguijonea a la reina con los estímulos de Baco.» Extraído de *La Eneida,* de Virgilio.

nosotros. ¡Y no deje de avisarme si ve algún tigre, porque sería el primer caso en África, hermano... barón!

–¿No están los recintos acotados aquí, tan cerca de la ciudad? –pregunté.

–Esto es un verdadero parque nacional, no un zoológico, tío –precisó Ken–. Es cierto que una parte del perímetro está vallada para que los animales no curioseen por las ventanas de la gente, pero todo el límite sur está abierto a las grandes sabanas. Hay allí un corredor por donde entran los rebaños de herbívoros a pastar aquí. Más bien se diría que lo que está vallado es la ciudad. Nosotros somos los enjaulados, tío.

–¿Y por qué vienen a pastar aquí, teniendo esas sabanas del sur que dices? –se interesó Delsey–. ¿Los dirige alguien?

–Sí, supongo que... Dios, si es usted creyente. O la abundancia de agua por las presas construidas en los arroyos del parque, si quiere algo menos místico. Yo no lo sé. Lo que sí puedo asegurarle es que los animales, como nosotros, sienten preferencia por los lugares agradables. Nadie los obliga a quedarse aquí.

–Oh, desde luego –corroboró Delsey. Por el entusiasmo que fortalecía su voz, se adivinaba que se disponía a contar alguna historia–. Recuerdo a un mozo de cuadra, un gigante llamado Martin, que trabajaba para mi padre. Tenía una potranca bautizada *Martinette* en su honor, a la que velaba noche tras noche desde una marquesina que había construido a la puerta de los establos, un asiento de palco que dominaba toda la finca. Allí Martin se sentaba a fumar su pipa y contemplar el paisaje mientras vigilaba el compás de la respiración de su potrilla. Un día ocurrió que *Martinette* no despertaba. Ciego de pánico, Martin cargó al animal en sus nervudos brazos y lo acarreó a pulso hasta el pueblo, a pie. Y no creáis que esto era tarea sobrehumana para él. Por la carretera, Martin con *Martinette* en brazos debía de parecer un Famongomadán transportando en un palanquín de algodones a un inane ratoncillo. Sucedió que, al allegarse a la casa del veterinario, *Martinette* abrió un ojo, brincó de entre los hercúleos brazos de Martin y emprendió el galope carretera abajo. Desolado, Martin regresó por donde había venido, se internó en los bosques llamando a *Martinette* con su volcánico bramido de *Encélado*, y allí pasó toda la noche, rastreando el bosque sin éxito. Al romper la mañana regresó al establo para encontrar a *Martinette* plácidamente dormida bajo su marquesina. Martin nunca dejó de sostener que la potranca se había hecho la muerta para sacarle de su lugar y robarle el sitio. El veterinario descubrió después que Martin había sustituido por error los comprimidos de vitaminas por otros de un fuerte sedante, pero Martin arguyó entonces que había sido *Martinette* quien se los había cambiado para ejecutar su plan. Desde aquel día, la potrilla durmió todas las noches bajo la marquesina, junto a su leal paladín.

–¡Allí! ¡Hay algo allí! –Cuando Delsey concluía su relato creí distinguir un animal entre la foresta. Ken detuvo el coche y nos pidió silencio. Dos ojillos brillantes e inquisitivos nos vigilaban sin pestañear desde un macizo de matorral. Era un antílope de pelo castaño rojizo con estrías blancas alrededor del cuerpo–. Es un *bush buck*, si no me equivoco.

–¡Bien, amigo! –aplaudió Ken en susurros–. Veo que has hecho los deberes.

–Pasé años haciéndolos. Fue mi abuelo Hamish quien me los puso.

Nos observó con la misma atención que nosotros a él. Sin duda debía estar más acostumbrado a ver criaturas como nosotros que al contrario. Y sin embargo, aquella línea visual entre sus profundos ojos negros y los nuestros parecía delimitar, para él como para nosotros, el puente de una frontera, la divisoria entre su mundo y el nuestro, de los que ambos emergíamos para asomarnos por un momento a fisgonear qué hacían los del otro lado, como aquel ciervo que miraba a Hamish tocando el violín. Fue en ese momento, y no al traspasar la cancela de la entrada al parque, cuando sentí la certeza de haber alcanzado el borde de un lugar diferente, y no era otra cosa que el umbral del África que había ansiado durante años. Todo el continente, desde esas sabanas del sur que había mencionado Ken hasta el corazón impenetrable de las montañas del Congo, se dibujaba para mí en las estrías de su pelaje cobrizo, y cuando respingó sobre sus patas y se desvaneció entre la fronda, era como si se llevara prendido el continente entero en las puntas de sus astas. Me quedé inmóvil, con el pensamiento excitado y los músculos flojos, como después del sexo. Vi más animales en aquel viaje, y otros muchos en viajes posteriores a Kenia. Pero nunca se me borrará de la memoria el recuerdo de aquel primer animal que estaba allí porque así lo había querido, aquel *bush buck* libre, tímido y curioso, al borde de su mundo y del mío.

Más adelante el bosque moría en una planicie que alfombraba el rellano de la ciudad pintada sobre el telón plano del cielo, y entre las siluetas lejanas de los rascacielos que vibraban en el aire cálido se alternaban los cuellos de las jirafas, cebras, gacelas y elands surcando la marea de hierba, ajenos al tronar de los reactores sobre sus cabezas. El aeropuerto internacional quedaba al este del parque, nos explicó Ken, y los animales habían aprendido a aceptar a esos rugientes pájaros rígidos como una especie más de las que compartían la bóveda de su jardín. No andaban desencaminados, opinaba Ken, pues al fin y al cabo en swahili se utiliza la misma palabra, *ndege*, para llamar a un avión y a un pájaro. Tomé varias fotos con un teleobjetivo que acentuaba el efecto de las manadas paciendo a salvo en el patio trasero de los bloques de oficinas, sugiriendo una fluida convivencia entre humanos y los demás que ayudaba a tragar la arenosa píldora de Nairobi.

Bordeamos después una garganta encajada en un pasillo de roca, y saltamos sobre un paraje arrugado que más allá se estiraba, cayendo decenas de metros bajo nuestros pies hacia una ancha pradera moteada de rebaños salvajes. Nada interfería la vista desde nuestra posición hasta un horizonte tan limpio como el del mar, de ésos que parten el mundo en dos inmensos casquetes simétricos y no dejan ninguna duda de que la tierra es plana. Era, dijo Ken, la cuenca del río Athi, el mercadillo vegetal ambulante que perseguían los rebaños desde allí a las sabanas del sur, al ritmo del reloj de las lluvias. En la distancia los animales dibujaban un bordado de abalorios sobre sus propios arañazos en el tejido de la llanura.

La diversidad de paisajes y sus habitantes en aquel gran felpudo a las puertas de Nairobi era casi una antología de Kenia entera, y ni las fieras de Delsey se nos resistieron. Ken conducía hacia un espacio de *picnic* donde nos disponíamos a almorzar cuando algo nos interceptó el camino. Eran dos leones, dos machos jóvenes que juguerreteaban sin prestar atención a nuestra presencia. Cruzaron la carretera y treparon torpemente a las ramas de un árbol muerto, estirando sus cuerpos sobre los troncos secos y arañando la corteza en sus desmañados equilibrios. No parecían estrellas de circo con arreglos artificiales de peluquería. No había laca o mechas en las melenas, que apenas despuntaban de sus cabezas en unos cuantos mechones como descuidadas marañas de pelusa entre los dientes del rastrillo. No eran leones de exhibición, sino fenómenos espontáneos, consecuencias naturales del paisaje. No lucieron su tronío, ni se irguieron sobre ningún promontorio con la majestad de un rey, de un señor de las llanuras. Eran aprendices, inexpertos y desgarbados. Pero en el árbol reposaban esa potente y preciosa leonidad que podían llevarse a donde quisieran, de allí a Ciudad del Cabo.

Sobre la mesa de madera bajo un gran árbol esparcimos nuestros víveres mientras Ken revisaba el motor del coche. Había detectado un leve matiz ligeramente bronco en el runrún, decía, como el sonido de un palillo rascando los dientes en un concierto de *heavy metal*. Tenía la responsabilidad de devolverle el coche a su cuñado en perfecto estado de revista, y aunque fuera la antena de una hormiga atrapada en la válvula del acelerador, su obligación era retirar esa antena.

Una vez terminamos de preparar la mesa para nuestro lujoso *picnic* al estilo Norfolk, Delsey y yo nos fijamos en un monumento que presidía el espacio. Era un pedestal cúbico que sostenía unas figuritas de elefantes, y próximo a él, un círculo de piedras rodeando un montículo ceniciento de restos carbonizados. Ken nos explicó que tres años atrás el presidente Moi, por iniciativa del director del servicio de parques, el científico keniano de origen inglés Richard Leakey, había quemado allí una montaña de colmillos de elefante incautados a los furtivos, una valiosa pira de tres millones de dólares. Según Ken, la medida fue un show cinematográfico escenificado para demostrar a los medios extranjeros el compromiso del gobierno contra la caza furtiva, la principal amenaza al turismo.

–¿Por qué los cazadores furtivos amenazan el turismo? –inquirió Delsey mientras nos sentábamos a la mesa–. ¿Es por el peligro de diezmar los... conjuntos de animales?

–Es por el peligro de diezmar los *conjuntos* de personas –aclaró Ken–. Los furtivos no se paran ante nada. Todo lo que cae bajo la mira de su Kalashnikov, cae. Sobre todo los turistas, que son presa fácil, desarmados y con cantidad de dinero y artilugios caros encima. Roban sus pertenencias, violan a las mujeres, y si alguien se resiste no dudan en matar. Los equipan con un AK-47 y una caja de cervezas, una combinación explosiva. A cambio deben entregar la mercancía de la caza, pero lo que pillen por el camino es para ellos.

–¿Y quién los equipa? ¿Para quién trabajan? –indagué.

–Para las mafias internacionales del marfil, del cuerno de rinoceronte...

–¿Cuerno de rinoceronte? –repitió Delsey, sorprendido.

–En algunos países lo consideran un afrodisíaco –explicó Ken–. Seguramente a alguien se lo metieron por el culo y le gustó, je, je... Oh, perdone mi lenguaje, barón.

–No, no se disculpe –excusó Delsey, súbitamente interesado–. Vaya, no sabía que ocurrieran esas cosas. ¿Y el gobierno no hace nada para evitarlo?

–Lo que puede, supongo. Ese tipo, Leakey, ha impulsado el funcionamiento del servicio de parques, con la orden de tirar a matar a los furtivos. Pero no todo el mundo confía en él.

–Porque es blanco –insinué.

–Blanco, sí, y miembro de un veterano clan de colonos. Y por tanto, a ojos de muchos, heredero del régimen colonial. El propio Moi le odiaba a muerte, pero ya se sabe lo que dicen: la política hace extraños compañeros de cama.

–¿Y toda esa reconciliación nacional de la que me hablaste? –pregunté.

–Todo tiene sus límites, tío. Los cadáveres están calientes aún para que un blanco ocupe altos cargos en el gobierno.

–¿Cadáveres? ¿Qué cadáveres? Hablas en sentido metafórico, supongo –especuló Delsey.

–Nada de eso. Hablo de cadáveres reales, barón –aseveró gravemente Ken–. Los cadáveres de la guerra del Mau Mau, nuestra guerra de la independencia. Los cadáveres de los kikuyus, mi pueblo, muertos por la brutal represión de la administración colonial.

–Mau Mau... Sí, recuerdo ese nombre, y los espeluznantes sucesos a los que iba vinculado. Si la memoria no me traiciona, masacraron horriblemente a los colonos británicos, ¿no es así?

–Treinta y dos, barón. Treinta y dos colonos asesinados durante toda la guerra. ¡Treinta y dos, perfectamente identificados, publicitados y llorados en todos los medios occidentales desde Los Ángeles hasta Helsinki! –Ken gesticuló vigorosamente–. Treinta y dos, contra decenas de miles de kikuyus muertos. ¡Decenas de miles, tantos que nadie ha podido contarlos, y hasta sus nombres se perdieron! –Bajó el tono y dejó caer los brazos sobre la mesa–. El mundo cerró los ojos a lo que ocurría aquí. La guerra del Mau Mau se explicó como una rebelión en busca de tierra y libertad, pero fue también una guerra civil que enfrentó a hermano contra hermano. Miles de nuestros muertos cayeron bajo el *panga*[1] que blandía otro kikuyu, incluso bajo las flechas de los kamba o las lanzas de los nandi o los masai. La verdadera historia de aquella tragedia aún no se ha escrito. Historias que cuentan los antiguos combatientes. Historias de humillación, de torturas, de mutilaciones, de asesinatos en masa, de campos de concentración que harían palidecer los métodos de los mismísimos nazis. Aquí se cometió un auténtico genocidio, y nadie rindió cuentas por ello. Ante todo eso, amigos, uno tiene que hacer de tripas corazón si no quiere vivir amargado. Hay que olvidar y mirar al futuro, eso es lo que pienso.

Delsey y yo quedamos impresionados por la dramática disertación de Ken. Por un momento no supe cómo continuar la conversación.

–¿Y esas historias? ¿Has llegado a conocer a algún Mau Mau?

–Oh, sí, todo kikuyu lo fue, tío –prosiguió Ken en un tono más calmado–. En mi pueblo la tradición oral ha desempeñado el papel de la historia escrita, y un requisito imprescindible de toda buena historia es contarla en primera persona. Si no, no tiene emoción. Podrías oír a kikuyus contando como suyas historias del Mau Mau, aunque no tengan ni la edad para haber estado allí. Pero al que escucha no le parece extraño, ni tampoco le sorprenderá escuchar la misma historia contada de otros labios también en primera persona. No hay plagio ni copyright. Las historias son de todos, y todos las hacen suyas.

1. Machete.

–Me quiebra el alma oír que habéis sufrido tamaña barbarie. –Delsey estaba sinceramente conmovido–. Casi no... no puedo creer que ocurrieran tales atrocidades, en pleno siglo xx y a manos de un pueblo supuestamente civilizado. Yo no tenía la menor idea...

–Usted sólo supo lo que quisieron que supiera. En cambio, muchos que vivían aquí, simplemente prefirieron no saber. Luego os llevaré a la casa de Karen Blixen, la autora de *Memorias de África*, supongo que habréis visto la película. Allí comprobaréis lo que es un verdadero paraíso en la tierra, y comprenderéis el rencor de los que estaban allí primero y tenían que conformarse con las migajas que caían de esos idílicos chalecitos. Cuando escucho a los viejos hablar con esa rabia, esa impotencia y esa decepción, no puedo menos que compadecerlos y comprenderlos. Pero eso sí, no lo puedo compartir. Los métodos del Mau Mau, como sabéis, no eran precisamente de guante blanco. No había ningún romanticismo. Algunos de esos treinta y dos colonos que os decía eran niños pequeños que fueron salvajemente destripados y mutilados a machete, ¡incluso por los mismos hombres que hasta el día anterior jugaban con ellos, les contaban un cuento y les acariciaban el flequillo cuando se iban a dormir! Obligaban a sus reclutas a pronunciar un juramento que los hacía capaces de cualquier brutalidad. Gracias a Dios, la historia nos ahorró el error de sentar en la poltrona presidencial a uno de esos fanáticos generales del Mau Mau. Otro Idi Amin, otro Mobutu. Otra versión de la misma infamia de la colonia. Kenyatta no era un ángel, pero fue un mesías.

Ken hizo una pausa para llenar los pulmones, y luego prosiguió:

–Entiendo que no me entendáis. No es fácil. A veces no me entiendo ni yo. Nuestros padres lo veían todo muy claro, y espero que nuestros hijos también lo vean. Pero los de mi generación hemos nacido en un momento extraño, en un país hermoso pero lleno de contradicciones, con un pasado que unos quieren enterrar y otros aún esperan vengar. Muchos sencillamente no saben qué pensar. Por suerte, yo sí. Más o menos. Casi siempre. En general. ¡Pero vamos a comer! ¿Qué me habéis traído? Ya puede ser un manjar de dioses para estar a la altura de mi lección magistral. –De pronto regresó el Ken bromista y dicharachero.

Durante todo el camino desde el parque nacional hasta la casa-museo de Karen Blixen, Ken y Delsey discutieron sobre cuál era la indumentaria más adecuada para un safari. Mientras, yo viajaba enterrado en mis pensamientos. No podía borrarme de la mente la brutalidad que Ken nos había descrito, y me preguntaba cuál había sido la posición de Hamish en toda aquella orgía de violencia. Me preocupaba que el fervor patriótico le hubiera empujado a participar, aplaudir o simplemente consentir aquella crueldad. Si Ken llevaba toda una vida entrenado para blindarse ante el conocimiento de aquellos hechos, en cambio yo me encontraba de repente con la posibilidad de que el abuelo al que había alzado al pedestal de mis recuerdos hubiera ocultado deliberadamente al mundo una verdad atroz. ¿Qué clase de persona era, o había sido, Hamish Sutherland? ¿Y qué clase de periodista? Las palabras Mau Mau aparecían en varios pasajes de su documento que no había tenido tiempo de leer en profundidad, y ahora me asustaba hacerlo por el temor a enfrentarme con una narración dulcificada y maniquea.

Bajo un torreaje de puntiagudos cipreses y palmeras plumíferas, la casa de Karen Blixen se agachaba sobre un prado, casi modesta en su recia y desguarnecida construcción de piedra, madera y teja. No era el gran capitolio marmóreo de un hacendado, ni el pomposo altar consagrado de una cuasi Nobel de Literatura, sino un chalecito de fin de semana de una sola planta, íntimo y discreto bajo la caricia del sol del atardecer, que tendía gentilmente su galería hacia los nudillos azules de las colinas de Ngong. Las habitaciones eran pequeñas y acogedoras, demasiado para el despliegue de parafernalia de un plató de rodaje, decía Ken, y por eso los interiores de la película se habían filmado en otra casa cercana de espacios más amplios. Afuera, sobre un *green* almohazado y salpicado de isletas de coloridas ensaladas, nos sentamos ante una gigantesca euforbia mientras el sol sobrevolaba las colinas en busca de un buen campamento donde pasar la noche. Delsey alababa la belleza del enclave, pero mostrando cierto comedimiento por pudor a ofender la sangre kikuyu de Ken. El afectado, por su parte, disfrutaba de la visita como si sus paisanos hubieran sido los propietarios de la finca, y no los *squatters*[1].

1. Campesinos sin tierra que labran los campos de un terrateniente.

–Barón, no se corte –incitó Ken.

–¿Cómo dices? –respondió Delsey.

–Es un sitio jodidamente bestial, puede decirlo, no tema.

–Bien, yo no hubiera seleccionado los mismos vocablos, pero sí, es indudable que estamos en un lugar fastuoso, majestuoso, y en esta hora de perfecta y mágica armonía, con la liviana brisa vespertina cosquilleando el follaje de los árboles, y con sus hojas tañendo ese rumor cantarín, uno quisiera transportarse a aquellos días de champán y satén, si me permites decirlo así. No cabe duda de que mi viejo amigo Hamish supo ubicar el Jardín del Edén.

–Pues lo que yo he dicho.

–Siempre disfruté de esto. Es cabalmente el paisaje que guardaba en mi corazón.

–¿A qué se refiere, Delsey? –indagué.

–Viajé siguiendo a Hamish, buscando el lugar que encajara en mis anhelos. Y ahora soy un viejo malhumorado, parapetado tras una augusta fachada de la rue Royale, a escasos kilómetros de donde nací y de donde quise alejarme. Quizá me separé de Hamish antes de cubrir la etapa decisiva, la que me hubiera encastrado en mi lugar en el mundo, en mi utopía. Algo como esto.

No comprendía el sentido de las palabras de Delsey, pero no me pareció el momento adecuado para invadir la intimidad que parecía proteger tras unos fragmentos deslabazados de su pensamiento. Así que, conociendo su afición a la mitología, driblé con un doble sentido pretendidamente ingenioso, pero ciertamente estúpido.

–No puede quejarse, Delsey. Vive muy cerca de los Campos Elíseos.

–Aquellos días se fueron, barón –afirmó Ken–. Aquella Kenia ya no existe. La derrotamos, o se derrotó a sí misma. Pero sí, usted hubiera sido un buen colono –sugirió con cierto sarcasmo.

–¿De veras? ¿Tú lo crees?

–Pero un buen colono sigue necesitando unas buenas botas. Así que vamos a por ellas. –Ken se puso en pie de un salto, y Delsey tras él.

–¿Adónde vais? –grité mientras me levantaba.

–De compras –replicó Ken sin volver la vista, caminando presurosamente hacia el aparcamiento–. He convencido al barón de que su calzado no es el más apropiado para brincar por el Jardín del Edén.

–Adán y Eva iban descalzos, creo –bromeé.

–Pero sólo había una serpiente, y además estaba subida a un árbol –precisó Ken jocosamente.

–¿Serpientes? –balbuceó Delsey.

Ken deslizó nuestro bólido entre las grietas del colapsado tráfico de Nairobi como si hubiera untado los laterales del coche con vaselina, y un rato después aparcábamos junto al Sarit Centre, un moderno centro comercial situado en un barrio residencial del norte llamado, paradójicamente, Westlands. A pocos segundos del cierre logramos filtrarnos al interior de la zapatería Bata, donde Delsey se probó cientos de modelos de botas, exasperando al dependiente y sin llegar a decidirse por ninguno de ellos. Con su impoluto traje blanco y aquellas macizas peanas tenía el aspecto de una bailarina con calzado militar, opinaba él mismo. Ken y yo mentimos, refutando su diagnóstico y asegurando que realzaban su presencia, lo que no dejaba de ser cierto en un sentido: nadie dejaría de fijarse en él. Incapaz de escoger un par, Ken lo hizo por él.

–Me resulta fácil elegir algo cuando es para otra persona –nos contaba Ken cuando nos sentamos a beber una cerveza y picar algo para convalidar la cena–. Si es para mí, necesito a mi madre. No puedo dar un paso sin ella, tíos. Hace poco mis padres se marcharon un fin de semana a visitar a unos parientes, y me quedé solo en casa. Mi madre me dejó perfectamente detalladas las instrucciones para manejar la lavadora, como si fuera el manual de un misil. Lo seguí al pie de la letra, pero algo fue mal. Las instrucciones decían que debía poner dos lavadoras, una de ropa de color y otra de ropa blanca. Pero qué queréis, tíos, yo soy de la generación de la tele, y cometí un pequeño error de interpretación: puse una lavadora de color, y otra de blanco y negro. La de color fue bien, pero en la de blanco y negro salió todo gris. Ya veis, tíos, no sirvo para valerme solo. Y además el sueldo del periódico tampoco me da para mucho. Si los precios de la publicidad os parecen excesivos, que sepáis quién no se lo lleva. Por cierto, ¿cuándo me vas a pasar el texto para vuestro anuncio?

–Lo tendrás mañana por la mañana, antes de nuestra partida a Naivasha. Se lo envié a Mónica, mi... la chica con la que salgo, para que le echara un vistazo. Ella nos dio la idea del anuncio. Supongo que esta noche tendré su respuesta.

–Ah, ¿tienes novia, tío?

–Algo más que tú con Naomi, pero no creas que mucho más.

–Ah, ¿sí?, ¿cómo es eso? Cuéntamelo.

Entraba la conversación hacia un espinoso territorio sentimental que no me entusiasmaba abordar, cuando cruzó ante nosotros una figura femenina encumbrada sobre unas piernas estratosféricas, tan carnosas en un extremo y tan aciculares en el opuesto que parecían pinchar el suelo en lugar de pisarlo. Su estampa llamaba la atención, sobre todo a mí, que conocía a la propietaria de aquellas piernas. Hubiera sido una improbable casualidad de no haber sido por la escasa oferta de centros comerciales de Nairobi, y porque si ella estaba hecha para pisar lugares como el Sarit, el Sarit parecía haberse concebido pensando en alguien como ella. El centro no hubiera necesitado más publicidad para atraer muchedumbres que su imagen elegante y sensual, caminando pausadamente sobre aquellas finas agujas prolongadas sin empalmes en dos reglas de curvas ascendiendo hasta el borde de su falda recortada y sin silenciador, que se balanceaba entre bolsas pintadas con marcas de tiendas de moda.

–¡Makena!

Se giró y sonrió al descubrirme, mirando como sólo ella sabía.

–¡Curro! ¡Vaya, parecemos destinados a encontrarnos! –Se acercó a nuestra mesa, me puse en pie y le di dos besos. Miré a Ken, que había perdido el habla, el sentido y el control giroscópico de sus ojos.

–Esa suerte tengo yo. ¿Qué haces por aquí?

–Ya sabes, tengo que cuidar mi vestuario –dijo, enseñándome las bolsas–. ¿Y tú?

–También hemos venido a hacer unas compras. Mira, te voy a presentar. Éste es el barón Delsey, el amigo de mi abuelo de quien te hablé. Makena es una amiga a quien tuve la suerte de conocer nada más pisar Nairobi. –Delsey se levantó con elegancia, intercambiaron saludos y él besó su mano.

–Y éste es Ken, amigo y periodista del que también te hablé el otro día. Nos ayuda a buscar a mi abuelo. Hoy nos ha guiado en un recorrido muy interesante por la ciudad.

Ken se incorporó torpemente arrastrando hacia atrás la silla, que rechinó sobre el suelo como un elefante enfurecido. Tendió la mano hacia ella con un ademán mecánico, como la barrera de un aparcamiento.

–Soy Ken, Ken… nedy Kamaru… reportero… del *Standard*.

–Es un placer, Ken –ronroneó Makena, sacudiendo la mano rígida de Ken.

–No, no lo es. Quiero decir, que el placer es todo mío.

–Siéntate con nosotros a tomar una cerveza –invité.

–Sois muy amables. Me encantaría, pero llegaría tarde al Victoria, ya sabes. En otra ocasión será. Volveremos a encontrarnos, y si no es así, ya sabemos dónde buscarnos. ¿Has sabido algo nuevo de tu abuelo?

–Mañana nos marchamos a Naivasha siguiendo una pista. Estaremos fuera un par de días. A la vuelta te contaré.

–Y tomaremos entonces esa cerveza –prometió Makena mirando a Delsey y a Ken. El primero no alteró su distinguida sonrisa, pero la cara del segundo se distorsionó en un chorreante alud de carne fundida.

En cuanto Makena se despidió y se alejó sobre sus ligeros tobillos, Ken me agarró el brazo con dedos crispados, sin despegar la vista de la coreografía sincronizada de falda, cadera, pierna y tacón.

–¡Pero… pero… qué pedazo de nena! ¡Guau! ¡Qué diosa! ¿No le parece, barón?

–Desde luego es una mujer escrupulosamente canónica. Muy sobresaliente, sí.

–¿Escru….? Pero ¿qué diablos dice? ¡Yo me parto con usted, tío… barón, quiero decir! ¡Pero si está más buena que Naomi!

–Y es una gran chica, además –agregué.

–¡Tío… tío! –La figura de Makena era ya apenas distinguible entre la gente, pero Ken era incapaz de recobrar la calma ni de desviar la mirada–. ¡Me la tienes que presentar!

–Si acabo de hacerlo –precisé, pero Ken no escuchaba.

–¿De qué la conoces? Ella y tú no… –Me miró, uniendo los dedos índices de ambas manos.

–No, sólo somos amigos. Ya superé la prueba de fuego.

Rezagados en la charla, llegamos tarde al hotel y nos despedimos de Ken con la promesa de llamarle a nuestro regreso del Rift. Esperaba que el recepcionista me entregara el fax de Mónica en respuesta al mío, pero no fue así. En lugar de eso, nos rogó, y se le notaba incómodo al hacerlo, que si no teníamos inconveniente nos pasáramos un momento por el bar, ya que nos había visto charlando con «él». Intrigados sobre quién era «él», obedecimos, para descubrir allí un único cliente y un camarero tras la barra. Éste, con infinito tacto, nos preguntó si aquel cliente era conocido nuestro y, en caso afirmativo, si podíamos despertarlo con sutileza para acompañarlo a su habitación. Allí, con un moflete desparramado sobre la mesa y rodeado por un *skyline* de vasos de tubo, Tony Kerak dormía la mona roncando sonoramente, todavía con el disfraz de Hemingway, si es que realmente era un disfraz. De repente su gruesa cabeza se agitaba y entonces murmuraba con lengua de trapo: «¡Un hombre puede ser destruido, pero no derrotado!». La escena era tan cómica como patética.

–Delsey, ¿podrá usted ayudarme a cargar con él? Dudo mucho que él pueda llegar hasta su habitación por su propio pie.

–Un hombre puede ser derrotado... –Kerak revivió por un instante–. No, eso no... destruido... o derrotado... Joder, ¿cuál es la puta diferencia?

–No te preocupes, muchacho –respondió Delsey–. Ve a dormir. Yo me quedaré con él un rato. ¿Aún está el bar abierto? –preguntó dirigiéndose al camarero.

–Por supuesto, señor.

–Pues sírvame un gin-tonic, si es tan amable. Pero ni se le ocurra poner una rodaja de limón. Sólo la cáscara, cortada en espiral y lavada muy brevemente en agua desionizada a ser posible, o si no, en unas gotas de la misma ginebra.

–¿Está seguro? –insistí–. Usted no podrá con él.

–Oh, no importa. Pediré ayuda a los mozos de recepción. Creo que esta noche hay un viejo amigo que necesita algo de compañía.

27

EL CIELO DE NAIVASHA

Trevor nos había citado muy temprano, así que apenas tuvimos tiempo de engullir un bocado relámpago y presentarnos en la recepción del Norfolk. Allí aproveché para enviar a Ken el fax con el texto de nuestro anuncio. Me disgustaba, mejor dicho, me indignaba no haber recibido respuesta de Mónica, sobre todo cuando le había pedido sus comentarios con urgencia. Sentía que se alejaba de mí, y que si ella había insistido en rechazar ese invisible lazo transatlántico destinado a mantenernos unidos, lo había hecho sin reparar en que no era su cuello, sino el mío, el que debía ceñirse ese lazo, y suya la mano que debía sostenerlo por el otro extremo. Preferí archivar mi previsible naufragio amoroso entre las paredes del Norfolk, para, si acaso, rescatarlo a la vuelta, y por el momento entregarme a la aventura que prometían los próximos días.

Al presentarse en el vestíbulo, nuestro sociable anfitrión inspeccionó nuestro equipaje. Yo había preparado una bolsa de mano con un par de mudas y un traje por si en aquellos feudos ex coloniales aún se estilaba la costumbre de vestirse para cenar, además de la cámara de fotos y algunas páginas del documento de Hamish. Delsey, por su parte, requirió la ayuda de un mozo para portear uno de sus inmensos maletones de carpincho, lo que a Trevor le pareció excesivo para el espacio disponible en su vehículo. A regañadientes, jurando que aquel tráiler de cuero exótico no transportaba más que material de soporte vital básico, Delsey tuvo que regresar a su habitación a aligerar peso. Al cabo de un rato apareció de nuevo con dos bolsas de viaje, cuyo volumen acumulado difícilmente rebajaba el del maletón. Trevor consintió por no retrasar nuestra partida. Le pregunté si el maletero de su coche era pequeño.

–¿Coche? ¿Quién ha dicho que viajaremos en coche?

Una hora después despegábamos de la pista del aeropuerto Wilson, cerca del Carnivore y al norte del parque nacional, en el Cessna 172 de Trevor que pilotaba él mismo. El aeroplano, nos explicó, se impuso como medio de transporte desde los primeros tiempos de la colonia, cuando muchas granjas remotas carecían de comunicación terrestre con las ciudades. Con las carreteras casi abandonadas a su suerte, la avioneta permitía olvidarse de los socavones y del tráfico pesado y peligroso.

El aparato se elevó sobre los suburbios de Nairobi en paralelo a la espina rugosa de las colinas de Ngong. A la derecha se levantaba soleado el paramento cristalino del centro de la capital, capturado en la perfección de su tersa lejanía que borraba las magulladuras a pie de calle, surcado por venas rectilíneas que en la distancia parecían fluir sin trombos y sin ponzoñas, recogiendo el fresco oxígeno mesetario de sus pulmones verdes y repartiéndolo por las isletas de tejido urbano entre sus capilares. Atrás dejábamos el parque nacional de Nairobi, donde se dibujaba el lindero de dos mundos que nos había explicado Ken. Desde los bosques del parque hacia el norte, hoy enmascarado por la aglomeración humana, nacía el país elevado de tierra roja y espesuras donde los kikuyus habían labrado el suelo durante siglos. Hacia el sur se tendían las llanuras de los pastores masai, con su tapiz vegetal que a lo largo del calendario de lluvias pasaba del verde al rubio pajizo.

Delsey había elegido sentarse detrás y dejarme a mí el asiento del copiloto. Le agobiaba, decía, aquel despliegue de relojes, botones y palancas cuyo uso desconocía, y prefería que fuera otro el que tuviera que hacerse cargo de toda aquella panoplia en caso de que el piloto sufriera un patatús repentino. Yo no estaba más cualificado que Delsey para un aterrizaje de emergencia, pero me encantó ocupar el lugar junto a Trevor y asaetearlo con preguntas sobre los instrumentos y la técnica de vuelo. Volar era para él una pasión, y sabía transmitirla. Aquélla era su tercera avioneta. Yo nunca antes había volado en un aparato tan pequeño, y la sensación era magnífica, con una visibilidad desconocida en un avión de línea, incluso en los pequeños bimotores de hélice que aún realizaban vuelos regulares en España cuando yo era niño. Un pedazo imponente de África llenaba la vista bajo nuestro fuselaje, que desde el interior de la cabina resultaba tan cómodo, y al mismo tiempo tan frágil, como el habitáculo de un taxi.

Sobrevolamos una región verde y abullonada donde alternaban las pequeñas parcelas cultivadas con grandes plantaciones de café y té demarcadas por retazos de un bosque que se hacía más denso y dominante a medida que la cota trepaba hacia la cima de la Escarpadura Kikuyu. Entonces Trevor hizo algo grandioso, una maniobra de exhibición destinada a arrancarnos rugidos de admiración, y lo consiguió. Voló a baja altura sobre las montañas, supongo que todo lo bajo que le permitían las normas o la prudencia, para llegar hasta el borde de la sierra y mantener la altitud mientras el suelo se desplomaba cientos de metros bajo nuestros pies hasta el lecho del valle del Rift, la Gran Falla Africana, la cicatriz que acuchilla casi media cara del planeta desde el Mar Muerto hasta Mozambique. Allí estaba un mito erótico-geográfico de mi infancia en su colosal y opulento vacío, tachonado de cráteres volcánicos cegados de polvo, ahogado bajo el peso de un sol plomado en su prisión de paredes selváticas, cayendo hacia el sur en una catarata de pasto que descendía desde la cadena de lagos del norte. Aquella porción del Rift recibía el nombre de Kedong Valley, informó Trevor, y virando hacia el norte sobre el eje del valle nos señaló una estación de satélites con sus enormes antenas parabólicas acostadas hacia el cielo, y un poco más allá los montes Longonot y Suswa, y la Fischer's Tower, una chimenea de lava en el parque nacional de Hell's Gate, para después culminar el festín visual describiendo un vuelo circular alrededor del lago Naivasha. Su sueño, comentaba contra el zumbido persistente del motor, era surfear como los buitres sobre las olas de aire caliente del valle sin otro sonido que el del viento, y por ello aprovechaba sus frecuentes viajes a Gran Bretaña para recibir clases de vuelo sin motor con la intención de hacerse con un planeador en cuanto hubiera concluido su aprendizaje. Imaginé entonces que, si aquella ascensión al lomo de la sierra Kikuyu, construyendo un clímax que luego se liberaba resbalando hacia el fondo de la tierra, era lo más parecido a un gigantesco orgasmo sin sexo que uno podía sentir, hacerlo bajo un silencio que desnudara incluso la propia respiración tenía que ser el orgasmo más íntimo que uno pudiera experimentar a la vista de todos. Sólo se podría superar, si acaso, añadiendo alguna banda sonora que acariciara el oído durante el orgasmo, como aquella *Cavalleria Rusticana* que tanto amaba mi abuela Uke y que para mí siempre fue música para quererse.

Pocos minutos después aterrizábamos en una pista de tierra roja desbrozada en un claro al nordeste del lago. Allí nos esperaba un conductor, a quien Trevor había avisado por radio de nuestra llegada, al volante de un gran todoterreno, con dos perros que corrieron hacia nosotros agitando el rabo y disputándose las carantoñas de su amo. La casa se veía allí mismo, despuntando sobre una terraza natural a menos de un kilómetro de la pista. Era la mansión de quien no sufre restricciones de espacio, ni de dinero, ni seguramente de ninguna otra clase. La construcción de piedra, de ese falso estilo Tudor que tanto abunda en Kenia, estaba formada por cinco pabellones de una sola planta con ventanucos asomando a través de los tejados a dos aguas. Todos los bloques se orientaban hacia el lago que quedaba detrás de nosotros, y estaban comunicados en su parte más alejada por un edificio de dos pisos que corría paralelo al valle. Con la primera visión de aquel palacio rural recordé lo que nos decía Ken sobre los paraísos coloniales recortados a medida. Hasta aquellos días que estuvimos alojados en la granja Blackbourne-Hall, no creía posible que aún existiera gente de carne y hueso viviendo esa vida, la vida de la familia Benedict en la película *Gigante*. La casita de Karen Blixen era un humilde bungalow en comparación con aquella interpretación tumoral del *cottage* inglés.

El todoterreno nos condujo a través de un jardín ecuato-británico rebosante de colores, donde una piscina junto a un cenador bordeaba el risco que limitaba el altozano. Nos detuvimos frente al pabellón central de los cinco paralelos, donde se abría la entrada principal. Sobre la pequeña escalinata aguardaba una mujer rubia y sonriente, que supuse la mujer de Trevor. Su estilo juvenil y su figura delgada la hacían parecer más joven de lo que se apreciaba a corta distancia. A pesar de que debía de superar la cincuentena, conservaba una piel fina y flexible, era dulcemente guapa y lucía una sonrisa radiante que se le transparentaba a través de todo el rostro. Nos recibió con una simpatía abrumadora. Se llamaba Regina.

Aún era temprano, y la mañana era fresca y clara. Regina nos preguntó si deseábamos desayunar en condiciones, lo que aceptamos con mucho gusto. Trevor nos acompañaría, pues ella debía atender sus obligaciones en la granja. Nos presentó al mayordomo, Githuku, quien nos guiaría hasta nuestras habitaciones para que pudiéramos instalarnos y refrescarnos antes de bajar a desayunar. Regina y su marido se despidieron con una batería de besos que casi sorprendía en una pareja de su edad, y ella abandonó la casa hacia el jardín, mientras él nos citaba en el comedor principal media hora después.

Githuku era un personaje elegante y discreto, sonriente y hospitalario, de gestos comedidos y que hablaba en un susurro moderado al volumen justo para hacerse escuchar sin resultar estridente. Nos contó que la casa disponía de doce dormitorios. Originalmente constaba tan sólo de un bloque corrido de una sola planta y dos púas de lo que Githuku llamaba «el peine», los pabellones paralelos, y se había ido ampliando a medida que la familia crecía. Siempre había mucha gente allí, afirmaba; aquello era como un hotel gratuito, y nunca se aburría porque «pasaban muchas cosas».

El pabellón central entroncaba con el edificio principal en un enorme vestíbulo que abarcaba las dos plantas, desde donde ascendía una gran escalera de madera hacia el piso superior. Nuestras habitaciones estaban al fondo del ala izquierda, una a cada lado del corredor. Githuku nos explicó que ambos dormitorios eran básicamente iguales, excepto en la orientación. La de la derecha daba a las montañas, mientras que la otra miraba hacia el valle y el lago Naivasha. Dejé la elección en manos de Delsey, y él escogió las vistas al lago.

Disfrutar de todo aquello sin pagar un céntimo, el vuelo panorámico sobre África y las comodidades de un hotel de cinco estrellas, era algo desacostumbrado para mí, y casi me hizo desconfiar. En otro caso hubiera sospechado que alguien trataba de venderme una multipropiedad en la costa. Todo aquello, salvando la diferencia de escala, me traía a la memoria mi inminente condición como nuevo señor de Lux Domini. Era un pensamiento feliz.

A través de mi ventana, orientada hacia el nordeste, la vista se topaba en la lejanía con una suave cordillera pintada en violeta, supuse que los Aberdares. Entre las montañas y mi alféizar era imposible determinar hasta dónde alcanzaban los terrenos de la finca. Al pie de la casa arrancaba el jardín trasero con una cancha de tenis, un *green* de golf y una casita baja y alargada que recordaba a un motel, seguramente dependencias para el servicio, con los muros cubiertos de plantas trepadoras en flor. Más allá se divisaba lo que parecían unos establos, un *paddock* y un circuito para entrenamiento de caballos, y después el jardín se prolongaba hasta fundirse con una sabana de arbustos y acacias dispersas que escalaba en la lejanía hasta una meseta a media altura entre nuestra posición y la sierra. La habitación era más espaciosa que mi apartamento en Madrid, presidida por una cama fortificada con dosel y mosquitera. Según nos había informado Trevor, no había malaria a esa altitud, pero sí mosquitos, y la red tranquilizaba a los huéspedes melindrosos. Entré a inspeccionar el baño, que ocupaba todo el ancho de la habitación desde el pasillo hasta la fachada, y donde un ventanal arrojaba la claridad del sol sobre una fastuosa bañera circular con la que de inmediato concerté una cita para esa misma noche.

Media hora después toqué en la puerta de Delsey. Él ya estaba preparado, vistiendo un traje color champán, corbata rosa pálido y unos mocasines de ante. Indagué acerca de sus nuevas botas, y me confesó que las había alineado en el suelo, frente a él, y las había mirado durante un buen rato, tratando de figurarse a sí mismo sobre ellas, pero que finalmente la composición no había terminado de cuajar en su cabeza, y no había sido capaz de ponérselas. En cualquier caso se alegraba de haberlas llevado por si surgía una emergencia, como quien habla de una peligrosa arma de defensa personal. Yo no era capaz de imaginar a qué clase de situación se refería, y de pronto, por algún mecanismo defectuoso y malévolo de mi cerebro, se me vino la estampa de Delsey corriendo delante de un búfalo, desnudo y calzado con aquellas botas. Para disimular la risa le pregunté qué le parecía aquel lugar. Sentía curiosidad por la comparación entre su punto de vista y el mío. Su respuesta no me decepcionó. Todo le merecía una opinión magnífica, pero a pesar de haberse criado en el campo, no comprendía cómo aquellas gentes podían sobrevivir en un lugar tan extremadamente remoto, en semejantes condiciones de aislamiento. Rememoró una ocasión, cuando aún residía en el castillo, en que una intensa nevada los había mantenido incomunicados durante dos días, y aunque aquello resultó divertido, al mismo tiempo fue un trance sumamente duro.

Descendimos al vestíbulo sin encontrar a nadie más. La casa parecía desierta, y tuvimos que bastarnos entre los dos para localizar el comedor. Al contrario que mi habitación, que tiraba hacia un estilo rústico nativo, la sala llevaba la impronta británica en todos sus rincones. Al fondo del pabellón un enorme ventanal se abría al jardín, la piscina y el valle. En el comedor nos esperaba Githuku, acompañado por otro empleado ataviado de cocinero al que nos presentó como William, y que gentilmente nos tomó la orden del desayuno. Trevor se presentó diez minutos más tarde, disculpándose por el retraso. Se había entretenido localizando unos datos que debía transmitir con urgencia a Nairobi para el equipo de rodaje. Yo no encontraba palabras para agradecerle su hospitalidad, a lo que respondió que siempre era para ellos un placer recibir invitados. Pregunté si vivían solos allí él y su mujer, lo que le provocó una carcajada. Después del desayuno conoceríamos al resto de los moradores de la casa. Me intrigó que nadie más desayunara con nosotros, pero allí tenían costumbre de amanecer temprano, afirmó, y a esas horas cada uno estaba ya entregado a su faena.

Mientras devorábamos un desayuno de tres platos y postre, Trevor quiso saber más detalles de la historia de mi abuelo, y con la colaboración de Delsey le esbocé un resumen que le dejó absolutamente fascinado. Nos rogó que esa noche desarrolláramos el relato completo ante toda su familia. Me producía cierto apuro actuar como juglar delante de una audiencia desconocida, pero si contar una buena historia era suficiente precio por aquella generosa invitación, era lo menos que podía hacer.

El desayuno fue de los que incitan a la siesta, pero nuestro anfitrión había diseñado otros planes para nosotros. Poco después rodábamos en su todoterreno, perros incluidos, por una pista de tierra en dirección hacia la parte baja de la granja, que llamaban *lowlands*. Entre baches y socavones cruzamos de pronto una recta cinta de asfalto de unos dos metros de anchura, demasiado estrecha para un coche pero impecable en el trazado y el firme, en comparación con la polvorienta y castigada senda por donde circulábamos. Trevor miró a ambos lados antes de atravesarla. Intrigado, le pregunté qué era aquello. Me respondió riendo:

–Lo llamamos *Portia's Folly* –que se traduce como «la Locura de Portia».

–¿La Locura de Portia? ¿Y qué es?

–Si se lo contara, tal vez no lo creería. Luego lo verá.

Recorríamos un terreno de orografía irregular, abrigado por hierba y matorral con algunas acacias esporádicas. La finca tenía poco más de diez mil acres, unos cuarenta kilómetros cuadrados, comentó Trevor. Antes era mayor, pero una parte se vendió tras la independencia para capitalizar la explotación. «¿La explotación de qué?», pregunté.

–Flores –respondió Trevor mientras ante nosotros se abría una llanura arropada bajo docenas de invernaderos–. Cultivamos rosas para exportar al mercado europeo, principalmente a Alemania.

Condujo hasta las oficinas de la plantación y preguntó por su mujer. Le comunicaron que estaba en uno de los invernaderos. Caminamos hasta el lugar que le habían indicado mientras nos desvelaba los entresijos históricos de la tierra que pisábamos.

–Todo este lecho del valle solía ser tierra de pasto de los clanes masai. De hecho, en tiempos de sequía algunos pastores aún traen sus rebaños a abrevar al lago, incluso desde lugares tan alejados como Narok, que está en la ruta hacia Masai Mara. Claro que ahora lo tienen más difícil, porque las riberas son de propiedad privada, aunque en algunos casos el dueño sea el propio Estado, y esto suele dar lugar a enfrentamientos entre los masai, pobladores tradicionales de estas tierras, y los titulares legales.

–Pero no les falta razón, ¿no es cierto? –intervino Delsey, sensibilizado desde que escuchó las historias de Ken–. Les arrebataron sus tierras.

–Lo cierto es que los masai las cedieron voluntariamente, a través de un acuerdo firmado en 1904 por los jefes de los clanes con la administración del protectorado. Otra cosa es que el todopoderoso imperio se aprovechara de la candidez de los masai, que no sabían leer, para obligarlos a firmar un pacto con unas condiciones que los perjudicaban. Pero en todo caso, los masai prefirieron evitar un posible conflicto con el colonialismo en expansión, y desplazarse a otras regiones. Sea como fuere, aquellos documentos existen, y mientras no sean revocados en causa justa por una autoridad competente para ello, son legales. Y dudo que esto ocurra, porque les diré que el Estado es el primer interesado en mantener la vigencia de esos acuerdos. Hay grandes intereses económicos en las actividades agrícolas y ganaderas del valle.

–¿Y los pastos que hemos visto? –pregunté–. ¿No se aprovechan para ganado?

–La familia de Regina solía criar ganado, pero en los años setenta la producción de flor cortada se popularizó en Kenia y nos convertimos en el cuarto país exportador del mundo. Unos años después llegaron las rosas. Las variedades que se cultivan aquí están muy bien adaptadas al clima y al suelo del lago, y aquí estamos prácticamente a la misma cota y con el mismo tipo de suelo, arenoso y con buen drenaje, y la cercanía del lago permite bombear el agua desde allí. Por eso se dedicó a las flores esta parte baja de la finca, que es además donde se encuentra el acceso por carretera. Esto facilita el transporte de la producción, que se lleva en camiones refrigerados directamente al aeropuerto de Nairobi.

Seguimos a Trevor al interior de un invernadero. En el centro de la intensa actividad estaba Regina, sosteniendo una carpeta de pinza y conversando animadamente con un supervisor. Cuando nos vio aparecer nos recibió con otra de sus transparentes sonrisas, y a Trevor con un beso efervescente que disparó la risotada del empleado.

–¡Bienvenidos a mi lecho de rosas! –proclamó Regina antes de presentarnos al supervisor.

–Éste es el reino de Regina. –Trevor hizo el juego de palabras con el término inglés *reign*, al tiempo que le rodeaba cariñosamente la cintura con el brazo–. Es ella quien dirige los negocios de esta familia. Yo apenas sirvo para dirigirme a mí mismo, mucho menos para salir cada día al amanecer a comandar una legión de jardineros y a batirme en duelo contra todos los malditos bichos que quieren comerse nuestras flores. Además se ocupa del resto, que podrán ver en nuestra próxima escala. –Se volvió hacia ella–. ¿Dónde está Chloe?

–En las *highlands*, en los establos. Llevo el *walkie*. ¿Quieres hablar con ella?

–No, ahora iremos a verla.

Tras un recorrido por la plantación, Regina nos emplazó para la cena. Trevor lamentó que su mujer trabajara demasiado, y que prefiriera charlar de flores con sus empleados mientras almorzaba, más que almorzar con él mientras charlaban de cualquier otra cosa. Antes de dejarla zambullirse de nuevo en sus flores, bromeó con ella aleccionándola para que exigiera a su jefe que la soltara temprano, y se despidieron con otra batería de besos y arrumacos. Aquello hubiera podido bordear lo empalagoso a ojos de alguien más cínico que yo, pero lo cierto es que a mí me resultaba tierno, y más teniendo en cuenta la discutible cualidad, atribuida a los ingleses, de ocultar sus pasiones en público. Después de todo, ellos no eran ingleses.

De vuelta por la misma pista que habíamos tomado antes, Trevor explicó que su hija mayor, Chloe, ayudaba a su mujer a dirigir la explotación de la finca. Tras deshacer el camino y cruzar de nuevo la enigmática Locura de Portia, nos detuvimos junto a la casa, en el jardín trasero, y Trevor nos guió hasta la cancha de tenis que había visto desde mi ventana. Dos parejas jugaban un estrepitoso partido de dobles, un chico blanco y una chica negra, contra un chico negro y una chica blanca, todos ellos gritando en la disputa del punto. Esperamos a que la pelota cayera fuera de pista, y entonces corrieron a reunirse con nosotros. Trevor hizo las presentaciones.

–Mi hija Lillian y su novio Patrick, mi hijo Robin y su novia Liz. Estudian fuera, pero vienen a casa en vacaciones. Chicos, éstos son el barón Delsey y Curro, nuestros invitados. Han venido a Kenia buscando al abuelo de Curro, que al parecer estuvo prometido a vuestra abuela Cordelia antes de que ella se casara con el abuelo. Así que ya veis, hubierais podido estar emparentados. La historia de su abuelo es fantástica, esta noche os la contarán a todos.

Respondieron con una algarabía de preguntas atropelladas.

–Son españoles, ¿no? –se interesó Patrick, el novio de Lillian.

–Yo soy español. El barón Delsey es francés.

–Nací en Francia, me eduqué en Inglaterra y me divertí en España

–puntualizó Delsey–. Como desde hace muchos años vivo de nuevo en París, eso quiere decir que hace muchos años que no me divierto.

–¡París, qué maravilla! –exclamó Robin, el hijo menor–. ¿Cómo puede alguien no divertirse en una ciudad tan divertida como París?

–A vuestra edad la diversión aún se busca fuera. A mi edad, o se lleva puesta, o no se lleva.

–Nos dijo Trevor que tú eres periodista, Curro, ¿no es así? –Liz pasó página al insólito lamento de Delsey–. Yo voy a empezar la carrera de periodismo al terminar el próximo curso.

–Su padre es un jefazo de un periódico de aquí –aclaró Trevor–, así que no lo tendrá difícil. –¿De qué me sonaba aquello?

–¡No me digas! ¿De qué periódico? –interrogué.

–Del *Standard*.

–¡Oh, vaya, qué casualidad! Conocemos a un periodista del *Standard*, ¿verdad, Delsey? Kennedy Kamaru. Nos ayuda con la búsqueda de mi abuelo.

–¡Ken, sí, le conozco! Twokay, como le llaman algunos, por las dos «k». Es muy simpático, pero está como una moto.

–¡Vaya, el mundo es un pañuelo! –concluyó Trevor–. Almorzaremos arriba en el río. ¿Os apuntáis?

–Nos encantaría, pero hemos quedado a comer en el club con Cynthia, Jim y los demás –se excusó Lillian–. Nos veremos para cenar. Estoy deseando escuchar esa historia. Y siempre es un placer tener más gente joven por aquí. –Se dirigía a mí, y al darse cuenta de que aquel comentario desmerecía a Delsey, prosiguió–: Así seremos más para aprender de las experiencias de la gente más veterana que nos honra con su visita –dijo, mirando a Delsey y salvando elegantemente la situación.

Antes de regresar a la cancha, Lillian me observó de nuevo, pero en esta ocasión el matiz era distinto. No se trataba del contacto visual natural durante una conversación. Era extraño, porque si bien no parecía tratar de insinuarse con la mirada, sí era el tipo de examen visual que sirve para poner nota al atractivo físico dc alguien, cuando la nota es alta. En el momento no lo entendí, y menos cuando con una sonrisa partida por la mitad, medio cortés y medio traviesa, preguntó a su padre:

–¿Vais a ver a Portia?

–Sí, ahora subiremos –contestó Trevor.

–Suerte –sentenció Lillian, y corrió con su raqueta de vuelta al campo.

Los chicos reanudaron su partido, y Delsey y yo aguardamos allí mientras Trevor entraba en la casa para recoger los almuerzos que había encargado por la mañana a Githuku. Después continuamos camino hacia los establos que se divisaban desde mi ventana.

–Caballos. La segunda actividad de esta granja. Tenemos la suerte de que el desnivel total de la finca se acerca a los quinientos metros, subiendo hasta el extremo norte de la meseta de Kinangop. Criamos los caballos en esta zona más elevada, lo que nos da una ventaja para competir en hipódromos a menor altitud, como los británicos, o incluso en Nairobi, que está más bajo que nosotros. Esto también lo lleva Regina, con la ayuda de mi hija Chloe.

Chloe tenía más o menos mi edad y era muy semejante a su madre, pero mostraba un trato más profesional, menos cálido, y su expresión tenía un gusto metálico sin la carga magnética de Regina. Después de enseñarnos los caballos, Trevor hizo el esfuerzo de situarnos en el mapa familiar. Chloe vivía y trabajaba en la granja. Lillian y Patrick se habían conocido en el colegio y estudiaban en Cambridge, con la intención de poner en marcha una pequeña productora de documentales de naturaleza. En cuanto a Robin y Liz, los más jóvenes, aún les restaba otro año más de colegio en el internado de Nairobi. El futuro de Liz no dejaba lugar a dudas, y Robin quería dedicarse al turismo. Desde que tenía uso de razón había insistido a sus padres para que construyeran en la finca un campamento de lujo para turistas, y su causa contaba con el apoyo de Lillian y Patrick, quienes querían convertir todas las *highlands* en un santuario para la fauna. De hecho, más allá de los establos, toda aquella área superior de la granja se mantenía en estado salvaje, y albergaba una población de herbívoros que se habían establecido allí atraídos por los pastos protegidos.

Todo aquel esquema idílico del santuario, el campamento de lujo y los documentales se enfrentaba, sin embargo, con un obstáculo, y no era otro que la Locura de Portia.

Recorrimos un trecho hacia el norte hasta perder de vista los establos, y continuamos ascendiendo por un terreno empinado durante un buen rato, hasta que recalamos en otro lugar habitado. Un par de barracones y lo que parecía un garaje de grandes dimensiones circundaban una plataforma redonda de asfalto, que se extendía hacia ambos lados en dos pistas estrechas e impecables como la que habíamos cruzado antes. Deambulaban por el lugar cuatro o cinco empleados uniformados con traje azul de faena. A uno de ellos, que portaba una llave inglesa, Trevor le preguntó algo, y el mecánico extendió la herramienta hacia el garaje. Nos dirigíamos hacia allí cuando de su ancha boca oscura emergió un motorista manejando una gran moto amarilla que tenía aspecto de máquina de competición. El cuerpo del piloto iba envainado de pies a cabeza en un ceñido mono negro de brillo metálico, con un casco del mismo color que llevaba la visera oscurecida.

–¡Es una mujer! –susurró Delsey en español.

–Portia, supongo –deduje.

En efecto, su postura agachada ante el manillar no disimulaba unas formas femeninas, y su pecho prominente, comprimido entre los brazos, dejaba poco lugar a dudas. Evolucionó sobre la plataforma circular probando el aparato, que se resentía de un cabeceo en la rueda delantera. Hizo un gesto a uno de los muchachos indicando que la máquina no marchaba bien, y éste entró en el garaje, de donde salió empujando otra moto de color rojo. Cuando el piloto desmontó de la amarilla para sentarse sobre la roja, se disipó cualquier posible residuo de incertidumbre sobre su sexo. Definitivamente, era una mujer, con un cuerpo atómico en onda expansiva bajo aquel mono negro, que se soldaba a las concavidades y convexidades de su cuerpo como el teflón al fondo de una sartén, lo que la hacía parecer una especie de perversa lady Godiva, desnuda y con el cuerpo untado de chocolate puro a la grupa de su caballo mecánico. Empuñó el manillar de la nueva moto y recorrió la plataforma, adelante y atrás y en círculos, hasta que alzó el pulgar confirmando al empleado que todo estaba correcto. Desde el extremo opuesto de la plataforma giró la cabeza hacia nosotros y de repente aceleró para acercarse, derrapando un instante antes de arrollarnos. Miré a Trevor, que se limitaba a sonreír mientras ella jugueteaba con el acelerador y nos observaba desde detrás de su visera opaca. Avisó con la mano a uno de los mecánicos, me señaló con el dedo enguantado y después tocó su casco y su mono. El empleado corrió hacia uno de los barracones y al momento regresó con un casco, una chaqueta y un pantalón de motorista, que depositó en mis manos. Decidí seguir el juego y me puse aquella ropa encima de la mía. Una vez vestido, ella tendió su mano hacia mí con un gesto regio, al estilo de un caballero andante, y cuando la agarré tiró de mí con violencia, arrojándome sobre la moto detrás de ella. Me acomodé allí con discreción, tratando de dejar correr el aire entre su cuerpo y el mío, y buscando un asidero en la parte trasera del chasis, pero entonces ella embistió mi entrepierna con sus caderas de burbuja de teflón, me cogió los brazos por las muñecas y con una firme sacudida los apretó fuertemente alrededor de su cintura. En cuanto estuvimos así acoplados y respondí a su pulgar levantado con el mismo gesto, ella hizo una última seña a otro de los mecánicos, que sostenía un cronómetro. Supe que aquello no iba a ser un paseo por la campiña.

Arrancó con un brusco acelerón que me obligó a clavar mis talones en el estribo y estrechar aún más mi cuerpo contra el suyo. En un primer momento no pensé que ella hubiera provocado deliberadamente esta reacción mía, pero con el correr de los minutos llegué a intuir que pilotar aquella moto era para ella un simulacro sexual. Mis manos no llevaban guantes, y mientras yo luchaba con la inercia para mantenerlas inmóviles y que no resbalaran sobre los contornos de su cuerpo, ella parecía conducir con una precisión intencionada para dosificar la fricción de sus nalgas contra mi entrepierna, y para que mis manos perdieran el punto de apoyo y se deslizaran sobre el delgado y brillante material de su mono, lo que dejaba notar que no llevaba nada debajo excepto una pequeña prenda íntima que le recorría la cintura en un fino cordón.

A pesar de que todo aquello era tan sensual como incómodo, no dejaba de ser una suerte que controlara la moto con tanta pulcritud, porque debíamos de rodar a doscientos kilómetros por hora. La pista, que no llegaba a los dos metros de anchura, era suave como un colchón de aire, pero se veía demasiado estrecha a aquella velocidad, y cualquier vacilación nos hubiera hecho picadillo en los arbustos de espino, antes de estamparnos contra alguna roca y acabar, como ella parecía desear, íntimamente unidos en una sola hamburguesa doble de carne mezclada. No sin cierto temor, divisé delante de nosotros una curva muy cerrada, donde por fortuna la pista se ensanchaba; ella la tomó a la velocidad perfecta para no desviarse un centímetro de su trayectoria y conseguir, al mismo tiempo, que mi mano del lado interior a la curva se hundiera entre sus piernas de forma totalmente involuntaria. De inmediato la quité de allí, pero ella ya había reaccionado acelerando de nuevo en otra recta que corría oblicua a la anterior y se rizaba más adelante en otra curva de casi ciento ochenta grados. En mi doble embotamiento, por la velocidad y la excitación, apenas vi pasar la casa; luego cruzamos la pista que habíamos recorrido en el todoterreno de Trevor y más adelante aparecieron los invernaderos, donde giramos en una curva vertiginosa que nos condujo paralelos a una valla metálica durante un par de kilómetros; incluso me pareció distinguir a Regina que nos saludaba, aunque seguramente era mi propia madre en una de esas alucinaciones recopilatorias previas a la muerte. Doblamos de nuevo hacia el norte y unos minutos después la casa surgió por el costado contrario, y fui capaz de calcular que habíamos rodeado las *lowlands* para subir al área salvaje de las *highlands* hacia la meseta de Kinangop, cuyo perfil veía acercarse. De pronto, al fondo de la pista apareció una rampa que se dibujaba casi vertical contra lo que debía de ser el bisel de la meseta. Imaginé que el recorrido terminaba allí, de una manera o de otra: o dábamos la vuelta, o nos matábamos. Supe que iba a ser lo segundo cuando mi piloto aprovechó la larga recta para acelerar al máximo y abordar aquella rampa imposible a unos doscientos cincuenta kilómetros por hora, con un zumbido que se salía de escala. Sentí que el alma se me escapaba por el cuero cabelludo cuando la moto emprendió el ascenso de cuarenta y cinco grados, y en aquel ángulo y a aquella velocidad, tuve el impulso automático de buscar un punto de agarre más elevado para evitar caer al vacío, lo que dio con mis manos sobre sus pechos. Al tacto tuve entonces la certeza de que aquello la excitaba, e imaginé que ése era en parte el propósito de su maniobra cuando, una vez ganada la cima, ella bloqueó la movilidad de mis brazos con sus axilas.

Quizás hubiera debido disfrutar de aquello, pero lo cierto es que me sentía manipulado. Objetivamente, ella no hacía más que pilotar, y entretanto era yo quien le estaba magreando todo el cuerpo como una marioneta de la inercia que ella manejaba. Me enfurecía el instintivo calentón que me había provocado.

Aquel pensamiento duró solamente un instante, porque de inmediato fui consciente de que teníamos otro peligro más importante al acecho: animales. Sobre la meseta se prolongaba un largo tramo recto que le daba la posibilidad de acelerar a fondo, lo que no dejó de hacer, y mientras, apenas me daba tiempo a distinguir los animales que pasaban a pocos metros de nosotros como si alguien los hubiera disparado con un cañón. Sabía que tarde o temprano alguno de aquellos rebaños se interpondría en nuestro camino, y me pregunté qué pasaría entonces, al tiempo que rezaba para que las poblaciones de herbívoros de las *highlands* que había mencionado Trevor no incluyeran rinocerontes o búfalos, y entonces recordé que uno de estos últimos había matado al padre de Cordelia. Bastaron un par de minutos para tener la respuesta. Una pareja de antílopes, que parecían muy pequeños hasta que comenzaron a crecer a ojos vista y que reconocí como *waterbucks* hembras o machos jóvenes, haraganeaba inocentemente cerca de la pista, luego junto a la pista, al borde de la pista, ¡en la pista!, mientras nos precipitábamos a tumba abierta sobre ellos. En mi último hálito imaginaba una partida de rescate recogiendo nuestros pedazos de las cumbres de los Aberdares, pero de pronto, cuando apenas nos quedaban cien metros de vida, los *waterbucks* se alejaron galopando despavoridos. La escena se repitió un poco más adelante con un grupito de gacelas de Grant y después con un clan de babuinos, y milagrosamente, en todos los casos escaparon corriendo segundos antes de la colisión, sin que mi piloto aflojara la marcha en ningún instante, ni siquiera para cruzar algunos arroyos por pasos muy estrechos, salvo para tomar las curvas que nos devolvían hacia la arista de la meseta. Y era allí donde me esperaba lo mejor, porque si la subida se apreciaba desde lejos como un muro vertical, en cambio, para el descenso, la pista simplemente desaparecía. Finalmente no recogerían nuestros pedazos de los Aberdares, sino de las aguas del Naivasha, que era lo único que se divisaba más allá del punto donde la carretera terminaba. No creí que se atreviera a hacerlo, pero se atrevió. Durante un tiempo que no pude determinar realicé mi segundo vuelo del día sobre el paisaje del Rift, esta vez sin alas y agarrando los pechos sólidos y vibrantes de una loca que me pinchaban las palmas de las manos.

Contra todo pronóstico, caímos sobre dos ruedas y dentro de la pista, que en aquel lugar habían tenido la gentileza de ensanchar. Tras unos rotundos cabeceos que me hicieron temer una caída, mi piloto recuperó la estabilidad y nos lanzó de nuevo a doscientos cincuenta, cuesta abajo por una recta que no terminaba nunca hasta que terminó abruptamente en una curva de noventa grados, que tomamos derrapando y que por fin nos depositó, increíblemente sanos e increíblemente salvos, en la plataforma circular entre los barracones y el garaje.

Entre la percepción neblinosa de mi cerebro hecho puré creí escuchar cómo el mecánico del cronómetro cantaba el tiempo y todos aplaudían alborozados. Desclavé mis palmas de los pechos de Portia y descendí de la moto como si bailara claqué. Ella saltó al suelo delante de mí y se quitó el casco mientras yo no recordaba que aún lo llevaba puesto. Cuando lo hizo, una larga cabellera rubia y lacia se le descolgó hasta media espalda, como en los anuncios de champú, y pude ver por primera vez la cara de mi victimaria. Su rostro, marca Blackbourne-Hall y modelo de en torno al año 60, calculé, era tan dulce que no podía creerlo, enmarcado en un flequillo cuadrado de lindes recortadas, con unos ojos de profunda lejanía que traslucían los Aberdares a su través, naricilla puntiaguda y despejada como la meseta de Kinangop, pómulos que parecían criados a golpe de rocío en los invernaderos de la granja y una sonrisa pulida y reflectante de orillas nutritivas como el Naivasha. Su semblante era una síntesis de todo el paisaje. Aún no conocía su parentesco con los demás, pero era más Regina que sus propias hijas.

–Hola, tío Trevor, cariño. –Le saludó con un beso fugaz en los labios.

–Hola, preciosa. –Trevor sonreía encandilado.

–Portia Van Slyck. –Nos tendió la mano. A pesar de su sonrisa, aquel gesto era de una frialdad chocante cuando llevaba mis huellas dactilares repartidas por todo su ceñido traje. Estrechamos su mano–. Te felicito. Has sido un copiloto muy... apasionado. Tanto que ni siquiera te desprendes de tu equipo.

Me di cuenta entonces de que estaba haciendo el ridículo, aún con mi casco y mis prendas de motorista. Con inmensa vergüenza me despojé de todo ello mientras Portia me observaba con atención y Trevor nos presentaba.

–Les presento a mi sobrina Portia, una deportista consumada, como han podido comprobar. Cariño, éstos son el barón Delsey y Curro. El barón es francés y Curro es español.

Delsey iba a arrancarse a hablar, temí que para sentar de nuevo los principios de sus orígenes, cuando Portia le interrumpió.

–¡Español, qué prometedora novedad! Por fin algo de sangre caliente mediterránea entre nosotros. Tenemos algunos vecinos italianos, pero son italianos desnaturalizados, como Giorgio. Cantan el *Rule Britannia* mejor que nosotros.

–¿*Rule* qué? –bromeó Trevor.

–¿Giorgio? –pregunté.

–Mi hermano –aclaró Portia–. ¿Aún no le habéis conocido?

–Supongo que estarán con sus batallitas –aventuró Trevor–, y no he querido molestarlos, ya sabes cómo se ponen con eso.

–¿Te ha complacido la cabalgada? –Portia me miró con un viso insinuante–. ¿Qué has sentido? Descríbemelo.

–Ha sido una... intensa combinación de placeres y miedos penetrantes que no había sentido nunca. Todavía estoy conmocionado. –¿Dije aquello? No pretendía flirtear. Ella parecía beberse mis palabras, como si con ello paladeara el fruto de su juego–. Pero aún no entiendo cómo hemos conseguido evitar a los animales.

–Ah, ése es mi pequeño invento. Utilizo esto. –Portia se inclinó sobre la moto y apretó un botón en el manillar–. ¿Puedes escuchar algo?

–Creo que no.

–Pero los animales sí. Es una potente bocina de ultrasonidos.

–Y precisamente porque no podemos escucharlo, algún día se te estropeará ese cacharro y no te darás cuenta –advirtió Trevor–. Ten cuidado, cariño.

–Mi tío es un cielo. Me cuida tanto que no puedo evitar cubrirle de besos, día y noche. –Repitió el beso del saludo–. Bien, ha sido un placer conoceros. Espero –me ensartó en sus pupilas– que luego tengamos ocasión de... cabalgar otra vez. Ahora, si me disculpáis, montaré sola para dar una vuelta rápida. –¿Suponía aquello que la nuestra no lo había sido?

Por su comportamiento durante nuestra carrera, había imaginado a Portia como la clásica mujer fatal, una leona de voz grave y maneras rudas, casi masculinas. Pero su voz era fina, casi aniñada, y su expresión propagaba la dulzura y la delicadeza de su rostro, e incluso aquella insinuación sobre cabalgar otra vez sonaba a una inocente ronda en los caballitos cuando ella la pronunciaba. Se recogió el cabello con una mano, con la otra se embutió el casco sin dejar de mirarme, subió a su máquina y salió despedida sobre la cinta de asfalto. Delsey contenía una sonrisa de malicia mientras regresábamos al todoterreno de Trevor. Yo pensaba en lo aberrante, peligroso y absurdo de aquella situación, que además hundía el cuchillo en mi eterno conflicto con las chicas sexualmente agresivas. Lo aberrante era que, desde mi llegada a Kenia, el cien por cien de las mujeres imponentes y sexualmente agresivas que había conocido se sentían atraídas por mí. Sólo eran dos, pero seguía siendo el cien por cien, lo que me alineaba a efectos estadísticos en el mismo equipo que Sangre de Cristo y James Bond. No cabía duda de que Portia tenía todo el aspecto de ser poco selectiva con sus conquistas, y quizá sólo jugaba a provocarme como parecía hacer con su tío. Pero si no era así, pronto me vería en apuros, y ahí radicaba el peligro. En el caso de Makena, la confianza se había convertido en un motivo para no traspasar la línea, presumiendo que amistad duradera y sexo relámpago son incompatibles. Sin embargo, en el caso de Portia aún debía encontrar ese motivo, si se presentaba la oportunidad. Y ahí llegábamos a lo absurdo. No conozco muchos hombres que necesiten desesperadamente encontrar razones para evitar acostarse con mujeres espectaculares que los persiguen.

En el coche de Trevor tuve ocasión de admirar pausadamente las *highlands* de la granja, con sus altas praderas y bosquecillos salpicados de fauna. Salvamos el escalón del Kinangop por una pista maltrecha que, afortunadamente y al contrario que la Locura de Portia, contorneaba las curvas de nivel. Mientras disfrutábamos del paseo y del paraje, Trevor nos puso al día sobre aquella voluptuosa treintañera. Portia era hija de Olivia, la hermana de Regina, y de un colono de segunda generación y de origen afrikáner llamado Roger Van Slyck, con el que se había casado al quedarse embarazada. Por deseo de Olivia la pareja se trasladó a Capri tras el nacimiento de Portia, pero el matrimonio nunca congenió más allá de lo que había sido el móvil inicial de su relación: una aventura de carne puesta en común. Olivia era sofisticada e igual de «desinhibida», dijo Trevor tras meditar un instante el término correcto, que su hija, y Roger era un duro granjero que solamente se interesaba por las vacas, las armas y la caza. A nadie sorprendió que, al poco de establecerse en Capri, Olivia encontrara a Franco Valletti, un rico diseñador toscano, y que unos meses después Roger regresara a Kenia para tomar posesión de su parcela de bienes gananciales en la finca de su ex mujer, ya que su propia familia había vendido su granja tras la independencia. Olivia y Franco se casaron y adquirieron una casa en Malindi, una comunidad italiana en la costa keniana, donde le dieron a Portia un hermanito llamado Giorgio. Poco después Olivia y Franco murieron en un accidente de tráfico, y Roger recuperó a Portia, aceptando también a Giorgio como si fuera su propio hijo. Al correr del tiempo Roger y Giorgio desarrollaron una afición común: el maquetismo bélico, al que dedicaban todas sus horas. Con este fin habían habilitado un salón de la casa donde recreaban batallas de las dos guerras mundiales hasta sus mínimos detalles y en tiempo real, para lo cual se embarcaban durante meses de preparativos en exhaustivas investigaciones documentales y en viajes a los teatros de operaciones. Si en tal batalla combatieron cinco mil trescientos cincuenta y cuatro soldados alemanes, la maqueta de Roger y Giorgio contenía cinco mil trescientas cincuenta y cuatro figuritas de soldados alemanes, y si en la maqueta de Roger y Giorgio había una señal de carretera caída en el suelo, nadie osaba poner en duda que aquella señal caída estuvo presente en la batalla. Si la ofensiva había comenzado a las cinco y treinta y siete de la mañana del 2 de marzo, Roger y Giorgio se levantaban el 2 de marzo a las cinco de la mañana para que a y treinta y siete la ofensiva pudiera dar comienzo. Por eso nunca debían ser molestados cuando se encerraban en su sala de guerra, pues cualquier interrupción podía cambiar el curso de la historia.

En cuanto a Portia, era una criatura fascinante, aseguraba Trevor, a la que todos adoraban a pesar de su excentricidad y de su, tardó un par de segundos en recordar otra vez el término, «desinhibición». Portia no era animal de granja y nunca había llegado a integrarse en su país natal. Si vivía allí era porque aquel lugar le permitía mantener un estilo de vida en extinción y concederse aquellos caprichos tan caros, pero nunca había reclamado ningún derecho como copropietaria de la explotación ni se inmiscuía en su gestión. Confiaba ciegamente en su familia y no se complicaba la vida. Su relación con el mundo era sencilla: si deseaba algo, lo tomaba, sin pedir permiso. Había embaucado a un ingeniero alemán para que le construyera algo único en todo el país: una pista de motociclismo que, salvo por su anchura y sus soluciones arriesgadas, rivalizaba con cualquier instalación de entrenamiento profesional. Le pregunté si aquello de las motos era una actividad comercial, a lo que respondió que, efectivamente, así era: Portia compraba motos de competición, compraba repuestos, compraba equipo, compraba accesorios, costeaba el mantenimiento del circuito, y otros le vendían todo aquello. Entendí la ironía de Trevor, incluso cuando sugirió que las motos eran sólo una de las dos pasiones de Portia, y que su habilidad comercial consistía en obtener de todo el mundo, y no sólo de los hombres, lo que deseaba en condiciones, meditó un instante la expresión correcta, «mutuamente ventajosas». El conflicto había asomado con aquellos planes del santuario y el campamento de lujo, todo ello irreconciliable con una bomba de ultrasonidos despendolada a través de la sabana a doscientos cincuenta kilómetros por hora. En el fondo, nadie quería privar a la dulce Portia de su juguete. La adoraban.

Nos detuvimos a almorzar junto a una apacible laguna que interrumpía un estrecho bosque de galería tendido a lo largo de un arroyo. Aquél era uno de los embalses artificiales destinados a cubrir las necesidades de agua de los invernaderos, en previsión de la posibilidad de que las autoridades cerrasen el grifo del lago cualquier día por exigencias de conservación del ecosistema. Con el tiempo, aquellas charcas de las *highlands* se habían convertido en imanes para la fauna salvaje durante las estaciones secas. Junto a aquélla en particular, por encontrarse en un emplazamiento especialmente agradable y con una vista magnífica, habían erigido un cenador para almuerzos de *picnic*, y era el rincón favorito de Trevor cuando buscaba tranquilidad. A veces subía a trabajar allí con su ordenador portátil, baterías de reserva, sus libros y unas cervezas, sobre todo cuando su labor exigía concentración y el ambiente en la casa estaba demasiado agitado. En ese momento recordé algo que había leído sobre Churchill, quien al parecer decía no haber comprendido nunca el ansia humana de poseer tierras hasta que visitó aquella región de África. Imaginé a Trevor trabajando allí en su íntima soledad imperturbable, dueño de uno de los pedazos más hermosos del mundo, y pensé que en ningún otro lugar una meseta se elevaba tan alto que llegaba hasta el cielo.

28

UN RESQUICIO EN LA FALLA

Rumiamos nuestro almuerzo a través de la tarde con una botella de whisky y unos habanos que Trevor había incluido en su menú de *picnic.* Saturados del fragor de Nairobi, la calma indolente de la laguna y del valle ejercía sobre Delsey y sobre mí un efecto sedante, acentuado por el poder somnífero del whisky. El día se arqueaba perezoso hacia la margen lejana del Rift y sobre la meseta se hinchaba una sábana limpia de aire fresco que olía a hierbas, mientras alguna gacela solitaria se atrevía a desdeñar nuestra presencia para beber al filo del embalse. Contemplando los animales comenté mi temor a los búfalos durante la carrera con Portia, y Trevor me confirmó que las observaciones de Alan a lo largo de los años habían registrado apariciones esporádicas de búfalos, elefantes, rinocerontes e incluso leopardos. Además de las poblaciones residentes de herbívoros que nos había mencionado, la finca recibía visitantes ocasionales de toda clase, ya que el vallado del perímetro nordeste estaba abierto para dejar aquella zona como área de expansión de la fauna que sobrevivía en la franja de bosque limítrofe de los Aberdares, entre las granjas y el cercado del parque nacional. Por si las moscas de quinientos kilos, él siempre llevaba una escopeta cargada en el maletero del coche.

Dejé concluir su explicación antes de preguntarle por el tal Alan, lo que le detonó una carcajada. Había olvidado hablarnos de él, y de hecho quizá ni siquiera llegáramos a conocerle. El extravagante hermano mayor de Regina y Olivia era el último personaje del reparto de la granja, y más un extra que un actor secundario, pues apenas le veían.

Alan estaba siempre en su «puesto», dijo. Pregunté si trabajaba fuera, a lo que Trevor tuvo que aclararme que en aquel caso la palabra *post* no se refería a un puesto o a un empleo, sino literalmente, a un poste: Alan estaba siempre en su poste. Nos explicó que era un individuo huraño, esquivo y solitario, más relacionado con los animales y con los kikuyus que pastoreaban sus rebaños en las *highlands* que con su propia familia. Muchos años atrás se había hecho elevar junto a una laguna un grueso poste de seis metros, a cuya cima había adosado una plataforma de vigía. Allí pasaba las horas, a veces días enteros, recurriendo a la casa sólo para aprovisionarse. Lo que hacía allí, según Trevor, era pescar en los arroyos, observar la naturaleza y, sobre todo, anotar. Lo anotaba todo: los animales que veía, las temperaturas, las lluvias, los vientos, el desplazamiento de las nubes y las borrascas, las floraciones de las plantas, las huellas y excrementos que descubría, el caudal de los arroyos, e incluso fenómenos relacionados con la geografía del valle que él creía de sumo interés para la predicción de terremotos y erupciones volcánicas. Periódicamente enviaba copias de sus cuadernos al servicio de fauna, al servicio meteorológico, a las universidades y a otros organismos, pero aún no había constancia de que nadie se hubiera tomado en serio las investigaciones de Alan, salvo él mismo. Al igual que a Roger y Giorgio con sus batallas, a Alan tampoco le gustaba ser importunado en su existencia de náufrago voluntario, y por ello el resto de la familia evitaba acercarse a sus dominios en el extremo norte de la propiedad, que incluso Portia había respetado al construir su circuito.

–Comprendo a ese hombre –plañó el Delsey pusilánime que parecía triunfar aquel día–. Acabar como un estilita lunático es el fátum de un viejo en el ostracismo.

–No, pero Alan no es tan mayor –corrigió Trevor–. Tiene tres años más que yo, si no me equivoco. Aún no debe de haber cumplido los sesenta. Él es así. No le gusta la gente. Al menos no la de nuestra raza. Siempre ha estado más cerca de los kikuyus, ignoro el motivo. Mi mujer le recuerda como un adolescente sensato y sociable cuando ella era niña. Piensa que tal vez vio, sufrió o conoció algo durante su juventud que le causó algún tipo de trauma, de cambio de conducta, pero no puede afirmarlo.

–¿Se refiere a la guerra del Mau Mau? –indagué.

–Bueno, Alan era un jovencito por entonces. Se cometieron brutales atrocidades en aquella guerra. Su padre, el marido de Cordelia, sirvió durante la Emergencia en el Kenya Regiment, un cuerpo especializado formado por colonos. Alan le acompañó en algunas de las misiones, porque hasta el colono más joven conocía al enemigo y su medio infinitamente mejor que ningún soldadito de Sandhurst recién llegado de las islas, incluso que cualquier veterano de Birmania. El bosque de Aberdares no es una jungla tropical, como muchos creían. Alan y otros hijos de colonos como él hablaban kikuyu, pensaban en kikuyu, tenían amigos entre los kikuyus y habían crecido jugando a las guerras en la falda de los Aberdares. A menudo he tratado de sonsacar a Alan algo de información sobre sus experiencias en la guerra, sin éxito.

–¿Usted no combatió? –Aproveché la distensión y la trabazón que produce el whisky para tomarme alguna confianza.

–No, yo tenía quince años cuando se declaró la Emergencia, y de todos modos soy de Mombasa, no de las *White Highlands*[1]. No provengo de una familia de colonos, sino de mercaderes dedicados al comercio marítimo en la costa desde 1889. Al principio todo aquello del Mau Mau nos resultaba demasiado lejano, demasiado ajeno. Antes de escalar hasta convertirse en una guerra de independencia, aquello se veía desde la costa como un problema de los colonos y sus tierras. Ya lo ven, un historiador se perdió una parte fundamental de la historia de su patria que pasó ante sus propias narices. Claro que, por entonces, yo quería ser pianista de jazz. Y no se me da mal, por cierto.

–Es curioso. Habla usted de patria como un verdadero keniano, no como un... inglés.

–Es que soy keniano, no inglés. Todos los animales de esta granja, humanos y no humanos, hemos nacido en este país, incluidos Portia y Giorgio. Nuestros pasaportes dicen que somos ciudadanos de la República de Kenia. Yo soy keniano de cuarta generación, más antiguo que Richard Leakey, que es de tercera. No hay muchos de mi edad que

1. Área central de Kenia que en época colonial estaba ocupada por granjeros europeos.

puedan presumir de esto. Cuando mis hijos se casen, en pocos años tendremos en casa un kenianito de sexta generación, que aprenderá que el abuelo de su abuelo ya nació aquí, mucho antes de que existiera este país, mucho antes de que ningún africano de aquí tuviera conciencia nacional. Mis hijos han estudiado en buenos colegios donde la mayoría de sus compañeros eran africanos negros, y dos de mis hijos, como han podido comprobar, previsiblemente se casarán con kenianos negros, y yo estoy encantado con ello. Y con todo, algunos aquí nos siguen llamando «europeos», incluso «ingleses». ¡Ingleses! ¿Qué más tenemos que hacer? Si nuestra granja estuviera, qué sé yo, en la Argentina, por poner un ejemplo, nadie pondría ningún pero a nuestra ciudadanía. Aunque si he de serles sincero, no pretendo convencerlos de que mi postura es la más extendida entre los kenianos blancos. Ninguno de ellos discutiría que Kenia es el mejor lugar del mundo para vivir, pero para algunos, en fin, digamos que este país no les parece suficiente como única patria. Siguen guardando a Gran Bretaña en la recámara. Lo que originalmente era una política de exclusión, algo que tal vez habría desembocado en un apartheid de no haber sido por la descolonización, se ha transformado después de la *Uhuru*[1] en una política de autoexclusión: si no puedes vencer a tu enemigo, evita mezclarte con él. A los kenianos blancos no les gusta involucrarse en la política de este país, al menos en la cara pública de esa política. Buscan los mismos colegios que su vecino y terminan casando a sus hijas con los hijos del vecino. Claro que también al nacionalismo victimista todo esto le resulta muy rentable. Pueden seguir vendiendo ese discurso demagógico del demonio blanco neocolonialista.

–¿Y no existe ese demonio?

–Mire, una cosa son las actitudes, los deseos, y otra, la realidad. Como puede imaginar, esas actitudes existen, pero la realidad se impone, y la realidad dice que lo de Kenia fue una verdadera descolonización, no una pantomima. Quien no lo quiera ver así, sea blanco nostálgico o negro nacionalista, es un estúpido. Verán, después de la *Uhuru*, la provincia central se vació de colonos que accedieron a vender

1. Independencia.

sus tierras. Algunos buscaron empleo y se quedaron, mientras muchos otros persiguieron la vida que perdían aquí en otros lugares, la antigua Rhodesia, Sudáfrica, Australia. Toda aquella tierra que se compró a los colonos, más de un millón de acres, se debía repartir entre los africanos sin tierra mediante préstamos amortizables a treinta años. Y se llevó a cabo, aun a costa de liquidar valiosas plantaciones de café y té para sembrar maíz, de dejar abandonadas las canalizaciones de agua para recuperar el viejo sistema del cántaro, y de desmantelar hermosas casas para construir chamizos de paja y barro. Muchas explotaciones rentables que habían sido un modelo de productividad se dividieron en trocitos, cayendo en la ruina por falta de visión más que por falta de medios, y muchos de los nuevos pequeños propietarios tuvieron que vender al no poder pagar su deuda. Ellos pasaron de jornaleros con paga estable a propietarios arruinados, y sus tierras pasaron a una de las empresas del gobierno creadas para la redistribución, para finalmente acabar de nuevo en manos de grandes latifundistas, que ya no eran colonos blancos, sino la nueva élite dominante de kenianos negros, sobre todo kikuyus y luos: ministros, miembros del Parlamento, altos funcionarios provinciales o de distrito, directores de agencias del gobierno. Ésos son los grandes propietarios hoy. Teóricamente compraron esas tierras. Y yo me pregunto: ¿de dónde sacaron el dinero? Cierto que durante la colonia hubo kikuyus que se hicieron muy ricos, los jefes locales nombrados por la administración, oficiales leales, comerciantes y algunos propietarios de tierras. Pero muchos de los nuevos millonarios fueron estudiantes de familias modestas, políticos militantes de la KCA y del KAU, nacionalistas enemigos del colonialismo y por tanto no favorecidos por el régimen de la colonia. Y, sin embargo, de la noche a la mañana, «compraban» granjas de cinco mil acres. ¿Cómo lo hicieron? Y por supuesto, huelga decir que algunos de esos flamantes terratenientes son, al mismo tiempo, encendidos demagogos de ese discurso nacional-victimista.

–Al menos ustedes no perdieron sus tierras.

–En el caso de Regina y su familia, la propiedad se dividió, y sólo una parte se vendió. Pero no crean, después de la africanización de las *White Highlands*, incluso entre los escasos colonos que se quedaron, pocos pudieron retener grandes fincas exclusivamente en sus manos. En nuestro caso, las tierras y las explotaciones que contienen pertenecen a compañías participadas por nosotros, pero también por terceras partes, inversores privados, otras empresas. No somos dueños de la tierra que pisamos, sino inquilinos de lujo, aunque seamos parcialmente nuestros propios inquilinos. Y por eso mismo, hasta cierto punto somos también trabajadores por cuenta ajena.

–Supimos por Ken, ese reportero tan simpático, de los pavorosos sucesos de aquella guerra de ustedes. –Delsey salió de su letargo–. Toda esa... violencia y sangre derramada, ¿para qué sirvió? Perdone si mi pregunta le parece ingenua, pero por lo que cuenta usted, a nadie satisfizo el resultado, salvo a ese puñado de nuevos ricos.

–Bien, los nacionalistas más radicales piensan que la guerra fue inútil, porque no se cumplieron sus expectativas de ocupación libre y gratuita de las granjas coloniales. Personalmente opino que la guerra del Mau Mau no consiguió nada que no se hubiera producido de todos modos. Lo que hoy tenemos, que es ciertamente lo mejor que podíamos esperar, era el camino más lógico y se hubiera recorrido de todos modos, con Mau Mau o sin él. Ahora bien, muchos no hubieran podido soportar la idea de una independencia sin sangre, una independencia concedida por la displicente mano del Imperio. Y cuando digo muchos, hablo de ambos bandos, no crean. Algunos necesitaban ganarse sus alas, y no es descabellado pensar que la guerra aceleró el proceso, purgó el país de la tribu ultraderechista mosleyita, facilitó la transferencia de tierras... Dicen que la historia la escriben los vencedores, y las guerras suelen recordarse como una confrontación de héroes y villanos. Todo niño keniano aprende en la escuela que Dedan Kimathi, general del Mau Mau en los Aberdares, fue un héroe nacional. Pero algunos de su propio bando, sus compañeros de lucha, lo describían como un fanático desquiciado y sanguinario. En el bando contrario, su archienemigo y captor, Ian Henderson, fue un campeón para algunos, incluso para los *loyalists*[1] africanos, y un torturador sin escrúpulos para

1. Africanos que permanecieron leales a los británicos cuando se desató la guerra de la independencia en Kenia.

otros, incluso para muchos historiadores blancos. ¿Para qué sirvió aquella guerra? No, su pregunta no es en absoluto ingenua, barón. Ingenuo sería que yo le respondiera que ninguna guerra sirve para nada. Creo que es precisamente para responder a esa pregunta para lo que comencé a estudiar la historia de mi país. Y cada vez con más convicción, tiendo a pensar que la respuesta correcta es: ¿y qué cambiaría si sirvió para algo?

Trevor no añadió más a su último comentario. Nos quedamos los tres reflexionando en silencio mientras mirábamos las sombras del Rift abatirse escalando los taludes altivos de Kinangop, donde nada delataba que una vez hubo una guerra. Refrescaba, y decidimos que era hora de regresar.

Encaramos el fin de la tarde desde el jardín de la casa, solos Delsey yo, mientras Trevor despachaba sus asuntos con Nairobi. Paseamos por el tapiz verde, por las veredas de grava entre las rosas, y bordeamos la piscina con su lámina de agua que se derramaba sobre el perfil de la escarpadura del Mau, al otro lado del valle. Yo comenzaba a acostumbrarme a viajar con dos Delseys, a su humor voluble, que alternaba entre el doctor Jekyll y míster Hyde sin preaviso, pócima visible ni motivo aparente. Pero durante todo aquel día se había mostrado levemente hosco, retraído, y aproveché el momento para revolver en sus pensamientos.

–Delsey, ¿le ocurre algo malo? Le he notado hoy un poco distante.

–No te preocupes, muchacho –suspiró–. No es nada que deba alterarte. Se trata tan sólo de mi amigo Tony, el actor. Era un hombre excepcionalmente agraciado, un Apolo henchido de belleza, de verso y armonía, y un espectáculo portentoso en las reuniones sociales. Fueron su escasa constancia y su… informalidad las que le impidieron inscribir su nombre con letras de oro en el parnaso de la interpretación. Los años no le han tratado bien, y eso que es bastante más joven que yo. Todo aquello se desvaneció, su hechizo, su carisma, su apostura, y no parece haber encontrado el reemplazo adecuado para todo ello. Me confesó que lleva años encerrado en su villa de Saint-Tropez, pagando por figurar en el elenco de invitados a las fiestas más gloriosas, y que no pisaba un escenario desde hacía quince años. Le ofrecieron este papel a causa de su antigua amistad con el productor, pero una suerte de angustia del último tren le impide volcar en el personaje su talento interpretativo, que siempre fue muy notable, y su guión se ve recortado día tras día.

–Ahora que lo dice... ¿No era él quien hacía aquella película con Ursula Andress? ¿Aquélla de la oficial rusa secuestrada en una isla del Mediterráneo por un rey loco...?

–*La estrella roja*. Sí, dijeron que estaba fastuoso en su papel de rey exiliado en aquella isla. Recibió el aplauso unánime y entusiasta. Incluso Ursula postró a sus pies todos sus encantos, y toda su ropa, según se rumoreó, pero los pies de Tony no caminaban tras las huellas del eterno femenino.

–¿Usted y él...? –Me interrumpí al darme cuenta del error que cometía. Yo había dado por asumida la homosexualidad de Delsey, tal como se desprendía del relato de mi abuela, y sin embargo, no habíamos intercambiado una sola palabra sobre ello.

–Él y yo, ¿qué?

–No, nada... No es nada, barón.

Caminamos hacia el lado contrario de la piscina, frente al ala sur de la casa, donde un entablado salvaba el relieve irregular del altozano para avanzar en voladizo, sostenido por una trama de vigas sobre la base del cerro. La plataforma se prolongaba hasta un extremo en forma de proa que estaba cerrado al paso por un tabique de madera con una puerta encastrada. Desde allí no podía verse qué había al otro lado del tabique. De un clavo en la puerta pendía un cartel pintado con un dibujo infantil que mostraba una charca rodeada de acacias. Descolgué el cartel para observarlo, y comprobé que en el reverso se repetía el mismo dibujo, pero en este caso la charca estaba repleta de caricaturas de animales bañándose: elefantes, jirafas y cebras. Devolví el cartel a su lugar y, con mucho tiento, abrí la puerta. Entonces comprendí el significado del cartel. Al otro lado había una gran bañera circular de hidromasaje. Desde allí el panel de madera ocultaba la vista de la casa, y hacia el otro lado sólo se divisaba el paisaje limpio del valle. Era obvio que habían instalado aquello de manera que los habitantes de la casa pudieran bañarse en la intimidad, solos o en compañía, a salvo de las miradas indiscretas del resto de la familia, y que el cartel de la puerta se usaba para indicar si la bañera estaba ocupada.

–¡Es fantástico! –exclamé, tratando de animar a Delsey–. ¿Le hace mañana un baño de burbujas mirando el valle? Tengo una sorpresa para usted. He traído una botella de absenta.

–¡Una gran idea! Beberemos a la salud del buen Hamish, donde quiera que esté.

Ya había anochecido cuando regresamos a la casa. Oímos voces que provenían de la púa del peine contigua a la del comedor, la que quedaba más al norte. Era un amplio salón de estar con paredes de roca viva y vigas de madera, una chimenea central donde bailaban las llamas, una barra de bar, una mesa de billar, un piano de pared, algunas mesitas y butacas, y varios sofás y sillones repartidos frente a un mirador. Los cuatro chicos se sentaban bebiendo vino y jugando al Cluedo en una mesa baja, mientras Portia, aún vistiendo su mono de motorista y apoyada en la pared junto al ventanal, bebía de un vaso lleno de un extraño líquido blanco y turbio. Al vernos, nos invitaron a sentarnos. Nos acomodamos sobre los cojines dispuestos en un banco corrido que bordeaba el mirador, al otro lado de la mesa donde jugaban.

–Estamos a punto de acabar, quédense a jugar. Aún queda un rato antes de la cena –propuso Lillian.

–Son ustedes muy amables, jovencitos, pero lamento decirles que no conozco ese juego –rehusó Delsey.

–Yo sí lo conozco –informé a Delsey–. Es un juego de misterio donde se trata de resolver un asesinato. Pero hace tantos años que no juego, que creo que sólo seríamos un estorbo.

–Nos hemos hecho adictos al Cluedo. Pero un asesinato real, eso es lo que nos faltaría en esta casa. Sería mucho más divertido resolverlo –indicó Robin.

–Si no te importa ofrecerte como víctima, por mí no hay problema –bromeó su novia Liz–. Pero sería demasiado evidente que fui yo quien lo hizo.

–¡Buena idea! Podría ser esta noche, si no les importa a nuestros invitados –prosiguió Patrick–. ¿Cuántos somos?

–Somos diez –calculó Robin–. Perfecto, los diez negritos.

–¿Diez? –preguntó Lillian–. ¿Y tío Alan? ¿Y tío Roger? ¿Y Giorgio?

–Diez vivos. Ésos ya están muertos. Oh, perdona, Portia –se disculpó Robin.

–No te preocupes, primo –respondió Portia–. Adoro a mi familia, pero tienes razón. A mi padre y a mi hermano los mató el mariscal Rommel, en la biblioteca, con un Panzer.

Mientras los cuatro reían la ocurrencia, Portia se dirigió a nosotros.

–¿Os apetece beber algo? –preguntó–. No os recomiendo uno de mis batidos de proteínas, pero ese vino que hay abierto sobre la mesa es italiano. Lamento que no sea francés. O español. –Levantó su vaso hacia mí.

Agradecimos su invitación, y nos sirvió dos copas de vino. Al agacharse sobre la mesa lo hizo delante de mí, y no pude evitar fijarme en el breve triángulo que le marcaba el tejido del mono al final de la espalda. Me avergoncé y miré a Delsey, que me miraba a mí. Portia se recostó a un metro de distancia de mí, cruzando las piernas de modo que su pie quedaba tocando mi pierna. Iba descalza y jugueteaba moviendo el pie en círculos. Sus pies eran blancos, estrechos, carnosos y muy cuidados, con las uñas esmaltadas de rosa, y su empeine tenía algo que me pareció una mancha y que reconocí como un tatuaje que sin embargo no lograba distinguir. Yo luchaba por disimular cualquier síntoma de atracción hacia ella, pero aparentemente no lo lograba. Cuando ella me vio observando su tatuaje, descruzó las piernas y descansó su pie entre mis muslos.

–¿Te gusta mi tatuaje? Me lo hice en Londres. Es bonito, ¿verdad? –Era una pequeña hada con alas de mariposa que abrazaba una rosa–. Es el hada de las rosas. El espíritu protector de mi familia.

–¿Espíritu protector? –replicó Robin, escéptico–. No sabía que tuviéramos de eso.

–Pues claro. ¿Quién crees que cuida las rosas por la noche?

–Es muy bonito –acerté a articular, mientras ella movía el pie para mostrarme el tatuaje, y al hacerlo sus dedos rosados pujaban contra mi entrepierna. Me llenaba de estupor que hiciera aquello delante de sus primos, y me sentía terriblemente incómodo. De pronto retiró la pierna y se levantó de un salto.

–Bueno, si me disculpáis, yo os dejo. Voy a arreglarme para cenar –dijo, y brincando de puntillas sobre sus dedos rosáceos como una tersa gacela de cuero negro salió de la habitación.

–Disculpa a mi prima, no puede evitarlo. Es ninfómana. –Sin apartar la vista del tablero del Cluedo, Lillian pronunció aquella palabracon la misma indiferencia que si hubiera dicho hipertensa o diabética–. Menos mal que de las dos gemelas, sólo su madre parece haber manifestado ese gen.

–¿Gemelas? –pregunté.

–Sí, mi madre y la madre de Portia, que en paz descanse, eran gemelas. Olivia, su madre, también era ninfómana. Un amigo que estudia psiquiatría me lo explicó. Es como tener sed y no conseguir aplacarla por mucha agua que bebas, o como si tuvieras siempre un hierro candente ardiendo entre tus muslos y, por más esfuerzos que hagas, nunca consigues apagarlo. Pobrecita. Debe de pasarlo fatal.

–Y al mismo tiempo, debe de pasarlo muy bien –bromeó Patrick.

–Oye, no te burles de mi prima. Está enferma.

–Sí, y su amiga Prunella también.

–¡Es distinto! ¡Prunella es una viciosa, pero Portia simplemente está enferma! El hecho de que la relación entre Portia y Prunella sea ambigua, no significa que ambas sean iguales.

–Mi amor, Portia tiene una relación ambigua con casi toda la humanidad. Pero con Prunella no hay nada ambiguo. Se acuestan juntas.

–¡Pero es sólo porque le sobra tanto amor, y es tan buena que es incapaz de decir que no! ¡Portia no es lesbiana! ¡Es esa zorra, que la provoca! ¡Si hasta lo ha intentado conmigo!

–¡No me digas! ¡Cuéntame eso! ¿Lo hiciste con ella? Dime, ¿lo hiciste? –insistió Patrick, con más entonación morbosa que de reproche.

Lillian le propinó un sonoro bofetón a su novio.

–¿Y tú? –agregó.

Delsey y yo no sabíamos dónde meternos. Robin interrumpió la discusión, incorporándose de un salto y proclamando:

–¡Caballeros, y así termina el pequeño sainete que habíamos preparado para nuestros invitados, una versión cómico-erótica del Cluedo titulada «Descubra quién se cepilla a quién»! ¡Demos las gracias a nuestro amable público y retirémonos a vestirnos para la cena!

Todos enfilamos el pasillo hacia el vestíbulo cuando nos cruzamos con un hombre grueso y rubicundo de mediana edad y un joven moreno de ojos claros. Intuí que eran Roger y Giorgio. Hubiera esperado que lucieran uniforme de camuflaje y que llevaran las caras pintadas con betún, pero en lugar de eso ambos vestían chándal deportivo y escarpines de alpinismo, y Roger llevaba un cronómetro colgado del cuello. Se mostraron correctos aunque fríos, lo que tampoco tenía nada de particular. Roger le pidió a Lillian que los disculpase ante su padre para la cena, pues la batalla duraría toda la noche y comerían unos bocadillos en la sala de guerra. Cuando se despidieron de nosotros, Lillian intentó cuajar una explicación referente a aquello de la sala de guerra, pero la interrumpí aclarando que su padre ya nos había informado sobre su peculiar pasatiempo.

Elegí para la cena un pantalón de pinzas y una chaqueta, y por fortuna acerté con el código de vestimenta de la familia. Todos vestían ropa casual excepto Portia, que se había enfundado un vertiginoso vestido corto de seda rosa anudado a la nuca y con la espalda descubierta, completado con unas altísimas sandalias doradas de tacón fino con pedrería; y excepto Delsey, que mantenía su estilo de elegancia sin tacha, con un traje gris claro de reflejos metálicos, corbata azul, pañuelo del mismo tono y un alfiler de perla. Durante la cena mi racheado amigo pareció recuperar el ánimo. De un modo u otro se filtró en la conversación que él se movía como pez en el agua entre el famoseo europeo y escribía artículos en una revista del corazón, y se convirtió en la estrella de la velada mientras los jóvenes trataban de reventar su férrea resistencia para que revelara datos sabrosos sobre líos y cuernos, y Trevor y Regina le interrogaban sobre qué había sido de tal o cuál actor o cantante. Portia se había sentado a mi lado y se comportaba con esa dulzura de doble filo que manejaba con maestría, incluso cuando al hilo de un comentario sobre la relación de un actor que se había roto por aburrimiento en la cama, comentó:

–Tuve un novio que era muy buena persona, pero muy soso en la cama. Era ingeniero, y para él hacer el amor era un ensamblaje mecánico de dos piezas. Pero era tan buena persona que se había hecho tatuar un crucigrama en el pecho para que te pudieras entretener con algo mientras estaba encima de ti, «ensamblándote».

–¿Y qué pasó una vez que terminaste de resolver el crucigrama? ¿Cambiaste de pasatiempo? –preguntó Robin, socarrón.

–¡No, nunca lo terminé! El crucigrama era muy grande, y su aguante muy pequeño. Acababa demasiado aprisa. Apenas me daba tiempo a leer, horizontal, cuatro letras, «ser supremo», cuando de pronto él gritaba: ¡Dios! –exclamó simulando un orgasmo.

Todos rieron el comentario, incluido Trevor, mientras Regina le daba a Portia una palmada en el brazo reprochándole cariñosamente su procacidad.

Trevor y Regina exhibían una especie de devoción mutua envidiable a su edad. Se sentaron el uno junto al otro, algo poco reglamentario en cenas de grupo y en parejas de larga duración, y se prodigaron mimos durante toda la noche. En la sobremesa ella acercó su silla a la de él y se recostó sobre su pecho, mientras él enroscaba el cabello de Regina entre sus dedos. Intuí que era la calidad de su relación la que mantenía los mimbres de aquella familia intactos y tirantes, englobando a personajes tan dispares como los que allí se sentaban.

A Lillian y Patrick los ligaba uno de esos noviazgos reñidos que oscilaban del beso al bofetón con una facilidad pasmosa, embarcados en el vaivén entre la pasión de la pelea y la pasión de la reconciliación. La relación entre Robin y Liz me recordaba a la mía con Mónica, una complicidad empapada de ironía juguetona. Incluso Chloe, la hija mayor, que en nuestro primer encuentro me había parecido fría y formal, resultó ser una persona de cordialidad serena con una conversación muy inteligente. En cuanto a Portia, bueno, Portia era Portia, única y casi, casi, irresistible. Untaba a todos por igual, de uno y otro sexo, con esa afrodisíaca emulsión de seducción y ternura, y a todos, incluso a mí, pedía opinión sobre su vestido, exponiendo para ello regiones de su cuerpo en tiempo y forma poco habituales con miembros de la propia familia. Durante la cena le regaló a Chloe un gran fragmento de obsidiana volcánica que había encontrado en las altas praderas. Lo había visto brillar en el suelo desde la moto, se había detenido allí sacrificando el crono de su vuelta, había chapoteado sobre un pantanal cubriéndose las botas de barro para traerle aquella piedra a su prima, que coleccionaba minerales, y se la entregó con la ilusión de la chica que obsequia a su enamorado con uno de esos objetos personales que no valen nada, pero que simbolizan mucho. No cabía duda, Portia se hacía querer, y de no ser por aquella singularidad de su conducta que Trevor y Lillian habían nombrado de distinta manera, era una mujer de flechazo instantáneo.

Tras la cena pasamos al salón del pabellón norte, donde antes habíamos encontrado a los jóvenes jugando al Cluedo. El amable Githuku ejerció de camarero detrás de la barra y nos preparó un cóctel de su invención que llamaba Kikuyu Tickle, Cosquilla Kikuyu, que sabía a frutas, batata y café, y que ciertamente cosquilleaba la garganta. Nos repartimos por las butacas y los sillones, mientras Trevor se sentaba al piano y solemnemente, con gran aspaviento, atacaba la *Tocata y fuga* de Bach, contestada por la concurrencia con abucheos y hasta con un cojín volador. En respuesta a la reacción de su audiencia, Trevor fusionó en popurrí las notas de Bach con *I want a hippopotamus for Christmas*, una canción infantil de Navidad que se arrancó a cantar con desafinado entusiasmo y que enardeció la pita del público. Con su copa en la mano, Portia se acercó a él y le abrazó por la espalda, susurrándole algo al oído. Trevor asintió y cambió de tonada a una animada melodía sesentera, al tiempo que Portia se giraba hacia mí y me entregaba su copa, diciendo:

–Siento no conocer ninguna canción española. ¿Te conformas con una italiana?

Con su voz infantil y azucarada comenzó a entonar *Meglio stasera*, la canción que una morena cimbreante interpretaba ante un abobado Peter Sellers en *La pantera rosa*. De alguna parte Patrick sacó unos bongos para acompañar el piano y marcar la percusión del estribillo, que Portia imprimía sensualmente en el aire con golpes secos de cadera. Pronto estábamos todos siguiendo el ritmo con las palmas, eufóricos como los de la película, mientras Portia, al más puro estilo cabaretero, paseaba su carrocería de seda rosa por los brazos de su familia, chicas incluidas, cepillando la ropa de todos con su melena rubia. A mí me dejó para el final, después de Delsey, para rematar la canción sentada sobre mis rodillas, de frente a mí y abrazándome con sus piernas. Me temía que Portia me había marcado para esa noche con aquel hierro candente que había mencionado Lillian, y para ser sincero, yo no sabía cómo podía acabar aquello.

Después llegó nuestro turno. Delsey y yo fuimos invitados a salir a la palestra frente al mirador, y entre los dos desmigamos la historia de Hamish, repartiéndonos los capítulos pre y post Uke de acuerdo a lo que cada uno conocíamos mejor. Toda la familia escuchó nuestro relato con atención, interesándose por los detalles de contexto; Trevor los políticos, Lillian los frívolos y Robin los morbosos, en tanto que Regina trataba de casar hechos y fechas con la cronología de su familia.

–Desde luego, los datos concuerdan –concluyó Regina, haciendo girar el vaso entre las manos mientras apoyaba la cabeza sobre el pecho de su marido–. Gracias por su emocionante narración. Y créanme que lamento profundamente no poder serles de mucha ayuda. Estoy segura de que la Cordelia de su relato era, en efecto, mi madre. Ella solía contar anécdotas de su juventud, y recuerdo que nos habló de un romance juvenil con un chico británico y que los padres de ambos se oponían a aquella relación por una disputa de negocios. Ella estaba muy enamorada y tras la muerte de mi abuelo se prometieron en matrimonio, pero finalmente él le confesó que había otra mujer, y que no podía casarse con ella. Lamento que sea todo lo que sé, que no es más de lo que ya saben ustedes.

–¿No me contaste algo sobre un regalo que ella le hizo? –indagó Trevor.

–¿Un regalo...? –Regina meditó un instante y prosiguió despacio–: Sí, es cierto, había algo sobre... una joya, creo. Un regalo de compromiso, quizá. Buf, hace tanto tiempo que escuché aquello que ya no lo recuerdo.

–¿Crees que podríamos rescatar más información? ¿Alan, Roger, tal vez?

–Alan. Seguro –la voz provenía de las sombras del fondo de la sala, más allá de la chimenea central. Roger estaba de pie junto a la puerta, y Giorgio con él, ambos sosteniendo unos platos con bocadillos y unas botellas de refresco. Aparentemente pasaban por allí y se habían detenido a escuchar nuestra historia–. Alan tiene una memoria extraordinaria. Si él estuvo al tanto de aquello, seguro que lo recuerda todo con pelos y señales.

–¿Cómo vosotros fuera de la sala de guerra? ¿Quién vigila el frente? –preguntó Trevor con cierto retintín.

–Salimos a por víveres aprovechando un alto el fuego –respondió Roger–, que vence exactamente dentro de... tres minutos y cuarenta y tres segundos –precisó consultando su cronómetro–. Si nos disculpan... –Ambos se fundieron en la penumbra del pasillo.

–Es cierto, Roger tiene razón –corroboró Regina–. Alan siempre ha tenido muy buena memoria. Si alguien puede ayudarnos, es él. Sólo que... –Suspendió la frase en el aire, suspirando y alzando las cejas como si se enfrentara con una misión peliaguda.

–Hay que conseguir hablar con él mañana, Regie –apremió Trevor–. Hay que conseguir que venga a casa. Pasado mañana debemos regresar a Nairobi.

–Está bien –accedió Regina con un nuevo suspiro, más hondo que el anterior–. A primera hora me acercaré al poste con la bandera blanca. Espero encontrarle de buen humor. Y llevaré un gorro y un impermeable por si acaso.

–¿Un impermeable? –inquirí extrañado.

–Como les dije, a Alan no le gusta que le molesten cuando está enfrascado en sus observaciones de campo –aclaró Trevor–. Más de un visitante indeseable ha encontrado como recibimiento una lluvia de excremento de animal.

La velada se cerró temprano para Regina, su marido y su hija Chloe, que trabajaban por la mañana. Trevor se excusó por no poder acompañarnos al día siguiente, pues debía dedicar toda la jornada a las tareas de documentación que le habían obligado a ausentarse del rodaje de la película. Nos ofreció todas las instalaciones de recreo de la granja a nuestra libre disposición, y los chicos nos propusieron un paseo a caballo después del desayuno. Delsey era un jinete avezado, pero yo quise manifestar que dejar la rienda de uno de aquellos purasangres en mis obtusas manos era como poner a correr a un hámster en la rueda de un Ferrari. A pesar de mis advertencias, convinimos en ello y Delsey y yo nos retiramos a nuestras habitaciones, mientras los chicos abrían el tablero del Cluedo con la devoción de quien despliega un tríptico románico, y Portia se despedía de mí con un neutro y subjetivo «hasta luego», objetivable bajo múltiples prismas.

No tenía sueño y no me apetecía jugar al Cluedo. Así que, ya en mi dormitorio, comparecí a mi cita con la bañera circular. Bombardeé el agua con sales marinas y con unas perlas de color violeta cuyo envase anunciaba propiedades relajantes, atenué las luces, encendí unas velas que descansaban en el zócalo, abrí una botella de vino que equipaba la habitación por cortesía del amable Githuku, me desnudé y me sumergí en la fondue caliente de perlas y sales con unas páginas del documento de Hamish como entretenimiento. Apenas había comenzado a leer cuando sonaron los muelles del pomo de la puerta que separaba mi cuarto del pasillo. Tres segundos después Portia asomaba su cabeza rubia bajo el dintel del baño.

–¡Oh, qué estupendo! Me estabas esperando, ¿verdad?

No supe qué responder, porque no estaba seguro de la respuesta. Las velas, el vino, la luz amortiguada, las perlas, las sales, yo no hubiera jurado con la mano en el corazón que todo aquello hubiera estado en el mismo sitio de no haber existido Portia Van Slyck. Mientras pensaba en esto, ella entró en el baño sosteniendo un gran cuenco en cada mano, vestida aún con su rutilante e incorpóreo envoltorio rosa que desenvolvía su corporeidad. Vació uno de los cuencos en el agua, y de pronto me vi rodeado por una flota de fresas sobrenadando a mi alrededor, sin darme tiempo a avisarle de que el agua contenía sal y perlas violeta de dudosas cualidades nutricionales. El otro cuenco, que rebosaba de chocolate fundido, lo depositó al borde de la bañera. Con un dedo preciso como si disparara el gatillo de una ballesta, deshizo el nudo de su nuca y la cremallera de su costado, y la seda rosa flotó como una medusa ondeando su paraguas hasta el suelo. Ahí debajo, estaba ella. Sus pechos eran proas de rompehielos, y bajo ellos, sólo horadada en la perforación del ombligo, una plancha de fibra de vidrio blanca y tirante como la lona de una carpa en día de boda, que bajaba en cuña hasta hundirse separándole los muslos, articulados al tronco casi a la altura de las axilas. Vestía para la ocasión una ajustada y breve pieza de tul rosa bordada en pedrería, tan breve y tan ajustada que parecían brotarle diamantes en lugar de vello, y que le contorneaba la línea de la ingle hasta colgarse de la cadera sin perturbarle un milímetro sus curvas marmóreas.

–¿Te gusta? –preguntó sin ningún deje lascivo, mostrándome su ropa interior como quien enseña la foto de su familia, mientras con los dedos aupaba las tiras laterales hasta su cintura y se giraba para mostrarme las tres dimensiones de aquel holograma irreal y comestible–. Me los hago traer de Francia, de Provenza. Es bonito, ¿verdad?

–No... Sí... –Era demasiado responder al tiempo que contemplaba la escena y trataba de organizar mis pensamientos, entre ellos, esa compulsión que parecía exhibir Portia por pedir continuamente la opinión sobre su aspecto físico y su ropa, lo que sugería una inseguridad que no cuadraba en el molde de aquel cuerpo modélico. En cualquier caso, no esperó mi respuesta. Descabalgó de sus tacones, desengarzó los diamantes de su vulva y se sentó dentro de la bañera frente a mí, con mis piernas entre las suyas. Instintivamente retraje las rodillas. Ella pescó dos fresas, las hundió en el chocolate y mordió una, suspendiendo la otra frente a mi boca. Comí como un perrillo dócil.

–Espero que te gusten. Las cultivan aquí, en el lago.

–Portia... –murmuré tras deglutir el manjar–. No quisiera ser descortés contigo, pero... yo soy más bien de relaciones estables.

–¿Relaciones estables? Sí, a mí también me gustan, tengo varias. ¿Qué hay de malo en pasar una buena noche juntos? –aseveró en lugar de preguntar, mientras sus manos buceaban entre nuestras piernas en direcciones opuestas. No acerté a contestar, porque en el fondo no había nada de malo, y si lo había, era difícil analizarlo con sus dedos empuñando mi pene. Siguió hablando sin liberar su presa, y entretanto yo veía su otra mano moverse entre sus piernas.

–Comprendo. Es por esa chica de la que hablaste en tu historia... Mónica, ¿no?

Me limité a sonreír sin asentir. En el momento más gélido de mis amoríos con Mónica, ni siquiera estaba seguro de que ella fuera el motivo. Creo que simplemente no quería acostarme con Portia porque me conocía lo suficiente a mí mismo como para intuir que algo sencillo e intrascendente para aquella mujer, en cambio a mí podía complicarme enormemente la existencia. Había decidido esquivar las insinuaciones de Makena con firmeza, con la determinación y el orgullo de quien coloca la primera piedra para erigir una amistad. En el caso de Portia, no había fundamento probable para erigir nada que no se hubiera erigido ya al contacto de sus dedos. No encontré razón para decir que no, y fue un no por omisión, porque fui incapaz de decir que sí. Conozco a pocos hombres que hubiesen rechazado a una walkiria ardiente, y desgraciadamente yo era uno de ellos. Y sin embargo, de manera casi inconsciente había preparado toda aquella escenografía erótica que ella había culminado con las fresas y el chocolate. Quizá sólo deseaba comprobar que ella estaba dispuesta, tal vez por puro narcisismo. Y esto, presentí, no era justo con ella. En cierto modo la estaba ofendiendo, y me sentí avergonzado y confuso.

Noté cómo sus dedos aflojaban la presión. Se recostó en la bañera, capturó una fresa, la zambulló en el chocolate y la enterró con las manos entre sus piernas, al tiempo que sus pies exploraban mi cuerpo con tanta habilidad que me parecían capaces de copiar un billete de banco sin que un experto pudiera apreciar la falsificación. Sin pronunciar palabra ni desviar su mirada de mis ojos continuó meciéndose sobre sus manos, hasta que al cabo de un par de minutos llevó la pulpa roja y chorreante de la fresa hasta su boca mientras la otra mano chapoteaba frenética entre sus muslos. Por fin el arco de su espalda se tensó como si fuera a taladrarme con las brocas de acero de sus pechos, pero en lugar de eso disparó un espasmódico torrente de explosivos gemidos que desplazaban todo su cuerpo en la inercia del retroceso, y hasta la bañera y la casa y el valle, que Alan seguro que lo estaba registrando en sus observaciones sísmicas, al tiempo que sus pestañas superiores parecían entrelazarse con las inferiores como si todo su cuerpo se abrazara a sí mismo y sus pies se enroscaran en espiral en torno a mis miembros, y yo me maravillaba de mi titánico estoicismo. Cuando terminó se dejó posar en el agua y emergió con el cabello mojado y una expresión de intensa dulzura, que contemplarla relajaba más que las perlas violeta. Con todo lo embarazosa que resulte la idea de una desconocida masturbándose delante de uno cuando las carnes de uno no participan en la fricción, ella lo filtraba todo por ese tamiz de la absoluta naturalidad que lo hacía parecer tan pueril como una partida de Cluedo.

–¿Son garras de león? –Se refería a mi collar, que yo había depositado al borde de la bañera.

–Sí. Mi abuelo me lo regaló. Aparentemente pertenecieron a un león que mató él mismo, pero nunca quiso contarme los detalles de la historia.

–Es muy bonito. Ten cuidado. Esas cosas son ilegales aquí.

Con este comentario trivial se puso en pie, agarró una toalla, se envolvió en ella, recogió su ropa del suelo y se encaminó a la puerta. Antes de salir se giró hacia mí.

–Nunca sabrás lo que te has perdido... A menos que mañana cambies de opinión, claro.

Rescaté las fresas y vacié la bañera. Aquella agua abrasaba, y contenía demasiadas sustancias en solución que neutralizaban el efecto relajante de las perlas violeta. En lugar del baño caliente, me di una ducha fría.

Antes de acostarme, por casualidad mis ojos fueron a caer en una página del manuscrito de Hamish donde hablaba del modo de vida de los colonos de entreguerras. Se titulaba *Mal de altura*, y decía así:

> Una noche, Evelyn Waugh, autor de *Retorno a Brideshead*, despertó de su sueño con los codazos de su nuevo amigo Raymond de Trafford, quien le comunicó que acababa de tirarse a madre e hija. Ante tan grata noticia caben dos reacciones: felicitar al interlocutor por su impagable investigación sobre los factores genéticos de la herencia, o bien fingir sonambulismo y recitar con ojos vacíos la lista de los reyes escoceses. Mr. Waugh lo anotó en su diario, y así la anécdota ha llegado hasta nosotros.
>
> El lugar donde esto ocurrió fue el rancho Soysambu, la propiedad del barón Delamere a orillas del lago Elmenteita, en la actual Kenia. La región fue el más floreciente polo de desarrollo en el África Oriental Británica, el jardín trasero de las familias más prominentes de la aristocracia colonial. Pero incluso los cadáveres más bellos huelen. En este caso, el tufillo tuvo un nombre, el Happy Valley [Valle Feliz], que simbolizó un lugar, las White High-

lands [Tierras Altas Blancas]; una época, entreguerras; y una comunidad, los colonos europeos bajo la Union Jack. Y sobre todo, su estilo de vida: los expatriados vivían un interminable y desbocado fiestón en el que ninguno de los instintos humanos quedaba insatisfecho. «El champán fluye continuamente», describió Waugh, sólo un visitante ocasional sorprendido por aquel delirio decadente. En aquellos días se popularizó la expresión: «¿Estás casado o vives en Kenia?». El intercambio de parejas era, después de las carreras de caballos y la caza, el principal ritual de socialización.

Tal fue la vergüenza que todos aquellos desmanes causaron en la almidonada sociedad de la metrópoli que algunos incluso trataron de aportar una justificación científica, basada en los efectos de la altitud sobre una población acostumbrada a vivir al nivel del mar. Quizás Evelyn Waugh no vivió allí el tiempo suficiente para sufrir esa inflamación de la sangre y otras partes corporales. Alguien ha llegado a decir que los británicos somos más simpáticos cuando estamos reprimidos.

Los efectos de la altitud siguen vigentes. Los hijos de los hijos siguen acostándose con las hijas de las hijas, en una comunidad que algún cronista del propio ambiente asimila a una gran tribu de babuinos en celo. Se los puede ver en el aeropuerto de Nairobi, gafas oscuras para disimular las ojeras. Allí acuden a recibir a sus visitas de Europa, sangre fresca. Y miran con una mezcla de condescendencia y desprecio a los turistas boquiabiertos que llenan sus pulmones con la primera bocanada de ese aire africano, rebosante de gérmenes del mal de altura.

A la mañana siguiente, disfrutamos de la pereza ociosa mientras Regina emprendía su expedición negociadora hacia las *highlands* de Alan. Paseamos a caballo por las *lowlands* hasta mediodía en compañía de Lillian, Patrick, Robin y Liz. A nuestra vuelta a la casa, Trevor partía su jornada de trabajo junto a la cancha de tenis, en el *putting green* que era más que un *putting green*, pues lo utilizaba para practicar su *swing* apuntando sus tiros hacia una hondonada lejana. Cada día debían recoger las pelotas de allí. Según él, de un modo u otro las hienas podían detectarlas y les encantaba destrozarlas con sus mandíbulas, por lo que si un día olvidaban recolectarlas, esa noche las hienas se acercaban a pulular alrededor de la casa.

Almorzamos al aire libre en la terraza de la piscina. Trevor nos transmitió el balance de la misión de paz de su mujer. Al parecer había encontrado a Alan en un avatar excepcionalmente campechano y cordial, propiciado por su descubrimiento de huellas de leopardo en la zona arbolada de las *highlands*. Una vez descargado su entusiasmo sobre los pacientes oídos de Regina, ésta había obtenido de él la promesa de pasarse por la casa antes de que terminara el día.

Tras el almuerzo nos retiramos a descansar hasta que empezó a entrar el fresco desde las montañas, momento en que los muchachos se postraban frente al retablo del Cluedo. Le propuse a Delsey recuperar nuestra idea del hidromasaje a la absenta, y allá nos dirigimos en traje de baño con las toallas, la botella y el instrumental necesario. Al enfrentarnos con la puerta del panel comprobé que el cartel mostraba el dibujo de la charca vacía y, confiado, entré sin llamar. Grave error. La bañera estaba llena de agua, las burbujas bullían en su superficie y, como centro decorativo del conjunto, dos mujeres desnudas se besaban inmersas en el hervidero acuático, que no se sabía si era producto de la bomba de aire o de la temperatura de las bañistas. Una de ellas era Portia y la otra era una guapa morena más joven que ella. Al advertir mi presencia y mi parálisis sobrevenida, ambas me miraron sin denotar la más mínima timidez. Portia hizo las presentaciones con tono cantarín.

–¡Curro, qué sorpresa! Prunella, éste es Curro, nuestro huésped. Curro, ella es Prunella, mi vecina. ¡Vamos, únete a nosotras! –Lo último no sonaba como una libertina invocación iniciática al *ménage à trois*, sino como el anuncio televisivo de un programa infantil. Cuando recobré el tráfico sanguíneo en mis extremidades, cerré la puerta desde fuera.

–¿Qué ocurre? –preguntó Delsey con candidez.

–No... Nada. Está... ocupado. Mejor vamos a la piscina. Es ideal a esta hora.

Poco después, tendidos junto a la piscina frente al sol que cuajaba hacia el anaranjado sólido en el margen de la sartén celeste, resguardados del relente bajo nuestras toallas, Delsey aspiraba hondo, como si pretendiera embalsar en sus pulmones toda la corriente de la brisa cristalina de los Aberdares.

–Lo echo de menos, muchacho. Echo de menos esto. La luz desnuda, desprovista de constricciones emasculantes, de fanales y laberintos, de cenobios y claustros, de embaucadores espejos impenetrables que embozan nuestra identidad coartando la liberadora anagnórisis de nuestro drama existencial.

–¿Por qué no regresa a Voisins-les-Bretonneaux? –Más o menos había captado el concepto de su lamento.

–A mi edad, muchacho, somos cerberos custodiando el umbral de nuestro propio panteón. No logramos alejarnos demasiado de allí, como si nos retuviera un lazo amarrado a nuestro tobillo. Se llenan demasiadas vitrinas de reliquias idiotas, marchitas y apolilladas. Se arrastran demasiados recuerdos de un lugar a otro en esfuerzos estériles, y yo ya no conservo la fuerza suficiente para soportar el castigo de Sísifo. Al menos me ha producido un inconmensurable alborozo que puedas recuperar la heredad de tu abuela, uno de los yacimientos de mi memoria que, si lo tienes a bien, disfrutaré con la holgura que me dispense tu hospitalidad y con la vida residual que me dispensen los años venideros.

–¡Por supuesto, Delsey, será un placer para mí! Además, de no ser por usted, nunca hubiera sabido qué hacer con el cuadro de Landseer. Si todo sale como esperamos, allí tiene usted su casa.

–Brindemos por eso, amigo mío.

La absenta me supo mejor allí que entre los muros mayestáticos de la rue Royale. Entre cucharillas, azucarillos y sorbos, Delsey rememoró la breve excursión a Torrelodones que habíamos hecho juntos durante nuestra estancia en Madrid previa al viaje, y me contó cómo era el pueblo en los viejos días, cuando Lux Domini no estaba sitiada por chalets modernos, y cómo aquello había cambiado mucho más que París, que se veía lo mismo ahora que entonces desde las ventanas de la rue Royale, salvo que él ya no era el de antes. Aunque sus cambios, decía, eran más bien las cicatrices y magulladuras que le había causado el atropello del tiempo. Finalmente, cuando el sol ya descansaba en su camerino tras la sierra del Mau, me relató aquella visita de Uke a su castillo sesenta años atrás, y con ello me hizo las primeras referencias indirectas a su homosexualidad. Sentí que por fin me estaba ganando a

Delsey, y sólo por eso merecía la pena aguantar el frío del crepúsculo en Naivasha vistiendo únicamente un bañador y una toalla.

Alan no apareció antes de la cena, lo que no sorprendió a Regina. Le llamó a través del radioteléfono, que por suerte el habitante del poste mantenía abierto, y me asombró que ella se dirigiera a su hermano aplicándole un tratamiento de temeroso respeto, casi rayando en la sumisión. Se disculpó por importunarle y le rogó que nos dedicara un momento si sus deberes se lo permitían, a lo que Alan replicó con un gruñido aprobatorio. No fue hasta después del postre, al abandonar el comedor para tomar una copa en el salón del piano, cuando la penumbra del pasillo reveló una figura corpulenta contra el fondo del corredor, junto a la púa más meridional del peine, la que quedaba próxima al entablado que daba acceso al jacuzzi. El dormitorio de Alan ocupaba esa púa, y era el propio Alan quien nos observaba inmóvil y erguido desde las sombras, como un muerto puesto en pie para exhibición. Aquella presencia parecía incomodar a la familia, ya que nadie se aventuró a pronunciar un saludo, excepto Trevor.

–¡Alan! ¡Qué alegría verle por aquí! Es usted muy amable concediéndonos unos minutos. Por favor, pase con nosotros al salón y tómese una copa.

–No... Debo... regresar a mi vigilancia. Hay un leopardo suelto. Es... peligroso –su voz tronaba como si llevara caries del tamaño de auditorios. Se adelantó unos pasos hasta unos metros de nosotros y cayó sobre él la luz de un farol. Entonces comprendí el recelo de sus parientes. Era un personaje imponente y temible, una especie de amontonado *bigfoot* sin escardar que ocultaba el suelo del corredor bajo sus botas militares. De su achatada cabeza, a casi dos metros del suelo, colgaban esas largas y espesas sogas que naturalmente forma el pelo cuando se deja crecer descuidado y que muchos relacionan con la cultura rasta, ignorando que los jamaicanos no hicieron sino importar el desaliño de los montaraces guerrilleros Mau Mau. Su cara desaparecía bajo una poblada maleza gris y amarillenta que reptaba hasta sus ojos de vivo azul, apenas abiertos en su pétreo paraje facial como vetas de turquesa en una ladera de colada volcánica. Bajo su barba, que le hacía yelmo hasta los hombros y la pechera, sobresalía un collar de enormes piezas marfileñas de al menos veinte centímetros, tal vez colmillos de facoquero. Vestía una chaqueta verde de safari y unos pantalones de camuflaje, ambos molturados varias veces en un triturador de documentos, y llevaba un rifle al hombro, una pistola al cinto y una bandolera de cartuchos–. ¿Qué queréis de mí? –reverberó.

–Estos señores son mis amigos –continuó Trevor–. El barón Delsey y el señor Curro Mencía. –Creo que mi mano derecha se levantó disparada por el resorte de las presentaciones, pero al comprobar que Alan carecía de tal resorte, seguí alzando la mano hasta rascarme la sien–. Ellos son nieto y amigo, respectivamente, de un hombre que tuvo relación con nuestra familia. Era un escocés que estuvo prometido a Cordelia antes de su matrimonio con Anton. Al parecer aquel hombre desapareció, pero todo apunta a que se quedó a vivir en Kenia, y ellos están tratando de rastrear sus pasos. Cualquier pista que pudiéramos facilitarles los ayudaría mucho.

Alan permanecía mudo y estático, con los brazos caídos a lo largo de su torso montañoso. Trevor prosiguió:

–¿Recuerda usted si su madre le habló de aquel caballero?

–Sí. –Abrió una larga pausa–. No era un caballero. Abandonó a mamá.

–Bueno, bueno... –Trevor trató de disipar la tensión–. ¿Por algún azar no recordará usted cuál era su nombre?

–Sí. Creo que sí.

Aguardamos anhelantes, pero no parecía albergar ningún propósito de completar la información.

–¿Y cuál era su nombre? –apremió Trevor.

–Sutherland... Hamish Sutherland.

Aquellas palabras produjeron en mí, y supongo que en Delsey, una oleada de placer que superaba cualquiera de las tentaciones de Portia. Por primera vez alguien en Kenia pronunciaba aquel nombre sin haberlo oído antes de nuestros labios. Toda la familia respondió con muestras de regocijo, y Trevor se animó a soltar más cuerda.

–¿Recuerda usted algo más sobre él? ¿Cómo se comprometieron, cómo se rompió el compromiso?

–Su padre y mi abuelo eran conocidos. Iban a asociarse. Pero el padre de aquel hombre no tenía dinero. Volvieron a Europa. Aquel hombre y mamá se habían enamorado. Cuando mi abuelo murió, él regresó aquí para casarse con mamá, pero entonces dijo que había otra mujer. Y abandonó a mamá.

–¿Sabe usted algo sobre aquella otra mujer?

–No.

–¿Y sabe qué fue del señor Sutherland después de romper con Cordelia?

–No. Se marchó. No sé más.

–Alan, ¿recuerda usted algo sobre un regalo que Cordelia le hizo al señor Sutherland?

–Sí. Eso sí.

–¿Y qué era?

–Un anillo. Era un anillo. Él había adelantado dinero para la granja. Como señal de compromiso. Pero mamá no necesitaba aquel dinero. Lo utilizó para comprarle un anillo.

–¿Recuerda usted cómo era aquel anillo?

–Sí.

–¿Y cómo era? –Trevor almacenaba una paciencia infinita.

–Un sello. Era un sello... –Mientras se esforzaba por exprimir sus recuerdos, alzó una mano y se tocó el lugar del anillo con el índice de la otra–. Un sello de oro y piedras preciosas. Llevaba la enseña azul de la colonia, y las letras BS. Blackbourne Sutherland.

–La enseña azul de la colonia, la bandera de la colonia de Kenia –explicó Trevor dirigiéndose a nosotros–. Una enseña azul con la Union Flag o Union Jack británica en la esquina, y un león rojo sobre el campo azul. –Se giró de nuevo hacia Alan–. ¿Recuerda usted el origen de aquel sello, y en caso afirmativo, cuál era? –Dada la pereza de las respuestas de Alan, Trevor trataba de saltarse un paso.

–Sí. Mamá encargaba joyas a medida en Rajeev & Sons, en Nairobi.

–Rajeev & Sons. Bien, bien. ¿Y qué fue de aquel sello? ¿Lo conservó Hamish, lo devolvió a Cordelia?

–Aquel hombre no lo quería aceptar. Pero mamá no quiso conservarlo. Él se lo llevó.

–¿Recuerda algo más?

–No.

–Alan, le agradecemos inmensamente su colaboración. Ha sido usted muy amable. Ya no le molestaremos más.

Una vez más, no era mucho, pero era algo. Hamish era un ser real, y aquel anillo podía ser una pista. Era una pieza poco usual, y la gente tiende a recordar con más facilidad una joya llamativa que un rostro común. La familia se encaminó hacia el salón, pero yo me quedé contemplando a Alan, aún inerte junto a aquel farol. Me pareció lo correcto darle las gracias personalmente, y avancé unos pasos hacia él.

–Señor Blackbourne-Hall, muchas gracias. Encontrar a mi abuelo es muy importante para mí. Le aseguro que él era una persona extraordinaria.

–De nada.

Dudé un instante antes de proseguir, y no pude reprimir cierta fascinación por el personaje, lo que me incitó a preguntar:

–Señor Blackbourne-Hall... ¿Usted vivió la guerra del Mau Mau?

De pronto, Alan pareció despertar, reaccionando como si le atacara aquel leopardo que merodeaba por las *highlands*. Todo su cuerpo palpitó y me arrojó una mirada fiera.

–¿De qué lado estás tú? ¿Para quién trabajas?

–¡No! Yo... no estoy de ningún lado, ni trabajo para nadie. Es... mera curiosidad.

–Algún día, quien quiera saber, sabrá. Cuando los... fantasmas callen –sentenció, y acto seguido giró sobre sus descomunales botas y se alejó hacia su habitación con la cabeza gacha y con sus fantasmas revoloteando sobre su melena de Medusa. Sin duda, vivió la guerra, y tal vez hasta murió en ella.

29

LA PISTA BOSTON

Las jambas del Norfolk se cerraron en torno a nuestros huesos como una tenaza para triturar marisco. El hotel era una prisión de alabastro y plumas, aunque prisión al fin y al cabo después de saborear la libertad dionisíaca de la granja Blackbourne-Hall.

La despedida había sido emotiva para una estancia de sólo dos días, pero como decía Ian, era la hospitalidad local, y aquella gente gozaba de verdad recibiendo huéspedes. Liz me exhortó a mantener el contacto por nuestra afinidad profesional. Le comenté que el día anterior debía haberse publicado el anuncio de nuestra búsqueda en el *Standard*, y ella pidió a Regina que preguntara al personal de los invernaderos que vivía en el pueblo de Naivasha, o a algún transportista procedente de Nairobi, si alguien le podía guardar un ejemplar. Se ofreció a ayudarnos en todo lo que necesitáramos, aunque desgraciadamente no estaba en su mano proporcionarnos mayor eco en el periódico o insertarnos publicidad sin cargo. Githuku tuvo la amable deferencia de escribirme la receta de la Cosquilla Kikuyu, algo que le había solicitado la primera noche y que él me había negado por tratarse de un secreto de familia. Me rogó que no lo divulgara, y le prometí que no lo haría ni bajo tortura. En cuanto a Portia, ¡Portia!, dulce y picante hasta el fin. Me aliviaba alejarme de ella tanto como lo lamentaba. Me selló su adiós con una laringoscopia de lengua y me regaló la chaqueta de motorista que me había calzado durante la vuelta al circuito. Aquello me ruborizó, y repliqué que no creía haber hecho nada para merecer un regalo tan caro. Ella tiró de mis manos y me susurró al oído: «¡Dos prendas de dos clímax maravillosos!». Durante el vuelo en la avioneta de Trevor me pregunté cuál había sido el segundo clímax, cuál era la segunda prenda y, sobre todo, qué demonios tenía que ver aquella chaqueta con ningún clímax. Lo meditaba sobrevolando la cresta de la Escarpadura Kikuyu, cuando palpé un pedazo de tela en el fondo de un bolsillo de la chaqueta. Tiré de él y, al descubrir lo que era, tuve que devolverlo aprisa a su lugar, mirando de reojo a Trevor y a Delsey para asegurarme de que ninguno lo había advertido. Entonces lo comprendí. Si aquélla era la prenda de uno, la chaqueta debía de ser la prenda del otro, y recordé cómo le excitaba la velocidad, y recordé los cabeceos de la moto al tomar tierra después del salto de la pendiente, y recordé que Trevor había afirmado que Portia jamás, jamás, vacilaba al manillar. Era apenas creíble, pero era la única explicación posible. Pensé en ella durante todo el vuelo. Tengo algún amigo que habría calificado a Portia como una simple ninfómana posvictoriana, aquéllas del mal de altura que escribía Hamish. Pero claramente, Lillian tenía razón. A Portia le sobraba tanto amor que estaba acostumbrada a dar más de lo que recibía, y por eso nadie que la hubiera conocido podía evitar adorarla. Y yo tampoco.

En la recepción del Norfolk me aguardaba una de las dos entregas que esperaba. Era el ejemplar del *Standard* del día anterior, enviado gentilmente por Ken. Abrí el sobre y miré la portada. En una esquina libre de la primera página había dibujado, con una maestría de caricaturista que me sorprendió, dos monigotes que representaban a Holmes y Watson. El primero se parecía a mí y estudiaba con una lupa las fauces abiertas de un león, diciendo: «Hum... Creo que no está aquí», mientras el segundo, con una mata de pelo peinada hacia atrás y el rostro cuadrado y anguloso, era inequívocamente Delsey, que no prestaba atención a Holmes, sino a una chica negra con cintura de avispa y culo de Vespa, sin duda Makena, que caminaba dándole la espalda sobre unos altos tacones y luciendo una minifalda cortada a ras de pierna. En el bocadillo de Delsey se leía: «*Goodness gracious!* ¡Una fémina de glúteos ortodoxamente gravitatorios!». No pude reprimir una carcajada, lo que suscitó la curiosidad de Delsey. Por un momento titubeé en mostrárselo por temor a que aquello le molestara. No fue así. Al contrario, le provocó un ataque de risa, y mientras lo contemplaba no cesaba de exclamar: «¡Qué granuja! ¡Qué granuja!».

Junto a la viñeta, Ken había escrito: «Afectuosamente, 2K», y debajo: «p. 7». Hojeamos hasta llegar a la página 7. Nuestro anuncio ocupaba la mitad inferior. Era un diseño sencillo y muy astuto, pues Ken había conseguido colarlo con una presentación parecida a la de una noticia, pero con un titular sobredimensionado que captaba la visión de inmediato. Contenía el texto que yo había escrito, que decía así:

Mr. Hamish Sutherland, escocés, edad 82 años
PERSONA DESAPARECIDA

Se busca a un hombre de 82 años que responde al nombre de Hamish Sutherland. Es un caballero escocés, alto, de pelo rojo, posiblemente con barba del mismo color. Rostro delgado y afilado, nariz grande y recta, mentón prominente, boca ancha y labios finos. Presumiblemente vive en Kenia, tal vez en el área de Nyeri, desde el año 1931, pero no se han tenido noticias de él desde 1978, año en que continuaba residiendo en este país. Su nieto y un amigo de su juventud se encuentran actualmente en Kenia tratando de localizarlo. Si usted piensa que conoce o ha conocido a una persona que concuerda con esta descripción, incluso si tiene un nombre diferente, o si cree disponer de cualquier información que pudiera conducir a su localización, por favor póngase en contacto en el teléfono tal.

El teléfono era el del domicilio de Ken. No había ninguna otra línea que tuviéramos la seguridad de poder utilizar sin interrupción, y por supuesto, no estábamos autorizados a disponer de un teléfono del periódico a menos que éste se implicara oficialmente en la búsqueda, una vía a tantear con mi nueva amiga Liz. Así que Ken se había ofrecido amablemente a publicar el número de su propia casa, y su madre, que debía de ser un ángel bendito, se encargaría de atender las llamadas y anotar los datos.

La segunda entrega que esperaba, y que no recibí, era cualquier signo vital de Mónica. No había fax ni mensaje alguno. Si yo hubiera sido su madre, con la que ignoraba si ella mantenía algún contacto durante su posgrado en Nueva York, habría temido que le hubiese ocurrido algo, o que lo estuviese pasando mal. Siendo lo que yo era suyo, fuera lo que fuese o llamárase como se llamase lo que yo era suyo, si es que era algo suyo, pensaba sencillamente que lo estaba pasando demasiado bien y que su presunto novio perdido en África no tenía cabida en la rebosante agenda de la *europin-up*. Me enfurecí y me sumí en el desaliento. Comenzaba a ahogarme y a agotarme el adictivo yugo que ella, sin reconocerlo, me había ceñido al cuello. Si ella no cejaba en sostener aquella actitud ambigua y despegada, pronto no tendría más remedio que cortar el cable antes de acabar estrangulado por aquella carga. Me sentí abonado al club de los Sísifos de Delsey, y lo peor de todo era que mi roca, desbocada colina abajo, podía llevarse por delante también una amistad de años.

Deglutí mi decepción para telefonear a Ken y agradecerle su trabajo con el anuncio. En el periódico me dijeron que libraba aquel día, así que le llamé al número de su casa. Él mismo respondió.

–Ken Kamaru al habla.

–Buenos días. ¿Es ahí donde buscan a un escocés de ochenta y dos años? Yo tengo uno, pero no sé si servirá. Es de malta y sólo tiene doce años.

–¡Tío, qué pasa! ¿Ya estáis de vuelta en el Norfolk?

–En efecto, Twokay.

–Es mi nombre de guerra. ¿Cómo lo has sabido?

–Firmabas así tu caricatura, por si no lo recuerdas. No sabía que dibujaras tan bien. ¿Por qué no te dedicas a las viñetas en lugar de escribir sobre hienas que se comen carteles?

–Señales de tráfico. Eran señales de tráfico, tío, y la historia tenía su miga. Muchos conductores se extraviaron por la desaparición de aquellas señales, y eso supone un mayor gasto en gasolina, lo que repercute en las economías domésticas, y el aumento en el consumo de carburantes dispara la inflación, y además obliga al gobierno a comprar más petróleo, lo que a su vez afecta a la balanza comercial del país, y...

–Basta, basta, ya lo he comprendido, y retiro lo de viñetista. Creo que vas para columnista de opinión. Oye, gracias por el anuncio. Ha quedado estupendo. ¿Alguna llamada hasta ahora?

–Sí, la tuya. Pero creo que no es una buena pista. Aún nada, tío. Pero no te desanimes. No sé cómo funcionan estas cosas, pero en Kenia cada ejemplar de un periódico da muchas vueltas antes de acabar destinado a algún uso doméstico. Aquí no se tira nada. Intuyo que lo normal sería empezar a recibir alguna llamada mañana o así, y que haya algo de movimiento durante una semana, más o menos. Pero yo qué sé. De cualquier manera, hay que prepararse para saber distinguir el grano de la paja, porque lo normal sería que la mayoría de las llamadas, si las hay, fueran falsas alarmas.

–Eso me temo. De todos modos, no me sabe bien liar a tu madre en esto.

–¡No, qué va, tío, si ella está encantada! ¿Verdad, madre? –la voz se alejó del micrófono–. Es como una peli de espías, y le chiflan. Le he contado todos los detalles de la historia, y mi madre es capaz de someter a los que llamen a un interrogatorio que ríete tú de la CIA.

–Dale las gracias de mi parte. Estoy en deuda con ella.

–Te la cobraré yo. ¿Aquella amiga tuya...?

–Ya habrá tiempo para eso. Ahora necesito otro favor.

–¿Encontrasteis algo en Naivasha?

–Sí, el paraíso que decías. Y una posible pista. Débil, pero algo es algo. Uno de los hijos de Cordelia recordaba la historia de Hamish. Mi abuelo le adelantó a Cordelia un dinero como inversión en la granja, y ella lo utilizó para regalarle un anillo muy caro hecho por encargo. ¿Conoces la joyería Rajeev & Sons?

–No, pero te lo busco con una llamada al periódico. ¿Por qué piensas que podrías sacar algo de ahí?

–Sé que mi abuelo no andaba muy sobrado de fondos cuando se estableció aquí. Debía de andar bastante tieso. Si después de romper con Cordelia tuvo que abrirse camino en un país extraño, es muy probable que vendiera aquel anillo. Él se había ido costeando sus viajes desprendiéndose de su colección de arte, así que no es disparatado pensar que hiciera lo mismo con aquella joya, que además se había comprado con su dinero. Si Rajeev & Sons también compra joyas, lo más natural es que acudiera allí, y si conservan los registros de aquellos años puede que conste algún dato sobre su domicilio por entonces. Es sólo una hipótesis, pero es razonable.

–Tiene sentido. Dame diez minutos y te llamo.

–No, aún no estamos instalados. Te llamaré yo.

–OK, tío. Espero tu toque.

Me reuní con Delsey, que charlaba con Trevor e Ian en el vestíbulo del hotel. Trevor explicaba que el equipo de filmación había concluido su trabajo en el Norfolk y que el rodaje proseguiría en la reserva de Masai Mara, hacia donde partían ese mismo día, y con ellos, él en su avioneta. Nos despedimos de Trevor efusivamente con la esperanza de volverlo a ver en el Norfolk, y se puso a nuestra disposición para proporcionarnos la ayuda que necesitáramos, sobre todo si requeríamos algún dato histórico al que él tuviera acceso. Nos dejó escrito el nombre del lugar donde se alojaría en Masai Mara, Governors Camp. Antes de ocupar nuestras habitaciones, Ian se disolvió en alabanzas hacia mí por haberle regalado aquel libro de Sangre de Cristo que le estaba procurando un placer insospechado, según sus propias palabras.

Desde mi habitación llamé a Ken, quien me apabulló con un ingente volumen de información sobre Rajeev & Sons que, Dios sabe cómo, había reunido en apenas quince minutos. Me bastaba con saber que el negocio databa de cuando Nairobi era poco más que una doble hilera de cabañas de chapa, que había sido fundado por un joyero anglo-indio emigrado al protectorado llamado Rajeev Kalanadhabhatla, y que antes de la independencia contaba con un pequeño local en el segmento más comercial de la Kenyatta, antes avenida Delamere, prosperando hasta retirar su trastienda y sus grandes clientes a un elegante edificio residencial mientras mantenía abierta al público una pequeña tienda, resguardada entre las seguras paredes del Stanley. El dato más prometedor era que, como yo esperaba, compraban y vendían oro, piedras preciosas y todo tipo de joyería manufacturada. Ken se ofreció a acompañarnos si planeábamos la visita para ese mismo día. Le molaba ese rollo, decía. Quedé en llamarle una vez lo hubiera discutido con Delsey. Éste me pidió la mañana para atender sus compromisos editoriales con la revista. Le sugerí que podía encargarme yo solo de la indagación en la joyería, pero insistió en acompañarme, y me agradaba comprobar que se involucraba en la investigación, así que fijamos nuestra expedición a Rajeev para la tarde. Llamé a las oficinas identificándome como un huésped extranjero del Norfolk y exponiendo mi interés en una pieza antigua que ellos habían fabricado, y me concertaron cita para las tres.

A esa hora Delsey y yo nos encontramos con Ken frente al portal donde se ubicaba la sede de Rajeev & Sons. Era un edificio moderno y tranquilo cercano al parque Uhuru, apartado del ajetreo del centro y separado del tráfico de la Kenyatta por un jardín apantallado por enormes ficus y abanicado por palmeras, donde dos *askaris* armados filtraban a los visitantes. El séptimo piso, donde un rellano de mármol y un portón de madera rosada amurallaban celosamente las oficinas de la joyería, estaba custodiado por otro guardia. Una vez superados los agobiantes controles, nos atendió un joven de unos veinticinco años y de rasgos indios. Vestía un traje inglés de Saville Row, mostraba maneras refinadas y lucía un pesado reloj de oro que contrapesaba en la otra muñeca con una esclava del mismo material y de tales dimensiones que, me susurró Delsey en español, era exactamente la misma que se había probado Prometeo cuando por error quedó encadenado al monte del Cáucaso donde el águila de Zeus le devoraba los higadillos como desayuno. Hasta fumaba una marca de cigarrillos que venía en un paquete dorado. Se presentó como Rajeev Kalanadhabhatla y nos condujo hasta un despacho panelado hasta el techo con vitrinas murales de cristal blindado henchidas de oro, en forma de las joyas y objetos más ostentosos y surrealistas que una pesadilla de Dalí pudiera pergeñar, incluida la mismísima águila de Zeus, con su dorada panza bien nutrida de hígados prometeicos.

–Con lo que reluce todo esto, casi podrían iluminar el despacho sólo con un fósforo. –La broma de Ken no recibió el aplauso esperado de Rajeev.

Tomamos asiento y me disponía a abordar las presentaciones cuando Ken me interrumpió, lo que en un primer momento me disgustó.

–Señor Rajeev, soy…

–Ellos son los señores Matthews y González, periodistas de la BBC. Yo soy el agente Kenneth Makura, de la Interpol.

–¿Cómo…? –Rajeev aparentó desconcierto, pero ni la mitad que Delsey y yo. Ken extrajo un carnet plastificado de su cartera y se lo mostró–. ¿Y su placa?

–¿Se ha creído que soy un policía de tráfico? En la Interpol no llevamos placa, por el amor de Dios.

Rajeev le devolvió su carnet a Ken después de examinarlo. Yo no podía creer lo que estaba ocurriendo, pero una vez provocado el desastre, no tuve otra opción sino darle un voto de confianza a Ken y dejarle hablar, con el capote preparado al quite.

–¿De qué se trata? –preguntó Rajeev.

–Estamos realizando una investigación conjunta, aprovechando las fuentes de la BBC, para localizar a un sujeto de interés para la Interpol. Por las pistas de que disponemos hemos sabido que esa persona fue propietaria de una joya que fabricaron ustedes, y necesitamos comprobar sus registros por si en ellos figurara algún dato que nos pudiera ayudar a determinar su paradero.

–¿Tiene una orden?

–Mire, señor Kalala... señor Rajeev. La información que le pido no creo que sea un secreto de Estado, ni va a afectar en modo alguno a la reputación de su negocio. Le doy mi más firme garantía de que, si de sus registros obtenemos algún dato de interés para nosotros, el origen de esta información será considerado estrictamente confidencial a todos los efectos. Dicho esto, tiene dos opciones. O accede a cooperar, nos enseña amablemente sus registros y nos hace la vida más fácil a todos, incluido a usted mismo, o me marcho por donde he venido, solicito una orden y regreso mañana con treinta agentes de la policía keniana que le van a poner esta tumba de Tutankhamon patas arriba y no van a parar hasta que encuentren la momia. Y son muy malos arqueólogos, le advierto. Usted verá.

Rajeev tardó apenas dos segundos en decantarse.

–Tendré mucho gusto en cooperar con ustedes. La persona que telefoneó me habló de una pieza antigua. ¿De qué pieza se trata?

–González. –Con una seriedad pasmosa, Ken me cedió la palabra. Yo me tambaleaba sobre el filo del ataque de risa, al que me hubiera precipitado de no ser por el riesgo de socavar la credulidad de Rajeev y perder aquella pista sin remedio.

–Sí, era un anillo, un sello de oro y piedras. En él figuraban la enseña azul de la colonia de Kenia y las iniciales BS. Fue fabricada en torno a 1930, año más, año menos, por encargo de la señorita Cordelia Blackbourne, después señora Blackbourne-Hall.

–Oh. Sí. Perfectamente. Disculpen un momento. –Rajeev se levantó, desapareció por una puerta y al cabo de un par de segundos regresó, sin darme tiempo siquiera a reprender a Ken por su temeridad. Rajeev rebuscaba en un catálogo que llevaba en las manos. Se sentó de nuevo y expuso el catálogo abierto frente a mí.

–Ahí está. Su pieza.

En efecto, allí estaba. Era una vieja fotografía en blanco y negro a página completa. Mostraba un aparatoso sello con un relieve de la bandera tallado en su superficie, y las letras BS trazadas con diamantes exageradamente voluminosos para el tamaño del anillo. Parecía más un pisapapeles para descansar en un escaparate que una joya para lucir en un dedo, salvo que se utilizara como puño americano.

–Hace unos años publicamos este catálogo con algunas de nuestras creaciones más singulares para concursar en un premio internacional. Esta fue obra de mi bisabuelo, el fundador de esta casa. Una auténtica obra maestra, una obra de arte, construida enteramente siguiendo técnicas ideadas por él mismo. Es una pena que no podamos apreciar las tonalidades originales, pero según consta en la documentación, llevaba tres colores de oro de veinticuatro quilates, rojo, blanco y azul, y un quilate de diamantes de calidad excepcional en las iniciales. Fíjense en la perfección de los detalles de la bandera, respetando las proporciones de la Union Jack, y en el fino trabajo de labrado del león. Una maravilla en miniatura, y una pieza muy valiosa.

–Aquí figura una referencia de catálogo –intervine–. ¿Es posible rastrear la venta de la pieza a través de ella?

–Por supuesto. Somos extremadamente meticulosos con nuestros registros. Discúlpenme.

Esta vez Rajeev tardó unos minutos. Dado que la estratagema de Ken estaba funcionando, decidí callarme cualquier reproche. Rajeev apareció con un antiguo libro de asientos.

–Aquí está. Encargado por la señorita Cordelia Blackbourne, de Naivasha, recogido y pagado el 27 de octubre de 1930.

–¿Hay algo más? –indagué.

–Esperen. Sí. Hay una anotación. Es una referencia cruzada. Las registramos cuando una pieza ha vuelto a pasar por nuestras manos.

Rajeev salió por la misma puerta mientras mi entusiasmo crecía. Mi hipótesis parecía a punto de confirmarse. En esta ocasión traía otros dos libros.

–Vamos a ver. La pieza nos fue vendida de nuevo el 3 de diciembre de 1945. Y en este asiento figura otra referencia cruzada, que a su vez nos remite al 14 de julio de 1953, fecha en que el sello fue definitivamente adquirido por el señor Gerald Ramsey, de Long Island, Nueva York. Los Ramsey han sido clientes habituales durante muchos años. Son coleccionistas americanos con profundas raíces comerciales en nuestro país.

–¿Y quién vendió la pieza en el cuarenta y cinco? –apremié, cada vez más encendido.

–Señor Boston Shark, de Nairobi. No figuran más datos.

–BS –murmuró Delsey.

–¿Boston Shark? –pregunté, confundido–. ¿Qué clase de nombre es ése? Nadie se llama Boston Shark.

–¿Un alias, quizás? –aventuró Ken.

–Señor Rajeev, cuando compran piezas como ésta, ¿exigen documentación de la joya? –indagué.

–Naturalmente. Siempre. Sería un negocio ruinoso comprar piezas robadas. En este caso además el certificado sería el nuestro propio, así que podemos garantizar con absoluta seguridad que todo estaba en regla. Pero esperen, hay algo más.

–¿Qué ocurre? –inquirí.

–El precio de compra al señor Shark no se corresponde con el valor de la pieza. Hay una anotación indicando que parte de la transacción se realizó en especie.

–¿Especie? ¿Qué especie? –pregunté.

–Lo ignoro. Figura un código que no se corresponde con el formato de nuestras referencias.

–Oiga, necesitamos saber a qué corresponde ese código –exigió Ken.

–Aguarden un momento. Voy a telefonear a mi padre.

Mientras Rajeev abandonaba el despacho para efectuar su llamada, los tres nos miramos con expresión de sala de espera. Aún era pronto para tejer conjeturas, y antes debíamos confrontar nuestros puntos de vista. Al cabo de unos minutos, el rostro sonriente de Rajeev asomó por la puerta.

–Mi padre ha reconocido ese código. No es una referencia, sino una matrícula. La matrícula de un avión. No lo reconocí porque es del sistema antiguo de matriculación. Mi padre cree que era un viejo Gipsy Moth que perteneció a mi abuelo. Él era muy aficionado a los aviones. Los compraba y los vendía por puro afán de coleccionismo. Al parecer el señor Shark aceptó de mi abuelo aquel viejo aparato como parte del pago por el sello.

–¿Su abuelo vive aún? –interrogué.

–No, falleció.

–¿Y podría su padre facilitarnos algún detalle más? –insistió Delsey.

–No, en 1945 mi padre era un niño. Él no recuerda personalmente aquella transacción, pero sí recuerda aquel aeroplano. Mi abuelo practicaba de vez en cuando este tipo de intercambios.

–¿Aquel aparato estaba en uso? ¿El señor Shark pudo haberlo utilizado para volar? –curioseó Ken.

–Lo desconozco. Pero ¿qué otra cosa iba a hacer con él? Hubiera sido un abrecartas muy incómodo.

–Oiga, no se haga el listillo, Rajeev –advirtió Ken, ofendido–. La pregunta tenía un propósito. –Se giró hacia nosotros–. Si volaba, en el aeropuerto Wilson debe de quedar algún rastro de su paso.

–¿Pues a qué esperamos? –planteó Delsey.

–Espere, ¿cuál era la matrícula de ese Gipsy Moth? –Saqué una libreta y un lápiz del bolsillo.

–Victor Papa Kilo Alpha Lima. Pero este dato les servirá de poco. Si ese hombre quería ocultarse, pudo rematricularlo.

–VPKAL –repetí mientras garabateaba–. Gracias, señor Rajeev, gracias por su cooperación. Nos ha sido muy útil en nuestra... investigación.

–No hay de qué. Vuelvan por aquí cuando quieran. Siempre es un placer atender a personas tan... bien acreditadas como ustedes.

Nos encaminamos a la salida y estrechamos la mano de Rajeev.

Cuando pisábamos el rellano de mármol y Rajeev cerraba el portón rosa, Ken agregó:

–No abandone la ciudad en los próximos días, por si... ¡Ouch! –Mi pellizco en el brazo le impidió terminar la frase.

Me apresté a amonestar suavemente a Ken cuando caminábamos bajo la sombra de los ficus del jardín.

–La próxima vez que nos incluyas en el reparto de una comedia, te agradeceré que antes nos lo notifiques.

–¡Tío, si todo ha ido como la seda! ¿Has visto cómo se lo ha tragado? ¡Ja, ja! Cuando supe qué clase de empresa era, no precisamente un chiringuito de baratijas, pensé que quien tiene grandes clientes debe mantener la máxima discreción. Rajeev nunca hubiera revelado ni una coma a dos periodistas de tropa y un barón franchute. ¡Las letras BBC abren más puertas en Kenia que las de «Ábrete, Sésamo», hermano! ¡Y no digamos el golpe de efecto de la Interpol! ¡Ja, ja! ¿Qué te ha parecido?

–¿Cómo falsificaste un carnet de la Interpol?

–¿Alguna vez has visto alguno? –preguntó Ken, desafiante.

–Comprendo. Y confiabas en que Rajeev tampoco. Incluso pensaste que, si él lo reconocía como falso, intuiría que no le convenía contrariar a alguien que se hace pasar por un agente de policía.

–Oh. Sí, claro, claro, también lo pensé. –Obviamente, no era así.

–Y así ha sido, porque no ha creído una sola palabra de tu mascarada –opinó Delsey–. Como se desprende de su último comentario sobre nuestra acreditación. Sea como fuere, lo importante es que tenemos ese dato del aeroplano. Aunque no me encaja. Si ese tal Boston Shark era Hamish, ¿por qué iba a utilizar un seudónimo? Hamish era un hombre franco.

–Pero usted mismo me contó que el padre de Hamish fue desprestigiado aquí tras el negocio fallido con el padre de Cordelia. Puede que Hamish llegara precedido por una cierta mala fama, y si además rompió su compromiso con Cordelia, tal vez quiso comenzar una nueva vida con otro nombre para evitar convertirse en la comidilla de la colonia. Borrón y cuenta nueva. Eso cuadraría con el hecho de no haber encontrado una sola huella de ningún Hamish Sutherland. No sé, quizá se marchó a otro lugar del país, lejos de Nairobi, por ejemplo a Nyeri. Puede que se estableciera allí tras la ruptura, y que años después comprase aquel avión para facilitarle los desplazamientos, o como simple deporte. ¿Le cuadra que Hamish pudiera comprar un avión?

–Bien, desde luego él era un auténtico *sportsman*. Toda actividad trepidante le apasionaba. Sí, es posible.

–Perfecto –concluí–. Caballeros, tras la pista Boston. Próxima estación: el aeropuerto Wilson. Donde para variar, nos presentaremos con nuestros auténticos nombres. –Lancé a Ken una sonrisa de dentífrico.

–¡Ah, allí no hay problema! En el Wilson no será necesario enseñar mi carnet. Tengo un amiguete que trabaja en la Autoridad Aeroportuaria, y me debe un favor.

–Y por cierto, ¿qué prodigio es ese de la Interpol? –remató Delsey.

30

EL CLUB DE LOS SÍSIFOS

En el taxi que nos conducía al Wilson, Ken se regocijaba escuchando un transistor que el chófer llevaba colgando del retrovisor en un calcetín, penduleando en cada curva como un escroto veraniego. Al parecer, tres atletas kenianos habían copado el podio en una carrera disputada en los Juegos Olímpicos de Barcelona, medallas que se unían a otras cuatro conquistadas en días anteriores. Felicitamos a Ken como merecía la hazaña, pero dado que Delsey y yo entendíamos de deporte lo mismo en inglés que en swahili, sólo pudo encontrar pie a su discurso laudatorio en el taxista, sentado junto a él. En el asiento trasero, yo repasaba mentalmente los últimos avances de nuestra búsqueda. Pensaba en ello casi obsesivamente, quizá como un exorcismo, para saturar mis fibras cerebrales con el agua bendita de nuestra misión salvadora y conjurar así de mi cabeza el demonio burlador de Mónica. A mi lado, Delsey contemplaba por la ventanilla la turbulenta algarabía mecánica y humana de la Uhuru.

–Delsey… ¿Cree usted que esa *otra* mujer…?

–Te refieres a la mujer por cuya causa Hamish rompió con Cordelia.

–¿… podría ser una tercera mujer?

–¡Absolutamente, no! ¿Quién iba a ser, una sirena arrastrada por la estela del barco que le trajo hasta aquí? Muchacho, no te quepa la menor duda. El corazón de Hamish estaba candado por la delicada llave de tu abuela. Él le escribió, sin duda para rogarle que se reuniera con él en este nuevo mundo, pero a causa de la artera maniobra de su hermana, ella nunca recibió esos billetes.

–¿Billetes?

–Billetes, epístolas... Cartas.

–Ah.

El aeropuerto Wilson, destinado al tráfico nacional, carecía de una terminal al uso. Sobre las pistas zumbaba un enjambre de mosquitos, moscardones y abejorros de metal que arañaban la pista para buscar refugio en un puñado de casetas y hangares arrojados al azar. En las rampas, relucientes avionetas de recreo y algún despacho a reacción pavoneaban su polvo de nube entre carcasas muertas sobre charcos de aceite fósil, como moscas atrapadas en papel pegajoso. Con la mirada busqué entre la selva de fuselajes los caracteres VPKAL, sin éxito. Gracias al amigo de Ken, un tímido muñeco de alambre llamado Sam Ngethe, tuvimos acceso a las pistas y a las oficinas. Allí esperamos, observando el trajín aéreo como los viejos miran las palomas del parque, mientras Sam se llevaba nuestra secuencia de letras a un archivo.

Al cabo de una media hora regresó con sus alambres agitándose en gesto triunfante. El VP-KAL estaba registrado en las bitácoras del Wilson, era un De Havilland DH60G Gipsy Moth y había tocado tierra allí en infinidad de ocasiones, con múltiples orígenes y destinos en Kenia y Tanzania, incluyendo Nyeri. En 1975 el rastro se desvanecía, pero en los últimos años antes de esa fecha sus vuelos apuntaban a un mismo lugar, Masai Mara, y sobre todo a la pista de aterrizaje del Keekorok Lodge. Y lo mejor de todo: como piloto figuraba nuestro misterioso Boston Shark. Sam dedujo que nuestro amigo debía de ser un *bush pilot*, un piloto de monte. Así denominaban, explicó, a los aviadores que saltaban de pista en pista por las regiones remotas con cualquier encargo que les surgiera, capaces de aterrizar sobre la espalda de un grillo y de reparar el motor de su pájaro con el cordón de los prismáticos y una clavícula de ñu; una profesión envuelta en una romántica mistificación que construía leyendas de pasados oscuros y fugas de la justicia, por supuesto falsas en su mayoría. Como los marinos o los motoristas, los *bush pilots* formaban una comunidad estrecha y cohesionada, casi una hermandad, y Sam sugería que alguno podía haber conocido a nuestro Boston Shark. Muchos de ellos solían reunirse en el Aero Club of East Africa, junto al aeropuerto. Como se trataba de un club privado, Sam se ofreció a realizar la gestión por nosotros y a informarnos al detalle de si Boston había sido miembro, o si alguno de los socios podía facilitar alguna referencia de él. Satisfechos, con una prometedora vía de investigación abierta, nos retiramos a digerir nuestros hallazgos en el Norfolk, donde Ken declinó nuestra invitación a cenar porque había quedado con Naomi. En otras palabras, no había avisado a su madre para que no le preparase la cena.

En las calderas de recepción no se había horneado ningún mensaje para mí, pero sí para Delsey. La editorial había traspapelado su artículo y le rogaba que lo enviara de nuevo. Nos citamos para la cena a una hora española, las nueve, y tomamos cada uno el camino de nuestra habitación. Quise aprovechar ese rato de arreglarse para leer aquellos pasajes de Hamish que manoseaba desde hacía días, pero juzgué más urgente comenzar a tomar algunas notas sobre el viaje y nuestras averiguaciones. Reestrenando la película de los hechos, me asaltó un nombre: Makena. Decidí llamarla para saber de ella. Creía recordar que el Victoria Station abría a las ocho y media, así que me dediqué a mis apuntes y a esa hora marqué el número. Sobre un estruendo de fondo me respondió una voz de hombre con entusiasmo de contestador automático, que supuse la forma de comunicación de aquel camarero insepulto. ¿Cuál era su nombre...? ¡Thomas!

–¿Thomas? ¿Es usted Thomas?

–Sí. Señor.

–Thomas, soy un amigo de Makena, Audrey. ¿Podría por favor hablar con ella?

–Lo siento. Señor. La señorita Audrey no viene a trabajar.

–¿Tiene el día libre?

–No. Señor. Mañana tampoco vendrá a trabajar.

–¿Qué le ocurre? ¿Está enferma?

–Lo siento. Señor. No puedo darle más detalles.

–Mire, Thomas, no soy un cliente de Makena, sino un amigo suyo.

–Lo he comprendido. Señor.

–¿Y puede por favor darme su número de teléfono?

–Lo siento. Señor.

–Thomas, mire, sé dónde vive, pero no tengo su teléfono. Vive en...

–Maldita sea. Recordaba el aspecto del portal, pero no sabía el nombre de la calle.

–Lo siento. Señor.

Resolví que era inútil seguir bateando contra aquel frontón, y me sentí seriamente preocupado. No habría temido por ella si su profesión hubiera sido la de bibliotecaria, pero el trabajo de Makena entrañaba ciertos riesgos añadidos. No me quedaba más opción que desplazarme hasta allí. Llamé a Delsey y le pedí que no me esperara a cenar si me retrasaba, y tomé un taxi al Victoria Station.

La impresión del local fue radicalmente diferente a la de la primera vez, aunque la nota sórdida era irrenunciable. No uno ni dos, sino tres *askaris* velaban sus porras en la puerta, además de otros dos tipos trajeados que mostraban los ganglios axilares inflamados y que convalecían en su dolencia recostados sobre una fortaleza rodante con los cristales opacos. Intuí que algún pez gordo nadaba en la humedad oscura de los licores y jugos del Victoria, y que tal vez me negarían la entrada. No fue así, y tras apartar el cortinaje de terciopelo, desgastado por el sobeteo a apenas un *sextopelo*, me apabulló un compacto hormigón humano, y recordé que era sábado por la noche. La tonadilla meliflua de Clayderman había dejado paso a un tropel de vatios sincopados, y los focos mortecinos verdes y rojos relampagueaban arruinando el trabajo de maquillaje de las mujeres, ahora muertas, ahora vivas, ahora muertas de nuevo. El público no sólo era abundante en número, sino también en género, no en el sentido mercantil sino en el gramatical. La clientela atarzanada y bioquímicamente pura de mi visita anterior se había rebajado con una generosa dosis femenina, y en la redoma rugiente de la pista muchas mujeres, con pareja o en grupos pletóricos de estrógenos, saltaban sobre el pavimento, no supe si bailando o rebotando contra la piel del tambor. El sábado por la noche el Victoria Station no era un burdel con máquina de bebidas, léase Thomas, sino una inocente discoteca con servicios de valor añadido. Y yo, todo hay que decirlo, no iba vestido para la ocasión. En el muestrario de metales pesados y preciosos, mi camiseta y mis vaqueros chirriaban como el flúor en la tabla periódica, que un amigo que tuve se preguntaba qué demonios pintaba la pasta de dientes allí.

Entre la masa de carne prieta me abrí paso hasta la barra como quien corta un solomillo, y allí descubrí al mítico Thomas. Me miró con sus botones de máquina expendedora esperando a que insertara mi moneda. Le pedí que se acercara y le expliqué que era quien había telefoneado antes. Yo confiaba en recibir una de esas señales de reconocimiento de especie que los humanos solemos intercambiar entre nosotros, pero no fue así. Me espetó un «¿Qué quiere beber? ¿Señor?», y se quedó tan ancho. Escudriñé la barra. Al fondo, junto a la pared y en compañía de dos chicas, el ángel blanco Abraham charlaba con un individuo de su misma densidad que habitaba un traje gris unifamiliar. Sospeché que podía tratarse del pez gordo y que Abraham maldeciría mi intromisión, pero no se me ocurrió nada más sutil. Le abordé, me presenté, traté de refrescarle la memoria sobre mi presencia allí con Makena y le expuse mi preocupación por ella. Reaccionó con paciencia, sin alterar su gesto indiferente. Le rogué entonces que llamara él a Makena y le preguntara si quería hablar conmigo. Tras un momento de duda, me condujo hasta una puerta y me hizo esperar fuera mientras él entraba en lo que parecía una oficina. Un par de minutos después, me invitó a pasar y me tendió el auricular del teléfono con expresión grave. El despacho tenía un aspecto desangelado, con cercos de cuadros en las paredes, muebles provisionales y cajas de cartón colmadas de objetos despiezados. Tomé el teléfono. Al otro lado de la línea brilló su voz dorada.

–Hola, Curro. Cómo te preocupas por mí. Eres un encanto.

–Hola, preciosa. ¿Estás bien? ¿Va todo bien?

–Estupendamente. Me he tomado unos días libres, eso es todo. Pero no te preocupes, volverás a saber de mí.

El mensaje tranquilizador de Makena no encontraba eco en el gesto de Abraham. Sus mofletes de manzana parecían ajados, como si les faltara el sol. Me alarmé y tuve que mentir.

–Makena, Abraham me ha contado que ocurre algo grave –susurré, intentando que el dueño del local no me oyera. Él no se inmutó; permanecía tieso, con la mirada hundida bajo los párpados. Un largo y sonoro silencio se fue y volvió por la línea telefónica. Al regresar, me pareció que traía un suspiro.

–Me he tenido que refugiar unos días en casa, por si acaso.

–Por si acaso ¿qué? –repliqué en tono algo brusco.

–Curro, creo que ya sabes sobre mí todo lo que te interesa saber. No quieras meterte en líos, no te conviene. Dentro de unos días, regresarás a tu España y te olvidarás de aquella chica que...

–Por si acaso ¿qué? –repetí. Esta vez no salió de mi boca una orden, sino una súplica.

–Por si acaso ellos regresan.

–¿Ellos? ¿Quiénes?

–Está bien, señor periodista, te voy a dar una buena historia.

–Mak, no es un periodista quien te lo pregunta.

–Vale, tú lo has querido. –Hizo una pausa–. Verás, hace un par de días se presentaron en el Victoria dos hombres y una chica. Venían de Blush Orchid International, es aquella agencia de *escorts* que te dije. Vestían muy bien, la chica era guapísima y llevaban tarjetas de visita, todo muy profesional. Los dos hombres eran el director de Recursos Humanos y el director de Operaciones, creo, y la chica era una de las modelos. Las tarjetas llevaban sus nombres y los cargos, pero nada más, ni dirección, ni teléfono. Eso me extrañó, la verdad. Se sentaron conmigo y con Abraham, y dijeron que habían venido para animarme a dar el paso porque tardaba en responderles. Invitaron a champán del más caro y hasta le ofrecieron dinero a Abraham para compensarle, y a mí, bueno, de todo: vestidos de firma, joyas, tarjetas oro de empresa, coches y apartamentos de lujo en Londres, en París, en Moscú... La chica contó que era hija de un obrero del este de Europa y que llevaba dos años trabajando con la agencia, y que era lo mejor que le había pasado nunca, que vivía una vida de ensueño que nunca había imaginado. Me pusieron los dientes largos, pero la verdad es que no terminaba de confiar en ellos. No sé, fue una corazonada. No me cayeron bien...

El relato se detuvo. De nuevo regresó el leve soplo, como si en lugar de suspirar, Makena hubiese abierto una ventana. Preferí no interrumpir.

–El caso es... –prosiguió– que le pidieron a Abraham su despacho, donde tú estás ahora, y se encerraron allí conmigo. Primero se metieron unas rayas de coca. Imaginarás que en este trabajo he visto de todo, pero no me gusta drogarme y nadie se ha atrevido jamás a obligarme. Ellos insistían e insistían, al principio sin perderme el respeto, pero sí perdiendo la sonrisa, sin levantarme la voz, pero agarrándome de una manera que no me gustaba nada. Empecé a asustarme, y pensé: bueno, una vez no puede hacerme daño, y aspiré un poco. Entonces empezaron a... tocarme bajo la ropa. Yo me resistí. Les dije que no quería, que yo elijo con quién quiero dormir, y ellos se rieron diciendo que no íbamos a dormir, y que en esa empresa había que ser flexible, y que debían probar si yo era adecuada para ellos...

Me sentí francamente incómodo. Pensé que quizá, después de todo, Makena sí le estaba contando su historia a un periodista. Pero yo no era uno de esos santones de la BBC con un infinito poder mediático. Difícilmente el cronista especializado en monos sueltos podría hacer algo para ayudarla. Temí defraudar sus expectativas.

–Mak, si prefieres que...

–Cállate y no me detengas, o no conseguirás hacerme hablar otra vez. Bueno, el caso es que empecé a gritar. Uno de ellos me sujetaba los brazos en la silla mientras el otro se abría los pantalones, y la chica se puso entre mis piernas con la botella... Bueno, no te voy a contar los detalles, Curro. El caso es que empecé a chillar y a chillar, ¡Abraham!, ¡Abraham!, y el que estaba de pie me ahogaba con su... Entonces Abraham entró en el despacho. Cuando vio lo que estaban haciéndome, y a mí llorando, se puso muy furioso y empezó a pegarles, ya sabes que Abraham es muy corpulento, y a gritarles que se marcharan de allí. Entonces la chica sacó del bolso uno de esos esprays antivioladores y se lo echó a Abraham en los ojos, y él se cayó al suelo gritando, y entonces yo rompí la botella y la puse delante de mí para defenderme. Entonces ellos me dijeron que ya volverían otro día, que quién me había creído que era, que si yo no quería trabajar con ellos, tampoco trabajaría *contra* ellos... Antes de irse, los dos hombres destrozaron el despacho. Y eso fue todo, Curro. Abraham me dijo que me quedara en casa por unos días, y ha contratado a dos *askaris* más por si vuelven. Ellos no saben dónde vivo, así que en casa estoy tranquila. Pero la verdad es que tengo muchísimo miedo.

–Mi pobre niña. ¿Te hicieron daño? ¿Estás herida?

–No, estoy bien. Me dolía un poco después, pero ya pasó.

–¿Necesitas a alguien que te cuide?

–No te preocupes, cielo. Estoy acostumbrada a cuidarme sola, y estoy aprovechando para descansar. Estoy horrible, con un pijama de Nakumatt y con el pelo todo enredado, pero no me importa. Quiero estar sola. He hecho un enorme bol de palomitas y me voy a poner una película.

–*¿Desayuno con diamantes?*

–No, una de Denzel Washington. Creo que es una peli triste, porque hace de Steve Biko y recuerdo que le mataron. Pero no me importa, me encanta Denzel. Lloraré un poco y me acostaré temprano... No. Creo que no puedo ser como Audrey.

–¿Ser como Audrey? Si cuando ella se miraba en el escaparate de Tiffany's, a quien veía era a mi amiga Mak.

–¡Ja, ja! Sabes cómo halagar a una chica.

–Cuídate mucho, preciosa. Te llamaré para ver cómo sigues. Pero no tengo tu número, ni tu dirección.

–Ya le he dicho a Abraham que te los apunte. Gracias, cielo. Aprecio muchísimo lo que te preocupas por mí.

Colgué. Abraham me observaba con sus mofletes de manzana desmoronados, como si los gusanos le estuvieran devorando el corazón.

–En treinta años en el Victoria nunca había tenido estos problemas. Yo no me metía con ellos, y ellos no se metían conmigo. Esos bastardos...

–Lo siento, señor Abraham.

Tomé mi taxi de vuelta al hotel. Fue un alivio que Makena prefiriera la soledad aquella noche. Si en algún momento hubiera tenido que resistir como un espía torturado para no mandar al carajo mis límites con ella, habría sido entonces. Lo nuestro había comenzado como una atracción física, y no siempre era fácil sublimar aquello, abstraerlo y expulsarlo fuera de la caverna platónica sin que se matara a aporrear la puerta como Pedro Picapiedra. Si otros hubieran caído la tarde de la piscina, o la noche del Carnivore, en cambio mi suprema tentación fue aquella Makena raspada de inocencia, vapuleada y vulnerable, abrazada a su bol de palomitas con su pijama de supermercado y su pelo enredado. Aquella noche le hubiera cubierto el cuerpo de besos hasta borrarme de los labios el ADN de Mónica.

Fue quizá por la ocasión de alejar este pensamiento de mi cuadrilátero de conflictos sentimentales por lo que me alegré de que en el Delamere del Norfolk se estuviera celebrando una estrambótica fiesta íntima. Habían pasado las diez y un triunvirato de viejas glorias se había juramentado bajo el voto de obligar a la reposición íntegra del stock alcohólico del bar. A juzgar por lo que reposaba sobre la mesa, la hermandad se había sellado bajo la divisa de ¡fuera decimales!, y la consumición mínima se había fijado por botella. Me sorprendió descubrir allí a Tony Kerak, compartiendo farra con Delsey y con el sempiterno Ian, que no desperdiciaba una oportunidad para desinfectarse las tragaderas si la compañía era buena, o si no. Delsey y Tony se desparramaban sobre sendas sillas, el primero con languidez y el segundo abierto en canal, mientras Ian, con el tacón de su bota de *cowboy* sobre el respaldo de otra silla, jugueteaba rasgando su ukelele. Del torpe funambulismo de sus timbres de voz se deducía que los tres llevaban ya combustible para llenar una cisterna, sobre todo el Hemingway redivivo.

–¡Tony! Pensaba que toda la gente del cine estaba ya en Masai Mara. –Agarré una silla, me uní al convite y una mano temblona me sirvió un whisky, que vacié por el sumidero de mi garganta.

–Y así es. Pero yo ya no tengo más papel. De hecho, el papel que ya tenía no me servía ni para limpiarme el culo. Y no es un chiste, ¿eh? ¡No, no, no! Juro que hice la prueba, por todos los miles de demonios. Pero ahora parece que finalmente ese... yanqui barbudo va a eliminar todas mis escenas, así que supongo que ya tampoco soy gente del cine. Qué mierda... Por eso estoy aquí, brindando con mis amigos por un jodido ex actor. ¡El rey de Empyria ha muerto! ¡Larga vida al rey de Empyria! –Alzó su vaso y se bebió hasta la lente del fondo.

–¿Qué es eso de Empyria? –preguntó Ian, punteando las cuerdas.

–Fue su papel estelar –apuntó Delsey–. Era un rey exiliado que raptaba y cortejaba a una espía rusa, interpretada por la divina Ursula Andress.

–¿Te tiraste a Ursula Andress? –Ian barrió todas las arrugas de su cuerpo hacia la frente, al tiempo que dejaba caer el tacón al suelo.

–¡No, por los cuernos de Satanás! –profirió Tony–. Si quieres historias morbosas, amigo, te podría hablar de un actor secundario que hacía de mi guardaespaldas personal. ¡Y me las guardó bien, os lo aseguro! ¡Aaah! ¡Ja, ja! ¡Tenía el abdomen como un pedregal y el culo como un casco para siameses, sí señor, je, je!

–¿Cómo, pero tú eres...? –Ian no terminó la frase–. El otro día creí que bromeabas, hombre. Hay que ver, y yo que me había acostumbrado a verte como el auténtico Hemingway.

–¡Ja, ja! ¡Lo siento, amigo, pero has caído en una jaula de locas! –sentenció Tony.

–¿Qué? ¿Todos...?

–¡No, todos no! –me apresuré a aclarar.

–¿Tú no? Diablos, yo pensaba que eras el efebo de Delsey. –Tony pareció contrariado.

–¡Efebo! ¡No, por Dios! Aunque últimamente parece que no tengo buena puntería con las mujeres. O ellas conmigo, no estoy seguro.

–¿Sin noticias de la bella Mónica? –indagó Delsey.

–Silencio administrativo –declaré deglutiendo mi segundo whisky–. Creo que la estoy perdiendo, y sin motivo aparente.

–*«So we'll go no more a-roving, so late into the night, though the heart be still as loving, and the moon be still as bright»*[1] –declamó Delsey–. Conozco y deploro ese atroz abandono, muchacho, que yo también he padecido en la fragilidad de mi ánima. Y simpatizo con tus penalidades.

–Desde que ella empezó a llamarme «su novio», parece que lo utiliza como escudo para anular cualquier pretensión mía. Siento como si tuviera que tirar de ella continuamente para no perderla, como si tuviera que levantar esta relación a pulso para ver cómo rueda de nuevo montaña abajo. Yo también tengo mi castigo de Sísifo, Delsey. –Miré a los otros, que me observaban en silencio–. Pero no quiero aburrirlos con mis problemas amorosos.

1. «Así que no volveremos a vagar, tan tarde en la noche, aunque el corazón aún ame, y la luna aún sea brillante.» Extracto de un poema que Lord Byron escribió, en 1817, en una carta a su amigo Thomas Moore, quien luego lo incluyó en un volumen que publicó con varias cartas y diarios de Byron.

–¡Oh, no te preocupes, chico! Al menos hay alguien en esta mesa que aún explora de vez en cuando otro cuerpo que no sea el suyo propio, sin que le exploren a uno la cartera, quiero decir. –Tony interrumpió el balbuceo de protesta de Ian–. Y eso siempre le pone a uno tierno. ¿Hace cuánto que tú no mojas, Delsey?

–Amigo, sabes que no comparto tu estilo de aproximación a la esfera carnal de nuestra naturaleza humana. –A pesar de la impoluta moderación de su lenguaje, a Delsey también le patinaban las palabras sobre la lengua.

–¡Ja, ja, tú siempre tan redicho, amigo! ¡Tan redicho! ¡Aunque no puedas escribir mi biografía, amigo, quiero que me escribas el *epifatio* de mi tumba cuando yo me baje de este jodido mundo! Lo he dicho bien, ¿no? *¡Epifatio!*

–Sí, Tony. Escribiré tu *epifafio*. O tu *epitatio*. Lo que tú quieras. –Delsey se estaba venciendo bajo el peso del alcohol.

–Quiero que le des ese toque tuyo, pero que sea... algo gracioso, que me haga reír. No se te ocurra hablar de... ángeles, y nereidas, y ninfas, y... esas cosas que sueles tú decir.

–Lo que tú digas, Tony. Te escribiré un *epifafio* sin angeología, mitología ni ninguna otra logía.

El camarero se aproximó a nosotros con expresión cordial, pero con aspecto de traer intenciones de evacuarnos. Así fue.

–Disculpen, caballeros. El bar va a cerrar. Si lo desean pueden quedarse un rato más, pero debo tomarles ahora su última orden.

–Coño, Bob, eres jodidamente inflexible –gruñó Ian, y comenzó a tocar una nana con el ukelele.

–¡Pero si la fiesta no ha hecho más que empezar! –protestó Tony–. Delsey, dijiste que tienes una suite con veranda al jardín, ¿no?

–¿Cómo? Ah, sí, sí. –Delsey sacó la cabeza del mar de los sueños para respirar. No se atrevió a contrariar a Tony–. Sí, por supuesto, venid a mi suite. Continuaremos allí.

–Ya lo has oído, Bob. Ya lo has oído. Continuaremos allí –coreó Tony–. Así que ya puedes canjearme estas fichas por su valor equivalente en whisky y ginebra. –Le tendió al camarero tres billetes de mil *shillings*–. Creo que ya hemos calentado motores y podemos... prescindir de los refrescos. Y si alguien quiere reducir el octano… octana… octanaje de tu gasolina, seguro que el grifo de Delsey no tiene hora de cierre.

–Señor, no es aconsejable beber agua del grifo –sugirió suavemente Bob–. ¿Quiere alguna botella de agua mineral?

–¿Mineral? ¡No, por todos los diablos! ¿Me vas a decir que los putos bichos del grifo van a ser más resistentes que yo a este brebaje?

–No lo sé, señor. Pero no deben beber agua del grifo.

–Agradezco tu consejo, Bob. Beberé mi cóctel de actor fracasado, viejo arruinado y marica fofo con unas gotas de ese licor clandestino que te deja ciego antes de matarte, ese… ¿cómo lo llamaste, Ian?

–*Chang'aa*.

–Eso, *chang'aa*… Como se llame. Pero de ninguna manera beberé una puta gota de esa letal agua del grifo. Caballeros, si me acompañan…

Con sólo dos whiskies, yo era aún el más sereno del grupo. A falta de otro quitamanchas más noble, me había sentado allí con ellos para borrarme del alma las rozaduras de Mónica con alcohol, pero otro pensamiento empezaba a inquietarme. Tony mantenía una actitud hostil hacia sí mismo que, incluso con mi escaso conocimiento del personaje, sonaba como un timbre de alarma. Juzgué conveniente que Delsey estuviera al tanto de aquello para mantenerle controlado. Sin embargo, mi amigo no estaba en condiciones de dominar más que sus propias funciones básicas. Una vez que Tony recogió las botellas y nos encaminamos hacia la suite de Delsey, agarré a éste por el brazo para ayudarle a sostenerse en pie y le susurré que Tony estaba de un humor ligeramente autodestructivo. Medio en sueños, Delsey me respondió que él siempre era así, y que no había motivo para preocuparse.

Tony colocó sillas para todos en la veranda de Delsey como en un cuidado arreglo de escena. Encendió unas velas, sirvió vasos colmados de whisky y ginebra y se volcó uno de ellos al esófago. Aquello no parecía tener ya otro propósito que trasvasar líquidos de un recipiente a otro sin tocar el suelo hasta llevarlos al desagüe del inodoro, y aquel diurético desfile de incontinencias por el baño de Delsey no era un atractivo programa de actos. Ian conservaba entera su loncheada anatomía que sacaba notas renqueantes de su guitarrita, Tony estaba poseído por una torpe euforia y Delsey apenas mantenía una gatera de sus ojos verdes abierta a la realidad. Decidí no beber más para encargarme de recoger los escombros de la fiesta. Tony rememoraba algunas de las mujeres casadas y aburridas que se habían encaprichado de él, y cómo él había utilizado a más de una para abrirse paso hasta la rutina nocturna de la pareja, donde para estupefacción de la dama, ella se había quedado relegada a la línea de cancha, asistiendo como pasmada recogepelotas a un apasionado partido de frontón entre su tibio marido y aquel galán célebre.

–Por favor, para eso ya –rezongó Ian–. Esas historias son asquerosas. Me parece, y perdóname amigo que sea tan franco, seriamente patético. Me recuerda al personaje del que mi madre tomó mi nombre. Y nunca me ha gustado.

–¿Ian? –Tony meditó un momento–. Te llamas Ian. Ian... ¿Qué coño de personaje es Ian?

–Mi verdadero nombre es Dorian. Mi madre lo tomó del *Dorian Gray* de Oscar Wilde. Nunca me gustó. Por eso lo abrevié a Ian.

–¡Ah, Dorian Gray! ¡Sí, yo estuve a punto, a punto, de interpretar ese papel! ¡Dorian Gray! Recuerdo que explicaron la historia el día que pasé por el colegio. ¿Cómo era...? Joder, ¿cómo era?

–Era un fulano refinado y cruel que se hacía pintar un retrato –explicó Ian–. Mientras él traiciona a sus amigos y chulea a las muchachas, el retrato envejece, y no él. Hace sufrir a la gente a su alrededor, pero no le importa, porque es el tío del cuadro el que carga con el mochuelo. Al final le agobia aquel cuadro que refleja su maldad, y lo acuchilla para librarse de él, pero entonces es él quien muere con un puñal clavado en el corazón, y el cuadro vuelve a ser como era cuando lo pintaron.

–Aaah, la eterna juventud. Un gran sueño. Una gran frustración por el triunfo de la maquiavélica virtud –sobreactuó Tony.

–Sobre todo, un gran suicidio, y muy merecido –sentenció Ian.

–Yo hubiera hecho un magnífico Dorian Gray... Un magnífico Dorian Gray, sí señor. Era un papel hecho a mi medida. Pero se lo dieron a ese... Kermit Berger, o... Helmut Burger, o como cojones se llamara. ¿Te acuerdas, Delsey? ¿Delsey?

–«Un ardiente anhelo por la pureza inmaculada de su adolescencia, su adolescencia rosa y blanca...» –citó Delsey, súbitamente activado como un despertador, para después hundir de nuevo la barbilla en el pecho.

–Disculpad a mi amigo Delsey. Mi fiel, viejo y casi... único amigo Delsey. Es una biblioteca portátil, ¡ja, ja! La biblioteca más portátil del mundo, eso es Delsey. Peeero... Las bibliotecas cierran temprano. Temprano, eso es... Pues sí, amigos. Os lo juro por mi maldita calavera. Docenas, cientos de veces después de aquel rey de Empyria pasaron por mis manos papeles esplendorosos. Es-plen-do-ro-sos... Que siempre acababan en manos de otros. Subir, bajar. Subir, bajar. ¡Vean, señoras y señores, al gran Tony Kerak, atado a una puta montaña rusa! ¡Uuuuu! –Se balanceó simulando el movimiento de la carlinga, y a punto estuvo de caer al suelo. Le sujeté y le enderecé en su silla, pero iba demasiado borracho para darse cuenta.

–Sísifo. Es el castigo de Sísifo –murmuró Delsey.

–¿Y eso qué coño es, amigo?

–Sísifo fue arrojado a los Infiernos por Zeus, y castigado a empujar colina arriba una roca que caía de nuevo al llegar a la cima. Una vez y otra.

–Oh. ¿Y qué pasó después?

–Nada. Su castigo era eterno. Todavía sigue allí.

–¿Que sigue...? Joder. Qué mierda. Pobre diablo. Brindo por él y por todos los Sáficos... Sifilíticos... o como coño has dicho que se llama. –Volcó el vaso demasiado lejos de la boca, y una parte del licor le chorreó por la pechera. Pensé que se desplomaba, pero recuperó el equilibrio–. Y ahora, caballeros... Si me disculpan... Creo que no me encuentro bien... Voy a... –Retorció el cuerpo hacia el jardín y vomitó un caudal nauseabundo que rompió en el suelo de piedra, salpicando las botas de Ian. Éste respingó y alzó los pies del suelo.

–¡Joder, qué asco! –Se levantó de la silla y frotó sus botas contra el césped del jardín–. Creo que es suficiente para mí. Buenas noches, caballeros. –Agarró su ukelele e insertó su figura culebrera entre los parterres de flores, para desvanecerse en la noche.

Me quedé allí, con Delsey roncando como el ralentí de un trasatlántico, y con Tony catatónico, mugiendo como una sirena portuaria. Traté de despertar a Delsey.

–¡Delsey! ¡Barón! –susurré, zarandeando su hombro.

–¿Ah? ¿Qué...? ¿Qué ocurre?

–Es hora de acostarse. ¿Quiere que le lleve a la cama?

–No, no... Puedo. Puedo.

Lo levanté de la axila y le ayudé a arrastrarse hasta su cama.

–¿Está bien, Delsey? ¿Puedo dejarle solo?

–Sí... Sí... Estoy bien. Sólo necesito... dos aspirinas. Están... Están en mi... –Dejó flotar el brazo en dirección al baño.

Rebusqué entre varios neceseres hasta encontrar el de los medicamentos. Saqué dos aspirinas, llené un vaso de agua mineral y regresé al dormitorio, donde incorporé a Delsey para deslizarle los comprimidos y un hilillo de agua por la comisura de la boca.

–Delsey, ¿las ha tragado? Dígame si las ha tragado.

–Sí... Sí.

–Delsey, ¿sabe usted cuál es la habitación de Tony?

–No... No sé...

Le recosté sobre la almohada, le quité los zapatos y le arropé bajo la sábana. Salí de nuevo a la terraza, donde Tony colgaba todo su peso sobre uno de los brazos de la silla, como un gran oso de peluche lavado y puesto a secar. Lo recompuse sobre el respaldo y tanteé sus bolsillos. En uno de ellos estaba la llave de su habitación. Lo agité por las solapas, cuidando de no posar mis dedos sobre el rastro de vertidos con derrubios que le bajaba por la camisa.

–¡Tony! ¡Tony!

–¿Eeeh...?

–Tony, le voy a llevar a su habitación. Vamos, haga un esfuerzo.

Se incorporó lo suficiente para pasar uno de sus brazos por detrás de mi cuello, y con su enorme masa repartida entre mi espalda y sus piernas dobladizas avancé hasta el dormitorio de Delsey, donde Tony comenzó a apalancar las rodillas para hacer pie. Sentía cómo la humedad de su ropa permeaba la mía hasta mi piel, adhiriendo mi carne a la suya como un viscoso pegamento. Su hedor a alcohol, vómito, sudor y caspa pugnaba por reventar las espitas de mi estómago y disparar una ráfaga de arcadas, pero decidí que no era momento de remilgos. Tragué la marea ácida que asomaba a mi boca, respiré hondo y le agarré firmemente, concentrándome en la imagen de la ducha de mi habitación, donde entraría vestido.

Apagué la luz de la suite de Delsey y salí al corredor acarreando mi fardo humano. De pronto, Tony extendió el brazo libre hacia la oscuridad del pasillo y exclamó:

–¡Allí!

–¿Qué sucede? –Me detuve mirando su cara descompuesta, y entonces comprendí que estaba recitando su papel. Proseguí la marcha mientras él declamaba a voz en grito con su cabeza rebotando sobre mi hombro como un badajo de goma. Yo le chistaba para que moderara su ardor, pero era inútil.

–¡Allí! ¿Lo ves? ¿Ves esas plácidas aguas... teñidas de turquesa? Al otro lado de ese mar indo... indolente, estas mismas olas lamen dulcemente las orgullosas puertas... las orgullosas puertas de roca de mi reino perdido. ¡Mi reino, so... sojuzgado por la tiranía de... de... de un invasor implacable, lejano, inasequible! ¡Mis súbditos, obligados a renegar de su lealtad al soberano que por ellos... que por ellos vertió su sangre en mil... en cien batallas, para postrarse ante una imagen sin... sin alma, ante una vulgar... fotografía! ¿Lo ves, mi bella... y fría Nadia? ¿Puedes ver cómo se acuesta el sol... tras los dolidos campos de Empyria? ¿Puedes ver... puedes ver a las bestias agachando sus cornamentas ante los desfiles... de mis enemigos? ¿Puedes ver a los humildes campesinos rindiendo pleitesía a un... empe... emperador extranjero? Mis súbditos sin su rey, y yo sin ellos, no somos nada. Nada... En esta... isla olvidada no soy señor más que... del rug... rugido de las tormentas, del silbido de la brisa, de... de la luz y del aleteo de las gaviotas. No soy señor... de nada, mi bella... y fría Nadia. Tú y los tuyos... me habéis robado... el honor. Y un rey sin honor no aspira a otro destino sino a la muerte...

Por fin logramos llegar hasta su habitación. La última vez que le vi, se agitaba sobre su cama arqueando el cuerpo como un filete en una plancha caliente, y elevaba los dedos hacia el techo como si tratara de lanzar desde sus puntas alguna chispa aún prendida de sus fulgores pasados. Poco después de romper el alba, Tony se suicidó.

31

CENIZAS SIN POLVO AL QUE VOLVER

Cuando detonó toda aquella agitación, no concebíamos que pudiera tener alguna relación con nosotros. Delsey y yo desayunábamos en el comedor. Las aspirinas habían obrado un efecto milagroso y ninguna de las perfiladas zanjas de su rostro acusaba las huellas del atracón etílico, ni en el color ni en la profundidad. Es más, aquella mañana devoró hasta una plebeya ración de huevos revueltos, cuajados en la misma sartén utilizada para los huéspedes de las habitaciones más baratas. Se había levantado enérgico y cordial, con ganas de charla y de reemprender nuestra investigación.

Todo sucedió en apenas cinco minutos. El cronómetro comenzó a correr cuando una camarera del servicio de limpieza atravesó el jardín a la carrera, ululando como una vagoneta de bomberos descarrilada, a punto de colisionar con los artefactos de época que decoraban el patio del Norfolk. Los ocupantes del comedor giramos la cabeza hacia ella y la miramos enhebrarse por la puerta del pabellón de recepción, de donde emergió a vuelta de pespunte arrastrando a uno de los conserjes. Medio minuto después, un hombre pertrechado de ejecutivo abrió el mismo camino a un pelotón compuesto por varios empleados más, entre ellos un guardia de seguridad. Intrigados, preguntamos a un camarero del restaurante cuál era el motivo de aquel alboroto, a lo que respondió que lo ignoraba, pero que debía de tratarse de un asunto de mantenimiento. Algunos comensales, turistas gregarios de pantalón corto y calcetín alto equipados con apechusques de safari, se citaron en el jardín buscando con la mirada el origen de aquel revuelo, y otros, viajeros de maletín y residentes de pupila curtida, continuaron dialogando con su plato de desayuno sin echar cuenta al ajetreo. Alrededor del minuto tres, el rumor de que un huésped había fallecido mientras dormía colonizó el comedor, y un minuto después, el hombre con atuendo de ejecutivo que habíamos visto liderar el segundo grupo irrumpió en el comedor escoltado por el recepcionista y el guarda. Cuando comprobé que los seis ojos convergían en nosotros, tuve que dar crédito al vago temor que barajaba desde un minuto antes. La comitiva se detuvo frente a nosotros y el hombre del traje se presentó como Duncan Travis, gerente del hotel, preguntando a Delsey si era Delsey. Por su respuesta vivaz, presentí que el barón no compartía mis sospechas.

–Sí, soy yo. ¿En qué puedo ayudarle, joven?

–¿Sería tan amable de acompañarme, por favor?

El gerente nos introdujo en su despacho, donde cerró la puerta dejando fuera a su séquito. Tomamos asiento y nos ofreció un café o un refresco, que rechazamos. Delsey me miraba divertido, sin comprender el propósito de aquel ceremonial. Apremié a Travis para que nos hincara aquella aguja cuanto antes, fuera cual fuese su calibre. Se sentó tras su escritorio, deslizó los dedos por el vivo de sus solapas, se arregló los faldones de la chaqueta y carraspeó antes de arrancar a hablar.

–Es para mí un penoso deber informarles de que… el señor Tony Kerak ha aparecido esta mañana sin vida en su cama.

–¡Dios mío! Pero ¿qué dice? –Delsey saltó sobre su silla, cuyas ruedas derraparon sobre el entarimado.

–Lo lamento profundamente, pero asimismo debo comunicarles que no se trata de un fallecimiento por causas naturales.

–¿Qué quiere decir? ¿Un asesinato? –exclamé, aunque ya intuía la respuesta.

–Me temo que… todo parece apuntar a que se quitó la vida. Pero, por supuesto, será la investigación policial la que establezca las conclusiones pertinentes.

–¡Dios mío, qué horror! ¡Dios mío, Dios mío! ¡Qué tragedia! –Por toda reacción, Delsey hundió la cabeza entre las manos recitando la misma letanía. Travis pulsó el botón de su interfono y pidió unas botellas de agua. Dado que Delsey se había bloqueado en un bucle circular, decidí aferrar las riendas de la situación. El gerente prosiguió.

–En nombre del hotel Norfolk, y en el mío propio, quiero expresarles mis más profundas condolencias por este terrible suceso, y sepan que me pongo personalmente a su disposición para cualquier apoyo que precisen, tanto en las gestiones que necesiten realizar como en la comunicación con los familiares del difunto o en la repatriación de sus restos. Es mi obligación hacer que su estancia en nuestro hotel sea lo menos dolorosa posible.

–¿Cómo ha ocurrido? –indagué.

–Se ha clavado… un cuchillo. En el corazón. Un cuchillo de monte.

–¿Y está seguro de que no ha podido tratarse de un asesinato?

–Bien, por supuesto yo no soy la persona más adecuada para valorar este extremo, pero se diría que la posición del cuerpo apunta a un suicidio. Y sobre todo, dejó una nota escrita.

–¿Una nota? ¿Qué dice la nota? –Delsey desenterró la cabeza de entre sus manos.

–En la nota le menciona a usted, barón Delsey, motivo por el cual les he avisado. Los chicos de recepción me han confirmado que el difunto señor Kerak era amigo de ustedes. Desconocemos si tenía otros conocidos o parientes en el país, y el equipo de filmación con el que viajaba el señor Kerak está fuera de la ciudad.

–Pero ¿qué dice la nota? –insistió Delsey.

–Me… temo que hasta que no intervenga la policía, que está de camino, la prudencia nos aconseja esperar acontecimientos.

–¡Quiero verle! –declaró Delsey, secándose las lágrimas de las mejillas con su pañuelo de bolsillo.

–Barón Delsey, puedo imaginar su conmoción en estos momentos de inmenso dolor, pero me temo que no debemos permitir ninguna injerencia en la escena de los hechos hasta que la policía lo autorice. El médico del hotel está certificando el fallecimiento, y hemos clausurado la habitación a la espera…

–¡Quiero verle! –interrumpió Delsey, se levantó de la silla con una agilidad pasmosa y ganó la puerta del despacho antes de que pudiéramos detenerlo. Corrí tras él, y Travis detrás de mí. Comprendí la urgencia de Delsey por acudir a despedirse de su amigo saltándose las formalidades, y le guié hasta la habitación de Tony mientras el gerente trataba de disuadirnos con delicadeza.

La puerta de Tony, entreabierta, estaba custodiada por un guardia de seguridad que agarró a Delsey del brazo cuando éste trató de franquearla. Delsey se sacudió para zafarse y Travis reprendió al guarda, dando el empeño por perdido. Entré detrás de Delsey, y tras de mí el gerente, rogándonos encarecidamente que no tocásemos nada.

Vestido con un traje limpio y planchado, diferente del que había ensuciado la noche anterior, el leviatán inerte reposaba sobre el colchón como un dragón vencido, boca abajo, con la cabeza girada hacia la ventana y las manos replegadas bajo su mole, seguramente empuñando el cuchillo. Nada en la habitación olía al cóctel almizcleño que exudaba Tony la noche anterior, como si se hubiera aseado para matarse limpio. Alrededor del cuerpo, la sábana se hundía en arrugas que orlaban su cadáver como los rayos en un retablo, y en las vaguadas que dejaban las arrugas la sangre se embalsaba, reciente y muy roja, de un rojo casi artificial que recordaba tristemente a un truco cinematográfico. Al otro lado de la cama, junto a la ventana, un médico sorprendido por nuestra irrupción tomaba notas en una libreta. Sobre la mesilla de noche, un profuso marco de metal dorado abrazaba una foto en blanco y negro, en la que un apuesto y joven Tony apenas reconocible posaba bajo una de esas sedosas luces de estudio del cine antiguo, coronado y revestido por un manto de armiño sobre una casaca de gala con charreteras y cordones bordados. El rey de Empyria en plena gloria.

Delsey se postró de rodillas junto a la cama, llorando sordamente sin mover los labios. Miró la foto y descubrió un pedazo de papel pisado por el marco. Travis y yo gritamos al unísono, pero Delsey no estaba en condiciones de reparar en huellas dactilares o pistas policiales. Apartó el portarretratos, cogió la nota y la leyó en silencio. Pude ojearla por encima de su hombro. Estaba escrita en francés, y decía así:

NO BUSQUEN MÁS. HE SIDO YO.
DELSEY, UNA VEZ MÁS, AMIGO MÍO,
DEBO PEDIRTE QUE TE OCUPES DE MÍ.

TE PROMETO QUE ESTA VEZ SERÁ LA ÚLTIMA.
SU MAJESTAD, TONY KERAK, REY DE EMPYRIA.

Delsey devolvió la nota a la mesilla y rompió a gemir sin pudor. No trató de rodear la cama para enfrentarse cara a cara con Tony. Se quedó allí, velando la nuca fría de su amigo, hasta que nuestra presencia me pareció sobrante. Le ayudé a levantarse, le acompañé a la puerta y le saqué a airearse al jardín. Travis apareció entonces y nos ofreció su despacho, pero Delsey prefirió reponerse en el bar donde doce horas antes habíamos compartido mesa y bosque de botellas con Tony. Al poco se presentaron varios agentes de policía, y el gerente se excusó ante nosotros para conducirlos hasta la habitación del difunto. Sin que casi advirtiéramos su presencia, alguien más apareció de repente junto a nuestra mesa y se dejó caer, blando y mate como un globo desinflado, sobre una silla. Era Ian.

–Amigos... Amigos... Qué horrible noticia. Qué horror... Casi me... me siento culpable. Yo le hablé de Dorian Gray, y bromeé sobre el suicidio, y él se ha clavado un cuchillo en el corazón, como murió Dorian Gray...

–No te martirices, Ian –le tranquilizó Delsey, aspirando las lágrimas–. Si hay alguien que debe culparse, soy yo. Era mi amigo y no le presté el debido cuidado. Yo le conocía. Yo debí percatarme de su vesania, debí presentir que albergaba inclinaciones de cometer tamaña aberración, debí presagiar y sofocar su caída postrera como presagié y sofoqué muchas de las anteriores. Pero dormí plácido como Endimión mientras él entregaba su corazón al acero. Yo debí... –Se sostuvo la frente con la mano mientras movía la cabeza de lado a lado.

–Yo era el más sobrio de todos –intervine–. Le llevé a su habitación, y debo suponer que soy la última persona que le vio con vida. Desvariaba, se revolcaba en su desgracia. Tal vez no debí dejarle solo, pero lo cierto es que Tony apestaba, y yo sólo quería llegar a mi habitación lo antes posible para darme una ducha. Creo que todos podemos tener motivos para sentirnos responsables, pero sólo hay un culpable, y es el propio Tony. No tiene sentido atormentarnos.

Los tres reflexionábamos en silencio cuando uno de los recepcionistas llamó mi atención. Alguien me esperaba al teléfono. No quería desatender aquella llamada por si se trataba de Mónica, así que dejé a Delsey e Ian sumidos en ese agónico repaso mental a los acontecimientos previos que uno suele emprender en tales circunstancias. No era Mónica. El tono festivo de Ken era inconfundible, aunque sumamente inapropiado entonces.

–¿Qué pasa, tío? ¡Aquí el servicio de información de la Interpol!

–Ken. Me temo que no está el día para fiestas. Un amigo de Delsey que se hospedaba en el hotel se ha suicidado.

–¿Quéee? ¡Venga ya, tío! Pero ¿me estás hablando en serio?

–Totalmente. Anoche mismo estuvimos tomando unas copas con él. Ha sido un golpe brutal. Delsey está muy conmocionado.

–Tío, no sé qué decir. Lo siento mucho. Dile a Delsey que lo siento de veras. Y Curro... si no tienes inconveniente debería pasarme por allí a recabar información para el periódico. Espero no parecerte insensible, pero debo hacer mi trabajo, y si era amigo vuestro, creo que en este caso nadie cubrirá la noticia mejor que yo.

–Claro, Ken. Lo entiendo, yo también soy periodista. Aquí estaremos.

–Vale. Ahora mismo salgo para allá.

Poco después de reunirme de nuevo con Delsey e Ian, el gerente apareció acompañado por un policía de paisano y otros dos de uniforme, un hombre esquelético y una mujer esférica. El que iba vestido de calle se identificó como inspector y se dirigió a Delsey, formulando una pregunta con entonación de mandato y trasfondo de orden.

–Señor Delsey, por favor, ¿vendría con nosotros a comisaría?

–¿Cómo? Pero ¿qué dice usted? ¿Es que acaso pretende detenerme? ¡No, de ninguna manera! ¡De ninguna manera!

Por fortuna, Delsey no estaba de ánimo para aguantar pamplinas. Su actitud ante aquel requerimiento fue la que yo pensaba esgrimir en su defensa si él hubiera optado por la docilidad. Yo, al contrario que Delsey, había escuchado aquellos comentarios de Ken sobre las condiciones de los detenidos en Kenia.

Travis se esforzaba por resultar conciliador, insistiendo al policía que aquello no era necesario, pero éste se mantenía en su propósito. El gerente le llevó aparte y discutieron un momento en voz baja. Ambos regresaron a nosotros y Travis tomó la palabra.

–Ya está arreglado, barón. No será necesario que se desplace a comisaría. Si es tan amable, el inspector quisiera hacerle unas preguntas aquí mismo.

–Pues dígame usted. –Delsey se mostraba arisco, pues la conversación con el policía no había comenzado con buen pie.

–En la nota del señor Kerak, se refería a usted. Decía: «debo pedirte que te ocupes de mí». Exactamente, ¿a qué se refería con eso?

–¿Cómo que a qué se refería exactamente? ¿Usted qué cree? Pues a los trámites burocráticos relacionados con su muerte y su inhumación, naturalmente.

–¿No le estaba pidiendo que se ocupara de él en otro sentido? ¿Por ejemplo, cuando aún estaba vivo? ¿Leyó usted esa nota cuando él aún vivía?

–¿Pero… pero qué insinúa usted? ¿Insinúa que yo lo maté? ¿Habrase visto? ¡Pero usted qué se ha creído! –Los gritos de Delsey atrajeron las miradas de todos los que poblaban el vestíbulo y el bar, lo que incomodaba al policía, que miraba de reojo a ambos lados.

–Bien. Comprobaremos si sus huellas están presentes en esa nota. Si tiene la bondad de… –El inspector hizo una seña a uno de sus subordinados, que se adelantó al tiempo que se disponía a extraer algo de su bolsillo, pero Delsey estalló entonces en una furiosa tempestad que hizo aletear los flequillos de todos los presentes.

–¡PUES CLARO QUE MIS HUELLAS ESTÁN EN LA NOTA! ¡PEDAZO DE ESTÚPIDO! ¡LA LEÍ, PERO LA LEÍ DESPUÉS DE SU MUERTE! ¡DESPUÉS! ¿COMPRENDE? ¡DESPUÉS!

–Bien, bien, señor Delsey, no hay por qué ponerse así ni armar un escándalo –replicó el inspector, tratando de mantener la calma, pero intimidado por el talante agresivo de Delsey–. Comprenda que un magnicidio es un asunto extremadamente grave y delicado. Porque dígame, su amigo era el rey de su país, ¿no es así?

Por primera vez desde la catastrófica noticia de aquella mañana, sentí el impulso de reír a carcajadas, en parte por la torpeza de aquella pantomima policíaca, en parte por la reacción de Delsey, al que sólo le faltó esputar espumarajos por la boca para prestar guarnición a sus diatribas contra aquel agente de la ley.

Cuando la policía se retiró, tuve la tentación de preguntar a Travis cómo había conseguido eludir el traslado forzoso de Delsey a comisaría. Tras meditar un momento, hizo una confesión a medias.

–Señor Mencía, durante su estancia en Kenia, y en especial durante el trato con funcionarios públicos a través de un tercero, será frecuente que asista a extraños cambios de parecer como éste. Le aconsejo que no pregunte.

La historia de nuestro encontronazo con la policía divirtió mucho a Ken, dentro de los límites que permitía la tragedia. Se comprometió, en la medida de lo posible, a darle el eco adecuado en las páginas del *Standard*, no sólo a la noticia del suicidio, sino a la obtusa actuación policial y a la enigmática resolución del frustrado arresto de Delsey, por supuesto sin mencionar a Travis ni su declaración, tan oscurantista como meridiana.

De haber elaborado una lista previa con un millón de eventos a los que hubiera esperado asistir durante mi viaje a Kenia, una cremación no habría figurado en ella. Y sin embargo, allí estábamos, Delsey, Ian y yo, una tarde nubosa, abandonando el Crematorio de Langata con una urna entre las manos. El proceso hasta ese clímax final había resultado más rápido de lo que hubiéramos creído posible, presumimos que gracias al estrecho seguimiento que Travis mantuvo sobre el asunto. En cuanto a la investigación policial, el expediente se abrió y se cerró en lo que dura un parpadeo, y con una conclusión escasamente creativa: suicidio. Sólo en una ocasión la policía se había atrevido a importunarnos de nuevo, y fue para hacernos una revelación que sería la causa de nuestra presencia aquella tarde en el lugar menos turístico de Nairobi. Habían examinado la documentación de Tony con vistas a iniciar las gestiones para la repatriación del cadáver, y habían descubierto entonces que su pasaporte era...

–Falso –Delsey interrumpió la exposición del funcionario, completando su frase.

–¿Cómo? ¿Usted lo sabía? –inquirió el policía, perplejo.

–Por supuesto. Él me lo dijo.

–En efecto, así es. El señor Kerak viajaba con un pasaporte diplomático que ha resultado ser una falsificación. El país al que representa ha negado la acreditación del señor Kerak, incluso su misma condición de ciudadano de aquel país.

–No tenía uno, sino al menos una docena de diferentes países. Los encargaba casi a granel en el mercado negro, y los renovaba a voluntad y con idéntica facilidad. Tony era apátrida. Fue un niño expósito y un adulto indocumentado, y nunca se preocupó de regularizar su situación. Le divertía más ese juego. Para cada viaje elegía el vestuario y el pasaporte más adecuados al clima de cada país.

–Bien, eso nos coloca en una situación delicada de cara a la repatriación.

–¿Qué repatriación? ¡No puede haber repatriación si no hay patria! Yo me haré cargo de todos los gastos. Lo enterraremos en este país. O mejor, lo incineraremos. Tony carecía de parientes y nunca gustó de echar raíces. Nadie, excepto yo, acudiría a visitar su sepultura en esta tierra extraña y lejana. Lo incineraremos. No se me ocurre que él hubiese deseado otro final mejor, salvo quizás el del Amory Blaine de Fitzgerald, oxidación lenta en la copa de un árbol. Pero dudo que esto sea legal. Así que dispersaremos sus cenizas al viento para concederle la libertad que él amaba sobre todas las cosas.

El análisis de los efectos personales de Tony desveló otro secreto crucial. En su cartera y en su equipaje habían encontrado tan sólo unas pocas monedas francesas y kenianas. Ni billetes, ni tarjetas de crédito, ni talonario, ni cheques de viaje. Esto implicaba que los tres mil *shillings* que había entregado al camarero del Delamere aquella noche para invertirlos en whisky y ginebra eran sus últimos tres mil *shillings*. Y a su vez, esto implicaba que con toda probabilidad la decisión de morir fue premeditada, no impulsiva. Esta deducción fue un consuelo para Delsey, que al menos pudo desprenderse de su complejo de culpa. Otros datos ayudaron a convencerle de que el suicidio de su amigo había sido fruto de una deliberación previa a la noche del suceso. El arma pertenecía al propio Tony, quien la había comprado dos días antes en una tienda de la ciudad. La muerte se había producido alrededor de las siete de la mañana. Es decir, Tony no se suicidó bajo los efectos de la borrachera, sino, si acaso, de la resaca. Al amanecer se duchó, se enfundó su mejor traje que el día anterior había recogido de la lavandería del hotel, escribió la nota dirigida a la policía y a Delsey, se arrodilló sobre la cama de cara a la pared, y con un golpe seco se hincó el cuchillo en el pecho con ambas manos. Al caer hacia delante, presumiblemente ya sin vida, su propio peso terminó de hundirle la hoja hasta la empuñadura.

Durante los dos o tres días que transcurrieron hasta el acto final de la cremación, permanecimos aparcados en el Norfolk a la espera de noticias. Delsey ya no se encontraba a gusto allí, donde había reanudado su vieja amistad con Tony, donde le había perdido para siempre y donde las referencias a su amigo muerto saltaban detrás de cada esquina. No se derrumbó como yo temía, pero entró en un modo introspectivo que me asustaba. Introducía cuñas inconexas en cualquier conversación, y una noche en que me levanté de madrugada para beber un vaso de agua, desde mi ventana le sorprendí acostado en el césped del jardín contemplando las estrellas, algo que no hubiera extrañado de cualquier otro, pero sí de alguien que siempre guardaba un cepillo para la ropa en el bolsillo de la chaqueta y que lo pasaba por sus hombros cada vez que caminaba bajo un ventilador de techo.

La presencia quejumbrosa de Ian tampoco contribuía a hacer nuestra estancia más placentera. El viejo pintor se adhirió a nosotros en los días posteriores a la muerte de Tony. Fue entonces cuando le pregunté si conocía a un tal Boston Shark, pero por entonces no parecía conocer a nadie. Más afectado de lo que cualquiera hubiera apostado por su escasa relación anterior con el personaje, Ian abandonó su rincón de exposición y se transformó en el ánima en pena que embrujaba el Delamere, contagiando su humor taciturno a todo el que osaba invitarle a una cerveza, con su barba de Santa Claus, su ukelele y sus fantasmas, como una versión aviesamente navideña de Malcolm Lowry. Cuando le avisaban de algún cliente interesado en sus cuadros, se limitaba a responder que cogieran lo que les gustara y dejaran el dinero en recepción. Intuimos que, de algún modo, la muerte de Tony había disparado alguna reacción en cadena en los pistones cerebrales de Ian, seguramente revolviéndole algún cajón de proyectos pendientes y sacándole las pelusas de debajo de la alfombra. Nuestra sospecha se confirmó cuando, la mañana siguiente a la cremación, Ian nos comunicó que empaquetaba sus cuadros y su ukelele para partir hacia Ruidoso, Nuevo México. Allí le aguardaban los caballos más hermosos, pidiendo cita para salir retratados en sus trazos tan espigados como él. Y quién sabe, aventuró en nuestro abrazo de despedida, tal vez, en esta vida o en la otra, cuando descansara en el cementerio silencioso de Ruidoso, llegaría a cruzarse por allí con el legendario Sangre de Cristo para compartir alguna historia y así aparecer en su próximo libro: Ian, el pintor de caballos que vino de África.

Por el efecto opresivo que el Norfolk provocaba sobre Delsey, fue oportuno que las pistas recopiladas por Ken nos orientaran hacia la reserva de Masai Mara. Una vez asentado nuestro ánimo y dedicados de nuevo a la búsqueda de Hamish, Ken nos informó de lo acaecido durante aquellos días. La pesquisa de su amigo Sam Ngethe en el Aero Club había revelado que Boston Shark no era socio, pero algunos de los pilotos más veteranos habían llegado a coincidir con él en otros bares de Nairobi, mucho tiempo atrás. Ninguno de ellos recordaba haberse topado con él en los últimos veinte años. Las descripciones físicas no aportaban gran cosa. Uno afirmaba que era rubio y alto, otro sostenía que era pelirrojo y de estatura media, y un tercero que siempre le vio con luz tenue de tugurio y que un hombre jamás se fija en el color del cabello de otro hombre, que sí, que podía ser claro, rojizo, o quizá rubio. Su rostro era normal, como el de cualquier otro, decían, y en aquella época no lucía barba. Supusimos que a aquellos pilotos no se les podía pedir una descripción quevedesca. Sin embargo, todos coincidían en que hablaba con acento del norte, escocés o tal vez irlandés, y en los comentarios sobre su temperamento. Era un tipo solitario y discreto, de los que eligen la mesa más oscura y se sientan mirando a la pared para beber solos. No rechazaba la compañía, pero no la buscaba, y si bien no era áspero de trato, se mostraba muy reservado con sus asuntos. Esto no encajaba con el Hamish que Delsey había conocido, aunque yo recordaba que durante su visita a Torrelodones, nunca desveló detalles personales de su vida en Kenia. Los pilotos conjeturaban que nuestro fugitivo no debía de tener un alojamiento estable en Nairobi, pues nunca se quedaba en la capital más de unas horas. Dedicaba la mayor parte de su tiempo a cubrir vuelos entre la ciudad y Masai Mara, transportando lotes de correo o suministros para los *lodges*, y según creían, poseía un techo en algún lugar de la región del Mara. Uno de ellos recordaba que Boston Shark mantenía relación comercial con Horatio Maina, un personaje popular entre los *bush pilots* porque se encargaba de tareas de aprovisionamiento en el Keekorok Lodge.

Durante los días de espera en el Norfolk, Ken nos gestionó el viaje a Masai Mara gracias a su cuñado, el que trabajaba en una agencia de safaris. Para mi sorpresa, Ken se ofreció a viajar con nosotros y a prestarnos su experta asesoría geográfica y su audacia investigadora sin ningún ánimo de lucro, a cambio tan sólo de que cubriéramos su alojamiento y manutención. Un verdadero chollo, según sus palabras. Y en efecto, lo era: se sacó unas vacaciones gratis a nuestra costa. Acepté porque, a pesar de los términos abusivos y de su manía suplantatoria que podía convertirnos en objetivo real de la Interpol, lo cierto era que Delsey necesitaba algo de risoterapia, y para ello, nadie mejor dotado que Ken. Por último, en cuanto a las llamadas en respuesta a nuestro anuncio en el *Standard*, que las había, Ken consideró que ninguna de ellas merecía una atención inmediata. Acordamos que repasaríamos aquella información durante nuestra estancia en Masai Mara.

La misma mañana en que el rincón de Ian perdía su abigarrado manojo de espárragos de colores, nuestro equipaje se embutía en el maletero del Mitsubishi Pajero que Ken había alquilado para nosotros. La extravagante procesión de cuero de carpincho con respiradores se completaba ahora con la urna que contenía las cenizas de Tony, a las que esperábamos encontrar acomodo en las praderas de Masai Mara. No teníamos intención de volver al Norfolk, el que había sido nuestro único hogar en una ciudad poco hogareña. Informado sobre el propósito de nuestro viaje, el gerente Travis prometió encargarse personalmente de comunicarse con nosotros si recibíamos correo después de nuestra partida, y de conservarlo hasta nuestro regreso a Nairobi. Cuando nos despedimos de los conserjes, de los camareros y de mi amigo el *bellboy*, fue como un fin de vacaciones, y en realidad abrir la espita de las carreteras que nos conducían lejos de allí hacia la Kenia agreste y feroz de los folletos, que hasta entonces sólo habíamos contemplado desde el avión de Trevor y dentro de su descomunal patio trasero, liberaba de nosotros la clase de presión que uno siente relajar cuando toma precisamente eso, vacaciones.

Antes de dejar atrás las calles despeinadas de Nairobi, teníamos encomendada una misión: rescatar a la doncella en apuros. Desde la muerte de Tony yo había charlado con Makena todos los días. Me contó que, a raíz de las últimas noticias de Abraham, se había recluido en casa y ni siquiera salía a pasear. Al parecer, el dueño del Victoria había sorprendido a uno de sus nuevos *askaris* parlamentando con dos tipos blancos de corte mafioso que viajaban en un lujoso todoterreno. Al interrogarle sobre aquella conversación y la identidad de los sujetos, el *askari* se había mostrado inquieto y no había sido capaz de hilar una justificación coherente. Abraham le despidió de inmediato, temiendo que se tratara de sicarios contratados por Blush Orchid y que hubieran sobornado al guarda para obtener información sobre Makena. El bloque de apartamentos donde ella vivía estaba bien custodiado, aunque Abraham temía que la pudieran acechar en la calle. Aterrorizada, Makena había decidido huir de aquella incertidumbre para visitar a su madre y quedarse con ella unos días, mientras Abraham verificaba si había motivos fundados para la alarma. Como Makena podía permitírselo, había alquilado un aerotaxi para volar a Nyeri, pero le asustaba pisar la calle sola para desplazarse hasta el Wilson. Así pues, allí acudimos sus tres caballeros rodantes para recogerla y depositarla sana y salva en el aeropuerto.

Ante la notificación de este inserto en nuestro itinerario, Ken perdió los estribos de tal manera que tuve que sentarme yo al volante. De camino a la calle de Makena, él enredó en su equipaje hasta encontrar la camisa de los domingos que se abrochó sobre su camiseta de Springsteen, y el resto del recorrido lo pasó comprobando el apurado de su afeitado y el corte de sus patillas en el retrovisor. Las chicas guapas le ponían muy nervioso, afirmó, tartamudeaba e incluso padecía escalofríos, y era por eso por lo que sólo las que no le atraían habían llegado a experimentar el poderoso e insospechado magnetismo de su privilegiada inteligencia. Las otras, decía, solían pensar que era un tarugo.

Makena esperaba dentro del portal con su maleta de ante y su sonrisa subterránea. Sin maquillaje tanatopráctico, el pelo recogido en una coleta, suéter azul de colegiala y vaqueros holgados de pierna, aparentaba cinco años menos que la explosiva descorchadora del Victoria Station, y se veía cinco veces más adorable. Ken tropezó al apearse del coche para encargarse de su equipaje. Makena rió y ocupó la plaza libre en el asiento trasero, donde Ken se sentó junto a ella lo más lejos posible, clavándose la manivela de la ventanilla en el costado, y revolviéndose como si estuviera sentado en un retrete lleno de pirañas.

–Hola, Ken... nedy Kamaru, reportero del *Standard*. –Era evidente que Makena, versada en psicología masculina, detectaba la histeria de Ken y adivinaba su causa.

–¡Ah! Pero ¿te... te ac... uerdas de mí?

–¡Pues claro! Si sólo hace unos días que nos conocimos. ¿Qué tal tu trabajo en el periódico?

–Bien... Bien, muy... mejor ahora... gracias a la muerte de Tony. ¡No! Quiero decir que... que... el artículo fue una desgracia... ¡horrible!, pero el suicidio me quedó muy bonito, aunque la... la policía piensa lo contrario... ¡No, lo contrario no, o sea...!

–¿Cómo?

–Lo que Ken trata de explicarte –intervine– es que escribió un magnífico reportaje sobre la trágica pérdida de nuestro amigo Tony, pero que la policía ha protestado por la imagen que el artículo transmitía de ellos, por la narración del interrogatorio tan chusco que le practicaron a Delsey. ¿No es así, Ken?

–Sí... eso es.

–Barón Delsey. –Makena se inclinó hacia delante–. Ya se lo dije a Curro, pero aprovecho que hoy nos vemos para decirle cuánto siento lo que estará usted sufriendo por el fallecimiento de su amigo.

–Te lo agradezco mucho, querida –correspondió Delsey, posando su mano sobre la de ella en el respaldo del asiento delantero.

–Sí, te... te lo... agradecemos mucho –balbuceó Ken.

–Ah, pero ¿tú también le conocías? –pinchó Makena, jugando con él.

–Nnnn... nnno. La verdad es que... yo no.

–Pero escribiste un suicidio magnífico.

–Sí, un… ¡No, un suicidio no, un… artículo, je je! Un artículo, sí… Sí, soy… el reportero estrella del periódico. Por eso me… me encargan a mí las no… no… no… ticias más importantes. Como e… e… e… ésta.

–Ya veo.

–¿Y… y tú? ¿A qué te… de… dedicas?

Observé por el espejo a Makena, que me arrojó una mirada fugaz. Vacilé en urdir una tapadera de emergencia, pero ella lanzó un capotazo certero.

–A que la gente se sienta mejor.

–Aaah… ¿Eres… eres psi… psicóloga o… algo así?

–Algo así.

–¿Y q… q… qué les dices para que se si… se si… se si… se si… entan mejor?

–Pues por ejemplo, a ti te diría que desincrustes la manivela de la ventanilla de tus riñones. Hay espacio de sobra en este asiento.

–Aaah… sí… gra… gracias.

Ken se movió hacia el centro, pero a medida que se acercaba a Makena, su cara se deformaba como una figura de vudú puesta al sol. Sudaba como un botijo y había perdido los papeles. Se secó la frente con el faldón de la camisa y Makena debió de entrever su camiseta del Boss.

–¿Te gusta la música?

–¿La mú… mú… mú…? Sí, claro.

–Yo conozco a CJ. –Makena se refería a ese cantante del que me había hablado la noche que nos conocimos.

–¿A CJ? ¿En serio co… conoces a CJ?

–Sí, él ha pasado muchas veces por mi… consulta.

–Aaaah… ¡Qué… guay! ¿Y q… q… qué… necesitaba?

–¿Cómo?

–S… sí, q… qué nece… sitaba de tu… ps… ps… ps… sicología. Si no es… secreto pro… profesional, claro.

–¡Ah! Pues un poco de… cariño. Tenía… Tenía…

–Carencias afectivas. Baja autoestima –salí al quite.

–Eso –corroboró Makena. Mi visión periférica detectó a Delsey conteniendo un brote de risa en sus facciones.

–Aaah. ¿Y tú haces… eso? ¿Le… le… das ca… cariño?

–Bueno, sí, en sentido… psicológico, claro. Yo y mis… compañeras. Somos un equipo de psicólogas.

–¿Un e… equipo? ¿Tan gra… gra… grave es?

–CJ necesita muuucho cariño.

–Oh. Vaya. Po… pobre hombre. Yo po… podría envistre… entarvis…

–¿Entrevistarle?

–Sí. Si eso le… ay… uda a subir su auto… estima. Yo me enc… encargo de las gra… gra… grandes entrevistas del periódico. Je… je… je… jefes de Es… tado, mini… mini…

–¿Mini?

–… stros. Ministros.

–¡Ah, qué bien! Le llamaré para decírselo. Seguro que le hará bien. Y a mí no me lo puede negar. Soy su enfermera favorita.

–¿Enf… ermera?

–De psicología. Enfermera de psicología.

Yo clavaba la vista en el tráfico de la Uhuru para evitar un cruce de miradas con Delsey, lo que me hubiera precipitado a un ataque de carcajadas que habría desbaratado aquel tierno momento de embustes y faroles. Quizá no era la aproximación más adecuada para una posterior profundización en el conocimiento mutuo. O sí. Al menos les sirvió para intercambiar números de teléfono, y el primer regalo. En un arrebato de inspiración, Ken interceptó a uno de los vendedores que ofrecían sus mercancías en los embotellamientos de entrada a las rotondas, y obsequió a Makena con un precioso reloj de pulsera de imitación. El pobre ignoraba que ella tenía dinero para comprarse el auténtico.

Una vez concluida la particular escena del diván entre Ken y Makena, ella se interesó por el progreso de nuestra investigación. Le expliqué que nos dirigíamos a Masai Mara siguiendo la pista de un tal Boston Shark, que quizá podría ser el nombre falso que adoptó mi abuelo cuando rompió su relación con Cordelia y cambió de vida para alejarse de la presión social de la colonia; todo ello, claro está, sólo una hipótesis, pero la única que manejábamos. En el aeropuerto Wilson, antes de despedirnos, Makena prometió indagar entre las *shambas* cercanas a

Nyeri, preguntando a su madre y a las vecinas por si alguien pudiera facilitar alguna pista. Quedamos en volver a encontrarnos a nuestra vuelta a Nairobi. Dado que nosotros no esperábamos ausentarnos más de un par de días y ella tardaría al menos una semana en regresar, yo le grabaría un mensaje en su contestador con el nombre de nuestro nuevo hotel en la ciudad. Si ella descubría alguna pista en Nyeri que pudiera sernos de utilidad, trataría de telefonearnos al Mara Serena, el *lodge* que nos había reservado el cuñado de Ken, o nos dejaría una nota en el Norfolk.

–¡Estúpido botarate! ¡Estúpido! ¡Estúpido! –Ken se insultaba a sí mismo, golpeándose la frente con la ventanilla del coche y arrancándose la camisa de los domingos. Mientras la figura de Makena se alejaba de nuestra vista, Delsey la miraba con una expresión de intensa ternura.

–*«On reconnaissait dans cette fille la vierge qu'un rien avait fait courtisane, et la courtisane dont un rien eût fait la vierge la plus amoureuse et la plus pure»*[1] –sentenció, con la clara intención de que Ken, que no hablaba francés, no comprendiera.

Creí reconocer el origen de la frase. De repente sentí curiosidad por ese inmenso repertorio de citas que Delsey manejaba con soltura. La biblioteca más portátil del mundo, decía Tony. Conduciendo de vuelta a la ciudad, le asalté con la pregunta.

–¿Recuerda de memoria todo el texto de *La dama de las camelias*?

–Naturalmente. No hay nada más importante que merezca la pena recordar. –Reflexionó un instante–. O eso solía creer.

1. «En aquella muchacha se reconocía a la virgen a quien una minucia había convertido en cortesana, y a la cortesana a quien una minucia hubiera convertido en la virgen más amorosa y más pura.» Extraído de *La dama de las camelias*, de Alejandro Dumas, hijo.

32

DONDE REZAN LOS BÚFALOS

Cuando miro la palma de mi mano, veo el mapa de Masai Mara. Sus líneas y montes están impresos con la silueta de los ríos, las colinas y las pistas de un lugar remoto de África que nunca ha visto pasar un tren, o a una máquina escupiendo latas de refresco, o cómo las puertas de un ascensor se abren solas. Y a pesar de eso, cuando usted vuelva a casa, si ve pasar un tren y entorna los ojos, contemplará la larga fila de ñus de la gran migración, dibujando una cicatriz sobre la llanura que llega hasta el río Mara, donde las escarpadas orillas están erosionadas por los migrantes nerviosos que bufan y respingan antes de atropellarse sobre las aguas. Y si introduce las monedas en la máquina de bebidas, le parecerá un extraño animal satisfecho con el bocado, que devuelve los desechos de su comida empaquetados en una bala metálica. Y si se abre la puerta del ascensor, esperará encontrar dentro un bosque de árboles de la fiebre o una colina cubierta de *leleshwa*[1].

Este síndrome de profunda melancolía es común entre los que han viajado a Masai Mara, han admirado el atardecer sobre la escarpadura de Esoit Oloololo, más allá de la llanura del Mara Triangle, han saludado a los hipopótamos desde las rocas a la orilla del río Mara junto al puente de hierro, han estudiado las técnicas de caza de un gran clan de leones acechando el rebaño que surca la llanura, se han parado a disfrutar del jugueteo de dos guepardos adolescentes, y han observado el recogimiento casi religioso de los búfalos, cabizbajos y silenciosos en la lluvia.

Y así, no será difícil descubrir en la lejana ciudad europea a un ejecutivo

1. Arbusto con propiedades medicinales, muy común en el valle del Rift africano.

llorando sin consuelo mientras se abraza a un paso de cebra; a una estudiante mirando absorta la farola y el árbol, esperando que la primera extienda su lengua para atrapar las hojas tiernas del segundo; a un inspector de Hacienda que arroja unas ramitas al camión de la basura para mirar cómo las engulle, o a una funcionaria del registro civil que saluda con un tímido *jambo* al ciudadano nigeriano que se acerca a la ventanilla, quien por supuesto no conoce el swahili ni de lejos. Pero después de regresar, usted seguirá con su vida, y lo más seguro es que, con algo de ayuda facultativa, poco a poco dejará de ver acacias donde sólo hay marquesinas de autobús, *lodges* de safari donde sólo hay casetas de obra y cocodrilos donde sólo hay barcas en el estanque del parque. Y de repente, Masai Mara sólo será un bello recuerdo.

Pero entonces, un día, de un bolsillo de ese pantalón que dormía en el armario desde el verano pasado, una chapa de Tusker le saltará a los ojos. Y qué demonios. No hace tanto frío, no es necesario encender la calefacción todos los días, las paredes realmente no necesitan una mano de pintura y las sillas plegables del salón en el fondo son muy cómodas. Y así, otra vez, el verano que viene, volverá a llenarse los ojos con las colinas de Loita, con la llanura de Talek bajo un cielo rojo de nubes fecundas de tormenta, con el valle ondulado que desciende hacia Ololamuitiek, con los globos subiendo al frío del amanecer como enormes pelotas de colores lanzadas al cielo en un interminable sueño infantil.

Mi abuelo Hamish escribió estos párrafos sobre Masai Mara.

De camino a la reserva, tuvimos la sensación de haber equivocado el rumbo: vadeamos lechos secos amontonados de troncos y escombro, como si hubieran demolido por quiebra el chiringuito de bebidas del explorador Thomson. La pista se convulsionaba en cintas zigzagueando entre minas de yeso que parecían excavadas por Escher, de modo que uno ya no sabía si iba o venía, ni si quería ir o venir; llegamos a dudar si habíamos tomado por carretera el cauce de una rambla inundable, que de terminar en algún lugar, sería en el océano Índico, a seiscientos kilómetros de distancia.

Pudimos confirmar la ruta gracias a un grupo de jóvenes masai que trataban de vendernos un huevo de avestruz. Como no estábamos interesados, nos pidieron transporte hasta su aldea. En los huecos libres del coche, donde hubieran cabido dos europeos se apelotonaron cuatro masai rebotando en masa sobre el asiento al ritmo de los baches, curioseando sobre nuestros países de origen y nuestro destino, sobre el nombre de nuestras tribus y sobre el precio del vehículo, coreando cada respuesta con risas. Los masai no eran los fieros soldados que describió Thomson, los que asumían el papel de hombres del saco en los cuentos medievales árabes. Eran afables, despreocupados y susurrantes, inquisitivos, comedidos y bromistas. Hablaban lo justo, pero lo justo nunca parecía alcanzarse. Decían mucho con poco, y vestían poco con mucho.

Llegamos a una aldea o *enkang* donde se bajaron nuestros pasajeros. Los ancianos deambulaban enrollados en sus *shukas* a cuadros rojos como lápices de souvenir escocés, apuntalados al suelo con largas varas y con sus piernas fibrosas de cables de grafito. Dos minivans de turistas arremolinaban a un tropel de críos. Algunos se desviaron hacia la imponente aparición de nuestro sobrio y bronco navío de tierra, gritando «*sweet, sweet!*». Delsey echó mano de una bolsa de caramelos de miel y limón que solía tomar para engrasar la garganta, pero Ken le detuvo.

–No lo haga, barón.

–¿Por qué? Sólo son unos dulces. Los turistas se los ofrecen, y los niños parecen recibirlos con alborozo.

–Por favor, no lo haga. En su país también hay niños necesitados, pero usted nunca les tiraría caramelos por la ventanilla. Y sus madres no lo permitirían. Es humillante, y además los caramelos no les hacen ningún bien, sólo les provocan caries que aquí no pueden curarse. Esta gente necesita saber que tiene dignidad. Es como el apéndice, lo tenemos aunque no lo sepamos. Aunque aparentemente no sirva para nada, no hay por qué arrancárselo sin motivo. Los niños del poblado que hoy han ido a la escuela no están aquí, y no tendrán caramelos. Si usted les da a elegir entre escuela o caramelos, ¿qué van a escoger?

–Tienes razón, muchacho. –Delsey devolvió los caramelos a su bolsa.

Despidiéndonos de nuestros pasajeros, enfilamos de nuevo la pista, mientras los niños nos contemplaban con ojos tristes velados de incomprensión. El argumento de Ken era irrefutable, y a pesar de todo, el peso de sus pequeñas miradas dolía.

Ken nos hizo entonces un retrato iconoclasta de los masai. La mitificación que se les atribuía nacía de su antiguo ardor guerrero y de sus costumbres espartanas. Sin embargo, todo aquello se había diluido en la sopa global, sin que fuera bueno o malo, sino simplemente inevitable. Era importante que los masai pudieran elegir, opinaba Ken, entre seguir el modo de vida de sus ancestros o subirse a la locomotora de la sociedad moderna. Pero igual de importante era que, quienes elegían quedarse allí, no entorpecieran el avance de los demás. Al contrario de lo que uno deduciría de su aspecto sobrio y monacal, los masai formaban un poderoso lobby a la sombra de los círculos del poder, explicaba Ken, y manejando sus hilos obtenían prebendas que a otras tribus menos idolatradas y menos turísticas les resultaban inalcanzables. Cuando no lograban lo que querían, como el acceso sin restricciones a pastos y pozos, lo tomaban por la fuerza. Eran enemigos tradicionales de los kikuyus y siempre habían pensado que Dios creó todo el ganado del mundo para ellos, por lo que no dudaban en asaltar a sus vecinos reclamando sus reses y llevándose por delante a quien fuera necesario. Son prácticos y materialistas, sentenció Ken.

Los turistas, prosiguió Ken, acudían a los poblados como tópico indispensable del safari, y allí asistían a un circo orquestado para ellos, disfrazado de rusticismo pintoresco. Lo cierto era que muchos de los nativos se enfundaban sus raídos y coloridos *shukas* para recibir al míster Marshall deseoso de encontrar dolores que aliviar con dólares, que los hombres que allí faltaban eran carne de bar y burdel en el pueblo más cercano, y que los niños preferían la rentable mendicidad que les llenaba los bolsillos con los preciados obsequios de los *wazungu*, antes que someterse a la tediosa disciplina de una escuela. El masai, aseguraba Ken, no era el buen salvaje de Rousseau ni la víctima marginada por ningún sistema, aunque a los turistas les gustaba ver en ellos lo primero, lo segundo, o ambos.

Por fin aparecieron ante nosotros las acogedoras puertas de Sekenani, la entrada principal a la reserva de Masai Mara. El tráfico intenso de minivans de turistas, que se demoraba allí con los trámites de acceso, congregaba a una multitud de ancianas masai desplegando sus artesanías para la venta. Competían entre ellas con avidez por los *shillings* de los visitantes, y eran maestras en el regateo, al que ponían fin bruscamente para arramplar con la ganancia y dirigirse a la siguiente presa. Bajé del coche con Ken para pagar las tarifas, y dejamos a Delsey solo en su asiento. Cuando regresamos, lo encontramos acosado por una legión de vendedoras, a las que él, en todas las lenguas que conocía, trataba de explicarles que la decoración de su casa comprendía desde el barroco francés al Art Déco y al Art Nouveau, con una especial predilección por las figuras de ángeles y los objetos de *vertu*, y que por tanto aquellas piezas, muy notables por otra parte, no iban a encontrar el acomodo adecuado en sus vitrinas y aparadores. Tal vez por el atuendo distinguido de Delsey, quien aún no había desistido de su traje, su corbata, su pañuelo de bolsillo y sus zapatos de ante, lo debían de tomar por un ministro, del gobierno o de la Iglesia, y se cebaban con él.

Al subir de nuevo al todoterreno, sonreí para mis adentros. Realmente formábamos una tribu exótica: un barón francés empingorotado y de homosexualidad más o menos encubierta, un periodista negro e hiperactivo con camiseta de Bruce Springsteen, y un tipo blanco obsesionado por la búsqueda de un abuelo desaparecido, todo ello aderezado con unas maletas de cuero de carpincho envueltas en plástico con tubitos de respiración, y coronado por una urna con las cenizas de un actor apátrida, maricón, libertino, fracasado y suicidado. Rompíamos estadísticas.

En 1992, la densidad del tráfico en la carretera principal de Masai Mara aún no había alcanzado el nivel de rally popular que adquirió después y, sin embargo, era suficiente para destrozar la apetecible sensación de aislamiento. Los minivans, con el techo levantado bajo el que asomaban varias cabezas sonrientes asintiendo al son de los baches como perritos de felpa, aceleraban y adelantaban huyendo de sus estelas de polvo, envolviéndonos en una nube cegadora que se masticaba como un mantecado navideño.

Los panoramas de Masai Mara se desenvolvían ante mis ojos, llenando la tierra con un regusto de familiaridad, el que le hizo notar Hamish a Uke, y Uke a mí. Las mansas colinas de pelaje rubio erizado en la calma de la tarde, donde sólo nuestro propio movimiento y el paso de alguna nube sólida hacían fluir las sombras; el verde en cadenetas engalanando las vaguadas, en apliques entre las botonaduras de los afloramientos rocosos y en estampados de bosque dando relieve a las praderas; y sobre todo, esa sabana abierta de acacias solitarias; todo recordaba a las dehesas mesetarias de Madrid, al monte de El Pardo, a la sierra de Hoyo, al valle Peregrinos, a los encinares donde los leones del Safari Park vivían una engañosa sensación africana esperando que algún día, en lugar de mastodontes de metal con patas de caucho, alguna cebra tiernecita se les pusiera a tiro de colmillo. Sólo la forma de los árboles era diferente, de las encinas globosas a las acacias servidas en bandeja.

De repente, a la vuelta de una curva abrigada por un cerro, la llanura se tiñó de gris palpitante, y la respiración se me atrancó en la boca. No parecía posible que aquella descomunal manada de ñus se hubiera juntado sin una voluntad expresa. Aquella multitud barbada y cornuda desfilaba sin tumultos como si la moviera una sola conciencia. Un ñu en solitario es posiblemente la criatura más antiestética y contrahecha del mundo animal, un Frankenstein evolutivo, el Satán de los rumiantes, el primo *heavy metal* de la vaca lechera. Pero todo aquello, el magma gris ocultando la llanura a su paso entre una discordante algarabía de «mus», era grandioso.

–Es la gran migración –explicó Ken–. Pero si queréis saber cómo lo hacen, preguntad a otro, tíos.

Más adelante dejamos a la izquierda el Keekorok Lodge, el hotel de safari donde debíamos buscar al tal Horatio Maina que se encargaba de las provisiones y que, según el relato de uno de los pilotos, había tratado a Boston Shark. En el ajetreado agosto, el hotel estaba completamente ocupado, y el cuñado de Ken no había logrado reservarnos habitación allí. Gracias a sus influencias, nos había abierto un hueco en el segundo de los grandes *lodges* de la reserva, el Mara Serena, situado en el sector occidental, al otro lado del río. La tarde se cerraba y decidimos postergar a Horatio para el día siguiente y proseguir nuestra ruta hacia el Mara Serena.

Junto al límite sudoeste de la reserva, donde el Masai Mara se convertía en Serengeti y Kenia en Tanzania, el río persistía en su marcha indolente sin echar cuenta a la línea punteada del mapa. Nuestro camino hacía tangente a la divisoria de los dos países cruzando el cauce rocoso en el único vado de la reserva, y luego se doblaba hacia el norte para ribetear la llanura del Mara Triangle, que se levantaba al fondo en una sierra añil de perfiles romos, la escarpadura de Esoit Oloololo.

El cielo se hacía más espeso cuando nos acercábamos al promontorio donde se ubicaba el Mara Serena, camuflado tras la crin de maleza que coronaba el cerro, y una nube con su cargador repleto de plomo decidió disparar una estruendosa ráfaga líquida sobre nuestro techo de metal. La tormenta duró apenas cinco frenéticos minutos de redoble de tambores, pero fue suficiente para liberar el perfume a invierno africano retenido en la tierra roja y en los afilados tallos que parecían desteñir su verde en la llanura, como si hubiera llovido pintura. A nuestra derecha, una manada de búfalos se había atornillado a la pradera. Inmóviles, reclinaban su testuz goteando agua de sus astas y de sus hocicos, y recordé el poema que Hamish había dedicado a Uke. Tras el chaparrón, aquellos búfalos no eran la estampa animada del toro de Osborne, amenazando con embestir el tráfico desde su atalaya, sino bueyes sumisos, penitentes y postulantes ofreciendo su nuca al descabello, como macizos moscardones de alas mojadas indefensos sobre la tierra, esperando a que el sol les devolviera la capacidad de remontar el vuelo.

–Mirad.

Ken nos señaló el cielo sobre la sierra, al otro lado de la carretera. Una visera de cobalto profundo traía, o se llevaba, panzas a punto de romper aguas, y en el claro que se abría bajo ella el sol parecía caer rodando por una nube en forma de ola, y al girar el sol sobre ella despedía manguerazos de carmesí que se mezclaban rajando el muletón de nubes con flechazos de color en todas las direcciones, alcanzando uno de ellos una abertura en la enramada de una acacia e impactando después en el suelo, donde en lugar de sombra, la acacia parecía proyectar un recorte de resplandor cobrizo por el que desfilaban los ñus, capturados en aquel flash momentáneo mientras levantaban bocanadas de polvo dorado que se hinchaban en la brisa húmeda. La imagen era imposible de fotografiar sin que resultara falsa, demasiado gloriosa hasta para rubricarla con una cita bíblica e imprimirla en una de esas postales que venden las monjas y que hablan de luces, caminos y verdades.

–Qué hermosura –musitó Delsey–. Qué afortunados son los ángeles africanos.

La evocación de Delsey a sus adoradas legiones celestiales no era exagerada en este caso, ni siquiera sonaba cursi. Masai Mara era una sobredosis para la retina. Cuando enfilamos el camino que ascendía entre matorrales hacia el Mara Serena, íbamos hipnotizados por la saturación psicotrópica de imágenes. La Kenia de mis fantasías infantiles estaba allí, toda entera.

El Mara Serena era un *lodge* construido al estilo de los poblados masai. No era exactamente el gusto al que Delsey estaba acostumbrado, pero para entonces creo que una sección estratégica de su empalizada estética había cedido ya. Él ocupaba una habitación, y Ken y yo compartíamos la contigua. Media hora después, ya instalados, saboreábamos unas cervezas junto a la piscina, con la urna de las cenizas de Tony sobre la mesa. Los cuatro mirábamos cómo la penumbra colonizaba las llanuras lejanas donde, hasta el horizonte, ninguna huella humana perturbaba el paisaje. A nuestros pies una manada de ñus dibujaba una flecha en la pradera, y al otro lado de la galería de follaje que delataba el curso del río Mara, otro rebaño viajaba en dirección contraria.

–¿Por qué éstos van y aquéllos vuelven? ¿Deben llegar todos a un mismo lugar? –preguntó Delsey, como tratando de encontrar motivaciones para el comportamiento de los personajes de aquella pieza teatral.

–Ni ellos mismos lo saben –apuntó Ken–. Los masai lo llaman ganado salvaje, que es tanto como decir soldados sin capitán.

–No lo creo. Tiene que haber algo detrás de todo esto.

–¿Es usted religioso, barón?

–Provengo de un país que rinde culto a la razón. Todo el mundo tiene sus dioses. Y el de estos animales no tiene por qué ser un dios menor.

–¿Sabe, barón? Creo que tiene razón. Yo me eduqué en una escuela católica. Una Navidad me encargaron el papel de ángel en el belén que hacíamos para los padres. Fui a casa con mi papelito, que me habían escrito las monjas con las instrucciones para que mi madre me hiciera el traje. El papelito decía: túnica larga y alitas. Mi madre me hizo la túnica con una lona de camión que era marrón oscura, casi negra, y las alas me las recortó de papel de embalar. Cuando aparecí en el ensayo, las monjas me dijeron que tenía que volver a casa a rehacer el traje. Se les había olvidado escribirme que todo ello tenía que ser blanco. ¡Dijeron que yo no parecía un ángel, sino un cuervo! Yo no entendía por qué, y estaba tan ilusionado con mi traje que me negaba a desprenderme de él. Ellas dijeron que los ángeles iban de blanco porque el blanco representaba la pureza, pero el negro era el color del mal. ¡Del mal! ¡Pero si yo era negro! Se montó tal trifulca que tuvo que intervenir el cura. A él le hizo gracia la confusión y le quitó importancia. Dijo a las monjas que yo podía ser un angelito negro, pero ellas se resistían. Hasta que, para zanjar la cuestión, el cura agarró una hoja de papel y en ella escribió su homilía de Navidad para las monjas: «Dios, en África, es negro, y por tanto sus ángeles también». Así me convertí en el primer angelito negro, y de paso conseguí revolucionar la doctrina teológica de la Iglesia católica. Al menos en mi colegio.

La historia de Ken nos hizo sonreír. Contemplábamos la llanura, donde las formas de los rebaños se perdían bajo una pátina de carboncillo, cuando una voz que hablaba en francés nos sobresaltó.

–¡Delsey! ¡Pero si eres Delsey!

El propietario de la voz era un individuo de unos treinta años, moreno, con cabello largo y un collar masai ceñido al cuello. Vestía camisa y pantalón vaqueros, y sus rasgos eran un yermo maltratado por el sol. No tenía aspecto de turista. Creí imposible que Delsey se topara con otro amigo allí, y por la expresión del barón adiviné que no era así. Miraba al desconocido juzgándolo como tal, desconocido. Sin embargo, al otro no pareció importarle. Acercó una silla y se sentó junto a él extendiendo su mano.

–Me llamo Pierre Toti, soy monegasco, es increíble, qué sorpresa encontrarte por aquí. –Delsey estrechó su mano, esbozó un tímido saludo y nos presentó a los demás. Dado que el sujeto parecía tener ganas de conversación, le aclaramos que Ken no comprendía el francés, y prosiguió entonces en un inglés muy atropellado con fuerte acento.

–Aaah, nunca me pierdo tus artículos ni tus programas, sobre todo cuando les das caña a los Grimaldi; tienes toda la razón, son un clan acabado, yo me muevo bastante en los ambientes que frecuenta esa familia, y casi siempre conozco personalmente a la gente de la que hablas, claro que mi opinión no siempre coincide con la tuya, pero aun así merece la pena vivir allí, sobre todo por las mujeres, ¡las mujeres!, ¡oooh, qué mujeres, amigo!, es lo mejor de Mónaco, elegantes, frescas y perfumadas, limpias, y eso uno lo echa de menos aquí, qué mujeres, qué mujeres, claro que para qué te cuento esto, si tú eres...

–¿A qué te dedicas en Mónaco, Pierre? –interrumpí al monegasco charlatán justo antes de cometer el peor error de su vida.

–Ah, pero ¿aún no lo he dicho? Compro y vendo barcos, la náutica es mi pasión, me encanta el mar, y Mónaco es un buen sitio para comprar y vender barcos, la gente compra y vende muchos barcos, hay mucho movimiento siempre, en invierno y en verano, y así puedo practicar mi pasión, la náutica, y además a las mujeres les vuelven locas los barcos, si alguna se resiste al Ferrari, que tengo un Ferrari rojo, una maravilla que se pone a trescientos y las pone a cien, pues eso, que si alguna se resiste al Ferrari, le doy una vuelta en barco y se derrite como mantequilla al sol, claro que hay que saber qué barco le va a cada mujer, como yo los compro y los vendo, siempre tengo varios de mi propiedad, y a cada una le doy lo que necesita: a las románticas, un paseo en velero y a las dos horas las tienes nadando con los nudos del biquini aflojados, a las aventureras les gusta el catamarán y tomar el sol desnudas en la lona, mientras que a las sofisticadas les va más el yate de lujo y prefieren, ya sabéis, la intimidad del camarote, la noche, musiquita de jazz suave, una botella de champán, caviar iraní, y allí se pueden hacer diabluras, ¡diabluras!, tengo ahora un yate con un jacuzzi de tres metros, allí me llevé a dos gemelas, bueno, eran trillizas, pero la tercera tenía novio...

–¿Y estás aquí de vacaciones? –interrumpí de nuevo.

Delsey permanecía mudo. Era evidente que aquel tipo no le suscitaba ninguna simpatía.

–¿De vacaciones? ¡Oh, no, qué va! Pero ¿aún no lo he dicho? Piloto globos.

—¿Globos?

—¡Sí, globos! Soy piloto de globos aquí, en el Serena, volar es mi pasión, además de la náutica, claro, por eso paso seis meses al año volando aquí y seis meses navegando en Mónaco, cuando aquí no es temporada, la verdad es que esto es una maravilla, aunque a veces es demasiado solitario, pero como todos los días pasa mucha gente nueva por aquí, nunca te aburres, lo malo es que la mayoría de las mujeres ya viene con pareja, muchos novios, y lunas de miel, pero de vez en cuando viene algún grupito de amigas solteras, o jubilados con hijas jóvenes, incluso alguna vez me ha entrado alguna que venía con marido, me acuerdo de una noruega que venía en luna de miel, parecía de hielo pero luego era puro fuego, la tía, qué cañón, pero bueno, no os voy a entretener más con mis historias que supongo que querréis ir a cenar, yo ya he cenado, qué lástima, pero ahora que pienso, mañana llevo el globo casi vacío, sólo tengo una pareja de americanos en luna de miel, ella está como un queso pero me parece que no es una presa fácil, si queréis, venid mañana a volar conmigo, para mí será un placer invitaros.

—¿De verdad? —Delsey y yo intercambiamos una mirada cómplice, y luego ambos desviamos la vista hacia nuestro amigo Tony, que reposaba sobre la mesa sin pronunciar palabra.

—Esto... Pierre —dije—. Si eres tan amable de invitarnos a volar, hay algo que me gustaría pedirte. Hay una pequeña ceremonia que quisiéramos celebrar a bordo.

Al *playboy* monegasco le encantó la idea de utilizar su globo para conceder descanso eterno a alguien. Era una de las pocas cosas que aún le restaban por hacer encaramado a la cesta. Por cierto que una vez había llegado a fornicar allí con una moza cuyo novio convalecía en el *lodge* con un ataque de diarrea. Lamentablemente, nos perdimos los detalles porque nos reclamaba la cena y tuvimos que despedirnos de él hasta la mañana siguiente. Una pena. Al pasar por recepción me entregaron un mensaje telefónico de Duncan Travis, el gerente del Norfolk. Había recibido correo allí. Me preguntaba de qué se trataría, mientras Delsey bramaba pestes contra nuestro nuevo camarada y, en cambio, Ken no cesaba de repetir: qué fenómeno, qué fenómeno.

A las seis menos cuarto de la mañana nos presentamos en recepción con la urna de Tony en una mochila. La primera sorpresa del día fue Delsey. Se había despojado por fin de su traje sastre, y vestía una pulquérrima camisa cámel con pañuelo de seda al cuello, pantalón bombacho del mismo tono, cinturón de piel de cocodrilo con hebilla dorada, las botas que había comprado en la tienda del Sarit Centre con calcetines de cachemir por encima de las perneras y un sombrero de ala ancha con cinta estampada en piel de leopardo. Era Rodolfo Valentino en el papel de gran cazador blanco. Yo me limité a sonreír, pero Ken no pudo contenerse.

–¡Ja, ja, barón! Pero ¿de qué va disfrazado? ¿De *drag queen* de la sabana?

–No entiendo a qué te refieres, y en la boutique de París donde compré este atuendo me aseguraron que era lo máximo para el safari. Muchos reyes africanos se equipan allí.

–¡Sí, y reinas! ¡Ouch! –Pellizqué a Ken en el brazo y lo arrastré a la entrada del *lodge*, donde nos esperaba el vehículo que debía trasladarnos a la explanada de despegue.

La vela del globo iba inflándose de turgencia amarilla a medida que se desprendía de su peso, respirando al pairo de la leve brisa previa al amanecer. Sentado tras el quemador, dentro de la cesta que descansaba sobre un costado, Pierre nos hizo una seña de saludo. Nos mantuvimos a distancia en compañía de la pareja americana que iba a compartir nuestro vuelo mientras Pierre insuflaba un estruendo de fuego al interior del globo, ayudado por un equipo de hombres que mantenían abierta la boca de la vela. Cuando por fin la tela perdió el contacto con el suelo y comenzó a tirar de la cesta, entre todos la enderezaron, Pierre trepó a su puesto y nos invitaron a subir. El habitáculo estaba dividido en cinco sectores. El piloto ocupaba el hueco central, al mando de los quemadores, y los espacios laterales estaban partidos en dos por una separación. La pareja americana se situó en uno de los extremos, y en el opuesto nos deslizamos Ken y yo a un lado del tabique, y Delsey al otro. Pierre voceó unas breves instrucciones en su inglés aturullado y gutural, y los americanos se miraron entre sí con gesto de no comprender una palabra. Entonces Pierre accionó una palanca y el fuego tronó calentándonos la nuca. Despegamos.

El suelo se alejaba como si se lo llevaran de allí. Montado sobre el viento uno no sentía el desplazamiento ni la inercia, y era como si nos hubiéramos separado del mundo para verlo girar mientras entrábamos a formar parte de los cuerpos celestes que permanecen quietos en la bóveda al tiempo que abajo, en el planeta, las criaturas que se quedaban allí debían arrastrarse trabajosamente sobre la tierra, aplastadas bajo el peso de su gravedad. Cuando Pierre no accionaba los quemadores, el silencio era absoluto, y casi parecía que podíamos oír el roce del sol saltando la tapia del horizonte, y las conversaciones lejanas de todos los que tenían sus pies clavados a la arena, y todos los mugidos, rugidos y bufidos de todos los animales. Habíamos dejado de pertenecer al barro, y éramos de aire.

El globo se elevó sobre el cauce del Mara y sobre los rebaños que rondaban sus orillas rastreando un vado accesible para cruzar. Desde allí arriba no se entendía el trajín de aquellas manadas, no se entendía qué era lo que buscaban en la otra margen que en nada parecía diferenciarse de la que ocupaban, no se entendía qué influjo era tan poderoso como para obligarlos a sortear las orillas festoneadas con una greca de cocodrilos. Pierre miraba por sus prismáticos, consultaba su GPS, nos señalaba los animales y nos explicaba cómo se gobernaba el globo. Tiraba de unos cables para hacerlo rotar, pero uno no podía elegir el rumbo, era el viento quien lo hacía. No saber hacia dónde te llevaría cada mañana era parte de la emoción, decía. Sobre todo, se lo decía a la americana, que escuchaba embobada, con el mismo gesto de no comprender una palabra. Delsey sonreía extasiado, y Ken profería onomatopeyas sin parar con cada nuevo prodigio: el sol de color rubí, la neblina de la aurora agachada entre las acacias del Mara Triangle, el curso del río marcado en las llanuras lejanas por una serpiente dorada, o la forma de las manadas haciendo y deshaciendo filigranas de sombras alargadas sobre las praderas.

Al rato, Pierre nos advirtió de que habíamos alcanzado la altura máxima del vuelo, y entonces, procedimos. El piloto explicó a los americanos qué era lo que nos disponíamos a hacer, y ellos se miraron entre sí con el mismo gesto de no comprender una palabra. Extraje la urna de la mochila y la sostuve contra mi pecho. Tal como Tony le había pedido, Delsey había escrito unas palabras. Sacó un papelito de su bolsillo, carraspeó y comenzó a recitar en español.

–Si alguna vez un ángel cayó del cielo…

Se interrumpió, como si se sintiera incómodo con la lectura. Se revolvió en su lugar y carraspeó de nuevo. Recordé entonces lo que Tony había especificado. El personaje no pedía un discurso gazmoño y relamido con ángeles, tronos y potestades. Pero Delsey era Delsey, y no se le podía exigir algo fuera de su registro. Prosiguió, empezando desde el principio.

–Si alguna vez un ángel cayó del cielo,

»Tony se lo trincó antes de tocar el suelo.

»Entregamos al viento africano las cenizas de Tony Kerak.

»Era lúbrico, impúdico y libertino, cualidades todas ellas admirables.

»Era mi amigo y le quise.

»Tony, ya tienes una patria. Estos campos serán tu patria. Tu Empyria.

»Y los ñus te llevarán prendido en su pelaje, siguiendo el ciclo de las lluvias.

»Y por siempre reinarás sobre tu mundo, montado a lomos de los rebaños de Dios.

Al final del segundo verso tuve que reprimir una carcajada, y contuve cualquier otra reacción mientras le entregaba a Delsey la urna abierta. No era momento para inconveniencias, y menos cuando le asomaba una lágrima por el escote del ojo, que sobre su rostro arcilloso parecía la gota de lluvia que muere entre las grietas del suelo. Tomó la urna, extendió los brazos y la volcó al vacío bajo nosotros. En apenas tres segundos, la brisa borró el ceniciento enjambre del aire transparente, y Tony Kerak desapareció para siempre.

–Se dice así, trincar, ¿no? –Delsey gemía bajo un antifaz de lágrimas, enjugándose las órbitas mientras me devolvía la urna.

–Ha sido muy bonito, Delsey. Tony estaría satisfecho. Y se habría reído.

–Pero ¿qué demonios ha dicho? ¿Por qué no me lo traducís? –protestaba Ken.

33

HUELLAS EN EL RÍO

Después del aterrizaje del globo, el programa incluía un desayuno con champán en la sabana. Mientras Pierre trataba de epatar a la americana tajando el gollete de las botellas con un machete afilado, a Delsey se le ocurrió de pronto que seguramente el equipo del cine no estaba al tanto de la muerte de Tony. Dado que el Governors Camp, donde se alojaban, se encontraba cerca de allí, nos sentimos en la obligación de rendirles una visita para informar a aquella gente, entre la que quizá se contara algún amigo de Tony.

El Governors Camp era una lujosa recreación de los safaris victorianos, situada en un área sombreada entre el río Mara y un bajío inundable durante las lluvias. Allí la humedad convertía las austeras sabanas mesetarias a la ortodoxia tropical, y la profusión de árboles y plantas de grandes hojas preservaba un microclima refrescante que aliviaba la piel de la quemazón de las praderas. En recepción preguntamos por Trevor Flammée, y nos invitaron a esperarlo en el bar. Por suerte, aquel día hacían descanso en el rodaje, y reconocimos alguna cara a la que nos aprestamos a anunciar la triste noticia. Dos jóvenes que pasaban por allí lo escucharon, uno dijo al otro: «Joder, qué fuerte, tío», y continuaron su camino. Trevor se reunió con nosotros unos minutos después. Se alegró mucho de vernos allí y le ensombreció el suicidio de Tony, aunque apenas le había conocido. Quien más había intimado con él era el productor, que se encontraba ausente, y los demás tuvieron que admitir, tras un respetuoso silencio, que en realidad ninguno de ellos había llegado a tratarle. Explicamos cuál había sido el destino de sus restos, y con ello todos dimos el acto por cumplido.

Antes de marcharnos, Trevor se interesó por nuestra búsqueda de Hamish. Le detallé los últimos progresos y me ofreció de nuevo su colaboración. Ese mismo día volaría a Nairobi para regresar a la caída de la tarde, así que le rogué, si no tenía inconveniente, que me trajera mi correo del Norfolk. De hecho había quedado a almorzar con Duncan Travis, así que no le supondría ningún trastorno. Prometió acercármelo al Serena a última hora y, de paso, tomar una cerveza con nosotros antes del toque de queda en la reserva.

Detectaba el mismo nerviosismo en Delsey que el que a mí me anudaba la garganta según nos acercábamos al Keekorok. Por fin estábamos en puertas de conocer a un hombre que había mantenido amistad con Boston Shark, el presunto álter ego de mi abuelo, y sin haberlo comentado, ambos presentíamos que aquella pista debía ser la definitiva. Para bien o para mal, estábamos en el último trazo antes de la X del mapa que marcaba la situación del tesoro, en el penúltimo movimiento de nuestro juego. La siguiente casilla debía ser Hamish Sutherland. Intrigado por el desenlace pero ajeno a sus implicaciones sentimentales, Ken conducía tamborileando sobre el volante y tarareando una canción de Springsteen.

Asentado en el principal cruce de carreteras de la reserva, el Keekorok era más que un hotel, era el hígado de Masai Mara, la tripa capital donde se gestionaban o procesaban todos los asuntos que mantenían el organismo de aquel pedazo de África en funcionamiento. Su aspecto era el de una pequeña aldea, un *outpost* en el salvaje Far West, sus habitantes semejaban colonos antes que empleados, y a uno no le hubiera sorprendido ver aparecer a una cuadrilla de vaqueros descabalgando de sus caballos para refrescar el gaznate en un baño de su cerveza helada. De hecho tales cuadrillas llegaban, pero a lomos de todoterreno o minivan, y las reservas de Tusker eran atacadas sin cuartel. Resistimos la tentación cervecera para lanzarnos directamente a nuestra misión, y en la recepción preguntamos por Horatio Maina, el encargado del aprovisionamiento que, según uno de los pilotos de Nairobi, había conocido a Boston Shark. «Está arbitrando», fue la extraña respuesta, que pronto comprendimos. Junto al *lodge* había un campo de fútbol donde dos equipos de críos se enfrentaban con fiereza bajo un sol inclemente, un día de colegio en horario escolar. Debía de tratarse de una final importante, y alrededor del campo los familiares jaleaban el entusiasmo de los niños. El árbitro era un tipo barrigudo con los músculos curtidos por la visión de miles de horas de fútbol televisivo sosteniendo botellas de cerveza. Permanecía en el centro del campo sin abandonar el círculo, y sus decisiones a distancia en ausencia de linieres eran constantemente discutidas por los jugadores y sus padres. No nos quedó otro remedio que esperar el fin del tiempo reglamentario. Delsey y yo, que entendíamos de fútbol lo mismo en Masai Mara que en Pamplona, aguardamos paseando inquietos como los linieres que faltaban, y Ken, encendido futbolero, tomó partido de inmediato por uno de los equipos y se unió a la clac de padres abucheando o aplaudiendo, según.

Cuando el colegiado señor Maina pitó el final, de las tibias reacciones de unos y otros dedujimos que era sólo el descanso. Nos abalanzamos sobre Maina, quien adoptó postura defensiva, probablemente por si éramos hinchas de alguno de los dos equipos, dispuestos a practicar el principal deporte subsidiario del fútbol amateur: el vapuleo al árbitro. Antes de provocar su huida nos presentamos con nuestros nombres y nacionalidades, confirmamos que era Horatio Maina, y nos recitó, supuse, la alineación completa del Real Madrid. Superada esta toma de contacto inevitable, abordé la cuestión.

–Señor Maina, si es tan amable, quisiera hacerle una pregunta. Hemos sabido que usted es amigo del señor Boston Shark, un *bush pilot* que solía traer carga al Keekorok. Le estamos buscando. Ciertos indicios sugieren que él podría ser mi abuelo, aunque éste no era su verdadero nombre.

–¿Boston Shark? –Se secó el sudor de la frente con un pañuelo–. ¿Su abuelo? No sabía que Bwana Boston tuviera familia, pero hasta el leopardo tiene hijos. Sea bienvenido el nieto de Bwana Boston si ha venido a reclamar su casa y vivir entre nosotros. *Karibu*[1].

–¿Reclamar su... casa? ¿Qué quiere decir? ¿Él no está en su casa?

1. «Bienvenido.»

Maina cerró los ojos y exhaló un profundo suspiro.

–Pero usted no sabe... Señor, siento ser yo quien tenga que decírselo. Bwana Boston murió. Hace... más de diez años. Sería en 1980 o 1981, si la memoria no me falla.

Delsey y yo nos miramos con la mirada de los derrotados. En la cara del barón se dibujó una mueca amarga, como una máscara de tragedia griega. Detrás, Ken no se atrevía a mover un músculo.

–¿Mu... muerto? –proseguí–. ¿Está usted... seguro?

–Sí, señor. Fue su hígado. Y la sífilis. Él... bebía demasiado y... Bueno, ya sabe. Estaba muy solo. *Pole sana*[1].

–¿Muy solo? –Yo me esforzaba por conducir aquella entrevista con profesionalidad periodística, pero para ello tenía que comerme las lágrimas–. ¿Qué quiere decir? ¿No tenía... a nadie?

–Bwana Boston no era amigo de muchos, y muchos no eran amigos de él. Tuvo problemas. Cuando dejó de volar, yo no le vi más. Él estaba ya tan viejo como su avión. Ninguno de los dos podía volar. Eso fue a mediados de los setenta, creo. No le volví a ver, hasta que supe de su muerte por Pius.

–¿Pius?

–Pius Ole Toroge. Era su mecánico, y su rastreador cuando cazaban juntos. Y seguramente su último amigo.

–¿Pius vive aún?

–Sí, Pius vive. Aunque hace tiempo que no viene por aquí.

–¿Dónde vive?

–En Narok. Allí está también la casa de Bwana Boston, y allí está enterrado Bwana Boston. Pius le puede indicar. Podrá encontrarlo en su taller. Deje a la derecha la gasolinera que hay a la entrada del pueblo y gire a la izquierda después de pasar el mercado. Allí encontrará el taller. Si se pierde, pregunte por el taller de Pius. Allí le conocen.

–*Asante*, señor Maina. *Asante sana*[2].

–*Karibu tena. Salama, bwana* Shark[3].

1. «Lo siento mucho.»
2. «Muchas gracias.»
3. «No hay de qué. Que le vaya bien, señor Shark.»

Maina regresó a su partido y yo me dejé caer sobre una piedra. En la piedra contigua se sentaba Delsey, con las arrugas de su rostro inclinadas hacia abajo y la vista perdida en el horizonte, sin tener en cuenta ni a los niños que se aproximaban a él atraídos por su llamativa vestimenta. Si era cierto que Hamish había muerto, aquel día había muerto por segunda vez, y con él, algo de Delsey. Yo había iniciado aquella búsqueda con una especie de seguro psicológico, como si una vocecilla me hubiera susurrado continuamente el *memento mori*[1] de los emperadores romanos, recordándome que Hamish era mortal, y que de hecho podía estar muerto. Por el contrario, quizá Delsey había emprendido aquel viaje sin red, apostando incluso los últimos vestigios de su salud en declive con tal de recuperar recuerdos añorados de tiempos mejores, con tanta convicción de ganar su apuesta que nunca había esperado una conclusión frustrante. Hasta aquel día había aguantado el tipo como un león en campo abierto, superando incluso el suicidio de Tony, pero temí que entonces se viniera abajo. En cualquier caso, y pese a los escasos resquicios que dejaba el testimonio de Maina, no podíamos darnos por vencidos sin una confirmación palpable. No habíamos viajado desde Lux Domini hasta el Keekorok Lodge para abandonar antes de la última casilla. Debíamos llegar a Narok.

La capital masai de la región era lugar de paso en la ruta menguante desde Nairobi hasta Masai Mara, y la última ciudad de cierta entidad antes de la soledad de las llanuras, que de ahí hasta la reserva sólo perturbaba alguna población menor y los asentamientos de espino, barro y estiércol. Desanduvimos el camino del día anterior, que en esta ocasión nos pareció más largo. Hicimos el recorrido en silencio, exceptuando las protestas iniciales de Ken, quien opinaba que la hora era demasiado avanzada para llegar a Narok y regresar después al Mara Serena antes de la prohibición nocturna de circular por la reserva. Sinceramente, en aquellos momentos, a Delsey y a mí cualquier normativa burocrática nos importaba un carajo.

Siguiendo las indicaciones de Maina, tomamos una calle flanqueada

1. Palabras susurradas a los emperadores de la Roma clásica durante los desfiles de victoria tras una batalla. Significa «recuerda que eres mortal».

por humildes *dukas*[1], peluquerías con efigies de sus creaciones dibujadas sobre la fachada y algún *hoteli* cochambroso con nombre dispar como Windsor Palace o Empire State. Más adelante se abría un solar donde, si explotara una bomba, no habría hecho sino ordenar los repuestos inservibles, chasis calcinados y motores en ruinas que lo atestaban. Ken condujo hacia el interior de aquella vorágine, donde un joven con los lóbulos de las orejas colgando en lazo nos recibió fijando la vista en nuestro vehículo, como si intentara adivinar qué reparación necesitábamos. Desde la ventanilla le saludé con un *jambo* y le mencioné el nombre de Pius. Señaló un chamizo de cemento con tejado de chapa que despuntaba entre el caos. Desembarcamos y nos dirigimos allí.

Bajo el techo de lata, un hombre se encorvaba sobre el capó abierto de un todoterreno tan pulcro y flamante que en aquella zona cero destacaba como una nave espacial en un sembrado.

–*Jambo* –saludamos Ken y yo al unísono. El mecánico emergió del capó y nos observó antes de responder con gesto serio. Su edad era difícil de calcular, algo que le ocurre al ojo europeo poco entrenado con los masai. Vestía un mono grasiento atado a la cintura, con el nervudo torso descubierto, tan delgado y flexible que se diría que hubiera podido reparar un coche sin desmontar una pieza, sólo deslizándose entre los huecos del motor. Sus lóbulos, abiertos en lazo como los del joven, los llevaba enganchados a la parte superior de las orejas, probablemente para evitar que se le quedaran atrapados en algún resalte mientras sumergía la cabeza en las tripas del coche.

–*Habari*[2]? –proseguí con el escaso swahili de emergencia que me había enseñado Ken. En Kenia, como en cualquier otro país, introducir un encuentro con unos rudimentos del lenguaje local ayudaba a engrasar una conversación, y en aquel caso era conveniente.

–*Mzuri.*

–*Tafadhali, bwana* Pius Ole Toroge?

–*Ndiyo, mimi ni* Pius.

1. Tiendas.
2. «–¿Cómo está?»

–*Bwana* Ole Toroge, *mimi ni mjukuu wa bwana* Boston Shark[1].

Esperé una reacción, que se produjo, pero al estilo adusto del carácter de los ancianos masai. Se limitó a asentir con la cabeza y a ofrecerme su mano, que no me atreví a rechazar a pesar de la capa de grasa. Agotado mi swahili, continué en inglés.

–Bwana Horatio Maina, del Keekorok Lodge, nos contó que usted era un buen amigo de Bwana Boston, y que Bwana Boston murió hace unos diez años. Quisiera que usted me confirmara esta historia y me gustaría pedirle, si es tan amable, que nos enseñe su tumba.

Esta vez, la única respuesta de Pius fue mirar a Ken. Entonces comprendí.

–Ken, creo que no entiende bien el inglés. ¿Podrías por favor traducirme?

Ken tradujo mis palabras y Pius respondió con parquedad.

–Dice que sí, que Bwana Boston murió en 1981, y que con mucho gusto nos enseñará su tumba. Lo siento, tío. Eso es lo que he entendido. Su swahili tampoco es para tirar cohetes. Muchos de los masai más viejos sólo hablan bien su lengua, el maa.

–Bien. ¿Vamos entonces?

Regresamos al coche dominados por un ánimo sombrío. Antes de acomodarse en el asiento delantero junto a Ken, Pius impartió unas órdenes al mecánico más joven, y luego nos guió hasta un cementerio con aspecto de cantera. Era una simple explanada de tierra yerma con piedras señalando las tumbas, cada una encabezada por un sencillo mojón. Pius abrió la marcha entre las sepulturas hasta que se detuvo frente a una y señaló:

–Ahí.

La tumba no se diferenciaba en nada de las demás, modesta y vulgar, con su mojón donde se leía:

1. «–Bien.»
«–Por favor, ¿el señor Pius Ole Toroge?»
«–Sí, yo soy Pius.»
«–Soy el nieto del señor Boston Shark.»

Aquélla era la tumba de un hombre que había muerto en la pobreza y casi en el anonimato. Sin fecha de nacimiento, sin título de ninguna especie, sin menciones especiales, sin grabados, sin epitafios. No era aquello lo que yo esperaba encontrar, y en ese momento lloré a causa de aquello, no tanto por enfrentarme con la muerte de mi abuelo como por descubrir qué clase de vida tuvo, qué clase de muerte tuvo. Presentí que a Delsey le ocurría lo mismo. Yo no llevaba nada para depositar en la tumba, y de todos modos, cualquier objeto que dejase allí sería presa de los saqueadores. Me sentí impotente por no poder hacer nada, ningún gesto, ningún homenaje, más que rezarle una oración en silencio.

–*Pole*[1] –musitó Pius.

Posé mi mano en el hombro de Delsey y él me abrazó, hundiendo su cara en mi camisa. No profirió ningún sonido, pero yo notaba cómo su cuerpo se estremecía con el llanto. Cuando se separó de mí, su rostro estaba vacío. No miraba al suelo. Tan sólo dejaba caer sus ojos cansados. Ken se acercó y nos estrechó la mano a ambos, susurrando sus condolencias.

–Ken, por favor –balbucí–. ¿Podrías pedirle a Pius que nos lleve a la casa de Boston?

Unos minutos más tarde aparcábamos junto a una parcela a las afueras del pueblo. La verja exterior había caído bajo el peso del tiempo y del vandalismo, y dentro la hierba alta y seca enmarañaba tramos de alambre de espino y maderos quebrados. La casa era un sobrio cubo de una planta construido con bloques de hormigón gris, sin pintar ni enfoscar salvo en un zócalo que un día fue azul. Había dos ventanas y una puerta en la fachada delantera. O mejor dicho, sólo sus huecos, ribeteados por algún fragmento aislado de madera y cristal.

Pius comenzó entonces a hablar con frases cortas y rotundas.

–Dice que la casa está abandonada desde que murió Bwana Boston

1. «Lo siento.»

–tradujo Ken–. Que él no dejó descendencia ni parientes y que tú, siendo su nieto, podrías reclamarla. Que te pertenece y que es una casa muy buena, aunque esté descuidada.

Recordé mi visita a Lux Domini, y cómo en aquel caso, antes del hallazgo del cuadro, había anhelado con toda mi bilis poseer aquellos viejos muros de mi infancia. La casa de Boston me resultaba un lugar ajeno y hostil. Aunque se me ofrecía gratis, no me acuciaba ningún deseo de hacer mío aquel yerto erial. No sentía nada que me ligara a aquello.

Franqueamos la puerta. Había un pasillo central y dos habitaciones a cada lado. El suelo estaba tapizado de escombros, polvo y cristales, pero por lo demás no había nada. Absolutamente nada, ni siquiera cables, cañerías o enchufes. Nada a lo que alguien le hubiera podido exprimir una utilidad, un atisbo de reciclaje. Aun así, revisé todas las estancias cuidadosamente. Pius habló de nuevo.

–Se pregunta qué buscas. Y yo también –apuntó Ken.

–No lo sé. Cualquier cosa. Algo que me recuerde que mi abuelo vivió aquí.

Ken le tradujo mis palabras a Pius, y éste rió antes de proseguir.

–Dice que no hay nada. Que es inútil buscar huellas en el río, como solía decir Bwana Boston. Se refiere a que después de tantos años, los saqueadores...

–Sí, ya sé, ya sé –interrumpí.

En la fachada trasera, tres pilares de hormigón debieron de sostener en otro tiempo la cubierta de una veranda. Ahora no sostenían nada. Más allá de los pilares, una lona raída descansaba en la hierba sobrecrecida.

–*Ndege* –dijo Pius, señalando la lona. Yo conocía esa palabra. Tiré de la lona, y debajo apareció parte de una estructura cilíndrica de madera carcomida y metal devorado por el óxido. En su mitad posterior conservaba restos de una envoltura de tela. Las letras aún podían leerse: VP-KAL.

–Ken, pregúntale qué hizo Bwana Boston cuando dejó de volar. En los últimos años de su vida.

Tras la traducción, la respuesta de Pius fue lacónica.

–*Hapana kitu*.

–*Hapana kitu* –repitió Ken–. Ninguna cosa. Nada.

–Vámonos –concluí, con los pulmones oprimidos por la falta de aire–. Ya no hay nada más que hacer aquí.

Nuestro tercer viaje por la misma carretera fue aún más largo y silencioso que el segundo, a pesar de la conducción de Ken, que arriesgó demasiado para llegar a tiempo a Masai Mara, adelantando incluso cuesta abajo a los *matatus*, las furgonetas de línea que zumbaban como demonios de Tasmania por las carreteras kenianas y para las que el límite de velocidad lo ponía el motor y las únicas leyes vigentes eran las de la física. En otra ocasión hubiera atado a Ken en el maletero para que tomara el volante alguien más responsable, o sea, yo, pero aquella tarde no reuní las suficientes ganas de hablar para sugerirle siquiera que frenara antes de las curvas en lugar de acelerar. Exhausto y abatido, Delsey se derrumbó en el asiento trasero y durmió todo el camino hasta la reserva.

Eran más de las seis cuando alcanzamos la puerta de Sekenani. Al conocer nuestro destino los *rangers* se negaron a concedernos el paso, pues había dos horas de camino hasta el Mara Serena y la prohibición de circular entraba en vigor a las siete. Ken se encarnó entonces en el chófer del agregado financiero de la embajada francesa, que viajaba dormido en el asiento trasero y que debía cenar esa noche en el Serena con el máximo mandatario de una importante empresa pública keniana. Ignoro si además se adhirió al manifiesto de Duncan Travis, o si bastó con el miedo de los *rangers* a provocar un incidente diplomático y financiero de consecuencias apocalípticas. Sencillamente, salió de la oficina con aire triunfal y anunció:

–Arreglado.

Pocos kilómetros más adelante, al llegar al desvío de Talek, Ken abandonó la carretera principal.

–¿Qué haces? –protesté.

–Tomo un atajo. Llegaremos más directos al puente.

–¿Has hecho este camino antes? –indagué.

–Claro, tío –mintió.

Marchábamos de frente al sol, que nos retiraba su patrocinio con un ocaso centelleante, hundiéndose al fondo de la llanura que atravesábamos. Al cabo de unos minutos, Ken dejó también esta ruta y giró a la izquierda por una pista menor, apenas dos roderas en la hierba.

–¿Estás seguro de que sabes lo que haces?

–Sí, sí, seguro, tío. Estáis en buenas manos.

Lo que no estaba en buenas manos, ni en las suyas ni en las de ninguno de nosotros, era la fiabilidad mecánica de nuestra montura. Cruzábamos las llanuras Meta, ya casi bajo la noche cerrada, cuando el coche perdió empuje y comenzó a aflojar la velocidad, hasta que se detuvo por completo. El motor continuaba ronroneando, pero no nos movíamos del sitio.

–¿Qué pasa? –pregunté.

–¿Has oído un «clac»?

–Sí, he oído un «clac». ¿Qué pasa?

–Algo se ha roto.

–¿Qué se ha roto?

–No lo sé. Algo.

Ken desconectó el encendido, salió del coche, abrió el capó y regresó de inmediato.

–¿Tienes una linterna?

–Sí, tengo una linterna. –Rebusqué en mi bolsa y se la entregué–. Toma.

Esperé mientras Ken revisaba el motor, dando por descontado que sabía lo que hacía. Unos segundos después, su cara apareció detrás de mi ventanilla.

–Todo parece normal.

–¿Normal? ¿Y realmente tienes el criterio adecuado para juzgar esa normalidad?

–Hombre, tío, tengo el carnet desde hace ya un año.

–¿Un año? ¡Y yo cinco, y no tengo la más mínima idea de mecánica! –Bajé del coche y me uní a él junto al capó. Rastreé el interior con la linterna sin ninguna intención concreta, sólo porque se supone que es eso lo que se debe hacer en tales casos, y quizás esperando que alguna señal, mecánica o divina, me indicara cuál era la pieza defectuosa. No ocurrió nada.

–Mierda –fue mi mejor diagnóstico–. ¿El motor funciona?

–Funcionaba hace un momento, ya lo has oído. Lo he apagado yo. ¿Qué hay de Delsey?

–Sigue roncando como un bendito. Ha sido un día muy largo y penoso, y el pobre ya no está para estos trotes. ¿Probamos el motor?

Ken se sentó al volante y arrancó, mientras yo vigilaba los entresijos del capó. El motor sonaba fino y acompasado, en perfecto estado de revista.

–El motor funciona… –anunció Ken–. Las marchas entran… Voy a pisar. –Me aparté del morro del coche–. Cuando piso el acelerador, no pasa nada.

–¿Notas resistencia en el pedal?

–Qué va, tío, está como flojo.

–Pues eso debe de ser. Se ha roto lo que une el pedal al motor. De ahí el «clac».

–¿Y qué es, un cable?

–Supongo. Pon punto muerto. Déjame mirar… Sí, hay un cable metálico suelto que llega hasta una especie de válvula. Está roto. –Moví la válvula con el dedo y el motor aceleró–. Tú debes de tener el otro trozo, unido al pedal. Toma la linterna y compruébalo.

Ken se inclinó sobre los pedales y le escuché revolver allí abajo, hasta que sentenció:

–Negativo, tío. El otro trozo ha debido desprenderse y caer al suelo. ¿No tenemos suficiente longitud con lo que hay?

–Imposible. Bueno, ya sabemos cuál es el problema. Aunque no sabemos cómo solucionarlo. –Me senté en el suelo frente al coche, en el campo luminoso de los faros. Ken apagó el motor y se sentó junto a mí, alzando la frente al firmamento.

–Bonita noche, ¿eh?

–Preciosa –respondí–. Ya puede serlo, porque la vamos a pasar aquí. A estas horas dudo que consigamos ayuda.

–No te preocupes, tío. En el Serena se darán cuenta de que no hemos regresado. Incluso puede que los *rangers* los llamen para comprobarlo, dado que llevamos nada menos que al agregado financiero de la embajada francesa. Nos enviarán una partida de rescate.

–Partida de rescate que recorrerá la carretera principal, no este rincón perdido en medio de la nada.

–Cierto. Pero consuela saber que alguien se ocupa de nosotros, ¿no? Y mañana, alguien pasará por aquí. Como mucho dormiremos una noche en el coche.

–Ah, bueno, si es sólo una noche, de qué nos quejamos –ironicé y consulté el mapa–. El Keekorok no debe de estar a más de cinco kilómetros en esa dirección. Pero supongo que buscar ayuda a pie sería una locura.

–¿A pie? No cuentes conmigo. Hay leones, tío. Dentro del coche estamos a salvo. Es como acampar, pero en una tienda más dura. Los accidentes con animales casi siempre se producen por estupidez, porque alguien se mete donde no debe. Los animales son inocentes, sólo hacen lo que tienen que hacer. Pero no son los animales lo que me preocupa.

–¿Y qué es? ¿Los furtivos? ¿También aquí?

–Bueno, están en todas partes. Pero no pensaba en ellos.

–¿Entonces?

–Verás, hace cuatro años una chica británica desapareció cerca de aquí, en Sand River, el acceso que comunica Masai Mara con Tanzania. Tenía veintiocho años. Como la policía no hacía nada, tuvo que ser su propio padre quien se encargara de la búsqueda. Y fue él quien tuvo que encontrar los restos descuartizados y carbonizados de su hija, cerca de Sand River. Fue espantoso. Aunque no lo creas, el informe que emitió la policía entonces declaraba que Julie había sido primero devorada por animales salvajes y después golpeada por un rayo. La cosa tendría hasta chufla si no fuera tan trágica. Pues bien, dos *rangers* fueron acusados, y finalmente los han absuelto hace dos meses. La investigación fue una mezcla de ineptitud y corrupción. Parece que el gobierno ha hecho todo lo posible por echar tierra sobre el asunto, y parece claro que hubo *rangers* implicados, posiblemente con la connivencia de algún pez más gordo. Un asunto muy, muy feo. Y además, el caso de Julie no ha sido el único. Ya lo ves, tío. En Kenia se disfruta mucho, pero también se sufre mucho. Suelen decir que las mejores cosas de la vida tienen sus riesgos, ¿no? La buena comida engorda, el buen vino emborracha y las buenas mujeres... las mujeres te hacen perder la cabeza, sobre todo a mí. Kenia es así, tan hermosa como peligrosa. Como has podido ver, tenemos los cielos más bonitos del mundo, pero para verlos hay que detenerse. En Kenia no puedes mirar el cielo mientras caminas, porque antes de pisar, hay que mirar dónde pones el pie.

–Joder. Pobre chica. Y vaya momento que has escogido para contarme esa historia. Menos mal que Delsey no la ha oído. Con esto me quieres decir que, si vemos faros acercándose, en lugar de alegrarnos, mejor que nos echemos a temblar, ¿no?

–Mejor que tratemos de reparar ese cable. Sólo por si las moscas.

Nos entregamos a la tarea y pronto descubrimos que, dado que no había manera de vincular de nuevo la válvula al pedal, la única solución era fijarla en una posición abierta, lo que nos permitiría mover el coche sin pisar el pedal, a velocidad constante en llano, pero previendo que el empuje fuera suficiente para salvar las pendientes. Recordé entonces lo que Sam, el amigo de Ken, nos había contado sobre los *bush pilots*, y que en el caso que nos ocupaba podía venir al pelo. Agarré la linterna y rastreé la hierba alrededor del coche. No fue difícil encontrar restos óseos de un animal. Seleccioné un hueso pequeño, regresé al coche, busqué en mi bolsa y extraje los prismáticos que había comprado en París. Ken me observaba expectante, hasta que vio mis binoculares historiados.

–¡Joder, tío! ¿Te has traído unos prismáticos de ópera?

–Exactamente.

Con mi navaja corté el cordón, y con él y el hueso buceé de nuevo en el motor.

–Se trata de lo siguiente. Con el cordón atamos la válvula abierta a algún soporte fijo, y colocamos el hueso bajo ella para que haga tope. Debería funcionar.

La sabana a nuestro alrededor emitía inquietantes voces que en la noche sonaban bestiales, como si la oscuridad barriera de la llanura los simpáticos animalitos solares para poblarla de arcanos monstruos mutantes nacidos de las tinieblas. Y en realidad, yo aún ni siquiera conocía la existencia del *aardvark* u oricteropo, también conocido como cerdo hormiguero, criatura que calca esa descripción. La luna resplandecía plena en un cielo límpido, pero la visión incierta de formas móviles en la lejanía no contribuía a la tranquilidad. A pesar del riesgo de consumir la batería mantuvimos los faros encendidos, pues según Ken la luz ahuyentaba a los animales.

Tras un par de pruebas, logramos nuestro propósito. Con la válvula fija en posición abierta y la palanca de cambios en punto muerto el motor resonaba escandalosamente, pero al engranar la primera marcha, el estruendo se acallaba y el coche se deslizaba mansamente sobre las roderas. Satisfechos y orgullosos de nuestros recursos de supervivencia, entrechocamos las manos y abordamos de nuevo el coche, dispuestos a recorrer la distancia que nos separaba del Mara Serena, *adagio, ma non troppo*. Por suerte, mi equipo de safari incluía una brújula, y sabíamos que si cosíamos nuestra trayectoria a la dirección sur, tarde o temprano enhebraríamos la carretera principal para dar carpetazo a aquel infame error que en adelante denominaríamos «el atajo Ken» como sinónimo de toda situación terminal y autodestructiva en la que uno mismo se ha metido por propio gustito.

Apenas habíamos recorrido cincuenta metros en esas condiciones, con Ken gobernando el timón con mano firme y manteniendo una suela a la vera del freno, cuando nuestros faros alumbraron un repolludo matorral a la derecha de la pista. Bajo el arbusto reposaban dos enormes volúmenes grisáceos que pronto revelaron su identidad bajo nuestro chorro de luz. Eran dos monumentales leonas adultas descansando del trajín diario y preparándose para la caza nocturna. Con la válvula del acelerador fija en su posición, ni siquiera podíamos detener el coche para observarlas más despacio. No alteraron un músculo a nuestro paso. Pero durante todo el tiempo que, alegres y confiados, manipulamos el motor al fresco de la noche, les hubiera bastado con desplazarse cincuenta metros para despedazarnos antes de que hubiésemos podido vislumbrar qué era lo que nos estaba despedazando. De hecho, mis conocimientos y los de Ken coincidieron en un dato: para una leona, incluso en la oscuridad, un humano a cincuenta metros es una ración tan conspicua como un elefante en el frigorífico. De lo que colegimos que aquella noche no nos despedazaron porque les apetecía otro sabor. O peor, porque aún estaban haciendo hambre.

Pasada una eternidad de hierba cepillándonos los bajos del coche y de misteriosas legiones de ojos fosforescentes reluciendo en la sombra, al fin desembocamos en la carretera principal, sólo un par de kilómetros pasado el Keekorok Lodge. El atajo de Ken nos había costado tres horas, un naufragio y una línea para el bingo del despedazamiento, y a aquella velocidad aún nos restaban por delante un par de horas de camino hasta la butaca descalzadora. Pero respirábamos más tranquilos. No puedo precisar si fueron nuestros vivas y hurras los que consiguieron extraditar a Delsey al mundo de los vivos desde su catacumba onírica. El caso es que, de repente, su voz nos provocó un sobresalto.

–No era él.

–¿Cómo? –Ajusté el espejo retrovisor interior para verle. En efecto, había despertado y estaba erguido en el asiento trasero.

–No era él. No sé quién fue ese señor Shark, pero no era Hamish.

–¿En qué se basa? –pregunté, intrigado.

–Huellas en el río. ¡Huellas en el río! Curro, tú sabes qué clase de hombre era tu abuelo. Si por algo destacó, fue justamente por dedicar su existencia a buscar huellas en el río. Y a trazarlas. Él no pretendía pasar a la posteridad, ni se arrogó jamás la misión de redimir a la Humanidad de ninguno de sus males, materiales o del espíritu. Nunca fue pasto de vocaciones mesiánicas. Simplemente, trató de hacer de su vida el mejor lugar del mundo para vivir, para vivir tanto él como los bendecidos por la fortuna de haberlo conocido. No era un conformista, sino un soñador. Quería hacer cosas por las que mereciera la pena vivir, grandes cosas, cosas extraordinarias. Por eso vivió. Volar de aquí allá y de allá aquí llevando el correo durante años, acabar enclaustrándose en ese tugurio con los brazos caídos, aguardando tan sólo a que la Moira Átropos tocara su aldabón con sus huesudos dedos blandiendo sus tijeras aborrecibles... No, ése no era Hamish. ¿Muerto con el hígado destrozado? A Hamish le complacía saborear una copa en animada compañía, pero desde luego no era un beodo. ¿Sifilítico? Por supuesto que adoraba a las damas, pero ¿un putañero? ¿Un eremita solitario que únicamente se relacionaba con meretrices de baja estofa y con un viejo huraño? ¡No, por Cristo! No, no. Ése no era Hamish. Debemos seguir buscando.

Me habría ilusionado que Delsey esgrimiera algún argumento lógico irrebatible, pero él no era hombre de razón, sino de corazón, y aquello, en el fondo, no era más que una corazonada.

–Delsey, los años y la soledad pueden hacer estragos en cualquier carácter, por firme que sea. A mí me gustaría pensar como usted, pero las pistas nos han conducido hasta Narok. No tenemos más pistas.

–¡Pues las buscaremos! ¡No podemos darnos por vencidos! ¡No ahora!

En apenas un instante, dos consideraciones atravesaron mi mente como relámpagos. La primera era que si la devoción de Delsey por Hamish, su fe en él, era superior a la mía, tal vez debía plantearme cuál era el verdadero propósito de mi búsqueda, localizar a mi abuelo o sacar un buen reportaje. La segunda fue que si un anciano de setenta y nueve años tenía que contagiarme entusiasmo y espíritu de rebeldía, era momento de hacerme consultar por un especialista. Mi deliberación duró lo que esos dos relámpagos.

–Delsey, tiene razón. Mañana regresamos a Nairobi y nos ponemos manos a la obra.

Delsey no respondió. Por el retrovisor observé que su cabeza desaparecía al reclinarse de nuevo en el banco trasero. Me alegré de haberle ahorrado el trance por el que acabábamos de pasar y que no había advertido en absoluto. Cuando Ken y yo sonreíamos aliviados, de profundis se escuchó otra vez la voz de Delsey.

–Por cierto, ¿cómo es de noche? ¿No estaba prohibido conducir de noche?

34

EL HORROR

Habían dado las once de la noche cuando ganábamos la rampa de acceso al Mara Serena Lodge. Nuestra entrada triunfal en la recepción desató una revolución entre el personal de guardia. Se anularon los preparativos de la partida de rescate y avisaron por radio a los *rangers* de nuestra llegada. Explicamos la avería y nuestro brillante apaño, sin mencionar el atajo de Ken, la farsa diplomática ni el rondar solapado de las leonas. El gerente nos obsequió con una comprensible charla admonitoria sobre los peligros nocturnos de la sabana, que no le faltaba razón, y a cambio tuvo la gentileza de abrir el restaurante para que pudiéramos comer alguna cosa antes de acostarnos. Delsey rehusó. El sueño vencía al apetito y prefirió tomar directamente el camino de la cama. En cuanto a mí, en mi balance bioquímico personal las *excitinas* superaban a las *agotinas*, es decir, estaba demasiado excitado por la posibilidad de que la corazonada de Delsey fuera certera, que Boston Shark no fuera Hamish y que mi abuelo pudiera estar vivo en alguna parte, como para ser consciente de que arrastraba bajo mi cabeza un cuerpo agotado. Le imploré a Ken que recuperase de la habitación las notas que había tomado su madre de las respuestas a nuestro anuncio. A regañadientes, el bueno de Ken aceptó.

Mientras los amabilísimos camareros sacrificaban el tiempo de jugar con sus niños y, aún más grave, de jugar con sus mujeres, para alimentar a dos famélicos obtusos y negligentes, comenzamos a desgranar la información de las llamadas.

–En total, hasta que yo me marché de Nairobi, la jefa de nuestro servicio de inteligencia había atendido trece llamadas. No está mal, ¿no? –la voz de Ken estaba aquejaba de cierta afonía cansina.

–Buen número. Sigue.

–Empezaremos, como en los premios, por las menos interesantes, para acabar con los top hits. ¿Okay?

–Okay, Twokay.

–En la cola de la tabla, tenemos a un tío que llamó alegando que él cumplía a la perfección todas las características que se pedían en el anuncio. Ante el desconcierto inicial de mi madre, se aclaró que el colega pensaba que era un casting para una película.

–Ésa es buena.

–En los puestos doce, once y diez, tenemos a tres tipos que coincidían con la descripción de tu abuelo excepto en el nombre, en tres lugares diferentes: los ilustres señores Jeremy Cole, Ron MacIntyre y Alfred Hochleitner. Contable en Mombasa, ingeniero en Kisumu y empresario en Nakuru, respectivamente. En los tres casos, quien llamaba decía haberlos conocido bien.

–¿Y el pero?

–Los tres fallecieron antes de 1978.

–Mmm. ¿Qué más?

–En los puestos del... déjame ver... del nueve al cinco, tenemos referencias demasiado vagas. Posibles avistamientos de objetos humanos no identificados que coincidían con la descripción en diferentes lugares del país, pero o bien fue hace décadas y sin datos concretos, o se trataba simplemente de alguien que hace poco se cruzó por la calle con alguien, y a quien las torturas de mi madre no han conseguido arrancar nada más preciso. Gente con buena voluntad, pero mala información. Demasiado vago para una búsqueda. ¿Quieres detalles?

–No, los dejaremos en la recámara. Sigue.

–En el cuatro, alguien llamó dando noticias de un tal Howard Sutherland, que reside en Nairobi. Desde luego no es tu abuelo, es un tipo joven, pero podría tener...

–¡Ja, ja, mi amigo Howard! Ya hablé con él. Lo encontré en la guía telefónica. Pero dijo que es norteamericano, y que no tiene parientes escoceses.

–Bien. Llegamos al número tres.

–Dispara.

–Éste no te va a gustar. Individuo, como diría nuestro amigo Delsey, canónicamente representativo y de edad coherente con el retrato robot. John Hugues, inglés de Northumberland, residente en Nyahururu, antes en Nyeri. Director de una escuela, apasionado por el arte y la música. Gran deportista.

–No suena mal. ¿Cuál es el fallo?

–Murió hace un año.

–¡Oh, no, otro Boston Shark! Con uno tengo bastante. Paso. Por el momento, seamos optimistas y centrémonos en los vivos. No quiero repetir otra escena como la de hoy.

–Entonces me saltaré el subcampeón, que a lo anterior añadía el origen escocés. También criando malvas.

–*And the Oscar goes to*…

–La medalla de oro es para una posibilidad prometedora, aunque vaga. Éste te va a encantar, hermano. Bwana Fidla.

–¿Cómo?

–Bwana Fidla. Significa «Señor Violín».

Pegué un respingo en la silla y le agarré por el brazo.

–¡Cuéntamelo todo!

–Ya, el problema es que no hay mucho que contar. Un viajante ugandés de jabones llamado Julius Mutebi pasó por Nairobi de camino a Voi, leyó el periódico en la estación y decidió llamar. Contó que hace no-sé-cuántos años estuvo no-se-sabe-dónde con su maletín de jabones y asistió a un concierto de violín que daba un *mzungu* en una pequeña cabaña en la montaña. Al terminar el recital charló con el violinista, a quien llamaban Bwana Fidla. Era escocés, había huido de Europa por movidas familiares hacía muchos años y estaba casado con una mujer keniana. Según el amigo Julius, Bwana Fidla encajaba en la descripción como anillo al dedo. Pero Julius viaja constantemente por toda África Oriental y no recuerda dónde, ni cuándo fue.

–Si fue en la montaña, ¿pudo ser en la zona de Nyeri? ¿En los Aberdares?

–Claro que sí. O no. En Kenia, la montaña comprende todas las Tierras Altas. Toda la parte central del país.

–¿Tenemos los datos de contacto de ese Julius?

–Sí, aquí está su teléfono en Kampala. Pero dijo que es difícil pillarle en casa, y dudo que puedas sonsacarle algo que no le haya sonsacado ya mi madre. Estuvo hablando casi tres cuartos de hora con él. Hasta se hicieron amigos, y mi madre ha empezado a comprar su marca de jabón. Y porque ella le dijo que estaba casada, que si no, Dios sabe.

–Bwana Fidla… Gracias, Ken, tío. Muchas gracias. Eres… –Le agarré por los hombros–. Eres…

–Soy heterosexual.

–No importa. No soy celoso –bromeé.

–Oye, por cierto, tío –arrugó la nariz–. ¿Delsey es…?

–Disculpe, señor Mencía. –El recepcionista interrumpió en el momento oportuno–. Con todo el revuelo lo había olvidado. Dejó este sobre para usted el señor… –leyó el nombre– Trevor Flammée. Estuvo esperándolos en el bar, pero al final tuvo que marcharse.

¡Trevor! Le habíamos dejado abandonado. Aun así, él había cumplido su promesa y me había entregado mi correo del Norfolk. Abrí el sobre con gran expectación.

–¿Carta de tu novia? –indagó Ken.

Del sobre cayeron una cuartilla y otro sobre más pequeño. La cuartilla estaba firmada por Trevor. Lamentaba no habernos podido encontrar en esta ocasión y esperaba que hubiera nuevas oportunidades. En cuanto a la carta, era un sobre escrito a mano, dirigido a mí y con franqueo británico. Picado por la curiosidad, miré el reverso para leer el remitente. Dana Macomber, de Surrey.

–¡Dana Macomber!

–¿Quién?

–¡Dana Macomber! ¡Es la hija de aquel reportero de tu periódico, el de tus… salchichas! ¡Dijo que me enviaría una foto de… lo había olvidado por completo!

Rasgué el sobre. Dentro había una nota doblada en dos, abrazando una foto. Con caligrafía grande y redonda, la nota decía que allí estaba la copia de la fotografía que me había prometido, que su padre era el segundo por la izquierda, y que esperaba que me fuera de utilidad. Escudriñé la foto con avidez. Aunque era una copia nueva, denotaba la mala calidad del original. Estaba surcada por irregulares líneas blancas que cuarteaban la imagen, incluyendo dos grietas perpendiculares a lo largo y a lo ancho, como si en algún momento la hubieran doblado en cuatro partes. Era un retrato de grupo que mostraba a cinco hombres sonrientes vestidos de safari, posando en un prado ante una cortina de vegetación selvática. El segundo por la izquierda, Winslow Macomber, en pie con los brazos cruzados y una pierna adelantada, era un individuo de frente despejada y caderas anchas. Junto a él, más a la izquierda, un hombre calvo y delgado, con barba, fumaba en pipa con las manos metidas en los bolsillos. Al otro lado había dos más, sentados en sendas sillas plegables de campaña, y tras ellos, un quinto hombre inclinado hacia delante, con las manos apoyadas en los respaldos de las sillas de sus compañeros. Aquel quinto hombre... Aquel quinto hombre...

Frenético, hurgué en mi bolsa hasta dar con los prismáticos y la linterna.

–Ken, ¿me haces el favor de apuntarme la linterna aquí, a la foto?

Mientras él iluminaba el retrato, agarré los prismáticos en sentido contrario al de su uso normal, pegué el ojo a la lente y moví la foto hacia el ocular, hasta que casi al tocarse ambos, me daba una ampliación suficiente para estudiar aquel rostro con más detalle. Era Hamish. Sin barba. Pero sin ninguna duda.

–¡No puedo creerlo! ¡Es él! ¡Es Hamish! ¡Es mi abuelo!

–¿Cómo?

–¡La hija del reportero me envía esta foto, donde aparece su padre con otros periodistas en la guerra del Mau Mau! ¡Éste es Hamish! ¡Es él!

–¡Vaya, tío, enhorabuena! Pero... ¿y esto qué nos...?

–¡Perdóname un momento!

No pude resistir la tentación de hacer partícipe de aquello a Delsey de inmediato. Corrí vereda abajo hasta la puerta de su habitación, y llamé suave pero firmemente, susurrando a gritos:

–¡Delsey! ¡Delsey!

Tardó medio minuto en abrir la puerta, enfundado en una bata de seda y con los ojos reventados de soñarrera.

–¿Qué…? ¿Qué sucede? ¿Qué…?

–¡Soy yo! ¡Mire, Delsey, mire! ¡Es Hamish!

Encendió la luz, agarró la foto y la miró de cerca. A pesar de su edad, su vista no parecía necesitar prótesis.

–¡Por Cristo bendito! ¡Es cierto! Pero… criatura, ¿de dónde has sacado esta fotografía?

–¡El reportero del *Standard* que estuvo en la guerra del Mau Mau! ¡Su hija me la ha enviado, y Trevor me la ha acercado hasta aquí!

–¿Que… qué? Bueno, no te azores, mañana me lo explicarás. ¡Santas ánimas del purgatorio! ¡Apenas puedo creerlo!

–¡Delsey, mañana saldremos de dudas sobre Boston Shark!

Regresé corriendo al comedor. Ken ya había abandonado la mesa para liberar a los camareros de nuestra tiranía y, sospeché, porque se moría de sueño. Yo no podía dormir en aquel momento de euforia.

–¿Ordena algo más el Bwana Curro o puedo irme ya al sobre?

–¡Ken, tío, lo vamos a conseguir! Estoy seguro. Abre la habitación y déjame la llave. Hay algo que llevo días intentando leer.

Por fin, abrigado de la noche destemplada con un jersey y una manta, mi manta, nuestra manta, me senté en la terraza del *lodge* en absoluta soledad a leer las páginas de Hamish sobre el Mau Mau. Sin pedirlo yo, de recepción me trajeron una lámpara de keroseno para alumbrarme. Antes de emparedarme en el documento, clavé mis ojos en la negrura lejana, enroscando la mirada a través de la oscuridad para tratar de descifrar aquel misterio de la entraña keniana que irritaba tanta pasión, gangrenas de amor, edemas de placer, caricias de dolor y abrazos de muerte. Enamorados, furtivos, políticos, ninfómanas, fieras, soldados, asesinos, rebaños, granjeros, prostitutas, nativos y niños mendigando caramelos. Todos estaban allí, ventilando sus operetas, dramas y tragedias detrás de la cortina negra de la noche keniana. Y era obligado mirarlos al menos una vez, desde una terraza vacía abierta al infinito estrellado, con una mecha empapada en keroseno como único faro para no dejarse succionar por la tempestad sigilosa.

La lectura de las crónicas de guerra de Hamish era un ejercicio periodístico e histórico muy ilustrativo. Las ofensivas sobre los grupos rebeldes ocultos en las montañas, los bombardeos de la Royal Air Force sobre el bosque de Aberdares, que desquiciaban a los elefantes; los juramentos del Mau Mau, la vida miserable en las aldeas-prisión, los campos de detención; y las atrocidades, sugeridas en el texto más que recreadas, en un tiempo y un lugar donde a un lado y al otro se había perdido todo rastro de juicio y compasión, donde el enemigo no era más que un conjunto ordenado de vísceras que había que desordenar, de un modo u otro, para que dejase de funcionar. Me alivió comprobar que Hamish no ocultaba la brutalidad de la represión. Insinuaba, con el margen de libertad tolerado por la línea editorial de su periódico, tales abusos y excesos por parte de las fuerzas leales y coloniales, que pasmaba comprobar cómo el mundo había preferido seleccionar su propia versión, como en aquel ilusorio retablo de las maravillas de Cervantes que todos afirmaban ver para que nadie pusiera en duda la pureza de su sangre. El periodismo es muy sencillo, sentenció una vez mi sabio redactor jefe Guan. Se divide en dos partes: periódico y lector. Si el segundo no quiere leer, ya te puedes romper los huevos a contar historias. Por algo Guan fue el número uno de su promoción.

Aquello me servía de poco para el propósito concreto que me animaba. Eran puros reportajes en tercera persona, ortodoxia informativa. No había reflexión, opinión ni impronta personal. Me ayudaban a conocer al Hamish periodista, honesto y ecuánime. Pero no al Hamish a secas.

Había una excepción a lo anterior, y una muy notable. Uno de los artículos contenía tres páginas completas tachadas. Todo el voluminoso documento estaba sembrado de tachones a máquina y correcciones a mano. Aquella colección de textos parecía cuidadosamente seleccionada, como si Hamish se hubiera tomado su trabajo reuniendo para mí aquella antología con una intención determinada, trascendente o banal, pero con alguna intención que yo desconocía. Las piezas no se ordenaban cronológicamente, pero no era un deslabazado batiburrillo de hojas sueltas o fragmentos incompletos, sino un minucioso repaso periodístico de gran parte de la historia contemporánea de Kenia. Los tachones y las correcciones me sugerían que en todos los casos se trataba de versiones para edición, que Hamish utilizaría para reescribir los artículos en limpio y entregarlos después para su publicación, posiblemente por mediación de la redacción del *East African Standard.* Sin embargo, en ningún otro caso, salvo en aquel artículo, tres páginas enteras habían sido eliminadas en el proceso de edición. Aquello me intrigó, y leí la pieza con detenimiento.

Se trataba de una larga crónica que narraba las matanzas de Lari. Al caer la noche del 26 de marzo de 1953, la pequeña comunidad de Lari, en la reserva kikuyu de las Tierras Altas, sufrió una de las más bestiales atrocidades de aquella guerra, de las que tocan ese supremo listón de la barbarie que ya no se puede superar. Después de alejar del poblado a la Home Guard lealista utilizando un señuelo, cientos de Mau Mau asaltaron las granjas de los kikuyus leales más prominentes, masacrando a sus familias. Dado que muchos de los hombres del pueblo prestaban servicio en la Home Guard y que, además, los kikuyus practican la poligamia, las víctimas fueron sobre todo mujeres y niños. Cercenaron salvajemente sus miembros con machetes, los encerraron en las chozas, muertos o heridos, ataron sogas alrededor para que los cautivos no pudiesen huir por la puerta, prendieron fuego a los tejados de paja de las cabañas y se ocuparon de talar furiosamente la carne de los que trataban de escapar por las ventanas. Según la crónica de Hamish, había niños despedazados y destripados. Una madre superviviente relató haber presenciado el descuartizamiento de sus hijos, y cómo después de decapitar a uno de ellos, los asesinos lamían la sangre de la hoja.

Cuando la Home Guard regresó al poblado, el ataque estaba concluyendo, y en cambio acababa de comenzar una noche larga, confusa y, sobre todo, brutal. Al enfrentarse a la matanza, las fuerzas de la Home Guard, junto con la policía y los colonos blancos de la Kenya Police Reserve, organizaron una batida para perseguir a los asaltantes, lo que se convirtió en una expedición de venganza ciega, en un ojo por ojo enloquecido por la sed de sangre y con igual ensañamiento que el demostrado por sus enemigos. Además de cercar a los terroristas en el bosque, muchos hogares sospechosos de prestar apoyo al Mau Mau fueron devastados, y ninguna vida en ellos fue respetada. Hamish arribó a

Lari a la tarde siguiente. Los fusileros de Lancashire habían emprendido las tareas de recogida de los cuerpos, y sin embargo, en el escenario del holocausto Hamish aún tuvo el horroroso privilegio de contemplar el producto de la barbarie sin maquillajes. En aquel primer momento la información disponible sobre lo ocurrido era tremendamente incierta, y Hamish recorría el paraje asolado y humeante interrogando a cada contingente de hombres que encontraba por el camino, poniendo en riesgo su propia vida, para tratar de unir las piezas y reconstruir la película de la tragedia. Los fusileros afirmaban que los cuerpos de las víctimas del Mau Mau ya habían sido trasladados al depósito, y sin embargo, Hamish halló cadáveres de familias enteras. Incluso llegó a notificarlo a la policía, que no tomó en cuenta su aviso. Hamish llegó entonces a la conclusión de que aquellos cadáveres abandonados pertenecían a los represaliados, lo que encajaba con el hecho de que no yacían dentro de las *bomas*[1] de las granjas, sino en los bosques, a pie de carretera o en las viviendas más humildes.

Incrustadas en la narración de estos espantosos sucesos, las tres páginas eliminadas relataban lo siguiente:

> Otra de las chozas no había ardido completamente, quizá porque el tejado era de chapa ondulada en lugar de paja. Asomé la cabeza al interior por el hueco, y me asaltó un fuerte olor a sangre y a carne quemada. Una familia entera, supuse, yacía muerta, con sus cuerpos amontonados unos sobre otros. Súbitamente, al apartar la vista de aquella horrible escena, me pareció distinguir que uno de los cuerpos aún se movía. Era una mujer gruesa. Sobresaltado, entré en la choza, y entonces descubrí que era imposible. Tendida boca abajo, le habían abierto el abdomen desde la columna vertebral, astillada a golpes de *panga* como el tronco de un árbol. Me disponía a abandonar aquella atrocidad, cuando de nuevo me pareció ver que se movía. Me acerqué y esperé, y volvió a ocurrir. Algo lo estaba moviendo desde debajo. Agarré por los brazos el cadáver de la mujer y tiré de él, apartándolo. Lo que entonces vi me acompañará mientras viva. Una criatura, un bebé de menos de un año, yacía bajo la mujer, desnudo, completamente cu-

1. Empalizada de espino seco que se construye alrededor de un poblado.

bierto de sangre, pero aún vivo. Temblando, me aproximé y lo recogí. Pasé la mano sobre su carita y su cuerpo para retirarle la sangre pastosa. Era una niña y no parecía tener heridas. Cuando la sostuve en mis brazos, movía los ojos de un lado a otro sin mirarme, y sus piernas y brazos se agitaban sin control, como un pequeño autómata. Estuvo así durante un par de minutos. Salí con ella en mis brazos fuera de aquel infierno y la apreté contra mi pecho. De repente me miró muy fijamente y, como si el calor de otro cuerpo la hubiera reanimado, la hubiera sacado del ensimismamiento en que la había sumido una realidad inaceptable, prorrumpió a llorar un llanto desgarrado, ronco, profundo, que le vaciaba los pulmones para llenarlos de nuevo antes de seguir llorando y llorando, como si hubiera guardado dentro todo ese llanto durante aquella noche de sangre y fuego. Lloró sin mesura, sin consuelo. Tenía hambre, sed, sueño y frío. Tenía todas las miserias básicas del ser humano y carecía de todo: una familia, una madre, un techo, algo de cariño. Era el ser humano nacido indefenso a un mundo feroz, nacido por segunda vez, a un mundo que había enloquecido.

No sabía qué hacer con ella. Yo estaba solo allí. Subí a mi camioneta con la niña, la arropé en una manta, y la deposité en el asiento junto a mí. No paraba de llorar. Recordé que llevaba algo de fruta: plátanos, mangos y una piña. No se me ocurrió nada mejor que pelar un plátano, cortar pedazos de mango y piña, masticarlo todo mezclado, y luego dárselo a ella, como hacen los pájaros con sus polluelos. Funcionó. Arranqué la camioneta. No sabía adónde llevarla, pero sí que debía llevarla lejos de allí.

El siguiente párrafo no estaba tachado:

Me dirigí entonces al puesto de policía de Uplands. Había oído que los supervivientes de la masacre se estaban congregando allí. Cuando llegué, el lugar ofrecía un aspecto desolador. La estación estaba atestada de gente sangrando, llorando, gritando, abrazándose, y detrás del edificio, como una procesión de almas en pena, los ilesos y los heridos ya curados se iban aglomerando en un campamento de emergencia. En un descampado más allá de los calabozos, a la vista de los supervivientes, habían levantado un cercado de postes y alambre de espino. Dentro, como si fueran cabezas de ganado, habían embutido a una multitud de hombres. No tenían un techo donde cobijarse o un lugar donde dormir. Pregunté qué era aquello y me explicaron que allí metían a los sospechosos de pertenecer al Mau Mau.

De nuevo, lo siguiente había sido tachado:

Era un lugar terrible e inhóspito para un bebé huérfano. Regresé a la camioneta y conduje hasta el puesto de policía de Escarpment, que quedaba a unos seis kilómetros. En Escarpment los hombres iban y venían, pero el lugar se veía más tranquilo y despejado. En la estación de policía pregunté a un agente, y me dirigió a un despacho. Dentro, un hombre blanco sentado detrás de un escritorio revisaba unos papeles con gran nerviosismo. Me presenté y le dije que estaba buscando un lugar seguro para dejar a aquella niña, que había sobrevivido a la matanza. «Todos los supervivientes deben ir a Uplands. Aquí no podemos hacernos cargo de ella», respondió sin mirarme. Le expliqué que venía de allí, que en Uplands reinaba el caos y que allí el bebé moriría por desatención, que lo había rescatado de entre sus familiares muertos, y que no tenía a nadie en el mundo. Levantó la vista de sus papeles y miró a la niña. «¿Que la ha rescatado usted ahora? Ah, ¿entonces es una Mickey?», preguntó, utilizando el mote que las fuerzas coloniales dan a los Mau Mau. «Es sólo un bebé», respondí. «Pero puede que ya esté juramentada. Si la han contaminado, ya no tiene remedio, eso es como una enfermedad. Y si los Mickeys se enteran de que está aquí... En fin, no creo que todavía sea muy peligrosa. Déjela por ahí y veremos qué podemos hacer», dijo.

Miré alrededor. En una esquina había una silla de montar. La agarré, la puse sobre el suelo del revés, y con la manta le hice una camita, arropándola después. Me miraba en silencio muy fijamente con sus grandes ojos, mordiéndose el labio inferior. Entonces sacó una mano de debajo de la manta y comenzó a chuparse dos dedos, el índice y el corazón. «Yo no puedo encargarme de ti. No sabría qué hacer contigo», le susurré. Con un nudo en la garganta, apenas articulé una palabra para despedirme del policía, y salí corriendo de la estación, dispuesto a regresar a Lari para seguir cumpliendo con mi trabajo. Al dirigirme a la camioneta, pasé por delante de una ventana. Oí que alguien dentro exclamaba: «¡Joder!». Miré al interior a través de la ventana. Era el despacho donde había dejado a la niña. Ella había abandonado su improvisada cuna, gateaba desnuda por la habitación y se estaba haciendo pis en el suelo. El policía la miraba disgustado, sin levantarse de su silla. De repente un único pensamiento se había adueñado de mi mente, anulando todo lo demás: cuando tienes a un bebé entre tus brazos, y él sólo te tiene a ti, eres Dios. De una simple decisión tuya depende su vida entera, todo su destino. Corrí de vuelta al interior del despacho y, sin decir una palabra, tomé a la niña en mis brazos y me la llevé de allí. El policía ni siquiera me dirigió una mirada.

Eso era todo. La crónica, fechada tres días después de los sucesos, continuaba después con más detalles sobre las consecuencias de las matanzas, y cómo aquello amenazaba con convertir lo que hasta entonces había sido un violento rifirrafe de escaramuzas en la selva, en una guerra abierta en todos los frentes. Me pregunté si la eliminación de aquellas páginas obedecía a criterios editoriales, a un rutinario ajuste de espacio, o a algo más. La historia de la niña mostraba la cara humana de la represión colonial, movía a la compasión por una criatura que, presumiblemente, pertenecía al bando que los medios de entonces se obstinaban en presentar como el único responsable de las atrocidades, al tiempo que deshumanizaba a la policía colonial, indiferente ante la víctima más vulnerable de la guerra de sus padres. Supuse que eran razones suficientes para censurar aquellas páginas. Pero además, había una peculiaridad en aquellas líneas que las distinguía del resto. Una narración en primera persona, una implicación afectiva de Hamish en la historia que le convertía en protagonista, de los hechos y de la vida de alguien que no podía defenderse de los horrores de la guerra. Yo sabía que Hamish era un buen tipo. Me pregunté qué habría sido de la niña, y me desperté con esos mismos pensamientos. Las páginas habían caído al suelo y, sin darme cuenta, me había quedado dormido durante media hora. Recogí los papeles y descendí por la vereda que llevaba a mi habitación.

35

EL *KIBOKO* TUNDIDO

Pius Ole Toroge contemplaba la foto alzándola con ambas manos, como si la estuviera consagrando, tan gravemente concentrando su vista en ella que recordaba a uno de esos magos que doblan cucharas, y pensé que en cualquier momento el pedazo de papel rompería a arder, o nos la devolvería borrada a fuerza de mirarla con tanto ahínco. Fruncía el ceño y no parecía que la expresión de su semblante estuviera a punto de emitir un veredicto. Le invité a salir al patio para que la examinara a la luz del día, le ofrecí los prismáticos y le enseñé a usarlos como lupa rudimentaria. Tuve la impresión de que su gesto se iba decantando. Cerca de nosotros, el mismo joven de lóbulos abiertos del día anterior trabajaba en los órganos internos de una vieja tartana. Pius se acercó a él, le dijo algo, le mostró la foto y entre ambos se apañaron colocando los binoculares y pasándolos de uno a otro mientras intercambiaban comentarios. Supuse que el joven era hijo suyo, y que también había conocido a Bwana Boston. A la primera sacudida de cabeza por parte de uno siguió otra por parte del otro, y por fin al cabo de un par de minutos, ambos sacudían sus cabezas. Pius regresó entonces a mí, y tendiéndome la foto, sentenció en inglés:

–Éste no Bwana Boston. No Bwana Boston.

Detrás de mí, Delsey y Ken jalearon la declaración de Pius. Yo insistí:

–¿No Bwana Boston?

–*Ndiyo, ndiyo*. –Yo había aprendido que esto significaba «sí» en swahili, y por tanto la respuesta me parecía confusa.

–*Ndiyo? Ndiyo* Bwana Boston?

–*Hapana* –es decir, no. Yo no sabía si Pius me estaba tomando el pelo. Afortunadamente, Ken acudió en mi rescate y me impartió una rápida lección semántica. *Ndiyo* en swahili debería traducirse literalmente como «en efecto», o «es como tú dices». De este modo, a la pregunta «¿no Bwana Boston?», la respuesta correcta es «*ndiyo*», o sea, «en efecto, no Bwana Boston». Comprendido el matiz, me giré para dar las gracias a Pius, y comprobamos que había desaparecido. Encogimos los hombros, saludamos al joven con un movimiento de mano y un «*kwaheri!*»[1], y ya nos encaminábamos hacia nuestro coche cuando Pius nos interceptó. Llevaba una caja de cartón bajo el brazo, que me presentó con orgullo.

–Éste Bwana Boston –anunció.

Abrí la caja. Para mi sorpresa, estaba atiborrada de fotos de caza en las que un joven Pius posaba detrás de diferentes animales abatidos, en compañía de otras personas. Siempre, junto a él, un hombre maduro, delgado, alto y con el cabello claro retirado hacia la cumbre de su testa. El dedo de Pius me lo señaló. Tenía un corte de cara semejante al de Hamish, es decir, no se parecía en nada, pero ambos hubieran salvado el tamiz de una descripción como la que yo había escrito para el *Standard*. Recordé además el tópico sobre el reconocimiento de rostros de otras razas, y me figuré que para Pius todos los blancos éramos iguales, como las botellas de leche.

Me reí con ganas. Satisfechos, nos despedimos de Pius y trepamos al coche. Mientras Ken arrancaba el motor, yo aún no había logrado detener mi resorte de la risa.

–¿Y no podíamos haber empezado por ahí?

–Negativo, tío –replicó Ken, divertido–. Tú no le preguntaste si tenía una foto de Boston. Sólo le pediste que mirara la tuya. Los *wazungu* sois demasiado complicados. Aprende a pensar en africano, tío.

–¿Y para qué te tengo a ti?

Nuestro regreso a Nairobi estuvo presidido por un humor flemático que era la suma de sentimientos contrapuestos, como la pugna febril

1. «Adiós.»

entre dos equipos que tiran de la cuerda en direcciones contrarias, sólo para que la cuerda no se mueva un milímetro. Estábamos donde estuvimos. Le habíamos devuelto la vida a Hamish, o al menos le habíamos arrancado de entre los muertos, de la árida tumba de Boston Shark. Y sin embargo, esto no era más que recuperar nuestra hipótesis inicial, un deseo más que una evidencia: que Hamish estaba vivo. Nuestra vuelta a la ciudad era un retorno a la casilla de salida con el marcador a cero. No disponíamos de ningún indicio, salvo el vago relato de un errante vendedor de jabones que vivía a casi setecientos kilómetros en otro país, y una foto antigua y deteriorada, pero nadie a quien enseñarla, salvo el errante vendedor de jabones, quien si acaso nos podría confirmar que a mi abuelo lo llamaban «Señor Violín» y que vivió en algún momento histórico incierto en algún lugar de una región de mayor tamaño que Andalucía. En resumen, volvíamos al punto de partida, como la noche que desembarcamos del avión, aunque con las suelas más desgastadas. La situación no era precisamente una inyección de vitaminas para reemprender la búsqueda pletóricos de coraje. Pero si faltaba el ánimo, al menos había que fingirlo, y simular un bullir de actividad en días, quizá semanas, que se preveían tediosos, hasta que surgiera una nueva pista tan irresistible como la de Boston Shark.

Paramos en el Norfolk a comprobar el correo. Uno de nuestros ya familiares conserjes me entregó un sobre grande y marrón, que contenía dos escuetas notas apuntadas por él mismo. Una de ellas era una llamada de mi madre. La otra era de Makena. Estaba de vuelta en Nairobi, y me pedía que la llamara. Aquello era muy alarmante, dado que su plan era quedarse como mínimo una semana con su madre. Sólo podían ser malas noticias. La telefoneé desde allí mismo.

–¡Hola, preciosa! ¿Ha pasado algo malo?

–Sí, Curro, ha pasado. –Su voz sonaba quejumbrosa–. Pero no te preocupes, yo estoy bien. Ha sido el Victoria. Lo han... destrozado.

–¡Oh, no!

–Ayer bajé a Nyeri para llamar a Abraham. Me había pedido que le llamara para decirle que había llegado bien. Ya sabes, es como un padre para nosotras. –Intuí una sonrisa a través de la línea–. Me contó que la noche anterior, cuando fue a abrir el local, se lo encontró destrozado.

Lo hicieron cuando estaba cerrado, así que por lo menos no hubo heridos.

–¿Y los *askaris*? ¿No estaban ahora las veinticuatro horas allí?

–Estaban. Volaron. Y Abraham no ha podido localizarlos. Hasta es posible que lo hicieran ellos. Regresé ayer mismo, y por la noche fui con Abraham allí. Oh, Curro, tendrías que verlo. Es horrible. No han dejado nada en pie, nada intacto.

–¿Lo habéis denunciado a la policía?

–Sí, Abraham ya lo ha hecho. Pero no confía en que sirva de nada.

–¿Y los medios? ¿Habéis hablado con algún periodista?

–No, todavía no, que yo sepa.

–Mak, Ken está conmigo. Voy a contarle la historia, y mañana por la mañana, si te parece bien, nos pasamos por el Victoria. Sería bueno que Abraham estuviera allí para recoger su testimonio. A veces una denuncia en un periódico es más eficaz que en la comisaría, y seguro que Ken nos consigue un buen hueco.

–¡Ah, pues qué bien! Gracias, Curro, eres un sol. ¿Estás seguro de que a Ken no le molestará?

–¿Tratándose de ti? En cuanto se lo diga, tendré que inyectarle tranquilizantes para que aguante hasta mañana por la mañana.

–¡Ja, ja! Pues vas a tener que darle una sobredosis, porque no podrá ser por la mañana. Abraham es pájaro nocturno. Hasta después del almuerzo nunca sale de casa.

–¿A las cinco es buena hora?

–Perfecta.

Como yo esperaba, bastó pronunciarle a Ken el nombre de Makena para que su organismo perdiera la regulación metabólica. Le faltó tiempo para prometerme un titular en primera página, lo que no estaba en su mano. Sin embargo, había algo que no le cuadraba.

–Pero entonces, ¿qué es lo que han destrozado? ¿La consulta?

–No, es un bar. Es... Bueno, mañana te lo explicaré todo.

Le apunté la dirección, acordamos encontrarnos allí a las cinco del día siguiente y finalmente nos acompañó al hotel Fairview, recomendado por su cuñado y que reunía el perfil ideal de lo que necesitábamos entonces: irrenunciablemente céntrico, sosegado, con esa atmósfera rústico-anglicana a lo Miss Marple que a Delsey le había deleitado en el Norfolk, y menos lesivo que éste para mi maltrecha tarjeta de crédito, que a fuerza de sufrir los mordiscos de tanto aparato lector parecía ya devorada por las hienas, como aquel cartel.

Holgazaneamos el resto de la tarde en la desahogada terraza del jardín del hotel, bebiendo cerveza, fumando y hablando en español, y allí le conté a Delsey lo de Bwana Fidla, y la historia de Lari y de la niña. El desenlace le llenó de satisfacción, y exclamó:

–¡Ése sí es Hamish! ¡El caballero de la brillante armadura!

Reflexioné un momento admirando la tarde a su luz más favorecedora, la del prisma ambarino de mi vaso de Tusker, y le desafié:

–¿Apostaría usted a que podría adivinar qué hizo Hamish finalmente con la niña?

–Estoy seguro: hizo lo mejor para la criatura.

–¿Y qué cree que pudo ser?

–Asegurarse de apartarla para siempre de la guerra.

Delsey se retiró temprano. Yo pasé un momento por mi habitación y me senté de nuevo en la terraza delante de los folios de Hamish, convencido de que allí debían ocultarse más claves que las que hasta entonces había sido capaz de rescatar. Pedí otro medio litro de Tusker y comencé a volver hojas. De repente me saltó a los ojos un titular que ya había leído antes:

HISTORIC TREETOPS DESTROYED BY RAGING BLAZE

Era el artículo sobre el incendio del hotel Treetops, en el bosque de Aberdares, provocado por el Mau Mau. Recordé que Hamish hacía referencia a una ocasión anterior en que había visitado el hotel y que yo había relacionado este dato con otro pasaje del documento en el que relataba una excursión a un *lodge* en la selva. En esos lugares era habitual que los huéspedes dejaran testimonio de su estancia escribiendo su nombre y procedencia en el libro de visitas, y en consecuencia era probable que la firma de Hamish apareciera en algún lugar entre los cientos de páginas de los archivos del Treetops antes de la destrucción del hotel el 26 de mayo de 1954. Releyendo el artículo, recordé que en el momento del siniestro el *lodge* estaba clausurado por motivos de seguridad desde julio del 53.

Después de rebuscar entre los folios, localicé por fin la narración de esa excursión. En efecto, se trataba del Treetops. Hamish describía una divertida y disparatada noche que resucitaba el espíritu frívolo de los años de entreguerras, en un momento en que la violencia del Mau Mau marcaba el fin de una época a golpe de machete. A la hora del té, el cazador de guardia explicó a sus doce huéspedes dos anécdotas verídicas que habían ocurrido allí en los primeros años del Treetops, antes de que la visita de la princesa Isabel y la coincidencia de la muerte de su padre situaran a la pequeña casa del árbol bajo los flashes de la prensa mundial. Ambos sucesos tuvieron como protagonistas a sendas mujeres, que en momentos diferentes tuvieron caprichos similares: descolgarse por una soga desde el balcón del Treetops hasta las proximidades del culo de un elefante que, ajeno a los propósitos de los humanos juguetones, pastaba pacíficamente justo debajo de la plataforma. Diferían en la intención: una deseaba pegarle un sello en los cuartos traseros, y a la otra se le antojó firmar en la misma parte con una tiza adosada a un taco de billar. Ninguna de las dos misiones alcanzó el éxito esperado. Hamish contaba cómo, al oír estas historias, una señorita del grupo, célebre por sus costumbres liberales, confesó que siempre había deseado admirar de cerca los genitales de un elefante macho, y que quería que la descolgaran como a sus ilustres predecesoras para satisfacer su curiosidad científica. Como era de esperar, el cazador se negó, aduciendo que ya no se hacían tales cosas en el Treetops, a lo que la citada señorita reaccionó con indignación, vociferando y amenazando con denunciar al establecimiento por servicio deficiente. Finalmente, para compensar su frustración, la dama se conformó con admirar los genitales de otro compañero de grupo, lo que hizo con tan honda y profunda admiración que sus berridos, a través de los débiles tabiques de tallos de papiro y de las fachadas de madera del Treetops, espantaron a toda la fauna circundante desde allí al monte Kenia, incluyendo a otra pareja de visitantes recién llegados de Inglaterra, un pastor anglicano y su esposa, que cenaban en la sala con la espalda tiesa sin echar cuenta a la bravía manifestación de bienestar animal.

El artículo no estaba fechado, seguramente porque Hamish nunca pretendió publicarlo, pero la mención a la visita real lo situaba después del 5 de febrero de 1952. Por lo tanto, Hamish estuvo en el Treetops entre febrero del 52 y julio del 53. Bien, aquello acotaba la búsqueda, y quizás incluso hacía que mereciera la pena desplazarse allí. Al fin y al cabo, Nyeri fue nuestra primera idea, la ciudad de origen de las cartas de Hamish, y la primera idea siempre es la mejor. De no haber sido por seguir el rastro de Cordelia que nos condujo a la pista falsa de Boston Shark, nos habríamos centrado en ese lugar desde el primer momento. Decidí que, en cuanto hubiéramos prestado a Makena la ayuda que necesitaba, partiríamos hacia Nyeri. Por la mañana llamaría a Ken para que su cuñado nos reservara alojamiento en el Outspan, el hotel de base del Treetops.

Siendo yo un enemigo declarado del teléfono, como ya expuse, me avergonzaba cómo había llegado a depender del maldito aparato durante aquellas semanas en Kenia. A la mañana siguiente, antes incluso de desayunar, no pude resistir el llamado del llamador, e hice cuatro llamadas, cuatro. La primera fue a mi madre. Le dicté un informe del estado de nuestra búsqueda que era un insulto a la realidad, pero que llenaba de optimismo al más pintado, incluso a mí, y le resumí el episodio de la niña de Lari. Esto último, con el único objetivo de reforzar la idea de que Hamish era un buen tipo y de armarla con argumentos para que fuera convenciendo a mi padre de esta teoría.

Colgué, descolgué y marqué el número del *Standard*, con intención de pedirle a Ken que su cuñado nos gestionara un coche de alquiler y esa reserva en el Outspan: dos habitaciones para los tres, como en Masai Mara, si Ken podía y quería tomarse vacaciones, desde la noche del día siguiente y al menos por tres noches. En el periódico me ratificaron que, efectivamente, Ken podía y quería tomarse vacaciones, y que de hecho las había tomado aquel día. Me pregunté cuándo trabajaba ese hombre.

Colgué, descolgué y marqué el número de su casa. Me atendió su madre, una señora tan adorable y locuaz por teléfono que no me costaba entender cómo había practicado un tercer grado con guante de seda a todos los comunicantes que llamaron por lo del anuncio. Le agradecí su colaboración, charlamos un rato, me informó de alguna respuesta más a nuestra plegaria pública, y entonces le pedí hablar con Ken. No estaba. Al parecer, por la mañana temprano había recibido una llamada de un amigo. Ken se había entusiasmado mucho por algo que éste le había contado, había agarrado sus bártulos y había salido corriendo de casa, gritando que tenía una gran historia para el periódico, la gran historia de su vida, decía, algo que podía cambiar el rumbo del país. No había detallado más, y la había dejado tan intrigada como ella me dejó a mí, pero además con la preocupación irreproducible de una madre. Antes de despedirme, le pedí el número del cuñado, el de la agencia.

Colgué, descolgué y marqué el número del cuñado. Desde luego no era sangre de Ken, si es que era sangre de algún grupo humano reconocible. Con parsimoniosa panfilez pavisosa se apuntó el encargo y quedó en confirmarme las reservas más tarde, lo que hizo antes de que tomáramos nuestro taxi al Victoria Station.

A las seis aún esperábamos a Ken sentados sobre las tripas de guata brotando del escay rajado. Detrás de nosotros, los golpes de hacha o de machete habían causado tantas bajas en la carcoma, lo único que antes mantenía la integridad física de los paneles de madera, que éstos se habían descompuesto espontáneamente. Las fotos de escenas londinenses de las paredes habían dejado por fin descansar en paz a los muertos retratados en ellas, y el terciopelo rojo había tenido la fortuna de quedar lo suficientemente dañado para asegurar que jamás se le obligara a tapizar otra pared. Delante, la barra de madera de féretro astillada en mil pedazos había criado una prole de mil pequeños ataúdes, como la escoba del aprendiz de brujo; las botellas de los estantes habían liberado toda una añada de residuos tóxicos caducados, y los espejos detrás de los estantes habían sido por fin indultados de reflejar semejante estampa, que ya llevaban grabada en su escaso azogue como esas viejas pantallas de ordenador de fósforo verde donde, a fuerza del uso, las letras se leían incluso cuando estaban apagadas. De no haber sido por el factor sentimental que me ligaba a Makena, y por la imagen afligida del pobre Abraham, habría declarado que aquella reforma radical era lo mejor que le hubiera podido suceder al Victoria Station.

–Se habrá entretenido con ese reportaje... –aventuró Delsey.

–No vamos a esperarle más –resolví–. Se nos va la luz. Yo también soy periodista, y he traído mi cámara. Haré el trabajo de campo, y luego le pasaré la información para que él escriba el artículo.

Lo de la luz era un pretexto. Algo tenía la configuración del local que repelía la luz natural como un pato vampiro, así que las fotos allí dentro debían tomarse con flash, igual en día radiante que en noche sin luna. Simplemente, no me sentía tan tranquilo con la rara demora de Ken como quería aparentar, y trataba de evitar que los demás se contagiaran de mi inquietud. Por grande que fuera la historia que perseguía Ken aquel día, me extrañaba que dejara pasar una oportunidad de impresionar a Makena. Incluso si esa impresión hubiera sido tan nefasta como la de su último encuentro con ella, Ken no me parecía la clase de tipo que hubiera antepuesto su sentido del ridículo a su profesionalidad.

Tomé fotos de los destrozos y de Abraham con su traje blanco, que me descompensaba el balance de la luz en el encuadre. Luego me detalló lo que había encontrado al abrir el local la tarde del suceso, me refirió sus sospechas, la breve y turbia relación con la agencia de *escorts*, y me facilitó toda la información de contexto que le pedí. Así dimos por concluido el trabajo. Antes de marcharnos, Delsey charlaba con Abraham, momento que aproveché para hablar con Makena. No perdía su sonrisa torpedeante, pero sus ojos se veían marchitos, como si los vándalos que arrasaron el local le hubieran inoculado también un virus de melancolía.

–¿Qué harás ahora?

–Todavía no lo sé… Tengo que pensar en todo esto. De momento me quedaré en casa hasta que todo se calme, allí estoy segura, y luego me iré unos días con mi madre, como tenía pensado. No sé… Abraham dice que se marcha, que está cansado de esto. Él es de Likoni, eso está en la costa, junto a Mombasa. Su familia tiene allí un pequeño negocio de pesca. Dice que tal vez, si las cosas le van bien, quizá se anime a montar un Victoria Station allí. ¡O un Victoria Harbour, o lo que sea! Algunas de las chicas se marcharían con él. Un cambio de aires, ya sabes. El mar, la playa, las palmeras… Pero yo no me veo, la verdad. No lo sé. Quizás ha llegado el momento de cambiar de vida. Ya sabes…

Por suerte tengo dinero y no tengo que preocuparme de buscar un trabajo, pero el dinero se acaba, y tampoco me gustaría estar sin hacer nada. Eso es lo peor, no hacer nada… Me había acostumbrado a que las cosas eran como eran, y ya está. Ahora tengo que decidir, pero para hacer cosas nuevas hay que tener ilusiones. Yo no tengo ilusiones. No sé hacer otra cosa más que esto. Y no puedo formar una familia.

–Claro que sí. Podrías adoptar un niño. Serías una madre estupenda.

–¡Bah, eso lo dices por decir!

–Una vez leí que, cuando tienes un bebé en tus brazos, y él sólo te tiene a ti, eres Dios. Desde que te conocí he pensado que no eres de este mundo. Me refiero a *este*… mundo. –Giré la cabeza señalando el tugurio devastado–. Te mereces algo mejor. Y hay por ahí muchos niños que se merecen algún dios de brazos suaves. Fíjate, cuando Ken te conoció, dijo que eras una diosa.

–Ah, ¿sí? –Bajó la mirada, satisfecha, y parecía que saboreaba aquel cumplido, que de repente se fundió en un recuerdo–. ¿Sabes? Cuando estuve en el hospital, por aquello que te conté… Una vez que ya pude levantarme, me gustaba acompañar a la hermana Annie cuando hacía la ronda a los bebés. Algunos de aquellos bebés no tenían madre. Ella me decía que no era lo mismo tener un hijo que ser madre; que tener un hijo es sólo mecánica, y que ser madre es otra cosa. Ella no había tenido hijos, pero se sentía madre de todos aquellos bebés huérfanos.

–Tenía mucha razón.

Regresamos al Fairview después de la anochecida. En casa de Ken nadie respondió al teléfono. Disimulé mi desazón con Delsey aceptando su propuesta de tomar una cerveza antes de cenar, aunque mi mente no estaba centrada en las desventuras del Victoria Station, ni en el local londinense donde Abraham tocaba el piano cuando era joven y que Delsey había frecuentado en cierta época. Ken había sentenciado que en Kenia hay que mirar dónde se pone el pie antes de pisar. Tuve el presentimiento de que se había metido en algún lío por no haber respetado su propio consejo.

Delsey acogió con entusiasmo mi decisión de trasladarnos a Nyeri. Nairobi ya le abotargaba, se quejó, y cualquier paso en alguna dirección era un paso que nos conduciría hacia Hamish. Había llegado a confiar ciegamente en mí. Ni siquiera me preguntó si había un motivo sustancioso para ese viaje.

No supe de Ken hasta la mañana siguiente. Llamé de nuevo a su casa y me cogió el teléfono una de sus hermanas. Cuando le expliqué quién era, su voz sonó lóbrega. Supe que algo funesto había ocurrido.

–Ken está en el hospital de Nairobi.

–Pero ¿qué ha pasado?

–Ayer fue al aeropuerto a cubrir una noticia, la muerte de ese político. Dice que la policía le apresó ilegalmente. Le vendaron los ojos, le llevaron a un lugar desconocido y le pegaron una paliza brutal. Luego no recuerda más, hasta que en mitad de la noche despertó tirado en una cuneta a las afueras, en la carretera de Mombasa. Pudo haberse muerto allí, el pobrecito, en una sucia cuneta, porque no podía ni moverse. En Nairobi ningún conductor se atreve a curiosear en una cuneta por la noche. Y si hubiera pasado la policía, habría sido peor aún. Tuvo muchísima suerte porque pasó por allí la única persona que se hubiera atrevido a parar: un cura. Lo vio desde el coche, lo recogió y lo llevó al hospital. Dice que el cura se portó muy bien con él, aunque pensaba que era un delincuente. Ken no podía demostrar quién era porque la policía le había robado toda su documentación.

–¡Qué horror! ¿Cómo está?

–Magullado. Roto. Aterrorizado. Pero vivo y consciente. Y contento de estar vivo. Muy animado, ya sabes cómo es él. Dicen los médicos que está fuera de peligro. Que en un par de días podrá volver a casa, aunque tendrá que guardar mucho reposo y hacer mucha rehabilitación.

Dos horas después abríamos una puerta para descubrir a Ken, enjaulado en un caparazón de escayola de cuello alto y pintado de manchas de colores. Parecía una tortuga atropellada por el tren. Toda su familia estaba allí, y a pesar de su estado, él actuaba de maestro de ceremonias. Cuando nos vio aparecer, exclamó con voz quebrada:

–¡Mira, mamá! Vienen a entrevistarme de los medios extranjeros. Por fin vas a tener un hijo famoso, y sin matarme a correr en los Juegos Olímpicos.

La madre de Ken nos saludó con cariño y luego evacuó a todo el mundo de la sala. Le aseguré que no debían hacer aquello por nosotros, pero supuse que era una demostración de cortesía, y no insistí.

–Pero ¿qué te han hecho, muchacho? –clamó Delsey.

–¿Cómo estás, Twokay?

–Pues ya veis, hermanos. De qué me quejo, si me han hecho un traje nuevo. Pero debajo de todo este disfraz de enfermo, estoy estupendo. Tres costillas rotas, fisura de húmero, fracturas de tibia y peroné, rotura del tabique nasal, esguince de cervicales, y tantas magulladuras que mi cuerpo parece una pera pocha. Creo que mi diagnóstico lo van a publicar por entregas en la revista de traumatología. Yo no puedo verlo, pero mi madre me ha asegurado que conservo todos los dedos. Claro que todavía necesito a alguien que me compruebe los testículos. Eso no se le puede pedir a una madre.

–Miraré a ver si se me ocurre algún candidato –sugerí–. Creo que tenías una novia, ¿no? ¿Quién mejor que ella?

Desplegué un rollo que habíamos traído para él. Era un póster de Naomi Campbell, posando postrada en una playa postalera, brillando su biquini blanco glacial de glamuroso glasé glaseado sobre su piel aceitunada y aceitada.

–Vaya, gracias por el detalle, tíos. –Tomó el póster, lo miró y lo enrolló de nuevo con su brazo ileso–. Pero para ser sincero, hubiera preferido uno de tu amiga Makena.

–Me lo figuro, pero no encontramos ninguno. Así que hicimos algo mejor.

Le hice una seña a Delsey, él abrió la puerta y Makena entró en la habitación arreglada como ella sabía, como una *starlette* de las que alegraban la vista a los soldados heridos en el frente. Yo temía que su presencia pudiera ser perjudicial para la tensión sanguínea de Ken, pero ella había insistido en acompañarnos a visitarlo cuando le pedí ayuda para encontrar una tienda donde comprar el póster. Y la verdad, le estaba tomando afición a mi papel de alcahuete. En cuanto Ken la vio irrumpir, arrojó el póster contra un rincón.

–No hace falta que lo escondas. Yo los ayudé a comprarlo –rió Makena.

–Ma... Makena... Si... si... siento lo de ayer. No pude...

–Ya lo sé, estabas ocupado sufriendo torturas. Pobrecito, cómo te han dejado.

–¿Cómo ocurrió, Ken? –indagué.

Aspiró para anegar de oxígeno su jaula de escayola y, pasando la mano por su armadura torácica, comenzó a hablar con paso lento, tomando aire cada poco.

–Ayer temprano me llamó mi amigo Sam Ngethe, el de aeropuertos, vosotros le conocéis. Me dio un soplo increíble, tío, increíble. A su regreso de Londres en el vuelo de la mañana, Masinde Muliro acababa de morir en el mismo aeropuerto, aparentemente de un infarto, y Sam lo había visto todo con sus propios ojos, apenas unos minutos antes. Masinde Muliro ha sido un importante político de la oposición al régimen de Moi, fue clave en el proceso de apertura al multipartidismo, era vicepresidente del FORD hasta hace unos días, cuando el partido se escindió en dos facciones, como ya te predije el día que nos conocimos. Es posible que la muerte haya sido natural, pero es jodidamente raro que se haya producido justo ahora, cuando se acercan las elecciones y la oposición comienza a debilitarse, como quería Moi. Pero ahí no acaba todo. ¡Por si fuera poco, en el mismo avión viajaba nada menos que Nicholas Biwott, el antiguo ministro de Energía que ha instigado la violencia étnica para enrarecer el clima electoral, el mismo sospechoso de estar implicado en el asesinato del ministro de Exteriores Ouko! ¡Esto podía ser un bombazo! ¡Ouch! –El entusiasmo le movió alguna pieza rota–. Sam me dijo que la noticia todavía no había trascendido, y me ofreció colarme en la zona restringida del aeropuerto para que pudiera fisgonear un poco por allí. ¡Era la historia del año, o de la década, y aún no lo sabía nadie más que yo! ¡Podía ser mi Watergate, la historia que lanzara mi carrera! Cogí el coche de mi padre y conduje al aeropuerto lo más rápido que pude, que como ya sabéis, es mucho. Allí me esperaba Sam. El trato era que él me colaba, pero después tenía que buscarme la vida por mi cuenta. Él no podía comprometerse. Así que empecé a husmear por pasillos y salas. Creo que me dejé llevar por un cierto complejo de espía, porque agarré una escoba y una gorra que encontré por allí. Había mucha agitación, gente corriendo de un lado a otro, y mucha policía. De repente, me interceptaron dos tipos y me pidieron que me identificara, cosa que ellos no hicieron. Parece ser que no les gustaron mis respuestas, así que me encerraron en un cuarto sin ventanas, me registraron y me quitaron todo lo que llevaba encima. Entonces uno de los dos vio mi carnet de prensa y dijo: «Es un puto periodista». Pero lo peor fue cuando el otro reconoció mi nombre. Le dijo a su compañero: «¡Kennedy Kamaru! Eh, ¿no era éste el payaso que se reía de nosotros en el artículo sobre ese extranjero que se mató? ¡Pues ya no te vas a reír más, amigo!». Por favor, no habléis de esto a mi familia. A ellos les he contado que fue por meterme donde no debía; no les he dicho que ha sido por lo de aquel artículo. Bueno, pues en ese momento pensé que iban a matarme. Uno me encañonó con una pistola, y el otro me pegó dos puñetazos en la boca del estómago. No podía respirar. Me esposaron y me llevaron por pasillos de servicio hasta un aparcamiento. Del maletero de un coche sacaron un rollo de cinta adhesiva y una capucha. Me taparon la boca, me pusieron la capucha en la cabeza y me la ataron alrededor del cuello con cinta. Me tiraron, supuse que al interior del maletero, y me ataron los tobillos. No sé cuánto duró el viaje. Era increíble, porque podía oír el tráfico a mi alrededor, las bocinas de los coches, incluso a los vendedores de la Uhuru, pero no podía moverme ni gritar. Me parecía increíble que yo estuviera allí encerrado, y que a pocos centímetros de mí el mundo siguiera andando como siempre, porque os juro que entonces pensaba que me iban a matar. Por fin el coche se detuvo, me sacaron de allí y me desataron los tobillos. Caminé hasta algún lugar, me arrojaron al suelo, me quitaron la capucha y me desnudaron. Estaba en una celda oscura e inundada, y supe que aquello era Nyayo House. Intenté levantarme, y entonces apareció un tipo con una manguera y me disparó un chorro de agua helada que me estampó contra la pared. Cerraron la puerta, y allí me quedé. No sé cuántas horas pasaron. No había nadie más conmigo. No podía ni sentarme, porque el agua era gélida. Al fin regresaron los dos tipos. Uno llevaba una porra y el otro una barra de hierro. Y... bueno... El resto lo podéis imaginar. No me hicieron una sola pregunta. Durante toda la paliza no abrieron la boca. Yo gritaba y gritaba: «¿Qué queréis de mí? ¿Qué queréis que os diga?». Pero no abrieron la boca. Cuando terminaron, me metieron en un ascensor. Era ya de noche y el edificio estaba oscuro y vacío. Me subieron al piso veinticuatro, me sacaron del ascensor, me acercaron al borde de la azotea agarrándome por debajo de los brazos, y uno de ellos dijo: «No te preocupes, Kamaru, en unos minutos ya serás libre». Pensé que ahí se acababa todo. Entonces sentí un golpe en la cabeza, y ya no recuerdo más. Desperté en una cuneta, con un dolor insoportable, desnudo, sediento, tiritando, y con la sensación de tener todo el cuerpo roto. No me atrevía ni a levantar un brazo, por el dolor, y por el miedo al dolor, y por el miedo a ver de repente que me faltaba algún dedo, o la mano entera. Así estuve esperando a que alguien se apiadara de mí, hasta que paró ese cura. Le debo la vida. El padre Mathenge, se llamaba. Le debo la vida. El tipo creía que yo era un delincuente, yo estaba desnudo y me habían robado todas mis pertenencias, incluida mi documentación. Yo le decía, o trataba de decirle, que era periodista del *Standard*. No sé si no me entendía o no me creía, pero me soltó un sermón sobre los peligros de la delincuencia y de las drogas. Qué huevos. Pensó que era un delincuente drogadicto y medio muerto y, aun así, me recogió, me dio una manta, me dejó algo de dinero y no se separó de mí hasta que me ingresaron de urgencia. Qué tío, qué huevos. Le debo la vida y no sé nada más de él. El padre Mathenge… Y eso fue todo. Qué degradante, hermanos. Qué impotencia, qué indefensión. –El hilo de voz se le perdió en un gemido, pero intuí que no quería llorar delante de Makena. Carraspeó, aspiró aire y prosiguió–: Pero si os digo la verdad, aparte del dolor y de este molesto traje de yeso que no me deja ni moverme, lo que siento ahora sobre todo es una inmensa alegría. Una inmensa alegría de estar vivo. De estar vivo y libre.

Dio por concluido su relato. Los tres nos revolvimos y suspiramos para disipar la tensión acumulada durante la narración.

–¡No hay derecho, qué atrocidad, cómo se puede permitir algo así! –se lamentaba Delsey–. ¿Y llevaban sus rostros descubiertos? ¿Tú podrías reconocerlos?

–La manera como se comportaban… La sensación era de total impunidad. Simplemente, se divirtieron un rato. No necesitaban cubrirse la cara porque para ellos era inconcebible que yo pudiera representar alguna amenaza. Como si estuvieran golpeando a un animal. Creo que a esto le debo que me dejaran vivir. Si hubieran temido algo de mí, me habrían liquidado.

–Eres muy fuerte, Twokay. Pero en Kenia hay que mirar dónde se pone el pie antes de pisar –le recordé a Ken sus palabras.

–Lo sé, no soy muy bueno con los consejos.

–Todo lo contrario. Tenías toda la razón.

–Sí, pero no supe aplicarlo a mí mismo. Pensé que podía entrar allí como el *kiboko* aplastando los juncos, y lo he pagado muy caro.

–¿El *kiboko*?

–El hipopótamo. Y encima me traes a esta belleza para que compruebe la ruina que han hecho de mí. ¿Qué aspecto tengo?

–¿La verdad? –tanteé.

–La verdad.

–Pues, si te soy sincero... Hace poco tiré un viejo par de zapatos que tenía mejor aspecto que tú. Pero a Mak no le importa, ¿verdad? Ella insistió en visitarte. Y de hecho, ahora os vamos a dejar solos para que habléis de vuestras cosas.

–¿Nu... nu... nuestras c... cosas? –A Ken le atenazó de nuevo el tartamudeo–. ¿Q... q... qué c... cosas?

–Llamaremos para saber de vosotros. Delsey... –Ambos nos encaminamos hacia la puerta–. Esta tarde nos marchamos a Nyeri. Para cualquier cosa, estaremos en el Outspan un par de días. Vamos en busca de Hamish. Y esta vez, le encontraremos.

36

CASI AMANECE EN TREETOPS

El cuñado de Ken, presente también entre la numerosa familia que velaba la cabecera del herido, nos detalló dónde podíamos recoger el coche para nuestro viaje a Nyeri. Sin más demora regresamos al Fairview a reunir nuestro equipaje y cargamos un taxi. A punto de deslizarme en su interior, un conserje me atrapó por la camisa en el último segundo.

–Señor Mencía, tiene una llamada.

Dejé mi bolsa en el asiento, me encogí de hombros ante Delsey y seguí al conserje hasta la recepción. Esta vez no reconocí la voz que me habló desde el otro extremo de la línea.

–Señor Mencía, tiene un mensaje.

Quizá porque mi hilo mental flotaba a la deriva entre la desgracia de Makena y la desgracia de Ken, el anuncio me desconcertó. Era una recurrencia que tenía su gracia, una versión telefónica de las muñecas rusas. Temí que el contenido de tal mensaje fuera que tenía un mensaje, y me divirtió imaginar que aquello era la venganza de la red telefónica por mi aversión declarada. Sólo comprendí cuando mi interlocutor se identificó.

–¿Cómo dice?

–Disculpe, señor, soy el recepcionista del hotel Norfolk. Tiene un mensaje aquí.

Emprendí un repaso instantáneo para determinar si esperaba algo de alguien relacionado con nuestra búsqueda. El resultado fue negativo.

–Bien, gracias. Léamelo, si es tan amable.

–Lo haría con mucho gusto, señor. Pero me temo… que no me es posible.

–¿Que no le es posible? ¿Por qué?

–Porque no lo comprendo.

–¿Que no lo comprende? ¿Cómo que no lo comprende?

–Está en un idioma que desconozco.

–¡MÓNICA! –grité.

–¿Señor?

–¡No, nada! Dígame, ¿el mensaje es un fax?

–Sí, señor.

–¿Tiene remitente?

–No, señor. Sólo el número del fax de procedencia que imprime la máquina.

–Bien, bien. ¿Es muy largo el mensaje?

–En absoluto, señor. Son sólo tres palabras.

–¿Tres palabras? ¿Sólo tres palabras? ¿Podría por favor deletreármelas?

El recepcionista obedeció, y en pocos segundos tuve las palabras escritas:

CASI AMANECE YA

–¿Y eso es todo?

–Sí, señor.

–Disculpe, ¿no será una broma?

–Lo ignoro, señor. Pero si es una broma, no es mía. Es lo que veo aquí.

–Bien, gracias, ahora mismo me paso por allí a recogerlo.

El recepcionista no mentía. Las tres palabras estaban perfectamente claras, aunque su significado era perfectamente oscuro. Salí del Norfolk observando el fax entre mis manos, indignado, y me senté de nuevo en el taxi junto a Delsey dando un portazo.

–¿Por fin noticias de la bella Mónica?

–¡Esto ya ha pasado de castaño oscuro! ¡No estoy dispuesto a seguir con esta mamarrachada infantil y absurda!

–Pero ¿qué dice el mensaje?

–No tengo ni idea.

No creo haber aborrecido tanto a Mónica como en ese momento, ni haberla añorado tanto en su sofisticado y adorable bastanteo.

Solos esta vez por la procelosa red viaria keniana, adelantados por *matatus* embutidos de carne local como morcillas rodando cuesta abajo, adelantados por autocares de ruedas bizcas, adelantados por camiones humeantes como centrales térmicas en miniatura que parecían llevar caldera a leña en lugar de motor, adelantados por todo el mundo, adelantados hasta por las propias grietas de la vía en constante expansión como carreras en una media femenina, Delsey y yo marchamos calmadamente hacia Nyeri atravesando paisajes de pasmo. La otra cara de la tarjeta de visita keniana, el reverso de las sabanas doradas, de los campos de espino y de las acacias de copas escalonadas, era una moqueta de verde esmeralda peinada entre cúpulas de bosque macizo, herida en terraplenes de tierra púrpura, y abierta en regatos burbujeantes. A la orilla de la carretera, un flujo débil de caminantes con aperos de campo y machetes, de mujeres acogotadas por enormes fardos de leña, de vendedores de sacos rebosantes de turba, todo ello trazaba el boceto de una tierra viva y trabajada, muy distante del abandono solitario de la región del Mara. El producto de aquel hormigueo se revelaba en un parcheado de pequeñas *shambas* tendidas en las laderas, los restos disgregados de las antiguas granjas de las White Highlands. De ellas quedaban algunas grandes explotaciones a pie de carretera, casi siempre anunciadas con nombres y monogramas de empresas estatales, perdiendo sus campos de café y té hasta donde la vista de la colina se hacía finita. Y sobre todo, quedaban las largas avenidas de los vecindarios coloniales, extraños injertos de barrio residencial que contrastaban en un país a medio hacer, flanqueadas por ejércitos de jacarandas y de ese árbol propio de allí, el flamboyán, que a mí me gustaba más su nombre en inglés, *flame tree*, el árbol de fuego.

Viniendo de Nairobi, Nyeri era un reemplazo agradable. No es que la ciudad en sí tuviera el más mínimo interés, que como la mayoría de ciudades kenianas, fue inventada por los colonos como centro de abastecimiento de las cosas de las que un colono se suele abastecer: provisiones, materias primas, repuestos mecánicos, armas, alcohol, tabaco y mujeres. Tampoco es que las calles de Nyeri fueran claramente distinguibles de las sosegadas nervaduras que irradiaban de las principales avenidas de la capital: calzadas anchas orladas de arena, *dukas* de una planta, esqueléticos soportales encalados, su Barclays, su gasolinera Kobil y su estación de *matatus*. Pero a diferencia de Nairobi, a espaldas del ajetreo de las rotondas principales, la ciudad respiraba; ni muy profundamente, ni con demasiado entusiasmo, pero respiraba. Aún preservaba cierto paladar de cruce de caminos, de encuentros casuales en el mercado, de *pick-ups* con carga de almoneda y de tiendas de comestibles donde no se compraban productos de alimentación, sino víveres.

El Outspan se situaba a las afueras de la ciudad, apaisado sobre una loma de hierba esponjada por las aguas del río Chania, abanicado en su nuca por la brisa fresca de los Aberdares y con la vista del monte Kenia al frente. Tras las formalidades habituales en la recepción, me lancé de inmediato sobre la recepcionista para explicarle nuestra misión allí. Deseábamos consultar los libros de visitas y, a ser posible, los registros de huéspedes del Treetops desde febrero del 52 hasta julio del 53. Antes de rematar mis motivos, los ojos de la mujer ya auguraban la respuesta.

–Lo siento mucho, señores, pero para eso necesitarán la autorización personal del director del hotel, y en estos momentos está ausente. Estará de vuelta dentro de tres días.

Sin Mónica para pergeñar una argucia, y sin Ken para encarnar a un inspector oficial de sanidad encargado de analizar la presencia de parásitos papirófagos en los libros de visitas, Delsey y yo nos limitamos a mirarnos sin intercambiar una palabra, lamentando ambos nuestro escaso talento natural para el engaño. Al comprobar nuestro disgusto, la recepcionista prosiguió:

–Si optan por quedarse con nosotros hasta entonces, puedo recomendarles algunas actividades para llenar su tiempo. Además, si lo desean, puedo ofrecerles habitación para la noche de mañana en el Treetops. En ese caso no pagarían la noche aquí en el Outspan.

–Pensaba que era obligatorio reservarlo con mucha antelación –repliqué, sorprendido por la oferta.

–Y así es. Pero como los huéspedes suelen venir en grupos contratados previamente y con itinerarios cerrados, cuando hay cancelaciones de última hora a veces queda alguna habitación que no se ocupa.

–¡Pues sí, claro que queremos! –Un fetichista geográfico como yo no podía despreciar la oportunidad de disfrutar de un fetiche geográfico como aquél–. ¿Le parece bien, Delsey?

–Oh, naturalmente, me parece espléndido. De todos modos tampoco sé qué es el Treetops.

–Le va a encantar, se lo aseguro –mentí.

Yo estaba al tanto de las peculiaridades del Treetops, donde uno sólo podía llevar consigo una bolsa de mano, donde las habitaciones eran casi cabinas telefónicas, donde el régimen era a toque de corneta y la cena era un rancho colectivo, y donde más probablemente que no, uno debía compartir asiento de porcelana con otros huéspedes. No era, desde luego, la rue Royale número ocho, y mis previsiones no debían descartar una colisión catastrófica entre Delsey y el Treetops.

La noche en Outspan fue relajada hasta el borde de la inconsciencia, más asentada mi febril obsesión que en los momentos convulsos de Masai Mara con la presencia ominosa de Boston Shark jugando al escondite con nosotros. Llamé a Makena para preguntar por Ken y a Ken para preguntar por Makena. Según ésta, aquél había despedido a su familia del hospital con el pretexto de que se encontraba mucho mejor, con el fin de quedarse a solas con ella. Según aquél, ésta había liberado a su familia de la responsabilidad de velarle, bajo su autoridad de enfermera, con el fin de quedarse a solas con él. Ambas versiones coincidían en que ésta y aquél se habían quedado a solas. Antes de colgar, le hablé a Makena de Bwana Fidla, por si sus parientes en Nyeri podían averiguar algo. Su madre, me dijo, solía ir al mercado todas las semanas y allí charlaba con amigas de otros valles. Colgué con la sonrisa del maquinador satisfecho y me reuní con Delsey en la veranda del Outspan, donde la noche mesetaria descargaba una andanada de rocío helado en el invierno africano de agosto, y allí procedimos a desangrar nuestra botella de absenta.

La recepcionista rigorista nos enumeraba un anodino menú de actividades turístico-deportivas que no lograban hacernos levantar una ceja ni a mí ni a Delsey. De hecho, éste hizo como hacen los niños cuando hablan los mayores, y se desmarcó de la aburrida perorata para dedicarse a curiosear los trofeos de caza y las fotos históricas. Me decidí por una excursión a las montañas y la empleada nos ofreció un programa tutelado a ritmo de silbato. Pregunté si no podíamos recorrer el parque por nuestra cuenta, lo que provocó en la mujer una expresión de pavor como si le hubiera propuesto tripular nuestro cohete a Plutón. Admitió que sí, que era posible, aunque necesitábamos la ineludible protección de un *ranger*.

La conformación de Aberdares demostraba el estilo africano de hacer montañas. La cordillera era un montón de tierra apilado en capas, como una tarta de bodas donde los pasteleros no se ponían de acuerdo en los pisos, trepando hasta un altiplano ondulado donde las carreteras, en lugar de pegarse a los valles, pasaban a tinta las aristas del paisaje. Lo mismo ocurría con el monte Kenia, visible en la distancia, donde del apilamiento de tierra sobresalía la tachuela de sus cumbres, como ese clavo mal amartillado en la silla que le rasga a uno los pantalones al sentarse.

Desde la cota del Outspan, a unos mil ochocientos metros, la tierra roja que abría nuestro raíl en la selva escalaba trabajosamente entre un estallido vegetal de hipéricos, hagenias y brezos gigantes, todo ello tramado en un prieto ovillo atirantado por lianas y apuntalado sobre densas columnatas de bosque con barbas de musgo. Más arriba, el bambú levantaba empalizadas, chasqueando sus tallos con imperceptibles oscilaciones como los móviles de viento, quizás una reacción en cadena provocada por un elefante lejano sobre las cañas apretadas. La Kiandongoro Gate, donde un discreto *ranger* llamado Simon se nos unió, abría los páramos a más de tres mil metros, empapados de turba donde se agachaban pompones de hierba parda. El paisaje era irreal, y no sorprendía que esas ciénagas descarnadas por el roce de las nubes, o los bosques neblinosos donde despuntaban los *mugumos* sagrados, sirvieran de arcilla para modelar la mitología local, ni que los Mau Mau hubieran buscado la seguridad allí arriba a cambio de aguantar un frío inhumano. Así contaban las crónicas de la época cómo los Mau Mau capturados se veían famélicos y ateridos, costrosos de tierra y hierba, invadidos por los parásitos, abrigados con las pieles de animal que aún no se habían comido, y con el pelo enmarañado en esas sogas que aterraban a los niños occidentales antes de que Bob Marley las convirtiera en moda rebelde. Cuerdos o lunáticos, luchadores por la libertad o terroristas, a quién le importaba ya, al menos a mí no. Pero huevos, eso no se les podía negar.

Recordando cómo esas montañas eran la casa del terror cuarenta años atrás, interrumpí los comentarios de Simon sobre la fauna y la flora para tirar el anzuelo de mi curiosidad.

–Simon, ¿le importa que le pregunte su edad?

–Treinta y dos.

Demasiado joven para haber combatido, pero tal vez su padre, o un tío.

–¿Ha conocido a alguien que estuviera en las montañas con el Mau Mau?

–No, a nadie, no.

Comprendí que aquello que decía Ken, lo del inconsciente combatiente colectivo, debía reservarse de puertas hacia dentro. Seguramente era de esas cosas que se cuentan a los amigos pero no a los extraños, como los pecadillos fiscales o las infracciones matrimoniales. Quizá Simon pensaba que otra respuesta hubiera herido o erizado nuestro fino pellejo extranjero. No era así, pero era comprensible que lo pensara.

En un prado clareado, una familia de elefantes ramoneaba al borde de la espesura. A unos cincuenta metros por delante, una hembra que custodiaba a dos pequeños se plantó en la carretera amagando una carga contra nosotros. Desplegó las orejas, cabeceó y retorció la trompa, hasta que de pronto se lanzó pendiente abajo hacia nuestro coche con la trompa plegada hacia atrás y profiriendo un bramido histérico, no la mansa trompeta de blues de los animales del zoo, sino la sirena de alarma de un frenopático, un estruendo agudo que pinchaba los oídos, acompañado por una mirada de furia que hacía sentir su respiración en el cogote, aunque viniera por delante. Me quedé petrificado y Simon me sugirió que pisara a fondo el acelerador en punto muerto, y en el duelo sonoro, la elefanta trastabilló con sus orejas flácidas y se alejó en ángulo azuzando a las crías, quizá porque era sólo un farol, o quizá porque se rendía a la ley del más fuerte, al menos en ruidos. Nunca se sabe si es una carga real o una carga de demostración, explicó Simon, pero es mejor ponerse en lo peor. Los elefantes de allí no eran como los de otros parques, dijo. Con el escaso tráfico de Aberdares no estaban tan acostumbrados a ver coches ni a predecir su comportamiento. Además, las bombas de la RAF durante la guerra los habían vuelto locos, y algunos de aquéllos quizá lo vivieron. Y ya dicen que los elefantes no olvidan.

A través del parque, la carretera bajaba enterrada entre las copas y subía a las crestas de hierba quemada, y de cuando en cuando algún arroyo como el Chania, el que más abajo esponjaba la hierba del Outspan, caía en cascadas de puro hielo fundido chorreando sobre flecos de aloe en flor, que no era tal sino *Kniphophia thomsonii*, corrigió Simon. Gura Falls, una catarata visible en la lejanía, era sólo un hilo blanco contra el muro de jungla, tan alta y tan esbelta que el viento le rompía el punto de mira y la pulverizaba en perlas sobre un collado de lluvias perpetuas, donde cada gota debía pulular sola entre las trampas del suelo para reunirse con sus hermanas en la corriente madre y continuar su camino hacia algún mar. En la montaña se deciden cosas muy importantes, y allí una cima rasa que separaba dos valles determinaba si las aguas iban a la reclusión de los lagos interiores del Rift o si viajaban libres hasta los mares del sur.

De regreso al páramo hacia la cabaña de Sapper, yo preguntaba a Simon sobre el Mau Mau y él me informaba muy escuetamente sobre el gran *mugumo*, el mayor de todos, donde el general Dedan Kimathi se retiraba a rezar a Ngai, y que la leyenda cuenta que se venció el suelo cuando el rebelde fue apresado; sobre cómo los guerrilleros y los ingleses elegían una falla en la roca o un hueco entre las raíces como buzón para intercambiar mensajes; y sobre cómo los Mau Mau evitaban ser olidos por los animales lavándose sólo con agua y hierbas. Delsey callaba, absorbiendo todo el paisaje por sus afilados ojos verdes, hasta que anunció su conclusión:

–Es un campo de batalla demasiado pequeño y hermoso para odios tan grandes.

De pronto, entre las matas de hierba parda acostadas bajo una plancha abollada de nubes, un león solitario se camuflaba en el paisaje velludo. Era un macho grisáceo, más grisáceo por la falta de luz, la que velaba el cielo encapotado y la que parecía escasearle bajo la piel. Estaba reclinado en el suelo, derrochando su mirada noble y atenta en el vacío gélido de la turbera. Simon rió.

–El páramo no es bueno para el león. Aquí no puede acechar, y si no acecha, no come.

–¿Y por qué está aquí entonces? –preguntó Delsey.

–Es un *mzee* muy viejo. Puede que sólo quiera morir.

Un autobús nos recogió por la tarde para subir al Treetops. Lo abordamos con un grupo formado por rubias parejas jóvenes, algún jubilado de Florida, un numeroso clan de kenianos asiáticos e incluso una familia madrileña, un matrimonio maduro con dos hijos de mi edad que se habían aventurado a viajar por cuenta propia en su primera visita a Kenia, y que habían conocido el país a fuerza de perderse una y otra vez por pistas donde jamás se imprimieron los neumáticos de un minivan turístico. Charlamos durante la subida, mientras el castigado motor del autobús, engranado en la primera marcha, rompía la barrera del sonido para que el pesado corpachón que remolcaba ganara la cordillera centímetro a centímetro. De los dos chicos, uno de ellos terminaba la carrera de biología y el otro estudiaba arquitectura. Como yo, como todos, habían viajado a Kenia buscando el modelo real de un sueño largamente acariciado. Y como yo, como todos, habían encontrado algo allí. Unos buscábamos a nuestro abuelo, y otros buscaban memoria de un lugar con que alimentar el fuego de la chimenea en los inviernos sietemesinos de Madrid. Ellos habían encontrado, y yo aún no.

El Treetops era muy diferente del que había conocido Hamish. Entre la casita en el árbol y la mole de cincuenta habitaciones mediaba el ataque del turismo de masas. Qué le vamos a hacer, pensé. África ya no es lo que era. Aunque, según leí en algún sitio, dicen que realmente nunca lo fue. Pese a todo, el Treetops continuaba siendo una experiencia aprovechable, con cierto regusto al sabor de los viejos días en el bosque de Aberdares. La incomodidad y la estrechez de los espacios no parecían ya creíbles ni imprescindibles, sino más bien elementos de ambientación del parque temático de la fauna nocturna, pero con animales o sin ellos, merecía la pena pasar la noche allí, encarado con ese frío de mil demonios en un lugar de África ya muy cercano a las *shambas* y a la carretera general, pero ilusoriamente aislado, y en Kenia era la ilusión lo que contaba, aunque fuera puro juego de ilusionismo.

La habitación que compartíamos Delsey y yo era un reducido cubo blanco con dos camastros, una mesita central, y sin baño. Me preparé para el huracán Delsey al abrir la puerta y desvelarle aquel cubículo más pequeño, presumí, que el maletero de su coche. La primera reacción no fue desfavorable.

–¿Ésta es la habitación? –preguntó–. ¿Vamos a dormir los dos aquí?

–Eeeh… Sí.

–Ah, bien, bien.

–Delsey… Debo decirle algo más. La habitación no tiene baño.

–¿Que no tiene baño? ¿Cómo que no tiene baño?

–No. Los baños están en el pasillo y son… compartidos.

–¿Compartidos? ¿Compartir el baño? –Conté mentalmente los segundos antes del trueno–. ¡Caramba, qué idea más divertida! ¡Es como regresar al colegio! ¡Qué hotel más célebre! ¡Compartir el baño, ja, ja!

Pensé entonces que, por mucho empeño que vertiera en ello, nunca llegaría a comprender la mentalidad de alguien que habitaba un inmueble entero en la calle más cara de París y cuya segunda residencia era un castillo. Escapaba a mi capacidad de entendimiento, como la quinta dimensión, Dios o el infinito.

A la tarde dieron café, té y pastas en la azotea diáfana, todo gratis. Una gentileza que el Treetops también abandonó en años posteriores. Sentado junto a nosotros, un turista se quejaba de las incomodidades del lugar. Dudé que tuviera castillo, y recordé que hasta la princesa de Inglaterra durmió allí en un catre plegable, en un Treetops más primitivo, incómodo y helador que el actual. Claro que en esto también los tiempos habían cambiado. Los mandarines de hoy sólo hacen algo semejante si hay detrás una vendible fachada de buena causa, asegurándose de acostarse de su lado fotogénico y con la luz en el ángulo adecuado para las cámaras. La simple diversión ya no se considera una buena causa, al menos no una confesable.

El tráfico de mantas de cortesía arreció cuando el frío comenzó a calar las paredes de madera. Algunos huéspedes se recluyeron en sus cabinas, con el zumbador abierto para no perderse la eventual actuación estelar de un león o un rinoceronte. Otros, con el zumbador cerrado para que ningún rinoceronte les embistiera el sueño. De los que nos quedamos de vigilia, la mayoría se enroscó en un rincón tibio tras las cristaleras del salón. Unos pocos masoquistas y fetichistas disfrutamos del frío agresivo en la azotea descubierta, empanados entre ropas de abrigo.

Durante el día, un rebaño de hembras de *waterbucks* había pastado junto a la charca secundaria de la fachada trasera, y una pandillita de búfalos había abrevado en la amplia charca principal y lamido la sal de la tierra, que no era una metáfora bíblica, sino el cloruro sódico puro que los empleados del *lodge* arrojaban allí antes de la llegada de los huéspedes. Con la oscuridad, dos pequeños abonados al Treetops acudieron a ver y probar qué se cocía en las bandejas de comida aferradas a la barandilla de la terraza: una gineta y un gálago, que en este último caso me quedaba con el nombre en inglés, *bushbaby*, bebé de monte.

Al rato, una gran concentración ciudadana de elefantes se congregó en la charca. Grandes, pequeños, colmilludos y mellados, se adueñaron de la plaza y ante nosotros ejecutaron el repertorio completo de actividades paquidérmicas, incluida la liberación incondicional de importantes contingentes gaseosos al espacio exterior. En el contexto de la monumental elefantada, un cornúpeta rompió de pronto la sombra donde moría el cerco de luz de los focos. Al primero le seguía un segundo sin perder la zaga, y después otros, hasta que en pocos minutos una cinta sin fin de búfalos cortaba casi diametralmente el círculo luminoso, como si los animales se esfumaran mansamente en la negrura para correr luego detrás de los arbustos y unirse de nuevo a la cola de la interminable conga bovina. En su camino, muchos se entretenían en la barra libre de la charca, y al otro lado los elefantes miraban con desconfianza amoscada mientras los búfalos medían sus pasos, como dos bandas rivales reunidas por casualidad en la cancha de baloncesto del barrio. Desde nuestro asiento de palco, el enfrentamiento se veía como una competición deportiva o una corrida de toros, y de no ser por el silencio recomendado para no ahuyentar a las figuras de la pista, se hubieran podido radiar los envites, requiebros y renuncios entre los dos equipos, donde los búfalos asumían el papel de favoritos y los elefantes protegían su portería a la defensiva y cerrados en *catenaccio*, quizá no porque fueran menos poderosos en el cuerpo a cuerpo, sino más inteligentes y por tanto más conscientes del riesgo.

Delsey y yo nos sentábamos a unos pasos del bar de la azotea, ya cerrado, y a nuestra izquierda resistía la familia madrileña a excepción del padre, que había preferido contar ovejas a búfalos. Nos ofrecieron amablemente rellenar nuestros vasos vacíos con algo de combustible nuclear segoviano, whisky Dyc, que habían adoptado como bebida oficial de sus viajes y que llevaban atesorado en un par de petacas.

Cuando la intensidad del partido se aplacó, desdoblé la hoja que llevaba en el bolsillo y estrellé mis ojos impotentes contra ella. «Casi amanece ya.» ¿Qué diablos quería decirme Mónica con aquello? No quería seguir prestando atención a aquel juego aberrante y, sin embargo, no podía apartar mis pensamientos de esas tres malditas palabras, ni de la adictiva manipuladora neuronal que las había incrustado en mi cabeza. ¿Una metáfora de nuestra relación? ¿Una referencia a sus estudios? ¿Una mera circunstancia horaria del momento en que escribió el mensaje? ¿O simplemente se estaba quedando conmigo? Perdí la vista en la forma de los árboles, insinuada como un recorte vacío en el cielo espeso de nubes. De repente, giré la cabeza y miré a Delsey, y miré de nuevo el fax. Mónica estuvo presente en la primera reunión con Delsey en la rue Royale. Delsey había recitado de memoria algún pasaje literario, como solía hacer. Mónica sabía que yo estaría con Delsey cuando recibiera aquel mensaje. Y Mónica era muy, muy lista.

–Delsey…

–¿Sí, muchacho?

–¿Le puedo citar unas palabras, a ver si le recuerdan algún texto literario?

–Naturalmente, muchacho.

–«Casi amanece ya.»

–«Casi amanece ya –repitió Delsey–. Quisiera que te marchases, aunque no más lejos que el pajarillo de una niña juguetona, que lo suelta, dejando que brinque un poco, como pobre prisionero amarrado a sus grillos, y con un hilo de seda lo atrae hacia sí otra vez, amorosamente celosa de su libertad.»

Impresionante. Contuve mi admiración, por Delsey y por Mónica.

–¿Qué es?

–*Romeo y Julieta,* acto segundo, escena segunda.

Pues claro. Delsey había citado otro fragmento de *Romeo y Julieta* en aquella reunión en París. Parecía que con esa alusión, Mónica al menos había reflexionado sobre los términos de nuestra relación y sobre el lugar que ocupábamos cada uno, aunque no acertaba a interpretar qué hablaba del futuro.

–¿Es ése el mensaje de la bella Mónica?

–Sí, lo es. ¿Qué cree que quiere decirme con esto?

–Que te ama.

–¿De verdad? ¿Usted cree?

–Desde luego. Romeo y Julieta acaban de declararse su mutua adoración, mas los separa una barrera humanamente infranqueable: la de sus nombres. En dicha escena se sella el imperecedero destino de su amor, que superará toda escollera interpuesta en la rompiente de su pasión, incluso venciendo a la misma muerte.

–Pero habla de separaciones.

–Sin duda. En su despedida aquella noche, Julieta le declara a Romeo: «La despedida es un dolor tan dulce, que estaría diciendo "buenas noches" hasta llegar el día». Cuando el alma ama al amante, la misma alma ama el amor, y para el alma que sufre la herida por encontrarse desgajada de su amante, la añoranza del amor es una pasión enardecida que embalsama esa pasión de amar incluso más que el mismo amor realizado, porque es el amor imaginado.

–Mmm... Creo que lo he entendido. Le gustó echarme de menos, pero se está cansando de ello. De ahí lo de «amorosamente celosa de su libertad».

Delsey me miró.

–Sí, tú lo explicas con más... eficacia.

Ambos bebimos un trago descansando la vista más allá de la mano de póquer zoológico que se libraba bajo nuestros pies.

–Delsey, ¿qué hará si no encontramos a Hamish?

–Regresar a mi residencia y continuar ocupándome de mis asuntos, mis flamígeras columnas, mis inflamadas intervenciones televisivas, mis restauraciones, mis esculturas, mis viajes a Mónaco, mis reuniones sociales...

–¿Y si le encontramos?

–Lo mismo.

–¿Lo mismo?

Delsey meditó un momento antes de proseguir.

–Curro, ¿te placen las corridas de toros?

–Bueno, desde luego no soy ni mucho menos un entendido en el tema. ¿Por qué?

–¿Alguna vez contemplaste cómo un torero abandona la plaza por la puerta grande tras haber cuajado una faena mediocre?

–¿Cuándo ocurre eso?

–Cuando en el momento de la estocada se revelan en todo su divino esplendor el donaire y la gallardía del maestro, la gracilidad coordinada de sus movimientos rematada por esa relampagueante descarga de fortaleza que el ojo puede apenas registrar, y con la consiguiente armonía plástica en la muerte del toro, venciéndose casi ingrávido como el viento tumba los juncos, sin perder un ápice de su nobleza en la exhalación de su hálito postrero, en la distensión de los negros y sudorosos nudos de su formidable musculatura, en la extinción definitiva de su arrogante trapío. Cuando después de una tediosa faena, ese fugaz instante final ha resultado excepcionalmente sublime.

–Comprendo. –Entendí el sentido de su comparación, y lo que representaba en aquel momento de su vida la búsqueda que habíamos emprendido–. No sabía que fuera aficionado a los toros. –Sonreí.

–Te voy a confesar un secreto. –Acercó su cara a la mía y, con gesto pícaro, susurró–: Soy un español al que nuestra propia guerra de la Independencia no manumitió de sus cadenas gabachas. –Reí la ocurrencia–. Y ahora, si me disculpas... –Se levantó de la silla–. Creo que ya he contemplado suficiente escatología proboscídea. Estas montañas son singularmente bellas, y el chic de este establecimiento es innegable, incluida esa graciosa innovación de compartir el baño. Pero me siento inane a la hora de destilar el romanticismo y la poesía de este festival de deposiciones elefantinas. Buenas noches, Curro.

–Buenas noches, Delsey. Y gracias.

–¿Por qué, muchacho?

–No lo sé. Gracias. –Me encogí de hombros–. Que descanse. A mí me ha gustado esto. Me quedaré un rato más para ver si ganan los elefantes o los búfalos.

Cuando me quedé solo, regresé a mis tribulaciones con Mónica. No estaba seguro de haber interpretado correctamente su mensaje. La versión propuesta por Delsey quizá no dejaba de ser un reflejo voluntarista de su buena entraña. Decidí que a la mañana siguiente, de vuelta en el Outspan, respondería al fax pidiéndole a Mónica un número de teléfono en el que pudiera localizarla y hablar por fin con ella de vis telefónica a vis telefónica, en lenguaje del pueblo, sin enigmas, acertijos ni zarandajas.

A fuerza de revolver una y otra vez el «casi amanece ya» y su posible significado, todo ello daba vueltas en mi cabeza como en el tambor de una lavadora, pero que funcionaba al revés: cuanto más giraba, menos limpio lo veía. Desde detrás, una voz me empujó fuera del tambor.

–Curro, ¿has visto eso? En la pared de esa escalera y en el salón de abajo hay recortes antiguos de prensa sobre el Treetops. Si tu abuelo estuvo aquí en esa época, a lo mejor hay algo que te sirva.

Era uno de los dos hermanos madrileños. Les había resumido mi historia durante el viaje en el autobús.

–Ah, muchas gracias. Aunque no creo que encuentre nada que hable de él. Mi abuelo no era una celebridad, sino un tipo normal, anónimo. Pero gracias de todos modos.

Mi gimnasia mental saltó desde el tatami de Mónica al de Hamish. Me pregunté qué haríamos si de nuestro rastreo en Nyeri no cosechábamos ninguna pista firme. Hasta que el director del Outspan regresara de su viaje aún debíamos esperar dos días más, y yo no me encontraba con humor de pasar ese tiempo jugando al golf o pescando truchas. Debíamos aprovechar esos días para desplegar nuestros recursos y salir a la calle en su busca. Pero ¿qué recursos? De momento, la única maniobra que veía con claridad era insertar un nuevo anuncio en el periódico de Ken, esta vez con una ampliación de la fotografía que me había enviado Dana Macomber y quizá con el nombre de Bwana

Fidla. Pero si lo primero era una evidencia, lo segundo no pasaba de conjetura razonable, y quizás era más provechoso intentar obtener algún indicio más sobre la identidad del tal Bwana Fidla antes de aplicar de nuevo las sanguijuelas a la piel de carpincho de la cartera de Delsey.

La pelea entre búfalos y elefantes se mantenía en empate técnico, y por las actitudes de ambos equipos, respetándose a distancia sobre el ring inundado de luz, era dudoso que una victoria por KO fuera inminente. El cansancio me doblaba, y decidí acostarme. Eran las dos de la madrugada. En la terraza sólo quedaban los madrileños, persistentes hasta la extenuación. Me despedí, nos deseamos mutuamente buena suerte, y me encaminé hacia la estrecha escalera.

Allí, como me había hecho notar uno de los dos chicos, colgaban enmarcados algunos viejos recortes que hablaban del Treetops. Uno de ellos recogía un suceso insólito. La noche que la princesa Isabel de Inglaterra y su marido recalaron allí, dos *waterbucks* de acerada cornamenta libraron un duelo a muerte bajo la luna artificial del Treetops, y uno de ellos cayó en combate. Su cabeza se conservaba en un salón del Outspan. Aquello me recordaba ese cuento popular sobre las cacerías de Franco, nunca supe si realidad o leyenda, según el cual le arrojaban los ciervos delante, como si fuera la máquina del tiro al plato, para que pudiera disparar a placer. En el caso de los *waterbucks* isabelinos, el periodista aseguraba que no hubo manipulación, que los animales no eran figurantes entrenados, y que aquel fenómeno, que debía ocurrir allí una sola vez entre cada dos incendios del Treetops, ocurrió aquella noche por pura y real, o Real, coincidencia. Quién sabe.

Y hablando de incendios. Descendí los peldaños mirando de reojo otros documentos de valor histórico, aunque mi cerebro ya no estaba en condiciones de procesar más información que la necesaria para llegar hasta la cama. De repente, una noticia captó mi atención. Era la destrucción del antiguo Treetops por el fuego, que también Hamish había relatado. La miré por curiosidad, y entonces mis ojos soñolientos se abrieron hasta casi rasgarme los lacrimales. Era el titular:

HISTORIC TREETOPS DESTROYED BY RAGING BLAZE

¡Era el titular! ¡Era el mismo titular de la crónica de Hamish! Podía ser otra coincidencia como la de los *waterbucks*, pero estaba absolutamente obligada a no ser una coincidencia, ni un plagio, ni ninguna otra posibilidad que descarté antes siquiera de imaginarla. Leí las primeras líneas. No recordaba de memoria el texto de Hamish, pero sí su estructura, su estilo de expresión, y al cabo de unos segundos llegué a la conclusión de que aquél no era otro que su artículo. De nuevo recargado de adrenalina como cuando recibí la foto en Masai Mara, arañé el recorte con la mirada buscando el nombre del corresponsal que lo firmaba. Un tal Igor S. Mazejev. Por Dios, ¿qué significaba aquello?

Sin que quedara por allí nadie despierto para detenerme, descolgué el marco y con él bajo el brazo corrí hasta la habitación. Abrí, cerré, y sin poder contener mi taquicardia incipiente, me lancé sobre el bulto que dormía en uno de los camastros.

–¡Delsey! ¡Delsey! ¡Delsey!

Le zarandeé hasta que mostró signos de despertar.

–¿Qué… qué sucede? ¿Un león? ¿Qué es?

–¡No, no, es Hamish!

–¿Cómo? –Con esa agilidad que desenfundaba en ocasiones especiales, saltó sentado sobre la cama.

–¡Mire, es Hamish! ¡Este artículo lo escribió Hamish! ¡Está en el documento que me envió!

–¿Estás seguro?

–¡Completamente! ¡Mire, lo firma un tal Igor S. Mazejev! ¿Le dice algo ese nombre?

–¿Igor…? ¡Sí, por supuesto! ¡Igor es el segundo nombre de Hamish! ¡Hamish I. Sutherland! ¡La I es de Igor, lo eligió su madre! ¡Y Mazejeva era el apellido de soltera de su madre! ¡Santo Dios!

–¡Delsey! ¡Le hemos encontrado! ¡Le hemos encontrado!

37

SONATA DE LA ETERNA PRIMAVERA

No era exactamente así. No le habíamos encontrado. Pero sí conocíamos el alias con el que había firmado una de sus crónicas, y no tenía sentido plantear que un corresponsal utilizara otros nombres diferentes para distintos artículos. Por supuesto, cabía pensar que aquello fuera solamente un seudónimo de pluma, pero el hecho de que no hubiéramos encontrado un solo rastro, personal ni burocrático, de ningún Hamish Sutherland, nos incitaba a suponer que la sospecha que antes tuvimos con Boston Shark era acertada, que Hamish había cambiado de identidad, presumiblemente a raíz de su ruptura con Cordelia, y que a partir de ese momento todos le habían conocido como Igor Mazejev. Ese nombre lo era todo. Con un nombre confirmado no podíamos fallar. En el último y menos deseable de los casos, reemprendería mi vía crucis de oficinas administrativas, pero esta vez buscando el nombre correcto. Sin embargo, estábamos absolutamente decididos a que aquello no fuera necesario. Le encontraríamos, pero además, con elegancia, con triunfalismo.

Cuando aquella mañana abordamos nuestro coche en el Outspan, no contábamos con una idea clara de los pasos que debíamos seguir. Entramos en Nyeri por Kimathi Way viendo pasar los portales de los bancos, de los comercios, de las oficinas públicas, con el convencimiento de que en algún cajón de algún archivo de algún despacho de alguno de aquellos edificios había un formulario, un libro de asientos o una ficha que llevaba escrito el nombre de Igor Mazejev. Pero ¿dónde?

No era el plan perfecto, pero al menos teníamos un plan. Nos detuvimos frente a una papelería, donde compré un bote de líquido corrector de escritura y un rollo de papel celo. Regresé al coche y conduje hasta la oficina de correos. Bajé, entré y recorrí con la mirada el panel de los apartados postales. Escogí un número al azar, el 128, y me reuní de nuevo con Delsey en el coche.

–¿Crees que funcionará? –receló.

–No veo por qué no –confié.

Abrí mi cuaderno por una página en blanco y se lo entregué a Delsey junto con un bolígrafo. Después extraje de mi bolsa el sobre que había recibido de Dana Macomber. Saqué la carta y la foto, los guardé de nuevo en la bolsa, y con el corrector borré mi dirección de destinatario del sobre. Luego escribí encima:

Mr. Igor S. Mazejev
PO Box 128
Nyeri, Kenia

En unos minutos, Delsey me devolvió el cuaderno. Leí lo que había escrito:

Mi queridísimo Hamish:

Soy Delsey, tu amigo que fue y continúa siéndolo pese a los azarosos embates de la fortuna, y alguna ignominia de la que debo confesarme culpable, que tuvieron a mal descuajar una valiosa amistad forjada con tan nobles mimbres. Me encuentro en este país africano y en esta ciudad de Nyeri con Curro, tu nieto que te quiere. Ambos llevamos largo tiempo persiguiendo tu estela a través de estos confines de pioneros, y nada ansiamos más que abrazarte. Te lo ruego, acepta las manos que te tendemos, que no presentan otra ofrenda sino nuestra inmortal devoción hacia ti. Estamos alojados en el hotel Outspan, donde aguardaremos tus noticias durante los próximos siete días. Si transcurrido este plazo no hubiésemos recibido comunicación tuya, regresaríamos a Nairobi, al hotel Fairview. Y si finalmente la ausencia de tu abrazo redentor nos obligara a regresar a Europa compungidos y descorazonados, más abajo te detallo mi domicilio en París y el de Curro en Madrid.

Tu amigo siempre,

Delsey

–Perfecto –concluí.

Arranqué la hoja, escribí mi dirección debajo del mensaje, junto a la de Delsey, la doblé por la mitad, la introduje en el sobre y cerré con papel celo el borde rasgado. Miré a Delsey y suspiré.

–Bueno, ahora viene la parte que peor se me da. Engañar.

–Suerte, muchacho.

Regresé a la oficina de correos y me dirigí directamente al mostrador.

–¡Disculpe!

–¿Sí, dígame? –Me atendió un joven con camisa blanca y aspecto de no llevar demasiado tiempo trabajando allí. Era mejor así.

–Mire, recogí el correo de mi apartado postal y al volver a casa vi esta carta. No es para mí. El número del apartado es el mío, pero éste no es mi nombre. Tuve que abrirla, por si el remitente había equivocado el nombre en el sobre. Pero no es para mí, así que debe de ser el número lo que está mal. ¿Podría por favor echarla en el buzón de este señor?

–¿Usted tiene un apartado aquí? No le recuerdo. –La reacción del empleado figuraba en mi lista mental de posibles problemas, aunque no en el departamento de los más graves, el cual estaba encabezado por la eventualidad de que el número que había elegido al azar correspondiera al apartado de correos del propio funcionario que me atendía.

–Sí, es el apartado de mi familia –mentí nerviosamente.

–¿Usted es de aquí?

–Mi familia tiene una granja. –Recordé el clan de Trevor y esgrimí mis mejores artes para personificar a uno de esos kenianos blancos, cambiando el tono de turista bisoño por el de colono cínico y resabiado–. Nací aquí, pero vivo en Europa. Estoy pasando las vacaciones, y muy bien, gracias, ya que lo pregunta. Oiga, ¿es realmente necesario que le cuente mi vida para entregar una carta? Si lo prefiere, puedo molestar a su jefe en lugar de a usted.

La estrategia de hacerme el ofendido funcionó. Relajó el entrecejo, tomó mi carta y la observó muy fijamente. Buscó un libro y lo abrió. Luego levantó la vista hacia mí.

–¿Desea algo más?

–No, eso es todo. Muchas gracias.

Me encaminé hacia la salida y pasé por delante de Delsey, plantado ante el panel de los apartados postales como el espía menos discreto del mundo, con una mano en su barbilla y el codo apoyado en el otro brazo plegado sobre el pecho, mientras paseaba en círculos con una franca expresión de estar haciendo algo ilícito. Me senté en el coche y esperé.

A los cinco minutos regresó Delsey, nervioso y temblequeante como un chiquillo después de destrozar sus zapatos nuevos.

–¡Ya está! ¡Ya está! ¡La ha echado a un buzón! ¡Hamish tiene un apartado postal! ¡Es el 197!

–¡Muy bien, Delsey! ¡Cada vez estamos más cerca! ¡Es usted un espía magnífico!

–¿Y no podríamos obtener su dirección a partir de esto?

–No lo creo. Si vive en el monte, quizá ni siquiera tenga una dirección como tal. Por eso utilizan los apartados postales. Pero ahora hay una carta nuestra esperándole. Si yo fuera él, bajaría al menos una vez a la semana para recoger el correo. Así que si en siete días no tenemos respuesta, aceptaremos el fracaso. Puede que nos espere una semana muy larga.

–¿Y qué hacemos ahora?

–Vamos al cementerio.

–¿Al cementerio? –Su rostro se ensombreció–. Los muertos no tienen apartados postales.

–Los muertos tampoco cancelan apartados postales. Salvo que se los cierren por falta de pago, pero es una posibilidad que no debemos descartar.

En el cementerio de la iglesia de St. Peter's, un grupo *scout* merodeaba entre las tumbas hasta congregarse frente al sepulcro de su padre fundador, lord Baden-Powell, enterrado allí tras descansar sus últimos años en una cabaña a la entrada del Outspan que el propietario original del hotel, Eric Sherbrooke Walker, había construido para él. Paseamos entre las sepulturas con la paradójica expectación de quien busca con la esperanza de no encontrar nada, excepto la certeza de que allí no reside lo buscado. Divisé a un hombre mayor pertrechado con un mono, y me dirigí hacia él por si podía ayudarnos.

–Disculpe, ¿podría...?

Sin darme margen para terminar la frase, alzó el brazo señalando el camino que tomaban los *scouts*.

–¿Baden-Powell? –dijo. Me dispuse a aclararle que no era eso lo que quería, pero entonces fue Delsey quien interrumpió.

–¡Curro! ¡Muchacho! ¡Mira esto!

Corrí hasta donde Delsey se había clavado ante una lápida, que yo sólo veía por su cara trasera. Temiendo un funesto hallazgo, le miré a él antes de girarme a mirar lo que él miraba. Su expresión no era de tristeza o decepción, sino más bien de asombro. Al instante descubrí por qué. Era una lápida nueva y bien cuidada, y la inscripción rezaba así:

NJOKI WA MAZEJEV
B. 1952
D. 8TH SEPTEMBER 1991

Leí el nombre, leí las fechas, pensé en todo ello y até cabos.

–¡Delsey, tiene que ser la niña de Lari! ¡La que Hamish rescató de la matanza! ¡La adoptó como hija suya! ¡Disculpe, por favor! –me dirigí de nuevo al sepulturero–. Disculpe, ¿qué es Njoki? ¿Es un nombre kikuyu de mujer?

–La que regresó de entre los muertos –respondió él.

–¿Eso es lo que significa el nombre?

–Se ponía ese nombre a una niña cuando el hermano anterior había muerto.

–Delsey, tenía usted razón. Hamish hizo algo grande. Le dio una nueva vida a esta niña.

–¿Acaso creías que habría hecho otra cosa? –Los dos contemplamos la tumba, con la incrédula seguridad de haber encontrado un rastro material fiable después de una investigación tan larga y ardua. Delsey prosiguió–: Dios mío, no hace ni un año que murió. No llegó a cumplir los cuarenta. ¿Por qué tan joven? Desdichada criatura.

–Perdone otra vez. ¿Conoció usted a esta mujer? –pregunté al hombre del mono.

–No, señor. Pero cavé su tumba.

–¿Recuerda quién se encargó de la gestión? ¿Quién le pagó, o le dio una propina, o lo que fuera?

–Era un *mzungu*. Un hombre muy viejo.

–¿Recuerda su nombre?

–Le llamaban Bwana Fidla.

–¿BWANA FIDLA? ¿Sabe dónde vive?

–Vino de allí. –Seguí la trayectoria de su brazo extendido, que se prolongaba en un dedo tieso y se perdía más allá de los árboles, en la lejanía de las montañas.

Tan cerca ya, tocando con los dedos el fin de nuestro camino, resolvimos que no terminaría ese día sin que llegáramos hasta Hamish. Regresamos al Outspan y comimos algo ligero, con las piernas relajadas tendidas al sol que se filtraba entre cúmulos de nubes, pero con nuestras cabezas sumidas en un torbellino de ansiedad y euforia. Antes de embarcarnos con destino hacia los caminos de las montañas, con la única intención de preguntar lugareño a lugareño hasta que alguien reconociera el nombre de Bwana Fidla, aún recordé enviar a Mónica el fax pidiéndole su número de teléfono en Nueva York. Como llevábamos prisa, escribí mi mensaje en el reverso del «Casi amanece ya» y le pedí a la recepcionista que lo enviara al fax que aparecía en la otra cara como número de procedencia. Ella me tendió un papelito doblado antes de cumplir mi encargo.

–Es un mensaje para usted.

Lo desplegué y lo leí. Era un mensaje telefónico de Makena. Y era un mensaje inesperado y maravilloso:

> Increíbles noticias. Mi madre conoce a Bwana Fidla. Conduce hasta Mweiga y toma a la izquierda el desvío a la Ark Gate del parque nacional. Sigue dos kilómetros, gira a la derecha, pasa una aldea y sigue un kilómetro. Luego toma un desvío a la izquierda hasta llegar a un río. Si no encontráis la casa, volved a la aldea y preguntad allí. Muchísima suerte y un besazo. Mak.
>
> P.D.: El *kiboko* vuelve a casa mañana.

Imagino que cuando la recepcionista regresó de la máquina para entregarme la hoja de confirmación del fax, lo único que alcanzó a ver fue el humo de la fricción de mis suelas sobre el entablado del salón del Outspan. Yo ya corría riendo y agitando el papelito de Makena hacia el cuadro verde y luminoso donde se enmarcaba el jardín, y hacia la esquina del cuadro en la que un tejadillo rojo cubría una mesa de madera donde reposaba una copa de Pimm's rodeada por una mano, cuyo propietario miraba la silueta distante del monte Kenia, para girar después sus ojos hacia la fuente de aquel alboroto y, sin yo decirle nada, sólo percibiendo el triunfo que inundaba mi expresión y el papel que se agitaba en mis dedos, romper a reír a carcajadas.

Diez minutos más tarde, conduciendo hacia Mweiga según las indicaciones de Makena, me sentía en ese estado de gracia en que se presiente el sabor de la victoria, y que es también cuando, antes de dar el último paso hacia el escalón del podio, uno comienza a recapitular el camino recorrido hasta allí.

–Delsey, ¿se da cuenta? Todos han contribuido para que al final podamos llegar hasta aquí. No hubiera sido posible sin todos ellos. Mónica me ayudó a llegar a usted y sugirió lo del anuncio en el periódico, de donde obtuvimos el nombre de Bwana Fidla. Usted ha tenido las mejores intuiciones por su conocimiento de Hamish, Ken me puso en contacto con la hija del reportero inglés y eso nos permitió descartar a Boston Shark, y Makena ha localizado a Bwana Fidla. Y eso sin contar a todos los que, con mejor o peor suerte, pero con la mejor voluntad, nos han prestado una ayuda que nadie más hubiera podido darnos: Ian presentándome a Trevor, Trevor y su familia abriéndonos el camino hacia Boston Shark, el amigo de Ken, la madre de Ken, la madre de Mak, incluso el joyero Rajeev, Pius, Maina, mi tía abuela Victoria, mi madre, la funcionaria del consulado francés o el chico madrileño del Treetops que me llamó la atención sobre los recortes antiguos de prensa, en los que de otro modo ni me hubiera fijado. Y por supuesto, mi dulce Uke y sus notas. Yo pensaba que emprendía una investigación en solitario, que lo iba a conseguir por mis propios medios, sin ayuda de nadie. Que esto iba a ser mi peripecia, mi gran reportaje. Mi reto personal. Y ahora me doy cuenta de que no he sido más que el hilo conductor de todo esto, el narrador de una historia donde lo que importa no es el narrador, sino los narrados.

–Olvidas a uno fundamental.

–¿Quién?

–El propio Hamish.

–¿Usted cree que quiere que le encontremos?

–Sin duda. De su manuscrito han emanado claves fundamentales, no lo olvides. Curro... Yo creo que Hamish se muere. Que los largos años le pesan ya en su otrora robusta espalda, y que siente cercano el momento de partir. Después de tantos años él te envió su manuscrito. Con su hija adoptiva fallecida, tal vez con esto pretendía que, cuando él desaparezca, su memoria no lo haga. Para ello no eligió a otro sino a ti.

Las últimas palabras de Delsey hacían eco en los vericuetos de mi cerebro cuando llegamos a la aldea. Allí decidí desprenderme momentáneamente de mis reflexiones para concentrarme en nuestro último paso. No hizo falta más que preguntar al primer campesino que encontramos en la carretera caminando con su *panga* en la mano. En cuanto mencionamos el nombre de Bwana Fidla, blandió el machete en dirección a una empinada pista de tierra roja que nacía a la derecha de la carretera.

–Allí arriba. En la escuela.

La cuesta que despegaba a través del bosque era tan encabritada y resbaladiza que, si la escuela estaba pinchada en la punta de esa pista, los niños merecían un aplauso y un aprobado sólo por llegar hasta allí. De donde yo venía, situar la escuela allí hubiera desencadenado la creación de una plataforma ciudadana contra la ubicación de la escuela, manifestaciones ante el ayuntamiento, huelgas de profesores, rebeliones de padres y el encadenamiento de algún vecino al edificio. De donde yo venía, muchos niños renunciarían con gusto a su educación por mucho menos que eso.

Con la marcha reductora engranada y estrujando los caballos del motor, logramos superar la rompiente de tierra erizada. Al coronar la cima, la pista se amansaba en una explanada donde se levantaba un ancho pabellón de bloques de cemento con tejado de chapa y puertas pintadas de azul. Había allí aparcados otros vehículos menos dotados que el nuestro, cuyos conductores obviamente estaban más dotados que yo. Sin embargo, no se apreciaba movimiento ni sonido, la escuela parecía desierta, y sospechamos que el campesino nos había enviado al lugar equivocado. Descendimos del coche, cerramos las puertas con una presión de los dedos, y apenas habíamos recorrido unos pasos sobre el patio cuando, de pronto, un violín hizo vibrar el aire fresco de la tarde, arrancándole a la brisa el *allegro* de la sonata *Primavera* de Beethoven. La música escapaba por las ventanas de la escuela volando hacia las montañas, liviana como un globo al amanecer, hinchada de ligereza y optimismo, saltando sobre los peldaños que las cuerdas del pentagrama tendían en el cielo, abriendo el abanico de las notas que se perseguían sobre la escala trepadora para detenerse atropelladas al borde de cada compás. Al violín que se apagaba lo relevó la réplica de un piano, naciendo desde el fondo y creciendo sobre la escalera de teclas, capturando la estela del violín a través de las copas de los árboles, y desandando esa estela nos llevaron nuestros pasos hacia una puerta azul. Al asomar tímidamente nuestras cabezas, el quicio de la puerta se iba moviendo, descorriéndose como el envoltorio de un regalo que nos enseñaba primero el fondo de una habitación poblada de sillas, ocupadas por hombres, mujeres, niños mayores y niños pequeños sobre las rodillas de sus madres, todos mirando al frente y escuchando con suma atención, algunos comiendo fruta o batatas, y más allá una esquina, y junto a la esquina un piano, al cual se sentaba una mujer negra con el cabello moldeado como los dibujos de las fachadas de las peluquerías, y luego, un poco más allá, una silla, y sentado en la silla un hombre muy viejo que acariciaba el violín con los ojos cerrados, con la hendidura de su boca sepultada en las profundidades de una barba rubicunda, casi amarilla, y su frente soñadora repleta de sueños.

Extasiados, Delsey y yo nos deslizamos hacia dos sillas libres al fondo de la sala y allí saboreamos aquella visión y aquella música, grabando en nuestros sentidos la escena para no olvidarla nunca, la composición asimétrica de la sala desvencijada, el olor a batata y a fruta abierta y a humanidad junta, los ojos enormes de un bebé que nos observaba con la nariz sobre el hombro de su madre, la cadencia de alguna mano peinando la melodía desde el respaldo de una silla, la textura tosca de las paredes, la perfecta quietud de la audiencia, el piano y el violín jugando a perseguirse, a alejarse, imitarse y reprocharse para al fin converger en esa estela que escapaba por las ventanas hacia las montañas. Nos hubiéramos quedado allí durante horas sin interrumpir el recital, sólo paladeando el aspecto de nuestra victoria, que nunca hubiéramos esperado tan hermosa.

Hamish no notó nuestra presencia hasta la mitad del *allegro*, cuando sus ojos se abrieron, navegaron por la sala y tocaron puerto en los nuestros. No salieron dos notas más de su violín, y cuando cesó, el piano recorrió otro par de notas antes de desmoronarse sin sustento contra el suelo. Hamish se incorporó de la silla con gesto grave, posó el violín y el arco en el asiento, y comenzó a caminar por el pasillo central mientras el público murmuraba y dos docenas de cabezas se giraban hacia el fondo de la sala. Me levanté, y lo mismo hizo Delsey. Cuando Hamish se plantó delante de nosotros, ninguno sonreíamos. Sacó la boca de la hendidura de su barba y entonces me habló, con su español traducido a golpe de diccionario, con sus «t», sus «d» y sus «r» haciendo aletear la chapa del tejado.

–Tú eres tarde. –Desvió entonces la mirada hacia Delsey–. ¡Y tú eres muy viejo, mi amigo!

Dejé que primero se abrazaran ellos, y sólo cuando se hubieron aprendido sus nuevas facciones viejas con la vista y con las yemas de los dedos, cuando las primeras lágrimas ya habían remojado aquel encuentro, mi abuelo y yo nos fundimos en un prolongado abrazo que no dimos por terminado hasta que sentimos amortizarse los catorce años de separación.

El concierto se suspendió cuando Hamish, a voz en grito como un general en la victoria, anunció a todos que su nieto y su mejor amigo habían recorrido un largo camino desde Europa para visitarle, y convocó una *ngoma*[1] esa noche en su casa, una fiesta en nuestro honor. La gente aplaudió como si el recital se hubiera completado, sin importarles que sólo hubiera durado cinco minutos, y a la salida recibimos un aluvión de manos estrechando las nuestras, como si automáticamente hubiéramos sido incorporados a la comunidad por la vía del apadrinamiento. Supe que allí querían a Bwana Fidla.

1. Fiesta tradicional con música y baile.

Como quien se ha acostumbrado a entrenar la paciencia durante largo tiempo, ninguno de los tres hablamos de nuestras vidas o de nuestra larga búsqueda durante el trayecto en coche hasta la casa de Hamish. En lugar de eso, trivializamos sobre las montañas, sobre el bosque, sobre los animales y sobre la eterna primavera del invierno africano. Hamish vivía al final de una pista muy castigada, en una cabaña de madera prendida a media altura en un valle tupido, muy cerca de la frontera del parque nacional. Cuando llegamos allí, alguien esperaba en la puerta. Era una mujer que sostenía en brazos a un bebé, una niña de negros ojos inmensos y piel tostada. Hamish se abalanzó sobre la pequeña con una ancha sonrisa y la tomó en sus brazos, al tiempo que nos presentaba a Nyokabi, la mujer que cuidaba de su casa. Delsey y yo nos miramos extrañados, y pregunté:

–¿Es tu nieta?

–No… –Hamish vaciló antes de responder. En su tono se adivinaba una mezcla de orgullo y pudor–. Mumbi es mi hija. Vosotros venís dentro y yo explico.

38
Y EL MUNDO VA ALREDEDOR

En la parte trasera de la casa, una terraza construida sobre postes se cernía sobre una catarata verde cayendo hacia el lecho del valle, donde un arroyo se espumaba entre las piedras. Junto a nuestros pies se mecían las hojas de las plataneras, alzadas desde el suelo hasta la plataforma de madera. Al otro lado del torrente, los campos de café cerraban la vertiente opuesta, extendiéndose río arriba hasta un surtido de *shambas* que moteaba las laderas con una gama de tonos verdes y pardos entre eucaliptos enarbolados hacia las nubes. Aquél era exactamente el paisaje en el que hubiera esperado encontrar a Hamish. Era el que yo le había dibujado en las cartas que nunca recibió.

–Bien, yo tuve una esposa… –empezó a relatarnos Hamish, haciendo girar su vaso del licor de café que nos había servido y que preparaba él mismo, mientras reposábamos de la emoción del día en la terraza, con la pequeña Mumbi juguerreteando con un muñeco de madera tallado por su padre en una sillita que también había fabricado él–. Infortunadamente ella murió hace un año, dando nacimiento a nuestra hija Mumbi. Ello fue terrible.

–¿Njoki era tu esposa? –pregunté.

–Pero ¿cómo tú conoces? –preguntó sorprendido.

–Encontramos su tumba en el cementerio de Nyeri. Leí tu artículo sobre Lari. ¿Recuerdas?, aquel donde contabas la matanza y cómo recogiste a la niña. Luego publicaste una versión eliminando toda esa parte, creo.

–Ello era un tiempo duro. Yo pensé la mínima gente conocen sobre ella, mejor. Yo estaba temeroso alguno pudiera llevar ella fuera de mí.

–Por las fechas, y por otros datos, imaginamos que Njoki era aquella niña. Pero pensamos que la habías adoptado como... hija.

–Yo también. Pero después, un día yo supe que yo no había adoptado mi hija, pero mi esposa, a quien por una extraña *chance* del destino yo había criado yo mismo. Y Njoki pensó la misma cosa. Ello es todo muy complicado, y yo sé que ello no es fácil a entender. Nosotros ambos caímos en amor, y ello no fue bien mirado por mis jefes, ni por los kikuyus.

–¿Jefes? –repitió Delsey.

–Yo pienso mejor empiezo desde el principio. –Bebió un sorbo de licor.

–Hamish, si te resulta más cómodo, podemos hablar en inglés –propuse.

–¡Oh, no, no! Yo gusto hablando español. Ello ha sido un largo tiempo sin hacer ello. Igual que nadie llamando a mí Hamish... Sólo que mi español es muy malo ahora.

–En absoluto, amigo, no ha empeorado un ápice –ironizó Delsey.

–Bien. Cuando tu abuela Uke y yo caímos en amor, yo estaba para casar...

–Él también conoce lo de Cordelia, Hamish. Y lo de tus padres –interrumpió Delsey–. Yo se lo relaté todo.

–¡Pero yo amaba tu abuela, yo juro! Yo sé tu padre no creyó a mí. La cosa con Cordelia fue... bien, un juego de niños que terminó. Yo estaba prometido a ella pero amaba Uke, así yo quería a venir a Kenia a romper con Cordelia y empezar mi nueva vida. Yo quería tu abuela a venir conmigo a África, pero ella nunca dijo sí. Esto yo ya conté a ti cuando Uke murió.

–Ella te quería mucho –expliqué–. Y creo que nunca dejó de quererte. Pero como tú, era una persona de honor. Las circunstancias le habían impuesto la obligación de cuidar de su padre, y supongo que no podía traerlo aquí. Pienso que aceptó esa obligación a pesar de que eso le suponía perder todo lo demás. Durante el resto de su existencia no vivió su propia vida, sino la de otros, la de su familia. Por su padre fue capaz de elegir el abismo.

–¡Yo nunca supe ella estaba embarazada! ¡Ella nunca contó a mí! ¡Debería yo haber sabido...!

–Lo sé, Hamish. Yo siempre te creí.

–Yo vine a África y rompí con Cordelia. Ello fue muy difícil para ambos de nosotros. Entonces, una vez yo conseguí un trabajo en Nyeri, yo traté a hacer tu abuela unir a mí en Kenia, y empezar todo aquí. Ella nunca respondió a mis cartas.

–Cuando tú te marchaste y su padre supo que ella estaba embarazada, él decidió que ambos debían huir de España, y ella no se opuso. Aunque creo que fue su hermana Victoria quien más influyó en esa decisión. Cuando tú le escribiste, ya habían abandonado Lux Domini. Victoria contrató un guarda para que vigilara la casa, y por medio de él secuestró tus cartas. Uke nunca supo más de ti.

–¿Y tú, Delsey? Yo escribí a ti. Pero la carta vino atrás. Yo pensé tú odiabas a mí por marchando sin Uke.

–Amigo… –Delsey inclinó la cabeza–. Por favor, apiádate de mi cobardía. Nunca abrí esa carta. Yo conocía el embarazo de Uke, y el propósito de tu viaje a África. Me sentí oprimido entre la espada contra la pared, y fui incapaz de afrontarlo con gallardía. Rehuí la responsabilidad, tanto de revelar vuestros mutuos secretos como de manteneros a ambos en la ignorancia. Os traicioné a los dos. Yo he hecho este viaje para implorar tu indulgencia.

–Oh. Ahora yo entiendo. No preocupes, amigo. –Hamish posó su mano sobre la mejilla de Delsey–. Tú no hiciste mal. Yo, y no tú, debí decir a Uke la razón para mi viaje. Y puede ser ella, y no tú, debió haber contado a mí sobre su embarazo. Tú no eres culpable por nuestras faltas. Cuando Uke no replicaba, yo estuve grandemente deprimido. Yo pensaba ella odiaba a mí por dejando a ella, incluso que mis buenos amigos como tú habían ladeado con ella contra mí. Yo no sabía qué hacer con mi vida. Cuando Uke no replicaba, ello no hacía sentido para mí a viajar a España, y en Escocia yo tenía nada. Así yo decidí quedar aquí y trabajar. Cordelia era altamente respetada en la colonia y ella… *warned* otros colonos sobre mí, ella decía a ellos yo no era una persona a confiar, igual tan mi padre, así cuando yo vi la posibilidad de tomando un trabajo en una granja en Nyeri, yo cambié mi nombre. En cualquier manera yo ya no tenía mucha apreciación por el nombre Sutherland. Yo preferí el de mi madre. Así fue nacido Igor Mazejev. Un nombre nuevo. Una vida nueva.

–Hamish, ¿quién era Boston Shark? –interrogué–. Seguimos su pista creyendo que eras tú.

–¡Ah… Boston Shark! ¡Yo había olvidado él! ¿Cómo conoces? A través de él yo conseguí ese trabajo. Yo dejé Nairobi porque yo no estaba confortable con todo el… *gossip* de los colonos sobre mí y mi padre. Yo vine a Nyeri, que entonces era casi un *outpost*, un lugar duro para gente dura queriendo a trabajar. Yo quería a trabajar, y yo necesitaba el dinero para mi madre. Una noche, yo fui al bar del White Rhino Hotel. Yo no gustaba bebiendo solitario, y en los bares tú tenías la *chance* de encontrando gente mirando por laboradores. Yo vi ese hombre y senté a hablar a él, a preguntar si él conocía alguien buscando laboradores. Él no era un hombre simpático, y él trató a… *get rid of me*. Pero entonces él vio… Yo estaba llevando un anillo de oro, era un regalo de comprometido Cordelia había comprado para mí, con el dinero yo había puesto para la granja. Cuando yo rompí con ella yo quise dar el anillo atrás a ella, pero ella nunca aceptó. Ella dijo ella estaba dando mi dinero a mí, y ello era la verdad, así yo conservé el anillo. Este hombre, Boston Shark, vio mi anillo, y él gustó. Por pura *chance* el anillo llevaba sus iniciales, BS, que eran lo mismo que Blackbourne y Sutherland. Él dijo él conseguía un trabajo para mí por ese anillo. Yo pregunté a él a explicar, y él contó él era mánager en una granja cerca, pero él estaba cansado del trabajo y quería a dejar la granja. Ésos eran los días del *gold rush* en Kakamega, al oeste, y él quería a viajar ahí a buscar por oro, hacer una fortuna y entonces convertir un cazador en el sur, en la *bush region*. Si yo daba él mi anillo, él dejaba su trabajo a mí. Y así nosotros hicimos. Él llevó a mí a la granja, introdujo a mí a su jefe, y él dijo yo era un buen amigo de él con mucha experiencia en manejando granjas. Por supuesto, yo tenía ninguna. Pero el *landowner* contrató a mí, yo di mi anillo a ese hombre, y yo nunca vi él otra vez.

–Por lo que sabemos, no le debieron de ir muy bien las cosas –aclaré–. Años más tarde vendió el anillo al mismo joyero que lo fabricó, se compró un avión y durante el resto de su vida se dedicó a volar, sobre todo llevando correo a Masai Mara. Gastó todo su dinero en bebida y en mujeres, y los últimos años los pasó enfermo en Narok. Allí murió solo, y de él no queda más que una casa destartalada y una tumba muy pobre en el cementerio.

–*Poor devil*.

–¿Y qué pasó entonces?

–Bien, yo trabajé y trabajé. Alguna cosa nueva para mí, ha, ha. Yo aprendí cómo manejar una granja. Cuando Uke falló a replicar a mis cartas, yo traté a olvidar ella. Ello no fue fácil. Cada día yo pensaba de ella. Pero eventualmente, yo fui yendo. Después llegó Mau Mau. Un día en el White Rhino yo conocí a un hombre que venía desde Golspie, *my hometown*. Él estaba en un viaje en Kenia, tenía amigos y algún negocio aquí, pero él vivía en Edinburgh, donde él era el propietario de un periódico. Él estaba seriamente alarmado por rumores sobre una sociedad secreta kikuyu que estaba poniendo una rebelión contra la colonia. Él estaba mirando por alguien a reportar para su periódico, y yo estaba un pequeño aburrido con el trabajo en la granja. No quité mi trabajo, pero yo convertí además un *war reporter*.

–¿Y durante todos esos años trabajaste en la granja? –indagó Delsey, incrédulo.

–Sí, bien, yo miraba por maneras a tener alguna diversión. Yo construí un *football pitch*, y yo organicé un *football league* con los kikuyus y los colonos.

–¿Los kikuyus sabían jugar al fútbol? –pregunté.

–*Of course!* ¡Yo enseñé ellos! Ello era gran diversión. En los *matches* no había tribus. Blancos, negros, *kaburus*[1], kikuyus, *landowners*, laboradores, *squatters*, toda esa cosa. Ello era once versus once, y si el laborador pateaba al *landowner*, él no perdía su trabajo, ello era sólo *foul*. Ello todo rompió con Mau Mau. El *league* fue suspendido, todo uno corrió a luchar en su lado, y donde antes era sólo una patada, fue de repente un disparo o un golpe con *panga*. Yo nunca vi alguna otra guerra. Pero aquella una, mis amigos, fue puro infierno. Yo vi cosas ello llevó a mí un largo tiempo a olvidar. Otras yo olvidé nunca, y olvidaré nunca. Especialmente los niños… Los niños…

–Hamish, conseguí esta foto. –Saqué la fotografía de mi bolsa y se la mostré–. Es de tus días como reportero de guerra.

–*Oh, my Goodness!* ¿Dónde tú conseguiste esta foto?

1. Nombre que se daba a los colonos blancos.

–Me la envió la hija de Winslow Macomber, el segundo por la izquierda. ¿Le recuerdas?

–¡Winslow Macomber! Él era un real hijo de puta. ¿Qué fue hecho de él?

–Regresó a Inglaterra tras la independencia. Murió hace unos años.

–*Oh, I'm sorry*. Yo no debí haber dicho eso. Él hizo otros sufrir. Pero yo no gusto a hablar mal sobre los muertos.

–Hamish, y durante todos esos años... ¿no hubo ninguna dama? –curioseó Delsey.

–Delsey... –reprendió Hamish.

–Comprendo. Hubo demasiadas.

–Pero nunca la una. La una estuvo siempre muy lejos afuera. Yo nunca manejé a olvidar Uke. Pero entonces alguna una vino a llenar mi vida.

–Njoki –apunté.

–Ello era tiempo de guerra, muy peligroso para un bebé. Yo no quise dejar ella en las manos de alguno, blanco o negro. Ella vino a mí y yo no podía decepcionar ella. Ella era mi responsabilidad. Así yo convertí su papá. Yo tuve que aprender cómo a tomar cuidado de un bebé, igual yo aprendí cómo a tomar cuidado de una granja.

–¿Y regresaste a Nyeri con ella?

–Ello era un país muy peligroso. Ello no era sensible usar las carreteras mayores, donde alguno podía quitar a Njoki desde mí, ella era una kikuyu y los kikuyus eran confinados a la reserva. Pero ello no era sensible también a viajar por el bosque, donde Mau Mau reinaba.

–¿Y qué elegiste?

–Yo elegí el bosque. Si Mau Mau encontraba a mí, yo posiblemente sería asesinado, pero yo pensé ellos no matarían Njoki si ellos no encontraban una razón a matar ella, y había ninguna razón. Mau Mau mataba los hijos de los *loyalists*, pero Njoki tenía ninguna familia. Y en el bosque yo tenía una *chance*. Yo podía esconder desde Mau Mau igual tan ellos escondían desde la policía y la Home Guard. Había más peligro en la carretera. Ellos eran demasiados a eludir. Y yo sabía cómo ellos estaban tratando los kikuyus en la reserva. Allí Njoki moriría sin alguna duda.

–Lo hubiera imaginado. Mi valiente Hamish –alabó Delsey.

–No, Delsey, yo no fui héroe. Ello era simplemente mi deber. Después yo vi que ellos habían hecho a otros niños aquella noche de Lari, y muchas otras noches a muchos otros niños, yo sentía yo debía aquello a todos de ellos. A los niños matados. A los inocentes. Njoki debía vivir por todos de ellos.

–¿Y conseguiste llegar a Nyeri sin problemas? –proseguí.

–Problemas... ¿Tú recuerdas...? Cuando tú eras un niño, tú preguntaste a mí a contar a ti una historia sobre un león.

–¿Este león? –exclamé, abriendo mi camisa y mostrándole el collar del que nunca me desprendía.

–*Oh, my God!* ¡Tú todavía tienes ello!

–Nunca me separo de él.

–Yo maté ese león a proteger Njoki. Eso es porque yo no podía contar la historia entonces. Tu familia no gustaba yo, y yo no quería ellos a saber sobre Njoki. Ello hubiera hecho las cosas peor. Y... –sonrió– yo no confié tú a guardar el secreto.

–Hiciste bien. Casi había perdido a mis mejores amigos por romper un secreto. Pero creo que ya no hay problema, ¿no? ¡Llevo catorce años esperando ese cuento!

–*Oh, well.* –Hamish rió, encendió su pipa, aspiró un par de veces y continuó–: Yo viajaba por la franja media del bosque, no muy alto, y no muy bajo. Yo sabía Mau Mau debían usar bambú para madera de fuego, porque quema bien y no hace un montón de humo, así yo evitaba la alta altura. Yo sabía ellos lavaban en los ríos pero no quedaban cerca, a evitar el ruido del agua que no dejaba ellos oír el ruido del enemigo acercando. Pero yo sabía Njoki y yo teníamos que lavar todo día sólo con agua, para evitar olor de humano o de jabón que diría a los animales que nosotros estábamos allí. Así cada día nosotros íbamos abajo al río, después comprobando no había Mau Mau en la vecindad, y sin dejando pisadas de pies en el barro. Ello era difícil. Yo primero lavaba Njoki y después yo lavaba yo mismo. Pero ella... *crawled*, así yo tenía a sujetar Njoki en algún modo mientras yo lavaba. Yo hice una *harness* a colgar ella desde un árbol y entonces yo podía lavar tranquilo, yo dejaba mi rifle en la orilla, y yo dejaba ramas alrededor en caso un animal acercaba, yo oía primero el animal acercar y yo podía correr a coger mi rifle. Un día, yo estaba lavando cuando yo oí un *creak*. Ello todo sucedió muy rápido. Cuando yo miré, yo estuve en pánico. Una leona enorme había descolgado Njoki desde el árbol y estaba sujetando ella desde su *harness* con sus dientes. La leona estaba mirando a mí en el agua, tan si ella estaba pensando, bien, mi amigo, yo tengo tu pequeña, si tú quieres ella, tú vienes por ella. Yo prefiero tú. Tú tienes más carne. Así vamos nosotros ver qué tú atreves a hacer ahora. Pobre Njoki miraba a mí con su carita de ángel, sonriendo, no sabiendo ella era justo un *peanut* para ser devorada por aquel animal. Y peor de todo, mi rifle estaba en la orilla, debajo del pie de la leona. Durante mis años como un mánager de granja yo tuve encuentros con leones, y yo sabía qué a hacer en esos casos: no mover, no correr, quedar quieto y silencioso hasta la leona va afuera, y si ella no marcha, disparar. Yo no sé qué pasó a mí, pero yo olvidé toda cosa yo sabía, toda caución. ¡Mi pequeña niña estaba colgando desde los dientes de un animal salvaje que estaba yendo a comer ella! Así después un momento de duda, yo pensé, *oh, really?* Entonces tú verás qué yo atrevo a hacer. Yo puse en pie, desnudo tan yo estaba, yo vine fuera del agua, andando, andando hacia la leona sin dudar, yo agarré el cañón de mi rifle bajo su pie, yo tiré, ella movió su pie y andó hacia atrás, sin quitar sus ojos fuera desde mí, yo puse el rifle contra mi hombro, yo fijé el punto de los toros donde los toreros clavan la espada, así yo apunté a su espalda para evitar hiriendo Njoki, y yo disparé punto blanco, justo un disparo. Y eso es como ello fue. Cuando la leona cayó al suelo, y Njoki con ella, Njoki comenzó a llorar. Yo tomé ella en mis brazos y consolé, pero era yo quien estaba temblando como una hoja. Yo no sé cómo yo pude hacer eso. Y yo no sé por qué la leona nunca atacó. Yo creo que, de cien veces en una situación similar con una leona, sólo una vez la leona no atacaría a mí. Y de cien veces en una situación similar con una leona, sólo una vez yo actuaría esa manera. Ese día yo tuve suerte en mi lado. Y Njoki también.

Aspiró para avivar la lumbre de su pipa y dejó escapar un par de nubecillas de humo. Yo estaba fascinado. Hamish tenía razón. No era un héroe. No. Era un superhéroe.

–Ha valido la pena esperar catorce años –afirmé–. Es una historia magnífica. Ahora llevaré mi collar todavía con más orgullo.

–Ello era sus garras, o mis uñas. Suertemente tú estás llevando sus garras, no mis uñas.

–¿Qué pasó después?

–Oh, yo regresé a la granja. Yo cuidé después Njoki, con alguna ayuda desde las mujeres de la granja. Todas de ellas enseñaron a mí. Yo todavía reportaba noticias para el periódico, pero menos frecuentemente. Cuando yo marchaba, yo dejaba Njoki con mi jefa y las mujeres en la casa, y ellas cuidaban bien. La guerra fue, y paz vino. Njoki creció hasta ella convirtió una mujer. Y entonces alguna cosa pasó entre yo y ella. Una vez ella era una mujer, de repente yo no veía ella algo más como mi hija, pero como una esposa. Mi esposa. Aunque no había ninguna relación física entre yo y ella. Yo caí en amor con ella, y años pasaron hasta ella dijo a mí ella sentía lo mismo. Ello era un amor prohibido. Para todos yo era su padre, y ella era mi hija. Pero actualmente había ninguna relación de familia entre nosotros, y nosotros ya no veíamos al otro en esa manera. Ello era tabú para los kikuyus, y tabú para mis jefes cristianos. Así nosotros tuvimos que esconder ello. Un día, el correo entregó una carta para mí. Ello fue absolutamente inesperado: una carta desde Victoria, la hermana de Uke. Yo tenía ninguna idea cómo ella había encontrado a mí. Pero en alguna manera ello era noticias muy tristes. Uke había muerto. Finalmente yo podía llegar ella, pero ella estaba muerta. Yo sufrí grandemente, y yo viajé a España, y tú ya sabes cómo ello fue allí. De repente yo vine a saber yo tenía una familia en España, y ello fue un enorme *shock* para mí. Yo mandé un telegrama a Njoki, contando y diciendo a ella yo quedaba a ver si la situación podía ser *settled*. Pero ello no fue bien. Njoki replicó diciendo ella estaba asustada de uno de los hijos del *landowner*, él estaba molestando a ella, él decía ella era tan buena para él que si ella fuera blanca, pero siendo negra. Yo tuve preocupado, yo no sabía qué a hacer, yo quería a *settle* la situación con mi familia española pero Njoki necesitaba a mí y yo tenía a regresar a cuidar después ella. Entonces Jomo Kenyatta murió. Yo pensé caos vendría, y que en caos Njoki estaba en peligro. Yo decidí retornar a Kenia. Entonces yo encontré que, para proteger ella misma desde el acoso de ese tipo, Njoki había confesado a todos que ella era mi mujer, y ello fue un escándalo grande. Nosotros tuvimos a dejar la granja y marchar afuera.

–Por eso no recibiste nuestras cartas. Mi madre y yo te escribimos a la dirección que nos habías dejado.

–Yo escribí a vosotros tan bien.

–Tampoco recibimos tus cartas. Tras la muerte de Uke, mi familia dejó Lux Domini. Luego mis padres se separaron y la casa quedó abandonada. Nadie se molestó en pasar por allí a recoger el correo.

–Oh, I'm deeply sorry. Pero tú dijiste tú leíste mi artículo sobre Lari. Así tu recibiste mis artículos. Yo envié ellos a Lux Domini.

–Fue pura casualidad. Fui a ver la casa antes de viajar aquí. Mis padres la habían vendido.

–Oh, no!

–Pero allí estaba tu manuscrito y pude recuperarlo. Tengo curiosidad. ¿Por qué me lo enviaste?

–Bien. Yo pensé que, ahora tú eras un adulto, puede ser tú sí gustarías a ver a mí. Fue Njoki quien tomó el tiempo a reunir todos mis artículos. Cuando ella quedó embarazada, ella dijo ella quería a mostrar nuestro hijo todo su padre había escrito sobre la guerra, y todo el horror su padre había visto en la guerra. En esa manera, al mínimo por nuestro hijo, nunca habría otra guerra en Kenia. Cuando Njoki murió, yo estaba tan triste, que yo incluso quería mi hija no saber ninguna cosa sobre la guerra. Mumbi sería una niña nueva de mañana. Yo soy un hombre viejo, y pensé en... atar cabos sueltos en mi vida. Yo quería a ti. Y a ti. Eso es porque yo envié a ti los artículos, yo nunca imaginé tú ya no vivías en Lux Domini. Yo esperaba que, cuando tú viste mi dirección, tú vendrías. Y tú viniste. Y tú llevaste Delsey tan bien. Aunque tú viniste más tarde que yo esperaba.

–Tu dirección se borró del sobre. El correo de Lux Domini cayó al suelo durante años sin que nadie lo recogiera, y tu manuscrito se salvó por pura casualidad, porque el sobre era de plástico y más o menos resistió la lluvia. La casa está ahora en un estado lamentable. Pero ¿sabes? Encontré allí tu cuadro, el de Landseer, el que le vendiste al padre de Uke. Había estado olvidado en el desván durante décadas. Gracias a eso voy a comprar la casa y a recuperarla para mi familia.

–¡Oh, eso es fantástico, *really great news*! Qué extraño destino para nuestras vidas.

–Sí. Yo te imaginaba en un lugar tan bonito como éste. Aunque nunca hubiera sospechado todo lo que pasaste para llegar hasta aquí. ¿Cómo encontrasteis este lugar?

–Después la granja, nosotros viajamos por un rato. Cuando nosotros vimos toda cosa estaba *settled* después la muerte de Kenyatta, nosotros regresamos aquí a buscar un lugar a vivir. Nosotros no quisimos intolerancia a impedir nosotros vivir en Nyeri, en estas montañas. Nosotros encontramos esto, ello era un camino ciego construido durante la guerra, fuera de servicio, y aquí nosotros quedamos. Nosotros pudimos finalmente tener matrimonio legal, y nosotros construimos esta casa. Ahora el gobierno quiere yo fuera. Yo no soy el propietario de esta tierra, yo soy un *squatter*. Yo quiero a comprar esta tierra, pero el gobierno no desea a vender. El problema es que yo quiero a pagar, pero sólo en dinero legal con papeles, y éste no es el trato usual aquí. Así yo estaré todavía aquí hasta ellos *evict me*, o hasta yo muera. En el tiempo medio, yo juego el violín para mis vecinos en la escuela. Yo gusto ello, y ellos gustan tan bien. Nosotros hicimos buenos amigos con ellos. Ellos aman música. Yo además compré para la escuela el piano, el CD *player* y la CD *library*.

–¿Y del violín vas viviendo?

–¿Cómo? ¿Viviendo…? ¡Oh, no, yo juego por gratis! Para hacer un viviendo yo escribo libros.

–¿Libros? ¿Qué clase de libros?

–Oh, *paperbacks* baratos, historias del Far West. Yo he estado escribiendo ellos por un tiempo largo.

–No me digas. –¿Sería posible?–. ¿De qué tratan?

–Ha ha, tú ves, ellos son sobre un duro *cowboy* llamado Sangre de Cristo, el nombre tomado desde las montañas de…

–¡NO! ¡NO PUEDE SER!

–Pardon?

–¡Yo he leído tus libros! ¡Los he leído! ¡Los encontré por casualidad!

–Oh, cree ello o no, ellos hacen buenas ventas. Especialmente en los aeropuertos en Estados Unidos. Y yo consigo bien pagado. *In my humble opinion*, ello no es tan extraño. Ello parece mucha gente gustan mis libros. Ellos son malos, pero divertidos.

–¡No, no lo entiendes! ¡Yo comencé a leerlos cuando empecé a buscarte! ¡Compré el primero al azar entre docenas de libros en un quiosco de París, cuando estaba tratando de localizar a Delsey! ¡Es increíble!

–La vida es increíble, mi querido Curro. *Look*. –Hamish se levantó de la silla, entró en la casa y regresó al momento cargando con una vieja máquina de escribir–. Mi viejo Underwood. Con ello yo escribí todos mis artículos de guerra. Y yo tomé mi *pen name* desde ello.

–¡No puedo creerlo! Los artículos que me enviaste están escritos con la misma máquina y por la misma mano que los libros de Sangre de Cristo. ¡Ni en un millón de años lo hubiera sospechado!

–It's a small world –sentenció Hamish entre dientes, aspirando su pipa.

–Sí, mucho, desde luego. –Miré a la pequeña–. ¿Y Mumbi? ¿Cómo llegó?

–Oh, my poor little girl. –Le acarició la cabeza–. Yo era mucho más viejo que Njoki, y ella sabía yo estaría faltando algún día. Un día, ella dijo ella deseaba a tener un bebé conmigo. Ello era loco. Pero ella decía entonces yo no desaparecería para siempre, pero yo viviría en su hijo. Ello tomó nosotros un largo tiempo... Bien, yo no era algo más el hombre yo era antes, tú sabes. Pero finalmente ella convirtió embarazada, alguna cosa increíble, maravillosa, maravillosa... Pero tristemente no está en nuestras manos a formar el futuro. Njoki murió dando nacimiento. Ello fue horrible. Yo sufrí grandemente. Yo estaba supuesto a morir primero. Ella estaba preparada a vivir sin mí, pero yo no estaba preparado a vivir sin ella. Yo añoro ella mucho. Todo día yo pienso de Uke y Njoki. Los dos amores de mi vida. Yo amé ellas ambas, yo tuve ellas ambas y yo perdí ellas ambas. Pero ahora Uke vive en ti, y Njoki vive en Mumbi. Mi hija y mi nieto. Y el mundo va alrededor. –La pequeña le tendió el muñeco de madera con un gritito. Hamish disimuló un brillo líquido en sus ojos y le acarició el pelo.

–Durante todo este tiempo buscándote... –medité–. He imaginado muchas cosas sobre ti. En algunas estaba en lo cierto, y tal vez en otras no. Pero aunque hubiéramos tardado un año en encontrarte, nunca habría imaginado que tendrías un bebé. Tu bebé. Mi... ¡tía! –reí por el extraño parentesco.

–Hamish… –intervino Delsey–. Tanto a ti como a mí no nos queda mucho tiempo. Para mí, haberte encontrado y recibir tu perdón por mis errores pasados ha colmado toda aspiración que aún pudiera albergar en este mundo. Pero tú… Tienes una hija, una niña pequeña. ¿Qué harás con ella cuando tú…?

–¡*My dear friend Delsey*, tú eres siempre tan trágico! ¡Tú no has cambiado en todo! Pero no vamos nosotros a pensar sobre el futuro ahora. Hoy es un día para recordar, y para celebrando nuestro encuentro. Ahora vosotros contáis a mí. Si la dirección en el sobre fue lavada afuera, ¿cómo vosotros encontrasteis a mí? Yo adivino ello ha debido ser una busca difícil.

–Ha sido un largo trabajo en equipo, ¿verdad, Delsey? –Le miré sonriendo–. ¿Tenemos tiempo ahora? ¿A qué hora empieza la fiesta?

–¿Hora? ¡La fiesta tiene ninguna hora, y yo tengo ningún reloj! Ello empieza cuando la gente del pueblo vienen, y ello termina cuando ellos marchan.

La *ngoma* no fue el tipo de ceremonia tradicional de música y danza que en Kenia suele caer bajo ese nombre, sino una gran fiesta bastante ecléctica, y pude deducir que la CD *library* de Hamish no se limitaba a la música clásica. Muchos vecinos acudieron a presentarnos sus respetos y a conocer a los amigos de Bwana Fidla. Delsey y yo nos sentíamos como los embajadores de algún país extraño, estrechando manos a diestro y siniestro, o como exploradores en una tierra virgen. Claro que ya no quedaba África por explorar, ni aquella gente se acercaba a nosotros por la curiosidad de estudiar a los «extranjeros rojos», como hubiera ocurrido un siglo atrás. Creo que simplemente apreciaban a Hamish, y acudir a saludarnos era para ellos, además de una manera de agasajar al anfitrión de la fiesta, un modo de mostrar a los parientes de Hamish que él era querido y aceptado allí.

Sentados en sendas sillas en la veranda delantera, Hamish y Delsey estaban demasiado rotos para participar en las exhibiciones físicas, pero miraban el espectáculo complacidos mientras probaban licores de café, plátano, mandioca y batata. En un momento en que Hamish entró en la casa, Delsey caminó ligero hacia mí y, con un visible nudo de tensión en el entrecejo, me susurró:

–¿Qué opinión te merece la conversación sobre la niña?

Pensé que, durante aquel largo viaje en estrecha compañía, Delsey y yo casi habíamos aprendido a leer en la mente del otro.

–¿Se refiere a la evasiva cuando usted le preguntó por el futuro?

–¿No te resultó chocante?

–Un poco, para ser sincero. ¿Qué cree usted?

–Lo ignoro. Pero tengo para mis entrañas que aún no han concluido las sorpresas en las peripecias de Hamish. Prepárate, muchacho.

Con tan enigmático vaticinio, Delsey regresó a ocupar su silla frente a la puerta. Al momento, entre la oleada de cortesías, una mujer menuda se acercó tímidamente a mí y me saludó con la frente agachada. Tras el primer análisis comprendí que no era nada parecido a un gesto de decoro o sumisión, sino simplemente una expresión particular suya. Traía los ojos agazapados, pero no miraba al suelo, sino hacia lo alto, directamente a los míos. Me bastó con ese gesto. No necesité más presentaciones para saber de quién se trataba.

–*Jambo, mama!* ¿Usted es la madre de Makena?

–Sí. Vivo a dos kilómetros hacia Mweiga. Conozco a Bwana Fidla desde hace años.

–*Mama*, es un honor conocerla. Ha criado usted a una hija excepcional.

–Gracias. Me alegró serle de alguna ayuda.

–¿Alguna ayuda? Sin usted no estaríamos ahora celebrando esta fiesta.

Por supuesto, no todos los habitantes de aquellas aldeas y *shambas* aplaudían felices la instalación ilegal, perseverante y no solicitada de un *mzungu* en las tierras de sus ancestros. Los *mungiki*, los «hijos» ideológicos de los Mau Mau, también permeaban aquellos valles como un día lo hicieron sus padres y, según pude saber, Hamish había recibido en ocasiones esporádicas alguna muestra de hostilidad. Pequeños detalles que un arúspice de espíritu trágico, como Delsey, habría traducido a minúsculas lucecitas rojas en el tablero de ese avión que los niños como Mumbi debían pilotar para que los horrores de los años cincuenta nunca se repitieran en Kenia. Pero ésa es otra historia y, como había dicho Hamish, aquélla era una noche de celebración.

39

NIÑA NUEVA DE MAÑANA

No regresamos al Outspan a dormir aquella noche. Finalizada la *ngoma*, Hamish le ofreció una cama de invitados a Delsey, y yo me apañé con un saco de dormir. La noche fue muy fría, pero con mi acostadero móvil escogí el lugar más próximo a la chimenea, y los licores ingeridos me prestaron un segundo foco de tibieza. La mañana abrió barriendo las nubes del cielo, y bajo el sol ecuatorial el rocío en la fronda verde resplandecía como un escaparate de caramelos de menta. Terminadas la búsqueda y la fiesta, me invadía esa lasitud que se siente en los músculos después de un gran esfuerzo, y pensé que las agujetas en el cerebro me las taponaban las endorfinas de la resaca investigadora y el efecto balsámico de aquel valle de clorofila en rama.

Abandoné mi estado de crisálida y caminé hasta la terraza trasera en calzón de dormir y con los pies descalzos. La madera estaba fresca y húmeda, y crujía bajo mis pisadas como si reventara burbujas de plástico de embalar. Salir casi desnudo frente a las laderas acolchadas de hojas era como bañarse al amanecer, sintiendo el oleaje helado resbalar sobre la piel y batirse en retirada ante la incursión de la luz en el valle. Era una sensación tónica y vivificadora, que te hacía sentir la sangre efervescente en el pecho y en las mejillas.

Aquél no era el páramo de un león moribundo. Si acaso, un páramo de juegos, como mi Walpurgis, donde Hamish había edificado su campamento base. Sólo cuando se hace viejo puede un niño construir el parque que le pide el capricho sin peligro de que se lo desmantelen sus padres. Aunque Hamish se enfrentaba a otra rigurosa potestad: el ariete burocrático del gobierno.

Recordando mis juegos de monte en Torrelodones, me hubiera quedado allí a ser de nuevo el Capitán de Las Cuatro Plumas. Sin embargo, me reclamaba mi realidad. Yo aún era joven para poner el pie en el fondo de saco de un camino olvidado y plantar mi bandera. Tenía una familia, algunos amigos, puede que una casa, tal vez una chica y quizás un trabajo. Habíamos aceptado la oferta de Hamish de beber unos tragos de su paraíso inagotable, pero sólo durante un par de días. Transcurrido aquel plazo que era una cuenta atrás, despegaríamos con destino a nuestro planeta, que nunca parece tan extraterrestre como cuando uno regresa de Kenia.

Nyokabi nos cosechó el desayuno en cinco minutos y en cinco metros a la redonda de la casa, como si se hubiera limitado a poner los platos allí fuera para que los ingredientes saltaran uno a uno desde las plantas que Hamish cultivaba en la ladera empinada bajo el voladizo. Después, Delsey y yo regresamos al Outspan a recoger nuestro equipaje y liquidar nuestra cuenta. Esperaba un mensaje, y lo tuve. Mientras Delsey recomponía la manada de carpinchos, celebré mi penúltima gran sesión telefónica desde mi habitación. Llamé a Ken y a Makena. Ninguno de los dos respondió al teléfono, e intuí que debía de ser por la misma razón. Seguramente estaban organizando el traslado del hombre de yeso a su pedestal definitivo, algo que, dado el grado de rigidez del cuerpo de Ken, quizá requeriría de la ayuda de una empresa de transporte de esculturas como aquélla de París. A continuación marqué el número de mi madre y exploté de júbilo al comunicarle, esta vez sin maquillajes, que había encontrado a Hamish, que ella estaba en lo cierto, que él no mentía, y que a partir de ese momento podía sentirse oficial y extremadamente orgullosa de contar en la familia con un tipo como aquél. Ella respondió con una pizca menos de entusiasmo del que yo hubiera deseado, es decir, exactamente como temía. Se alegraba mucho, algo que hay que hacer notar cuando quien lo dice sospecha que el teléfono no es capaz de amplificar una débil señal, sino más bien de apantallarla. Y es que supongo que, a veces, llevar razón duele. Me dejó un poco preocupado, y decidí llamar a mi padre. Él estuvo más franco, porque no tenía nada que amplificar. Aún.

–Muy bien, Curro. Te creo, y yo sé reconocer mis errores. Creo que entonces tendremos que viajar allí y conocer más a fondo a mi padre. Si él es como aseguras, será un placer darle un afectuoso abrazo y presentarle mis disculpas más sinceras. Dile que, si él lo desea, nuestras puertas están abiertas. Aunque, como ya es tan mayor, puede que no sea lo más adecuado. Mejor, tengo una idea: organiza otro viaje cuando a ti te venga bien y vamos todos juntos a verle. Se lo contaré a tu madre y, para ir abriendo boca, empezaré por pedirle perdón a ella. Por cierto, pensaba invitarla a cenar esta noche. Hace mucho tiempo que no nos vemos a solas sin un notario o un abogado de por medio, sólo con el juez, que soy yo. Lo que ocurre es que todos los restaurantes que yo conozco son más bien... magistraturas con servicio de mesa. ¿Tú conoces algún lugar así, digamos... fresco e íntimo a la vez?

Después de recomendarle el restaurante Bai a mi padre y colgar, miré de frente al espejo que reposaba encima del escritorio de la habitación. Creo que nunca antes me había sorprendido a mí mismo con una sonrisa que tocara los dos extremos del marco.

Por fin, un redoble de tambor, que no era tal sino el castañeteo aterrorizado de mis dientes, precedió la ceremonia de apertura del sobre marrón. Aquel sobre contenía, si la lógica no fallaba, el mensaje de Mónica. Le pedí un número de teléfono, y me dio un número de teléfono. Era un número de teléfono que comenzaba por +34 y 91. Era un número de teléfono de Madrid. Era *su* número de teléfono de Madrid. Lo había escrito con enormes letras y entre signos de exclamación. No cabían vagas interpretaciones ni juegos de jeroglíficos: había regresado.

Tuve que marcar tres veces. Las dos primeras se me debió de ir algún número, y es que me costaba atinar con el dedo dentro de los límites del aparato. Cuando por fin enganché la combinación correcta, escuché un ruido rítmico y borboteante, y pensé que había un cruce de líneas con un electrocardiógrafo. No había error. Era mi corazón, que me latía hasta llenarme las orejas. Pensé en por qué pensaba pensamientos tan impensablemente estúpidos en un momento como aquél, e imaginé que era un mecanismo de defensa inconsciente para disipar la tensión, lo mismo que debía de ocurrirle a un futbolista antes de tirar el último penalty de la última tanda en una final, que seguramente lo tiraba cantando mentalmente algo muy idiota, como aquélla del hipopótamo para Navidad que tocaba Trevor al piano, y comprobé que con lo del penalty se me había ido la cabeza otra vez, y no pensé más, porque de inmediato respondió ella.

–¿Sí, dígame?

–Hola. Soy yo.

–¡Cariño! ¡Pero cuánto te he echado de menos! Dime, ¿qué llevas puesto?

–Pues un mosqueo bastante importante, porque no entiendo nada. Pero ¿cómo es que has ido a Madrid?

–Pues en avión, tonto.

–¿Para quedarte?

–Para siempre tuya, hasta que la actualidad internacional nos separe, claro.

–¿Qué se hizo de la *europin-up*?

–Se cansó de estar colgada en la pared. Aquello era una pérdida de tiempo. Me he pasado dos semanas en el condado de Holmes, Ohio, haciendo un reportaje sobre la evolución de la dieta específica de las comunidades amish y sus efectos clínicos en la obesidad y el colesterol, en comparación con la ingesta del hamburguesero *BBQer* medio americano. Sé que sólo mencionar el tema estará haciendo salivar tu hambre periodística, porque realmente ese reportaje era el sueño hecho realidad de todo profesional de la información. Por desgracia tan iluminada idea no fue mía, sino de mi dilecto jefe. No sé si esta oportunidad de oro en mi carrera tendría algo que ver con el hecho de que me negara a acostarme con él. En fin. Yo no necesito un titulito con bombillas para colgar encima de mi mesa. Así que vuelvo a las trincheras.

–Ah, ¿por fin las han enmoquetado? –Me di cuenta entonces de que todo volvía a su cauce. Mónica sacaba de mí aquella manera de hablar que sólo empleaba con ella. Lo había echado de menos.

–¿Y tú? ¿Qué tal tu safari?

–Cobramos la pieza. Ayer encontramos a mi abuelo.

–¡Vaya, enhorabuena! ¡Y sin mi ayuda! ¿Ves cómo sabes valerte solito?

–Eso no es del todo cierto. Tengo que reconocer que tu idea del anuncio en la prensa nos ayudó.

–Ah, por cierto, perdona por no haber podido responder a tu fax con el texto del anuncio, pero estaba…

–Sí, ya sé, bailando aquella de Sam Cooke con Harrison Ford en el granero.

–Vale. Ya me lo contarás todo, pero dime: ¿hay reportaje?

–Más que eso. Hay para un serial.

–¡Bien! Si me convence la historia, yo te amadrino para que vuelvas al periódico.

–Gracias, me pondré mi mejor vestido y mis plataformas de cristal. Oye…

–¿Sí?

–Quiero decirte que durante este tiempo no me he acostado con nadie, pero… lo recíproco no es exactamente cierto.

–Yo no te he pedido explicaciones.

–No. Pero yo te las regalo con mucho gusto. Mira, he estado pensando en tu fax…

–¿Qué fax?

–El anterior. El de «Casi amanece ya».

–¿Y qué es lo que has estado pensando?

–Bueno, lo hablé con Delsey. Como tú esperabas, él reconoció la frase en el texto de *Romeo y Julieta*. Y he comprendido cuál es tu percepción de lo nuestro. No es que sea algo nuevo para mí. Ya sé que no te gustan las ataduras a no ser que seas tú quien las maneje. Pero al menos he aceptado que ésa es tu manera de juntarte con alguien, y que eso en realidad no disminuye la intensidad de tu relación aunque sea difícil apreciarlo por parte de la parte contratante de la segunda parte. Si de repente te da el aire de Mrs. Hyde y de nuevo quieres echarme de menos, no puedo oponerme a ello. Pero tampoco puedo oponerme a que tires del hilo cuando te apetezca. Es triste, pero es así. Y si ésta es tu idea de una relación estable, trataré de no ahogarme con ese hilo.

Su reacción fue la más imprevisible. Se estaba carcajeando. De mí.

–Vaya. Brillante, Mencía. Creo que has resumido bastante bien los términos de nuestro convenio. Pero debo confesarte que no tengo ni idea de dónde has sacado toda esa película –siguió riendo.

–Pero ¿qué dices? ¡Tu frase, «Casi amanece ya», la frase de *Romeo y Julieta*!

–¡Pero qué Romeo ni qué Julieta ni qué gaitas templadas! ¡Si yo sólo quería que dedujeras que estaba en Madrid! ¡Lo que sin duda hiciste, ya que me enviaste tu fax de respuesta a mi casa!

–¿Cómo? ¿Que yo...? ¡Espera! Le di la hoja a la recepcionista y le pedí que la enviara al fax del remitente. Ni me fijé en el número. ¡Yo no sabía que estabas en Madrid hasta ahora mismo, que he visto tu mensaje con el número de teléfono de tu casa! ¿Cómo se supone que debía deducirlo del «Casi amanece ya»?

–¡Pero si es evidente, era una pista horaria! ¡Casi amanece ya! ¡Extrañado porque yo te hubiera escrito a hora tan intempestiva, tú debías haber comprobado la hora en la hoja del fax, y entonces te habrías dado cuenta de que la hora impresa por tu máquina y la impresa por la mía no guardaban la diferencia horaria entre Kenia y Nueva York, y entonces habrías mirado el número de fax de procedencia y habrías visto que era el de mi casa! Pero ¿por qué crees que escribí mi número de teléfono con exclamaciones cuando me lo pediste? ¡Creí que lo habías entendido ya y que te estabas quedando conmigo! ¡Dios, pero qué complicado eres, hijo! ¡*Romeo y Julieta*, ja, ja! –El ataque de risa apenas le dejaba articular palabra.

–Vale. Sé reconocer el ridículo cuando me lo he comido hasta rebañar el plato.

–Anda, tonto, no pasa nada. Yo te quiero igual, ahíto de ridículo y todo. ¿Cuándo vuelves?

–Seguramente en un par de días.

–Llámame cuando tengas confirmado el vuelo, ¿vale? Voy a recogerte al aeropuerto.

–Seré el único pasajero al que recoja una choferesa con chófer.

–No, iré sola. Tenemos que recuperar el tiempo perdido. No tiene sentido que vayas a tu casa, seguro que en tu nevera hay montado otro safari. Te quedas a dormir, ¿vale? Te prometo que esta vez desayunamos juntos.

–No puedo negarme a eso.

–Pues no lo hagas. Espero tu llamada.

–Un beso.

–Dos.

Colgué, y en ese momento repicó un tamborileo en la madera de la puerta. Era Delsey. La cofradía del carpincho llevaba en andas su equipaje hacia la recepción, y él había llamado para preguntarme si ya estaba preparado. Estaba deseando reunirse de nuevo con Hamish en su cabaña.

–Te noto pensativo –me dijo.

–Acabo de hablar con Mónica.

–¿Todo bien?

–Pues no lo sé, la verdad. Dice que aquel fax no tenía nada que ver con *Romeo y Julieta*. Pero nunca sé si me toma el pelo cuando creo que me está hablando en serio, o al revés. En cualquier caso, está de vuelta en Madrid. Dice que nos veremos a mi regreso. No sé cuál es el futuro que me espera con ella. Pero sea cual sea, me apetece mucho.

En los dos días que siguieron, Hamish nos reveló los secretos del mundo perdido que había tomado en adopción en aquel valle de Aberdares, y que él disfrutaba cada vez menos a medida que las fuerzas le abandonaban. Con la ayuda de un cayado y la que yo prestaba a él y a Delsey, los tres descendimos por un sendero de traviesas de madera incrustadas en la montaña, que bajaba por la ladera junto a la terraza apuntalada para comunicar con estrechas terrazas de cultivo allanadas bajo los postes. En aquel jardín, bonito incluso siendo útil, Hamish plantaba todo lo que lograba hacer crecer, incluidas las grandes plataneras cuyas hojas nos cosquilleaban los pies cuando descansábamos en la terraza. La senda continuaba después pendiente abajo hasta el arroyo. Allí Hamish solía pescar y refrescarse cuando era más joven y las piernas no le fallaban, y de aquellos días quedaba una reliquia insólita, algo trivial pero que definía la singularidad de mi abuelo, y que jamás en mi vida he contemplado en otro lugar. Hamish había tendido hasta allí un cable eléctrico desde el generador de la casa, enterrándolo ladera abajo. En tiempos lo había necesitado para poder disfrutar de la música de su colección de discos de vinilo mientras pescaba. A pesar de su vida aislada, Hamish no era un robinsón vegetariano y abrazaárboles, sino un *bon vivant*, quizá demasiado independiente para vivir en sociedad. Para facilitar el enganche de la clavija del tocadiscos y que el cable no se perdiera entre la foresta o lo royeran los animales, había tallado una roza en un árbol, la había tapado después con los mismos pedazos de la madera sellados con goma de resina y había excavado en el tronco un compartimiento cerrado en cuyo interior había fijado un enchufe resistente a la intemperie. Ignoro si era el único árbol del mundo con toma de corriente, pero al menos yo jamás vi otro.

Río arriba descubrimos una plataforma adosada a la copa de un árbol, que Hamish había construido años atrás. Desde allí arriba cazaba para aprovisionar la despensa antes de que prohibieran la caza en todo el país, y a veces se sentaba allí tan sólo a detectar los movimientos de los animales entre la espesura y adivinar de qué se trataba, o a compartir un rato de charla entre especies mutuamente incomestibles con los visitantes a los que dejaba comida. Con extremo cuidado trepamos por la escalera y nos sentamos los tres sobre la plataforma, con las piernas colgando y recreándonos en la vista del valle. Aquella réplica del Treetops primigenio me recordó el artículo que él había escrito sobre su visita al *mugumo* más famoso de Aberdares, y sobre las bullangueras actividades nocturnas de cierta señorita. Cuando se lo comenté, mi sorpresa llegó con su respuesta:

–¡Sí, ello debió de haber sido gracioso a ver la cara del pastor y de su esposa!

–¿Cómo que debió haber sido?

–Sí, que ello fue gracioso.

–No, abuelo. Has dicho «debió de haber sido gracioso».

–Oh, bien, tú sabes mi español es malo.

–Pero creo que sabías perfectamente lo que decías. Es mucho más fácil decir «fue» que «debió de haber sido». Dime, ¿dónde estabas tú mientras el pastor y su esposa ponían esa cara tan graciosa que tú imaginaste, pero no viste? –indagué sonriendo e intuyendo la respuesta.

–Hamish... –advirtió Delsey sin mirarle.

–*All right*, yo estaba dentro la habitación.

–¡Así que eras tú! –Me reí.

–Ella era la hija de un alto *civil servant* de la colonia, y yo soy un caballero. Entonces yo nunca traté a publicar ese artículo. En alguna manera ella era inaguantable, ¿sabes? Nosotros rompimos el muy siguiente día. Pero ¿dónde está el niño inocente a quien yo usaba a contar cuentos?

–Sigue aquí dentro, escuchando tus cuentos. El del Treetops es uno de los mejores. Recuerda que ahora es mi trabajo escuchar cuentos. Soy periodista.

–Tú tendrás muchas cosas a escribir en tu artículo. Tú deberías mejor ir por un libro.

–Ése deberías escribirlo tú.

–Oh, yo no pienso yo haré ello. Sangre de Cristo es suficiente para mi viejo Quincey y mi viejo Underwood. Y yo necesitaría a pensar de un nombre nuevo para firmar ello. Y yo ya tengo demasiados nombres. Hamish, Igor, Bwana Fidla, Quincey… Suficiente es suficiente.

–Bueno, quizá yo sí lo haría. Pero no sabría ni por dónde empezar. Hay tanto que contar…

Y aún faltaba más. No llegó a terminar ese primer día sin que Hamish me descargase la bomba de su propuesta. Fue al atardecer, mientras rumiábamos pausadamente unas cervezas bajo el sol fugitivo de la terraza. Y fue sin preámbulos.

–Curro… Cuando tú marches… Yo quiero tú a llevar Mumbi contigo.

–Pero ¿qué dices?

–Yo siento débil ahora. Yo no sé cuánto más tiempo es quedado para mí. Pero ello no será mucho. Por la segunda vez en mi vida, Dios, Ngai, o quien es, ha posado en mis manos el destino de un niño bebé. Yo puedo razonablemente asegurar que la primera vez yo hice mi misión, pero esta segunda vez alguno otro debe a tomar mi lugar. Yo debo decir ésta fue otra razón para escribiendo a ti.

–Pero abuelo, yo no sería un buen padre… aún. Hay demasiadas incógnitas en mi vida. ¿Qué hay de Njokabi, o tus vecinos?

–Curro… Alguno de ellos estaría muy feliz a criar Mumbi. Pero yo no puedo dar Mumbi tan si ella fuera un viejo coche tú ya no usas. Yo mejor preferiría tener ella conservar sus raíces kikuyus, y ello es triste a pensar ella perderá este bello país. Pero yo no gustaría ello a ser perdiendo la otra mitad de sus raíces, sus oportunidades, su *chance* a ver el mundo y a elegir su propia vida por ella misma. Desde ella fue nacida, ella nunca ha estado afuera desde aquí. Ayer, cuando yo vi vosotros en la escuela, ¿tú sabes qué fue mi primer pensado? Yo pensé: el ángel guardián de Mumbi está aquí en el fin a rescatar ella.

–Es curioso que pensaras eso. Tú y mi abuela Uke sois mis ángeles de la guarda.

–Entonces puede ser ésa es la razón para ti a ser el de Mumbi, como Mumbi será ello para algún uno otro. Ello es la ley del rebaño. Cada uno abre el camino para el siguiente uno. Eso es como ello funciona.

Y así es como ha funcionado siempre. Lo comprendí de inmediato. Delsey lo había comprendido ya la noche anterior, y me había avisado de ello. Ahora mi compañero de viaje permanecía con la mirada perdida en las montañas. Juzgué que en esta ocasión no estaba eludiendo la responsabilidad de pronunciarse, sino, simplemente, tratando de evitar que cualquier gesto involuntario de sus facciones me sugiriera algún reproche por su parte si yo no tomaba la decisión adecuada. Esta vez era mi responsabilidad. Miré aquellos enormes ojos negros, que nos contemplaban a los tres desde su sillita sin poder descifrar el asunto crucial para su futuro que se estaba ventilando allí. Devolví la mirada a Hamish, y respondí. E imperceptiblemente, él y Delsey suspiraron de alivio.

–Claro que sí, abuelo. Será un honor. Pero ¿seguro que no preferirías quedarte con ella hasta que…?

–Yo he pensado mucho sobre ello. Por un largo tiempo yo anticipé este día, y yo ya logré preparado para esto. Yo prefiero a saber que toda cosa queda *settled* mientras yo puedo todavía saber. Yo no debo pensar de la mejor cosa para mí, pero de la mejor cosa para Mumbi. Ella crece día por día, y el más tarde ella aleja desde mí, ello será más difícil para ella.

–Comprendo. Tienes razón.

–Antes tú marches, Njokabi explicará a ti toda cosa sobre comida, cuidado… –la voz de Hamish se ahogó en un gemido. Me levanté de mi silla y le abracé desde atrás, frotando su hombro. Él posó su mano sobre la mía. Delsey carraspeó y levantó su vaso.

–Amigos, éste es un magnífico motivo para celebrar. Esta preciosa criatura contará con muchos corazones alentando el discurrir de su vida. Propongo un brindis por quien, desde la distancia de su parnaso celestial, ha conseguido que así sea, reuniéndonos a los tres hoy y aquí, en este remoto y hermoso rincón de África.

–A Uke –brindó Hamish.

–Por mi abuela –corroboré. Pensé un momento, y me atreví–. Abuelo... Quisiera pedirte un favor.

–Claro, tú habla.

–Quisiera oírte tocar aquello de Mascagni que le gustaba tanto a mi abuela. Ella decía que nadie lo tocaba como tú.

–Oh, yo espero no a haber perdido mis *skills*. Yo no quisiera a decepcionar a ti. Ni a ella.

Entró en la casa a por su violín, y unos minutos después la intensa melodía bañaba el valle. Hamish, como yo, sabía que seguramente ella también escuchaba. Dondequiera que yo fuera, ella iba siempre conmigo. Yo había conseguido llevarla hasta él, y había conseguido que pudiera escucharlo una vez más. Se lo debía.

La mañana del tercer día yo estaba someramente instruido en purés y pañales. Recibía las últimas instrucciones de Njokabi explicadas de viva voz mientras lo apuntaba todo en mi cuaderno. Me faltaba un detalle de gran importancia. Ignoraba cuál era la situación legal de Mumbi, y qué trabas encontraría durante aquel proceso. Presumí que uno no puede llevarse un niño en un avión ni a través de una frontera como si fuese un cepillo de dientes. La respuesta de Hamish no facilitó las cosas.

–¿Documentación? *You mean papers?* Mumbi tiene ningunos. Yo nunca registré ella en algún sitio. ¿Qué podría ser el problema?

El problema, que preferí no mencionar a Hamish, era que Mumbi podía acabar como triste huésped de la asistencia social, o en un orfanato, o peor, si yo no encontraba una vía legal para que un extranjero blanco pudiera llevarse del país a una niña keniana de padres desconocidos, sin papeles y con la que el extranjero no podía demostrar ningún parentesco.

Antes de mi partida, Hamish abrazaba a Mumbi sosteniéndola en volandas, susurrándole cosas al oído en un idioma que debía ser kikuyu. La niña permanecía muy quieta, y cuando la tomé en mis brazos para acomodarla en el asiento delantero y, como pude, le ajusté el cinturón de seguridad, permaneció calmada y dócil, mirándome con carita despreocupada y agarrando mi collar que sobresalía entre los botones de mi camisa al agacharme. Ella no conocía los planes del pastor, pensé. Ni yo.

Centrado como estaba en la niña, no me percaté hasta que el equipaje de Mumbi y el mío estuvieron cargados en el coche. Había demasiado hueco libre en el maletero.

–¿Delsey...?

–Curro... Si no tienes impedimento, yo permanecería algún tiempo más con Hamish. Aún tenemos mucho que contarnos para ponernos al día. Yo ya soy mayor para andar yendo y viniendo desde Europa.

–¿Y sus artículos en la revista? ¿Y sus programas de televisión?

–Bueno, sobrevivirán sin mí. Y aunque no fuera así, yo sí sobreviviré sin ellos.

–¿Cómo regresará después?

–Oh, tú no preocupes –terció Hamish–. Yo tomaré cuidado de él. Tú marcha tranquilo, nosotros estaremos bien. ¡Nosotros somos Tom Sawyer y Huckleberry Finn! Nosotros somos expertos sobrevivientes.

En la despedida, Hamish me entregó algunos ejemplares de Sangre de Cristo y una intrigante caja de madera del tamaño de un libro grueso.

–Ello es un regalo. Tú no abras ello hasta tú estás lejos afuera desde aquí.

–Abuelo. ¿Sigues escribiendo?

–Tan largo tan yo tengo ideas en mi cabeza, papel en mi Underwood y poder en mis dedos. Yo estoy escribiendo ahora un nuevo uno. Ello se titula *Mutant havoc!*[1]

–Quisiera que incluyeras un nuevo personaje en tu libro, si te es posible.

–¿Quién es ello?

1. «¡Caos mutante!»

–Ian. El pintor de caballos que vino de África.

–¿Quién?

–Delsey te lo podrá explicar.

Traté de no escenificar un adiós intenso y emotivo que no se correspondía con mis proyectos para los meses siguientes, aún apenas esbozados. Cuando uno no sabe si alguien vivirá lo suficiente para verlo de nuevo, es más saludable no lacrar las despedidas. Planeaba regresar antes de que hubieran notado mi ausencia, en cuanto hubiera atendido mis asuntos más urgentes. Delsey debió de compartir mi punto de vista, porque apenas nos abrazamos, sus palabras renegaron de su naturaleza tremendista y desperdiciaron una ocasión incomparable para interpretar una escena de cine mudo con subtítulos homéricos:

–¡La que hemos tenido que liar para que yo, a mi edad, me calce unas botas!

De inmediato supe que echaría de menos la cercanía del compañero de viaje más singular que nunca he tenido. Su lugar ahora lo ocupaba una plácida niñita de ojos grandes que a partir de aquel día se abrían al mundo. Para solemnizar tan señalado momento, se succionaba los dedos índice y corazón de una mano al tiempo que con la otra agitaba un rechoncho rinoceronte de madera que le había tallado su padre.

Seguramente era la distorsión por la distancia a medida que Delsey y Hamish, agarrados por el hombro, se alejaban saludando en el encuadre de mi retrovisor, e incluso debía de ser la vibración del espejo que difuminaba los contornos. Pero por algunos momentos, hasta que desaparecieron de mi vista con la primera curva del bosque, creí distinguir que sus arrugas se desvanecían, que sus figuras se erguían y se tensaban, y en el último instante antes del recodo hubiera jurado que allí no había dos ancianos, sino dos muchachos que no sumaban años para llenar un baúl con más recuerdos que sueños.

A mi llegada a Nairobi, busqué habitación y hablé con Ken y Makena. Ambos estaban en la casa familiar de Ken. Makena quiso celebrar mi regreso, la mejoría de Ken y el éxito de mi misión invitándonos a cenar en su apartamento. Les expliqué que Delsey se había quedado con Hamish a pasar una temporada, pero que en su lugar yo acudiría acompañado por otra persona, una chica que había conocido durante el viaje. Reaccionaron con incredulidad hasta que les aclaré de quién se trataba. Entonces reaccionaron con más incredulidad aún. Le pedí a Ken que me pusiera en contacto con alguien que pudiera orientarme con respecto a las gestiones para regularizar la situación administrativa de Mumbi y su custodia legal. Más tarde el contacto de Ken me insinuó que no sería un proceso fugaz y que, hasta que todo estuviera rubricado, no podría sacar a Mumbi del país sin exponerme, y exponerla a ella, a una abducción preventiva, o algo así.

La noche fue nítida y despejada, de las que dejarían acertar en una baldosa del suelo con una pompa de jabón lanzada desde lo alto de la infame Nyayo House. La silueta ominosa del edificio se divisaba desde la amplia terraza del apartamento de Makena. Recordé que la vista era muy similar a la que tuve mi primera noche en Nairobi desde mi habitación del Serena, aunque entonces no había reparado en la anodina mole terrosa en cuyos sótanos se cometían viles atrocidades en el mismo instante en que la mirábamos. A nuestros pies, el parque Uhuru recortaba una ventana ciega a la misteriosa tierra keniana, bendecida por el sol y castigada por la lluvia, cuando no al revés.

Desde el momento en que Ken y Makena posaron sus ojos en la pequeña Mumbi, no hubo más necesidad de animarlos a congeniar con ella. Recostado en su silla de ruedas con su armadura de escayola, Ken deslizaba a Mumbi por su pecho de piedra como si la empujara por un tobogán. A la niña le encantaba aquello. Este juego fue casi el único momento de la noche en que Makena se separó de Mumbi. El resto de la velada la pequeña estuvo aperchada en sus brazos o sentada sobre sus rodillas, tranquila y alegre ante aquella versión de gama alta del formato materno.

Antes de la cena, Makena nos preparó unos vasos de *dawa*, un cóctel dulce y fresco preparado con vodka, lima natural machacada, hielo picado y miel. Cuando lo saboreábamos en la terraza iluminada por la luz de las velas, Ken y Makena no quisieron esperar más para comunicarme su gran noticia.

–¡Que estamos saliendo, tío! –proclamó Ken–. O mejor dicho, lo haremos, cuando yo pueda salir de esta celda estrecha donde me han metido.

–¡Vaya, muchas felicidades! ¡Por fin lo conseguí! –fue mi respuesta.

–¿Lo conseguiste? ¿Desde cuándo lo tenías planeado? –indagó Makena.

–Casi desde que os conocí a los dos. Pero como la cosa se demoraba y Ken no era capaz de hablar al mismo tiempo que temblaba, tuve que contratar a aquellos sicarios para que le pararan los pies.

–Tío, no bromees con esto, que es muy serio –me advirtió Ken–. Aunque ya dicen que bien está lo que bien acaba. Al menos me ha servido para abrirme un nuevo camino profesional.

–¿Y eso? –curioseé.

–Cuando estaba en el hospital, dibujé una viñeta para enviar a mis compañeros del periódico. Era una caricatura de un enorme Moi sentado encima de Nyayo House, con los pies colgando por la fachada. Yo aparecía tumbado en el suelo, aplastado bajo la base del edificio. A un lado, dos tíos miraban la escena mientras uno le comentaba al otro: «Me temo que nuestro presidente no ha entendido bien el concepto de "prensa"». El jefe lo vio y le gustó mucho, y decidió publicarlo. Tuvo muy buena acogida, y ahora me ha dado la oportunidad de probar qué tal se me da lo de las viñetas.

–¡Es una gran noticia! Ya sabía yo que te esperaba algo mejor que lo de las hienas y el cartel, perdón, señal de tráfico. Lo debías haber intentado antes. Seguro que Liz te habría echado una mano.

–¿Liz? ¿Qué Liz?

–Pues Liz, la hija de uno de tus jefazos.

–No sé quién es, tío.

–Pero ¿cómo que no? ¡Si ella te conoce! ¡Hasta sabía tu nombre de guerra!

–Pues no tengo ni idea. ¿Está buena?

–¡Oye! –Makena le dio un manotazo en el pecho, y se dolió de la mano tras ello.

–Estoy blindado, nena –bromeó Ken.

–Conoces a la hija de un sumo sacerdote de tu oficio, y en lugar de babear por donde pisa, te permites el lujo de desdeñarla –analicé–. Me recuerdas a alguien que conozco. ¿Y tú, Mak? ¿Tienes nuevos planes que contar?

–Nada nuevo por el momento. Ojalá yo pudiera conseguir un trabajo con tanta facilidad. Pero ¿qué sé hacer yo?

Makena nos abandonó por unos minutos para ultimar los retoques de la cena. Cuando nos sentamos ante los platos, nos sirvió y probé, me quedé perplejo.

–Mak, ¿tú sabes lo que es esto? –pregunté, señalando el plato.

–¿Eso? Ensalada de salmón y langostinos con salsa de lima, ajo y vino blanco, y crema de rábano.

–No. No es eso –repliqué.

–Ah, ¿no? –Makena no entendía aún.

–No. Esto es lo que sabes hacer.

–¿Qué dices?

–¿Dónde aprendiste a cocinar así?

–Mi madre me enseñó. Es lo normal, ¿no? Ella guisa muy bien. Y no me pierdo un solo programa de cocina en la tele.

–Ken, ¿sabes si en The Horseman siguen necesitando un cocinero?

–Oh, bueno, no lo sé –meditó Ken–. Pero mañana mismo hablo con Moses. Es mi primo. Bueno, como si lo fuera. Y me debe un favor.

–Mak, ¿a ti te gustaría cocinar para otros? –interrogué.

–Bueno, ¿por qué no? Nunca se me había ocurrido verlo como un trabajo, pero la verdad es que disfruto mucho cocinando.

–Pues me parece que esta cena, además de muy rica, va a ser muy provechosa –concluí.

Hasta altas horas nos quedamos allí, refugiándonos en el interior del salón cuando el manto frío de las Tierras Altas se posó sobre Nairobi. Hablamos sobre Hamish, y Delsey, y Mumbi, y cuando les comenté mi preocupación por la niña y por su situación legal, y mi intención de viajar a España lo más pronto que me lo permitieran las trabas burocráticas, Makena no lo pensó dos veces.

–Déjala conmigo hasta que regreses a Kenia. Parece que se siente a gusto en mis rodillas. Tú vete tranquilo a España y vuelve cuando puedas. Mumbi estará en buenas manos. ¿Verdad, preciosa?

De alguna manera, descubrí que había estado anhelando aquello, que había considerado esa posibilidad desde el principio. Desconocía por entonces cuál sería la forma que en adelante podría dar a mi relación legal con la niña, ni siquiera si las restricciones administrativas impondrían una forma concreta. En cualquier caso, si las leyes me impedían obtener su custodia, yo sería siempre su ángel de la guarda, porque afortunadamente aún no hace falta un permiso legal ni el pago de ningún impuesto para adoptar esta figura. Pero una madre de verdad, una que no le arrancara sus raíces kikuyus, que no se la llevara lejos de su tierra roja, de su espesura verde y de sus rostros negros, una que pudiera depositar el mundo entero a los piececitos de Mumbi para que ésta tuviera la oportunidad de ver, de elegir lo visto y de vivir lo elegido, una que almacenase toneladas de cariño para dispensar a un bebé que nunca nacería de su propio seno, y una que además tuviera su propia madre a sólo dos kilómetros de la cabaña de Hamish, ésa sólo era Makena. El tiempo diría cómo se arreglaba todo. Tal vez la manera más directa de atravesar la selva burocrática fuera hacerla pasar por hija biológica de Makena, que por descuido la madre no había registrado en su día. Pero Mumbi fue, a partir de aquella noche, una niña nueva con una madre nueva.

El equipaje que cargué sobre la báscula del mostrador del aeropuerto me parecía demasiado escaso para todo lo que me llevaba de Kenia. En quince kilos se empaquetaban muchas caras y nombres, historias antiguas y recientes, y una búsqueda que me parecía más larga que el recuento real de las semanas transcurridas desde que Delsey y yo desembarcamos en Nairobi con los demás turistas y como los demás turistas, aspirando las primeras bocanadas de ese aire del altiplano africano que sabe a las nubes que roza al correr. Como con Delsey y Hamish, no quise cargar las tintas de la despedida con Makena, Ken y la pequeña Mumbi, quien me agarró el collar una vez más antes de que lo ocultara en la maleta. Algo tenía aquella despedida que me supo a otra, también en un aeropuerto, catorce años antes.

Objetivamente analizada, la situación no podía ser más positiva. Había encontrado a mi abuelo y llevado hasta él a su mejor amigo, dejaba a mi protegida temporalmente en manos de la mejor madre postiza, una belleza de persona del derecho y del revés, quien a su vez acababa de formar pareja con el periodista más entrañablemente loco de la prensa keniana al que me dignificaba tener como amigo. Mi novia me esperaba en Madrid tirando del hilo de seda hasta que no quedara más hilo entre ella y yo que el de su ropa interior. La casa de mi familia aguardaba a que la convirtiera en mi nuevo campamento base para recuperar el mundo perdido de mi niñez. Y hasta mis padres habían cenado juntos por primera vez en años. Como mínimo, se podía decir que aquel viaje había logrado dos metas que cualquiera hubiera juzgado inaccesibles: que Delsey se calzara unas botas y que Mónica se comprometiera a desayunar conmigo. Entonces, ¿por qué demonios estaba llorando?

La ventaja de los vuelos nocturnos es que le dan a uno mayores facilidades a la hora de ocultar sus emociones ante los demás pasajeros, que en un avión, a uno ya le califican como sospechoso por cualquier conducta que roce las paredes de la campana de Gauss. Ocupé mi asiento junto a la ventanilla y me recosté mirando la negrura a través del doble cristal. Cerré los ojos cuando noté que las ruedas perdían contacto con la pista y se llevaban las últimas partículas del suelo africano al interior de un compartimiento oscuro. Abrí de nuevo los ojos y escruté el paisaje ensombrecido. Aún se veían las luces de Nairobi, e imaginé que allá abajo, en el parque nacional, un león solitario se había tumbado en su pradera, para no hacer más que disfrutar plácidamente de su leonidad que podía llevarse a cualquier lugar de Kenia. El león miraría la lucecita evanescente en el cielo nocturno, y me estaría mirando a mí. Aunque no prestaría atención durante más de un par de segundos, porque aquellos *ndege* no eran comestibles, y siempre volaban demasiado lejos como para poder alcanzarlos.

De pronto recordé el regalo de Hamish. Lo había guardado en mi bolsa de safari y, siguiendo las instrucciones de mi abuelo, lo había olvidado por completo hasta que llegase el momento de abrirlo. La caja incluso había pasado por el escáner del aeropuerto sin que yo conociera su contenido. Agarré mi bolsa, que había dejado bajo el asiento, y extraje la caja de madera. Estaba cerrada con unos pernos atados con cuerdas. Tiré de ellos y, lentamente, descorrí la tapa. Dentro había uno de esos muñecos de madera, como los que Hamish tallaba para Mumbi. Era la figurita de un avestruz. Y llevaba una capucha azul cubriéndole la cabeza. Debajo del animal había un papelito doblado. Lo abrí.

Era una nota escrita por él. Decía: «Ahora tú sabes dónde a empezar la historia».

Junto a mí se sentaba una mujer de cierta edad, vestida con ropa caqui, en la que ni siquiera había reparado hasta entonces. Pero era obvio que ella sí había estado vigilando mis movimientos. De repente me sobresaltó al dirigirse a mí.

–Entiendo que llore. A mí también me ha disgustado mucho terminar el safari. ¿Verdad que son impresionantes los leones cazando? ¿Y los guepardos?

–No lo sé –respondí–. Yo no vi leones cazando. Ni guepardos.

La señora torció la boca en un gesto displicente, apartó la vista de mí, reclinó el respaldo de su butaca y cerró los ojos. Yo no tenía sueño. Saqué de mi bolsa un bolígrafo, un cuaderno y mi manta. Me arrebujé como una oruga en el capullo, encendí la luz de cortesía de mi asiento, desplegué la bandeja, abrí el cuaderno por una página en blanco y escribí:

Mi abuelo me contaba historias de África.

Valle Peregrinos, junio de 2006

ÍNDICE

Primera parte
EL SIGLO QUE DORMIMOS DESNUDOS

INTERMEZZO (ALLEGRO)

Segunda parte
EL LEÓN EN EL PÁRAMO

ÍNDICE

Primera parte
EL SIGLO QUE DORMIMOS DESNUDOS

INTERMEZZO (ALLEGRO)

Segunda parte
EL LEÓN EN EL PÁRAMO

Diseño: Eva Mutter
Ilustración de la sobrecubierta: IDEE

Círculo de Lectores, S. A. (Sociedad Unipersonal)
Travessera de Gràcia, 47-49, 08021 Barcelona
www.circulo.es
1 3 5 7 9 9 0 0 4 8 6 4 2

Licencia editorial para Círculo de Lectores
por cortesía de Random House Mondadori, S. A.

Depósito legal: B. 8663-2009
Fotocomposición: punt groc & associats, s. a., Barcelona
Impresión y encuadernación: Printer industria gráfica
N. II, Cuatro caminos s/n, 08620 Sant Vicenç dels Horts
Barcelona, 2009. Impreso en España
ISBN 978-84-672-3506-7
N.° 28464